GW01605397

Imperium Achai
VIRION
WYROCZNIA

fabryka słów
WYDAWNICTWO

MMXVII

ANDRZEJ
ZIEMIAŃSKI

IMPERIUM ACHAI
VIRION
WYROCZNIA

ILUSTRACJE
VLADIMIR NENOV

fabryka słów®
LUBLIN – WARSZAWA

Achaja

Achaja – tom 1

Achaja – tom 2

Achaja – tom 3

Pomnik cesarzowej Achai

Pomnik cesarzowej Achai – tom 1

Pomnik cesarzowej Achai – tom 2

Pomnik cesarzowej Achai – tom 3

Pomnik cesarzowej Achai – tom 4

Pomnik cesarzowej Achai – tom 5

Imperium Achai

Virion. Wyrocznia

Prolog

Na trasie platformy do transportu kamiennych bloków ciągle ginęli ludzie. Zresztą to miejsce od dawna zwane było Kopalnią Śmierci. I to bynajmniej nie dlatego, że nadzorcy niewolników zaliczali się do szczególnie srogich, ani z powodu panujących tu warunków, braków w zaopatrzeniu czy wyniszczającej pracy, która trwała od samego świtu do późnego zmierzchu. Nie, nic z tych rzeczy. Największe straty powodował sam transport urobku z rozrytego szczytu góry. Bardzo sprytni inżynierowie wymyślili, że najprościej będzie wykorzystać spadek terenu. Kazali więc wykuć w skale dwie równoległe bruzdy, a potem konstruować wyposażone w koła ciężkie drewniane platformy, na które ładowano gruz i popychano na dół, by po odbyciu swojej drogi roztrzaskiwały się na rumowisku u podnóża góry. Platform już nie odzyskiwano. Ludzi, których po drodze rozgniotły, siłą rzeczy również nie. Żaden kłopot. Luan prowadziło wiele wojen i strumień darmowej siły roboczej w postaci niewolników płynął nieprzerwanie.

Można byłoby zadać pytanie, dlaczego ludzie nie uskakiwali, słysząc zbliżający się transport z urobkiem. Prawdę powiedziawszy, nie dano im takiej szansy. W miejscu, gdzie panował największy ruch, przy kruszarkach napędzanych młynem wodnym, rozlegał się hałas dużo większy niż ten wytwarzany przez pędzącą z góry platformę. Szum wielkiego wodospadu i drgania, które powodował napędzany jego siłą ogromny kafar rozbijający skalne bloki, nie dawały szans na jakiekolwiek sygnały ostrzegawcze. Każdy przejazd ładunku oznaczał kilka trupów. No i co z tego? Kto by się przejmował? Kopalnia Śmierci była wydajnym kombinatem i tu ważny był tylko czas. Bo czas, jak wiadomo, liczony jest pieniędzmi. A życie? No niby ile ono kosztuje? Zresztą... Tylu ludzi rodziło się ciągle w krajach, które miały nieszczęście doświadczyć wojny z cesarstwem, że nikt się nie obawiał o dostawy świeżych, młodych i jeszcze nie zniszczonych znojem.

Straty praktycznie kończyły się dopiero u podnóża góry, gdzie platformy pędziły po swoich bruzdach wśród łagodniejszych pagórków, porośniętych już nawet spłachetkami trawy. Tu ich ogłuszający łoskot powodował jedynie panikę wśród zgromadzonych na zboczach mułów. Im jednak nic nie groziło. Wszystkie uwiązano do wbitych w ziemię palików, bo były zbyt cenne, by je narażać na przejechanie.

Wokół nie było nawet ludzi. Większość zgromadziła się na pobliskiej stacji przeładunkowej. Jedynie obdarta stara kobieta szła powoli wśród pociągowych zwierząt, podpierając się długim kijem. Drugim ruchomym elementem przestrzeni był chłopak, który zataczając się, biegł właśnie w stronę mostka na linach, przewieszonego

wysoko nad trasą pędzących z łoskotem platform. Tędy chodzili majstrowie, wykwalifikowani robotnicy, woźnice, a nawet czasem panowie inżynierowie, więc przejście górą musiało być całkowicie bezpieczne.

Ciekawe, kto stwierdził, że samobójstwo to akt, który się planuje. Bzdura. Może zresztą i są tacy samobójcy? Jacyś chorzy na głowę, jakieś świętoszkowate, odrzucone przez świat panienki, które chcą w ten sposób zwrócić na siebie uwagę? Nie. U zwykłego człowieka samobójstwo to przymus. Tu, teraz, natychmiast. Zapomnieć o wszystkim, wyrwać się z kręgu paraliżujących umysł doznań, zakończyć wszechogarniające poczucie beznadziei. Niech nastanie czerń. I spokój wiecznego zapomnienia.

Virion zwymiotował, nie zatrzymując się ani na chwilę. Nawet nie zwolnił. Biegł dalej, odruchowo wycierając usta. Miał nadzieję, że zdąży przed najbliższą platformą z gruzem, która podskakując na nierównościach bruzd, zbliżała się właśnie z potwornym łoskotem. Była szansa. Virion wbiegł na mostek i zatrzymał się w miejscu położonym dokładnie na trasie urobku.

Bez namysłu przesadził nogi przez barierkę z twardych lin. Platforma wioząca materiał skalny o wadze co najmniej domu była tuż-tuż. Widział już dokładnie nierówne krawędzie kamieni na ramie z grubych desek. Kątem oka dostrzegł staruszkę podpierającą się kijem, która wspinała się po wykopie. Widział muły przywiązane do drewnianych palików. Nikt nie zdoła go powstrzymać. Ani ludzie zgromadzeni daleko przy stacji przeładunkowej, ani staruszka, ani tym bardziej muły.

Na całym świecie nie było nikogo, kto mógłby mu pomóc. Żadnego przyjaciela, rodziny, ukochanej kobiety... Cóż. Najbliższego przyjaciela zabił nie tak dawno temu. A dziewczynę, którą kochał, dosłownie chwilę później.

Viriona zalała nowa fala mdłości. Zmusił się, żeby ocenić odległość, a potem odbił się lekko i skoczył wprost pod koła zbliżającej się do mostu obciążonej głazami platformy.

Rozdział I

Virion urodził się w maleńkiej wiosce położonej niedaleko miasta Mygarth, w jednej ze środkowych prowincji Luan. Jego ojciec nie był oczywiście chłopem, tylko właścicielem wielu wsi. A do tej konkretnej przywiózł żonę w połogu wyłącznie ze względów sentymentalnych. Wioska leżała w samym sercu pięknej, malowniczej okolicy charakteryzującej się spokojem i zdrowym powietrzem. Tam też urodził się on sam.

Często śmiano się z Viriona, że jego ojciec był handlarzem niewolników. Nie, nie był. A może inaczej: był, ale tylko w pewnym sensie. Ojciec Viriona miał wykształcenie medyczne. Nie poświęcił się jednak praktyce lekarskiej, ponieważ miał też zmysł do interesów. Szybko uznał, że kariera medyczna opłacała się tylko podczas opieki nad wyjątkowo bogatymi pacjentami. W tym przypadku jednak w razie niepowodzenia kuracji – o co nietrudno, wszak cudotwórcą nie był – kłopoty, które ściągało się na swoją głowę, okazywały się niewspółmierne do zysków.

Szybko znalazł lepszy sposób. Korzystając z oszczędności dziadków, zaczął skupować niewolników. Tych krańcowo wyczerpanych, na granicy śmierci. Kupował dramatycznie tanio, po cenie odpadów przecież, bo i tak by zdechli w krótkim czasie. On jednak wybudował dla nich szpital, gdzie leczył, odkarmiał, przywracał do życia. Przeprowadzał też selekcję, oddzielając piśmiennych od niepiśmiennych, utalentowanych i posiadających jakiś fach od zwykłego, jak to się mówiło w Luan, bydła. Bezmyślna machina niewolniczego systemu cesarstwa wrzucała wszystkich jeńców do bezimiennego wora i wysyłała na zatracenie w kopalniach, na budowach dróg, na pola w charakterze ludzkiej siły pociągowej, a potem – nawozu bez mała. A przemyślny lekarz wyławiał z nich tych, którzy byli warci niewspółmiernie więcej. Odzyskiwał w ten sposób wykwalifikowanych szewców, krawców, rymarzy, rzemieślników wszelkiego autoramentu, pisarzy, kronikarzy i heraldyków. Na żądanie wybrednych dam z wyższych sfer miał poetów, aktorów, komików czy kuglarzy, a nawet, jeśli wola, krasomówców i filozofów. Sprzedawał ich wszystkich za słone pieniądze, ale nie tutaj, w zapadłej okolicy, tylko w Syrinx. I nie na targu, ale w pałacach i w najlepszych zakładach rzemieślniczych. Żyła złota. Pozostałych, mieszczących się w kategorii „bydło", również nie skazywał na powtórną zagładę. Kupował tanio ziemię na terenach zajętych przez cesarskie wojska, zakładał osady, wynajmował doświadczonych agronomów i nadzorców posiadających trochę więcej inteligencji, niż tkwiło w przydzielonych im służbowych bykowcach. Wiadomo, że wielkie gospodarstwa przynosiły wielkie zyski, w przeciwieństwie do małych spłachetków wewnątrz kraju. Ale z rdzennej ludności Luan nikt nie chciał się tam osiedlać, bo wiadomo: teren uzyskany podczas wojny za parę lat mógł zmienić właściciela po raz kolejny. A niewolników o zdanie nikt nie pytał. Ojciec Viriona był więc człowiekiem bogatym, którego majątek rósł szybko, procentując także w tak niewymiernych dziedzinach jak powaga i znaczenie. Zwieńczeniem tego procesu był awans do rady miasta i ważne miejsce w magistracie Mygarth. A tego byle komu wszak nie proponowali.

Kolejnym problemem młodości Viriona stało się jego dziwne imię, o brzmieniu niespotykanym właściwie w innych częściach cesarstwa. Ale tu wyjaśnienie okazało się prozaiczne. Mygarth było niewielkim, prowincjonalnym miastem o wielkich, niestety, światowych aspiracjach. Imiona nadawane dzieciom podlegały więc aktualnej modzie. Kiedyś szczytem snobizmu było posiadanie własnych koni pod wierzch. Bogaci mieszczanie utrzymywali stadniny, ich rumaki brały udział w prestiżowych gonitwach, zdobywały puchary. Wszystko, co wiązało się z rasowymi wierzchowcami, było synonimem prestiżu i dobrego tonu. Aby podkreślić swoje zainteresowania, znaczniejsi mieszkańcy zaczęli nawet nadawać imiona swoim dzieciom tak, by najbardziej przywodziły na myśl pasję, jakiej oddawali się rodzice. Nastąpił wysyp imion takich jak: Kon, Kone, Konie, Konne, Konius, a nawet, za przeproszeniem, Wierzch. Do zabawnych sytuacji dochodziło, kiedy lata później Konie spotykał się z Wierzchem... Cóż. Robić krzywdę własnym dzieciom każdy mógł wedle własnego uznania. We wszystkich innych sferach działalności społecznej wymagana była wiedza i minimalne choćby doświadczenie. Przecież pisarzem miejskim nie mógł zostać ktoś, kto nie umiał pisać i nie miał nawet najmniejszego doświadczenia w działalności rady. Umiejętności, doświadczenie, praktyka i egzamin były wymagane wszędzie, w każdej sferze życia publicznego. Oprócz posiadania dzieci. Tam rodzic bez wiedzy o konsekwencjach i bez jakiegokolwiek doświadczenia mógł ośmieszyć dziecko i nikt nie śmiał zaprotestować.

Moda końska na szczęście się zmieniła.

Niestety, nastała inna. W Mygarth urodził się i dokonał swego dzieła wielki mędrzec Bertilion. Podstawowym jego odkryciem była obserwacja, że niektóre wymiary ciała ludzkiego, jak choćby wzrost, obwód głowy, długość ramienia, przedramienia i uda, poszczególnych kości stopy lub miednicy, są niezmienne od osiągnięcia dojrzałości. Na ich podstawie można identyfikować jednoznacznie przestępców. Do tej pory ważniejsi strażnicy cesarscy, miejscy i więzienni jeździli po całym kraju, obserwując skazańców i usiłując zapamiętać ich twarze. Metoda zawodna i silnie zależna od indywidualnych predyspozycji. A i tak jeśli jakikolwiek skazaniec uciekł i podszył się pod kogoś innego, to nawet po powtórnym złapaniu na jakimś przestępstwie trudno mu było udowodnić recydywę. Wygląd zmienić łatwo, sposób zachowania również. A metoda Bertiliona ucinała wszelkie wątpliwości. Więcej, mędrzec stworzył także specjalną kartotekę w Syrinx, gdzie przechowywano wyniki wszystkich pomiarów dokonywanych w kraju. I usystematyzował ją tak, że odnalezienie byłego skazańca stawało się stosunkowo łatwe. Wystarczyło zacząć od pierwszego wymiaru, na przykład obwodu głowy. Potem odpowiednie fiszki kierowały śledczego do następnych szaf, za każdym krokiem uściślając dane i zawężając krąg poszukiwań. Aż w końcu uzyskiwało się jeden jedyny, unikatowy wynik. Oraz imię przestępcy wraz z jego kartoteką zawierającą opis zarówno zbrodni, jak i poprzednich wyroków. Mistrzostwo, które wprowadziło kryminalistykę na zupełnie nowe tory, a wykrywalność recydywistów wybiło na absolutne wyżyny.

Mędrcowi nie szczędzono ani chwały, ani zaszczytów. Sam cesarz podniósł go do rangi „cywilnego księcia", obdarzył willą w stolicy i przydzielił nowy urząd do kierowania. A Mygarth o mało nie zostało zalane szeroką rzeką dumy i samozadowolenia. No i odtąd imiona wszystkich wysoko urodzonych chłopców miały już końcówkę „ion". Virion, Kirion, Mirion, Tilion, Hyrion, Pyrion, Zyrion, czy choćby Lirion (notabene późniejszy kolega Viriona). Nawet jeśli wyemigrowali później do Troy, jak Zyrion czy Lirion, to zawsze było wiadomo, skąd pochodzą.

No... może to i lepiej, że Virion, a nie Koń.

U każdego dobrze sytuowanego dziecka w Cesarstwie Luan usiłowano jak najwcześniej odkryć wrodzone talenty. Ponieważ próbie poddawano bachory ledwie potrafiące chodzić i dopiero zaczynające mówić, rytuał bardziej przypominał wróżenie z wnętrzności zwierząt niż odkrycie czegoś naprawdę. Niemniej tradycji musiało stać się zadość i do domu Viriona zaczęli ściągać mistrzowie różnych nauk i zawodów, pomieszani z artystami, seniorami poszczególnych cechów, a nawet oficerami, weteranami najdalszych kampanii. Każdy z nich spędzał pół dnia sam na sam z potomkiem bogatych rodziców, a później wydawał opinię. Niestety, mimo komplementów prawionych rodzicom żadnych talentów u Viriona nie wykryto. No może poza jednym. Zdesperowany brakiem jakiegokolwiek odzewu nauczyciel matematyki w końcu poprosił rodziców do pokoju prób.

– Wielcy państwo! – zaczął rozpromieniony. – Co prawda uzdolnień matematycznych u niego nie wykryłem i nawet popadłem w pewną desperację, wątpiąc, czy on w ogóle zacznie liczyć albo kalkulować, ale... Cóż. Matematyka łączy się zawsze z muzyką. Kiedy więc trochę już zrozpaczony postanowiłem mu chociaż zagrać wesołą melodię, zauważyłem coś niesamowitego!

– Co takiego? – Ojciec wyraźnie nie był zadowolony z faktu, że mistrz nawet nie usiłował owijać w bawełnę, mówiąc o brakach jego dziecka.

– Popatrzcie sami.

Matematyk przyłożył do ust maleńką piszczałkę i zagrał. Mały Virion natychmiast chwycił patyczek i zaczął uderzać w cymbałki, które mu wcześniej mistrz podsunął. Uderzał tylko co jakiś czas i tylko w jedną płytkę. Matematyk urwał nagle i zaczął grać coś zupełnie innego. Virion zmienił płytkę. Ale dalej robił długie przerwy. Nie było mowy o choćby próbie odtworzenia jakiejkolwiek melodii.

– No i co to jest? Przecież nie gra.

– Nie, oczywiście. Nie gra, bo nie jest w stanie.

– Czego zatem dowodzi ta próba?

– No jak to? Nie słyszycie, wielcy państwo?!

Małżonkowie spojrzeli po sobie. Ich miny nie wyrażały zrozumienia, jednak porozumienie między nimi wyraźnie istniało. Chyba byli zgodni co do faktu, że zaproszenie tu muzykalnego matematyka było błędem.

– On zawsze trafia idealnie na koniec taktu każdej melodii, którą zagram! – rozpromieniony mistrz tłumaczył zawile. – Nie umie jeszcze uderzyć w każdą końcówkę. Ale takiego wyczucia rytmu jeszcze w życiu nie widziałem!

– A po co mu wyczucie rytmu?

– Naprawdę nie słyszycie? On wszystko gra idealnie czysto!

Znowu nastąpiła wymiana spojrzeń między małżonkami. Matematyk ciągnął podekscytowany.

– On ma słuch idealny! Czegoś takiego nigdy jeszcze nie spotkałem u dziecka w jego wieku! – emocjonował się coraz bardziej. – Taki dar fachowcy nazywają słuchem absolutnym! Rzadko który muzyk otrzymał od Bogów taki talent!

– Aha. – Ojciec zrozumiał to po swojemu. – Rytm i dobry słuch muzyczny? Czy tak?

– To jest mało powiedziane. To jest naprawdę mało powiedziane. – Matematyk znowu przytknął do ust piszczałkę. – Zobaczcie teraz.

Zagrał sam początek jakiejś melodii. Instrument zabrzmiał przez tak krótką chwilę, że nawet największy mistrz nie potrafiłby się zorientować, co to za utwór. W zapadłej ciszy jednak Virion zaczął uderzać w cymbałki. Denerwująco rzadko, drażniąco powoli.

– On to słyszy. – Matematyk ściszył głos do szeptu, jakby nie chciał przerywać niesłyszalnej melodii. – Nie jest w stanie częściej, bo nie umie. Ale wybija co trzeci takt albo co piąty. Idealnie czysto!

– Hm. – Ojciec opuścił wzrok. – Czy sugerujesz, mistrzu, że mój syn mógłby zostać grajkiem?

– Jakim grajkiem? – oburzył się mistrz i znowu dał się ponieść emocjom. – On może zostać największym muzykiem, jakiego świat widział!

Rodzice chyba nie tego oczekiwali. Muzyk. Grajek. Czy jak to się mówi? Muzykant? Ktoś, kto przygrywa w karczmie do wina. Albo gawiedzi do tańca. A niechby nawet, niech awansuje i zostanie członkiem cesarskiej orkiestry. Przygrywa wielkim, umilając czas przy posiłku. Czyż trudno napotkać w kronikach taki choćby opis: „Pan klasnął w dłonie, co słysząc, muzykanci wraz z resztą służby spiesznie opuścili salę"? No nie. Co to w ogóle jest ta muzyka? Wypełniacz nudnych chwil. Autorzy przewodników po różnych romantycznych miejscach piszą często: „Na wyprawę warto wziąć suchy prowiant, owoce i harfistę – czas może się dłużyć". I ich syn ma zostać rodzajem służącego? To nie mieściło się w głowie.

– Dziękujemy bardzo za twoją opinię, mistrzu. – Ojciec Viriona był człowiekiem kulturalnym i na poziomie. Nie zamierzał odprawiać matematyka klaśnięciem w dłonie. – Przy wyjściu intendent wypłaci należną za twoje usługi sumę.

Znalazł się jeszcze jeden człowiek, który odkrył w Virionie pewne zdolności. Ale na szczęście nikt o tym nie wiedział, a odkrywca ze strachu z nikim nie podzielił się swoimi spostrzeżeniami. Chłopiec po prostu lubił przebywać w kuchni. Nic zdrożnego, cały dom przecież należał do jego ojca. A w kuchni było tyle niesamowitych zapachów, tyle smaków. Wiadomo, dzieciaka tuczyć nie można, ale też kucharz patrzył przez palce, jak od czasu do czasu znikały mu różne słodkości. No i lubił bawić się z Virionem. Obaj robili dowcipy dziewczynom zatrudnionym do prostszych prac. A to nasypali mąki na wybrany losowo talerz z wysokiego „słupka” i śmiali się, kiedy jedna niechcący obsypała drugą. A to okopcili lampką dopiero co wyszorowaną na błysk patelnię, a potem w ciemnym składziku kazali dziewczynom sprawdzać dłonią, czy wszystkie już wyschły. Takie dziecinne gry.

Virion, kiedy podrósł, nie zrezygnował z odwiedzin u kucharza. A potem postanowił sam spróbować gotowania. Śmigające dłonie domowego „mistrza” zawsze go fascynowały. No i przyrządził samodzielnie swój pierwszy posiłek. Od zera do efektu finalnego.

– O zaraza jasna. – Kucharz pierwszy wziął się do próbowania. – O niech mnie zapomną Bogowie! To jest... To jest...

– Jak wyszło? – Virion zawsze był strasznie niecierpliwy. – No mów!

A kucharz podniósł oczy. Jego twarz wyrażała oszołomienie.

– Ależ ty masz talent – wybełkotał z pełnymi ustami. – A jakie wyczucie przypraw.

Zreflektował się szybko i przełknął to, co miał w ustach.

– Mógłbyś gotować u samego księcia – szepnął konspiracyjnie. – Nie chwal się tym jednak, paniczu. Szczególnie przed kolegami! – Wyciągnął palec w ostrzegawczym geście. – Pamiętaj.

W miarę jak Virion dorastał, w jego domu pojawiało się coraz więcej nauczycieli. Jednak chłopak mimo żywej, widocznej inteligencji nie wykazywał zdolności w jakimkolwiek kierunku. Prawdę powiedziawszy, okazał się złym uczniem. Nie był ani sumienny, ani staranny. Nie potrafił na niczym na dłużej skupić uwagi. Jego myśli błądziły gdzieś w odległych, niedostępnych dla otoczenia światach i nie było możliwości wyrwania go z tych krain, by przywrócić do rzeczywistości. Oczywiście był dzieckiem ze „szlachetnego domu". Żaden nauczyciel nie śmiał więc skorzystać z tak skutecznego środka wychowawczego jak powszechnie stosowane gdzie indziej pęki wymoczonych w wodzie rózg. A długie przemowy wychowawcze, odnoszenie się do statusu społecznego i wiążącego się z nim poziomu wykształcenia nie przynosiły skutku. Nie i koniec. Chłopak zacinał się i zamykał w sobie. A wtedy nie było już żadnej drogi, by do niego dotrzeć.

Virion właściwie nie interesował się niczym. To znaczy niczym przydatnym z punktu widzenia procesu edukacji. Gdzieś tam w swoim świecie miał swoje pasje, którym się oddawał. Ale jak wiadomo, w tym wieku nic nie trwa długo. Pewnego dnia na przykład postanowił zostać żeglarzem. Pochłaniał kroniki i morskie opowieści. Posunął się nawet do tego, że wypytywał „prawdziwych ludzi morza" o ich doświadczenia i przygody. No ale skąd wziąć w Mygarth ludzi morza? Toż tam jedna nie za wielka rzeka raptem przepływała. Jeśli więc spotkał na forach czy pod stoami jakichś żeglarzy, to jedyną rzeczą, jakiej mógł wysłuchać, były bajki o potworach, które miały po osiem ramion i unosiły marynarzy w powietrzu, albo o wielorybach pochłaniających całe okręty. Stek bzdur, który na szczęście odstręczył Viriona od marzeń o pływaniu, bo nie był to przecież zawód właściwy dla przedstawicieli jego warstwy społecznej.

Innym razem zapragnął zostać wielkim szermierzem. I nawet pobił kijem jakiegoś chłopaka ze służby, za co został ukarany przez rodziców. Dla ścisłości warto dodać, że pojedynek w założeniu miał być uczciwy. Virion dał chłopcu, który miał grać rolę przeciwnika, kij. Tyle tylko, że dziecko służącego nie miało w sobie dość odwagi, żeby choć pomyśleć o uderzeniu panicza, o oddawaniu ciosów nie mogło być więc mowy.

Potem kolejno Virion chciał zostać astronomem, wielkim magiem, oficerem wojsk cesarskich, inżynierem, lekarzem (tu napotkał zdecydowany sprzeciw ojca wobec takich zainteresowań), geografem, dowódcą straży pożarnej, prefektem, genialnym mędrcem, a nawet trybunem, który swą sztuką krasomówczą będzie wpływał na losy świata. Złośliwi twierdzili, że pasje chłopaka znikały nawet wcześniej, niż na dobrą sprawę zdołały się pojawić. Każdej jednak oddawał się bez reszty. A porządna, prawdziwa nauka, w sensie odrabiania lekcji, nie znalazła po prostu miejsca dla siebie w wypełnionym marzeniami umyśle dziecka.

Z tego wszystkiego pozostała mu tylko przyjaźń z głównym lekarzem ojca, który prowadził szpital dla niewolników i lubił pokazywać chłopcu różne ciekawe rzeczy. Kiedy Virion podrósł, uwielbiał przesiadywać w wielkiej sali opatrunków i słuchać przeplatanych zwykłym zrzędzeniem narzekań starego medyka. Bo tamten wbrew pozorom miał dar docierania do ludzi. Nikogo nie lekceważył, każdego słuchał bez względu na wiek czy stan. A ponieważ ojciec nie pozwalał mu wprowadzać panicza w tajniki medycyny, opowiadał o świecie. Jako jedyny, odróżniając się od nudnych nauczycieli, w sposób zajmujący i ciekawy.

– O, popatrz, synku. – Podczas jednego z takich spotkań pokazał Virionowi leżącego na brzuchu niewolnika z podłużnymi, krwawymi ranami na plecach. – Tego człowieka jakiś debil pozbawił jakiejkolwiek wartości. Widzisz?

– Co widzę? – wyrwało się chłopcu. – Po mojemu to ktoś go po prostu oćwiczył.

– Tak. – Medyk powoli pocierał brodę. – Ale spróbuj spojrzeć na to szerzej.

– Niby jak? Niewolnik coś przeskrobał, to dostał za swoje.

– Taaak. Ale popatrz z innej strony. Nadzorca wychłostał go, używając popularnego pejcza z byczej skóry, czyli tak zwanego bykowca. W trakcie kary zadał mu straszliwe rany, które tak naprawdę na długo albo i na zawsze pozbawią go sprawności. Z kogoś, kogo tylko nazywano śmieciem, nadzorca uczynił śmiecia prawdziwego.

– Pewnie ten tu uciekał.

– Za ucieczkę jest inna kara. A ten nadzorca jest po prostu idiotą. Za byle co, bo znam przecież gradację kar w niewolniczym świecie, unieważnił życie tego człowieka. A przecież jest tyle metod zadawania bólu, które nie pozbawiają skazańca sił.

– Może chodziło o przykład dla innych? – Virion był wyraźnie zaciekawiony.

– No właśnie dlatego mówię, że głupota nadzorcy sięgnęła zenitu. Ludźmi kieruje się w inny sposób. Zastrasza się ich skutecznie za pomocą dramatycznie odmiennych metod. A ból powinno się zadawać w sposób, który nie niszczy ciała.

– I są takie metody? – Teraz zaciekawienie Viriona zmieniło się w fascynację.

Lekarz zauważył to momentalnie i dał się ponieść. Chyba niewielu miał słuchaczy o tak niesłabnącej uwadze. Cmoknął cicho i podszedł do niewolnika, który sprzątał salę, używając miotły o delikatnym włosiu, która nie wzbudzała tumanów kurzu.

– Wybacz, przyjacielu, to, co ci zrobię. Ból minie szybko, a w nagrodę powiedz, że kazałem ci wydać miarkę wina w kuchni.

Tamten nie zrozumiał chyba, co do niego mówiono. Nie zdążył się ucieszyć z obietnicy wina. Medyk wyciągnął rękę i dotknął dłonią okolic pomiędzy lewą pachą a piersią niewolnika. Błyskawicznie uszczypnął, przekręcając jednocześnie palce. Przez krótki moment nic się nie działo.

Niewolnik syknął najpierw, zerknął na dotknięte miejsce i zdołał powiedzieć tylko:

– Aaa...

Na czoło wystąpiły mu nagle krople potu. Jego wielkie ciało pochyliło się do przodu, jakby chciał objąć sędziwego mistrza. Ale nie. Młody niewolnik najwyraźniej nie mógł zaczerpnąć powietrza. Nie mógł też poruszyć lewą ręką. Prawdopodobnie chciał coś powiedzieć, bo z gardła wydobywał się cichy i słaby charkot.

– Już. – Medyk jeszcze raz wyciągnął rękę i znowu uszczypnął niewolnika blisko poprzedniego miejsca. Chyba w jakiś inny sposób.

Z płuc młodego człowieka wydostało się powietrze. Pot na czole zgęstniał. Sługa pochylił się, opierając dłonie na kolanach.

– Co czujesz? – zainteresował się lekarz.

– M... mrowienie, panie.

– No i dobrze. Za chwilę wróć do pracy i pamiętaj, że czeka cię wino.

Stary odwrócił się, nie zajmując się więcej niewolnikiem, a Virion patrzył oszołomiony. Nie mógł uwierzyć w to, co widział. Ojciec nigdy nie pokazywał mu podobnych sztuczek. Chłopiec nie miał pojęcia, że w ogóle istnieją.

– A wracając do poprzedniego przypadku. – Lekarz nachylił się nad leżącą na brzuchu ofiarą biczowania. – Nadzorca wykazał się głupotą. Bo popatrz. Po pierwsze, utracił wartościowego jeszcze, sądząc po mięśniach, pracownika. Po drugie, co teraz czeka tego nieszczęśnika? Zakładam, że rany się zagoją i jego organizm nie podda się gorączce. Powstaną blizny, które albo utrudnią mu pracę, albo nawet uniemożliwią. Dzięki niesłychanej dobroci twojego ojca pewnie zostanie posłany gdzieś do gospodarstw na przygranicznych ziemiach. Ale co go tam czeka? Nie umie pisać, nie ma żadnego fachu, a robotnik teraz już z niego kiepski. Więc pewnie zaprzęgną go do kieratu w instalacji nawadniającej, bo przecież tańszy jest od muła. I dzięki łasce twojego ojca, synku, będzie tak chodził w kółko jeszcze przez wiele, wiele lat...

– A pokażesz mi tę sztuczkę z palcami? – zapytał Virion.

– Tę z wywoływaniem skurczu? Żebyś się potem wyżywał na kolegach? Nie.

– Ale ja bardzo proszę!

– Ale ja zdecydowanie odmawiam. – Starzec był nieugięty. – Muszę oczyścić rany tej ofierze. A żeby nam uszy nie popękały od wrzasku, trzeba mu podać środek oszałamiający. Chodź, to ci pokażę, jak go przygotowuję.

Lekarz ruszył w stronę zajmowanych przez siebie pomieszczeń, ciągnąc za sobą chłopca. Po chwili jednak zatrzymał się jeszcze i spojrzał na Viriona badawczo.

– Ale ci się zmieniła mina – powiedział.

– Co?

– Mina ci się zmieniła – powtórzył mistrz. – Z zaciętej po mojej odmowie na obojętną, a nawet z pewną domieszką zadowolenia.

Virion wzruszył ramionami. Co tu powiedzieć?

– Ty już po prostu wiesz, że mimo moich zarzekań i tak ci pokażę, jak to robię. Prędzej czy później, ze wskazaniem na prędzej.

Chłopak w dalszym ciągu milczał. Nie był jeszcze doświadczony i nie miał pojęcia, jakie stanowisko zająć, by wypaść tak, jak trzeba. Lekarz za to tylko kiwał głową.

– Ty zarazo mała. Ależ masz zmysł obserwacji. – W jego głosie słychać było nawet pewien podziw. – Ty dobrze wiesz, co będzie, i znasz mnie na tyle, żeby się domyślić, że na pewno powiem. Wystarczy nie naciskać. – Westchnął nagle. – No cóż... Widzę, że ciebie, tak jak i mnie, los pokarał darem obserwacji i wyciągania wniosków.

Po chwili mistrz uspokoił się i wchodząc do swoich prywatnych pomieszczeń na terenie szpitala, dodał:

– Na szczęście, nawet jeśli ci pokażę, to i tak jesteś za mały, żeby móc tę wiedzę wykorzystać.

Tego Virion nie mógł zrozumieć. Sztuka to sztuka. Jeśli się posiadło wiedzę, to można ją było spożytkować. Ale nie wnikał na razie. Wiedział już, że do starego trzeba mieć cierpliwość. Dlatego udając zainteresowanie, cierpliwie wysłuchiwał sążnistych wyjaśnień dotyczących sposobu przyrządzania napoju z maku. Dowiedział się, że mak od stuleci wykorzystywało się do uśmierzania bólu, jednak był to środek mało skuteczny. Coś w nim tkwiło, ale to coś należało dopiero wysublimować, wzmocnić oddziaływanie, wyrafinować. I drogą wieloletnich badań oraz licznych doświadczeń medyk wyprodukował coś, co nazwał serum ekstazy. Rodzaj ohydnej w smaku zupy, którą można było podać ofiarom bolesnych zabiegów medycznych, a ona znosiła ból, ale przede wszystkim strach. Zachowanie chorego ulegało drastycznej zmianie, człowiek poddany działaniu ekstatycznej zupy stawał się rozluźniony, gadatliwy ponad wszelką miarę, a przede wszystkim zyskiwał coś, co można byłoby nawet nazwać postawą heroiczną.

Virion zapamiętywał wszystkie etapy produkcji tego czegoś, bo wiedział z doświadczenia, że stary za pomocą podchwytliwych pytań lubi sprawdzać, czy jest słuchany z uwagą i w należytym skupieniu. Chłopiec przywykł do tego, a pamięć miał dobrą, więc nie sprawiało mu kłopotu po pytaniu zadanym znienacka wymienienie wszystkich ingrediencji potrzebnych do produkcji specyfiku. Sam proces nie interesował go zupełnie. Przynajmniej do czasu, kiedy lekarz zaczął opisywać zbawienne skutki działania mikstury. Euforia, rozluźnienie, gadatliwość i... przede wszystkim heroiczna postawa. Czy to taki środek na bohaterstwo? Lekarz zauważył wzrost zainteresowania słuchacza i przeszedł do opisu fatalnych skutków ubocznych. Otóż lekarstwo stosowane zbyt długo powodowało prawdopodobnie silne uzależnienie pacjenta, gorsze nawet od alkoholowego. Bo choć to niesłychane, wielu chorych usiłowało nawet włamać się do jego prywatnych pokoi, żeby zdobyć ten środek i przyjąć natychmiast, mimo że w przypadku niewolnika groziło to natychmiastową śmiercią z rąk nadzorcy.

Viriona to nie interesowało. Usiłował nakierować lekarza na poprzedni temat.

– Mistrzu, a dlaczego mówiłeś, że obicie tamtego niewolnika było głupotą?

– Widzisz... – Stary jeszcze nie dostrzegł pułapki kryjącej się w pozornie neutralnym temacie. – Cały gospodarczy system Luan opiera się na niewolnictwie. Głupotą więc jest niszczyć jego podstawy.

– Ale jeden pobity niewolnik? Przecież tylu dostarczają ich ciągłe wojny.

– Do czasu, aż się zbuntują ci, co już u nas są.

– Przecież to nigdy nie nastąpiło.

– Jeśli czegoś dotąd nie było, nie oznacza, że rzecz jest niemożliwa, synku.

Lekarz odwrócił się nagle od gara, do którego dosypywał różne ingrediencje, i spojrzał na Viriona, szukając jego wzroku.

– Powiem ci teraz coś bardzo istotnego. Postaraj się zapamiętać.

– Słucham uważnie.

– Są u ludzi dwie rzeczy, do których zawsze można się odwołać. Niezmierzona głupota i bezpodstawna nadzieja. Uwierz mi. Zawsze możesz liczyć na głupotę ludzką i zawsze jesteś w stanie wzbudzić nadzieję.

– A jak to się ma do niewolników?

– Otóż głupotą w postępowaniu z nimi już się odznaczamy. A teraz wystarczy, że pojawi się ktoś, kto da im nadzieję, i chlast! – Mistrz uderzył jedną dłonią w drugą, jakby miażdżył komara. – Już nas nie ma.

Virion o mało się nie roześmiał.

– Armia pozabija ich w trzy modlitwy!

– Tak? A co armia będzie jeść za pół roku?

Chłopcu nie mieściło się to w głowie.

– Przecież... Przecież oni... – Nie umiał jeszcze znaleźć odpowiednich słów. – Oni nawet nie będą w stanie zdobyć Syrinx.

– A po co zdobywać? – zapytał lekarz. – Wystarczy popsuć budowany od setek lat system nawadniający i stolica stanie się tym, czym jest w istocie. Sercem pustyni.

Virion tylko kiwał głową, a mistrz uśmiechał się kpiąco. Nie było jego celem wygrywanie w dyskusji z dzieckiem. Dlatego nie pogłębiał tematu.

– Pamiętaj – powiedział tylko. – W życiu zawsze możesz się odwołać do bezbrzeżnej głupoty i zawsze możesz wywołać bezpodstawną nadzieję. Bo obie rzeczy z jednego pnia wyrastają. Głupota jest wszędzie, a nadzieja tuż za nią. To pierwsze opanowaliśmy już dawno. Tego drugiego ciągle nie.

Trudno. Virion czuł, że tego dnia już się nie dowie, jak wywoływać skurcze samymi uszczypnięciami. Ale był przekonany, że na pewno kiedyś mu się to uda.

Natomiast najbliższej nocy zakradł się do prywatnych pomieszczeń lekarza, by spróbować heroicznej mikstury. Cóż. Głupota jest wszędzie. A nadzieją w tym przypadku był ohydny smak brązowej brei. Virion od razu po aplikacji zwymiotował gwałtownie.

W całym dzieciństwie Viriona nastąpiło tylko jedno naprawdę niebezpieczne zdarzenie. Bynajmniej nie miało ono jednak związku ani z niebezpiecznymi substancjami, ani z zabójczym orężem, jak choćby miecz czy łuk, ani nawet z czyimkolwiek atakiem, na przykład w osobie niewolnika doprowadzonego do rozpaczy. Wszystko odbyło się w zaciszu nauczycielskiego pokoju.

Doświadczony kaligraf zatrudniony przez ojca do wyrobienia w dziecku pięknego charakteru pisma uznał, że chłopak niebyt przykłada się do ćwiczeń. Użył więc jednej z tradycyjnych metod. Kazał przepisać pięćset razy zdanie: „Odtąd będę bardzo staranny w kaligrafowaniu każdej litery". Zadanie wymagało czasu, więc nauczyciel poszedł coś zjeść. Nie spieszył się. Właściwie to miał dzięki temu wolny dzień. Młodzieniec przecież do wieczora nie skończy. Nauczyciel spokojnie zjadł obiad, a przy najlepszym winie z piwnic tego bogatego domu poflirtował jeszcze z pomocnicami w kuchni. Dobry dzień! Mało nudy, upał niewielki... Ech, lekkie życie na dobrze płatnej posadzie.

Piorun uderzył, kiedy kaligraf wrócił do pokoju chłopca. W pierwszej chwili nie mógł uwierzyć w to, co widzi. Potem zamarł w progu, nie mogąc wydobyć głosu. Potem o mało nie zemdlał.

– Co... co ty robisz?! – wrzasnął dopiero w chwili, kiedy odzyskał władanie nad własnym gardłem. – Na litość wszystkich Bogów, co ty wyrabiasz?!

Jednym susem dopadł stojaka dla skrybów i wyrwał chłopcu pióro z ręki.

– Co... co... Bogowie litościwi! Co ty robisz?!

Virion rozejrzał się przestraszony. Może karty zajęły się od lampki? Nie, skąd. Przecież widno jeszcze. Lampka była zgaszona. I w ogóle w pomieszczeniu nie działo się nic niecodziennego. Nauczyciel jednak wyjętą zza paska szmatką wycierał sobie pot z czoła. Drżały mu ręce.

– Co?

– Pisałeś.

– No bo kazałeś, mistrzu.

Nauczyciel wziął karty z blatu dla skrybów i zaczął je drzeć. Nie z wściekłości bynajmniej. Powoli i sumiennie, jakby chciał zatrzeć ślady. Wyraźnie było mu mało, bo skrzesał ogień, by zapalić lampkę. Wziął z półki wielką metalową tacę i na niej zaczął palić papiery z niedokończonym ćwiczeniem kaligraficznym, skrawek po skrawku.

– Pamiętaj – wyszeptał, jakby nagle zaczął się czegoś bać. – Każdy lepszy skryba, nie mówiąc już o fachowcu takim jak ja, na widok liter zrozumie, co zrobiłeś. Od razu rozpozna.

– Ale co? – Virion nadal nie pojmował.

Kaligraf jeszcze bardziej ściszył głos i rzucając na boki ukradkowe spojrzenia, nachylił się do chłopca.

– Pisałeś lewą ręką.

– Ach, no tak. – Chłopak rozchmurzył się nagle, kiedy przyszło zrozumienie. – Bo mi się prawa zmęczyła. To przełożyłem pióro, żeby odpoczęła.

– Bogowie...

– Co? Litery nie takie ładne jak prawą? Ale mi łatwiej...

– Ciiii! – Nauczyciel aż podskoczył. – Co ci łatwiej?! – Zdenerwował się wyraźnie. – Łatwiej ci wiele rzeczy robić lewą ręką?

– Często – odparł Virion zgodnie z prawdą. – Ale właściwie to mi wszystko jedno, lewą czy prawą. Więc jak się prawa zmęczy...

– Ciiiii – powtórzył nauczyciel. – Nikomu o tym nie mów!

– Ale nikt nie pytał.

– To daj na ofiarę Bogom, że nikt też nie zauważył. I nigdy tego nie rób!

– Ale...

– Bez „ale"! Nie słyszałeś przysłowia ludowego, że prawa dla ludzi do podawania, a lewa do dupy podcierania?

Kaligraf musiał być naprawdę wstrząśnięty, skoro używał takich słów. Ale zaraz dał jeszcze lepszy popis znajomości karczmianego języka.

– Nie wiesz, że w życiu może być chujowo, ale zawsze jednakowo?

Virion oniemiał. Nauczyciel ewidentnie był w szoku, jeśli tak przeklinał. A z drugiej strony chłopak nie mógł zrozumieć. Jak to „zawsze jednakowo", skoro jeden pan, a drugi cham?

Kaligraf musiał się domyślić, co dzieje się w głowie chłopca. Pociągnął go na ławę i zmusił, żeby usiadł.

– Pamiętaj, że ludzie nie lubią odmieńców – zaczął tłumaczyć szeptem. – Nie może być, żeby wszyscy pisali prawą, a ktoś lewą. Nie może być, żeby wszyscy kochali dziewczyny, a ktoś chłopców. I to znalazło swoje odbicie w prawie. Każde społeczeństwo zniszczy „innego". Tylko dlatego, że jest inny niż reszta. I tak jest w całej naturze. Spróbuj pomalować zwykłe cielę farbą, to stado odrzuci je natychmiast. Własna matka mu wymiona odmówi.

– To wiem.

– Więc zacznij myśleć! Nigdy więcej tego nie rób. Nigdy nikomu o tym nie mów. Nawet swoim rodzicom. Pamiętaj!

Przerwało im wejście pana domu, który przecierał oczy.

– Co to za krzyki, że mnie z poobiedniej drzemki wyrwały? – Rozglądał się niezadowolony.

– Panie, to moja wina. – Nauczyciel zerwał się z ławy i zgiął w ukłonie. – Nieopatrznie zostawiłem palącą się lampkę na stojaku. Chłopak w słońcu płomienia nie zauważył i papier się zajął.

Problemy dzieciństwa Viriona były jednak niczym w porównaniu z tym, co wydarzyło się w okresie dorastania. Jak każdy chłopak z kręgu „złotej młodzieży", zaczął uczęszczać na zajęcia w gimnazjonie. Zapasy, jazda konna, bieganie, rzut oszczepem, dyskiem, szermierka i strzelanie z łuku były tym, co każdy młodzieniec elity Mygarth musiał opanować. Do tego obowiązkowo zajęcia z filozofii, krasomówstwa i podstaw moralności. Z rzadka trafiały się nudnawe wykłady kapłanów o religii czy heraldyków o historii. Podobno w stolicy, w Syrinx, zaczynano już męczyć chłopców nawet matematyką, na szczęście jednak w prowincjonalnym Mygarth nikt nie wpadł na równie niedorzeczny pomysł. Na co komu umiejętność liczenia? Od tego są ludzie znający się na księgach rachunkowych, agronomowie, administratorzy i kupcy. A żadne przecież dziecko z najwyższych kręgów mieszczaństwa tak nisko upaść nie mogło. Generalnie poza sportem chodziło o to, żeby młodzi w gimnazjonie zyskali coś, co nazywano obyciem towarzyskim. Oraz żeby nawiązali bliższe znajomości z innymi dziećmi wielkich państwa, co miało zaprocentować w przyszłości.

Niestety, szybko okazało się, że Virion był młodzieńcem charakteryzującym się daleko posuniętą nieśmiałością. Dociekliwość i kłótliwość również nie pomagały mu otoczyć się kręgiem żarliwych przyjaciół. Szybko zdobył więc opinię samotnika i przemądrzałego gbura. Buntownika, a nawet straceńca. Mimo to kilku kolegów jednak zdobył. Choć głównie takich, którzy również mieli jakieś problemy z otoczeniem.

Co do sportów, to bywało różnie. Nieźle szła mu jazda konna, gorzej bieganie. W szermierce plasował się na szarym końcu. Rzucał dość dobrze. Genialnie strzelał z łuku. To znaczy w pewnym sensie. Przyjmował idealną postawę strzelecką, instruktorzy często stawiali go nawet za wzór w tym względzie. Potrafił strzelać bardzo szybko, ewidentnie dobrze radził sobie z bronią. Opanował nawet starożytną sztukę trzymania naraz kilku strzał. Jedną na cięciwie, a cztery pozostałe w dłoni. I w związku z tym mógł błyskawicznie oddać pięć strzałów, jeden za drugim. Problem tylko w tym, że z reguły nie trafiał w cel. A może inaczej: trafiał w cel wyjątkowo rzadko. I tutaj instruktorzy okazywali się bezsilni. Przecież wszystko robił dobrze. Cóż więc było nie tak? Trenerzy nie znaleźli odpowiedzi.

Ale nie wszystko w gimnazjonie wydawało się Virionowi trudne i nudne. Pojawiły się bowiem nowe możliwości, których przedtem, w domu rodziców, mu brakowało.

Agis nachylił się do Viriona, ściszając głos:

– Kończcie szybko – dosłownie tchnął w nadstawione ucho. – I idziemy na wino.

– Akurat. – Niezauważalna odpowiedź była możliwa tylko dzięki temu, że mówiący zasłonił usta. Instruktor szermierki nie tolerował żadnych rozmów. – Jeszcze filozofia.

– Nie. Mędrzec dostał sraczki i nie przyjdzie. Kończcie i spadamy.

– Postawa! – krzyknął szermierz prowadzący.

Virion i Parte stanęli w postawie „do ataku". Jeden z instruktorów ustawił taktomierz. Kiedy małe wahadełko wychyliło się trzeci raz, obaj uczniowie zrobili krok do przodu.

– Stawaj!

Virion zgodnie z zasadami sztuki ruszył w lewo, a jego przeciwnik w odwrotną stronę. Każdy krok musiał być precyzyjnie zgrany z taktomierzem. Raz, dwa, trzy i można było zmienić kierunek. Parte zatrzymał się na jeden takt, potem zrobił krok do przodu, jakby chciał atakować. Ćwiczebny, „bezpieczny" sztylet ciągle jednak trzymał od kciuka w dół, co przy wygiętym nadgarstku pozwalało mu osłaniać lewe przedramię, tak jakby chciał raczej parować ciosy, niż samemu uderzyć. Żaden z jego manewrów nie umknął uwadze Viriona. Sam, przestrzegając tego, by każdy krok był zgodny z uderzeniami taktomierza, zaczął się lekko zbliżać. Sztuka walki na miecze to sztuka rytmicznego chodzenia, powtarzali instruktorzy co dnia. Ładnie chodzisz, ładnie się poruszasz – ładnie walczysz. Piękno i skuteczność zawsze chodziły w parze.

Virion stąpał w rytm taktomierza. Idealnie. Poszczególne uderzenia wahadełka brzmiały w jego głowie.

Nagle zmienił kierunek. Tak jak się spodziewał, Parte uniósł miecz. Wciąż zgodnie z rytmem Virion postąpił krok do przodu i zaatakował od dołu. Parte zrobił unik, gubiąc ten rytm, i uderzył z boku. Zastawa. Po odbiciu ciosu miecz Viriona poszybował do góry, a Parte, w ogóle bez sensu, pchnął mocno.

– Au!

Cios w brzuch mimo ochronnego kaftana był bardzo bolesny.

– Stop! – Instruktor błyskawicznie rozdzielił walczących. – Za mocno! Co wy tu? Chcecie się pozabijać?!

– To nie było zgodne z taktem – stęknął Virion.

– Jak nie było, jak było? – Instruktor wzruszył ramionami. – Parte wygrał.

– Nie. Zmylił rytm!

– Synku... Milcz, kiedy starsi uznają, że nie masz racji.

– To było w ogóle niezgodne z uderzeniami taktomierza – upierał się Virion.

Instruktor zmarszczył brwi. Potem zerknął na szermierza prowadzącego, który jako obserwator zajmował pozycję przy samym stojaku z wahadełkiem. Tamten tylko uśmiechnął się kpiąco. Chwilę później postukał się palcem w czoło.

– Czy ktoś jeszcze uważa, że Parte wybił się z rytmu? – Instruktor powiódł groźnym wzrokiem po otaczających ich uczniach. – Czy ktoś z was zauważył cokolwiek niezgodnego ze sztuką?

Młodzieńcy zaprzeczali ruchami głów.

– Sam widzisz, dziecko. – Weteran szermierki przeniósł wzrok na Viriona. – Jeśli zdaje ci się, że tylko ty słyszysz wyraźnie uderzenia, to... – zrobił chwilę przerwy dla podniesienia napięcia – umyj uszy!

Chłopcy zaczęli się śmiać.

– Punkt otrzymuje Parte. A ty, chłopcze, nie próbuj łgać w żywe oczy. Będąc na samym dole klasyfikacji, przyjmij przegraną z godnością. Pogódź się z faktem, że są lepsi od ciebie, a nie wymyślaj mi tu od głuchych.

Virion nie śmiał już dyskutować. Jeśli zdenerwuje instruktora, to za karę mogą mu kazać siedzieć w gimnazjonie do wieczora. A tu szykują się przecież atrakcje. Opuścił głowę, udając, że godzi się z reprymendą.

– Dobrze. – Szermierz prowadzący klasnął w dłonie. – Koniec na dzisiaj! Dyskusji o istocie bytu nie będzie. Niestety, sędziwy mistrz filozofii zapadł na zdrowiu z przyczyny rozstroju ciała.

– Znaczy stary pryk nasrał pod siebie – mruknął Agis, ledwie otwierając usta. – Znowu.

– Dobrze, że nie na zajęciach – dodał szeptem Elop. – Musielibyśmy wąchać wonności.

Uczniowie gięli się w ukłonach, odprowadzając wzrokiem odchodzących instruktorów. Kiedy tamci zniknęli za murkiem oddzielającym plac ćwiczeń od gaju oliwnego, rozmowy wokół wybuchły nagle niczym już nieskrępowane.

– Dobra. – Elop machnął ręką. – Zdejmuj to i spadamy. Mam fajne miejsce.

Kiedy Virion szarpał się z ochronnym kaftanem, Parte nie mógł sobie darować. Podszedł z boku, krzywiąc usta w niby to uśmiechu.

– No i co? Znowu ci dojebałem.

– Oszukiwałeś.

– A instruktora nie słyszałeś?

– Byłeś poza rytmem!

– Każda oferma się tak tłumaczy.

O mało nie skoczyli na siebie z pięściami. W ostatniej chwili powstrzymał ich ostry głos:

– Dajcie se siana, pipki!

Lirion zrobił kilka kroków w ich stronę. A Lirion to był ktoś. Najlepszy z całej szkoły w szermierce. Mówiono, że może zostać mistrzem. Mistrzem miecza, a może też... Nikt nie śmiał wymówić nawet nazwy tego, kto był jeszcze wyżej niż mistrz.

– Jak tu zrobicie burdę, to kiblujemy wszyscy do rana. A później ja was poszukam, jednego z drugim. I pogadamy w jakimś zaułku.

Zatrzymał się, widząc, że jego słowa odniosły skutek. Potem odwrócił się na pięcie i dodał pogardliwie:

– Idźcie, dzieci, nad rzekę. I tam w chaszczach dajcie se po mordach.

Nikt nie zamierzał dyskutować. Po pierwsze, uwaga była rozsądna, a po drugie, i najważniejsze, Lirion i w zapasach nie miał sobie równych. Krążyły legendy także na temat tego, że przylać komuś potrafi i, co gorsza, lubi.

Agis dobrze wybrał knajpę. Była ukryta tuż za portem rzecznym, z dala od miejskich ulic. Wokół tylko zaułki, małe placyki przeładunkowe i składy towarów. Tu na pewno nie będzie ich szukał żaden z nauczycieli ani instruktorów, którzy lubili wpaść z „niezapowiedzianą kontrolą", by wyłowić z karczem chłopców raczących się winem, ukarać dla przykładu, a nawet uprzejmie donieść rodzicom.

Niestety, wnętrze wypełnione robotnikami portowymi w różnym stopniu nasączenia alkoholem nie sprzyjało ani dyskusji, ani odprężeniu. Obrotny gospodarz jednak, znając zwyczaje złotej młodzieży, potrafił zarobić dodatkowo na tych wyjątkowych klientach. Dlatego na zapleczu, tuż przy samym podwórzu gospodarczym, ustawił osobną ławę w cieniu, ukrytą przed wzrokiem przechodniów, za to z widokiem na rzekę. Bywały przecież dni, kiedy obroty z tej jednej tylko ławy dorównywały obrotom całej knajpy. W środku piło się byle co, a tu nie, nie... Na podorędziu, w specjalnej piwnicy, czekały nieco inne trunki, przygotowane wyłącznie dla jaśnie paniczów. Parobkowie dbali też, żeby żaden pijak nie zakłócał spokoju lepszego towarzystwa i nie wychodził szczać na tę stronę.

– Fajne miejsce. – Elop rozsiadł się wygodnie, opierając plecy o zewnętrzną ścianę karczmy.

– No i niezły widok. – Agis spoglądał w stronę skłębionej nad łagodnym nurtem zieleni.

Elopa jednak bardziej niż rzeka interesowało gospodarcze podwórze. A konkretnie: pracująca tam dziewczyna ze wsi, która właśnie przenosiła kosze z warzywami, sama jedna rozładowując wóz dostawczy.

– Wyobrażacie sobie jej spocone uda? – szepnął. – Jej silne nogi? Patrzcie, jak się rusza. Jak łania.

– Ty chyba dawno łani nie widziałeś – obruszył się Virion.

Dziewczyna rzeczywiście przypominała postawą raczej krzepkiego robotnika rolnego. A poza tym ciągle był wściekły po przegranej w gimnazjonie i po tym, co powiedział Parte. Co za buc pieprzony. I w dodatku oszust.

– I nie chodził według taktomierza! – to ostatnie niechcący powiedział na głos.

– Ty ciągle o tym? – Agis zerknął spod oka. – Chodził, stary. Uwierz mi, chodził.

– Nie! Oszukiwał.

– Tak, tak, tak. – Elop wzruszył ramionami. – Bo ty jeden słyszysz boski rytm. Reszta to ciule.

Virionowi nie chciało się dyskutować. Chyba tylko on przywiązywał wagę do słów instruktora, że sztuka walki to czyste piękno zaklęte w ruchach, które mają być idealnie precyzyjne, ponieważ rytm nadają mu boskie sfery. A Parte walił mieczem jak cierpiący z powodu czkawki chłop cepem. Dlaczego nikt tego nie widział? Fala zgryzoty nie pozwalała mu cieszyć się wolnym popołudniem. Czyżby naprawdę był tylko nieudacznikiem, który się czepia? Bo niby dlaczego strzelając z łuku, prawie nigdy nie trafiał w cel? Kiepsko biegał. A może inaczej, biegał nieźle, ale cała jego przewaga stawała się widoczna dopiero na długich dystansach, kiedy wszyscy odpadali ze zmęczenia, a on nadal był rześki. Ale ten sposób był dobry podczas ucieczki z kolegami, po tym jak nabroili. „Długi dystans?" – zapytał kiedyś instruktor zniecierpliwiony jego tłumaczeniem. „Nie ma takiej dyscypliny sportowej".

– Przestań się gryźć. – Agis musiał coś zauważyć i uderzył w ugodowy ton. – Uznaj, że Parte jest lepszy, bo... On jest lepszy nawet ode mnie.

Ale argument! Jak strzałą z łuku nie w ćwiczebny stóg, tylko w dupę prowadzącego zajęcia.

– Dobra, chłopaki. – Elop podniósł się z miejsca. – Czas coś zamówić. Czyste wino?

– Bez kropli wody. Jak coś domiesza, to mu jaja utnę!

– Aaaa... Możesz pożyczyć trochę kasy?

– Co? Znowu przegrałeś na wyścigach?

Każdy młody człowiek z ich sfery dostawał od rodziców mniej więcej podobne sumy. Tyle że Virion planował swoje wydatki, a Elop nie. No i jeszcze te konie. Niby młodym nie wolno było zajmować się hazardem, ale wiadomo. Jak jest popyt, to zaraz będzie i podaż. Przed torem zawsze znalazło się dużo chętnych przyjmujących zakłady od tych, których z powodu wieku nie wpuszczano samotnie na trybuny.

– Miałem ostatnio dobrą passę.

– No to masz mnóstwo kasy.

– Na samym końcu się pomyliłem. – Elop nerwowo potarł brodę. – Właściwie to nawet wiszę takiemu jednemu ciemnemu typowi.

Odkąd pamiętali, Elop zawsze pożyczał. I generalnie nigdy nie oddawał. W zasadzie ostatnio jedynym jego wierzycielem był już tylko Virion. Sam Virion nie bardzo wiedział, czemu to robił. Bo prawie nie miał innych kolegów? Bo Elop zawsze był złym duchem w grupie? I to Viriona fascynowało, skoro sam w otoczeniu rówieśników niezbyt się liczył? Hm. Ciekawostka.

Virion i Agis wysupłali z sakiewek po kilka monet. Kiedy ich posłannik zniknął w dusznym wnętrzu, żeby przynieść zamówienie, na chwilę zapadła cisza.

– Ta jego gra kiedyś doprowadzi do katastrofy – przerwał ją Agis. – Nie uważasz?

Virion przechylił głowę.

– A ty nie uważasz, że wszyscy ludzie robią wszystko bez sensu?

– Niby co?

– No patrz tam. – Wskazał jakichś ludzi rąbiących gałęzie krzaków nad brzegiem rzeki.

– Rąbią, bo tu drewno za darmo.

– Ale same cienkie gałązki. Nie lepiej zatrudnić się gdzieś i kupić porządny opał pod kuchnię?

– Może nie chce im się robić?

– A chce rąbać? Bez sensu.

– I co? Tak wszyscy bez sensu? Twój ojciec też?

– On chyba najbardziej. Na co mu tyle forsy? Nie ma nawet czasu, żeby pilnować swoich rozlicznych interesów. W ogóle go nie ma w domu. A matka siedzi całymi dniami w swoich pokojach i oddaje się poezji. Raz by wyszła chociaż. Słońce zobaczyła.

– Przeginasz. Dzięki temu wszystko masz.

– Dzięki poezji matki?

Agis machnął ręką. Dla niego pieniądze miały konkretną wartość, której wypadało poświęcić całe życie. Ale fakt. Jeśli się cały czas zarabiało, to kiedy wydawać?

– Ludzie są brzydcy – kontynuował Virion, ciągle śledząc ludzi rąbiących gałęzie. – Są głupi, są nijacy, są beznadziejni. A cały ten świat nie ma krzty sensu. Wypełniają go tylko brzydcy ludzie.

– Kobiety też? – zapytał Agis podchwytliwie, uderzając tym samym w czułą strunę. Viriona wyraźnie ciągnęło ku jednej z panien, które zbierały się w swoich pomieszczeniach za gimnazjonem, skupione w kółkach subtelnych zainteresowań.

– Jeśli masz na myśli tę tu – Virion zerknął na chłopkę męczącą się przy koszach z warzywami – pełniącą w zastępstwie obowiązki gazeli, to też.

Zagryzł w zadumie wargi. Dziewczyna, która zwróciła jego uwagę, a może i więcej niż uwagę, oczywiście nie miała nawet pojęcia o jego istnieniu. Wynikało to bezpośrednio z faktu, że bał się do niej podejść. Nie, nie po to, żeby nawiązać od razu rozmowę. Wystarczyłoby podejść i robiąc cokolwiek, zainteresować ją sobą. Ale nie. Coś go w tej mierze blokowało i jakiekolwiek plany nadal pozostawały wyłącznie w dziedzinie fantazji. No jasna zaraza w dupę jeża! Znowu zaczął się obwiniać. Znowu według niego samego to z nim było coś nie tak.

Czuł się jak w zaklętym kręgu. Wyjścia znaleźć nie potrafił.

Na szczęście ponure rozmyślania przerwał powrót Elopa. Chłopak zamiast dzbanka z winem niósł w rękach trzy duże czarki.

– No i znowu zaoszczędził – jęknął Agis. – Zamiast wina wziął jakieś świństwo.

– Nie macie pojęcia, co to jest!

– A ja nawet chyba nie chcę wiedzieć.

– To gorzałka, wódka, zwana też siwuchą.

– Aha. Bo jak wypijesz i pierdniesz, to się pojawia siwy dym?

Elop rozstawił czarki.

– Spróbujcie. Trzeba popić wodą. – Wskazał brodą mieszalnik stojący na ławie. – Ale daje takiego kopa, że nie uwierzycie.

Virion powąchał zawartość swojego naczynia. Napój śmierdział jakby ogórkami.

– Ludzie gór to piją. Lepsze niż wino. – Elop zachwalał swój nabytek, usiłując jakoś przykryć fakt, że rzeczywiście zaoszczędził, zachowując różnicę dla siebie. – W naszych stronach praktycznie nie do dostania.

Agis pociągnął niewielki łyk.

– Ohydne! – O mało nie wypluł. – I czemu tak niewiele?

Virion również pociągnął. Przełknął. I szybko nachylił się do kranu mieszalnika, żeby popić.

– Wiesz co? – Zniesmaczony popatrzył na Elopa. – Znam taką zupkę heroiczną naszego głównego lekarza. Ta to dopiero daje kopa, a w smaku trochę jak to świństwo.

– Lepszy kop? Przyniósłbyś czasem do popróbowania.

– Nie do wypicia. – Virion osadził eksperymentatorskie zapędy Elopa. – Nie przełkniesz tego gówna po dobroci.

– Tego też nie przełkniesz. – Agis wbrew słowom przyjął jednak drugi łyk. – Jakbym pił wodę z ogórków czymś jeszcze popsutą.

– No i żadnego efektu.

– Poczekajcie. – Elop rozsiadł się wygodnie i sam zaczął sączyć siwuchę. – Powoli działa. Powoli.

– Eee... – Virion też spróbował ponownie. Ciekawość to jednak straszna przywara. Coś nim wstrząsnęło. Znowu musiał popić wodą. – Przypomina ten wywar, który piją wyrocznie.

Agis wyraźnie się ożywił.

– No właśnie. Niedługo zakończenie naszych zajęć w gimnazjonie.

– I?

– Wizyta w wyroczni. Wszyscy obowiązkowo.

Elop zaczął się śmiać.

– Akurat. Przygotuj się, bo jeszcze usłyszysz coś konkretnego poza bełkotem odurzonej wieszczki.

– To one wódkę piją?

– Nie – włączył się Virion. – Słyszałem od głównego lekarza ojca. Siedzi starucha nad jakimś dołem w jaskini. A tam ze źródeł zatrutej wody wydobywa się jakiś opar. Inhalują, głupieją i coś tam bredzą od rzeczy. A wokół dziewczyny interpretatorki, tfu, kapłanki znaczy, tłumaczą na ludzkie, co tam ta główna wymamrotała pod nosem. A wywar to łyka chyba, żeby nie stracić w ogóle przytomności.

– A ja słyszałem, że czasem powiedzą coś z sensem.

– Z sensem to jest, jak dobrze zapłacisz.

– Nie wierzysz w nic, co święte?

No i jak kolegom odpowiedzieć? W tym wieku nie bardzo wiadomo, w co się wierzy, a w co nie. Niby się nie wierzy w nic, ale może coś tam na rzeczy jest. Choć oczywiście nie w tej formie, jak chciałby to widzieć prosty lud.

– Pamiętam taką sprawę. Król jednego z Królestw Północy zapytał wyrocznię o powodzenie na wojnie, którą zamierzał wywołać. Konkretnie: czy zwycięży i czy nie zginie. A ponieważ płacił czystym złotem, chciał mieć odpowiedź na piśmie. I to żeby mu wyrocznia własnoręcznie napisała, co i jak.

– No i co?

– Dostał jakieś bazgroły na kartce, które z trudem dało się odczytać. A konkretnie: „zwyciężysz nie zginiesz”. No to sprawa jasna, „Zwyciężysz. Nie zginiesz.” Poszedł na wojnę, przegrał z kretesem, a w dodatku zabili go, jak bronił własnej stolicy.

Elop ryknął śmiechem.

– Naiwniak biedny.

– Widzisz, jego spadkobiercy mieli kartkę, którą dostał. I z pretensjami do wyroczni. Co jest? Kasę zwracać. Ale kapłanki spokojnie, powoli wytłumaczyły im, że władca sam se powstawiał złe znaki przestankowe. W oryginale przecież jest wyraźnie: „Zwyciężysz? Nie. Zginiesz!”. No i interpretuj teraz bazgroły oszołomionej wizjami wyroczni. Żaden sąd nie stanie po żadnej ze stron.

Agis tylko machnął ręką.

– Też to gdzieś słyszałem. Kolejna powtarzana od lat plotka, w której nie ma ziarna prawdy.

– A ty wierzysz?

– Nie wiem. Ale Koenowi wyrocznia wywróżyła jednak, że z pozoru jest zdrowy, a w środku ciało ma zgniłe. No i co? Zmarł po roku, jak go robaki zjadły, co je miał w sobie.

– A wieś Amstad? Co chłopi się zrzucili i zapytali, kiedy susza się od nich odwróci? Konkretną odpowiedź dostali.

– To też plotka. – Elop z wyraźnie większą chęcią niż na początku przyjął kolejny łyk ogórkowatego świństwa. – Chyba działa – powiedział, kiedy udało mu się pozbyć z ust okropnego zapachu. – Jakoś tak czuję się... – Przez chwilę szukał właściwego słowa. – Radosny?

Virion wypił również.

– A ja zatruty – mruknął. – Ale... – Nie umiał właściwie powiedzieć, co się z nim dzieje.

– Co do wyroczni... – Agis powrócił do tematu. – To najważniejsza chwila w naszym życiu. Największa uroczystość inicjacji.

– Powiedz konkretnie, że na koleżanki w zwiewnych, cieniutkich szatach chcesz popatrzyć.

– To raczej Virion ma powód do radości.

– Ja?

– No może zagadasz nareszcie z tą twoją. Tą upatrzoną.

Virion nie wiedział, jak zareagować, więc pociągnął jeszcze jeden łyk. Naprawdę liczył, że spotka tę dziewczynę? A spotka! No pewnie. I zagada. A może nawet umówią się na spotkanie. Gdzieś? Może nawet w samotności? No to przecież jasne. Tak przedstawi sprawę, tak ją omota, że dziewczyna nie będzie miała innego wyjścia.

– Jakoś dziwnie zmienia ci się wyraz twarzy. – Elop nachylił się do przyjaciela.

Virion otrząsnął się nagle.

– Ta wódka jednak chyba działa.

– Ja nie czuję. – Agis zmusił się do wypicia kolejnej małej porcji. – Ale skoro już jesteśmy przy dziewczynach, to słyszałem, że Lirion mówił, że już spał z jedną.

– Tak, tak, tak. On we wszystkim najlepszy, to i zaliczyć zdążył.

– Parte też tak twierdzi. Że już był z kobietą w łóżku.

– Przechwala się.

– A jak nie?

We wszystkich trzech powoli tracących trzeźwość głowach pojawiły się wątpliwości, i to dotyczące spraw niezwykle ważnych. Czy Parte kłamie? A jeśli mówi prawdę? To byłoby najgorsze. Fala zazdrości wzbierała szybko. A właściwie trzy fale. Wierzyć takiemu? Może się tylko pusto przechwala? A oni sami? Szlag!

Ohydny w smaku napój pomału rozjaśniał myśli i uwalniał umysł od wątpliwości. A prócz tego dodawał pewności siebie.

– Przechwala się – zawyrokował Virion po chwili zastanowienia.

Agis miał inne zdanie.

– Mówił też, że widział wiele kobiet nago. Był...

– W dupie był i gówno widział! – Virion wielkim haustem osuszył swoją czarkę do samego końca. – Bogowie... – westchnął, kiedy tylko pozbył się z przełyku okropnych oparów. Otrząsnął się jak pies. – Ten napój działa!

– A skąd wiesz tak na pewno? – Elop spojrzał na kolegę z pewną dozą podejrzliwości, czy przypadkiem ten go nie wkręca.

– Bo obserwuję tę chłopkę, w której łanię zobaczyłeś.

– No i co z tego?

– Właśnie doszedłem do wniosku, że strasznie mi się podoba!

Nowy miecz Viriona był wspaniały. Zamówiony specjalnie na uroczystość wejścia w dorosłość, miał nawet inkrustowane na rękojeści jego imię. W domu nie wypadało ani ćwiczyć, ani nawet wykonywać próbnych zamachów. Dom to nie plac ćwiczeń. Virion jednak nie mógł czekać. Na szczęście harmider wywołany oglądaniem nowego oręża nie trwał długo. Ojca jak zwykle szybko odwołały pilne obowiązki, a matka, i tak nierozumiejąca ekscytacji z powodu przyrządu do zabijania, oddaliła się do swoich pokoi na wieczorny spoczynek. Chłopak mógł nareszcie się wyrwać.

Mimo zmroku gimnazjon wcale nie opustoszał. Z tym że sprzątającymi sługami Virion nie musiał się przejmować, a z ważnych ludzi nikogo nie było. Virion więc, nie pytając nikogo o pozwolenie, wytargał z magazynu jedną z ćwiczebnych kukieł. Nie tracąc chwili, wyciągnął swoją lśniącą broń i zadał pierwszy cios. Uch... Ale cięcie! Odsunął się o krok, by zaraz doskoczyć znowu i pchnąć. Ostrze patroszyło kukłę bez większego szelestu. Poprawił więc z drugiej strony, a potem ciachnął w szyję.

– Spokojnie – rozległ się rozbawiony głos tuż obok. – Spokojnie. Ona już od dawna nie żyje.

Virion drgnął niczym dźgnięty nożem. Z tonącej w mroku niszy tuż obok wyłonił się Parte. Szlag! Akurat on był świadkiem tych wygłupów. Parte jednak z wyraźną fascynacją patrzył na nowy miecz.

– Ożeż ty... – mruknął. – Ile to cudo kosztowało?

– Nie wiem. Prezent.

– A, no tak. Zaraz uroczystości wróżebne.

– Też dostałeś?

– Nie. – Parte potrząsnął głową. – Wystąpię z rodzinnym mieczem. Jeszcze po pradziadku.

– Nie mów, że był żołnierzem. – Virion nie miał pojęcia, jak traktować tę dziwną rozmowę. Czuł, że Parte nie będzie atakował, że nawet nie miał takiego zamiaru. O co mu więc chodziło?

– No skąd.

W najwspanialszym kraju na świecie służbę żołnierską pełnili wyłącznie najemnicy. Ale miecz po przodkach dziedziczyło się tylko w wypadku, jeśli został użyty. Ze skutkiem śmiertelnym. A kogo mógł zabić normalny, zwykły obywatel? Przecież musiała to być honorowa walka. Pomacanie rzezimieszków nie mogło wchodzić w grę.

– A co tu robisz?

– Przyszedłem poćwiczyć, jak i ty. – Parte wyjął z wnęki dwa zestawy ćwiczebnych mieczy i dwa kaftany. – Ale kukła mnie nie interesuje. Jest w niej za mało negatywnych emocji.

– I niby ja mam z tobą ćwiczyć?

– Skoro już jesteś. Nie bój się. Przy okazji zobaczę, co z tobą jest nie tak.

W głosie Partego nie było agresji. Co dziwniejsze, nie było w nim słychać w ogóle żadnych uczuć. Virion, choć nie miał ochoty na ćwiczenia, włożył bez słowa swój kaftan. Niestety, nowy miecz musiał odłożyć. Zbyt łatwo mógł nim kogoś zabić.

– No to stawaj. Bez żadnych komend i taktomierza.

– To co mam robić?

– Po prostu atakuj. Jak w życiu.

He, i niby kogo w życiu mógłby zaatakować tak naprawdę? Kto w ogóle z ich kręgów naparza się mieczami w normalnym życiu? No nic. Virion zasymulował atak i błyskawicznie odskoczył. Niestety, Parte to przewidział, bo w tej samej chwili skoczył do przodu i zanim Virion odzyskał równowagę, uderzył go w lewy bok.

– Eee... Daj se spokój z tymi szkolnymi wprawkami. Spróbuj mnie zabić.

No dobrze. Skoro Parte sam się napraszał... Virion zrobił dokładnie to samo, co poprzednio, licząc, że tym razem Parte będzie oczekiwał czegoś nowego. Nie pomylił się. Widząc zastawę chłopaka stojącego naprzeciwko, cofnął się jeszcze o krok, zmuszając go do opuszczenia broni. Skok do przodu, zwód w lewo. Drewniane miecze zderzyły się ze sobą z nieprzyjemnym trzaskiem. Jeszcze raz i jeszcze. Nagle Virion przyjął uderzenie na sztylet opuszczony wzdłuż lewego przedramienia i zaczął wyprowadzać cios od góry. Niestety. Drewniany sztylet dziabnął go w brzuch i tylko dzięki kaftanowi nie uczynił żadnej krzywdy.

– Wiesz co? – Parte zadyszał się lekko. – Ty chyba za bardzo usiłujesz wykonać „instrukcję walki".

– A ty nie utrzymujesz rytmu.

– Przecież tu nie ma taktomierza.

Zwarli się raz jeszcze.

– Ostrzej, ostrzej! Walczysz, jakbyś dziewczynę obejmował.

Parte trafił chyba w czułą strunę, bo Virion przepuścił doskonałą okazję do ataku i sam zarobił uderzenie. Dokładnie w sztywny kołnierz kaftana na wysokości szyi.

– No nie. Naprawdę jakbyś z babą walczył. I chciał ją objąć.

– A ty już... – wyrwało się Virionowi niechcący. Szlag, nie zdążył ugryźć się w język. Ale kompromitacja.

Parte jednak nie zamierzał kpić ani żartować. Spojrzał na niego z pewnym nawet zainteresowaniem.

– Aha – mruknął bez cienia uśmiechu. – A co chcesz wiedzieć? – spytał wprost.

Ponieważ cisza przedłużała się nieznośnie, sam się domyślił.

– Rozumiem. Nie wiesz, jak w ogóle zacząć.

Virion zaatakował, wyprowadzając podstępny cios, ale Parte nie dał się zaskoczyć.

– Wiesz co? – zaczął dyskusję w trakcie walki, choć na pewno był świadomy faktu, że rozproszy tym przeciwnika. – Na początku rzeczywiście człowiek nie wie nawet, jak zebrać się w sobie. A... – Odbił cios z góry i błyskawicznie przeszedł do natarcia. – Twoja wybranka już wie, że spoglądasz na nią tęsknie?

– Nie mam pojęcia.

– To dlaczego nie podejdziesz i się nie przedstawisz?

I co tu powiedzieć? Że jest nieśmiały? Parte jednak, o dziwo, zdawał się rozumieć stan ducha Viriona.

– No rozumiem, rozumiem – powtórzył, unikając wściekłego ataku. – To może zróbmy tak: pokażesz mi, która to, a ja do niej podejdę, zagadam, a potem cię przedstawię.

Virion zaatakował z furią, Parte jednym ruchem wytrącił mu miecz z ręki.

– Ty wiesz co? – Przygryzł wargi, nagle zamyślony. – Jak tak sobie gadamy, to ty nawet lepiej walczysz. Hm. Tak mi się coś zdaje, że na normalnych ćwiczeniach ty się za bardzo skupiasz na samej walce.

– A na czym się mam skupiać?

– Pomyśl o dziewczynach – zażartował Parte i natarł wściekle.

Virion jednak był przygotowany. Zaczęli wymianę ciosów.

– Bo widzisz. Dziewczyny trochę się od nas różnią.

– Chyba zauważyłem parę różnic.

– Ja nie o tym. Do nich tak się nie podchodzi w stylu: „Cześć, masz wolny wieczór?". Tu powoli trzeba. Poetycko.

– Jak?!

Teraz dyszeli już obaj i dalszy wykład był trochę zasapany.

– Poetycko. Nie „no cześć, jak tam?", tylko: „twoje piękno, pani, przyćmiewa blask słoń... kur... ...ca.

Parte po ostatnim ciosie odskoczył, by złapać oddech.

– Wiersze trzeba jej pisać.

– Nie umiem.

– Co za niedojda. Pieniądze masz? Poetę wynajmij i wykuj na blachę, co ci naskrobie!

– Aha. – Virion ponowił atak. Niestety, znowu nieskuteczny. – I co? Tak podejść i powiedzieć jej wiersz?

– Debil.

– Listem wysłać?

– Pogięło cię? Nie wiersz masz mówić, tylko poetycko ją opisywać. Ale to dopiero jak się bliżej poznacie.

– No to jak mam ją poznać?

– Toż mówiłem. Ja ją poznam i was przedstawię. Tylko powiedz, która to.

Parte znowu wybił miecz z ręki Viriona.

– No i zwyciężyłem – westchnął, ocierając pot z czoła. – Ale po raz pierwszy się choć trochę namachałem. – Oparł dłonie na kolanach, dysząc ciężko. – Wiesz, co cię tak krępuje?

– Niby co? – Virion też nie mógł złapać oddechu.

– Ty masz za dużo wiedzy w głowie na każdy temat. Stoisz i normalnie wymyślasz czarne scenariusze na każdą okazję. Wiedza cię pęta. Za dużo myślisz.

– I w mieczu, i w przypadku dziewczyn?

– Tak jest, a nie inaczej. – Parte wyprostował się powoli. – Chodź na jakieś wino. Zaschło mi w ustach.

– Niezły pomysł. Znam taką spelunę za portem rzecznym.

– Jaką spelunę? – skrzywił się jego pogromca. – Co ja jestem? Robotnik rolny?

Ręką Parte wskazał rozświetloną ogromną liczbą pochodni karczmę po drugiej stronie ulicy.

– Ale tam w każdej chwili może wpaść instruktor na kontrolę.

– No i niech wpada. Jego psie prawo szpiclować.

– A jak nas zobaczy przy winie?

Parte wytarł twarz zdjętym właśnie kaftanem.

– Gdzieś ty się chował? – prychnął. – Wchodzisz na główną salę i wołasz: „Gospodarzu, czyste wino do talerzy od zupy!".

– I łyżkami będziemy pili?

– Co? Nie pasuje? – Twarz Partego rozciągnęła się w szerokim uśmiechu. – A jak wejdzie instruktor, to bierzesz talerz w łapska i chłepczesz szybko. I do czego się przyczepi? Że zupę jedliśmy? Że smakowała?

– Wystarczy, że talerz poliże.

– Chyba zwariowałeś? Co to, psiarnia, żeby se miski wylizywać czy obwąchiwać jeden drugiego? Przecież my szlachetnie urodzeni, a on cham. Więc żeby cię sprawdzać, musi ci najpierw kłam zadać. A na to się nie poważy.

Jakaś myśl zaświtała Virionowi w głowie. Czy to może być takie proste? Parte najwyraźniej nie należał do ludzi mnożących trudności.

– No chodź. I naucz się wreszcie korzystać ze swoich przywilejów.

Dziwny sen przychodził i odchodził. Virion po obudzeniu właściwie nie potrafił powiedzieć, co mu się konkretnie śniło. Sen w każdym razie powracał przez wiele nocy. Było w nim mroczno, i tylko coś jakby srebrzyło nieboskłon w tle. Wszystko w zasięgu wzroku było czarne lub granatowe. I ta obracająca się głowa. Najpierw widział potylicę, potem profil, bardzo niewyraźnie, a potem powinna ukazać się cała twarz. Nie ukazywała się.

– Czy w tym śnie odczuwasz strach? – zapytał uczony interpretator, który czasem odwiedzał matkę. Virion skorzystał z okazji i dopadł go w szpitalu, kiedy znawca nocnych spraw przyszedł odwiedzić swojego przyjaciela lekarza.

– Nie, panie. Chyba nie odczuwam.

– A co budzi twój niepokój?

– To bardzo trudno powiedzieć. Obawiam się chyba tej twarzy. Ale to nie strach. To niesie ze sobą jakąś nieuchronność. Jakąś mroczną powinność. Coś, co powinienem spełnić... chyba.

– Hm. A powiedz mi jeszcze, czy we śnie występują jakieś inne osoby?

– Coś lub ktoś się tam rusza w ciemności. Może i osoby. Ale nie widzę wyraźnie.

– Są groźne?

– Są nieprzyjemne, zdaje się. Groźne raczej nie. To jest jakieś takie... – Bardzo trudno Virionowi mówiło się o zapamiętanych, niewyraźnych strzępkach obrazów. Zwłaszcza w jasnym świetle dnia. – Mam wrażenie, że jestem pogodzony z tym, co mnie tam otacza. To jest może i groźne nawet, ale ja sam wielkiego zagrożenia nie dostrzegam.

– Czy tak to czujesz? Że jesteś pogodzony z zagrożeniem?

– Można to tak ująć. Ale to bardzo kaleki opis. Jestem jakby przekonany, że tak ma być i już. Nie jest tam fajnie, ale też nie mam wrażenia, że cokolwiek miałoby mnie zaatakować.

Interpretator zadumał się, głaszcząc swoją wypielęgnowaną brodę. Główny lekarz szpitala, który nadszedł właśnie w tym momencie, musiał usłyszeć końcówkę rozmowy.

– Co? Złe sny? – Gestem powstrzymał niewolników, którzy rzucili się, żeby mu usłużyć. – Jak się w nocy obudzisz, to napij się czegoś ciepłego, chłopcze. Nie gorącego, absolutnie nie zimnej wody, ale letniego naparu.

– Chłopak przedstawia bardzo ciekawy opis snu. – Interpretator podniósł rękę. – Bardzo niejednoznaczny.

– Aj tam, aj tam. – Lekarz w odpowiedzi na gest kolegi uniósł dłonie, jakby chciał go powstrzymać. – Jeszcze od wyjaśnień, co się komu śniło i dlaczego, nikogo nie udało się wyleczyć. Ot co!

– Oż ty przyziemny gadzie. – Znali się od tak dawna, że wzajemne połajanki należały do zwykłego rytuału. – Dla ciebie liczą się tylko rana, nóż lekarski, a potem igła i nici. Dusza jednak wymaga starań o wiele bardziej wyrafinowanych.

– Pokaż mi najpierw tę duszę, a ja już ją dobrym ostrzem wyleczę. I rozżarzonym żelazem ranę po niej przypieczętuję.

– Prostactwo!

– Leczę to, co widzę! A nie głodne bajania chorym prawię. – Lekarz przeniósł wzrok na chłopca. – Zaparz sobie ziół kojących na noc. A jak złe sny będą wracać, to przyjdź. Dam miksturę na uspokojenie.

– Sam widzisz, chłopcze, co chirurg wie o duszy – roześmiał się interpretator. – Rach-ciach i żelazem. Zbolały od melancholii umysł on by wycisnął, a rany zeszył. – Znawca spraw spoza jawy poklepał Viriona po ramieniu. – Jakby znaczące majaki jeszcze cię nawiedzały, to przyjdź raczej do mnie. Porozmawiamy dłużej.

Hm, melancholia... Virion chyba nie zwrócił się o poradę do właściwego człowieka. Prawie z ulgą przyjął fakt, że obaj nie zajmowali się nim dłużej. Rozgadani nagle ruszyli w stronę prywatnych pomieszczeń lekarza, a za nimi niewolnik z wielkim dzbanem. To już nawet wiadomo, co osłodzi wzajemne cierpkie uwagi, którymi będą rzucać podczas uczonej dyskusji.

– Wielki panie! – Jeden z niewolników, widząc konfuzję chłopaka, przysunął się bliżej. Był to pomocnik lekarzy, niemłody już, zaufany i zaprzyjaźniony powiernik różnych spraw mistrza medycyny.

– Tak?

– Nie chcę cię urazić, panie. Wiem, że wy w nasze gusła nie wierzycie.

– Ale?

– W poprzednim życiu byłem zaklinaczem snów. Moje plemię łączy w zgodzie sprawy dnia i sprawy nocy. Nie jak u was, że albo nóż lekarski, albo od razu melancholia.

– No? No? – Wyraźnie zainteresował Viriona. Ciekawe, z jak daleka niewolnika tu przywieźli. Przecież wyrażał się w sposób cywilizowany, a nie jak jakiś szaman z lasu. Musiał długo służyć.

– Panie, ja znam ten opis, który podałeś.

– Głowy we śnie?

– Obracającej się głowy starszego mężczyzny. Jest siwa, najczęściej włosy ma kręcone, krótkie.

Virion zmarszczył brwi zdziwiony. Nie podawał interpretatorowi tych szczegółów.

– I?

– Czy przypadkiem nie jest tak, że boisz się spojrzeć mu w twarz, panie? Czy to nie ty sam powstrzymujesz obrót głowy?

– No... – Virion zastanowił się chwilę. – Ten człowiek nie wydaje się groźny. Może jest nawet przyjazny? Jakoś tam przynajmniej. Ale rzeczywiście, chyba boję się spojrzeć mu w twarz. Nagle wszystko we śnie przyspiesza, może nawet z mojej woli. A potem się budzę.

– Znam ten opis, panie. Słyszałem podobne.

– I co to niby ma znaczyć?

– To klątwa, panie. Podałeś opis klątwy.

Virion poczuł chłód.

Coś lekko zamrowiło go w plecy. Znowu zmarszczył brwi.

– To dlaczego nie boję się we śnie jakoś szczególnie?

– Bo to wcale nie jest nieprzyjazne, panie. Jest straszne, ale tego odczuć nie możesz, bo śpisz. Twój umysł działa inaczej.

Niewolnik ewidentnie go zafrapował.

– Jak coś może być jednocześnie straszne, a zarazem przyjazne? Co?

– Jak zawodowy morderca wynajęty, żeby chronić twoje życie.

Celność odpowiedzi wstrząsnęła Virionem.

– I? – Nie wiedział, jak zadać pytanie. – I to coś mi sprzyja, sądzisz?

– Nie, nie, nie. Należy wystrzegać się prostych interpretacji, panie! Przykład, który podałem, jest tylko odpowiedzią na twoje pytanie. Na razie wiemy, że to coś jest. To coś jest tuż obok.

– Mógłbyś jaśniej?

– Wiem, że wy nie wierzycie ani w klątwy, ani w świat snu. U was trzeba godzić się z melancholią albo zastanawiać, co sprowadziło taki sen i objawem jakich rzeczywistych zdarzeń się wydaje. A ich skutki przecież można już naprawiać.

– To prawda.

– A my wierzymy, że człowiek snu chce nam coś powiedzieć. Coś bardzo istotnego. Ale nie możemy się z nim porozumieć.

– Kto jest człowiekiem snu?

– Ty sam nim jesteś, panie. Kiedy śpisz. Znasz wtedy wydarzenia, które mają miejsce w świecie snu. Masz wiedzę o wielu rzeczach, o których tu, na jawie, nie masz pojęcia. Ale nie możesz porozumieć się sam ze sobą. Stąd mowa niejasnych znaków. Stąd i zaklinacze snów.

– Czy to znaczy, że sam siebie chcę ostrzec?

– To nie jest tak proste, panie. We śnie nie jesteś istotą racjonalną, jak byście to powiedzieli. A czego chce człowiek nieracjonalny, nie sposób rozstrzygnąć. Bo rozumu takiego, jak ty masz, on nie ma, panie.

– Bardzo mnie zainteresowałeś. – Virion uśmiechnął się. – Strasznie to ciekawe.

– Ty człowiek jasności, on człowiek cienia. Wasze cele nie muszą być zgodne.

– Niesamowite. Ale jakieś porozumienie, wedle tego, co mówisz, jednak istnieje.

– To pewne. Nie bardzo wiesz, co on ci daje do zrozumienia. Ale postaw się w jego sytuacji, istoty nieracjonalnej. I zastanów się, co ty mu dajesz do zrozumienia. Swoim racjonalnym postępowaniem, opartym jednak jedynie na połowie wiedzy o świecie. Bo spraw cienia nie znasz. A on przecież coś z jawy też widzi. I, być może, wydaje mu się to snem, którego pojąć nie umie.

Stary niewolnik miał dar wymowy.

– A ta klątwa, o której mówiłeś?

– My inaczej rozumiemy to słowo. Nie jak gusła, nie jak to, że ktoś na kogoś złe powie i to się sprawdzi. W tym rozumieniu klątwa jest zabobonem i u was, i u nas. Nawet czarownik czegoś takiego nie zrobi. – Niewolnik zawahał się i spuścił wzrok. – Ale sen mówi jasno. Coś jest tuż obok. Tkwi blisko ciebie. Stojąc w słońcu, nie poznamy odpowiedzi. Trzeba wejść w cień.

– A co to znaczy?

Zaklinacz milczał, zastanawiając się długo.

– Spróbujmy poczekać, panie. Może ta nieracjonalna istota zechce powiedzieć coś jeszcze. Czekaj na dalszy ciąg snu, panie.

Virion, zadowolony z rozmowy, wyjął z sakiewki kilka monet i wręczył niewolnikowi.

– Pomogłeś mi bardziej niż wielki pan interpretator, zaklinaczu. – Uśmiechnął się szeroko.

Starszy niewolnik zgiął się w głębokim ukłonie. Być może też po to, by ukryć, że na jego twarzy nie było ani śladu wesołości.

Rozdział 2

No przecież to proste jak ostrze miecza – tłumaczył Parte Vironowi. – Podchodzisz, witasz się grzecznie i zagadujesz.

Obaj czekali pod murem okalającym gimnazjon na dziewczyny, które opuszczały właśnie własne sale zajęć. Wszystkie, a było ich co najmniej kilkadziesiąt, tłoczyły się, przepychały, gromadziły w mniejszych grupkach. Każda z nich, zdawało się, mówiła coś z przejęciem, nie zważając, czy jest słuchana przez koleżanki, czy pewniej nie. Najwyraźniej żadnej to nie przeszkadzało. Śmiech i radość promieniały od kłębiącego się tłumu, który ciągle zmieniał konfigurację podziału na mniejsze skupiska.

– I one tak gadają zawsze? – Virion przyglądał się z uwagą. – Jest im wszystko jedno, czy ktoś ich słucha?

Parte wzruszył ramionami.

– Spuszczone ze smyczy po zajęciach od rana. Bogowie, tyle modlitw w ciszy, a tu tyle myśli przecież zdążyło pojawić się w głowach. – Uśmiechnął się radośnie. – Trzeba je szybko wypowiedzieć, bo ulecą.

Nie wiadomo było, czy kpi, czy mówi poważnie. Virion wił się w coraz gorszej niepewności.

– I co mam teraz zrobić? – zapytał.

– No jak co? Podejdź do którejś i przywitaj się. – Pewność Partego przywodziła na myśl skalną opokę. – I spokojnie. Nie do tej, która cię bierze, ale do pierwszej z brzegu. To tylko ćwiczenia.

– No jak to tak podejść? I niby w jakim celu?

– Jest w tobie to, co mówiłem. Stoisz i wymyślasz czarne scenariusze.

– No ale o czym mam mówić? I dlaczego akurat do tej, do której podejdę?

Parte wypuścił powietrze z płuc.

– Poetę wynająłeś?

– Tak.

– To idź i powiedz jej coś poetyckiego. Zaskocz ją.

To dopiero skrępowało Viriona na dobre. No nie. Podejść do obcej dziewczyny i wyartykułować jakiś komplement najwyraźniej przekraczało jego możliwości. Nie mógł sobie wyobrazić, żeby w ogóle kiedykolwiek mógł być do tego zdolny.

Parte natomiast stracił cierpliwość.

– Chodź – westchnął jakby znużony. – Nie zjedzą nas.

Ruszył przodem w kierunku trzech najbliżej stojących dziewcząt, a Virion, czując, że policzki zaczynają go palić ze wstydu, powlókł się za nim. Jego przewodnik nie miał jednak ani oporów, ani wątpliwości. Zatrzymał się od razu przed najładniejszą dziewczyną z wybranej trójki.

– Dzień dobry. – Patrzył bezczelnie w jej twarz, czekając, aż umknie mu wzrokiem. Najwyraźniej nie zamierzał chwilowo mówić niczego więcej.

Dziewczyny umilkły nagle, przyglądając się z ciekawością. U żadnej jednak nie widać było nawet śladu skrępowania czy wyrazu jakiejkolwiek niestosowności.

Kiedy ofiara spuściła oczy, napastnik przedstawił się uprzejmie.

– Alesa – usłyszał cichą odpowiedź.

Koleżanki zaczęły chichotać, ale dalej nie miało się wrażenia, że dzieje się cokolwiek niestosownego.

– Ależ masz piękne oczy! – wypalił Parte.

Viriona aż skręciło. A gdzie ta poetyckość? Gdzie wyszukane słowa? Przecież ona nie może dać się nabrać na tak prosty, ba, prostacki komplement. To nie może być przecież aż tak prymitywna gra.

Policzki Alesy zdawały się jednak mówić co innego. Wyraźnie nabrały kolorów. Jej koleżanki chichotały w najlepsze, ale... czuło się, że chyba nawet zazdroszczą swojej przyjaciółce. Parte ciągle nie mówił nic więcej. Patrzył na dziewczynę, a ona konsekwentnie jedynie rzucała mu spojrzenia, lekko odwracając głowę to w prawo, to w lewo. Nigdy nie zatrzymywała wzroku na dłuższą chwilę. Niemniej kontakt między nimi wyraźnie został nawiązany. I co najciekawsze, to ona go pogłębiła.

– Skąd jesteś? – zapytała cicho.

– No stąd. – Parte kiwnął głową w kierunku gimnazjonu.

Alesa chyba postanowiła wpuścić chłopaka w jakąś pułapkę.

– I co tu robisz?

Nie zmieszał się.

– Miałem zajęcia tam. – Znowu pokazał głową gimnazjon. – Teraz jestem tutaj. – Umilkł, a potem dokończył: – Rozmawiam z tobą.

Uśmiechnęła się! Normalnie dziewczyna uśmiechnęła się do niego! Odpowiedział uśmiechem. Koleżanki chichotały dalej.

Bogowie! To nie może być przecież aż tak prymitywne! Virion z dużym szokiem pojął, że dziewczynie najwyraźniej spodobała się ta rozmowa. I ewidentnie miała ochotę ją kontynuować. Co gorsza, ciężar jej prowadzenia przejęła na siebie.

– I co chcesz zrobić?

– No. Rozmawiać.

Virion najchętniej by uciekł. A Parte właśnie sobie o nim przypomniał.

– To jest mój kolega, Virion – powiedział.

Alesa ledwie musnęła go wzrokiem. Tak samo koleżanki. Atrakcja tego spotkania stała już przecież przed nimi. I właściwie nic nie mówiła. A kontakt był. Fascynacja również. A przynajmniej wielkie zaciekawienie.

Virion nie mógł tego zrozumieć. Czy przy bezczelnym podrywie naprawdę nic się nie dzieje? Przecież Parte niczego nie robił. Stał tylko, niewiele mówiąc. Bardziej zagadkowej sytuacji nie mógł stworzyć.

– Macie teraz wolne?

– Zajęcia skończone.

– No to spokój do jutra?

– Tak. Do jutra spokój.

– Nieee no... Fajnie macie.

– No. Mamy.

Bogowie, co za debilny dialog! I gdzie tu te osławione poetyckie określenia? Gdzie wzbudzanie zauroczenia? Gdzie próby czarowania słowami? Virion czuł, że i on powinien coś powiedzieć, ale nie miał pojęcia, od czego zacząć. Nie mógł się wbić w ciąg bezsensownych słów, które padały po obu stronach. Zresztą dziewczyny nadal go ignorowały. Stał jak niemy głupek i właściwie teraz już tylko rozpaczliwie potrzebował wybawienia, czegoś, co pomogłoby zakończyć tę niezrozumiałą dla niego scenę. Najchętniej odwróciłby się i odszedł, ale nawet ta myśl jakoś nie potrafiła ukonstytuować się w konkretne działanie. Co czuł? Jedynie skrępowanie. Nie miał zielonego pojęcia, jak się zachować.

Prośba o ratunek została wysłuchana przez Bogów. Zza jednej z kolumn olbrzymiego portyku wyłonili się Agis i Elop. Rozglądali się, najwyraźniej kogoś szukali. I to na szczęście właśnie jego.

– Tam jest! – Agis wyciągnął rękę.

Obaj podbiegli szybko.

– Aleśmy się ciebie naszukali! – Bez żadnego skrępowania przywitali się z dziewczynami. Te ich zresztą nie obchodziły.

– Słuchajcie, w „naszej" gospodzie jest teraz... – Agis zawiesił głos. – No, nie uwierzycie!

– Kto siedzi w tej spelunie? – zapytał Virion, czując ulgę, że może wreszcie się odezwać.

– Sam Folyn! Mistrz szermierki! Czy wiecie, ilu ludzi ten facet zabił?

Dziewczyn to w ogóle nie interesowało. Parte wzruszył ramionami.

– Mówią, że był blisko, żeby nazywali go szermierzem natchnionym – mruknął. – Ale skąd pewność, że to na pewno on?

– Mój ojciec jest w radzie, odpowiada za straż w mieście. I oni tam teraz zastanawiają się, co robić. Bo kiedyś był nakaz na Folyna. Ale dawno. I nikt nie ma pojęcia, czy jeszcze obowiązuje.

– Niech tam wyślą strażników, którzy sami mogą zapytać. – Parte roześmiał się. – Ale byłaby jatka. – Machnął ręką. – Ale nie wpuszczą, żeby dać popatrzeć.

– No to chodźmy, póki jeszcze nie ma jatki i nikt się nie zastanawia, czy można wpuszczać. – Elop był bardzo podekscytowany. – To jedyna okazja, żeby zobaczyć mistrza szermierki na własne oczy!

– Idźcie. – Parte skinął głową. – Ja tu jeszcze zostanę. – Odwrócił się do niezbyt zainteresowanych zdarzeniem dziewczyn.

– A ja skorzystam z okazji. – Virion z prawdziwą ulgą przyjął możliwość wycofania się z pozycji na froncie damsko-męskim.

Wnętrze nadrzecznej spelunki było zatłoczone jak zwykle. Tym razem jednak nie chcieli zajmować miejsca na zewnątrz. Nie po to przecież przyszli. A robotników portowych, którzy obsiedli wszystkie wolne stołki, przekonała srebrna moneta, by ustąpili bez słowa. Chłopcy mieli dla siebie całą ławę w dogodnym kącie.

– Tylko się nie gapcie jak cielaki! – ostrzegał Agis. – To jest bardzo groźny facet.

– Zaraza. – Elop usiłował patrzeć przez palce, udając, że ciągle poprawia włosy. – Zamówmy coś.

– Co? Wino?

– Poproś o mleko.

– No a jak nas jakaś kontrola nakryje?

– A w dupę z kontrolami – poparł kolegę Virion. Ta karczma nie nadawała się chyba na alkohol podawany w talerzach do zupy. Gospodarz mógłby nie zrozumieć, o co chodzi. Widoczny na tle kuchni, miał twarz, w której trudno było dopatrzyć się jakiejś skomplikowanej myśli. Wszystkie swoje zasoby intelektualne zużywał do pamiętania cen serwowanych trunków. – Bierz szybko, bo głupio tak siedzieć.

Prędko zrobili zrzutkę. W takich miejscach jak to lepiej mieć odliczoną dokładnie sumę. Dzieci z dobrych domów w każdym wokół widziały oszusta i złodzieja. To nie było ich środowisko.

Kiedy zostali sami, Virion zerknął na opartego o ścianę Folyna. Mężczyzna najlepsze lata miał już za sobą. Nie sposób było jednak określić jego wieku. Jedyną wskazówką mogły być tylko krótkie siwe włosy. Pomarszczona twarz i zwalista sylwetka zdawały się nie pasować do jego postawy. Nie było widać nawet śladów brzucha. No ale też na odsłoniętym ramieniu nie uwidaczniały się szczególnie wyrobione mięśnie. To nie zapaśnik.

– Nie gap się!

Virion natychmiast opuścił wzrok.

– On chyba śpi – szepnął.

– Nie śpi. Tylko ma tak zmrużone oczy.

– Skąd wiesz, skoro niby sam nie patrzysz?

Rodzącej się kłótni zapobiegł Elop wracający z winem. Tym razem pili grzecznie, mieszając z wodą.

– Ale ma broni. – Agis nie mógł się oprzeć rzucaniu ukradkowych spojrzeń.

– No.

Rzeczywiście. Mistrz położył na ławie dwa miecze różnej długości, skrócony dziryt, toporek, a nawet niewielki łuk o przedziwnie krótkim łęczysku i kołczan. Miał też małą tarczę. Ciekawe, co jeszcze kryło się w jego szatach i w bagażach rzuconych niedbale tuż obok.

– Dlaczego wybrał tak paźgawą knajpę? – dziwił się Agis. – Przecież on mistrz, to powinien raczej w najlepszym zajeździe w Mygarth...

– Pewnie nie chce być pod okiem strażników.

– Dureń jesteś. Przecież już wiedzą, gdzie jest.

– Co robimy?

– A co mamy robić? Siedź i patrz.

– Przecież mieliśmy nie patrzeć.

Trudno było odmówić logiki temu stwierdzeniu. Milczeli więc i tylko od czasu do czasu rzucali ukradkowe spojrzenia. A Folyn siedział niewzruszony, ciągle w tej samej pozycji, oparty o ścianę, z niezmiennie zmrużonymi oczami. Jedynym ruchem, jaki wykonywał z rzadka, było sięgnięcie po niewielki kubek i podniesienie go do ust. To akurat rozumieli. On nie pił wina, tylko wódkę.

– Ciekawe, ilu ludzi zabił? – nie mógł wytrzymać Agis.

– Idź i zapytaj. – Virion uśmiechnął się złośliwie.

– Sam idź.

– Przestańcie. – Elop uniósł rękę w uspokajającym geście. – O co mu chcecie dupę suszyć?

– Ja to bym spytał, czy jest w stanie zabić tych wszystkich ludzi w karczmie – powiedział Virion.

– Wszystkich na pewno nie.

– Skąd wiesz?

– Bo jakby się tylko zaczęło, to nasza trójka natychmiast by uciekła. A nas stary by nie dogonił.

– Nie jest taki stary.

– Ale ja jestem dobry na bieżni.

– Żebyś się tylko nie zdziwił. On ma jeszcze łuk.

– Srał... – Agis urwał w pół słowa i zamarł z otwartymi ustami. – O... O Bogowie! – Ściśnięte nagle gardło z trudem przepuściło te słowa. – On mnie wezwał.

Virion i Elop gwałtownie odwrócili głowy, żeby też zerknąć. Folyn siedział jednak jak przedtem. Nieruchomy, z przymrużonymi oczami.

– Zdawało ci się.

– Nie!

Pierwszy otrząsnął się Virion.

– No to idź. Nie każ mu czekać.

Elop prawie na siłę podniósł Agisa. A potem popchnął mocno, przez co chłopak o mało się nie przewrócił. Nie widzieli, o czym Folyn rozmawiał z Agisem ani czy w ogóle jakaś rozmowa miała miejsce. Kolega zasłonił mistrza plecami. Kiedy wrócił, oczy miał rozbiegane.

– On... on powiedział, że jak chcemy sobie popatrzeć, to możemy się przysiąść. Tylko każdy z nas ma przynieść amforę wina. Bez wody.

Virion ochłonął pierwszy. Wstał szybko i zgrabnie przeskoczył ławę.

– Gospodarzu! – krzyknął. – Trzy razy wino bez wody. Najlepsze!

Takie zamówienie było realizowane bez zwłoki. I już po chwili wszyscy trzej, trzęsąc się może nawet nie ze strachu, ale z nerwów na pewno, zbliżyli się do ławy zajmowanej przez mistrza. Ostrożnie wstawili swoje naczynia do specjalnego stojaka tuż obok. Postawili na blacie swoje kubki, a Virion napełnił je wszystkie. Był dumny z siebie, że nie uronił ani kropli, bo przelewanie wina bezpośrednio z amfory „na stół" nie należało do łatwych zadań. Folynowi przypadł w udziale największy puchar.

Mistrz szermierki nie zmienił wyrazu twarzy. Nie wiadomo, czy drzemał, czy myślał o czymś w skupieniu. W każdym razie poczęstunek przyjął i opróżnił swój kubek kilkoma haustami.

– Mistrzu – wypalił od razu Agis – czy to prawda, że nigdy z nikim nie przegraliście?

Folyn nie odpowiedział. Nie zadał sobie nawet trudu, żeby zerknąć na pytającego.

– Mistrzu, a czy trudno jest zostać mistrzem? Jak długo trzeba codziennie ćwiczyć?

Znowu żadnej reakcji. Ale im było wszystko jedno. Siedzieli przy jednym stole z legendarnym szermierzem i atmosfera miała w sobie coś z nabożeństwa odprawianego przez kapłanów w świątyni. Patrzyli rozgorączkowani na szczegóły ekwipunku, który leżał tuż obok. Ciekawe, ile gardeł poderżnął już ten miecz? A ile flaków wypuścił z brzuchów? Ilu ludzi poczuło go dosłownie „w sobie"? Ilu ludzi patrzyło na twarz mistrza i dla ilu z nich był to ostatni widok w życiu? To niebywałe. Mieli wrażenie, jakby brali udział w jakimś misterium, jakby obcowali z półbogiem. Nawet jeśli bóstwo nie odpowiadało na pytania, traktując ich, jak zasługiwali, jak ciekawskie szczeniaki, które przyniosły dobre wino. Nic to. Sam fakt, że mogli siedzieć z Folynem przy jednym stole, był wystarczającym wyróżnieniem. Któż bowiem mógł się tym pochwalić? Kto z ich kolegów będzie mógł powiedzieć: „piłem z samym Folynem"? Nie, nie. Tylko oni będą mogli się chwalić tak nieprawdopodobnym wyczynem. I wszyscy trzej zamierzali to odtąd robić aż do absolutnego znudzenia. Słuchaczy, oczywiście.

– Mistrzu, a moglibyście zabić tych wszystkich ludzi w karczmie, gdyby stanęli przeciwko wam?

Po raz pierwszy nastąpiła jakaś reakcja. Folyn delikatnie rozchylił powieki, żeby spojrzeć na Viriona. Pytanie wyraźnie mu się spodobało.

– Tylko ty masz jaja – mruknął cicho.

Agis i Elop zaczęli się gorączkowo rozglądać po dość dużym wnętrzu, chcąc szybko policzyć ludzi. Oprócz jednej kobiety w kuchni byli tu sami mężczyźni. Zaprawieni w ciężkiej pracy robotnicy rolni, silni i wyćwiczeni w dźwiganiu ciężkich ładunków dokerzy z portu, nawet kilku strażników po służbie. Tak na oko ze czterdziestu paru chłopa. I ani jednego ułomka.

– Widzisz – podjął Folyn cichym głosem. – Może już jestem za stary i za słaby. Może z powodu picia trzęsą mi się ręce. Może wzrok tracę powoli... – Pociągnął łyk wina. – Ale przyjmując, że wszystko to składa się naraz w jedną całość. Starość, zniedołężnienie, alkoholizm i ślepota, to gdyby się zaczęło... – Łyknął ponownie. – Żywy stąd nie wyszedłby nikt.

Chłopców zatkało. Siedzieli oniemiali, nie śmiąc się ruszyć. A zadowolony wyraźnie z pytania Folyn stuknął kubkiem w blat, żeby pokazać, że pusty. Rzucili się mu nalewać wszyscy trzej naraz.

Potem być może były jeszcze jakieś pytania, bo raczej nie odpowiedzi. Ale chłopcy nie pamiętali za bardzo. Strasznie się spili czystym winem.

Przygotowania do uroczystości inicjacyjnej nabierały tempa z każdym dniem. Wszyscy, którzy chodzili na zajęcia do gimnazjonu, musieli ćwiczyć poszczególne elementy obchodów do znudzenia. Było to coraz bardziej uciążliwe. Główną część, pasowanie i przemówienia oficjeli, zaplanowano tradycyjnie na centralnym forum miasta. A nie dało się codziennie wyłączać tak ważnego obszaru z normalnego użytkowania tylko dlatego, żeby młodzież mogła sobie poćwiczyć. Dlatego też każdy z uczestników musiał wielokrotnie zrywać się przed świtem, by poznać swoje miejsce w odpowiednim rzędzie i kolumnie, właściwej ćwiartce czworoboku, przećwiczyć zarówno zwykłe przemarsze, jak i marsz triumfalny, wykrzyczeć podziękowania dla władz miasta i oczywiście cesarstwa. A wszystko to – zanim wzejdzie słońce.

– Zwariuję normalnie. – Elop drżał z zimna w ciemnościach ledwie rozświetlonych pierwszym brzaskiem. – Jestem permanentnie niewyspany. A jak się człowiek nie wyśpi, to mu wiecznie zimno.

– Wytrzymaj do chwili, kiedy zaczniemy ćwiczyć w paradnych strojach – uspokajał go Virion, sam ledwie mogąc otworzyć oczy. – Wtedy dadzą nam płaszcze do pasowania.

– Że niby w nich będzie cieplej? – Elop wzruszył ramionami. – Za to ugotujemy się podczas właściwej uroczystości.

– Bez jaj. To tylko jeden dzień.

– Ta... Słyszałem, że ludzie potrafią mdleć gremialnie, stercząc w upale.

– No to cię odniosą do cienia i będziesz miał spokój.

– I nie przejdę obrzędu?

– Przemówienia to nie obrzęd. A bez gratulacji się obejdziesz.

Same przygotowania, choć nużące, zakończyły się dla Viriona zupełnie niespodziewanie. I to w sposób, którego nie przewidziałby nawet w najśmielszych snach.

Wracał właśnie z porannej próby. Dobra dzielnica, w której mieszkał, nie budziła się jeszcze. To nie miejsce zajmowane przez przekupniów, robotników i urzędników miejskich. Tu mimo słońca, które właśnie pojawiło się nad horyzontem, wszyscy nadal spali. I wtedy usłyszał cichy okrzyk:

– Pomocy!

Przyspieszył kroku, rozglądając się nerwowo. Głos należał do kobiety. Żadnej jednak nie mógł zauważyć.

– Pomocy!

Jakby bliżej, ale choć sprawdził wzrokiem każdy zakamarek, dalej nie udawało mu się dostrzec człowieka.

– Tu jestem.

To jakiś żart? Koledzy wyprzedzili go i namówili jedną z dziewczyn do...

– Na górze. Musisz patrzeć wyżej.

Zdziwiony uniósł głowę. Na wysokości jakichś dwóch postawionych na sobie ludzi na wąskim gzymsie stała przyklejona plecami do ściany dziewczyna. Virion oniemiał. To była właśnie ta, która podobała mu się najbardziej, o którą wypytywał Partego, chcąc, by ten udzielił mu rady, jak ją podejść. Coś ciepłego rozlało się we wnętrzu jego umysłu.

– Jak... Jak się tam znalazłaś? – nie przyszło mu do głowy żadne inne pytanie.

– Po skrzynkach.

Rzeczywiście, u podnóża muru ślepej ściany kamienicy walały się skrzynki służące do transportu owoców. Ażurowe, zbite z cieniutkich, łatwo pękających deszczułek. Jakim cudem w ogóle utrzymały ciężar dziewczyny?

– One były ustawione tak jakby w schodki – wyjaśniła. – Ale kiedy weszłam na górę, to zupełnie się rozsypały.

– A... A po co wchodziłaś? – zapytał niezbyt rezolutnie.

– Wracałam z próby. I wydawało mi się, że ktoś za mną idzie... No i przestraszyłam się, i zaczęłam uciekać.

I... – Spojrzała smutnym wzrokiem na skrzynki leżące na bruku. – I... No i jestem tutaj.

Virion miał nikłe pojęcie o kobietach i sposobach, w jaki postępują. Ale pomysł ucieczki na gzyms, który biegnie po ślepej ścianie, bez żadnego otwartego okna obok, bez żadnego planu, co dalej, nie bardzo mieścił mu się w głowie. Stał tak, zastanawiając się, co powinien powiedzieć. Nie chciał też jej urazić.

– Jestem Virion. – Umysł podsunął mu jedynie znany schemat. Spotykając kogoś, kogo się nie zna, wypada się najpierw przedstawić.

– Aride – odpowiedziała, dłońmi przytrzymując dół swojej tuniki przy udach. Jakaś myśl zmarszczyła śliczne czoło, bo po chwili dodała: – Znam twoje imię. Alesa mi o tobie opowiadała.

Zdębiał. Przecież podczas krótkiej rozmowy z jej koleżanką wtedy przed gimnazjonem mówił wyłącznie Parte. On chyba nie zdołał wydukać nawet słowa. I to wystarczyło, żeby Alesa opowiadała o nim swoim znajomym? Nie mógł zrozumieć tego mechanizmu. Nie mógł też pojąć, jakim cudem można opowiadać o kimś, kogo widziało się raz w życiu przez krótką chwilę.

– Słuchaj – powiedział wreszcie. – Nie jesteś zbyt wysoko. Ja bym na twoim miejscu po prostu skoczył.

– No coś ty! Zabiję się!

– No nie. – Powstrzymał się przed wzruszeniem ramionami. – Wyjaśniał nam to instruktor szermierki. Można skoczyć nawet i z drugiego piętra i jest szansa, żeby sobie nic nie zrobić.

Pamiętał instrukcję doskonale. Należało złączyć kolana i stopy, żeby nie złamać nogi, jeśli jedna stopa napotka cokolwiek, co leżało na ziemi, szybciej niż druga. Ugiąć nogi w kolanach, palce stóp obciągnąć lekko w dół, żeby nie walnąć w bruk piętami, a po wylądowaniu przewrócić się na bok. Sam tego nie próbował aż z takiej wysokości, ale podobno i drugie piętro nie było straszne. A tutaj? Sam skoczyłby bez wahania.

– Nie skoczę – jęknęła Aride. – Kręci mi się w głowie i chyba zaraz zemdleję.

No to wyjaśniła sytuację. Virion podniósł jedną ze skrzynek na owoce. Popękane, stare drewno, zbite byle jak. Cała konstrukcja ruszała mu się w rękach, bo nic jej nie usztywniało.

Znowu się rozejrzał. Drabina! Nie, trzeba zapomnieć o takim rozwiązaniu. Nawet jeśli zdoła szybko obudzić kogokolwiek z okolicznych mieszkańców, to kto tutaj mógłby mieć drabinę? Gdy zepsuło się coś na wysokości, to wzywało się majstra, a ten przynosił własną.

Więc sznur! Aż się żachnął. Skąd wziąć sznur i do czego go przyczepić? Ktoś by musiał położyć się na dachu, spuścić linę. I co? Dziewczyna sama by się nią obwiązała?

Bez przekonania zaczął ustawiać jedną skrzynkę na drugiej. Coś jak piramidę, gdzie ślepy mur zastępował trzecią ścianę. Skrzynek szybko zabrakło. Ułożyć schodów nie mógł. Ten badziew na pewno nie utrzymałby ciężaru Viriona.

– Ratuj mnie! – ponaglała Aride, nie pomagając w skupieniu myśli.

– Słuchaj, możesz usiąść na tym gzymsie? I spuścić nogi na dół?

– Spadnę.

– Spróbuj sunąć plecami po ścianie.

– Spadnę.

No to i będziemy mieli to już za sobą, przemknęło mu przez głowę, ale nie wypowiedział głośno tej myśli. Według niego dziewczyna i tak spadnie, ale niekoniecznie musiało się to źle skończyć. Trudno. Zaczął się wspinać po niedokończonej piramidzie, usiłując stawiać stopy na samych krawędziach skrzynek, tam, gdzie deseczki łączyły się z innymi. Całość chwiała się, a on przez cały czas miał uczucie, że sam spadnie. Niemniej dotarł na szczyt. Chwycił nawet ręką nogę Aride.

– Teraz usiądź. Jakby co, to cię złapię – skłamał strasznie, ale ona ewidentnie mu uwierzyła.

W każdym razie pokazała, że nie jest ostatnią ofermą. Pokazała też, że na wąziutkim gzymsie najważniejszą rzeczą w procesie siadania jest trzymanie dołu tuniki przy własnych kolanach. Jakimś cudem nie spadła jeszcze. Za to udało jej się zwiesić obie nogi.

Virion znalazł się w gorszej sytuacji. Zaczął odwracać się plecami do ściany. Chybotliwa konstrukcja, do której i tak nie miał żadnego zaufania, trzeszczała alarmująco. A jednak dotknął plecami muru. Dokładnie pod dziewczyną.

– Spróbuj teraz usiąść mi na barana – powiedział.

– Razem spadniemy.

– Nie. Z całą pewnością cię utrzymam – skłamał okropnie po raz drugi.

– Spadniemy.

– Oprzyj się na dłoniach i unieś lekko... – hm, jak to powiedzieć? – pupę. I po prostu przesuń się do przodu.

– Spadniemy.

Chwycił jej nogi i pociągnął do siebie. Pisnęła głośno, ale czując, że zaczyna lecieć w dół, zsunęła się na jego barki.

Virion nie testował drewnianej konstrukcji pod podwójnym ciężarem. Momentalnie ruszył w dół, nie czekając, aż rozwalą się skrzynki. Dwa kroki, skok i już na bruku zaczął biec, żeby utrzymać równowagę. Zatrzymali się dopiero na ścianie budynku po drugiej stronie ulicy.

– Bogowie!

– Uff... – Przykucnął, pozwalając Aride zejść z ramion i znowu przycisnąć ubranie do ud.

Dziewczyna patrzyła na niego przerażona, dysząc, jakby to ona musiała go dźwigać. Najchętniej by ją objął. Ale nie wiedział, czy wypada. Pamiętał doskonale ciepło jej ciała. Pamiętał zapach.

Paradoksalnie fakt, że jej nie objął, musiał podziałać na jego korzyść. Kiedy oddech dziewczyny uspokoił się trochę, rzuciła mu dziwne spojrzenie. Ni to ciekawość, ni taksowanie. To, że skrępowany milczał i stał z nieruchomą twarzą bez wyrazu, również mogło podziałać na jego korzyść. O, jaki pewny siebie!

– Dziękuję. – Uśmiechnęła się dość ciepło.

– Drobiazg. – Machnął ręką, czując w głowie pustkę konwersacyjną. – Każdego ranka zdejmuję z wysokości koty i dziewczyny.

Ale głupio gadał. Aride jednak zapytała:

– I dużo tych... kotów?

I co powinien powiedzieć?! Tak bardzo mu zależało, żeby dobrze wypaść, że nie mógł wykrzesać z siebie krzty pomysłu.

– Różnie. – Nagle przypomniał sobie, co robił Parte. – Żaden kot jednak nie ma tak pięknych oczu jak ty.

Uch! Jak uderzenie tarana w bramę obcej twierdzy. I sądząc po efekcie, był to ciężki taran. Przełamujący.

Opuściła powieki. Na jej policzkach pojawiły się rumieńce.

– Odprowadzić cię? – zapytał.

– Nie, nie, nie. – Potrząsnęła głową. – Jakby mnie matka zobaczyła wracającą z chłopakiem, to by było.

Chciała coś dodać, ale zrezygnowała. A potem na chwilę, na króciutką chwilę położyła dłoń na jego przedramieniu.

To było zupełnie nielegalne. Parte chciał pokazać Virionowi parę zachowań w szermierce, które należały do absolutnie zakazanych w gimnazjonie. W tym celu potrzebowali naprawdę ustronnego miejsca. Gdyby ktokolwiek zauważył choćby to, że ćwiczą bez kaftanów i ochraniaczy, a potem doniósł, ich przyszłość mogłaby momentalnie lec w gruzach. Na szczęście Virion znał takie miejsce. Prowadził właśnie nowego przyjaciela przez chaszcze w dół rzeki, w stronę pasma skalistych wzgórz za miastem.

– Jesteś pewien, że tam nikt nie chodzi? – dopytywał się Parte.

– Absolutnie. Smród zabija muchy w locie.

– Jaki smród?

– Gówna.

– No co ty? Do kloaki jakiejś idziemy?

– Nie. W tych skałach – Virion wskazał jaśniejące w słońcu szczyty przed nimi – jest ogromna liczba jaskiń. Kiedyś odkryłem, że łączą się one ze sobą, tworząc istny labirynt we wnętrzach gór.

– A smród?

– Labirynt musi się gdzieś łączyć z głównym kanałem ściekowym, który biegnie przez całe miasto. Ale ciężko tam dotrzeć, bo powietrze lubi się czasem zapalić.

Parte zatrzymał się gwałtownie.

– Co?!

– No mówię. Jak byłem młodszy, często z kolegami straszyliśmy jeszcze mniejsze dzieci. Podpalasz powietrze od pochodni. A maluchy wrzeszczą ze strachu.

– Pierwszy raz o czymś takim słyszę.

– Coś się wydziela ze ścieków chyba. Albo coś jest w samych jaskiniach. Ze światłem trzeba tam strasznie uważać, bo powietrze może się zapalić, i to nawet z hukiem.

– No to po co tam chodziłeś? Śmierdzi i niebezpiecznie.

– Wiesz, jak to jest za młodych lat. To miejsce odkryliśmy, kiedy byliśmy w takim wieku, że w ogóle by nas do karczmy nie wpuścili. Więc jak któryś ukradł trochę wina z kuchni rodziców, to tam bezpiecznie można było wypić. A potem... – Virion zawahał się na chwilę.

– No?

– Potem przychodziłem do jaskiń sam.

Przedarli się przez najgorsze chaszcze. Udało im się wydostać na porośniętą już tylko pojedynczymi krzakami polanę u samego podnóża skalistych wzgórz. Rzeczywiście idealne miejsce. Choć smród, tutaj jeszcze nie straszny, był już wyraźnie wyczuwalny.

– A sam to po co? – interesował się Parte.

– Wiesz, jak to jest. Ojciec zawsze poza domem, wpada tylko na noc, albo i nie wpada, bo jeździ w interesach. Matka, wiecznie zamknięta w swoich pokojach, wznosi się gdzieś ku odległym rejonom metafizyki. No i z kim pogadać? Koledzy to w większości kretyni, a poza tym wiedzą o życiu tyle co ja. Z nauczycielami? Szybko odkrywasz, że w gruncie rzeczy oni mówią to, co chcesz usłyszeć, okraszają tylko wszystko obficie ohydną przyprawą dydaktyki. Więc z zaufanymi niewolnikami? Trudno gadać szczerze z człowiekiem, który boi się własnego cienia.

– Z nikim się nie zaprzyjaźniłeś?

– Najbardziej z głównym lekarzem ojca. Ale on już bardzo stary.

– Aha. Znaczy wiem, o czym mówisz.

– No i jak nie masz do kogo gęby otworzyć, to jedyne, co ci pozostaje, to...

– Rozmowa z samym sobą – dokończył za niego Parte.

– Właśnie. A to miejsce jest szczególnie sprzyjające. Przychodziłem tu, łaziłem we wnętrzu górskiego labiryntu.

– A płonące powietrze?

– Trzeba wiedzieć, gdzie się go spodziewać. Albo łazić w ciemnościach i wracać też po omacku.

– Odważny jesteś.

Virion przystanął oniemiały. Chyba po raz pierwszy poza starym lekarzem ktoś znalazł w nim jakąś pozytywną cechę. Sam nigdy tak o sobie nie myślał. Parte był dziwny. Virion nie miał pojęcia, czy tamten w ogóle go rozumiał, za to reprezentował świat zupełnie obcy. Świat pewności siebie, niemnożenia trudności, prosty, zwykły, nieskomplikowany. A jednak słuchał, co się do niego mówiło. Albo to tylko taka sztuczka, żeby wyrobić w rozmówcy zaufanie. Nie sposób było dociec.

– Tu będzie dobre miejsce. – Parte rzucił sakwę z piciem pod najbliższe rozłożyste drzewo. Jego gęste listowie zapewniało odpowiedni cień. – A wracając jeszcze do poprzedniego tematu. Już tutaj nie przychodzisz?

Virion przez chwilę zastanawiał się, czy odpowiedzieć szczerze.

– Nie – mruknął. – Teraz wino daje mi wiele odpowiedzi.

Parte skinął głową.

– No to zaczynajmy.

Wzięli w dłonie drewniane miecze i sztylety, a potem stanęli naprzeciw siebie. Nie ustalali, że będą postępować szczególnie ostrożnie. Przecież każdy rozsądny człowiek wiedział doskonale, że i drewnem krzywdę można zrobić okropną.

Parte zaatakował lekko, bez wcześniejszej koncentracji. Najwyraźniej jednak nie zamierzał zadać jakiegoś szczególnie wyrafinowanego ciosu, bo dążył do zwarcia. Kiedy udało mu się zablokować dłonie przeciwnika, zatrzymał się nagle.

– No i jak stoisz? – zapytał.

Virion odruchowo spojrzał w dół. No jak stał? Normalnie. Pewnie. Na szeroko rozstawionych nogach.

– A teraz wystarczy, że cię kopnę w jaja, i zwijasz się z bólu.

– No nie...

– Co nie? Powiesz to śmiertelnemu wrogowi? Kiedy się zamierzy czy wystękasz już po fakcie?

– Za coś takiego w gimnazjonie...

– Ale nie mówimy o gimnazjonie, tylko o życiu. Oni tego zakazują, bo to zaprzeczenie wszelkich zasad szermierki. Coś, czym pierwszoroczniak załatwi mistrza, jak się tamten nie będzie spodziewał. Dostałeś już w jaja?

– Niestety tak.

– No to wiesz, o czym mówię. A teraz spróbuj tak.

Parte zablokował Virionowi dłonie i opierając broń o broń, pociągnął go na siebie.

– Zatrzymaj się! I patrz, co zrobiłeś.

Virion nie wiedział, o co chodzi. Leżał na przyjacielu. Odruchowo oparł dłoń ze sztyletem na ziemi. Z drugiej strony podpierał się ręką z mieczem.

– No co?

– Ja runąłem na plecy, a ty się podparłeś. – Parte „wbił" Virionowi drewniany sztylet w wątrobę. A potem zadał jeszcze jedno pchnięcie w to samo miejsce i „przekręcił" ostrze. – No i co? Trupem jesteś. Rozwałki wątroby jeszcze nikt nie przetrzymał.

– Oż kurde.

– A jeszcze lepiej poprzedzić sztylet drugim kopem w jaja. Ja mam teraz idealną pozycję.

Faktycznie. Virion leżał z szeroko rozstawionymi nogami. Bezbronny wobec taktyki przeciwnika.

– Ale ty leżysz na plecach. A gdybym się podniósł jednak...

– Spróbuj.

No tak. Należało się tego spodziewać. O żadnym błyskawicznym podniesieniu się nie było mowy. Znowu musiałby się podeprzeć i gramolić. Może lepiej było przetoczyć się na bok? Nie. Wystawiłby plecy. W końcu wstał.

– No i teraz ty leżysz, a ja stoję.

– I?

– Mogę cię dziabnąć.

– To spróbuj.

Virion zrobił krok naprzód, a Parte niezbyt silnie kopnął go w nogę. Potem poderwał się lekko, mówiąc:

– Nie chciałem, żeby bolało, więc nie poczułeś sytuacji. Ale pamiętaj. Kopiesz z całej siły, zawsze obiema stopami naraz i zawsze w zakroczną nogę.

– Dlaczego?

– Bo ta z przodu jest zgięta. Ból kopniętego golenia jest straszny, ale niektórzy potrafią wytrzymać. A jak kopniesz w nogę, która jest wyprostowana, to łamiesz ją od razu.

– I uderzasz dwiema stopami?

– Jakby jedna nie trafiła, to druga będzie w celu. Ale lepiej przekręcić się na bok i uderzyć z dwóch w jedno miejsce. To będzie jak kopnięcie muła. W cokolwiek trafisz, kolano zmasakrowane.

– Na zawsze.

– To życie, a nie zabawy w gimnazjonie.

Śmiejąc się, podniósł sakwę, w której mieli składkowy bukłak z winem.

– Żyć się nie da wedle wskazań taktomierza – powiedział sentencjonalnie. – Odpoczynek?

– Chętnie. – Virion rozmasowywał bolącą goleń. A przecież kopniak naprawdę był z czuciem, nie na chama. Przypomniał sobie, że może czymś zaimponować koledze. – A wiesz? – powiedział nagle. – Zgadałem się już z Aride.

– O! To ta twoja upatrzona? Gratuluję.

– Poznaliśmy się właściwie przypadkiem. Ale poszło nieźle.

– No, kurde, i tak ma być.

Virion przygryzł wargi.

– No wiesz, zagadywanie zagadywaniem. Ale tak po prawdzie, to nie wiem, co dalej.

Parte zrozumiał to po swojemu.

– A tym to się nic nie martw. No pewnie, że nie u ciebie w domu ani nie u niej. – Jego myśli szybowały w rejony, o których Virion jeszcze w ogóle nie zamarzył. – Ale baby nie są głupie.

– Czemu?

– Mają taki swój pokoik schadzek. A co myślisz? One są w gorszej sytuacji niż my. Do żadnej karczmy przecież im nie wypada wchodzić, a w spelunach to z kolei strach. No a wina też by się wspólnie napiły, gadając przy tym bez przerwy.

– I wymyśliły coś?

– W domu mówią, że idą z koleżanką do ciotki Filim. Że niby koleżanka ma ciotkę, która piecze niesamowite ciasto. A tak naprawdę to se dziewczyny ze składek utrzymują pokoik u jakiejś wdowy. I mają tam niewolnika, który wino na targu kupuje.

– Niesamowite.

– No, rozgarnięte kobiety. Jak chcą się napić i pośmiać razem, to do ciotki Filim, której imię jest też hasłem. Ale nie tylko gremialne spotkania się tam odbywają. Czasem są w mniejszych grupach.

Parte roześmiał się głośno. Wyciągnął zatyczkę z bukłaka i zaczął pić.

– Pokażę ci, gdzie to jest. – Po chwili oddał naczynie koledze.

Virion też zajął się winem. Gorączkowo myślał, jak zmienić temat. Chyba nie był jeszcze gotowy, by rozważać aż taki rozwój sytuacji.

– Jak sądzisz? – zapytał, kiedy usiedli, opierając się o pień drzewa. – Czy wizyta u wyroczni podczas obrzędów ma sens? Podobno niektórym się sprawdza. A inni mówią, że starucha tylko bełkocze niezrozumiale.

Parte oczywiście i na to miał gotową odpowiedź.

– No przecież to jasne, co się tam dzieje.

– Niby co?

– Wyrocznia to coś, co nie podlega ani kapłanom, ani czarownikom. Ona, żeby osiągnąć swój stan, musi się nawdychać oparów, które sączą się ze szczelin między kamieniami.

– To wiem.

– No właśnie. A próbowałeś kiedyś gadać z pijanym?

– W sensie, że też bełkocze i nic nie zrozumiem?

– Tak. No a kiedy pijesz razem z nim, to rozumiesz przecież wszystko, co on do ciebie mówi. Do samego końca, prawda?

– Prawda. – Virion podniósł głowę, gwałtownie oszołomiony prostotą wyjaśnienia.

– Ale niektórzy się boją tych oparów. Przychodzą trzeźwi, żeby dostać klarowną przepowiednię, najlepiej na piśmie. A to tak nie działa.

– A jak?

Parte nie miał wątpliwości.

– Musisz sam się tego nawdychać. Osiągnąć stan łączności wyroczni ze wszechświatem. Wejść na jej poziom, a nie wierzgać dźgany racjonalizmem. A wtedy zrozumiesz, co mówi.

– No szlag! Z pijanym gadać po pijanemu, inaczej nic z tego.

– Widzisz, jakie to proste? – Parte podniósł się nagle zwinnie. – Dobra, ćwiczmy dalej. Inaczej wypijemy cały zapas, zanim zaczniemy.

Virion spotkał Aride jeszcze dwa razy, zanim doszło do pierwszej dłuższej rozmowy. Zawsze w otoczeniu koleżanek. Witali się, uśmiechali do siebie, zamieniali po kilka słów, ale nie sposób było zaatakować poezją w tych warunkach. Może to i dobrze. Miał czas, żeby podszkolić się w używaniu wyrafinowanych porównań. Poetów w szpitalu ojca było dość sporo i niewolnicy prześcigali się w gorliwości niesienia pomocy „wielkiemu panu". Po dłuższym czasie Virion potrafił już wiele. Znał setki metafor na powiedzenie wybrance, że jest piękna, bez używania samego słowa. Znał liryczne odpowiedniki prostych zwrotów i bardziej skomplikowanych wyrażeń, by wzbudzić odpowiedni nastrój w głowie dziewczyny.

Virionowi ciągle jednak na myśl przychodził Parte, który co prawda podsunął mu pomysł wykorzystania poetów, za to sam zdawał się do własnej rady nie stosować. Wciąż pamiętał przecież pierwszą (i na szczęście ostatnią) rozmowę z Alesą i jej dwiema koleżankami. I ciągle prześladował go skrajny prymitywizm tamtej rozmowy. Prymitywizm, ale i skuteczność. Virion nie mógł sobie poradzić z własnymi wyobrażeniami na ten temat.

W końcu wziął na stronę niewolnika, do którego rad miał największe zaufanie. Młody poeta musiał pochodzić chyba z Troy, bo tam była armia z poboru i różni ludzie podczas bitew popadali w niewolę. Zdarzali się jeńcy z najróżniejszym wykształceniem i umiejętnościami.

– Słuchaj, powiedz mi tak szczerze – zaczął, kiedy obaj znaleźli się już poza zasięgiem słuchu ciekawskich. – Jak to jest z rozmową z dziewczynami? Czy od razu trzeba przejść do poezji, czy najpierw mówić o byle czym, a dopiero później próbować oszałamiać?

– Oszałamiać? – powtórzył jak echo poeta. – Uuuu, wielki panie. To w ogóle nie tędy droga.

– Czyli poezja nie jest dobrym pomysłem?

– Jest, jest, ale nie służy do oszołomienia przeciwnika, a jedynie do odróżnienia się od innych. Oszołomić, panie, można za pomocą wielkiego bogactwa, wysokiej pozycji, władzy albo chamstwem niezrównanym. Tym oszołomisz dziewczynę. Poezja ma inne zadanie.

– Naprawdę wystarczy się odróżnić?

Niewolnik z Troy wił się, nie wiedząc, jak to wyjaśnić.

– W ogóle w życiu w każdej sprawie należy się odróżniać od innych. Ale nie wystarczy pomalować się na czerwono i tak wyjść na forum. Nie o to chodzi. W rozmowie z dziewczyną wystarczy być sobą. Niczego nie udawać. Owszem, poezja jest przydatna, jak słów zabraknie. Ale jeśli zaczniesz sztucznie coś recytować, to... – zawiesił głos, bo bał się mówić dalej.

Na szczęście Virion był domyślny.

– I naprawdę wystarczy być sobą?

Niewolnik-poeta przeżywał istne katusze.

– No tak, ale do bycia sobą potrzebne jest duże doświadczenie. I pewność siebie, które to doświadczenie daje. Jeśli ty, wybacz, wielki panie, osoba bardzo jeszcze młoda, zechcesz być sobą, to ci się będzie wydawać, że to polega na pokazaniu, jaki jesteś fajny. A to na tym nie polega.

– To co powinienem robić?

– Najlepiej nic.

Viriona zatkało. Poeta zrozumiał, że musi jakoś wyjść z matni.

– Widzisz, wielki panie, metod na zainteresowanie kobiety jest tyle, ilu mężczyzn na świecie. I ty chcesz poznać te metody, a z twoich słów wynika, że już ją zainteresowałeś.

– Co?

Niewolnik spocił się wyraźnie, bo rozmowa, jak na sytuację, w której się znalazł, była bardzo ryzykowna.

– Tak wynika z opisów dotychczasowych spotkań, które nam przekazałeś, panie. Dziewczyna już twoja. Teraz kwestia, żeby przytrzymać.

Virion potrząsnął głową.

– I jak to osiągnąć, nic nie robiąc niby?

– Spotykać się, rozmawiać. Ale nie o tym, co ciebie interesuje, panie.

– Tylko o tym, co ją interesuje?

Niewolnik tylko westchnął.

– Niekoniecznie. Jeśli ona na przykład kocha kwiaty, to jak chcesz rozmawiać o pięknych kwiatach, panie, skoro ty nie masz o tym pojęcia? Zgaduję, że dla ciebie istnieją tylko kwiaty żółte, białe, niebieskie i czerwone, prawda?

– O szlag! No to o czym mam rozmawiać?

– Najlepiej o niczym, panie.

Tym razem westchnął Virion. I to ciężko.

– No dobrze, wielki panie. – Poeta trochę skorygował swoje stanowisko. – Tu szczypta poezji może się przydać. Ale pamiętaj: tylko szczypta.

Prawdę powiedziawszy, po tej rozmowie chłopak miał mętlik w głowie. Ale najbardziej zainteresowała go uwaga rzucona przez niewolnika na koniec. „Wystarczy się spotykać, tylko spotykać i samo wyjdzie, wielki panie".

No ciekawe jak?

A jednak miał szczęście. Aride mieszkała w innej części miasta niż większość jej koleżanek. Bynajmniej jej nie śledził. Ale tak jakoś, przypadkiem, znalazł się w zasięgu wzroku, kiedy rozstawała się z ostatnią z dziewcząt. Zaproponował, że odprowadzi. Oczywiście nie pod sam dom, pamiętał, że jej matka chyba tego nie tolerowała. Niby to z roztargnienia pomylił trochę drogę. W każdym razie znaleźli się tuż pod płotem okalającym książęcy park. Tak tylko z ciekawości, bo przecież gdzieś kiedyś słyszał, że mają go przebudować, zaszli do środka, by sprawdzić, czy wiele się zmieniło. Nic się nie zmieniło, ale przeszli główną alejką do samego końca. A kiedy już mieli wracać, Aride sama zapytała, czy mogą odpocząć chwilę pod okazałą fontanną poświęconą jednemu z wielkich czynów któregoś z przodków księcia. Wspaniałe posągi obrazowały okrutną walkę, rzeź i dobijanie rannych. Jednak postacie antycznych wojowników nikły w bujnej roślinności, przydając miejscu wcale nie wyrazu grozy, jak by chcieli rzeźbiarze.

Rozmowa nie kleiła się z początku. Ale Virion, szczycący się niezłym zmysłem obserwacji, ze zdumieniem zauważył, że dziewczynie niezbyt to przeszkadzało. Usiłował sobie wyobrazić, co na jego miejscu zrobiłby Parte.

– To jedno z niewielu miejsc, gdzie jest cicho – powiedział.

– Tak. – Nie ułatwiała.

– Tyle drzew wokół.

– No.

– Niby w porcie rzecznym też są. Ale tutaj posadzili jakieś inne.

– Mhm. Tam są głównie palmy.

– A tu z małymi liśćmi.

– Tak.

Ciężka walka. Pot grubymi kroplami gromadził się Virionowi na czole.

– I tyle kwiatów...

– Piękne.

– A ty... interesujesz się kwiatami?

– Lubię kwiaty.

– A czym się interesujesz?

Aride zmarszczyła swoje śliczne brwi.

– Co?

– Czym się interesujesz?

– Poezją – odparła bez wahania.

Ufff! Zwiad ustalił wyrwę w jednolitej linii obrony wroga. Mógł zostać wycofany. Teraz Virion zaczął wytaczać z arsenału najcięższe balisty. Bo amunicji tego typu, która właśnie okazała się potrzebna, miał niewyczerpane zapasy!

Rozmowa może nie przybrała jakoś tak szczególnie na tempie, ale to już nie była walka. Virion powoli i systematycznie poszerzał wyłom w linii obcych wojsk, wprowadzając tam własne. I po długim czasie doprowadził nawet do tego, że Aride położyła mu głowę na ramieniu. Na jedną krótką, a nawet króciutką chwilkę. Może to tylko zmęczenie? Może kaprys? Może ta chwila nie miała żadnego znaczenia? Może...

Ale była!

Nieważne. Nie zaprzątał już sobie głowy. Nie zastanawiał się, co ma powiedzieć. Nie myślał, do którego miejsca wypada Aride potem odprowadzić. Kiedy został sam i wracał do domu chwiejnym krokiem, czuł, jakby sam jeden wypił dzban najlepszego wina. Jakby wypił cały talerz „heroicznej zupy" starego lekarza.

Nie potrafił jedynie nazwać uczucia, które działało mocniej niż alkohol, mocniej niż narkotyczne mikstury.

Złoto i purpura. Tak można by w skrócie opisać ten dzień. A w dodatku potworny hałas piszczałek i trąb. Wiadomo, władza od zawsze miała przywilej hałasowania i książę skwapliwie z tego przywileju korzystał podczas zaprzysiężenia i hołdu przyjmowanego od chłopców ustawionych w czworobokach na głównym forum. Tego dnia stawali się mężczyznami i tego dnia również po raz pierwszy chyba w swoim życiu tak naprawdę dostawali w kość. Długo przed świtem spędzono ich do świątyni, gdzie głodni i spragnieni oczyścili swe dusze na modłach i medytacjach. Potem złożyli ofiarę Bogom. Potem przysięgę. I od tej pory resztę dnia spędzili, stojąc lub maszerując, żaden odpoczynek nie był w trakcie ceremonii przewidziany. Już przebrani w ceremonialne (i po raz pierwszy męskie, a nie młodzieńcze) stroje, przeszli do podium, by każdy osobno, po kolei, złożył hołd księciu, który reprezentował tu samego cesarza. Trwało to i trwało bez końca, a zmęczenie dawało się we znaki wszystkim. Książę przynajmniej siedział na swoim tronie osłonięty baldachimem. Oni byli wystawieni bezpośrednio na promienie słońca. Nie było zmiłowania. Po pierwszej części nastąpiły przemówienia najważniejszych osób w prowincji. A niektórzy mieli dar wymowy. I albo tak zachwycali się swoim głosem, że nie mogli skończyć, albo też pamiętali własne katusze z podobnych ceremonii, które odbyli wiele lat temu, i teraz z zemsty przetrzymywali wyprężonych w postawie „szacunku i honoru" młodych mężczyzn na skąpanym w słońcu placu.

Potem zostali pasowani na obywatela. To akurat poszło szybko, bo książę podczas tej części również stał, więc „szlachetni rycerze" musieli się uwijać. Niestety, podczas uroczystego obrzędu chwilę później kapłani siedzieli przed polowym ołtarzem i tu już nikt się nie spieszył.

Najgorsza rzecz nastąpiła potem. Część nieoficjalna. Oni – stojący wciąż jak posągi na placu, a wielmoże i oficjalni goście przy stołach uginających się pod stosami najbardziej wyszukanych potraw. Jedni sycili się niespiesznie, prowadząc wesołe dyskusje, inni usiłowali łykać ślinę z głodu, choć i z tym był problem, bo już wypocili ostatnie resztki wody ze swoich organizmów. I tu dopiero zaczęły się pierwsze omdlenia. Teraz dowiedzieli się również, jak bardzo ciąży zwykły miecz przypasany do boku oraz jak wyrafinowanym narzędziem tortur jest lśniący metalowy hełm na głowie, ozdobiony purpurowym pióropuszem. Łydki twardniały, skóra napinała się coraz mocniej, a stopy zaczynały puchnąć, sprawiając, że pozłacane sznurki sandałów wrzynały się coraz głębiej w ciało.

Na szczęście zerwał się lekki wiatr, powodując łopotanie licznych sztandarów i flag, a im przynosząc choć trochę ulgi.

Virion walczył ze sobą. Usiłował oprzeć się pokusie zasymulowania omdlenia. Wszystko było lepsze, nawet wstyd, od tej katorgi na środku ustrojonego bogato placu. Zdał sobie też sprawę, dlaczego ci, którzy lata przed nim dostąpili wysłuchania wyroczni, nie potrafili opowiedzieć nic konkretnego. Przecież jak ich teraz tam zaprowadzą, to nikt nie będzie w stanie niczego sensownego zapamiętać z powodu wyczerpania.

Stojący tuż obok Elop właśnie osunął się na ziemię. Chyba nie symulował. Jego głowa z całą siłą uderzyła w kamienne płyty, a na pięknie szlifowanej powierzchni pojawiła się krew. Gdyby nie hełm, kto wie co mogłoby się zdarzyć.

Niewolnicy, którzy przybiegli usunąć ofiarę gdzieś w cień, do medyków, ukradkiem rozdawali stojącym najbliżej małe grudki.

– Do ust, do ust, do ust – szeptali. – Nie gryźć, tylko ssać.

Stojący trochę dalej przyglądali się z zazdrością tym, którzy załapali się na tę rozpaczliwą akcję. Na szczęście Virion stał tuż obok. Ukradkiem położył grudkę na języku. Coś jakby mięta? I sól? Albo coś gorzkiego. Uporczywe ssanie sprawiło przynajmniej, że w ustach pojawiło się choć trochę śliny. A po chwili mógł nawet oblizać spierzchnięte wargi.

Twarda próba sił i charakteru. No ale przecież właśnie stali się mężczyznami. Pełnoprawnymi członkami społeczności. Teraz już nikt im nie będzie śmiał zabronić wstępu do karczmy. Ta myśl, skądinąd wspaniała, w skwarze na forum nie przynosiła jednak ulgi.

– Równaj! – niespodziewana komenda wyrwała Viriona z letargu.

Zasnął na stojąco? Zemdlał, nie upadając? Odruchowo, jak na szkoleniu, wyciągnął ramię, by dotknąć kolegi po lewej. Wyrównywanie szeregów trwało chwilę. Straty z powodu omdleń były dość spore.

Przy robieniu prostego zwrotu kilku młodych mężczyzn przewróciło się, potęgując zamieszanie. Ale już marsz w stronę góry stanowiącej siedzibę wyroczni był dużą ulgą. Przynajmniej na początku.

– Widziałeś Elopa? – mruknął idący obok Agis.

Kiedy wyszli z miasta, dyscyplina w szeregach wyraźnie się rozluźniła. Tu, cicho, bo cicho, ale można już było porozmawiać. Strażnicy miejscy w galowych strojach, którzy ich eskortowali, kiedy władza spuściła z nich oko, mieli głęboko w dupie, co robią młodzi. Byleby szeregi się nie pomieszały.

– Tak. Krew mu poszła z głowy.

– Ale skąd? Z czaszki czy po prostu nos sobie rozwalił?

– No przecież nie mogłem się pochylić.

– Z ucha chyba mu poszło – powiedział ktoś maszerujący na skrajnej prawej pozycji.

– No jak z ucha, to poważnego coś.

– Niekoniecznie. Spod hełmu mu poleciało.

– No to jeszcze gorzej.

– Mógł se po prostu skórę sprzączką poharatać.

– Dużo tej krwi było, jak na sprzączkę – dodał ten z prawej.

– Kurde, przestańcie – rozległ się czyjś umęczony głos z tyłu. – W tej wyroczni pić dadzą?

– Jak masz czym zapłacić.

– No szlag. Nic nie wziąłem, nie było gdzie schować.

Fakt. Paradny strój nie przewidywał żadnych sakiewek. Można było albo wziąć pieniądze po prostu do garści i ściskać kurczowo przez cały dzień, albo ukryć gdzieś w fałdach stroju, licząc na to, że pieniądze nie wypadną na ziemię w najmniej odpowiednim momencie. Parte uprzedził ich, że na miejscu żadnych poideł nie przewidziano. Ale chcący zarobić chłopi mieli wodę ze swoich studni.

– Tam woda po ścianach płynie – powiedział ktoś inny z tyłu.

– Nie radzę próbować. To z tego samego źródła, z którego zatrute opary się wydobywają.

– Panie strażniku? – ktoś odważniejszy ośmielił się nawet zaczepić konwojenta. – Czy tam będzie woda?

– Nie – warknął żołnierz, sam umęczony dźwiganiem swojej ogromnej paradnej piki. – I nie gadać w szeregach! Nawet pies, jak maszeruje, to nie szczeka!

Virion uśmiechnął się porozumiewawczo do Agisa. Wyobrażenie oddziału złożonego z maszerujących psów obu wyraźnie rozbawiło.

Droga zaczęła się wznosić. Oddechy przyspieszyły momentalnie. Głód i pragnienie dały znać o sobie ze zdwojoną mocą. Kiedy minęli połowę stromego podejścia, znowu zaczęły się omdlenia. Ale tu już nie było tak dobrze jak w mieście. Jeśli ktoś osunął się na ziemię, strażnicy po prostu odciągali go na bok i zostawiali w cieniu, wprost w krzakach. Jeśli ofiara szybko nie odzyskała przytomności, musiała się liczyć z tym, że miejscowi obrobią ją, korzystając z okazji, i zostanie pozbawiona co cenniejszych rzeczy. Podobno w zeszłych latach zdarzało się nawet, że złodzieje potrafili zostawić człowieka zupełnie gołego, ale chyba te opowieści należało włożyć pomiędzy legendy.

– Dochodzimy. – Agis ledwie łapał oddech. – Już widać świątynne drzewa.

Virion podniósł głowę, odsuwając jednocześnie okap hełmu. Krąg powyginanych sosen górujący nad skalistym wzgórzem zdawał się na wyciągnięcie ręki. W sumie nie było tak źle. Sam nie miał nawet lekkich zawrotów głowy. W stosunkowo dobrym nastroju minęli kamienny krąg wyznaczający obszar ziemi świętej. Tu wszyscy, zarówno młodzi ludzie kończący obrzęd inicjacyjny, jak i strażnicy, musieli zostawić swoją broń. Uff, co za ulga. Pozbycie się koszmarnego, jeśli chodzi o ciężar, miecza i innych elementów pseudowojskowego wyposażenia poprawiło humory wszystkim, którzy zdołali dotrzeć do tego miejsca. No i woda! Zdjąwszy hełm, Virion wysupłał ukryte pod plecionką drobniaki. Chłopi tłoczyli się wokół, chętnie pojąc spragnionych, tych oczywiście, którzy byli wystarczająco przewidujący. Pamiętał ostrzeżenia lekarza: po takim dniu nigdy nie pij dużo zimnej wody naraz! Usiłował sączyć. Ale gdzie tam. Pochłonął od razu dwa kubki i ciągle było mu mało.

Przy wejściu do świątyni zdążył się już zrobić zator. Strażnicy pokrzykiwali groźnie:

– Gdzie się pchasz, cwaniaku?! Jazda w tył. Nie napierać!

Świątynia była bardzo mała. Mogła pomieścić naraz raptem kilkanaście osób. Większość przybyłych jednak, chcąc mieć szybko z głowy obrzędy inicjacyjne i móc odpocząć gdzieś nareszcie, stworzyła przed wejściem tłum, którego zachowanie nie licowało zupełnie z powagą miejsca.

– W tył! Wszyscy w tył! – ryczał strażnik.

Niespodziewanie poparła go dość młoda jeszcze kapłanka, która pojawiła się w mrocznym wejściu.

– Do wyroczni wchodzi się, mając oczyszczony i umysł, i ciało – powiedziała, kiedy tylko ludzie uciszyli się na tyle, by móc ją usłyszeć. – A ten tumult nie przystoi świętości. Dlatego wszyscy, którzy zgromadzili się z przodu, odejdą teraz z powrotem pod mur. A ci, którzy godnie czekali z tyłu, podejdą tutaj do mnie.

W ten sposób Virion, Agis i kilkunastu innych sprytniejszych niż reszta, a przynajmniej uprzedzonych o konieczności kupna wody, mogło teraz podejść od razu do kapłanki. Zostali z tyłu, bo pili, ale... najwyraźniej zaradność musiała się Bogom spodobać.

– Dobierzcie się piątkami. Spokojnie. Tam jeszcze nigdy nie zabito pierwszego, który wszedł. Nie musicie się starać, żeby być w ostatniej piątce.

Szybko wprowadziła ład i organizację.

– I teraz pierwsze trzy piątki wchodzą do przedsionka. Pierwsza piątka od razu dalej, reszta czeka.

Virion i Agis znaleźli się w drugiej piątce. Razem niepewnie weszli do ciemnego i wilgotnego wnętrza. Od razu też owionął ich dziwny zapach.

– Co to jest? – szepnął ktoś z tyłu.

– Wyziewy z wnętrza góry. Tutaj podobno to jeszcze nic. Zobaczysz, jaki zaduch w środku.

Kiedy wzrok przyzwyczaił się już do mroku, zaczęli się rozglądać.

Świątynia była bardzo skromna. Widać, że jej ściany stanowiły kiedyś naturalną pieczarę. Gdzieniegdzie tylko uzupełniono ją czy wyrównano ciosanymi blokami z kamienia. Wszystko było wilgotne, ale nieprawdą się okazało, że woda ściekała po ścianach. To raczej ludzie przynosili nadmiar wilgoci, która osiadała na wszystkim w ciasnym pomieszczeniu. Na posadzce wraz z naniesionym pyłem wręcz utworzyło się coś w rodzaju błota. Zaduch stał się zupełnie nieprawdopodobny. Kilka kapłanek skierowało pierwszą piątkę dalej, do jeszcze ciemniejszego korytarza. Reszcie kazano czekać. Usiąść oczywiście nie mieli gdzie.

Tu, w ciasnym wnętrzu, zdenerwowanie rosło. I to Virionowi wydało się dziwne. Kilka młodych kapłanek traktowało chłopców protekcjonalnie, szeptały sobie o czymś w kącie, a sądząc po śmiechach, które przerywały rozmowę, tematem nie był na pewno uświęcony rytuał. Co chwila ktoś wchodził do przedsionka, coś przynosił albo zabierał, tuż obok znajdował się bowiem podręczny składzik. Dwóch dostawców produktów rolnych kłóciło się o terminy i płatności. O jakiejkolwiek podniosłej atmosferze w ogóle nie było mowy. A mimo to Virion czuł, że przyspiesza mu oddech. Zdenerwowanie ogarniało nie tylko jego. Agis co chwila wycierał ręce o poły swojego drogocennego płaszcza.

– Długo siedzą – mruknął.

– Dopiero weszli.

– No nie wiem. A słyszałeś, dlaczego kapłanki są takie młode?

– Nie.

– Podobno ten opar zabija wszystkich, którzy go wdychają. Podobno kapłanki umierają szybko i ciągle trzeba nowych.

Virion zerknął na szepczące w kącie dziewczyny w ceremonialnych strojach. Wyglądały raczej na rozbawione niż spodziewające się rychłego zgonu.

– Sama wyrocznia jest podobno bardzo stara.

– Tak. Ale ona już nie może w ogóle wyjść na zewnątrz. Umrze natychmiast, jak przestanie oddychać tym trującym oparem.

Hm. Ciekawe, czy to plotka, czy może jednak coś było na rzeczy. W miejscu takim jak to wszystkie, najbardziej nawet nieprawdopodobne rzeczy wydawały się możliwe.

– Spróbujmy policzyć, ile czasu to zajmie – Virion usiłował zmienić temat.

– Niby jak?

– No przecież wiemy, ilu chłopaków czeka na zewnątrz. A przecież po zmroku nie wolno wróżyć. Muszą się uwinąć przed wieczorem ze wszystkimi.

Agis usiłował porachować młodzieńców czekających przed świątynią. Niestety, nie znali dokładnych strat, jeśli chodzi o omdlenia na placu i na drodze. Ale jakkolwiek by liczyć, wychodziło im mniej więcej, że każdy delikwent powinien w środku spędzić czas krótszy niż modlitwa.

Virion odważył się i zaczepił przechodzącą obok kapłankę, która skończyła właśnie rozmowę z dostawcą.

– Przepraszam, czy długo to potrwa?

– Wszyscy zdążycie.

– Ale tak mniej więcej – nie ustawał.

Spojrzała na niego i uśmiechnęła się lekko, kiedy dostrzegła jego zdenerwowanie.

– Tak mniej więcej to każdy z was usłyszy tam jedno, dwa zdania na temat przyszłości. A interpretacja to już jest osobna usługa, płatna, i nie musi wcale odbyć się dzisiaj. Tym zresztą zajmują się już zwykłe kapłanki, a nie wyrocznia.

– Tylko?

Dziewczyna rozłożyła ręce.

– Rzadko zdarza się więcej. A dłuższa rozmowa z Mistrzynią ma miejsce tylko raz czy dwa w przypadku każdego rocznika. Tak że na pewno zdążymy przed zmrokiem.

– Dzięki.

– Niepotrzebnie się denerwujecie. Wasi koledzy już wracają.

Rzeczywiście. Pierwsza piątka pojawiła się u wylotu korytarza. Trudno było jednak rozpoznać nastrój, w jakim się znajdowali, po samych twarzach.

– Jak było? – zapytał ktoś odważniejszy z trzeciej piątki.

Tylko jeden z tych, którzy obrzęd mieli już za sobą, machnął ręką. Pozostali nie podnosili wzroku.

– Następnych pięciu! No już, już, tędy!

Inna dziewczyna poprowadziła ich do wąskiego przejścia. Trzeba było patrzeć pod nogi. Posadzka składała się co prawda z kamiennych płyt, ale większość już bardzo skruszała. Musieli uważać, żeby się nie potknąć. Przesmyk w skale nie był długi, a widząc maciupeńkie wnętrze właściwej sali, dopiero teraz zdali sobie sprawę, jak mała jest starożytna świątynia. Grota miała wielkość może dziesięć kroków na dziesięć, a może i nie. Trudno było ocenić ją w mroku, tym bardziej że krzywe ściany tego nie ułatwiały. Zaduch stał się nie do zniesienia. Przeraźliwa, mdląca woń oparów, które wydobywały się ze szczelin w skałach, mogła przyprawić o natychmiastowe torsje. Temu jednak skutecznie zapobiegał strach, który ścisnął im żołądki.

Zobaczyli ją. Małą, zgarbioną postać, pochyloną nad wąską smugą dymu czy jakiegoś skondensowanego wyziewu, który wydobywał się ze źródełka u jej stóp. Oliwna lampka przy boku starej kobiety była jedynym punktem światła w pomieszczeniu. Kapłanki pomogły im zająć miejsca na zydlach ustawionych pod ścianą.

– Oczyściliście swoje umysły? – zapytała szeptem jedna z nich.

Najwyraźniej jednak nie czekała na odpowiedź. Bo niby gdzie to mieli zrobić? W poczekalni, pośród ledwie ukrywanych śmiechów i kłótni? A zresztą, i tak przecież to one będą im tłumaczyć, co powiedziała wyrocznia, i będzie jak w życiu. Twój los silnie uzależni się od ilości pieniędzy, które wydasz na interpretację.

Dwie kapłanki podprowadziły do starej kobiety pierwszego chłopaka. Skłoniły go, żeby ukląkł. Ale nie w pozycji proszalnej. Mógł przysiąść na piętach. Stara podniosła głowę. Virion nawet słyszał, co mówi. Nie łapał sensu oczywiście, ale do miejsca, gdzie siedział, docierały pojedyncze słowa. Zwrócił uwagę, że wyrocznia używała innych słów niż potoczne. Zamiast „człowiek" mówiła „istota" albo „życie", zamiast „czeka cię" czy „nastąpi" wołała „w przyszłości jest", „stanie się". Zawsze bezosobowo. Właściwie nie były to zdania, ani jedno, ani dwa. Raczej ciąg przerywanych milczeniem zwrotów.

I już. Kapłanki pomogły chłopakowi podnieść się z kolan, a dwie następne prowadziły kolejnego. Virion przypomniał sobie słowa, które powiedział Parte. Nie usiłuj na trzeźwo zrozumieć pijanego. Rozejrzał się. Szczelin w skale było dużo. A z najbliższej, tuż przy jego zydlu, unosił się leciutki opar. Z ciekawości bardziej niż z jakiejkolwiek innej przyczyny nachylił się, żeby wziąć głębszy wdech. O mało się nie zadławił. Dym nie był piekący, ani nawet duszący. Przywodził na myśl jakieś zgniłe, malaryczne zapachy bagien. Ale wytrzymać w nim było trudno.

Widząc, co robi, kapłanka obok niego skinęła głową z aprobatą, nachyliła się i przytrzymała mu głowę w białawej smudze. Chciał się szarpnąć, ale nie puszczała. Poklepała go za to uspokajająco po ramieniu i szepnęła:

– Tak. Tak.

Usiłował brać do płuc jak najmniej powietrza, ale po chwili zauważył, że wcale nie chciało mu się już wymiotować. Ciało zaczęło ogarniać dziwne mrowienie, jakby bezwład czy drętwota. Powieki same opadały na oczy. Wziął głęboki wdech i przytrzymał. Głowa stawała się coraz cięższa.

Przegapił przepowiednie dla drugiego i trzeciego chłopaka. Przed wyrocznią klęczał już Agis.

– Nic, co warto... – Stara kobieta ledwie uniosła oczy. – Kalasz się. Teraz i tam. Idź. Idź stąd.

Jakby go wyrzuciła. Oczywiście nie wykonała żadnego odpychającego gestu, ale kapłanki wiedziały, co robić, błyskawicznie unosząc go z kolan i odprowadzając do wyjścia.

Następne podprowadziły Viriona.

– Tam już się stało – usłyszał, zanim jeszcze dotknął pośladkami własnych pięt. Nie miał pojęcia, czy słowa dotyczą jeszcze kolegi, czy to już jego przepowiednia.

Stara podniosła swoje bezbarwne, jakby wyblakłe oczy i chwilę na niego patrzyła. Potem po raz pierwszy wykonała jakiś zdecydowany gest. Kilka razy poruszyła dłońmi przed sobą, jakby chciała, żeby opar unoszący się ze źródła owionął także chłopaka.

– Śni ci się mrok?

Nie wiedział, czy to pytanie, na które ma odpowiedzieć. Nie miał pojęcia nawet, czy tu się wolno odzywać.

– Wielki ciężar... – wyszeptała. – Wokół ciebie widzę wielki ciężar. Położony na jednej szali wagi szarpnie mocno. Ty na drugiej szali. Polecisz daleko. Za daleko.

Virion przełknął ślinę. Wyrocznia robiła na nim niesamowite wrażenie. Czuł, że podlega jakiemuś somnambulicznemu wpływowi. Zobaczył przed oczami obracającą się w ciemności głowę.

– Musisz położyć na szali ciężar równie wielki.

Wyrocznia uniosła ręce i szarpnęła się za włosy. Jak płaczka na pogrzebie.

– Zmierzają ku tobie dwa byty. Są coraz bliżej.

Potrząsnął głową. Tyle pytań cisnęło się na usta.

– Nie opieraj się na szali. To tylko pustka.

Drżąca dłoń staruszki nagle dotknęła jego czoła. Nawet nie zauważył wcześniej jej ruchu.

– Oprzyj się na tym...

– Ja...

– Ciii. Zmierzają ku tobie dwa byty!

Nie mógł wytrzymać napięcia.

– Idzie do mnie dwóch ludzi? Skąd?

– Nie powiedziałam tego. – Stara wbiła w Viriona wzrok. Po raz pierwszy zobaczył jej oczy z bliska. Wcale nie były stare. Wydawały się młode i naznaczone siłą. Nie wiadomo, czy drgały w nich ogniki wesołości, czy raczej

pełgał smutek. Gdyby nie to, że miały ludzkie źrenice, przypominałyby oczy węża.

– Zmierzają ku tobie dwa byty – powtórzyła. – Ale to nie są ludzie.

Kawaleria Vareth wtargnęła w granice Cesarstwa Luan! To była wiadomość, która zelektryzowała mieszkańców Mygarth.

Oczywiście to nie był atak wynikający ze złej sytuacji imperialnych wojsk na tej granicy. Wprost przeciwnie. Całe zajście można by nazwać aktem desperacji władcy Vareth, które właśnie przestawało istnieć. To była teatralna, maciupeńka zemsta króla, który wolał zginąć okryty chwałą na polu bitwy, niż zasilić szeregi niewolników cesarstwa. Widząc rychły kres swojego państwa, nakazał spalić własną stolicę, a to, co oparło się płomieniom, zrównać z ziemią, by obcy żołnierze nie poczuli się triumfatorami, nie mogli kalać stopami świętych budowli. Sam stanął na czele oddziału jazdy liczącego od dwóch do trzech tysięcy jeźdźców i ruszył do ostatniej szarży. Tak zaskoczył imperialny sztab, który wszystkiego mógł się spodziewać poza absolutnym irracjonalizmem przeciwnika, że udało mu się przedrzeć, a nawet dotrzeć do samej granicy Luan i ją przekroczyć. Tam pozostałe mu kilka setek wojska zmusił do palenia cesarskich wsi i mordowania mieszkańców. Mając do dyspozycji wyłącznie kawalerzystów, siłą rzeczy nie był w stanie zagrozić żadnemu miastu. Ale panika, jaką ten rajd wywołał, niewątpliwie przejdzie do historii.

Niby nic. Korpus „drogowy” otoczył i wyrżnął do nogi najeźdźców w ciągu kilkunastu dni. Ale strach, ktory wywołali, głównie przez sprowokowanie posępnych wieści i wyolbrzymionych plotek, wbił się grubą zadrą w monolit honoru cesarstwa. A przede wszystkim w jego poczucie bezpieczeństwa. Seria pozbawionych strategicznego znaczenia potyczek, niewielkie zniszczenia i siłą rzeczy nieliczne mordy na pozbawionych chwilowo opieki chłopach zachwiały jednak morale obywateli. Stała się bowiem rzecz niesłychana. Wojna w granicach cesarstwa!

Każdy, kto miał choć trochę rozsądku, zdawał sobie sprawę, że o żadnej wojnie przecież w tym wypadku nie może być mowy. To tylko seria bandyckich ekscesów. Histeryczne i melancholijne w istocie rzeczy pożegnanie z historią Królestwa Vareth, które właśnie znikało z map świata.

Teoretycznie nic się nie stało. Ale... Mygarth leżało niedaleko zagrożonych obszarów. No przynajmniej teoretycznie. Niedaleko w rozumieniu standardów drogowych rozwiniętego cesarstwa. Nikt nie zagroził miastu bezpośrednio. Nawet przestraszeni chłopi nie gromadzili się w murach. A jednak przemarsze wojsk, zakorkowanie imperialnych dróg i zatkanie rzecznego portu przez barki z zaopatrzeniem dla „drogowego" korpusu zrobiły odpowiednie wrażenie. A oliwy do ognia dodała reakcja władz. Cesarscy heroldzi z jakichś paranoicznych względów, podyktowanych chęcią usprawiedliwienia i wybielenia zagłady Królestwa Vareth, wystąpili na każdym forum. Długo opisywali zezwierzęcenie wrogów, zatrzymując się nad każdym szczegółem popełnianych na obywatelach Luan zbrodni. A tego nie udało się już w żaden sposób zatrzeć ani wymazać z pamięci.

Viriona wojenne historie, czy raczej histerie, nie obchodziły w ogóle. Miał teraz swoje życie, które kręciło się wokół dziewczyny o imieniu Aride. Spotykali się coraz częściej, rozmawiali ze sobą. A nawet na tyle, na ile pozwalał obyczaj, odbywali razem spacery, czasem w miejscach odosobnionych i odległych od ludzkich oczu. Podczas kiedy cesarscy żołnierze maszerowali przez miasto, budząc zachwyt wśród innych młodych ludzi, Virion potrafił wykorzystać ten fakt odwrócenia powszechnej uwagi. Zaprowadził obiekt swoich westchnień do jaskiń, które tak dobrze poznał, nie mogąc pogodzić się ze sobą i światem. Atmosfera z powodu zapachu może i nie była szczególnie romantyczna, ale tutaj przynajmniej mieli gwarancję, że będą zupełnie sami. Jaskiń nie odwiedzał absolutnie nikt.

– I naprawdę tu płonie powietrze?

– Tak. Mogę ci pokazać.

Aride nie wiedziała, czy jest bardziej ciekawa, czy bardziej przestraszona.

– Nie mamy pochodni.

– Mogę rozpalić ognisko. Zresztą znaleźć takie miejsce, gdzie powietrze się pali, nie jest łatwo. Duża część jaskiń poza smrodem jest do przejścia.

– I często je zwiedzałeś?

– Znam prawie wszystkie. Oczywiście nie dotarłem nigdy do ich końca. Zawsze wcześniej kończył mi się sznurek.

– Sznurek?

– Łatwo się zgubić. Żeby móc wrócić do wyjścia, trzeba zostawić ślady. A co zrobisz, jak będziesz mazać drogę kredą i nagły podmuch zgasi twoją lampkę?

– No to sznurek lepszy. Fakt.

– Tyle że obojętnie jak wielką szpulę bym ze sobą zabrał, zawsze nie wystarczało. Te jaskinie nie mają końca.

– A nie ma wyjść po drugiej stronie góry?

– Nie ma. Myślę, że one łączą się jakoś z głównym kanałem ściekowym miasta.

– I stąd ta woń? – Dziewczyna zmarszczyła swój nos. – Zaraz. A potworów tam nie ma?

– Nie ma.

– A ty nie boisz się ciemności?

– Czego się bać po ciemku? Wszystko i tak słychać. Nic nie jest przecież bezszelestne.

– Wiem, ty masz jakiś cudowny słuch. Dziewczyny mi mówiły.

Dziewczyny? Virion nie opowiadał o swoim słuchu żadnej z nich. Właściwie to z żadną nie rozmawiał dłużej chyba nigdy. A kto mógł wiedzieć, że słyszy lepiej niż reszta świata? Na pewno ich nauczyciel harmonii. Na pewno kilku poetów przekuwających swe strofy w pieśni. Bez żenady przecież łapał ich na pomyłkach i fałszach. Ach, no tak: Parte! To jemu się zwierzył ze swojego nieprawdopodobnego talentu, kiedy rozmawiali o taktomierzu. A on miał powodzenie u dziewczyn. Mógł rozgadać.

– Chcesz zobaczyć, co w środku?

Skinęła głową.

– Ale tylko zajrzymy?

– Tylko zajrzymy.

Poprowadził Aride w stronę jednego z większych wejść do wnętrza góry. Tam jeszcze przez kilkadziesiąt kroków w głąb będzie coś widać. No i z powodu kubatury tam najmniej śmierdziało. Kiedy weszli do środka groty, poczuli dający wielką ulgę chłód. Dzień był wyjątkowo upalny. Aride z pewnym niepokojem przyglądała się pajęczynom zwisającym z każdego występu skały.

– Ostrożnie – powiedział, oglądając się, czy wszystko w porządku. – Hej, a czemu idziesz z otwartymi ustami?

– Śmierdzi – odparła szczerze. – Wolę oddychać przez usta.

– Aha.

On sam już dawno przyzwyczaił się do tego zapachu. Gorzej było z ubraniem po powrocie do domu. Ale zdążył o to zadbać. Kiedyś, kiedy bywał tu często, zawsze czekał już na niego zaufany niewolnik, który od razu prał mu odzienie.

Kiedy mrok zgęstniał, Aride chwyciła Viriona za rękę. I o to właśnie chodziło. Właśnie o to. Niby dalej prowadził ją pewnie, ale dla bezpieczeństwa trzymał dziewczynę coraz bliżej siebie. Miał prosty plan. Niestety.

– Aaa! Pająka zjadłam! – wrzasnęła nagle Aride. – Zjadłam pająka!!!

– A po co? – zdziwił się autentycznie. – Zgłodniałaś?

Aride przytuliła się do niego, ale chyba niezupełnie o to mu chodziło.

– Uciekajmy! Coś wpadło mi do ust!

No tak. Jak się idzie z rozdziawioną gębą, to właśnie tak się to kończy. Pewnie ćma jakaś albo cokolwiek innego. Trudno. Zagryzając wargi, poprowadził Aride ku wyjściu. Nawet najlepszy plan może się nie udać. Dlaczego nie wziął pod uwagę, że dziewczyna będzie się bała?

Już w słońcu pomagał jej czyścić ubranie z licznych pajęczyn.

– Powiedz, po co tu przychodziłeś? – zapytała nagle.

– Wiesz... Trochę byłem samotny chyba. A w takim miejscu samotność jest czymś naturalnym.

– Tylko dlatego?

Wzruszył ramionami.

– Nie wiem. Zdaje się, czułem też złość na cały świat.

– Ale już nie czujesz? – Uśmiechnęła się tajemniczo.

– Teraz nie.

Błyskawicznie zmieniła temat:

– A jak to było z tą twoją wróżbą? Różne plotki krążą.

Bogowie! To też stało się wspólną własnością? W Virionie odezwał się jednak rasowy strateg. Skoro pierwszy plan nie wypalił, to trzeba wykorzystać okoliczności, błyskawicznie stworzyć plan B i działać już według niego.

– Wiesz, jak to jest. Trudno cokolwiek zrozumieć z bełkotu wyroczni. Ale ona chyba twierdzi, że zagraża mi jakiś potwór.

– Potwór? – Dziewczyna chyba się przestraszyła.

– Tak. Ma zjawiskowe czarne włosy, najpiękniejsze oczy na świecie, twarz, którą mogliby opiewać tylko najwięksi poeci w cesarstwie...

Załapała błyskawicznie.

– I nazywasz to potworem?! – Przekrzywiła głowę.

– Tak, bo pożarł mi duszę. Uzależnił od siebie. I nie mogę już myśleć o niczym innym.

Nie zdążyła zareagować, bo w tym momencie ją pocałował. Odruchowo szarpnęła się lekko. Pocałował raz jeszcze, trzymając, żeby nie odskoczyła z zaskoczenia.

Aride oddała pocałunek.

Virion był najszczęśliwszym człowiekiem na świecie.

Rozdział 3

Zmarł stary lekarz, naczelnik szpitala dla niewolników, przyjaciel ojca Viriona. Był też jedynym przyjacielem samego Viriona z lat wczesnej młodości. Niestety, nie takim „prawdziwym", z powodu zbyt dużej różnicy wieku. Jego śmierć jednak, od dawna spodziewana co prawda, ponieważ był już sędziwy, wstrząsnęła wszystkimi. Szczególnie ojciec wyglądał na załamanego.

– Świat wydaje się taki bez sensu – powiedział nawet podczas ceremonii pogrzebowej. – Dobrzy ludzie odchodzą po cichu, żeby ustąpić miejsca przygłupom i warchołom, którzy pustkę usiłują wypełnić wrzaskiem.

Stojący obok Virion słyszał te słowa. Z pewnym zdziwieniem i po raz pierwszy w życiu stwierdził, że jego ojciec ma podobne spojrzenie na świat jak on sam. Ojca dotąd tak naprawdę właściwie nie znał. Dlatego tak bardzo poruszyły go ciche słowa. „Nie mogę pogodzić się ze światem, bo ludzie są głupi i brzydcy, a wszystko to jeden wielki bezsens" – mawiał przecież sam sobie w duchu.

A teraz? Teraz była Aride. Jego najgorszy wróg Parte stał się najlepszym przyjacielem. I tylko w szermierce oraz strzelaniu z łuku nie szło mu po staremu. Czy godził się więc ze światem? A może nie wszyscy byli głupi i nie wszystko bez sensu?

Nie mógł ścierpieć oficjalnych mów pożegnalnych przy pogrzebowym stosie. Ale też ceremoniał nie wymagał obecności Viriona przy marach. Jego matka już wcześniej usunęła się do namiotu, gdzie czekały niewolnice. Postanowił pójść w jej ślady. Tym bardziej że za ogrodzeniem czekali Elop i Agis, chętni do pocieszania kolegi, tym bardziej że tradycja nakazywała wręcz uczczenie pamięci zmarłego w gronie przyjaciół. A napić się za cudze zawsze było miłą rzeczą. Niezależnie od przyczyny.

Virion dyskretnie wycofał się poza cmentarne zabudowania, tam gdzie czekali szpitalni niewolnicy. Tędy właśnie biegła droga do bocznego wyjścia. Nie udało mu się jednak przemknąć szybko.

– Wielki panie! Wybacz, proszę.

Z tłumu wysunął się zaklinacz snów, Szaman, jak nazywał go w myślach Virion.

– Co tam?

– Panie, wybacz raz jeszcze, ale co z nami będzie teraz? Może coś słyszałeś?

Aha. Bali się. No tak, losy szpitala pozbawionego tak światłego kierownictwa rzeczywiście były niepewne. Sam słyszał, że ojciec, szczególnie ostatnio, narzekał, że przecież sam nie poprowadzi wszystkiego. A co czeka niepotrzebnych niewolników? To jasne. Targ.

– Moja najszczersza odpowiedź brzmi: nie wiem – odparł. – Naprawdę nie mam pojęcia.

– Rozumiem. – Szaman pochylił głowę. – Wybacz, że cię zatrzymałem, panie.

– Nie szkodzi. Przykro mi, że nie znam odpowiedzi. Ale znam przecież ojca, nie pozwoli was skrzywdzić.

Ciekawe, czy tamten uwierzył? Bo ojciec raczej nie będzie miał wpływu na ich los, jeśli zdecyduje się zakończyć ten interes. Owszem, można sprzedać ludzi obdarzonych talentami nawet w Syrinx, gdzie nie będą mieli źle. Ale najlepszą cenę zawsze uzyska się, sprzedając szpital w całości. Z całym „inwentarzem". A co zrobi nowy właściciel? A któż to może wiedzieć?

Niewolnik pochylił głowę. Potem odważył się zadać jeszcze jedno pytanie:

– Panie, a czy we śnie ciągle widzicie obracającą się sylwetkę, a nie możecie dostrzec twarzy?

– Nie. To przeszło.

Szaman odetchnął z widoczną ulgą.

– Ten sen już wam się nie śni, panie?

– Sen i owszem. Widzę w nim to samo, co przedtem, mrok, sylwetki ludzi i wszystko, jak było. Jednak nie ma już głowy bez twarzy.

Zaklinacz snów zmartwiał nagle. Jego rozszerzone strachem oczy błysnęły jeszcze w świetle podpalanego właśnie stosu, zanim opuścił głowę.

– Co? – Virion poczuł lekkie ukłucie niepokoju.

– Boję się.

– Czego?

– Boję się wam powiedzieć, panie.

– Mów.

– Boję się, panie. A może to tylko zwykłe głupstwo? Nie wiem sam.

Virion stracił cierpliwość. A poza tym koledzy czekali.

– Dobra, jak się zdecydujesz, wiesz, gdzie mnie szukać. – Uśmiechnął się i bez zwłoki ruszył dalej.

Agis i Elop już machali do niego zza płotu.

– Dobrze, żeś się wyrwał z tej uroczystości. – Agis zrobił minę, jakby miał zwymiotować. – Ja już kiedyś uczestniczyłem w całopaleniu do końca.

– I co?

– No kurde... Z powodu tych woni to potem przez wiele dni nie mogłem tknąć obiadu.

– No dajżeż spokój. – Elop ruszył pierwszy w stronę miasta. – I nie obrzydzaj. Może trzeba będzie coś zjeść w karczmie, bo wino głód napędza.

– Dobrze, że tradycja nie każe wszystkim tam czekać. – Agis skrzywił się na wspomnienie własnych przeżyć. – A mnie wtedy coś podkusiło.

– Przestań! Ciesz się, że już nas nikt w karczmie nie skontroluje.

Fakt. Byli przecież dorośli. Teraz już nikt nie mógł im zwrócić uwagi. Nikt nie mógł napominać, wtrącać się, niczego kazać. Teraz każdy, kto chciałby się mądrzyć, musiał robić to jak równy z równym. Cudowne poczucie wolności.

– A tak nawiasem mówiąc. – Elop odwrócił się nagle do Viriona. – Mógłbyś pożyczyć parę drobniaków?

– No przecież i tak ja dzisiaj stawiam.

– Ale jutro jest wyjątkowa gonitwa. Mam pewne typy!

– Jeszcze ci nie przeszło? A ci od zakładów nigdy dotąd rodzicom nie donieśli, że fortunę trwonisz?

– Głupi nie jestem. Zawsze im mówię, że to nie ja gram. Tylko obstawiam w imieniu przyjaciela, który jest tak wysoko postawiony, że mu nie wypada pojawiać się na wyścigach.

Agis parsknął śmiechem.

– Naiwniak. To twoje prawdziwe imię, tak?

– Przestań. Skręćmy tutaj.

– Tutaj? – Virion zerknął na boczną drogę między nielicznymi jeszcze domami. – Po co nadkładać?

Obaj zmieszali się trochę.

– Tam dalej stoi ten twój prawie imiennik. Trzyma w ręku jakiś kawałek papieru, wycelował dłoń w okno, gdzie pali się światło, i sprawdza, czy mu się ręka nie trzęsie.

– Lirion? Na drodze?

– Robi to wszędzie, jak go najdzie.

Lirion rzeczywiście miał opinię dziwaka i samotnika. Ale wszyscy się go bali. I powtarzali do znudzenia, że los dał mu talent nie tylko szermierczy. Podziwiano, że chłopak był najlepszy w zapasach, w łuku, w bieganiu. Powtarzano też, że będzie mistrzem. A może nawet... kto wie? Już oficjalnie wiedziano, że na uroczystości pożegnania gimnazjonu wręczą mu tytuł mistrza swojego rocznika. Ale nie to deprymowało pozostałych. Lirion, wydawało się, gardził wszystkimi wokół. Nie odzywał się prawie do nikogo, lekceważył. Jeśli ktoś zagradzał mu przejście, to przechodził, bo wiedział, że ofiara sama umknie, choćby nie było gdzie, że dokona cudu i usunie się, by on sam nie musiał zboczyć z wyznaczonej sobie trasy. Trudno powiedzieć, czy lubił, jak ludzie usuwali mu się z drogi. Nikt go tak naprawdę nie znał. Z nikim dłużej nie rozmawiał.

– I co? Boicie się przejść obok?

– Nie boimy się. Ale po jaką zarazę z nim zaczynać?

– Co zaczynać? – Virion wzruszył ramionami. – Zresztą jak chcecie. Ja idę prostą drogą. Zagrzeję wam miejsce na ławie.

Rozstali się w milczeniu. Tamtym chyba było głupio, że w ogóle podjęli decyzję zmiany kursu na karczmę, ale jeszcze głupiej było się teraz wycofać. Virion dalej ruszył więc sam. Ciekawe, co ich tak wystraszyło. Zapadający szybko zmrok gęstniał co prawda, ale bez przesady. To, że nielubiany kolega stał na poboczu drogi, nie znaczyło jeszcze, że ją tarasował.

Jednak widok postaci wtapiającej się prawie w tło z kartką w wyciągniętej dłoni sprawił, że Virion poczuł lekki dreszcz. Wyglądało to naprawdę dziwnie. A może to jakiś rytuał? No bez przesady! – zganił się w myślach. Taką sobie Lirion wymyślił metodę, żeby sprawdzać, czy na pewno jest absolutnie perfekcyjny.

– Cześć – rzucił, zbliżając się do człowieka na poboczu.

Lirion nie odpowiedział. Mrużąc jedno oko, idealnie nieruchomy, wpatrywał się w koniuszek świstka papieru wycelowanego w oświetlone okno. Po chwili jednak, kiedy już się mijali, Virion usłyszał ciche:

– Hej.

Virion aż się zatrzymał z wrażenia. Szlag! Niepotrzebnie. Trzeba było iść dalej. No ale teraz wypadało już coś powiedzieć.

– I co? Nie drży?

Lirion ani na moment nie odwracał wzroku od swojej dłoni.

– To nie chodzi tylko o drżenie – ledwie wyszeptał. – Chwytam w ten sposób cały świat. Jak stoisz, żeby walczyć, musisz poczuć cały wielki świat pod stopami. I być jego częścią. Na szczycie.

– Zaraza jedna, nie wiedziałem, że tak trzeba.

– Nie wiesz jeszcze wielu rzeczy.

Dziwnie się rozmawiało z człowiekiem, który patrzył ciągle w ten sam punkt.

– A może napijesz się wina?

– Nie piję.

Lirion nagle opuścił dłoń i uśmiechnął się do siebie.

– Udało się. – Po raz pierwszy spojrzał na Viriona, jakby chcąc się zorientować, z kim rozmawia. – Ty, zdaje się, przyjaźnisz się teraz z Partem?

– Tak. – Viriona nic nie mogło bardziej zdziwić. Okazało się, że najlepszy z najlepszych nie dość, że go rozpoznaje, to jeszcze wie, kto z kim najwięcej przebywa. Niesamowite.

– Hm. Pamiętaj tylko, że to człowiek zupełnie bez wartości.

Lirion zmiął kartę w ręku i odrzucił na bok. Potem odwrócił się i bez uśmiechu, bez słowa pożegnania odszedł szybko, niknąc w gęstniejącym mroku.

Zaskakująca sytuacja. I zmuszająca do myślenia.

Virionowi jednak nie dane było się zastanowić. Dobiegł go odgłos pospiesznych kroków z kierunku, skąd sam przyszedł. Zmarszczył brwi. Biegnącego rozpoznał dopiero po dłuższej chwili. Zaklinacz snów, Szaman. Musiał być odważny. Niewolnik po nocy sam na mieście. Bez pieczęci swojego pana świadczącej, że biegnie z czyimś poruczeniem. Uuuu... Strażnicy, gdyby go teraz spotkali, mogliby być bardzo nieprzyjemni, a konsekwencje poważne.

– Wielki panie! Wybacz, musiałem.

– Co musiałeś?

– Powiedzieć ci o śnie!

– No? No?

– To coś, co przychodziło w nocy, pewnie chciało cię ostrzec.

– Ale już się nie pojawia. Więc chyba wszystko w porządku.

– Albo już jest za późno. Sam sen bowiem jest, a ostrzeżenia już nie ma.

Virion drgnął lekko, przypominając sobie nagle słowa wyroczni.

– I co niby powinienem zrobić? – zapytał.

– Uciekaj, panie. Uciekaj natychmiast!

– Niby gdzie?

Niewolnik cały trząsł się z emocji.

– Najlepiej na koniec świata – wyszeptał przerażony.

– No i jak tam się rozwija znajomość? – Parte był w doskonałym humorze.

Przygotowania do ceremonii pożegnania z gimnazjonem trwały tego dnia krócej i mieli wolne. Uroczystość była cicha i kameralna, nie to, co inicjacja. Właściwie jedyną niedogodnością było to, że po ćwiczeniach musieli paradować po mieście z bronią przy pasach. Jakoś tak głupio chodzi się z mieczem. Zawadza w każdym ruchu, trzeba pamiętać, żeby go odpiąć przed każdą próbą siadania, no i ludzie się gapią. Co to jest, żeby w biały dzień łazić uzbrojonym po zęby. Na szczęście ich eleganckie stroje świadczyły, że raczej nie zamierzają nikogo obrabować. Ach, słodkie, cywilizowane Mygarth. Nie to, co pogranicze, gdzie podobno wszyscy chodzili z bronią, no i nie Syrinx chociażby, gdzie jak głosiła plotka, więcej bandziorów niż porządnych obywateli. Życie na sennej prowincji miało same plusy.

– Wiesz... no...

– Aha. Ciężki przypadek zakochania.

– Nie. Skąd.

– Już ja widzę. – Parte usiłował ukryć rozbawiony wyraz twarzy. – A zabrała cię już do ciotki Filim?

– Nie.

– No dobra, to ja ci pokażę. – Parte zmienił kierunek, skręcając w jedną z ulic prowadzących poza miasto. – To akurat niedaleko.

– Ale co chcesz pokazać?

– Gdzie to jest – wyjaśniał cierpliwie kolega. – Żebyś mógł przynajmniej udawać zorientowanego, kiedy ona nareszcie się zdecyduje.

Virion nie miał pojęcia, co powiedzieć. Tajemnicze miejsce schadzek wynajęte przez dziewczyny fascynowało go oczywiście, ale jednocześnie uruchamiało w głowie całe pokłady niepewności.

– No coś ty. A jak tam ktoś będzie?

– To wpadniemy pogadać. – Parte uniósł głowę, żeby zorientować się w położeniu słońca. – O tej porze nikogo nie będzie.

– No ale...

– Słuchaj – Parte przerwał mu w pół zdania – co ci się podoba w Aride?

O, tu Virion mógł się popisać całą swoją elokwencją. No jak to co mu się podoba? Wygląd, twarz, włosy, usta, kształt bioder, to, jak chodzi, jak mówi, jak się śmieje. To, jak całuje, jak dotyka, jak daje się głaskać. Jej skóra...

– A co ci się w niej nie podoba?

Tak zaskoczył Viriona, że ten na długą chwilę zapomniał, gdzie się znajduje. Co mu się NIE podoba? Nie ma takiej rzeczy! Aride jest cudowna. Jest wspaniała. To spełnienie snów... Zmarszczył brwi. To jego kolega miał przecież doświadczenie. I w dodatku pytał poważnie.

– Hm. Właściwie nic.

– A bez „właściwie"?

Szli dość szybko i Virion musiał najpierw uspokoić oddech.

– Pamiętam takie zdarzenie. Bardzo dziwne.

– No, no.

– Staliśmy w jakimś kącie, szepcząc do siebie. Bez żadnych dwuznaczności. Ktoś przechodził i rzucił jakąś uwagę. Bez znaczenia, bez chęci ataku czy przygany. Tak po prostu. A Aride zaatakowała go z taką furią, jakby ją co najmniej publicznie uderzył. Wrzeszczała, wbijała go słowami w ziemię, aż się przestraszył.

– Nie podjął kłótni?

– Nie miał jak. Został obezwładniony.

– No nieźle. Co jeszcze?

Co jeszcze mu się w Aride nie podoba? Pojęcia nie miał. Wszystko ma wspaniałe.

– To trudno jakoś tak powiedzieć krótko.

– Spróbuj opisać szerzej.

– Bo ja wiem? Staliśmy kiedyś w większym gronie i Aride opowiadała coś z przejęciem koleżance, cała promieniała. I znowu ktoś z boku odezwał się nagle, przerywając tok jej wymowy. A ona zmieniła się momentalnie na twarzy, opieprzyła chłopaka z góry na dół, i to ze złością. A potem odwróciła się z powrotem do koleżanki i znowu stała się promienna, kontynuując opowieść. Niesamowita była ta zmienność od gwałtownej nienawiści do cudownego uśmiechu sprzyjania... – Virion zawahał się. – Nie wiem, czemu to opowiedziałem – wyznał nagle.

– To znak, że nie zatraciłeś z powodu miłości zmysłu obserwacji.

– Chcesz, to was poznam.

– Już ją poznałem. A pytam, żeby sprawdzić, czy widzisz to samo co ja.

Viriona ogarnęło nagle jakieś dziwne uczucie. Dziwne w tym sensie, że wcześniej go nie doświadczył. To chyba... zazdrość, stwierdził po chwili. Tak. Bez wątpienia. Aż sam się zdziwił. Nie zdążył skomentować, bo wychodzili właśnie spomiędzy zwartej zabudowy małego przedmieścia i Parte podniósł rękę.

– O. To właśnie tam.

Wskazał mały domek z drewna, ukryty przed widokiem od ich strony rzędem drzew. Niedaleko była jakaś podła knajpa, co mogli stwierdzić po wydobywających się stamtąd odgłosach jakiejś beznadziejnej kapeli. Muzycy amatorzy rzępolili tak, że Viriona zaczęły boleć zęby. Ale fałsz za fałszem. Nie potrafili nawet trafić melodią w takt. Żenujące. I dziwne, że ktoś tego w ogóle chciał słuchać. Przecież nie graliby dla samych siebie.

– Patrz, tu są schody. – Parte pociągnął Viriona w stronę drewnianej chatki. – Imprezy dziewczyn są na górze. A zasada konspiracji jedna. Nie puka się do drzwi.

– Dlaczego?

– Słychać, jak ktoś wchodzi po tych schodach. I to jest wystarczające ostrzeżenie.

– Ale dlaczego nie pukać?

– Bo jak ktoś załomocze, to znak, że obcy. Wtedy dziewczyny w panice chowają wino. A w pośpiechu różne nieprzyjemne rzeczy mogą się zdarzyć.

– Aha. A jest drugie wyjście?

– Jest, jest. – Parte poprowadził wokół maleńkiego domku. Z drugiej strony muzyka, a właściwie parodia muzyki, stała się lepiej słyszalna i przez to bardziej dokuczliwa. – To jest to okno. – Pokazał palcem. – Widzisz?

Poniżej daszek, po którym można zejść czy się zsunąć na podwórko. Ale to nie jest droga, jak się jest choć trochę pijanym.

– Dlaczego? Nawet zeskakiwać nie za bardzo trzeba.

Daszek rzeczywiście sięgał prawie do samej ziemi.

– Patrz tam. – Parte wskazał Virionowi pobliską łąkę.

Tuż obok domu okoliczni rolnicy gromadzili swoje narzędzia. Obok musiała być chyba kuźnia, gdzie je naprawiano. Tak czy inaczej, prawie każdy wolny łokieć terenu zajęty był przez brony leżące zębami do góry.

– O szlag!

– No! Podwórze ograniczone płotem z trzech stron. Jedyna wolna droga w stronę kuźni. A jak się ściemni, a ty napity, to wystarczy jedno potknięcie i cię nie ma!

– Bogowie...

– Nie ma co Bogów wzywać. Trzeba zapamiętać: napiłeś się? To grzecznie schodami w dół i na środek ulicy. A potem prosto do domu.

Ojciec zarządził zebranie rodzinne, na którym miał ogłosić coś niezmiernie ważnego. Tak przynajmniej twierdził. I słowo „ogłoszenie" było znacznie bliższe temu, co miało się stać, od słowa „zebranie". Ponieważ to drugie zakładało z definicji, że inni, że ktokolwiek poza ojcem również będzie miał prawo do zabrania głosu. A tak przecież nie mogło być. Cóż, każdy w domu przywykł od dawna, że autokratyczne rządy są jedyną formą współistnienia między członkami rodziny. Ale zasadniczo, zważywszy na ilość środków dostarczanych przez władcę dla rozrywki podwładnych, nikt jakoś szczególnie nie oponował.

Tym razem jednak poza swoją żoną i synem ojciec zaprosił także rządcę Moufosa, który kierował sprawami technicznymi w zarządzaniu rozległym majątkiem.

– Moi kochani – zaczął, kiedy tylko służący, pozostawiwszy tace z przekąskami, oddalili się poza zasięg słuchu – nastąpił przełom w naszym życiu. – Teatralnie rozłożył ręce.

Nie był wcale stary. Siwiznę odziedziczył raczej po przodkach, których włosy również szybko pokrywały się szronem, i sprytnie to wykorzystywał, ponieważ dodawała mu powagi. Wykorzystywał oczywiście gdzieś w początkach swojej działalności, bo teraz wystarczającej powagi dodawały mu same pieniądze, które zgromadził w swoich rozlicznych interesach.

– Postanowiłem, i proszę, nie dyskutujcie ze mną, że przeprowadzamy się z Mygarth.

– Niby gdzie? – zapytała matka.

Kiedyś była piękną kobietą i dzięki temu, że dbała o siebie i otaczała się całą rzeszą pomagających jej w tym służących, wiele z tego piękna przetrwało.

– Pozwól, kochanie, że najpierw opowiem wam o przyczynach.

Virion nie miał nic do gadania, więc rozmyślał ponuro nad rysującymi się perspektywami. W pierwszej chwili aż podskoczył przerażony tym, że wyjazd na stałe oznacza rozstanie z Aride, ale zaraz rozsądek pomógł mu się uspokoić.

Po pierwsze, wiedział, że w interesach nic nie dzieje się szybko. Zapowiadane zmiany prawdopodobnie dotyczyły odległej przyszłości. Po drugie, ojciec był elastycznym człowiekiem. Inaczej przecież nie mógłby prowadzić swych interesów z takim powodzeniem. Mógł więc jeszcze wiele razy zmienić zdanie. Co, jak mówiło doświadczenie, zdarzało się często.

– Nie ukrywam, że bardzo dotknęła mnie śmierć przyjaciela, który od tylu lat prowadził mój szpital. Początkowo nie dopuszczałem tej myśli do siebie, ale po dłuższym wahaniu muszę jednak przyznać: bez niego nie wyobrażam sobie dalszej działalności na tym polu.

– I tu się ewidentnie zgadzamy – powiedziała matka.

To było do przewidzenia. Nienawidziła niewolników, ich obecności w codziennym życiu, ich rozlicznych nieszczęść, krzywd, biedy. Nie mogła ścierpieć ich obecności w tak nieodległym od domu miejscu. Sama siłą rzeczy świata nie mogła zmienić, więc rozsądniejszym wyjściem dla niej było po prostu nie mieć tego wszystkiego w polu widzenia. Jak dotąd nikt nie zwracał uwagi na jej dąsy i narzekania. A teraz pojawiła się nareszcie wizja spokoju.

– Drugim faktem, który zaważył na mojej decyzji – ojciec na zawracał sobie głowy detalami ani tym, czy ma sojuszników w swoich rozważaniach, czy nie – był atak obcej kawalerii na rdzenne ziemie cesarstwa.

Milczący dotąd Moufos dyskretnie opuścił głowę, by ukryć uśmiech. Ale matka nie wytrzymała.

– Nie przesadzaj! Wybito te bandy w kilkanaście dni! Żadnych szkód nie zdążyli zrobić.

– Bo to był furiacki atak płynący z desperacji. Co będzie, jak się zjednoczą?

– Kto z kim? Na Bogów!

– Z jednej strony napiera Troy. Drugie co do wielkości i znaczenia państwo świata. Do tego dyszą do nas nienawiścią śnieżne królestwa. Na razie są podzielone. Na razie...

Moufos tkwił ciągle z pochyloną głową, by nie zdradził go kpiący wyraz twarzy. Matka tylko prychnęła pogardliwie.

– I ta dzicz na cesarstwo? Choćby nawet i z Troy pospołu? Rozgnieciemy w trzy modlitwy!

– Najprawdopodobniej – zgodził się ojciec, żeby nie prowokować kłótni. – Nie chcę jednak żyć ze świadomością, że jakiś żołdak spali mi dom, bo się tu wedrze gnany pragnieniem zemsty za lata upokorzeń. Choćby i na trzy modlitwy.

– Bardziej kuriozalnego powodu nie mogłeś wymyślić. Ale wnioski, które wysnułeś, zasługują na uwagę.

Ojciec skłonił przed matką głowę.

– Otóż sprzedałem szpital i wszystko, co do niego należy, za ciężkie pieniądze, bo interes prosperuje znakomicie.

– Brawo! – Zaczęła klaskać. – I cokolwiek cię do tego skłoniło... Brawo!

– Sprzedałem też osady w zdobycznym pasie wraz z ziemią i ludźmi. Zamykamy też i pozbywamy się razem z Moufosem wszelkich ryzykownych interesów, które dotąd prowadziliśmy. Jednak złoto gromadzę tylko w części. Postanowiliśmy bowiem nie budować nigdzie przepotężnego skarbca i strzec go przy pomocy wynajętej armii. Inwestujemy w kupieckie listy dłużne oraz udziały w kompaniach korzennych, ale to lepiej wyjaśni wam nasz przyjaciel.

– O nie – jęknęła matka. – On będzie używał trudnych słów.

Moufos wstał.

– Moja pani! – Wykonał specjalny, pałacowy wręcz ukłon w stronę jedynej w tym pomieszczeniu kobiety. –

Będę mówił krótko i w sposób jasny! Otóż gromadzenie tak niebywałego majątku naraziłoby twojego męża na znaczne straty z powodu cesarskich podatków. Unikamy ich, konwergując zasoby do postaci listów dłużnych na okaziciela. Nierejestrowanych więc, za to umożliwiających skuteczną dywersyfikację środków ze względów bezpieczeństwa. Nie u jednego kupca, ale u wielu, i nie u największych, ale u średnich. Wpływ stabilizujący na majątek mają udziały kompanijne, z których mediana zysków pozwoli...

– Przyjacielu! Błagam! – Matka złożyła dłonie jak w świątyni.

– Ja tylko...

– Proszę cię, przyjacielu. Nie rozumiem ani słowa. Chyba że to jakiś zaśpiew religijny i powinniśmy się przyłączyć, mrucząc chociaż melodię.

Moufos rozejrzał się zasmucony.

– Może chłopak coś pojął?

Virion drgnął, wywołany do odpowiedzi.

– Tak. Jak dotąd wszystko jasne.

– Naprawdę rozumiesz? – zdziwiła się matka.

– Oczywiście. Tato z zarządcą, nie chcąc budować twierdzy otoczonej wojskiem dla ochrony sztab złota, ulokowali pieniądze w papierach zabezpieczonych w ten sposób, żeby żaden upadek pojedynczego kupca czy dekoniunktura na rynku nie osłabiły ich wartości. Zaczną potem zamieniać listy dłużne na imienne stopniowo, żeby uniknąć podatków.

– Dość! – Tego dla matki było za dużo.

Ojciec poczuł się w obowiązku interweniować.

– Ależ oczywiście, kochanie, tego nie trzeba rozumieć. Z części praktycznej pragnę dodać tylko, że będziemy musieli tolerować w domu obecność sześciu dahmeryjskich weteranów, których nająłem do ochrony papierów.

– To da się przeżyć. W przeciwieństwie do setek niewolników opodal.

– Porozmawiajmy więc o rzeczach przyjemnych.

– O przeprowadzce? – zapytała z nadzieją.

– Tak. Abstrahując nawet od wrogich królestw, Troy i rajdów kawalerii, Mygarth jest zbyt wielką prowincją dla nas.

Matka zgodziła się z ochotą. Choć z zupełnie innych pobudek. Sama czuła kumulującą się zawiść, która zaciskała wokół nich swoją pętlę. A powodem było ich rosnące bogactwo, którego ukryć w żaden sposób się nie udawało. Tylko ten jeden jedyny powód. Ale absolutnie wystarczający, by skrywana nienawiść zaczęła doskwierać coraz bardziej. Dziwne. Co innego urodzić się bogatym księciem. Wtedy wszyscy kornie pochylali się w ukłonach do ziemi, a czuli podziw i uwielbienie. Co innego samemu dojść do pieniędzy. Wtedy głowy wokół wypełniała już tylko jedna myśl: „Dlaczego oni, a nie ja?! Przecież my nie jesteśmy gorsi. Dlaczego akurat im się wiedzie? Pewnie złodzieje, szubrawcy, zdrajcy, męty najgorszego autoramentu, którzy nieuczciwość wyssali z mlekiem matki".

– Co wybrałeś, mężu? – zapytała.

– Otóż pozwoliłem sobie kupić posiadłość wiejską wraz z pałacykiem w przebogatej prowincji, o dzień drogi odległej od jednego z najpiękniejszych miast imperium. Samo serce cesarstwa. Tam nic nam nie zagrozi.

– A jakie to miasto?

– Negger Bank, kochanie.

Aż klasnęła w dłonie. Negger Bank! Cudownie! Zapewne wyobraziła sobie te wszystkie wspaniałości wielkiego miasta. Pałace, świątynie, biblioteki i fora. Wielki świat. Będą nareszcie bywać, spotykać się w wytwornym towarzystwie, przyjmować i być przyjmowani. Jej mąż miał jednak łeb na karku. Większej radości w każdym razie nie mógł żonie sprawić.

On jednak traktował wybór bardziej racjonalnie.

– To najbardziej bezpieczna okolica w imperium. W Negger Bank znajduje się główna baza imperialnej marynarki wojennej oraz sztab. Piechota morska, część koszar korpusu drogowego oraz zaplecze armii operującej na tamtym teatrze działań.

– Tam też wojna?

– Wojna toczy się wszędzie wokół cesarstwa – przypomniał. – Ale tam za przeciwników mamy jakieś mikroskopijne królestwa żrące się między sobą od wieków. Nimmeth, Dery i... – zawahał się. – I Arkach lub Arakach. Nawet nie wiem, jak to się wymawia.

– Aby dodać pikanterii – wtrącił się Moufos z uśmiechem – w armii Arkach walczą wyłącznie kobiety.

– Co?! – Matka zaczęła się śmiać. – I co one tam robią?

– Usiłują chyba rozbawić naszych strategów. – Zarządca rozłożył ręce w geście: „ja tam nie wiem, ja tylko o tym słyszałem".

– Negger Bank... – Matka rozmarzyła się nagle. – Najpiękniejsza i najbezpieczniejsza prowincja w cesarstwie. Z wyjątkiem stolicy najbogatsza.

– Oczywiście oprócz wiejskiej rezydencji kupię pałacyk i w samym mieście. Śmierć mojego przyjaciela sprawiła, że zdałem sobie sprawę z kilku rzeczy. Że gonię za mirażem wszechpotęgi. Że za mało czasu poświęcam rodzinie. Że wykańczam się dla jakiegoś niejasnego dążenia. A tu trzeba zacząć żyć, zanim będzie za późno.

No tak. Matka czuła się szczęśliwa. Jej mąż oprócz głowy do interesów był jeszcze całkiem rozsądnym mężczyzną.

– Spokój w szeregach! – krzyczeli instruktorzy. – Nie pchajcie się.

– To tylko jeden wieniec na każdą głowę – ktoś usiłował żartować. – Dla każdego wystarczy.

Uroczystość pożegnania nie miała w sobie nawet części zadęcia obrzędów inicjacyjnych. Wśród zebranych przeważała wesołość, czasem znudzenie. Podniosłego nastroju nie było. Za to serwowano przyjaźń i sprzyjanie, choć nie wszystkim nauczycielom przychodziło łatwo pozbycie się belferskich nawyków.

– Słuchajcie – rozpoczął sam mistrz szermierki. – Kiedy już zapadnie cisza... Przepraszam, jeśli w ogóle zapadnie tu cisza – poprawił się – to pamiętajcie o jednym. Schodki do ołtarza są stare, a nie wypada, żeby każdy lazł i skrzypiał. Starajcie się stąpać po samej krawędzi stopni. Wtedy nie będzie śmiesznych sytuacji, a i wy nie będziecie się rozglądać trwożliwie, czy konstrukcja wytrzyma wasz ciężar – instruował. – Zapamiętał jeden z drugim?

Uspokojenie młodych ludzi zakrawało na niemożliwość. No ale co się dziwić? To było ostatnie spotkanie w gimnazjonie, ostatnia chwila przed przyjęciem na barki dorosłych obowiązków.

– Nie no, jak dzieci, jak dzieci... – narzekali co starsi nauczyciele. Ci młodsi woleli fraternizować się z niedawnymi uczniami, tym bardziej że w tylnych szeregach krążył niejeden, sądząc z panującego tam ożywienia, bukłak.

Uroczystość zaczęła się jednak zgodnie z planem. I rzeczywiście szło to bardzo szybko. Herold wykrzykiwał imiona, delikwenci wspinali się pod ołtarz, mistrz szkoły dekorował ich laurowymi wieńcami i tyle. Można było wrócić do szeregów. Kolejność ustalono według osiągnięć sportowych. I niestety, Virion z powodu słabej szermierki, słabego strzelania z łuku, nisko średnich wyników w biegach i jakich takich w zapasach musiał czekać prawie do samego końca. Znalazł się w przedostatniej grupie, tuż przed niedojdami i melepetami. Nie miało to żadnego znaczenia. Kiedy wywołano jego imię, starał się pamiętać tylko o tym, żeby stawiać stopy tuż przy krawędziach schodów. Ciszę, jaką taką przynajmniej, udało się zachować. Podniosłej atmosfery nie.

Otrzymał swój wieniec, ktoś powiedział kilka ciepłych słów, ktoś poklepał go po ramieniu i... następny! Nie spodziewał się niczego więcej. Za to już na dole wpadł w objęcia Agisa i Elopa, obu udekorowanych wcześniej.

– No i dobra. – Agis najwyraźniej skorzystał z jakiegoś bukłaka. Był nienaturalnie uśmiechnięty. – Zaraz kończymy i... I spokojnym krokiem, nie spiesząc się ani nie kryjąc – stopniował napięcie – idziemy nareszcie całkiem jawnie do karczmy. I to tej po drugiej stronie ulicy! Niech patrzą instruktorzy.

– Takich mądrych więcej będzie. – Elop albo mniej wypił, albo był bardziej rozsądny.

– I co z tego?

– Miejsca zabraknie. I po staremu do speluny jakiejś pójdziemy.

– Nie – przerwał mu Virion. – Pójdziemy do tej, o której marzyliśmy.

– Tej tu? Naprzeciw?

– Tak jest.

– A masz jakiś plan, jak się tam dopchamy?

Virion miał plan, i to taki, który już zrealizował. A konkretnie: miał dwa plany, w tym jeden tajny.

– Nie będziemy się nigdzie pchać – powiedział. – Po prostu wejdziemy i usiądziemy. Jak dorośli.

Agis wytrzeszczył oczy. Nadmiar wina na pusty żołądek najwyraźniej wzmógł jego talent aktorski.

– A jak zamierzasz przegonić ten cały tłum?

– Nie będę gonił. Ja po prostu wcześniej wynająłem nam całą ławę. Do wyłącznego rozporządzania.

Koledzy zaczęli wzdychać w podziwie nad jego darem przewidywania. I pieniędzmi, które mógł przeznaczyć na realizację planu. To nie była tania knajpa.

– Mistrzu! – Agis objął Viriona i zaczął całować w policzki. – Geniuszu!

– My niegodni, żeby siedzieć z tobą przy jednym stole – wtórował mu Elop. – Ale hojny poczęstunek z radością przyjmiemy. – Od razu założył, że to właśnie Virion postawi im wino. – I imię twoje będziemy wynosić pod niebiosa!

Virionowi nie zależało na pieniądzach. Druga część planu wymagała bowiem bliskiej odległości od gimnazjonu. Dziewczęta oczywiście nie uczestniczyły w męskiej ceremonii i nigdy nie brały udziału w zajęciach gimnazjonu. Ale przecież i one miały swoje zebrania, zwane przez kpiarzy „kursami idealnych żon, czyli jak wydać się bogato i szybko trwonić pieniądze męża". I dzisiaj również kończyły swoje spotkania. Wiadomo, że u dziewczyn wszystko trwa dłużej. Ale kiedy wyjdą nareszcie, chciał przejąć Aride, zaszyć się gdzieś i porozmawiać o straszliwych planach swojego ojca. Może coś postanowić? Różne myśli krążyły po jego głowie.

Uroczystość pożegnania zakończyła się nareszcie. Tłoku, który momentalnie zrobił się przed budynkami, nie dało się opisać. Na szczęście nie wszyscy upatrzyli sobie akurat najdroższą karczmę po drugiej stronie ulicy. Ale szturmujący ją tłum i tak stanowił trudną przeszkodę. Do środka dostali się właściwie na siłę. Na szczęście parobek pilnujący miejsc przy ich ławie spisywał się doskonale, dając twardy odpór lepiej urodzonym, a także ignorując wszelkie próby przekupstwa.

Virion z kolegami usiedli nareszcie, klnąc w żywy kamień miecze, które musieli mieć przy sobie.

– Ta broń jest zupełnie bez sensu – sapał Agis. – Ani się z nią przepychać między ludźmi, ani usiąść, ani zostawić.

– No – zgodził się Elop. – Słyszałem, że jak zgubisz miecz w miejscu publicznym, to nawet strażnicy mogą przyjść do ciebie. I nie będzie miło.

– Niby skąd będą wiedzieć, że to akurat mój?

– Mój jest podpisany – westchnął Virion.

– Bez znaczenia. Strażnicy głupi nie są i znajdą właściciela tego samego dnia.

Dalszą dyskusję przerwał sam gospodarz, który postawił przed nimi nowiutki mieszalnik z podgrzaną wodą. Słudzy w stojaku obok umieścili amfory.

– No, panowie! – Agis zajął się pierwszą z nich. – Chyba nie będziemy kalać tej świętej zawartości jakąś tam wodą?

– Lej, lej.

– Byleby tylko wieńców nie pogubić w tym rozgardiaszu. – Elop ułożył wszystkie trzy na środku stołu.

– A po jaką zarazę ci wieniec?

– To przecież liście laurowe w najlepszym gatunku. Babcia będzie dodawała do zup przez kilka najbliższych lat.

Zaczęli się śmiać. Na to nie wpadli.

– I chwała naszego przyjaciela Elopa rozpłynie się w zupie!

– No to za tę zupę!

Unieśli kubki.

– Zupę czy dupę?

– Zdrowie wszystkich dup na świecie!

– Z dupą nie przesadzaj. Miałem całkiem niezłą lokatę.

– Właśnie. Virion, powiedz, kto się na ciebie uwziął, że cię tak zepchnęli?

– Tam zaraz uwziął. Nikt mi nie wierzy, że praktycznie żaden szermierz nie fechtuje według taktomierza.

– A tak, tak. Ten twój słuch absolutny.

– Nie możesz tego jakoś nie słuchać?

– No jak nie słuchać ze słuchem absolutnym? – Teraz Virion zajął się nalewaniem następnej kolejki. Z powodu podniecenia alkohol szybko uderzał do głów. – A ludzie ewidentnie nie mają poczucia rytmu.

– Lirion też?

– On to nie wiem. Jest jakiś dziwny.

– Ja bym go tam pokonał na miecze – oświadczył Agis. – O, tak szybko. – Pstryknął palcami.

Virion podchwycił okazję.

– No to na co czekasz? Masz miecz, a on tam stoi. – Wskazał wejście do knajpy. – Usłyszał, bo idzie do ciebie.

– Bogowie!

Zdjęty przerażeniem Agis, odwracając się, upuścił swój kubek na podłogę. Jego strach był tak wielki, że Elop i Virion ryczeli ze śmiechu, szturchając się wzajemnie. Żadnego Liriona oczywiście w pobliżu nie było, zbyt gardził tłumem przecież. Ale kolega, który sam sobie nogi winem oblał, mógł stać się gwiazdą wieczoru.

Skonfundowany chciał się jakoś odciąć, lecz na widok min kolegów zrezygnował. Tym bardziej że nic mądrego nie przychodziło mu do głowy.

– Gospodarz! – krzyknął. – Nowe naczynie.

Agis, już z nowym kubkiem, narzucił ostre tempo. Jedynie Virion się oszczędzał. Miał jeszcze do załatwienia ważną sprawę. Co chwila zerkał na ulicę przez wielkie okno. Dziewczęta jednak ciągle się nie pojawiały.

– Ty co taki struty? – zainteresował się Elop.

– Nie struty, tylko zakochany – powiedział Agis. – No niestety. Miłość krew burzy podobno.

– Że niby co? Miłość to choroba?

– A nie?

– Przestańcie. – Virion nie był w odpowiednim nastroju, żeby poruszać akurat ten temat. Co miał powiedzieć Aride? Czy mogą obmyślić jakiś wspólny plan? A może...? Ta myśl prawie nim wstrząsnęła. A może po prostu jej się oświadczyć i postawić rodziców przed faktem dokonanym? Prostota tego rozwiązania ocierała się o geniusz. A może...

Dziewczyny nareszcie zaczęły wychodzić ze „swojego miejsca schadzek", jak nazywali to mężczyźni.

– Zaczekajcie na mnie. – Virion wstał natychmiast. – Rozeznam się w jednej sprawie i wrócę.

– Miłość – westchnął Elop. – Szybko nie wrócisz.

– Wrócę, wrócę. Dziś jeszcze nie czas na ostateczne rozstrzygnięcie.

Ruszył w stronę wyjścia, ale zatrzymał się nagle.

– A może ostateczne rozwiązanie powinno nastąpić już dziś? – zastanawiał się głośno. Czy można się oświadczyć tak z biegu? Bez przygotowań i poważnej rozmowy? – Wtedy rzeczywiście nie wrócę.

Agis i Elop skrzywili się rozczarowani. Ale co mieli zrobić?

Virion wybiegł na ulicę, szukając znajomej twarzy. Aride jednak nigdzie nie było. Po dłuższej chwili znalazł Alesę, jak zwykle rozszczebiotaną w gronie koleżanek.

– Widziałaś może gdzieś...

– Aride? – dokończyła za niego. – Chyba wyszła wcześniej. Nie wiem.

– Przyjechała do niej przyrodnia siostra – dodała jedna z dziewcząt. – Z samego Sonne, chyba.

– Aha. To znaczy jest w domu?

– No coś ty? Tam dwie rodziny teraz zajmują się sobą. A one młode przecież i cały czas na oku.

– Czyli?

– Pewnie poszły do ciotki Filim. Nagadać się o własnych sprawach. Przy winie.

– No fakt. – Uśmiechnął się promiennie. – Dzięki.

Że też sam na to nie wpadł. No i w ogóle. Los układał się pomyślnie. Spotka Aride sam na sam, przyrodnia siostra przecież nie stanowi żadnej przeszkody. A może nawet podsunie jakieś rozwiązanie? To zależy od tego, jaka jest. Nie stój w miejscu i nie mnóż czarnych scenariuszy, przypomniał sobie radę Partego.

Pełen radosnych myśli Virion biegł w stronę przedmieścia. Do ciotki Filim nie było daleko. Sam gimnazjon również nie był położony w centrum. Nieliczni na peryferiach przechodnie skwapliwie usuwali się z drogi zbrojnemu. Słońce nie piekło tak strasznie, lekki wiatr przynosił ze sobą odpowiednią dawkę chłodu. Virion nie był nawet zdyszany, kiedy dotarł do domu ciotki Filim. Wpadł na drewniane schody z rozpędu, odruchowo, tak jak go dzisiaj nauczono, stąpając po samych krawędziach stopni, żeby nie trzeszczały.

Pamiętając, żeby nie pukać, otworzył drzwi.

Coś wybuchło w głowie Viriona. Jakby cała góra osunęła się nagle, jakby trzęsienie ziemi rozkruszyło skały, jakby cały świat drgnął. Poczuł, że nie może oddychać. Usiłował wciągnąć powietrze, ale płuca nie słuchały go po prostu.

Aride i Parte stali przed nim spleceni w uścisku. Właśnie kończyli namiętny pocałunek. Potem, jakby czas zwolnił, zaczęli powoli od siebie odskakiwać. Coś w Virionie krzyczało, że nie widział tego, co widział. Nie, to przecież niemożliwe. Dłoń Partego nie tkwiła tam, gdzie tkwiła. Bynajmniej nie na piersi dziewczyny. Aride, unosząc wzrok, rękami obciągała na sobie dół swojej tuniki.

Nie. To absolutnie niemożliwe.

Teraz wszyscy patrzyli na siebie w absolutnej ciszy. Ktoś przełknął ślinę. Dźwięk zdał się głośniejszy niż klaśnięcie w dłonie.

– No wielkie mi coś – powiedziała nagle dziewczyna.

Jej słowa zerwały niewidzialne liny więżące dotąd trzy nieruchome postacie. Parte podniósł rękę, jakby chciał powiedzieć „spadaj". Dłoń Viriona opadła na rękojeść miecza.

– O kurwa! – Parte był szybszy.

Pochylił się błyskawicznie, podniósł własny miecz leżący na ławie i runął w stronę okna. Zanim Virion wyjął własną broń, Parte już przeskoczył parapet i wylądował na pochyłym daszku przybudówki.

Virion skoczył za nim. Tamten, robiąc wielki krok, odbił się od desek i wylądował na nierównej powierzchni podwórka. Tu jednak zorientował się, że nie ucieknie. Jedyna możliwość to pole z bronami, których zęby sterczały złowieszczo. Teren absolutnie nie do pokonania szybkim biegiem. Tu był możliwy jedynie ostrożny spacer. A na to czasu nie było.

Parte odwrócił się i uniósł miecz, przyjmując postawę obronną.

Virion stanął naprzeciw. Co właściwie chciał zrobić? Sam nie miał pojęcia. No ale już stali z gotową bronią...

Skoczył do przodu, chcąc szaleńczo uderzyć sztychem. Parte jednak był przygotowany. Przepuścił ostrze przeciwnika po własnym i nacisnął z boku, żeby wytrącić miecz Viriona. Prawie mu się udało. Virion odskoczył. Parte naparł. Zaczęła się zwykła szermierka. Parte jak zwykle nie trafiał w rytm taktomierza. A Virion miał go w głowie. Szermierka to „absolutne szczyty matematycznego piękna", przypomniał sobie słowa ich mistrza. Nie mógł się od nich uwolnić. Rytm, idealny rytm ocierający się o doskonałość wszechświata rządził wszystkim. Nie u Partego.

Najpierw Virion dostał w lewą rękę. Tuż pod łokciem. Szlag! Nie uważał dostatecznie! Na szczęście ostrze osunęło się po kości. Zupełnie inaczej jednak walczy się, brocząc krwią. Virion poczuł jakieś dziwne ciepło.

Parte następował gwałtownie, usiłując przyprzeć przeciwnika do ściany. Tylko nie do ściany! – coś wyło w głowie Viriona. Nie można odebrać sobie swobody ruchów. To przecież ruch właśnie, właściwe kroki decydują o zwycięstwie. Usiłował wyśliznąć się w lewą stronę. I wtedy dostał ponownie. W lewy bok. Nie mieli sztyletów, nie można było się osłonić. A on nie był wystarczająco szybki. Ale dzięki temu obaj stanęli na linii prostopadłej do wolnej drogi na pole z bronami.

Niewiele czuć w lewym boku. Co on mi tam zrobił? Czy rana jest duża? Głupie myśli rozproszyły Viriona.

Miecze skrzyżowały się znowu. Podjął próbę przeniesienia ciosu. Nieudaną. Tym razem prawa dłoń zapulsowała bólem.

A tak właściwie to co on chciał koledze zrobić? Zabić? Kurde! O co w tym wszystkim chodzi? Co oni tutaj robią, wymachując zabójczymi narzędziami?

Skup się! Skup się! Żadnych głupich myśli. Zachwiał się pod kolejnym ciosem. Odskoczył, a potem w zwodzie ruszył naprzód. Tylko dwa małe kroki. Kiedy Parte uniósł broń, Virion odskoczył znowu. Stał już tyłem do wyjścia z podwórka.

Tamten naparł gwałtownie. Z ostrzy chyba poleciały iskry. Albo to gwiazdy przed oczami. Bogowie, co się czuje, jak się umiera?

Gwałtowny atak sprawił, że Virion zaczął się cofać, parując tylko uderzenia. Krok, dwa, trzy.

Nie miał żadnych szans.

Cztery, pięć.

Był tylko głupim, słabym nieudacznikiem! A tak w ogóle to co oni tutaj robią? Naprawdę chcą się pozabijać?

Sześć, siedem.

Parte był szermierzem. Prawdziwym. Miał kolosalną przewagę. Zwykła niedojda z gimnazjonu ośmieliła się rzucić mu wyzwanie.

Osiem!

Wypadli zza ściany drewnianego budynku ciotki Filim. Tu z całą mocą ogarnęła ich skoczna muzyka z pobliskiej karczmy. Grajkowie fałszowali tak, że momentalnie wybiło to Viriona z rytmu ustalonego przez taktomierz. Fałsz za fałszem. Żaden dźwięk nie trafiał na koniec taktu. Zaburzony rytm nie pozwalał się skupić.

Virion odbił perfidny cios i sam gwałtownie uderzył. Parte dostał w szyję. Ostrze przemknęło po niej, zostawiając krwawą pręgę. Parte zasłonił się i momentalnie dostał z przerzutu broni. W dół. W prawą nogę, z boku. Zachwiał się nagle.

Virion odruchowo wykorzystywał różne techniki, polegając już tylko na własnych odruchach. Nie słyszał rytmu! Boska doskonałość milczała w jego głowie. Złowieszcze fałsze przykryły absolutną zgodność ze wzorcem.

Dopiero po chwili zrozumiał, że stał się dla Partego nieprzewidywalny. Walił mieczem jak cepem. A kiedy uderzy...? Teraz można było już tylko zgadywać. Lekki zwód, pozoracja cofania, a kiedy tamten ruszył, równie lekki cios. O mało nie wybił przeciwnikowi miecza z ręki. Poprawka sięgnęła boku Partego.

I znowu przyszła myśl. Co oni tutaj robią? Zabijają się czy co?

Walcząc, weszli już między leżące brony. Nie, to stawało się już zbyt niebezpieczne. Virion zmienił kierunek, ustawiając się znowu plecami w stronę domku.

– Stój! – krzyknął.

Dobra, mogą sobie dać po mordach. Ale, kurwa, w tej chwili to już było naprawdę przegięcie.

– Stój!

Parte jednak zaatakował, a Virion sparował bez większego trudu i znowu uderzył przeciwnika.

W tym momencie ktoś z tyłu zrzucił Virionowi na głowę drewniane wiadro. W jednej chwili spanikował. Słysząc szelest, odbił cios miecza, którego nie widział. Po prostu zastawił się w miejscu, gdzie ostrze przeciwnika powinno być, a nie wiadomo, czy było. Trafił. Czując, że ma tylko moment, wykonał desperackie pchnięcie. Jego miecz w coś uderzył. Ktoś wyrwał mu go z ręki. Drugi przeciwnik z tyłu chwycił Viriona za szyję.

Nadal nic nie widząc, Virion uniósł ręce i złapał tamtego za nadgarstki. Gwałtownie nachylił się do przodu i przerzucił wroga nad własną głową. Dopiero potem zdjął wiadro.

Czas nie biegnie jednostajnym ciągiem. Są chwile, kiedy przyspiesza, i są takie, kiedy zwalnia. Ta była wyjątkowo długa. Ciągnęła się i ciągnęła, podczas kiedy w głowie zdyszanego chłopaka zdawały się mijać kolejne lata.

Virion nie mógł zrozumieć, co widzi. Owszem. Dostrzegał poszczególne elementy krajobrazu, ale nie układały się w spójną całość. I dopiero kiedy zrozumiał, nie mógł uwierzyć.

Poruszył się, kiedy coś zaczęło mu kapać z ust. Krew? Przesunął po wargach dłonią. Nie. Ślina. Po prostu stał z otwartymi ustami, gapiąc się bezmyślnie na ciało Aride. Nie musiał się schylać, żeby wiedzieć, że nie żyje. Za długo przebywał w szpitalu u swojego przyjaciela, starego lekarza, żeby mieć jakiekolwiek wątpliwości. Za dużo się tam napatrzył.

Dziewczyna leżała na plecach, lekko wygięta ku górze. Przebiły ją przynajmniej cztery zęby odwróconej brony. Jeden rozharatał albo serce, albo aortę. Nie sposób teraz dokładnie stwierdzić, bo za dużo było krwi. To ona włożyła mu wiadro na głowę. Ta myśl nie spowodowała żadnych emocji. Virion przeniósł wzrok na bok.

Parte żył jeszcze. Prawdopodobnie kiedy ujrzał, że przeciwnik jest oślepiony, ujął swój miecz obiema rękami, by zadać ostateczny cios, wykorzystując chwilę bezbronności. Uniósł je i wtedy trafił go sztych Viriona. Lekko od dołu, na wysokości splotu słonecznego, z kierunkiem ku górze, przez płuca i wszystko, co się tam znajduje. „Dwie, trzy modlitwy życia przed nim" – powiedział w głowie Viriona stary lekarz. Z ust Partego wydobyły się krwawe bąbelki. „Pół modlitwy" – stary lekarz szybko skorygował swą diagnozę sprzed chwili.

Virion patrzył we wpółotwarte oczy leżącego. Ale niczego nie mógł w nich wyczytać. Kaszlnął kilka razy, jakby miał zwymiotować, ale ten odruch zaraz przeszedł. Uniósł głowę, by popatrzeć do góry. O, słońce świeci – to była jedyna konstatacja. To nie minęły jeszcze wieki?

Kiedy Parte skonał, Virion odwrócił się na miękkich nogach i ruszył przed siebie. Chyba wyszedł nawet na ulicę, bo widział jakichś przechodniów. Uciekali na jego widok. Gdzie szedł? Nie mógł sobie przypomnieć. Ach, przecież miał pójść porozmawiać z Aride. Nie, zaraz. Aride nie żyje. Więc to nieaktualne. A może coś jeszcze miał do załatwienia na mieście? Nie mógł sobie przypomnieć.

Ludzie usuwali się z drogi. Jakaś kobieta chwyciła dziecko, które zbliżyło się nieopatrznie, i trzymając go na rękach, zaczęła uciekać. Straganiarz pod murem opuścił płócienną zasłonę na swój towar, a sam ukrył się pod wozem. Dwóch robotników kamieniarskich porzuciło swoje narzędzia. Obaj oddalili się szybkim krokiem. Ktoś zamykał drzwi swojego domu. Z wnętrza dobiegł nawet szczęk zasuwy.

– Cześć.

Jedna osoba nie uciekła. Naprzeciw Viriona stał Lirion. Był zbyt wyniosły, żeby bratać się z kolegami na wspólnych popijawach. I pewnie przypadkiem tędy przechodził. Ciągle miał przy sobie swój miecz z pożegnalnej ceremonii.

– Mmm?

- Co ci się stało? Wyglądasz, jakby cię nabili na pal.

Virion zdobył się na machnięcie ręką.

- Chodź. Opatrzę cię gdzieś.

- Nie.

- Krew z ciebie leci! Napadli cię?

- Odejdź.

Ciekawe, co było w tej odpowiedzi, co sprawiło, że Lirion odruchowo cofnął się o krok. No ale przynajmniej się nie narzucał. Po chwili odszedł w swoją stronę.

Rozdział 4

Strażnicy znaleźli Viriona późno w nocy, właściwie nad ranem. Siedział oparty o drzewo na polance przy skałach z jaskiniami, gdzie jako dziecko wymykał się, by pobyć trochę sam. Choć nie uciekał, rzucili się na niego z krzykiem, wykręcili ręce i zadali kilka ciosów „obezwładniających". Kiedy zaczął się dusić, na chwilę odpuścili. Potem, nie bacząc na krew i rany, pociągnęli go w stronę traktu. Dopiero tutaj związali, prawie uniemożliwiając oddychanie. Pół ciągnąc, pół zmuszając, by szedł sam, doprowadzili go na ulicę, a potem na miejskie przedmieścia. Tu spotkali oficera. Ten nie docenił triumfalnych nastrojów swoich ludzi.

– Czy wyście, kurwa, zwariowali?! On prawie nie żyje!

– Wyrywał się, panie! Uciec chciał!

– Już ja wiem, jak to wygląda. I widzę!

Kazał znacząco zmniejszyć liczbę więzów. A kiedy Virion zaczął mdleć, nawet zarządził, żeby posadzili go na zarekwirowanej komuś dwukółce.

– I ręce precz! Jak mi kojfnie, to co drugiego zwalniam ze służby! Chętnych na wasze miejsca nie brakuje, idioci!

Odtąd więzień był już traktowany, jak przystało na człowieka szlachetnie urodzonego. Ktoś nawet narzucił mu koc na ramiona. Ktoś podał wodę.

Główny budynek strażnicy znajdował się na dalekich peryferiach, tuż przy więzieniu zwanym Małym Syrinx. Określenie wzięło się stąd, że najcięższe więzienie w cesarstwie, umieszczone w murach stolicy, nie mieściło wszystkich „chętnych". I dlatego siłą rzeczy w różnych oddalonych nawet od centrum kraju miejscach powstawały filie. Ta w Mygarth nosiła numer sześć.

Najpierw jednak strażnicy poddali Viriona normalnej procedurze. Za pomocą specjalnych urządzeń zaczęli dokładne badania ciała, skrupulatnie mierząc, by każdy wymiar móc wprowadzić do kartoteki. Technicy szczycili się swoim profesjonalizmem. W końcu przecież w tym mieście urodził się Bertilion, twórca naukowej metody systematyzowania przestępców i wykrywania recydywistów. Oczywiście nikt nie spodziewał się znalezienia danych chłopaka w centralnym rejestrze. Po prostu tworzyli nowy wpis. Trwało to i trwało. Niewtajemniczonym nie mieściło się w głowach, ilu skomplikowanych pomiarów trzeba dokonać, by otrzymać absolutnie niepowtarzalny wynik. W końcu zwieńczyli swoją pracę niewielkim tatuażem na lewym ramieniu z nazwą więzienia i datą przyjęcia na stan.

Dopiero potem pojawił się medyk. A właściwie znachor czy felczer na usługach straży. Ledwie obejrzał rany, wyrokując, że nie są śmiertelne. Tę na boku zszył po prostu nićmi, co od razu otrzeźwiło trwającego w półmalignie Viriona.

Naprędce opatrzonego zaprowadzono go do głównego budynku więzienia. Nie było zbyt wielu pochodni wokół. W ciemności ledwie majaczył niewysoki, niewiarygodnie długi budynek otoczony stosunkowo niskim nawet murem. Dopiero w środku uderzył Viriona makabryczny smród. Był dosłownie obezwładniający.

– Przywykniesz – mruknął strażnik, widząc, że Virion się zachwiał. – I uważaj. Stawiaj nogi z dala od kraty.

Dopiero po dłuższej chwili Virion zauważył, że większość podłogi stanowiła gruba krata ciągnąca się prawie od wejścia gdzieś w dal, gdzie nikła w mrocznej perspektywie. Odsunął się trochę.

– Bardziej – zakomenderował strażnik. – Trzymaj się blisko ściany.

Zaczął prowadzić chłopaka przed sobą, trzymając go za ramię, bo Virion chwiał się na nogach.

– No uważaj! – syknął wściekły. – Ci z rowu lubią chwycić przechodzącego za nogę. A nawet szarpnąć i ugryźć.

Aha. Tam na dole byli więc ludzie. A cisza to pewnie dlatego, że spali. Na szczęście upiorna podróż nie trwała długo. Strażnik wprowadził Viriona do klatki, szerokiej i długiej na jakieś trzy kroki i pozbawionej jakichkolwiek sprzętów. Potem zamknął za nim solidną kratę i odszedł bez żadnych wyjaśnień, nie zaszczyciwszy go nawet dłuższym spojrzeniem.

Virion rozejrzał się niepewnie. Niewiele widział, prawdę powiedziawszy. Nieliczne lampy, które rzucały trochę światła, wisiały strasznie wysoko. I jasne było dlaczego – nikt z więźniów nie mógł mieć do nich dostępu.

Virion zrobił dwa kroki. Albo mu się wydawało, albo podłoga była tak jakby miękka. Oszołomiony usiadł i oparł się o kratę naprzeciw wejścia. Albo myliły go zmysły, albo krata również nie była wykonana z twardego drewna. Tak jakby uginała się pod jego ciężarem. Sprawdził ręką. Faktycznie.

– Słuszna pierwsza obserwacja – rozległ się czyjś cichy głos. – Wszystko tu jest miękkawe.

Chłopak rozejrzał się gwałtownie. Ktoś znajdował się w klatce obok. Oddalonej o dobre dwa kroki.

– Nie zobaczysz do rana, bo oszczędzają na lampkach oliwnych dla każdego więźnia. – W głosie słychać było nutę kpiny. – Na imię mam Melikles.

– Dziwne imię.

– Bo pochodzę z daleka. Z małego wyspiarskiego kraju i na swoje nieszczęście ubrdałem sobie, że w najbogatszym państwie świata znajdę bogactwo i powodzenie. A ty?

– Virion.

– Ach, zgaduję więc, że miejscowy. Mówisz jak wykształcony. Co w połączeniu z miejscem, w którym się znalazłeś, wydaje się kombinacją niemożliwą. Jakim cudem tu trafiłeś?

– Zabiłem swojego najlepszego przyjaciela i dziewczynę, którą kocham. – Virion nie widział sensu ukrywać prawdy.

– Oj. Albo łżesz mi tu, ale po co? Albo ten twój przyjaciel był kimś nieprawdopodobnie ważnym.

– Nie łżę. On był dość biedny. Nawet na paradę inicjacyjną musiał wziąć miecz po swoim dziadku, bo nie stać go było na nowy.

– Hm. – W głosie znowu zabrzmiała kpina. – Czyżbym dobrze zgadywał, że ogarnęły cię wyrzuty sumienia? I że zaraz zaczniesz wręcz idealizować osobę przyjaciela?

– Nie zacznę. Ale on naprawdę nie zrobił nic złego.

Postać w klatce obok poruszyła się lekko.

– Och. Nie, nie... Nic nie zrobił. – Rozległ się cichy śmiech. – Ale za coś go przecież zabiłeś. Nieprawdaż?

Wspomnienie ostatnich wypadków wstrząsnęło Virionem. Czy Parte zginął za coś? Przecież nie rzucił się na niego z zamiarem pozbawienia życia. To było w złości, w zaślepieniu wściekłością. Przecież chciał przerwać pojedynek. Tylko później jakoś tak wyszło. Przecież... Przecież gdyby Aride nie zakryła mu głowy wiadrem, nic by się nie stało. Na pewno? – zapytał sam siebie. Wspomnienie jej imienia szarpnęło bólem do samych trzewi.

– Nie potrafisz odpowiedzieć. – Głos w klatce obok musiał należeć do starca. – To żałość, smutek czy strach?

– Wszystko.

Tamten cmoknął parę razy.

– Hm, słuchaj. A może pójdziesz w zaparte? I oświadczysz, że to nie ty? Świadkowie byli?

– Nie.

– No to...

– Chyba nie za bardzo. Jak stamtąd odchodziłem, mój miecz ciągle w nim tkwił. Tak głęboko, że nawet miałem wrażenie, że ktoś mi go wyrwał z ręki podczas walki. A to tylko waliło się jego ciało.

– Miecz do miecza podobny.

– Na rękojeści jest moje imię.

– Uch! No to przesrane. – Starzec westchnął cicho. – W zaparte nie pójdziesz.

Virion ukrył twarz w dłoniach. Nie przyniosło to ulgi. Usiłował potrząsać głową. Też nie pomogło. Jedyne, co mu się chciało, to wymiotować. Ale, zdaje się, nie miał czym. Rozkaszlał się w każdym razie.

– Czy możemy przestać rozmawiać? – zapytał. – Chwilowo mam dość życia.

– No i co z tego, że masz dość. Tu się nie zabijesz.

– Co?

– Nie ma jak pozbawić się życia w tym miejscu. Wszystko przemyślałem i gdyby był choć cień szansy, dawno bym to zrobił.

– Dlaczego?

– Bo czekam na śmierć. Jak my wszyscy. A oczekiwanie to najgorsza tortura, jaką można wymyślić. No... – Melikles nagle zmienił zdanie. – Może poza tym, co zamierzają mi zrobić.

– Co ty mówisz?

– Wiem co. Przegryzanie żył nic nie da. A do ważniejszych tętnic zębami nie sięgniesz. Jedyne co to uklęknąć, oprzeć głowę na rękach i odgryźć sobie język. I póki możesz, tkwić z otwartymi ustami, może się wykrwawisz. Ale to tylko dla wyjątkowych twardzieli i bez gwarancji. Ja nie umiałem.

– Bogowie...

– Nie wzywaj, nie wzywaj.

– Ale...

– Nie ma się jak rozpędzić, żeby uderzyć w coś głową. Tak zrobili nam mieszkanko, że wszystko miękkie. Co najwyżej przytomność stracisz na chwilę, a potem cię wpakują do muślinowego kokonu i zobaczysz, co to gnicie za życia.

– Przestań!

– Powiesić się nie ma na czym. A sam się nie zadzierzgniesz tak, żeby udusiło. – Melikles uderzył w coś pięścią. – A i tak wszystko, co mówię, dla wyjątkowych twardzieli. A ty na takiego nie wyglądasz.

Virion znowu poczuł falę mdłości. Długo rozmasowywał sobie twarz, żeby pozbyć się mrowienia.

– Mówiłeś, że my tu wszyscy na śmierć czekamy?

– Nie w tak oczywisty sposób, jak ci się zdaje. Ale pomyśl sam. Jakim cudem dali tu ciebie. Tych z dobrych domów nie daje się z biegu do Małego Syrinx tak o. – Rozległo się pstryknięcie palcami. – Coś jest grane, o czym nie wiesz, chłopcze.

– Zabiłem dwoje ludzi.

– Bo to ty jeden na świecie?

– Nie kpij.

– Dobrze urodzeni to inna kasta. Jak przegną, to i egzekucja się zdarzy, oczywiście. Ale na uboczu, elegancko, bez tłumu gapiów i bez upokarzania jak tutaj. W pierdlu dla bydła.

– Trudno ci wierzyć.

– Znam się na prawie. I wyjaśnię, ale nie dzisiaj.

Virion, zdezorientowany do granic, tylko machnął ręką. Ale towarzysz z klatki obok nie ustawał.

– Coś na ciebie mają, o czym nie wiesz, chłopcze. Coś tajemniczego.

To nie był sen, tylko głębokie omdlenie. A Virion nie budził się, tylko powstawał z martwych. Osoba, która usiłowała sprawić, żeby znowu przeszedł na stronę jawy, miała nieskończoną cierpliwość. I usiłowała być delikatna.

– Kubeł wody na łeb! – to były pierwsze słowa, które usłyszał. – Nie cackaj się.

– Daj spokój. Zaraza wie, jak się okaże.

– Akurat.

Virion otworzył oczy. Kiedy przypomniał sobie, gdzie jest, znowu ogarnęła go fala mdłości. Jakaś potworna beznadzieja wypełniła każdy zakamarek skołatanego umysłu. Ledwie podniósł głowę.

Dwóch strażników stało za kratami, patrząc na niego dość obojętnie. Więzienny niewolnik stał tuż nad nim. Usiłował go ocucić i był w tym, co robił, dość skuteczny.

– Bogom niech będą dzięki! – rozległ się głos z klatki obok. – Już myślałem, żeś się przeniósł na tamtą stronę.

Virion zerknął w bok. Teraz, za dnia, kiedy przez niewielkie otwory wysoko pod sufitem wpadało tu trochę światła, mógł przyjrzeć się towarzyszowi niedoli. Meliklés był starym człowiekiem. Jego siwa broda, potargana w nieładzie, zakrywała większość bruzd, które poorały mu twarz. Zmarszczki były widoczne głównie na czole, które marszczył właśnie, kiwając smętnie głową.

– Czego oni chcą? – zapytał Virion, zerkając na strażników.

– Zaprowadzą cię na rozprawę – wyjaśnił starzec.

– Już? Tak szybko?

– Nie, nie, nie, młody. Nie podniecaj się. Dzisiaj tylko nasi włodarze powiedzą ci, co do ciebie mają. Na razie grzecznie i kulturalnie. Bez mordobicia, przypalania i wsadzania gęby do wiadra z wodą.

Niewolnik pomógł Virionowi usiąść. Zaczął mu czyścić twarz ze śladów krwi zamoczoną w naparze z ziół miękką szmatką.

– To nie będzie zwykły sąd miejski – ciągnął Meliklés. – Dochrapałeś się zaszczytu i twój przypadek rozpatrzy sąd imperialny.

– Skąd wiesz?

Melikles wskazał nowiuteńkie ubranie przygotowane przez niewolnika.

– Ktoś podesłał ci z domu. A skoro na to pozwolili, to znak, że wszystko odbędzie się z wielką pompą i nadęciem. Sąd cesarski nie spotyka prowincjonalnych kmiotów. Specjalnie dla ciebie przyjedzie do Mygarth nawet imperialny prefekt.

– Skąd się tak szybko dowiedział?

– Oj, dzisiaj go nie będzie. Dlatego dzisiaj nic się nie stanie – wyjaśniał cierpliwie znawca prawa. – Po prostu przedstawią ci zarzuty i bardzo grzecznie zapytają, czy się przyznajesz.

– No a jak tu się nie przyznać? – Virion potrząsnął głową, co spowodowało nową falę mdłości.

– Za wcześnie. Zasada jest taka: najpierw słuchasz, a potem nic nie mówisz.

– Dlaczego?

Melikles załamał ręce. Zaczął narzekać pod nosem na dzisiejszą młodzież, wzór naiwności i głupoty powiązanej z zupełnym brakiem doświadczenia.

– Na szczęście nie będziesz musiał podejmować żadnych decyzji. Widzę, że twoi rodzice wykazali się dużym rozsądkiem.

Umysł Viriona nie działał najlepiej. A właściwie słuszniej byłoby powiedzieć, że nie działał w ogóle. Starzec w klatce obok był świadomy tego faktu i zaczął powoli wyjaśniać:

– Zwróć uwagę na ubranie, które ci przysłali. Czyste, nowe, schludne, ale skromne. Kłuć w oczy nikogo nie trzeba. Dlatego też, jak przypuszczam, zapewnili ci doradcę prawnego. To będzie ktoś, kogo znasz choć z widzenia, do kogo oni mają całkowite zaufanie i kto tobą rozsądnie pokieruje, żebyś na razie nie otwierał gęby pod żadnym pozorem!

– Zobaczę rodziców?

– Na to na pewno nasi włodarze nie pozwolą. To nie rozprawa publiczna, tylko imperialna! A prefekt siłą rzeczy jeszcze nie dotarł. Ale zarzuty muszą ci postawić i wytłumaczyć, dlaczegóż to przed wyrokiem kazali ci zrobić więzienny tatuaż.

To akurat obchodziło Viriona najmniej. Procedury prawne były dla niego sprawą obcą. A o swojej przyszłości nie myślał w ogóle. Przyszłość? Nie mógł nawet myśleć o tym, co stało się wczoraj. A co dopiero wybiegać gdzieś myślami. Coś jednak było w głosie starca, co sprawiło, że spytał:

– Słuchaj, co ze mną będzie?

Melikles uśmiechnął się oszczędnie.

– U, hu, hu, hu... – Podniósł ręce. – Usłyszmy najpierw, co do ciebie mają. W co cię zamierzają ubrać. A na tym szczeblu jaśnie pan sędzia będzie musiał ci wszystko powiedzieć. Dziś ujawni każdy najdrobniejszy szczegół, jak na zeznaniu podatkowym składanym wobec samego cesarza.

Niewolnik więzienny pomógł Virionowi włożyć nową tunikę. Usiłował nawet doprowadzić do ładu jego włosy. Virion zerknął na czekających strażników i przestraszył się nagle.

– I my tak możemy otwarcie o tym rozmawiać? Oni... – Wskazał oczami dwóch uzbrojonych mężczyzn, bo głos uwiązł mu w gardle.

– A co nam mogą zrobić? – Melikles wzruszył ramionami. – Za gadanie już nas do więzienia nie wsadzą, prawda?

– Chcesz wody? – Niewolnik podniósł przyniesiony ze sobą dzbanek. – Radzę wypić, bo upał.

Virion posłusznie wypił kilka łyków. Nie chciało mu się ani pić, ani jeść. Niczego mu się nie chciało. Poza może potrzebą zwinięcia się w kłębek w najdalszym kącie klatki. Najchętniej by zniknął, jeśli już mówić o jakichkolwiek życzeniach. Czuł, że drży na całym ciele.

– No, dosyć tych czułości! – warknął jeden ze strażników. – Gotowy?

– Tak, panie. – Niewolnik pochylił głowę.

– To dawaj go tutaj. Do wiązania!

– Połam obie nogi! – powiedział Melikles, kiedy wyprowadzano Viriona z ażurowej celi.

Drugi strażnik wykręcił Virionowi ręce do tyłu i skrępował z wielkim profesjonalizmem. Nie był jednak ani w dziesiątej części tak brutalny jak ci poprzedniej nocy.

– Tędy! Z dala od kraty na podłodze!

Virion nie zbliżał się do kraty. Widział las rąk wysuniętych ku górze. Słyszał gwizdy i wulgarne okrzyki. A także, co było zupełnie niesłychane, namowy do uprawiania miłości między mężczyznami wraz z opisami, jak to się odbędzie. Bogowie, to przecież było zakazane przez prawo. Zamiast jednak się oburzyć, po raz pierwszy od chwili tragedii uśmiechnął się lekko do siebie. Przecież wszyscy byli tu wyjęci spod prawa. Łącznie z nim samym. Strach wzmagał się z każdą chwilą.

Na zewnątrz oślepił go blask słońca. Zachwiał się, bo odruchowo zamknął oczy. A potem swoje zrobiło jeszcze świeże powietrze.

– No jazda!

Strażnicy nie popychali go przesadnie mocno. Po przejściu kilkudziesięciu kroków jeden z nich otworzył drzwi do budynku sądu. Z napisu nad kolejnymi drzwiami wynikało, że obradował tu zwykły sąd miejski, a raczej nie zwykły, bo doraźny. Zazwyczaj skazujący szybko przestępców i osadzonych w więzieniu recydywistów. Teraz ktoś umocował pod spodem nową kartę: „sąd imperialny". Prawdopodobnie nie zmienił się sam skład orzekający ani sędzia, ani ławnicy. Inna nazwa oznaczała po prostu większą powagę i inne procedury.

Tu w przedsionku rozwiązano Virionowi ręce. Opiekę nad nim przejęli nowi strażnicy, ubrani w galowe mundury i w związku z tym bardziej oficjalni.

– Więzień. Wejść!

Ujęli Viriona pod ramiona, ale tylko po to, żeby wprowadzić go na salę rozpraw. W środku puścili, wskazując jedynie drogę w stronę ławy po jednej ze stron. Wewnątrz było kilkanaście osób, wszystkie zajęły już swoje przepisane przez zwyczaj miejsca. Nie rozpoznał nikogo. Poza Talusem, znanym w Mygarth prawnikiem, którego często widywał na przyjęciach u rodziców. Widywał nie oznaczało jednak, że choć raz rozmawiali ze sobą. No, może zamienili kiedyś kilka konwencjonalnych słów pozbawionych znaczenia. Jednak widok jedynej twarzy, która nie była obca, przyniósł Virionowi ulgę. Melikles miał rację.

Talus podniósł się, kiedy Virion wszedł, i gestem nakazał milczenie. A kiedy młodzieniec podszedł bliżej, uspokajająco poklepał go po ramieniu.

Virionowi kręciło się w głowie. Nie mógł się skupić. Z jakąś przedziwną rezygnacją przysłuchiwał się rozpoczynającemu całą procedurę sędziemu, nie rozumiejąc, o czym tamten właściwie mówi. Kazano mu podpisać dokument stwierdzający, że on to on. Podpisał. Potem wrócił na swoje miejsce, ciągle trzymając mały drewniany rysik w palcach. Zapomniał odłożyć. Wszystko to działo się jakby poza nim. Kilka osób wstawało, coś mówili, chyba o wnioskach formalnych, powoływali się na różne edykty. Rozprawa zdawała się dotyczyć kogoś innego. A właściwie bliższe prawdy byłoby stwierdzenie, że sprawa jak dotąd dotyczyła samej sprawy.

Potem Talus nakazał Virionowi wstać. Obaj stanęli na środku sali przed obliczem sądu, któremu przewodniczył niemłody już mistrz prawa, ewidentnie niedowidzący, ponieważ patrząc na nich, mrużył oczy i marszczył twarz.

– Poddany cesarski Virion – mówił jednak dość energicznym głosem, w którym nie było choćby śladu emocji – w imieniu Jego Cesarskiej Mości, władcy Luan... – Tu sędzia jednym tchem wymienił wszystkie oficjalne tytuły, co było nie lada wyczynem, dopiero potem wziął oddech. – Oskarżamy cię o popełnienie następujących zbrodni. Zabicie swojego kolegi imieniem Parte i jego narzeczonej Aride.

– To była moja narzeczona – nie wytrzymał Virion, ale Talus chwycił go mocno za ramię.

– Milcz! – syknął.

– O zabicie trojga służących w swoim domu rodzinnym oraz niewolnika – ciągnął sędzia swoim pozbawionym emocji głosem.

Virionowi oczy wyszły z orbit.

– O zabicie sześciu dahmeryjskich najemników oraz zrabowanie skarbu ojca, który znajdował się w strzeżonej przez nich skrzyni.

Virion stracił oddech. Zacisnął palce na trzymanym wciąż w dłoni rysiku.

– I nareszcie o zamordowanie własnego ojca i własnej matki.

Rysik złamał się w palcach. Sędzia kontynuował beznamiętnie:

– Czy przyznajesz się do zarzucanych ci czynów oraz czy zobowiązujesz się wskazać miejsce, gdzie ukryłeś zrabowany skarb?

Virion nie był w stanie nawet zaczerpnąć oddechu. Talus przeciwnie. Uniósł ręce w krasomówczym geście.

– Wielki cesarski sądzie! – zaczął. – Oskarżony znajduje się w stanie wstrząśnienia emocjonalnego po tej straszliwej tragedii. Nie dysponuje pełnią władz umysłowych, żeby odpowiedzieć na pytanie sądu, i dlatego wnoszę o odprowadzenie go do celi. Po wznowieniu rozprawy już w trybie zwykłym i zakończeniu śledztwa będziemy mogli należycie...

Trudno powiedzieć, że prefekt miejski był dzisiaj w dobrym humorze. Prawdę powiedziawszy, tak złego dnia nie miał od dawna. Czarne chmury zbierały się nad jego głową powoli, choć nieubłaganie. Szef miejskiej straży również nie miał powodów do zadowolenia. Owszem, sprawcę złapano tego samego dnia. To sukces. Ale jedyny, niestety. Śledztwo utknęło potem w martwym punkcie i za żadne skarby nie chciało ruszyć dalej. Każdy rozsądny człowiek wiedział, że Virion sam tego nie zrobił. Każdy domyślał się też, że skarbu raczej nie wywieziono z miasta. Musiał tkwić ukryty gdzieś w przemyślnym miejscu i czekać na sposobny moment. A tu świadkowie nagle zawiedli. Podczas kiedy łatwo było odnaleźć ludzi, którzy widzieli Viriona po masakrze w domu ciotki Filim, to chwilę później ślad się urywał. Tak jakby morderca nagle zniknął. Można było łazić po mieście, przepytywać, wysyłać całe watahy śledczych, sprawdzać każdą plotkę i... I nic. Nikt nie widział zakrwawionego człowieka spacerującego ulicami. A przecież wiadomo, rzeźnia w domu niedaleko szpitala miała miejsce już po jatce u Filim. I co? Sprawca wyparował? Stał się niewidzialny?

Obaj, szef straży razem z prefektem, odwiedzili biuro naczelnika więzienia. Może w jego aktach znajdą coś, co ich naprowadzi na jakikolwiek, choćby iluzoryczny trop? Niestety. Nic, nic i nic.

– No to żegnajcie nasze kariery. – Osowiały szef straży zajął krzesło naczelnika. – Chyba że masz jakiś pomysł.

Prefekt miejski rozkładał na stole zawartość tuby, którą ze sobą przyniósł. Były tam wszystkie dokumenty, jakie zdołano zgromadzić w sprawie, a właściwie ich kopie, starannie przepisane jego ręką. Na starość najlepiej mu się czytało własny charakter pisma.

– Pewnie, że mam – mruknął. – Uciekajmy.

– Może znajdźmy najpierw ten skarb. I zwiewajmy z łupem.

– Zaraz ci się stępi dowcip. Na dniach Syrinx zawita w nasze niegodne progi. A wtedy sandały nam pospadają z wrażenia, choć zawsze każę niewolnikowi mocno wiązać rzemienie.

– No to się upijmy. Wracając do domu, przynajmniej butów nie zgubisz.

– A coś bardziej pragmatycznego?

– Weźmy sprawcę w obroty.

– Na ostro?

– Nie. Pokażmy mu narzędzia tortur. Albo zaprośmy go na ostre przesłuchanie kogoś innego.

– Naczelnik nie ma nikogo na tortury.

– Coś wymyśli. A ty podpiszesz papier.

Stary prefekt nie zdążył odpowiedzieć, co myśli o tak głupiej koncepcji, bo drzwi właśnie otworzyły się gwałtownie. Stał w nich pobladły naczelnik więzienia.

– Syrinx minęło bramę główną – wyszeptał. – Strażnik ostrzegł mnie umówionym sygnałem.

– O Bogowie moi!

– Tak szybko?!!

Wszyscy trzej runęli do okna. Rzeczywiście. Zgrabna dwukółka podjeżdżała właśnie pod drzwi komendy. Nie widzieli pasażerów z powodu przeciwsłonecznego daszka, ale wiadomo było, że pojazd tego typu miał tylko dwa miejsca.

– Zakładając, że jeden to woźnica, to... – zaczął naczelnik, ale dokończył za niego szef straży:

– To podróżuje sam.

– Bez zbrojnych? Bez świty i eskorty?!

– Ciężko to widzę. To jakiś pieprzony twardziel, zaraza jasna!

Każdy z nich coś sobie pomyślał. Ale woleli nie wygłaszać swojego zdania o cesarskich urzędnikach nawet w gronie tak dobrych znajomych. Dwukółka zatrzymała się pod dachem osłaniającym wejście do budynku. Nie widzieli, kto z niej wysiadał.

– Przed wyjściem z domu napisaliście testamenty, chłopaki?

– Nie bądź taki cwany. Zaraz popuścisz ze strachu.

– A ty się nie kłaniaj za głęboko. Wiemy o twoich bólach pleców. Jak całym sobą pokażesz, że wiernie służysz, to już się nie wyprostujesz do końca życia.

– Lepsze to, niż popuścić. Ostatnio siedziałem za tobą w amfiteatrze i myślałem, że smród mnie zabije.

– To przez gotowane warzywa.

– Jedz mięso.

– Medyk zabrania.

Umilkli i zanim wartownik otworzył drzwi, wszyscy trzej pochylili głowy w wiernopoddańczych ukłonach.

– Panowie!

Jakby otchłań się otworzyła. Jakby nagle cały budynek stanął w płomieniach. Zaskoczeni nie zamarli jednak, tylko wbrew etykiecie naraz, jak na komendę, unieśli głowy, patrząc przed siebie wybałuszonymi ze zdumienia oczami.

Imperialny prefekt był... Tfu! Była kobietą. Dość młodą nawet, ładną i wcale nie kostyczną, sądząc z wyrazu twarzy. Owszem, gościł tam rys zdecydowania, ba, władczości nawet, ale w żaden sposób nie burzył pierwszego wrażenia. Kobieta naprawdę była ładna. I co to miało być? Ktoś chciał ich, prowincjonalnych urzędasków, upokorzyć? Pokazać, gdzie ich miejsce? Czego oni tam w stolicy nie wymyślą...

– Jestem Taida – przedstawiła się. – Przybywam prosto z Pałacu.

O Bogowie! To nie Prefektura Generalna, ale sam Pałac raczył się nimi zainteresować?! Zrobiło się niebezpiecznie. Już nie w żartach, ale realnie zaczęli się zastanawiać, czy będą mogli liczyć na odprawy emerytalne.

– Wielki panie... Znaczy... Wielka pani. – Naczelnik więzienia jako gospodarz przedstawił wszystkich obecnych. – Jesteśmy zaszczyceni – kontynuował. – I gdyby wielka pani miała życzenie, to wszyscy tutaj gotowiśmy góry dla sprawy przenosić.

– Dobrze. Przenieś zatem to wzgórze z lewa na prawo. – Taida wskazała szczyt majaczący za budynkiem więzienia. – A co do reszty, zadecyduję później.

Wszyscy trzej uśmiechali się radośnie, całymi sobą pokazując, że doceniają cięty dowcip gościa. Naczelnik przy okazji przygryzał sobie język, nie mogąc przeboleć własnej wpadki. To nie była kobieta, której można prawić łatwe pochlebstwa.

Taida tymczasem zajęła krzesło przy stole, na którym leżały otwarte akta.

– Właśnie pracowaliśmy nad sprawą – nie omieszkał się pochwalić miejski prefekt. W duchu dziękował przypadkowi, który kazał mu rozłożyć papiery tuż przed niespodziewaną inspekcją.

Imperialna urzędniczka skrupulatnie studiowała dokumenty.

– Kto to pisał? – zapytała.

– Ja osobiście.

– Mmm, masz ładny charakter pisma.

Prefekt podziękował wylewnie. Miał jednak wrażenie, że to będzie jedyna pochwała, jaką dzisiaj usłyszy.

– Czy nie zechciałabyś, wielka pani, odświeżyć się najpierw po podróży? – zapytał naczelnik. – Na pewno jesteś głodna.

– Nie, dziękuję. A podróż nie była daleka. Przejęłam waszego kuriera mniej niż dzień drogi stąd.

Widząc ich konfuzję, dodała:

– Wszystko odbywa się w zgodzie z obiegiem dokumentów. Mam prerogatywy Pałacu, żeby wybierać sobie sprawy. – Uśmiechnęła się. – Jestem prefektem do specjalnych poruczeń. I zainteresowałam się czymś tak niecodziennym.

– Prawda? – podchwycił szef straży. – To coś zupełnie niespodziewanego.

Taida przymknęła oczy. Chyba nie lubiła, kiedy jej się przerywało. A oni ciągle nie mogli przyzwyczaić się do myśli, że na tak wysokie stanowisko mianowano kobietę. Co prawda w Syrinx, przy ich wyrafinowaniu i dekadencji, ktoś taki na pewno mógł się przydać w fachu wymagającym zdobywania informacji. Ale nie tutaj, na prowincji. Będzie zwracała powszechną uwagę. A poza tym... kto to słyszał?

– Czy naprawdę sądzicie, że on sam pozabijał tych wszystkich ludzi? – zapytała.

– Niekoniecznie sam.

– Jakaś bójka na przedmieściach, kobieta plecami wbita na bronę i perfekcyjna egzekucja profesjonalistów w rodzinnym domu? Niby jak to łączycie, panowie?

Miejski prefekt wydął wargi.

– To może się łączyć. Jedna z hipotez jest taka, że Virion od dawna miał plan przejęcia bogactwa ojca. Jednak bójka z Partem mogła być przypadkiem, impulsem, który sprawił, że swój plan morderca zrealizował przedwcześnie. Świadkowie twierdzą, że wyraźnie mówił, iż nie czas jeszcze na ostateczne rozwiązanie. Ale może i nastąpi to dzisiaj. Tak mówił.

– Aha, czyli według was Virion miał plan rabunku ustalony wcześniej. Poszedł pewnie zobaczyć się z dziewczyną, bo coś podejrzewał, zaskoczył ją z kochankiem i zabił oboje w amoku. Kiedy otrzeźwiał, zrozumiał, że tego nie da się ukryć, i zrozumiał też, że musi swój plan zrealizować tego samego dnia. Tak?

– Mogło tak być, pani.

– Parte go pokrwawił. – Zerknęła na akta. – Świadkowie twierdzą, że widzieli go poranionego na ulicy.

– Działał w rozstrojeniu nerwów, pani. Wściekłość nie pozwalała mu skupić się podczas walki z kolegą.

– Aha. A potem uspokoił się i poszedł zmasakrować sześciu dahmeryjskich zawodowców, bo likwidacji przypadkowych świadków nie liczę?

– Mogło być i tak. Choć nie twierdzimy, że działał sam.

– Ale sam dał się złapać.

– Moi ludzie dokonali cudu – włączył się szef straży. – A cała obława była majstersztykiem...

– Geniuszu – dokończyła za niego Taida. – Jaki był w gimnazjonie? Gdzie wyniki z zajęć?

Prefekt miejski wskazał palcem odpowiedni dokument leżący na stole. Kobieta ledwie zerknęła. Potem potrząsnęła głową.

– Przecież Virion to jakaś niedojda! Fajtłapa, a nie rzeźnik najemników.

– Mógł udawać w gimnazjonie.

– Taaak. Możemy też przyjąć, że plan ułożył, nudząc się, już w kołysce, a całe swoje młodzieńcze życie później poświęcił na jego skrupulatną realizację.

– Wielka pani. Na miejscu zbrodni, w domu, znaleziono miecz z jego imieniem inkrustowanym na rękojeści. Oskarżyciel już nie popuści.

Taida westchnęła lekko.

– Tak. Ten dowód niewątpliwie zaprowadzi Viriona w ręce kata – powiedziała sucho. – Ale ja bym chciała przedtem dowiedzieć się, co tam zaszło.

Naczelnik więzienia uznał, że teraz on powinien się odezwać.

– Wielka pani, ojciec Viriona nie był głupcem. Nazwałbym go człowiekiem o niezwykłej inteligencji, ogromnym darze przewidywania i wielkiej czujności. Całe jego życie o tym świadczy.

– Do czego zmierzasz?

– Jak więc taki człowiek dał się podejść mordercy? Wiedząc przecież, co ma w domu, i zabezpieczywszy się odpowiednio.

– Rozumiem. Sądzisz, że mogła go zabić jedynie osoba, której bezgranicznie ufał?

– Jego własny syn na przykład.

Taida przytaknęła.

– To ciekawa koncepcja i trzyma się kupy. Niestety, nie trzyma się jej nic innego.

– Jest jeszcze zarządca Moufos. Może oni razem...

– Pod ścisłą obserwacją?

– Tak. Oczywiście.

– No to czekamy. – Imperialna prefekt nagle podniosła głowę. – Co zamierzacie? – zapytała.

Szef straży chciał znowu pochwalić swoją przebiegłość.

– Zamierzaliśmy właśnie zająć się samym Virionem... – zaczął.

Naczelnik nie dał mu dokończyć, żeby kolega nie pieprznął jakichś głupot o torturach, które pogrążą ich wszystkich.

– Mam przygotowanych czterech prowokatorów – wtrącił szybko. – Wprowadzić?

– Jak ich tu wprowadzisz, to zaraz będziesz musiał wyprowadzić. I to na zewnątrz, żeby mogli się przewietrzyć – powiedziała sucho. – Znam więziennych prowokatorów. Wrzucają ich do celi, ci niby się zaprzyjaźniają z „kolegami", ale przecież muszą coś jeść normalnego i muszą donosić. Więc bierze się ich codziennie na niby to przesłuchania. Potem wracają do celi, bekają, śmierdzą na trzy stajania tanim winem i wszystko się sypie.

– Nie stać nas na dobre wino.

– Przestań. Całe więzienie ich zna.

– Możemy sprowadzić innych, spoza tego okręgu.

– Dość. Potrzebujemy zupełnie nowego prowokatora. I to nieświadomego swojej roli.

Naczelnik uśmiechnął się, bo nareszcie zrozumiał.

– Mam tu całe naręcze recydywistów, których łatwo kupimy obiecaną wolnością.

– Nie chcę recydywisty.

Taida znowu zaczęła przeglądać leżące przed nią akta. Potem zamyślona pokiwała głową.

– Ten Virion jest chyba bardzo wrażliwy na płeć niewieścią.

– Tak, pani.

– No to przygotuj mi na jutro wszystkie świeżynki, któreście panowie dzielnie połapali. Muszę się im przyjrzeć bliżej.

– Hej, powiedz coś!

– Hej, powiedz coś...

– Ty? Słyszysz mnie?

– No nie wariuj! Tu ci nie uwierzą, żeś wariat.

Virion zamrugał. Chciał przełknąć ślinę, ale nie mógł. Coś blokowało mu gardło.

– Ssss...

Chciał zapytać, co się z nim dzieje, ale również nie mógł. Język się nie poruszał.

– Budzisz się! Widzę, że się budzisz!

To Melikles z klatki obok. Pamięć wracała powoli, ale w znieczulonym umyśle nie pojawiała się chęć natychmiastowego skończenia ze sobą. Dominowała raczej obojętność.

– Dzięki Bogom! Już myślałem, że chciałeś się zagłodzić na śmierć. A oni tutaj na to nie pozwolą.

– Jjjj...

Zamiast słów z ust Viriona wydobył się jedynie słaby jęk. Co się z nim stało?

– Karmienie na siłę jest straszne – kontynuował starzec. – Widziałem, jakie koszmarne sceny się wtedy rozgrywają.

Virion próbował unieść głowę. Chwiała się, mięśnie szyi drżały, jednak ruch zakończył się sukcesem. Otworzył szerzej oczy, a przynajmniej usiłował. Chyba był dzień. Przez otwory pod dachem sączyło się światło.

– Spróbuj się podnieść, choćby na czworakach. – Starzec domyślił się, w jakim stanie jest współtowarzysz. – Woda jest w drewnianej misce przy wejściu.

Drewnianej. Dobre sobie. Żeby nie mógł się zabić kawałkiem metalu. Umysł Viriona działał już na tyle dobrze, że wyobraził sobie podstawową przecież sprzeczność. Niby w jaki sposób w tej klatce można by naostrzyć metal? O co trzeć?

– Wstań i napij się – nalegał Melikles. – Potem reszta. Oni byli już blisko, żeby cię karmić na siłę, a tego nie chcesz.

Virion przewrócił się na bok. Zdrętwiałe mięśnie nie ułatwiały sprawy. Na wpół się czołgając, wpół posuwając do przodu na kolanach i łokciach, dotarł do drewnianej misy. Daleko nie było. Zaczął pić, nurzając w wodzie całą twarz. Ale ulga. Na chwilę zaćmiło go znowu.

Podniósł się potem i odchrząknął.

– No! Znowu wśród żywych!

– Jak długo spałem? – wychrypiał Virion.

– To nie był sen. Jakbyś umarł. – Melikles zawahał się, nie wiedząc, jakiego użyć słowa. – Jakby ci umysł zniknął.

– Jak długo to trwało?

– Prawie cztery doby.

Uuuu, nieźle. W umyśle Viriona dalej nie było nic poza obojętnością. Unieruchomił się na cztery dni. Tak jak koło wodne, kiedy młynarz pociągnie wajchę i skieruje strumień na boczny, jałowy tor. Koło przestaje się obracać i trwa nieruchome. W szpitalu widział kilka takich przypadków u leczonych tam niewolników. Lekarz wyjaśnił mu, że umysł potrafi czasem sam się wyłączyć od nadmiaru niszczących go bodźców. Taka zwrotnica bezpieczeństwa, jak przy kole wodnym właśnie. Tyle że w młynie, żeby uniknąć zniszczenia konstrukcji od nadmiaru wody, młynarz musi jednak pociągnąć za wajchę, a umysł ludzki potrafi zrobić to sam. Kieruje niszczące bodźce na jałowy tor z boku, pozwalając ciału i samemu sobie na naprawę. Virion nie przypuszczał, że kiedykolwiek coś podobnego spotka właśnie jego. Wypił resztę wody i przysiadł przy bocznej kracie, żeby widzieć twarz rozmówcy.

– Czy zaszło coś ciekawego podczas mojej... nieobecności?

Melikles uśmiechnął się radośnie. A nawet z pewnym podziwem. Docenił żart.

– Więzienie aż huczy od plotek. Krążą słuchy, że sam jeden zabiłeś sześciu dahmeryjskich weteranów. Do rozpatrzenia twojej sprawy przysłali z Syrinx nawet imperialnego prefekta!

– Kurna, no... Chyba pierwszy raz w tym okręgu widzą tak wspaniałego mordercę. Pogłupieli.

– Chłopcze, a dobrze się czujesz?

– Zwykle po czterodniowym omdleniu miewam więcej myśli o kobietach.

Starzec palnął się w czoło.

– Z powodu liczby nieszczęść, która przekracza wszelkie wyobrażenie, twój umysł przestawił się w tryb „wisielcza rezygnacja” – zawyrokował. – Ale to dobrze. To bardzo dobrze.

– Będą mnie wieszać?

– Złe wieści. Nie licz na to.

– Tortury?

– Och, to nie takie proste. Znam się na prawie.

Dopiero ta informacja tak naprawdę zainteresowała Viriona.

– Zrobią to ze mną czy nie? – zapytał.

Melikles usiadł wygodniej i zaczął gładzić swoją brodę.

– Widzisz, cesarskie prawo stwierdza wyraźnie, że owszem, można poddać podejrzanego torturom w celu wymuszenia na nim zeznań, ale można to zrobić tylko raz. Jeśli po pierwszych torturach nie osiągną celu, to umarł w butach.

– Nie będą mogli ponowić próby?

– Już nie. A w twoim przypadku sprawa jest podwójnie skomplikowana. Otóż władze chcą oczywiście bardzo dowiedzieć się, co zaszło feralnego dnia. Ale... krążą plotki, że zrabowałeś i ukryłeś gdzieś ogromny skarb. – Melikles zerknął spod oka badawczo na twarz współwięźnia. – No a to oznacza, że w zaistniałej sytuacji te pieniądze należą się cesarzowi. I oni muszą, powtórzę raz jeszcze: muszą je znaleźć.

– Co ich więc wstrzymuje przed... no wiesz czym?

– Przecież głupi nie są. Doskonale wiedzą, że człowiek na torturach przyzna się do wszystkiego, co tylko zechcą. No i wszystko w porządku. Jeśli wiesz, gdzie jest skarb, to im powiesz. A co w przypadku, kiedy nie wiesz?

– No? No?

– Załóżmy teoretycznie, że skarb ukrył twój wspólnik. Więc możesz nie znać tego miejsca. Na torturach wyznasz oczywiście imię wspólnika, ale co z tego? Wiedząc, że wpadłeś, on może być już gdzieś daleko. Poza ich zasięgiem.

– Aha. Zatem zanim zaczną tortury, chcą mieć pewność, że znam kryjówkę?

– Właśnie. Są świadomi faktu, że jak przycisną, a ty zaczniesz zmyślać, to już niewiele osiągną. To skądinąd bardzo ciekawa sprawa, jeśli chodzi o prawniczy punkt widzenia.

– Stąd aż imperialny prefekt?

– Nie inaczej. Baba chce wypłynąć na wielkiej fali sławy, która ją poniesie, jeśli rozwikła sprawę.

– Jaka baba?

Melikles znowu się uśmiechnął. Tym razem ujmująco.

– Imperialny prefekt to kobieta.

Virion zdziwiony potrząsnął głową. Jego umysł ciągle trwał ukryty za nieprzeniknionym całunem obojętności. Jednak ciało powoli odzyskiwało sprawność. Poczuł nawet coś na kształt głodu. Sięgnął po suchy placek leżący obok drewnianej misy z wodą.

– I niby jak chcą się dowiedzieć, czy znam miejsce ukrycia skarbu?

– Metod jest wiele. Są przecież zwykłe przesłuchania, gdzie zapędzą cię w kozi róg, są prowokatorzy, których naślą, albo skorzystają z tych, co tu już są...

Virion rozejrzał się.

– Niby jacy?

– Myśl, chłopcze. – Starzec smętnie pokiwał głową. – Mnie czeka śmierć przez zamęczenie. Jak myślisz? Co więc zrobię, jeśli zyskam pewność, że znasz położenie kryjówki? Nie doniosę natychmiast, licząc, że zamienią mi wyrok na zwykłą egzekucję?

Podziwu godna szczerość. Albo pragmatyzm. Stary pewnie czuł, że chłopak nie wie, że nie zorganizował tego ani sam, ani ze wspólnikami. A mówił tak może, żeby chłopaka przed czymś ostrzec. Każdy na świecie jest twoim wrogiem. Nie licz na łaskę, nie licz na zrozumienie. W każdym razie, wciąż głaszcząc swoją skołtunioną brodę, ciągnął:

– Najlepszym sposobem na ustalenie, co i jak, jest rozprawa publiczna. Będzie się ciągnąć wiele dni, a ty będziesz się robił coraz mniejszy. Uświadomisz sobie, przeciwko jakiej machinie stanąłeś. A kiedy zapadnie wyrok, który przecież nie kończy jeszcze twojego żywota, zdasz sobie sprawę z pewnej rzeczy. I wtedy cię dopadną. I nic nie będzie ich krępować, bo z podejrzanego staniesz się skazańcem. A takiego wyrzutka prawo już nie chroni.

Virion nawet nie podejrzewał, z czego zda sobie sprawę. Na razie czuł tylko tragiczną bezradność płynącą z faktu, że był na świecie zupełnie sam. Że jedynym człowiekiem, który w ogóle chce otworzyć do niego usta, jest inny bandzior. Ale z nim reguły gry są jasno ustalone. Sam. Sam. Sam. I w, oględnie mówiąc, nieciekawej sytuacji.

Szczęściem ochronny kordon obojętności, który wytworzył jego umysł, działał bez zarzutu. Virion teraz po prostu jadł placek.

– Czy macie tu pokój, gdzie można oglądać podejrzanych, samemu nie będąc widzianym?

Ciekawe, o co ich podejrzewała? Że jak prowincja, to już zacofanie? Naczelnik wolał jednak nie komentować.

– Oczywiście, pani. – Pochylił głowę w ukłonie.

– To prowadź.

Taida wstała energicznie z jego własnego, zajmowanego od rana krzesła.

– Dziewczyny przygotowane?

– Udało mi się znaleźć aż sześć. Wszystkie młode, dość ładne, no i pierwszy raz zetknęły się z cesarską sprawiedliwością.

Pokazał pani prefekt drogę na piętro, gdzie znajdował się specjalny pokój przesłuchań.

– To dobrze. Wprowadź je tam wszystkie. Od razu.

– Tak, pani.

– I chcę jeszcze strażnika. Młodego, budzącego sympatię i takiego, co ma w głowie poukładane.

Uśmiechnął się.

– Młodych mam wielu – powiedział. – Problem będzie z czym innym.

– Domyślam się, że nie ma żadnego, który ma rozum, tak?

– Ach, nie, takiego jakoś może i znajdę. Ale nie dysponuję żadnym, który budzi sympatię. To nie ten zawód, pani.

Odpowiedziała mu uśmiechem pełnym zrozumienia. A może nawet, co wyczytał z jej twarzy, poczuła, że ma przesadne żądania.

– Zrób więc, co możesz.

Ukłonił się znowu, otwierając drzwi.

– Proszę. – Wprowadził Taidę do środka. – Tu są otwory, przez które można patrzeć. – Wskazał wpasowaną w ścianę drewnianą konstrukcję. – A tu rura głosowa. Jeśli obróci się ten walec w lewo, słychać wszystko, co dzieje się w tamtym pokoju. Ale to działa w obie strony, pani.

– Jasne. Jak przekręcę, wszyscy tutaj milczymy. – Taida odsunęła zaślepkę i przyłożyła oczy do otworów. – Co mnie zasłania z tamtej strony?

– Mozaika poświęcona Wszystkim Bogom. Poza tym światło wpada przez otwór w lukarnie nad nami. One będą dobrze widoczne, a ściana z mozaiką w głębokim cieniu.

– Świetnie. No to do roboty.

– Tak, pani. – Naczelnik zniknął za drzwiami.

Sześć młodych dziewczyn. Niewiele. Mimo to była szansa na odpowiednią kandydatkę. Kiedy strażnicy zaczęli wprowadzać podejrzane, Taida skupiła się na obserwacji. Wszystko było ważne. Gdzie która stanęła, czy odważyła się usiąść na którymkolwiek z licznych za ścianą krzeseł. Która coś powiedziała do koleżanek, a która trwożliwie milczała. Wszystko, każdy gest, każdy drobiazg niósł ze sobą informacje. Tuby głosowej na razie nie otwierała. Nie miało znaczenia, o czym tam bąkają pod nosem przestraszone.

Po dłuższej chwili wrócił naczelnik z młodym strażnikiem. Wyraźnie speszonym. Chłopak nie mógł mieć pojęcia, czego chce od niego pani prefekt z Syrinx. Taida przybrała przyjazny wyraz twarzy. Usiłowała się nawet rozpromienić na jego widok.

– Doskonale! – Podeszła bliżej. – Mam dla ciebie bardzo ważne zadanie.

Był zbyt sztywny. No trudno. Rozplotła mu chustę na szyi, poluźniła pas o jedną dziurkę. Kilkoma ruchami wprowadziła pewien nieład w oporządzeniu.

– Posłuchaj mnie. Wejdziesz tam – wskazała kciukiem ścianę z urządzeniem do podglądu i podsłuchu – i zaczniesz rozmawiać z dziewczynami.

– O czym, wielka pani?

– O czymkolwiek. To na razie nie jest przesłuchanie. Mów o pogodzie, że straszny upał, o modzie... A nie – zmieniła zdanie. – Lepiej nie, tego tematu unikaj.

– Mam niby zrobić taką swojacką rozmowę, wielka pani?

Był jednak inteligentny. Tyle dobrego.

– O właśnie. Pamiętaj, że to baby. Niech się rozgadają. A ty tylko jak ognia unikaj tematu ich przewin.

– Rozumiem, wielka pani.

– No to ruszaj. Potem cię wywołamy.

Zasalutował sprężyście, a wychodząc, odruchowo zaczął poprawiać oporządzenie. Na szczęście dosłownie chwilę później opamiętał się i powrócił do lekko rozchełstanego wyglądu.

A Taida stanęła przy stanowisku obserwacyjnym przy ścianie. Palcem nakazała ciszę i przekręciła walec blokujący rurę podsłuchową. Była bardzo skrupulatna. Kiedy rozmowa w drugim pomieszczeniu rozkręciła się na dobre, położyła na podręcznym stoliku małą kartkę, zanotowała coś, a potem co chwila stawiała jakieś znaczki w jednej z sześciu kolumn. Naczelnik, choć stał blisko, nie mógł odczytać jej szyfru. To zresztą nie musiał być szyfr. Udało mu się dostrzec trzy grupy znaków, choć w różnych konfiguracjach. Pewnie więc notowała tylko swoje wrażenia: „pozytywnie", „negatywnie" i „nijako" jako wynik.

Strażnik musiał sprawić się dobrze, bo Taida zamknęła rurę, przekręcając walec, zanim dotarła do połowy kartki.

– Każ go odwołać – powiedziała. – A potem niech inni strażnicy wyprowadzą kolejno... podejdź, pokażę ci. – Dopuściła naczelnika do otworów obserwacyjnych. – Niech zabiorą, licząc od lewej: pierwszą, drugą, czwartą i szóstą.

– Zrozumiałem, pani.

– Wyprowadzajcie te niepotrzebne bez żadnej szarpaniny. Po kolei i od niechcenia, żeby się nie połapały, że to selekcja. Potem niech ten młody strażnik wróci i przyniesie wino dla dwóch pozostałych dziewczyn.

– Pani! Wino tutaj?!

– Oj, rozcieńczcie wodą. Są tu nowe, nie zorientują się i pomyślą, że to prywatny poczęstunek naszego chłopaka. Wszystko jedno. Ale odtąd nasz człowiek niech rozmawia z nimi o życiorysach. Niech mu się zwierzą. Z tym że pod żadnym pozorem nie może dotknąć tematu ich przewin. Jak same o tym wspomną, on błyskawicznie musi zmienić temat.

– Wszystko jasne, wielka pani.

– A ty każ mi przynieść akta tych dwóch. Poczytam sobie, co tam grzeczne dziewczynki nawywijały.

Naczelnik bez słowa ruszył wypełnić rozkazy. Oczywiście piastował zbyt wysokie stanowisko, żeby robić to osobiście, powinien wezwać kogoś i wydać mu polecenia, ale coś mu mówiło, że pani prefekt z samego serca imperium lepiej nie podpaść.

Instynkt go nie mylił. Kiedy po dłuższej chwili wrócił do pokoju z podsłuchem, Taida była w doskonałym nastroju.

– Nieźle masz tu wszystko zorganizowane – powiedziała nawet. – Nieźle, nieźle.

Wzięła do ręki akta, które jej przyniósł. Ledwie przebiegła wzrokiem. Pokiwała głową, prawdopodobnie nad ludzką głupotą, brakiem przewidywania oraz wrodzoną naiwnością. Mógł jedynie zgadywać, ale pewnie miał rację, bo znał te akta. Te dwie to nie sadystyczne morderczynie, ani nawet złodziejki. Po prostu młode kobiety, które nie znały prawa, a w dodatku nie potrafiły powiązać przyczyny i skutku, więc... praktycznie zachowywały się tak jak cała ogromna ludzkość. Bezmyślność. Tak najłatwiej wytłumaczyć ich obecność tutaj.

Taida znowu przystąpiła do obserwacji, nakazując ciszę. Tym razem jednak nie trwało to długo. Już po kilku modlitwach wybrała swoją ofiarę. W milczeniu przekręciła walec w rurze głosowej.

– Doskonale – powiedziała cicho. – Interesuje mnie Lin. Tę drugą zabierzcie w zarazę, bo za głupia.

– Tak, pani.

Popatrzyła mu prosto w oczy.

– Masz niezłych ludzi, naczelniku. Odwołaj tego młodego i daj mu jakąś nagrodę. Dobrze się sprawił.

– Dziękuję, pani. Na pewno się ucieszy.

– A teraz – ciągnęła – potrzebuję jeszcze jednego strażnika. Tym razem starego, doświadczonego, który zęby zjadł na tej robocie. Chcę starego wygi, rutyniarza, przed którym ta profesja nie ma tajemnic.

– Ten człowiek czeka właśnie pod drzwiami. – Naczelnik postanowił zaskoczyć panią prefekt. I udało mu się znakomicie.

– Jestem pod wrażeniem twojej domyślności – powiedziała z uznaniem. – Wołaj.

– Filas! Wejdź!

Drzwi otworzyły się natychmiast, przepuszczając strażnika o chudej, pomarszczonej twarzy. Siwizny nie było widać jedynie dlatego, że mężczyzna po prostu golił resztki włosów. Łysa czaszka w połączeniu ze świdrującym spojrzeniem robiła niesamowite wrażenie. Czuć było, że żarty właśnie się skończyły.

Bardzo spodobał się Taidzie. Wręczyła mu akta prawie z uśmiechem.

– Chcę mieć tę dziewczynę przygotowaną z przyprawami, opieczoną i podaną na talerzu do zjedzenia.

– Rozkaz, wielka pani.

– Ale żebyś mi jej palcem nie tknął.

– Ja już za stary na bicie. Nawet mokrą szmatą w krocze nie uderzę, bo zaraz się zasapię.

– Pamiętaj: poważny paragraf! Z przyznaniem do winy.

Strażnik zgodził się, zerkając w akta. Pewnie sprawdził tylko wiek ofiary.

– Mogę i katem zaświecić, jak mus.

Jego propozycja wyraźnie ucieszyła Taidę.

– Pewnie nie wiesz, co to imperialna odprawa – powiedziała. – Ale jak pójdzie dobrze, to się dowiesz.

Naczelnika zapowietrzyło. Królewski dar. No ale oni tam, w Syrinx, mogli nie liczyć się z pieniędzmi.

Virion ni to siedział, ni leżał oparty głową i barkami o kratę swojej klatki. Jego milczenie coraz bardziej niepokoiło Meliklesa.

– Nic nie mówisz – nie wytrzymał w końcu.

– Fakt.

– To niedobrze tak siedzieć i nic nie mówić.

– Tego nie wiem.

– Oj. – Stary więzień z wyspiarskiego kraju wyraźnie nie mógł się pogodzić z postawą towarzysza. – Lepiej, żebyś bardziej przypominał normalnego człowieka.

– Strącą mnie ze skały? – Virion dobrze znał los ludzi podejrzewanych o choroby związane z umysłem. Prawo w tym przypadku było bezwzględne. – A czy to źle będzie?

– Teoretycznie nie. Ale zwróć uwagę na taki drobiazg, że w twojej sprawie toczy się śledztwo. Co innego wariat na wolności. Tego od razu się eliminuje, żeby dzieci nie płodził. Co innego więzień. Tu zawsze zachodzi podejrzenie, że taki symuluje, chcąc łatwą śmierć uzyskać. No ale jak jest podejrzenie, że coś z twoją głową nie tak, to nie będzie dobrze.

– Co mi mogą gorszego zrobić?

– Mówiłem. Zawiną w muślin i... – Melikles machnął ręką. – Lepiej o tym nie myśleć. Słyszałem, że ludzie tak potraktowani gniją za życia.

– Daj spokój.

Melikles postanowił zmienić taktykę.

– Popatrz, a mówią, że obrządki inicjacji nic nie zmieniają w życiu człowieka. Że to tylko taki rytuał, bez żadnego znaczenia poza symbolicznym.

– A nie?

– No nie. Zerknij na siebie. Inicjacja, pożegnanie z gimnazjonem i co? Momentalnie stałeś się dorosły!

Virion uśmiechnął się na przekór sobie. Docenił koncept starego.

– Fakt – mruknął.

– Bo widzisz, młody, więzienie ma swoje dobre strony, choć trudno w to uwierzyć. Daje rezygnację. Daje zobojętnienie. A to wbrew pozorom cenne rzeczy.

– Rezygnacja też?

– Owszem. Najważniejsze to uniknąć niebezpieczeństw. Nie można pozwolić, żeby ogarnął cię żal.

– Trudno jednak nie być rozżalonym na wszystko, nie?

– Ja mówię o czym innym. Nie ma niczego bardziej niszczącego na świecie niż pielęgnowanie w sobie żalu. Uwierz mi. To niszczy ludzi szybciej niż zaraza.

– No i co z tego, że mnie zniszczy? Cały świat jest bez sensu, więc i ta mała rzecz również.

– Oj, nie mów tak. – Melikles skrzywił się, badawczo popatrzył w twarz młodzieńca. Milczał długo, roztrząsając coś w myślach, a potem powiedział: – Wydaje mi się, że ciebie dręczy sprawa jeszcze mniejsza.

– Tak?

– Bo nawet nie to, że cię wrabiają w te mordy i rabunek. Nie to, że stawiają absurdalne zarzuty. Ciebie męczy Aride.

Virion spojrzał na starca gwałtownie. Tamten był niezłym znawcą ludzkiego umysłu. Nawet się nie uśmiechnął.

– Nieprawdaż?

O nie, nie. Nie przyzna się. Zresztą sam nie wiedział, o co mu chodziło, poza poczuciem straszliwego bezsensu.

– Bo widzisz, na bardzo niedoświadczonego trafiło – kontynuował Melikles. – A tu trzeba przywyknąć do pewnej prawidłowości.

– Do jakiej?

– Ludzie nie działają racjonalnie. A szczególnie kobiety.

– Aleś prawdę odkrył. Wszyscy ludzie to kretyni, ale to wiedziałem od dawna.

– To dlaczego tak boli?

Trafił sukinsyn! No bo fakt. Jeśli wszystko jest bez sensu, dlaczego najbardziej boli wspomnienie przepięknej, wyśnionej, kochanej Aride w ramionach jakiegoś przygłupa? Bez sensu jak wszystko inne. W całym swoim życiu znalazłby tysiące bardziej bezsensownych spraw. A boli ta jedna tak naprawdę.

– Musisz wiedzieć, jak to jest z dziewczynami. Znajdą sobie przystojnego młodzieńca, który jest dobrze sytuowany, przed nim wspaniałe perspektywy, a on sam miły, kulturalny, wrażliwy, no i zna poezję. – Starzec rozmarzył się najwyraźniej, bo głos mu złagodniał. – Wszystko rozwija się po jej myśli, pojawia się zauroczenie, potem nawet miłość. No i takie zakochane dziecko marzy już sobie o wspólnej przyszłości, o dzieciach nawet, o własnym wspaniałym domu i przepięknym życiu. A tu nagle pojawia się podpity cham, dupek i gamoń. Trzask-prask i wielce zdziwione tym faktem dziewczę już jest w jego ramionach. Założę się, że on nawet palcami nie musiał pstryknąć. Nie napracował się nad zdobywaniem. Wierszy nie recytował. Po prostu wziął jak swoją, nie oferując niczego.

– Przestań.

– Znam życie, młody. A na takie rzeczy trzeba być, niestety, gotowym.

Virion odwrócił się do Meliklesa plecami.

– No i słuchać nie chcesz w dodatku. Ale uwierz mi, że najbardziej bezpieczna jest „miłość sprzedajna". Dostajesz dokładnie to, za co płacisz. A te wszystkie romantyzmy kończą się tym, że starasz się, czas tracisz, płacisz, a często nic nie dostajesz i jeszcze cię wydudkają, jak zechcą. Pośmiewisko zrobią. Ech, gdyby dano ci czas, tobyś zmądrzał jeszcze. Jakbyś miał doświadczenie, to ze wszystkim byś sobie poradził. – Stary w smętnym nastroju zaczął drapać się w brodę. – Ale boli zawsze tak samo. Człowiek nie skała, co ją kuć można, a ona nawet nie jęknie.

– Przestań. – Virion odwrócił głowę.

– No ale przynajmniej życie w ciebie wstąpiło znowu. – Melikles uśmiechnął się kpiąco. – Bo już trochę kłodę przypominałeś niesioną z prądem rzeki.

– No i co z tego?

– Nic, nic. A powiedz mi w takim razie, bo może sobie przypomniałeś, co się z tobą działo, jak już ich pozabijałeś? Tych dwoje znaczy.

Rzeczywiście procesy życiowe Viriona nabrały tempa. Przynajmniej trochę.

– Nie pamiętam.

– W ogóle? Nic?

– Przecież mówiłem. Jakiś nieprzytomny wylazłem na drogę i szedłem przed siebie.

– A twój miecz został na miejscu?

– Tak. Głęboko wbiłem. Nawet myślałem z wiadrem na głowie, że mi go ktoś wyrwał z ręki, jak Parte padał.

– I naprawdę nie wiesz, co się z tobą działo?

– No nie wiem. Ocknąłem się właściwie, dopiero jak mnie strażnicy napadli.

Melikles znowu gładził swoją brodę. Był oszustem, podobno niezłym nawet, ale na starość jego zmysł obserwacji mógł już tępieć. W końcu przecież wpadł, i to z okropnego paragrafu. Jacyś inni kombinatorzy zaproponowali mu sprzedaż metalu łudząco przypominającego złoto. Dali kilka próbek. Stary oszust sprawdzał u kupców, u lichwiarzy, w kantorach. Złoto! – brzmiały jednomyślne opinie. Metal był nie do odróżnienia. Melikles kupił więc większy zapas i zaczął bić monety. Potem puszczać w obieg. No i wpadł jak dziecko. Kombinatorzy jako próbki dali mu prawdziwe złoto, a w hurcie już tombak. Powinien się zorientować, ale chciwość i wizja wielkiej fortuny po prostu zaćmiły starego oszusta. Najśmieszniejsze było to, że oni dostali wyroki po dwa, trzy lata. Nawet herszt w niewolnictwo nie poszedł. Cóż, tamci chcieli oszukać jedynie Meliklesa. A jemu zasądzono publiczną śmierć przez wielodniowe tortury. On bowiem zamierzał oszukać samego cesarza. I siedział teraz, nie znając dnia ani godziny, kiedy sprowadzą dla niego mistrza tortur, co było karą chyba nawet gorszą niż same męki.

Virion jednak, choć niechętnie, musiał wielokrotnie przyznać, że pogląd starego na wiele spraw i znajomość ludzkiej natury nie przypominały niczego, z czym spotkał się dotąd.

– Do czego zmierzasz? – zapytał nagle zaciekawiony.

– Widzisz, byłeś w stanie silnego wstrząśnienia umysłu. A wtedy różne rzeczy można zrobić i zupełnie tego nie pamiętać.

– Sugerujesz, że to jednak ja pozabijałem ich wszystkich?

– Tak byłoby najłatwiej wyjaśnić całą sprawę. Przeczą temu jednak dwa fakty.

– Niby jakie?

– Nawet w szale nie poradziłbyś sobie z sześcioma dahmeryjskimi specjalistami. To po pierwsze.

Virion oparł się na łokciach, przygryzając wargi.

– A po drugie?

– Gdyby cię zamuliło na umyśle, nie ukradłbyś i nie schował skarbu tak, że nikt nie może teraz znaleźć. To było racjonalne działanie. Jedno więc wyklucza drugie. Będąc świadomym, nie pozabijałbyś ich wszystkich, a będąc w stanie wstrząśnienia, nie ukradłbyś skrzyni. Proste jak twoja głupia dusza.

– I nad tym łamie sobie głowę pani prefekt z Syrinx?

– A nie, nie. Skoro nie wzywa cię na przesłuchania...

– Przesłuchują mnie!

– Strażnicy tylko. Ona ma wobec ciebie jakiś inny plan. Bardziej perfidny.

Filas przygotował kilka czystych kart i kilka piór. Doskonale wiedział, że w najbardziej dramatycznym momencie składania zeznań pióro może się zepsuć. A nawet dwa, jedno po drugim, i to z czystej złośliwości przedmiotów martwych. Bo przecież doświadczony strażnik nie denerwował się podczas roboty, nie naciskał mocniej i nie drżała mu ręka. Był zbyt starym rutyniarzem, by nie przewidzieć wszystkiego, co może się zdarzyć. Dlatego też na jego stole nie było żadnego przedmiotu, który mógłby zepsuć tę właściwą, kulminacyjną chwilę, żadnej przeszkadzajki i żądnego rozpraszacza. Jego pokój w ogóle wyglądał, jakby dopiero co opuścił go majster budowlany, który skończył remont. Filas powoli ogarnął wzrokiem otoczenie, czy wszystko przygotowane. Czyste formularze, pióra, akta, kałamarz, dzban wypełniony wodą i kubek. Wszystko na stanowisku.

– Wprowadzić! – krzyknął niezbyt głośno.

Drzwi otworzyły się, przepuszczając dwóch młodych, rosłych strażników prowadzących przestraszoną dziewczynę. Powstrzymał się od lekceważącego uśmiechu. To nie był dla niego przeciwnik.

Odczekał, aż konwój opuści pokój przesłuchań, i powiedział sucho:

– Siadaj.

Dziewczyna usiadła, poprawiając na sobie tunikę.

– Imię?

– Lin.

Zapisywał niespiesznie, nie podnosząc wzroku.

– Córka?

– Amany.

– Imię ojca podajesz, a nie matki.

– Nie mam ojca, panie.

– A kiedyś miałaś? Czy mam wpisać N.N.?

– Noke.

– Wiek?

– Siedemnaście lat.

– Stan?

Poruszyła się niespokojnie.

– Przepraszam, ale nie rozumiem, panie – szepnęła przejęta.

– Wolna, zamężna, wdowa?

– Wolna, panie. Młoda jeszcze jestem.

– Nie komentuj. Zamieszkała?

Systematycznie zapisywał udzielane mu informacje. Ani razu nie podniósł wzroku. Ani razu nie podniósł też głosu. Popatrzył na nią, dopiero kiedy przyszło do sformułowania wstępnych zarzutów.

– Lin, córko Nokego, czy jesteś świadoma, dlaczego się tu znalazłaś?

– Tak, panie. Nie oddałam długu.

– Mimo licznych wezwań złośliwie uchylałaś się od zwrotu pożyczki, zwrotu odsetek, a także podburzałaś ludność, oczerniając lichwiarza, który...

– Nie oczerniałam!

– Nie komentuj. Masz tylko odpowiadać na pytania. Rozumiesz?

– Tak, panie. – Skwapliwie pokiwała głową.

– Popełniłaś przestępstwo polegające na niezgłoszeniu pożyczki u poborcy podatkowego i nie opłaciłaś należnego cesarskiego podatku.

– Ale ja w ogóle nie wiedziałam, że trzeba to zgłosić. A... a czy tego nie powinien zrobić lichwiarz?

– Nieznajomość prawa nie zwalnia od odpowiedzialności. A światłość nasza, Jego Wysokość cesarz miłościwie nam panujący kazał przecież wyłożyć spis praw w każdej bibliotece publicznej. O tym też nie wiedziałaś?

– Nawet nie wiedziałam, że trzeba coś takiego sprawdzić... Ja...

– Umiesz czytać i pisać?

– Tak, panie. Trochę umiem. Matka uczyła.

– Nie jesteś więc głupia. Posłuchaj mnie zatem. Oskarżam cię właśnie o szereg poważnych przestępstw, w tym o złamanie cesarskiego prawa.

– Ależ, panie! To była drobna pożyczka. W domu ciężko, musiałam mieć na życie. I chciałam oddać, jak tylko...

– Widzę, że nie jesteś ze mną szczera – powiedział cicho. – Ale skoro nie chcesz rozmawiać w ten sposób, porozmawiamy inaczej. Wstań!

Dziewczyna zerwała się ze stołka i stanęła obok wyprostowana jak struna. Już była przerażona, a przecież nic się jeszcze nie stało.

– Rozbierz się.

Oniemiała.

– Słucham, panie?

– Powiedziałem: rozbierz się. Do naga.

Lin zaczęła czerwienieć na twarzy.

– Ale, panie, ja...

– Czy mam zawołać tych dwóch młodych, żeby ci pomogli?

Nie musiała sobie wyobrażać. Kucnęła natychmiast, żeby rozsznurować sandały. Niestety, tej prostej czynności nie dało się przedłużać w nieskończoność. Wstała po chwili już bosa i wzięła głęboki oddech. Najgorsze paradoksalnie było chyba to, że on nawet na nią nie patrzył. Spokojnie i powoli pisał coś maczkiem na wielkim arkuszu. Czuła, że palą ją policzki. Znowu wzięła głębszy oddech i... Zdjęła tunikę. Nie bardzo wiedziała, co z nią zrobić. Po chwili namysłu złożyła w kostkę i położyła na stołku, który przed chwilą zajmowała. I co? Ani spojrzenia z jego strony. Nie wiedziała, czy może się zasłaniać, czy raczej stać wyprostowana z rękami po bokach. Czego on od niej wymagał? Niepewna zasłoniła łono splecionymi dłońmi.

– Pij – nakazał, ciągle nie podnosząc wzroku.

– P... proszę?

Wskazał jej dzban stojący na stole i kubek.

– Przepisy mówią wyraźnie. – Nareszcie na nią spojrzał. Wyłącznie na twarz. – Więźnia podczas przesłuchania należy traktować dobrze. Jest gorąco, więc wypij wodę.

– Nie jestem spragniona, panie.

– Ja nie pytam, czy jesteś. Kazałem ci wypić wszystko, bo tego wymagają przepisy.

Powrócił do pisania. A ona, czerwona aż po nasadę włosów, nalała sobie kubek i zaczęła pić. Musiała się mocno skupić, żeby nie rozlać, bo drżała jej ręka. On jednak nie pozwolił jej odstawić pustego kubka. Miała wypić wszystko. Cały dzban. Dławiąc się kolejnymi porcjami, była posłuszna. Nie chciała, żeby znowu zadał pytanie, czy ma sprowadzić tamtych dwóch, żeby jej pomogli.

Filas skończył pisać dopiero po kilkunastu modlitwach. Przerażona Lin poczuła parcie na pęcherz. I co teraz zrobić? Stary strażnik nie pozwolił jej na rozterki.

– Tu jest dokument opisujący twoje przestępstwa. Jeśli go podpiszesz, przyznając się do winy, pójdziesz na sąd, który wyznaczy ci karę odpowiednią do przewin. Jeśli nie, ruszy szczegółowe śledztwo. Przesłuchamy świadków, zbadamy okoliczności i dopiero wtedy odbędzie się rozprawa. Zwróć jednak uwagę, że jeśli przyznasz się od razu, sąd uzna to za przejaw skruchy i potraktuje tę sprawę łagodniej.

– A co to za przestępstwa, panie?

– Świadome i celowe nieoddawanie długu wraz z odsetkami, niszczenie dobrego imienia lichwiarza, który ci zawierzył, brak zgłoszenia aktu pożyczki i nieopłacenie stosownego podatku, nawoływanie do buntu...

– Ale ja niczego takiego nie zrobiłam!

– Masz prawo nie podpisywać. A ja nie mam prawa cię zmuszać.

Wstał lekko, jak na swój wiek, okrążył stół i stanął tuż za dziewczyną.

– Podaj dłonie – nakazał wciąż cicho i bez ekspresji.

Kiedy wyciągnęła ręce do tyłu, szybko skrępował nadgarstki. Zdecydowanie, ale nie za mocno. Lin poczuła, że przyspiesza jej oddech.

– Co... Co ze mną będzie, panie?

– Odbędzie się normalna procedura – wyjaśnił sucho. – Chodź za mną.

Odwrócił się i ruszył do drzwi. Nawet się nie wysilał, żeby ją ciągnąć czy prowadzić za ramię. Po prostu wyszedł na korytarz, mając pewność, że ona pójdzie jego śladem. Bogowie! Tylko nie na korytarz! Nie na golasa! Usiłowała przełknąć ślinę, ale mimo całej wypitej tu wody zaschło jej w ustach. Przerażona posłusznie ruszyła. Na szczęście na korytarzu nie spotkali nikogo. Ale potem było już tylko gorzej. Filas znalazł się przy schodach. Tu po raz pierwszy zerknął do tyłu, czy dziewczyna wykonuje jego polecenia. Skinął na nią palcem w geście: „szybciej".

Lin o mało nie potknęła się na wąskich stopniach. Słyszała głosy ludzi w sali poniżej. To był przecież przedsionek komendy. Ludzie załatwiali tu sprawy. A jak znajdzie się ktoś znajomy? Mygarth nie było wielkim miastem. Czując ogień na policzkach, szła dalej posłusznie. Strażnicy za stołami nie zwracali na nią żadnej uwagi. Ludzie, którzy przyszli z zewnątrz, przeciwnie. Kilku mężczyzn w różnym wieku patrzyło na nią bez żadnej żenady. Tak samo jak gruba przekupka z targu. Ta nawet skomentowała:

– Coście tu za bezwstydnicę złapali? Nierządem się trudni?

Nikt nie raczył jej odpowiedzieć. Lin nie miała pojęcia, gdzie podziać oczy. Spierzchły jej wargi. W końcu opuściła głowę, patrząc na własne stopy. Jeden z mężczyzn cofnął się nawet do poczekalni, wołając kolegę.

– Ty! Chodź, chodź. Zobacz sobie!

Tymczasem Filas nachylił się nad jednym ze stołów.

– Przypieczętuj mi tutaj – nakazał młodemu strażnikowi. – Tylko wyraźnie odciśnij.

– Wyraźnie odcisnę. Ale jeszcze nie nakapało.

Pałeczka laku w jego dłoni dymiła lekko.

– I jeszcze tutaj. Datę wpisz.

– Jaką?

– Dzisiejszą, bo przyjmujesz do ewidencji. Pokwituj i podpisz mi na kopii.

Filas pozbył się części przyniesionych dokumentów. Przeniósł wzrok na Lin.

– Chodź. – Ruszył do wyjścia.

Nie, tylko nie na zewnątrz! Lin jednak była tak przerażona, że bez ociągania się poszła za strażnikiem. Na dziedzińcu lekki wiatr ochłodził jej nagie ciało. Poczuła dreszcze. Nie śmiała unieść głowy, patrząc, gdzie stawia stopy. Krok po kroku. Czuła jednak obecność wielu ludzi.

Słyszała ciche uwagi. Najgorzej, że nie mogła zamknąć oczu. Takiego wstydu nie czuła jeszcze nigdy w życiu. Dotąd w ogóle nie mogła sobie nawet wyobrazić podobnego upokorzenia.

Filas wprowadził ją do małego baraku wykonanego z drewnianych bali. Tu przynajmniej nie było nikogo. Uniosła głowę. Widziała jakby niewyraźnie. Ach, to łzy napłynęły do oczu. Strażnik otworzył drzwi do małego pomieszczenia. Pachniało tu trocinami. Nie było żadnych sprzętów poza kilkoma skrzynkami pod ścianą i prostym taboretem na samym środku.

– Siadaj – rozkazał.

Posłusznie zajęła wskazane miejsce, czując dławiące przerażenie. Będzie ją teraz bił?

– Nogi szeroko.

Nie zrozumiała.

– Trzymaj nogi szeroko – powtórzył. – No. Zrób rozkrok.

Nieśmiało rozchyliła kolana.

– Szeroko!

Rozstawiła nogi najszerzej, jak mogła. Filas podszedł do jednej ze skrzyń i zdjął z niej przykrycie z jakiejś siatki. Potem włożył bardzo grube, wojłokowe rękawice.

– Połóż stopy na podpórkach taboretu.

Uniosła nogi. Drewniane listewki łączące poszczególne nogi znajdowały się bardzo wysoko. Ale dała radę.

On w tym czasie wyjął ze skrzyni wijącego się węża. Lin o mało nie zemdlała. Gad nie był duży, ale co z tego? Strażnik zbliżył się i umieścił węża dokładnie pomiędzy jej udami. Lin zamarła z przerażenia. Nie mogła oddychać. Poczuła w piersiach ostry ból. Oczy wychodziły jej z orbit.

Filas zdjął grube rękawice i odrzucił pod ścianę.

– Lepiej nawet nie drgnij – powiedział i tak po prostu sobie wyszedł.

Słyszała wyraźnie szczęk zasuwy za drzwiami. Zasuwa? To chyba jakiś żart. Dziewczyna siedziała jak skamieniała.

Jadowita bestia poruszyła się. Lin czuła przerażający dotyk na wewnętrznej stronie ud. Ale to coś nie atakowało jeszcze. Gad jakby się rozglądał, a potem zaczął zwijać się w kłębek. Po chwili trójkątna głowa znalazła się na śliskich zwojach. Był gotowy, żeby ukąsić Lin przy najmniejszym ruchu. A jego oczy zdawały się już odnajdować swój cel. Miejsce, gdzie łączyły się uda dziewczyny.

Lin siedziała jak sparaliżowana, bojąc się oddychać, bojąc się drgnąć. Pierwszym jednak uczuciem było niebotyczne zdziwienie, które wypełniło jej głowę. O co mu chodzi? Czemu strażnik zrobił coś takiego? Drugim uczuciem, które zajęło miejsce pierwszego, była totalna bezbronność. Nie miała żadnych szans, żeby wstać i uciec, nie dotykając gada. Nie miała możliwości poruszyć nogami opartymi na zastrzałach stołka. No i to, że potwór tuż przed oczami miał właśnie to miejsce. Bała się bólu ukąszenia, bała się skutków działania jadu. Słyszała przecież jak każdy straszliwe legendy i opowieści, co dzieje się z kończyną, do której zwierzę wstrzyknęło jad. A w jej przypadku nie była to kończyna. Łzy zaczęły spływać po twarzy Lin. Może zawołać? No przecież nie o pomoc. Może zawołać i powiedzieć, że zrobi wszystko, co tamten zechce? Bez sensu. A jak wąż zareaguje na krzyk? Przecież żeby wziąć głęboki oddech, musi się poruszyć.

Nogi uniesione w nienaturalnej pozycji zdrętwiały. Przerażona Lin pomyślała, że przecież zaraz zaczną drżeć. Na pewno się poruszy! Fala przerażenia sparaliżowała jej umysł.

Od ciągłego patrzenia na zwiniętego w kłębek węża zaczął ją boleć kark. Nie tylko zresztą. Czuła ból także gdzieś pod prawą łopatką. Usiłowała leciuteńko poruszyć prawym ramieniem. Nic z tego. Wąż od razu otworzył oczy. Czuła, jak narasta ból w kręgosłupie.

Szybko jednak przekonała się, że nie to było najgorsze. Wcale nie. Coraz bardziej chciało jej się sikać. Psiamać! Przecież wypiła cały dzban wody. I jak zwykle w takich przypadkach, kiedy nie można opróżnić pęcherza, odczucie szybko stawało się nie do zniesienia. Kontrolowała się z największym trudem. A przecież dopiero się zaczęło. Jak długo będzie musiała tak siedzieć? Nie miała pojęcia. Czy strażnik odszedł gdzieś daleko? Skoro zablokował drzwi zasuwą, to pewnie wyszedł dalej. Do sąsiedniego budynku, gdzie znajdował się jego pokój. A może tylko po akta? Może tylko czegoś zapomniał i zaraz wróci? Nie ma się co łudzić. No ale chyba nie zostawiłby jej na śmierć?

Oddałaby wiele za możliwość wysikania się bez groźby natychmiastowego ukąszenia. Nie mogła jednak o tym marzyć. Nawet gdyby pozbyła się naturalnego wstydu i machnęła ręką na wszystkie kary za zrobienie czegoś takiego w pokoju na komendzie straży, to przecież gad potraktuje to jako atak. Co za ironia sytuacji. Jedyną możliwością ulgi było sprowokowanie węża do natychmiastowego ataku.

Ból pleców, kręgosłupa i karku stawał się nie do zniesienia. Czuła, jak pot ścieka jej już nie tylko po twarzy. Była mokra na całym ciele. Nogi zaczęły drżeć, a ona z całej siły naprężała mięśnie. Nie, tylko nie to! Bogowie! Ratunku!

Miała chwile, kiedy chyba odpływała. Jednostajny ból trzeźwił ją jednak momentalnie. Żadnej ulgi. Co gorsza, pot z jej ud spłynął, mocząc powierzchnię stołka. Wąż poruszył się niespokojnie. Podniósł głowę i chyba się rozglądał. Lin zaczęła się dusić, bo odruchowo wstrzymała oddech. Tymczasem jego głowa zaczęła sunąć po zwojach własnego ciała, aż dotarła do wewnętrznej strony uda. Węszył? Chyba nie. Trójkątny łeb wylądował na pachwinie Lin. O mało nie pisnęła ze strachu. Teraz ugryzie! Teraz!

Nie. Najwyraźniej odpoczywał.

Tortura konieczności siedzenia w bezruchu i braku możliwości wysikania się była nie do wytrzymania. Lin rozpłakała się. Bezgłośnie, mimo upiornego bólu pleców, w całkowitym bezruchu. Byleby tylko łzy nie zaczęły kapać na dół.

Nie miała pojęcia, ile tak trwała. Szybko zatraciła rachubę czasu. Nie miała możliwości zerknąć na położenie słońca za oknem. Wiła się w upiornych mękach, świadoma tylko jednego faktu. Tego nie da się wytrzymać. I już zaraz, za chwilę, za dosłownie moment nie zdoła się już powstrzymać i siknie wprost na gada, który odpowie atakiem. Rezygnacja nie przychodziła. Utrata przytomności również. Za to robiło jej się czarno przed oczami. Usiłowała jak najmocniej rozchylić powieki. Żeby tylko się nie zachwiać. Nie jęknąć. Bogowie... Czy to wczoraj ją tu zamknęli?

Szczęk zasuwy w drzwiach sprawił jedynie, że dławiący strach przybrał na sile. Teraz ją ugryzie! Teraz!

Filas przyniósł ze sobą cieniutką deseczkę, do której miał przywiązany plik dokumentów. Nie zwracając uwagi na stan Lin, usiadł naprzeciw na jednej ze skrzynek.

– Zapomniałem cię zapytać o kilka drobiazgów – powiedział.

Czy on nie widział, w jakim stanie ona się znajduje? To był chyba najgorszy moment z całej tortury. Cień nadziei i nic. Teraz na pewno już popuści. Usiłowała wyrazem twarzy dać strażnikowi znać, co się z nią dzieje.

– Jakie są twoje powiązania? – zapytał. – Kogo wciągnęłaś do akcji szkalowania lichwiarza? Kto ci zasugerował, żeby nie oddawać długu?

Kiedy nie odpowiadała, wreszcie na nią spojrzał. Chłodno i obojętnie.

– No mów – rozkazał.

Ostrożnie wzięła oddech i zaczęła cicho szeptać. Wymyślała na poczekaniu wszystko, co podsuwał jej skołatany umysł. On notował cierpliwie. Lin raz po razie brała płyciutki, mały oddech i starała się wyszeptać choć kilka słów. Filasowi to nie przeszkadzało. Notował skwapliwie. Trwało to i trwało, a dziewczyna odchodziła od zmysłów.

Nareszcie skończył. Wstał powoli, przebiegając oczami tekst zeznań, czy przypadkiem coś nie zostało pominięte. Potem podszedł bliżej i rozwiązał nadgarstki dziewczyny. Lin skamieniała, ale stary strażnik najwyraźniej nie domyślał się powodu. Podsunął jej deskę z zeznaniami i pióro.

– Podpisz tu.

Usiłując nie oddychać i poruszać jak najmniej zdrętwiałą ręką, podpisała.

– Tu jeszcze. – Odwinął róg kartki, która była na wierzchu, i pokazał dół dokumentu pod spodem. – I tu. I tutaj.

Kiedy zrobiła, co kazał, odszedł w stronę ściany. Lin skamieniała, sądząc, że znowu wyjdzie. Chciała wyć! Ale on tylko odłożył deseczkę. Potem wrócił i bez wkładania żadnych rękawic po prostu zabrał węża spomiędzy jej ud. Wiedząc, co może się stać z nagłej ulgi, odskoczył przewidująco i wskazał Lin wiadro pod ścianą.

Nie czekał, aż naga dziewczyna, chwiejąc się na nogach, ruszy w tamtym kierunku. Po prostu wyszedł, zamykając za sobą drzwi. To nie był dla niego przeciwnik. To był nikt.

Filas jednak odczuwał zadowolenie. Wypełnił zadanie. Zrobił to szybko, z nadmiarem nawet, w pełni profesjonalnie. Komu jak komu, ale to właśnie jemu należała się sowita odprawa na starość. Gwizdał cicho, wracając do budynku komendy. Oj, już niedługo ludziom w niej pracującym będzie go bardzo brakować. Ale cóż zrobisz? Upływu czasu nie powstrzymasz.

Zameldował się wartownikowi przed pokojem imperialnej prefekt. Tak, tak, był nawet wartownik. Naczelnik, który zresztą czekał już wewnątrz, bardzo chyba chciał się podlizać zwierzchniej władzy. No i trudno się dziwić. Też był już stary.

– No i jak? – Ładna twarz pani prefekt nie zwiastowała żadnych kłopotów.

– Wszystko, co kazaliście, wielka pani, uczyniłem. – Podał jej plik dokumentów, chyląc głowę w ukłonie.

Zaczęła szybko czytać. Najpierw się uśmiechnęła, a potem powiedziała:

– Jesteś genialny. Jesteś naprawdę niesamowity. – Uśmiechnęła się jeszcze szerzej. – A ona? Nieuszkodzona?

– Ależ skąd – zaperzył się Filas. – Na zaskrońca alkoholika ją wziąłem.

– Na co? – zdziwiła się.

– No na zaskrońca, bo one wszystkie myślą, że to jadowity wąż. A alkoholikiem został, bo go karmię jak trzeba, ale do picia daję wyłącznie wino. No i on nie dziki w obejściu. Właściwie to całymi dniami śpi.

Naczelnik więzienia uśmiechnął się z przekąsem.

– Jest u mnie wielu takich, którzy zazdroszczą gadowi losu – mruknął. – I chętnie by się zamienili.

– Nie wątpię – powiedziała prefekt. – Wiedz, Filasie, że pamiętam o mojej obietnicy.

– Dziękuję, wielka pani.

– Jeszcze potem poproszę cię o drobną przysługę. Ale teraz mam sprawę do naczelnika.

– Pani?

– Chcę dać dziewczynie do zrozumienia, że sprawa jest bardzo poważna. Czy mógłbyś więc osobiście odprowadzić ją do klatki obok Viriona?

– Oczywiście. Ale... nagą?

– A przeszkadza ci to?

Westchnął ledwie zauważalnie.

– Mam córkę w jej wieku – powiedział.

– No dobrze. Daj jej ubranie. Tylko jakieś stare, brudne, po którejś z więźniarek.

– Tak, pani. Z całą pewnością dogłębnie odczuje, gdzie się znalazła.

Rozprawa, którą otworzył sędzia miejski, z racji procedury zwany teraz cesarskim, nie miała jeszcze charakteru rozstrzygającego. Oprócz czterech ławników bez prawa głosu mogli mówić jedynie oskarżyciel cesarski (wcześniej również zwykły, miejski), Talus jako doradca prawny, choć w ograniczonym zakresie, i oczywiście świadkowie. Virion bez prawa komentowania właściwie w ogóle nie powinien się odzywać, nawet szeptem do swojego doradcy, choć czy sąd zwróci na to uwagę, zależało już od konkretnego człowieka.

Pozbawiona jakichkolwiek ozdób sala była więc mała. Publiczności nie wpuszczono, to przecież nie ogłoszenie wyroku. A świadków w pierwszym dniu nie przyszło zbyt wielu. Po odczytaniu zarzutów sędzia od razu wezwał pierwszego.

Agis zdecydowanie unikał wzroku Viriona. Przez cały czas nie podniósł głowy. Dopiero kiedy stanął na środku sali, odważył się zerknąć na sędziego.

– Aha, dostał wyraźne instrukcje od rodziców, po której stronie ma stanąć – szepnął Talus.

– A co on wie? Nic nie może powiedzieć.

Oskarżyciel był jednak innego zdania. Zaczął od opisu przyjaźni łączącej Viriona z Agisem, podkreślał jej bliskość i zażyłość. A potem przeszedł do konkretów.

– Zanim opowiesz o dniu, w którym miała miejsce ta okropna zbrodnia, powiedz mi, chłopcze, czy twój kolega miał skłonność do alkoholu?

– Tak, panie.

– Ach, w tę stronę żeglują – westchnął ledwie słyszalnie Talus.

– Czy pił codziennie?

– Tak, panie.

Talus uśmiechnął się promiennie.

– A ty razem z nim? – zapytał.

Agis jakby połknął żabę. Najwyraźniej nawet nie pytanie mu dopiekło, ile fakt, że odpowiadając, będzie musiał zerknąć w stronę Viriona. Poczerwieniał lekko i całym wysiłkiem woli skupił wzrok wyłącznie na twarzy doradcy prawnego.

– Nie, panie.

Nie dodał nic więcej. A Talus nie miał możliwości drążenia tematu. On w ogóle nie miał zasadniczo prawa zadawać żadnych pytań. Sąd jednak z reguły tolerował pojedyncze wtrącenia.

– Czy to prawda, że z powodu pijaństwa zarząd gimnazjonu chciał Viriona usunąć z listy uczniów? – zapytał oskarżyciel.

Virion wytrzeszczył oczy. Nigdy nie było takiej sprawy.

– Nikt mu oficjalnie takich zarzutów nie przedstawił – odparł Agis.

– Zaraz – włączył się sędzia. – Odpowiadając w ten sposób, sugerujesz, że chciano oskarżonego usunąć z tego powodu, jedynie nie sformułowano zarzutów. Czy tak?

– Nikt mu oficjalnie takich zarzutów nie przedstawił – powtórzył Agis i skurczył się w sobie. Czyżby myślał o rodzicach?

– Wyjaśnijmy jedną rzecz – powiedział sędzia spokojnie. – Mówiąc to, dajesz do zrozumienia, że chciano oskarżonego usunąć z gimnazjonu z powodu pijaństwa, ale nie zdecydowano się na postawienie zarzutów. Czy rozumiesz mnie, chłopcze?

– Tak, panie.

– Proszę się do mnie zwracać „cesarski sędzio".

– Przepraszam, panie cesarski sędzio.

– Bez „panie".

– Rozumiem, cesarski sędzio.

– Jak więc było?

– Nikt mu oficjalnie takich zarzutów nie przedstawił – powtórzył po raz trzeci Agis.

– Kłamie, skur... – szepnął Virion.

– Ciii... – Talus położył palec na ustach.

– Dobrze. – Sędzia skinął głową. – Przyjąłem do wiadomości.

– A opowiedz nam, co działo się feralnego dnia – podjął oskarżyciel. – Czy Virion pił w tym dniu?

– Od rana. Na uroczystość przyszedł, ziejąc winem.

– Kłamie – nie wytrzymał Virion.

– Milcz – odparł Talus.

– Gdzie poszliście po zakończeniu uroczystości? – zapytał oskarżyciel.

– Do karczmy naprzeciw gimnazjonu. Virion chełpił się, że może się już nie kryć i nie zamawiać wina do talerza od zupy.

– Do czego?

– Miał taki sposób wykorzystujący kodeks honorowy. Kazał gospodarzowi nalewać wino do talerza od zupy. I pił łyżką.

– Noooo... Dowodzi to chyba stopnia degeneracji oskarżonego. – Oskarżyciel rzucił szybkie spojrzenie na sędziego i ławników. – A co oskarżony mówił?

– Był czymś wyraźnie zdenerwowany. Kręcił się, bez przerwy wpatrywał w okno. A kiedy pojawiły się dziewczęta, wstał i wyszedł natychmiast.

– Czy coś mówił?

– Powiedział, że jeszcze nie czas na ostateczne rozwiązanie pewnego problemu. Ale kto wie? Może to nastąpić i dzisiaj.

– Jesteś pewny, że użył tych właśnie słów?

– Tak, panie. Wyglądał jak człowiek, który planował coś od bardzo dawna i jeszcze nie był do końca gotowy na realizację tego planu. Ale jeśli tego dnia coś miałoby pójść nie po jego myśli, to może od razu przystąpi do dzieła. Już, natychmiast.

Oskarżyciel wystudiowanym gestem pokiwał głową. Potem zamyślił się głęboko, by w końcu szeroko rozłożyć ręce.

– Jak myślisz, młody człowieku – podjął – czy mogło być tak, że Virion od dawna planował swoje zbrodnie uwieńczone rabunkiem skarbu ojca i ucieczką? Jeszcze nie był do końca gotowy, być może chciał przedstawić swój plan przyjaciołom: Partemu i Aride. Potrzebował wspólników, umówił schadzkę w ustronnym miejscu i zamierzał ich nakłonić do współudziału. A kiedy wyjawił im swoje niecne zamiary, ta dwójka, zamiast zgodzić się na udział w zbrodni, zareagowała oburzeniem. Być może nawet chcieli iść do straży. No i wtedy Virion, nie mając po prostu innego wyjścia, wobec groźby ujawnienia swoich knowań, po prostu ich pozabijał?

– Tak pewnie było, panie. Było, jak mówisz, panie.

– Oskarżyciel właśnie pyta świadka o jego domysły, cesarski sędzio. – Talus, mimo że nie powinien się odzywać, nie wytrzymał.

– W rzeczy samej. – Sędzia wyraźnie był ugodowy. – Przejdź do innych pytań, oskarżycielu.

Dalsze zeznania Agisa miały ten sam charakter. Stek łgarstw, przeinaczeń, interpretacji, których się po nim spodziewano. I ani jednego spojrzenia na Viriona. Doradca prawny nie był tym faktem zdziwiony. A nawet nachylił się do ucha swojego podopiecznego, żeby wyjaśnić:

– Rodzice twojego niedawnego kolegi najwyraźniej chcą, żeby ich syn mógł dalej żyć w tej społeczności. I kazali mu opowiedzieć się po jednej ze stron. Tej, która wygra, oczywiście.

– Nawet za cenę kłamstwa i zrobienia z siebie świni?

– Nawet. – Talus uśmiechnął się smutno. – Wybór miał, ale mężczyzną to on nie jest po prostu.

Kiedy Agis skończył swój żenujący występ, powołano Elopa. Ten czuł się swobodniej. Po jego minie jednak widać było, że ma jakiś sprytny plan.

– Czy potwierdzasz to, co usłyszeliśmy o pijaństwie Viriona? – zaczął oskarżyciel.

– Potwierdzam! – brzmiała szybka, zdecydowana odpowiedź. – I to nie pił wyłącznie wina. Pił i namawiał nas do picia gorzałki!

– Czego?

– Wódki! Siwuchy. Bardzo mocnego alkoholu, którego kubek potrafi zamieszać w głowie i zatruć zupełnie myśli.

Jasne, proste wypowiedzi bez żadnego wahania.

– I piłeś wraz z nim?

– Raz. – Elop nie miał problemu z patrzeniem ani na doradcę, ani wprost na Viriona. – Bo nie wiedziałem, co to jest. On pił wódkę notorycznie!

To było kłamstwo w żywe oczy. To był krzywoprzysięzca, który się nie bał własnego cienia.

– I jak to tak, nie obawiał się, że ktoś odkryje jego nędzny proceder?

– Znalazł karczmę przy porcie rzecznym. Taką dla motłochu. Kazał postawić ławę na zewnątrz, od podwórka. Był bardzo bogaty!

– Co jeszcze o nim powiesz?

– Grał na wyścigach, panie. Ale nie chciał rozmawiać z ludźmi, którzy pośredniczyli w zakładach, bo jak twierdził, jest zbyt wysoko postawiony. Dlatego skłaniał mnie do pośrednictwa.

Ach, tu się krył sprytny plan Elopa. Widocznie strażnicy przepytali hazardzistów przyjmujących zakłady poza torem wyścigów i wyszło, że tam bywał.

– I godziłeś się pośredniczyć?

– Uważałem go za swojego przyjaciela. A on, jak nie grał, to dostawał gorączki. Przekazywał mi różne sumy i kazał stawiać.

– Czy można to jakoś poświadczyć?

– Tak, panie! Jest wiele osób, które potwierdzą, że dawał mi ciągle pieniądze. I ani jednego świadka, który poświadczyłby, że widział, żebym mu kiedykolwiek zwracał!

Skurwysyn! Na szczęście Virion nie powiedział tego głośno. Niby nie da się pogorszyć losu więźnia, ale zawsze można jednak orzec chłostę za obrazę sądu.

– Rozumiem. Co jeszcze możesz powiedzieć o oskarżonym?

– To na pewno on. Zawsze powtarzał, że wszystkich ludzi trzeba pozabijać!

– Wszystkich?

– No, mówił o tych, którzy byli akurat w zasięgu wzroku. Twierdził, że ludzie są brzydcy i głupi. I właściwie zabicie ich będzie aktem miłosierdzia.

– Tak mówił, będąc pijanym?

– Nawet jak był trzeźwy.

– Czyżby więc bywał czasem trzeźwy? – zapytał Talus.

– Bardzo rzadko, panie. To zdarzało się wyjątkowo rzadko.

– I akurat wtedy mówił o chęci mordowania?

– Dość, panie doradco – przerwał Talusowi sędzia. – Oskarżycielu, proszę.

– Co mówił Virion feralnego dnia w karczmie?

– Mówił, panie, że od dawna miał pewien plan i zamierza go zrealizować. Nazwał go „ostatecznym rozwiązaniem swoich kłopotów". Ale musi z kimś porozmawiać, bo jeszcze nie jest do końca gotowy. I w zależności od tego, jak pójdzie rozmowa, może już dzisiaj nastąpi ostateczne rozwiązanie.

Ale gnój. Siedział przecież na sali i słyszał poprzednie sugestie oskarżyciela. To i mówił, co trzeba.

– Czy Virion byłby zdolny do zabicia własnych rodziców? Czy kiedykolwiek o tym wspominał? Czy mówił o złości wobec nich?

– Wielokrotnie mówił, że rodzice go wkurzają. Oczywiście użył innego słowa, którego tutaj nie mogę powtórzyć. Mówił, że są dla niego jak obcy. Ojca nigdy nie ma w domu, matki też właściwie nie widuje. Mówił, że go nie rozumieją, że w żaden sposób nie może się z nimi dogadać. Podkreślał wręcz, że to dla niego obcy ludzie.

– To wszystko w takim razie. – Oskarżyciel długo i znacząco patrzył na Viriona. – Proszę o przepytanie następnego świadka.

Sędzia skinął głową. Na opuszczone przez Elopa miejsce podeszła Alesa. W jej przypadku nikt z obecnych na sali nie mógł mieć wątpliwości, jakie zeznania złoży. Patrzyła na Viriona z mieszaniną nienawiści i wściekłości.

– Czy znasz siedzącego tu...

Nie dała nawet dokończyć oskarżycielowi.

– Tak, znam! Znam tę szuję, tego niegodziwca parszywego!

– Proszę, powstrzymuj się od takich określeń.

Alesa potrząsnęła głową.

– Tak, znam oskarżonego bardzo dobrze. On nienawidził Partego, który był fajnym chłopakiem. Jego koledzy opowiadali mi, że Parte zawsze z nim wygrywał w gimnazjonie. A ta szuja zazdrościła mu tych zwycięstw. I jeszcze drugiej rzeczy mu zazdrościła. I wkradła się do życia Partego, udając przyjaźń, łżąc, wślizgując się jak wąż w jego życie. On już wtedy chciał zabić Partego.

– A jakiej drugiej rzeczy zazdrościł Virion koledze?

– Miłości Aride. Ta świnia ją sobie upatrzyła i nie mogła znieść myśli, że nasza biedna Aride kocha innego. Każdy, kto bezstronnie patrzył z boku, widział, jak gotuje się w nim nienawiść. Wiedział też, że to się źle skończy.

– Ona kłamie! – szepnął Virion do swojego doradcy.

– Wiem – padła sucha odpowiedź Talusa.

– A czy sąd wie?

– A jakie to ma znaczenie? Sąd jako człowiek pewnie wie, a sąd jako sąd słucha i musi odnotować w aktach sprawy.

– To co zrobimy?

– Najlepszym wyjściem byłoby podpalenie tej budy – Talus wysilił się nawet na żart. – Ale nie wziąłem ze sobą krzesiwa.

Więc tak to wygląda? Każdy mówi, co chce? Każdy świadek może dowiedzieć się, co mówili poprzednicy, i odpowiednio dostosować swoje zeznania? Nikt nie stawia tamy wymysłom?

– Czy Virion pił? – zainteresował się oskarżyciel.

– Nie trzeźwiał! I to nie pił wcale wina, tylko tę, no, wódkę z najgorszej speluny! Zawsze od niego śmierdziało! Nawet jak mi opowiadał o swoich planach, to nie mogłam stać za blisko, taki był odór.

– Czy był wybuchowy?

Virion drgnął zaskoczony. Dlaczego oskarżyciel nie zapytał: a jakie to były plany? Ot, ciekawostka. Ale zaraz sam udzielił sobie odpowiedzi. To jasne. Nie chciał, żeby dziewczyna w swoich konfabulacjach zaszła za daleko, pchana zajadłością. Stałoby się jasne, że opowiada głupoty.

– Wybuchowy? To mało powiedziane. – Alesa zacisnęła na chwilę szczęki. – Już podczas naszego spotkania, kiedy Parte go nam przedstawił, nie zamykała mu się gęba. Nie dopuszczał nikogo do głosu. Ba, wręcz pastwił się nad swoim „przyjacielem". Widziałam, że go nienawidzi. Ale biedny Parte był takim dobrodusznym, uczciwym młodzieńcem. Niczego nie podejrzewał. Poczciwa naiwność zaprowadziła go wprost pod miecz tego potwora!

Virion oparł się o ścianę. Powoli rozmasował sobie twarz. Jak długo jeszcze potrwa ten cyrk?

Długo. Po Alesie zeznawało jeszcze osiem jej koleżanek. Każda kipiała zajadłą nienawiścią i każda mówiła pod dyktando oskarżyciela. To, że był potworem ziejącym nienawiścią, już wszyscy wiedzieli. I choć opisywały to samo różnymi słowami, żadna ze świadków nie wniosła niczego nowego. Poza jedną.

– A mój ojciec – powiedziała na zakończenie – był przyjacielem nauczyciela kaligrafii zatrudnionego przez ojca Viriona.

– A co to ma do rzeczy? – Nawet oskarżyciel zdawał się zaskoczony.

– Kiedyś ten nauczyciel strasznie się upił i wyznał ojcu, że Virion od urodzenia włada równie dobrze lewą ręką, jak i prawą! Potrafi na przykład pisać i lewą, i prawą. Równie dobrze!

Dziewczyna triumfalnie popatrzyła na oskarżonego. Zarzut rzeczywiście poważny. Ale niestety, trudny do udowodnienia, skoro sam zainteresowany został już przecież ostrzeżony. Sędzia tylko się skrzywił.

– Skoro to wszystko na dziś, to ogłaszam przerwę w rozprawie. Spotkamy się ponownie w terminie, który podam niebawem – powiedział.

Strażnicy po wyjściu składu sądu zaczęli wypuszczać świadków. Dwóch z nich zawiązało Virionowi ręce.

– I jak? – zapytał swojego doradcę.

– Na razie mogę powiedzieć, że żyjesz dotąd jedynie dzięki ukrytemu skarbowi. Ale nie czas jeszcze na rozstrzygnięcia.

Virion wrócił do swojej klatki rozżalony na cały świat.

– Uch. – Melikles wstał na jego widok. – Właśnie się dowiedziałeś, jakim to szubrawcem jesteś?

– Tak właśnie.

– I to z ust najbliższych przyjaciół? – Starzec domyślił się błyskawicznie.

– Ano.

– No to teraz widzisz. Nic cię już nie trzyma na tym łez padole.

– Jesteś dobrym pocieszycielem, stary.

– A ty naiwnym ciasteczkiem, młody.

Z dalszą rozmową zaczekali, aż strażnicy oddalą się poza zasięg słuchu. Potem Virion streścił to, co się stało na sali sądowej. Starego wyspiarza nieszczególnie dziwił przebieg wydarzeń. A kiedy Virion zaczął pomstować na Talusa, nawet wziął go w swoją obronę.

– On niewinny, chłopcze. Tobie się wydaje, że powinien każdego z nich zasypać gradem pytań, udowodnić kłamstwo, skonfrontować jednego z drugim i zamotać tak, żeby się pogubili w swoich kłamstwach.

– A nie tak powinno być?

– Owszem. W jakiejś tam mitycznej idylli tak. Ach, tfu. W idylli nie ma sądów przecież.

– Ale coś mógł zrobić.

– Przecież sam widzisz, jak działa system. Udowadnianie świadkowi, że kłamie, będzie może możliwe za tysiąc lat. – Starzec uśmiechnął się kpiąco. – Ale tylko i wyłącznie na kartach kronik! Ha, ha, ha!

– Ty tak poważnie?

Melikles zrozumiał, że musi powstrzymać sarkazm, inaczej straci sympatię chłopaka. Uspokoił się i usiadł tuż pod swoją kratą.

– Posłuchaj mnie. Znałem kiedyś wybitnego prawnika z Syrinx. Dużo gadaliśmy, prowadził zresztą kilka moich spraw przed sądami.

– O oszustwa?

– Oj, to były oszustwa, ale nie takie, jak myślisz. To ja zlecałem sprawy przeciwko innym.

– Rozumiem.

– No i ten prawnik mi szczerze powiedział, że jak świadek zaczyna kłamać, to on od razu przestaje go męczyć. Bo dalsze przesłuchanie nie ma sensu.

– Dlaczego?

– Jest taka stara prawnicza zasada: „nie pytaj, nie pytaj, bo się dopytasz".

– Nie rozumiem.

– To proste. Możesz zadać w sądzie tylko takie pytanie, na które z całą pewnością znasz dokładną i precyzyjną odpowiedź. Inaczej nigdy nie dopytuj.

Virion wzruszył ramionami. Nie był w nastroju do wgłębiania się w prawniczą filozofię. Trudno pogodzić się z myślą, że każdy może przyjść, nałgać i wyjść bezkarnie. Ale z drugiej strony... Pamiętał pytanie, które zadał instruktorowi ktoś w gimnazjonie. Jeden z kolegów był ciekawy, czy jak już ukończą naukę, to czy będą dobrymi żołnierzami. Tamten jedynie prychnął w odpowiedzi. „W wojsku nie liczą się wasze umiejętności" – powiedział. „Tylko mores i liczba pik, którą wystawisz w polu".

Chciał coś powiedzieć staremu, ale ten wstał nagle i przycisnął twarz do kraty.

– Ale granda! – mruknął. – Ty patrz! Sam naczelnik tu do nas zawitał!

Virion odwrócił się gwałtownie. Rzeczywiście. Tuż pod ścianą, z dala od rąk skazańców spod podłogi, którzy wykrzykiwali bezeceństwa, dwóch strażników prowadziło przerażoną do granic możliwości dziewczynę. A za nimi naprawdę kroczył sam naczelnik więzienia. Usiłował nie zauważać lasu dłoni gestykulujących gwałtownie ani nie słyszeć wrzasków z propozycjami dla dziewczyny. Ona sama jednak słyszała. I jeśli był to pomysł na sterroryzowanie nowej, to udał się w całej rozciągłości.

– Witamy, panie naczelniku! – wydarł się Melikles. – Witamy w naszych skromnych progach!

Dziewczyna była bliska omdlenia. Strażnicy otworzyli jej drzwi klatki tuż obok, powoli rozwiązywali ręce.

– Czy mój kat już przyjechał? – krzyczał stary. – Uprzejmie donoszę, że spóźnia się na umówione spotkanie!

Ani jeden mięsień nie drgnął na twarzy naczelnika. Najwyraźniej cała scena była zaaranżowana nie dla ich oczu. To młoda skazana była ewidentnie adresatką przedstawienia i jego wyłączną widownią.

Strażnicy zamknęli klatkę, naczelnik sprawdził osobiście. A potem cała trójka bez słowa zaczęła się oddalać.

– Nie zdążyli się panowie rozgościć! – wydarł się znowu Melikles. – A prośbę mieliśmy, żeby powiesić kucharza! Zapraszamy jednak ponownie!

– Przestań – powiedział Virion. – Nawet nie mrugnął.

– Ale słyszał. Niech wie, że sobie z nich pokpiwam.

– Akurat o tobie myśli. Sen z oczu mu spędzasz.

– O, jaka uszczypliwość. – Wyspiarz spojrzał na chłopaka z pewną dozą uznania. – Żebyś ty widział, jak się zmieniłeś przez ten cały czas. Zmężniałeś, rzec by można.

– To pod wpływem twoich bezeceństw.

– Mój chów – uśmiechnął się Melikles. – Ale teraz dowiedzmy się, kogo nam tu przysłali dla rozrywki.

Virion przywitał się grzecznie i przedstawił. Dziewczyna jednak nie reagowała. Stała wstrząśnięta na środku swojej klatki, nie wiedząc, gdzie ma spojrzeć. W oswojeniu nie pomagały wulgarne okrzyki dobiegające ciągle spod kraty w podłodze.

– Spokojnie. Ich stamtąd nie wypuszczają.

Nic.

– My też ci nie zagrozimy. Za duże odstępy między kratami. Nawet jeślibyśmy się oboje postarali, to nasze dłonie się nie zetkną.

Żadnej reakcji.

– Hej, my też jesteśmy skazańcami. Powiemy ci, co i jak.

Ciągle nic.

– Ten stary tam to oszust. Nie jakiś tam szczególny zbrodniarz zwyrodnialec.

– Ale ten obok ciebie to morderca! – krzyknął Melikles.

– Nie pomagasz – warknął Virion i zwrócił się znów do przerażonej dziewczyny: – Nie jestem mordercą. Wrobili mnie.

I nareszcie coś. Dziewczyna na krótką chwilę zerknęła w stronę Viriona.

– A ty za co siedzisz? – zapytał z łagodnym uśmiechem.

– Za nic – odpowiedziała.

– Łże! – zawołał Melikles. – Za nic dają rok pierdla, konfiskatę mienia i sadzają w pawilonie, a nie w tej rzeźni!

– Nie kłamię.

– Wierzę ci – powiedział Virion.

A Melikles rozdarł się znowu.

– To prowokator! I tyle.

– Przestań. Dziewczynie trzeba pomóc.

– To masz opanowane. Poproś, niech przyniosą bronę, każ położyć zębami do góry i rzuć tam dziewczę plecami na ostrza. Pomożesz najlepiej, jak umiesz.

Virion chciał coś powiedzieć, ale nagle tysiące skojarzeń zablokowało mu umysł.

Powinien po takich słowach poczuć, jak odzywa się głęboka rana. Nie poczuł.

Powinien odczuwać żal, smutek, samotność i potworną bezradność. Nie czuł niczego.

Powinien uznać, że stary nie ma racji. Nie uznał.

Jedyne, co zrozumiał, to że skoro pojawiła się nowa, to on stał się już „swój". Był „starym wyjadaczem", więźniem, który myśli inaczej niż reszta ludzi na świecie. Był zbyt zdziwiony tym, co podsuwał mu własny umysł, by jakoś szczególnie się przejąć.

– A skąd oni wezmą bronę w więzieniu? – odkrzyknął jedynie. – Ocipiałeś?

– A stąd, skąd biorą prowokatorów. Z wolności.

– Ona jest nieświadomym prowokatorem.

– A co za różnica? – Brodaty wyspiarz pomstował w najlepsze. – Myślałem, że chłopców z Syrinx stać na więcej. Młoda kobieta, wrobiona, powinowactwo dusz, miłość i wspólnota serc w podobnej sytuacji. Chłopaki liczą, że się zakochasz i wszystko jej wyśpiewasz.

– Nie chłopaki, tylko baba.

– Myślisz, że głupia? – Melikles nagle zastanowił się nad czymś. – Masz rację. Pani prefekt na pewno ma bardziej perfidny plan.

Rozdział 5

Kolejny dzień rozprawy właściwie nie przyniósł niczego nowego. Kilku kolegów Viriona zeznawało w zależności od chęci przypodobania się albo sądowi, albo rodzicom, którzy kazali im kategorycznie odciąć się od sprawy. W ich opowieściach był notorycznym pijakiem, człowiekiem gwałtownym, skorym do wybuchów, nienawidzącym otoczenia, skrytym i podstępnym. Jedynie dwóch zachowało się w miarę przyzwoicie, twierdząc, że tak naprawdę to nie znali Viriona. Nie wiedzą, jaki jest, nie przyjaźnili się z nim, nie mają żadnej wiedzy na temat jego skłonności i niczego do toczącej się sprawy nie wniosą. Przynajmniej tyle.

Dziewczęta zeznawały według wzorca. W przypadku większości z nich Virion nie pamiętał nawet twarzy, nie kojarzył imion. A jednak z ich słów wynikało, że wszystkie znały go znakomicie i od dawna. Oczywiście, że był alkoholikiem i potworem. Przysięgały na to z wysoko uniesionymi czołami. Jedna z nich nawet myliła Viriona z Talusem mimo znacznej różnicy wieku. Bo to w doradcę prawnego właśnie mierzyła palcem, póki nie powstrzymał jej oskarżyciel.

Sam Virion siedział spokojnie. Jego umysł szybował w czymś, co przypominało trochę tunel. Żadnych uczuć, żadnych emocji, totalne zobojętnienie. Świat płynął gdzieś sobie, a ściany dokoła chroniły chłopaka przed bodźcami z zewnątrz. Melikles wyjaśnił mu nawet, co to jest. Długi pobyt w więzieniu powodował po prostu rezygnację. Obezwładniającą uczucia, kojącą i błogosławioną. Szaloną czasami w ukazywaniu swej mocy. Chroniącą jednak jak pancerz. Niech wszystko płynie, jak chce. On sam, zdawało się, czuł się bezpieczny w swoim tunelu.

Zmiana nastąpiła dopiero w połowie dnia. Po raz pierwszy też oskarżyciel poczuł się niezbyt pewnie.

– Cesarski sądzie – powiedział – z listy wynika, że powinienem teraz przesłuchać świadka, którego nie wzywałem.

– Ten świadek sam się zgłosił – wyjaśnił sędzia.

– Ale ja nic o nim nie wiem. Nie ma go na sali.

– Czeka w korytarzu. Został zapisany przez radę ławników.

Oskarżyciel nie wiedział, jak się zachować. Zerknął na Talusa, ale ten był równie zaskoczony. No trudno, nie było wyjścia.

– Świadek Lirion. Jak tu mam napisane: „ostatni człowiek, który widział oskarżonego przed zniknięciem".

Virion drgnął. No to teraz będzie jazda. Lirion... Człowiek, który z nikim się nie przyjaźnił, wszystkimi pogardzał, w nic się nie angażował. Nieprzyjemny, kostyczny, wyrachowany. Ten dopiero mu przyłoży.

Wejście nowego świadka nie poruszyło osób siedzących w sali rozpraw. Dla nich wszystko przebiegało zgodnie z rutyną.

– Spróbujmy coś wstępnie ustalić – westchnął oskarżyciel. – Ty jesteś osobą, która widziała oskarżonego w feralnym dniu jako ostatnia. Nie mylę się?

– Nie mylisz.

– „Nie mylisz się, panie" – poprawił go oskarżyciel.

Lirion skrzywił się nagle.

– Czy zwrot „panie" jest związany z funkcją?

– Nie, nie jest związany z moją funkcją. To jednak wymagana oznaka szacunku.

Świadek nie miał wątpliwości.

– No to okaż szacunek mnie również... panie. Jestem szlachetnie urodzony.

Oskarżyciel wybałuszył oczy. Jakby w poszukiwaniu pomocy popatrzył na sędziego. Ten jednak wzruszył ramionami i prawie niezauważalnym gestem rozłożył ręce. Tylko Talus uśmiechnął się kpiąco.

– Skąd wiesz, że byłeś ostatnim człowiekiem, który spotkał oskarżonego w tamtym dniu? – oskarżyciel zadał swoje pytanie, ale wobec milczenia świadka dodał: – Panie.

Sędzia, czując, że to zaczyna być śmieszne, powiedział:

– Zakazuję wam obu używania tej formy. Niech świadek odpowie.

– Ponieważ nikt potem już go nie widział.

– A skąd o tym wiesz?

– Od świadków, którzy uczestniczyli w rozprawie pierwszego dnia. Rozpowiadają wszystkim o tym, co wiedzą. Całe miasto tym żyje.

– Dobrze. Opowiedz nam, co się wydarzyło.

– Spotkałem Viriona przypadkiem idącego ulicą. Był cały we krwi. Zaproponowałem pomoc w opatrzeniu ran. Ale Virion odmówił zdecydowanie. Ponowiłem propozycję, a on kazał mi odejść.

– I co zrobiłeś?

– Odszedłem. Po kilkunastu, kilkudziesięciu krokach zatrzymałem się i zacząłem myśleć, co powinienem zrobić.

– W którą stronę odszedł oskarżony?

– W stronę miasta. A ja ciągle stałem, nie mogąc się zdecydować. A potem byłem jednym z pierwszych ludzi, którzy przybiegli na miejsce tej tragedii.

– Jakim cudem?

– Kowal, na którego posesji leżały brony, wszczął alarm. Pobiegłem tam i byłem na miejscu razem z pierwszymi strażnikami.

– Jaki czas minął od waszego rozstania – oskarżyciel zerknął na Viriona – do chwili, kiedy kowal podniósł alarm?

– Trudno powiedzieć. Jakieś dwadzieścia, może trzydzieści modlitw.

– Zaraz. Mówisz, że przez tak długi czas stałeś nieruchomo na ulicy?

– Nie twierdzę, że nieruchomo. Dłubałem w nosie, podrapałem się za uchem. Ale więcej ruchów faktycznie nie pamiętam, żebym wykonywał.

Lirion jawnie pokpiwał. Ale sędzia nie przerywał. Oskarżyciel natomiast zmienił taktykę.

– Czy Virion pił?

– Jak wszyscy. Do wyczynowców w piciu nie należał.

– Czyli ty też piłeś?

– Nie tykam alkoholu. Ale jestem w tym absolutnie odosobniony, jeśli chodzi o skład gimnazjonu.

– Masz na myśli oczywiście uczniów?

– I uczniów, i nauczycieli, i samego mistrza, i wszystkich związanych z tym miejscem. Jeden z mędrców tak już nadużywał, że przestawał kontrolować wydalanie i ciągle odwoływano jego zajęcia.

Oskarżyciel szybko spojrzał na skład sędziowski.

– Stwierdzam, że świadek niczego nie wnosi do sprawy. Nie mam więcej pytań.

– W takim razie ja mam pytanie. – Cesarski sędzia wiedział dobrze, że jemu to już Lirion nie ośmieli się podskoczyć. – W którą stronę odszedł Virion, mówiłeś?

– W stronę miasta.

– Jak oceniasz jego stan?

– Był wstrząśnięty, zszokowany. Nie byłby w stanie walczyć dalej.

– Rany na to nie pozwalały?

– Tego nie umiem określić, cesarski sądzie.

– Czy Virion był porywczy?

– Nie był. To normalny człowiek, trochę nieśmiały, bardzo rozsądny i w sumie fajny facet. Jeden z nielicznych, który umiał myśleć.

– Przyjaźniliście się?

– Nie. Z tego, co widziałem, przyjaźnił się z Agisem, Elopem i ostatnio z Partem.

– Czy to prawda, że Parte zawsze pokonywał Viriona w gimnazjonie?

– Tak, to prawda. Parte jednak oszukiwał i nie walczył w rytm taktomierza. Virion walczył zgodnie z wymogami. I zawsze był ciut do tyłu.

– Nikt tego nie zauważył?

– Ja widziałem. Ale zwracanie uwagi instruktorom było bezcelowe. Oni sami nie potrafili ćwiczyć w rytm. To prowincjonalny gimnazjon.

Virion poczuł gdzieś w sobie irracjonalną radość. Ktoś jeszcze wiedział, że taktomierz jest przez wszystkich ignorowany. Że stał tam jako ozdoba. Czyli... to nie z nim było wtedy coś nie w porządku. Znalazł się jeszcze ktoś, kto wiedział, że wszystkie te ćwiczenia są zupełnie bez sensu!

– No dobrze, a co zobaczyłeś na miejscu zbrodni?

– To była niezaplanowana przez nikogo tragedia, cesarski sądzie. Nie wiem, co się wydarzyło, ale jestem przekonany, że śmierć Aride to straszny przypadek. Kiedy dobiegłem do tego placu razem ze strażnikami, zobaczyłem leżące obok wiadro. Prawdopodobnie kiedy Virion walczył z Partem, dziewczyna zarzuciła mu to wiadro na głowę. A mając nieznanego przeciwnika z tyłu, Virion chyba chwycił go za nadgarstki i nic nie widząc, przerzucił sobie przez głowę. A gdzie spadła... to już była wola Bogów.

– A jak to się stało, że Virion, który zawsze przegrywał z Partem, nagle z nim wygrał?

Lirion uśmiechnął się oszczędnie.

– Ćwiczenia ćwiczeniami, a prawdziwe życie życiem. Na placu boju okazało się, który z nich to mężczyzna.

Z Viriona uszło powietrze. Pocieszająca rezygnacja ustąpiła miejsca kłębiącym się myślom.

Natomiast oskarżyciel nagle dostrzegł swoją szansę. Znał przecież zeznania strażników.

– Czy na miejscu zbrodni zauważyłeś miecz Viriona? – zapytał.

– Nie. Miecza nie było. – Lirion zorientował się błyskawicznie w grze tamtego. – Ale mogę też przysiąc, że Virion, idąc ulicą, nie miał przy sobie miecza.

– A skąd możesz wiedzieć? Mógł ukryć pod szatą.

– Nie mógł. Miał na sobie tylko tunikę.

– Mógł przywiązać broń do ciała. Obmacałeś go?

– Nie. Ale on był tak wstrząśnięty, że nie byłby w stanie realizować jakiegokolwiek planu.

– To tylko słowa.

– Dość – przerwał oskarżycielowi sędzia. – Świadek może odejść.

Lirion jednak nie chciał tak od razu wyjść.

– Cesarski sądzie, czy mogę jeszcze powiedzieć trzy słowa?

– Trzy.

Lirion podszedł do Viriona i po raz pierwszy spojrzał mu w oczy.

– Pamiętaj – szepnął. – Ja się nie sprzedałem.

– To było pięć słów. – Sędzia patrzył na nich zasępionym wzrokiem. – Ale nie skażę cię za obrazę sądu. Wyjdź – rozkazał sucho.

Lirion ukłonił się z szacunkiem i nie zaszczycając już nikogo nawet spojrzeniem, ruszył do wyjścia.

Talus cmoknął. Potem nachylił się i szepnął:

– Odważny ten twój kolega. Na szczęście nie wrobią go we współudział, bo resztę tamtego dnia spędził przesłuchiwany przez strażników.

– A groziło mu to?

– Patrz tylko, co się stanie.

Pozostali świadkowie, którzy zeznawali dalej tego popołudnia, nagle w cudowny sposób przypomnieli sobie o jeszcze jednym „bliskim" przyjacielu oskarżonego. Właściwie według ich zeznań Virion z Lirionem chlali i spiskowali od samego zarania. Mimo że nikt dotąd nie wymienił ani razu imienia Liriona, od tej chwili stało się jasne, że obaj stanowili jedną bandę degeneratów i nienawistników.

Był już późny wieczór, komenda przy więzieniu wyludniała się powoli. Wszyscy poza zmianą aktualnej warty i pełniącymi dyżury poszli już do swoich domów. Jedynie naczelnik siedział w swoim gabinecie. Nie wypełniał żadnych papierów, nie przeglądał akt, po prostu siedział zapatrzony w ledwie już odcinające się od ciemniejącego nieba szczyty wzgórz nieopodal.

Drgnął, kiedy ktoś zapukał do drzwi.

– Wejść!

– Wybaczcie, że przeszkadzam o tak późnej porze. – Filas nie bardzo wiedział, czy wybrać oficjalny salut, czy raczej ukłon. Zrobił jedno i drugie naraz. Oczywiście ani jedno, ani drugie nie wyszło za dobrze.

– Chodź, chodź, siadaj.

Filas z jakiegoś powodu krępował się siadać.

– Widzę, że dwóch staruchów jakoś nie ciągnie do domu jak młodych. – Naczelnik skrzywił się i jeszcze raz wskazał mu miejsce. – Cóż cię niepokoi?

– Przyszedłem zdać raport. – Łysy strażnik wił się w zagmatwanych konwenansach regulaminu. – Ale bez formy pisemnej.

Teraz dopiero naczelnik zainteresował się naprawdę. No tak. Prywatna informacja. U, szlag. Ani przyjąć, ani odrzucić.

– No to mów – zachęcił Filasa po chwili wahania.

– Przyszedłem jedynie, żeby przekazać wam, panie, jakie rozkazy na jutro wydała mi imperialna prefekt.

Niebywałe. Strażnik przyszedł poinformować naczelnika o rozkazach ich zwierzchnika. Nie powinien. Sama prefekt mogła powiedzieć naczelnikowi, gdyby chciała. Wniosek więc, że nie chciała. A Filas gubił się teraz w zawiłościach struktury władzy. Z jednej strony podlegał wyłącznie naczelnikowi, z drugiej pani prefekt mogła robić, co chciała. No ale... Prefekt prędzej czy później wyjedzie, a strażnik pozostanie tutaj sam, bez jej wsparcia, na łasce i niełasce swojego dotychczasowego szefa. Stary postanowił więc złamać regulamin, a właściwie go nagiąć, i to tak, że skostniała struktura zatrzeszczy mocno. Naczelnik też nie powinien przyjmować jego słów do wiadomości, szczególnie tutaj, gdzie każda ściana miała uszy. I to długie.

Po chwili namysłu naczelnik pokazał palcem swoją skroń. Filas natychmiast obszedł stół i nachylił się nad swoim przełożonym. Zaczął szeptać.

Był bardzo rzeczowy. Cała relacja nie zajęła nawet jednej modlitwy. Dopiero potem wyprostował się, wrócił na swoje miejsce, a kiedy szef skinął palcem, odważył się nareszcie zająć krzesło naprzeciw.

Naczelnik długo analizował to, co usłyszał.

– Bardzo dobrze, że do mnie przyszedłeś – powiedział wreszcie. – Bardzo dobrze. Będę o tym pamiętał.

Hm. Niby co on tam mógł wobec imperialnej odprawy? Ale... Coś jednak mógł. I Filas właśnie na życzliwość swojego dowódcy liczył. Mądry, doświadczony fachowiec, który zęby zjadł na komendzie. Jak odejdzie, będzie go tu bardzo brakowało. Ale to już kłopot następcy naczelnika.

– Panie, czy...

– A to sprytna baba! – przerwał mu naczelnik i zaczął się śmiać.

– Myślisz, panie, że jej plan się uda?

– Tego nie wiem. Widzę jednak, że wzorowo zabezpieczyła się przed konsekwencjami, jeśli plan się nie uda.

– A czy...? – Filas wytarł szmatką swoją spoconą łysinę. – A czy my jesteśmy zabezpieczeni? – zapytał nieśmiało.

– A widzisz! – Naczelnik zadowolony podniósł wskazujący palec. – Dzięki temu, że przyszedłeś do mnie, teraz już tak.

Stary strażnik jeszcze nie czuł ulgi.

– Ja dostałem wyłącznie rozkaz ustny – powiedział.

– Oczywiście, że nie da ci niczego na piśmie. Niczego ci nie podpisze w tej kwestii. – Naczelnik nie tracił humoru. – Ale nie martw się. – Z zadowoleniem obserwował zdziwienie podwładnego. – Rozkaz na piśmie dam ci ja!

– Panie! – Filas aż podskoczył. – A co będzie z tobą w takim razie?

W odpowiedzi usłyszał głośny śmiech.

– Dziękuję za twoje słowa, Filasie. I ja dla siebie znajdę rozkaz na piśmie.

– W jaki sposób, panie?

– Tak sformułuję słowa, że mi podpisze i przypieczętuje.

– Jesteś pewny, panie? To bardzo inteligentna kobieta.

– Wiem, że bystra. Mądrzejsza od dziesięciu przeciętnych mężczyzn w resorcie. A poza tym ambitna. Z bolącą raną spowodowaną tym, że zawsze uważa się ją w Syrinx za gorszą wyłącznie z powodu jej płci. A ja zamierzam jej pomóc.

– Oby twoje rachuby się powiodły, panie. Obyś miał rację.

– Widzisz, Filas, pozwoliłem sobie zebrać dużo informacji na jej temat. Córeczka bogatego i bardzo władnego tatusia, nie mogła ścierpieć tego, że traktują ją niepoważnie, bo jest babą. No niestety. Los nie dał jej penisa. Ale ona udowodni wszystkim, że jest lepsza niż mężczyzna. Nawet pewien filozof, znawca duszy ludzkiej, wyjaśnił mi, na czym to polega. Ona chce wykastrować wszystkie ogiery w swojej stajni.

– O Bogowie!

– Nie bój się, przyjacielu. My obaj już starzy. My jej nie wkurwiamy tak jak koledzy z Syrinx i nie będzie nam niczego udowadniała.

– No to Bogom niech będą dzięki.

– Wiele się dowiedziałem – ciągnął naczelnik. – Ojciec wkręcił ją na stanowisko. A cóż robi prefekt w Syrinx? Przez całe swoje zawodowe życie rozwiązuje jakieś dwanaście, piętnaście spraw. Tam ścisk wielki. Bo sława też wielka i poważanie. A Taida jeździ sobie po prowincji, na mocy danej jej władzy wybiera sobie co ciekawsze kąski, przegląda papiery kurierów z raportami i łapie, co chce. Widziałeś, jak szybko się u nas pojawiła? Ze stolicy by tak nie zdążyła.

– No ale to sprawy prowincjonalne.

– Tak, sławy z tego nie będzie. Za to ona w swoim życiu rozwiąże dwieście, trzysta zbrodni. Inaczej. Zajmie się nimi. No i będzie miała dwieście, trzysta spraw.

– Tylko że Mygarth to nie Syrinx.

– Tak, sławy nie będzie, jak powiedziałem. Ale na papierze ona przeciwko piętnastu sprawom postawi trzysta! I co? Mianują ją nadprefektem. A przy wpływach jej rodziny kto wie? Może i ministrem?

– Kobieta minister? – Filas znowu przesunął dłonią po swojej łysinie.

– Przecież nie złodziejaszków łapie, tylko ważne sprawy bierze. I powiem ci coś ciekawszego.

– Tak, panie?

– Dla niej jest mało istotne, czy w jakimś konkretnym przypadku odniesie sukces, czy nie. Dla niej ważne jest, żeby sprawa stała się głośna. A ta się taka stanie.

Tu akurat nawet zwykły miejski strażnik musiał przyznać rację szefowi. Przez całe swoje długie życie wiele razy widział, jak się robi kariery. Nie pasmo sukcesów jest ważne, tylko rozgłos. Jak w wojsku. Nieważne, czy masz lepszych żołnierzy, czy gorszych. I najlepszym przykładem może być tu ten watażka, co ostatnio na czele paruset konnicy najechał samo Luan wewnątrz granic. Watażka nie żyje, a dowódca, który go z niechlujstwa przepuścił, właśnie awansował. Nieważne bowiem, czy to wygrana, czy przegrana, skoro cesarstwo dalej niezachwiane. Ważne, że dowódca brał udział w głośnej bitwie. A propaganda, czy chce, czy nie, MUSI przerobić to na sukces. Taka bowiem kolej spraw na świecie. Taki porządek rzeczy.

Wszystko, o czym mówił naczelnik, miało sens. I idealnie wpisywało się w politykę metropolii wobec prowincji. A co kogo obchodzi, co się na zadupiu dzieje? I jak się skończyło? Bardziej istotne, kto z naszych maczał w tym palce i dla kogo teraz zaszczyty. Obojętnie więc, co się stanie, wiadomo, że cesarstwo nie przegrywa. Wystarczy tylko wziąć w tym udział. Dlatego też jakkolwiek będzie wyglądać przyszłość, Taida wygra. Byleby tylko głośno było, ale o to można być spokojnym, bo to sprytna kobieta. A czy sprawa mordów zostanie rozwiązana? A kogo to w Syrinx obchodzi?!

Filas po raz kolejny dotknął odruchowo swojej łysiny. Oj, mądry jest nasz naczelnik, pomyślał. A i prefekt sprytna niesłychanie. Dobrze, że dzisiaj, choć długo się wahał, przyszedł tutaj. Więc z tego wniosek, że i on sam niegłupi. Przy dużym ogniu wiele pieczeni można upiec.

– Jeszcze raz ci dziękuję, drogi Filasie, że zwróciłeś moją uwagę na pewne aspekty – powiedział naczelnik. – I bądź pewien, że cokolwiek się stanie, włos nam z głowy nie spadnie.

Popatrzył na starego strażnika i lekko zmieszany dodał:
– Oj, nie bierz tego tak dosłownie.

Lin zabrano z klatki wczesnym rankiem. Wpółprzytomny Virion popatrywał na odprowadzaną dziewczynę, ale nie potrafił znaleźć żadnego racjonalnego rozwiązania. Melikles w ogóle się nie obudził. Wszyscy w więzieniu, a przynajmniej ci, którzy mieli własne cele, spali dobrze. Ten sam rytm, obezwładniająca rezygnacja, tunel obejmujący umysł, w którym człowiek poruszał się dużo wolniej niż świat wokół. To wszystko sprawiało, że emocje i natrętne myśli głuchły nieco, łatwo ustępując miejsca sennym marzeniom.

– Hej! Wstawaj!

Starzec nawet się nie poruszył.

– No podnieś się nareszcie! Zabrali nam Lin.

– O... ooo... szlag. – Wyspiarz otworzył oczy. – A po co?

– Myślałem, że ty mi powiesz.

– Hm, jeszcze mi naczelnik nie meldował. – Melikles powolnymi ruchami usiłował przetrzeć powieki. – Muszę do kogoś napisać, że w tym więzieniu straszny burdel jest.

– Wywlekli ją chwilę temu.

– Jak to wywlekli? – Stary usiadł nagle i spojrzał już zupełnie przytomnie. – Stawiała opór?

– No nie. Ale związali i pogonili biegiem zamroczoną.

Melikles tylko machnął ręką.

– Ciągle nad nią pracują. Chcą doprowadzić do ostateczności.

– Ale po co, skoro już wszystko podpisała?

– Ciii... – Melikles potrząsał głową. – Daj się obudzić.

– Już? – Virion był nieustępliwy.

– Myślę.

Czasem można było z takim współtowarzyszem zwariować. Włączanie się wszystkich funkcji życiowych trwało i trwało. No ale trudno się dziwić. Dobrze, że przynajmniej nie dopadła go poranna chandra. Stan, kiedy człowiek budzi się z błogiego snu i nagle uświadamia sobie, że jedyne, co go czeka, to kilka dni potwornych mąk. A może to już dzisiaj?

– Myślę, że poprowadzili ją, żeby sobie obejrzała salę tortur – powiedział nareszcie Melikles. – Wyjaśnią jej cierpliwie, do czego służą poszczególne narzędzia i co czuje człowiek poddany temu procesowi. A jak mają wyobraźnię, to może pokażą nawet, jak to działa. Być może po prostu mają delikwenta, któremu zasądzono tego typu rozrywkę na dzisiaj. Nie ma to jak pokaz praktyczny.

– Ale po co? Jej sprawa zakończona.

– Do niej może to nie docierać.

– I co chcą osiągnąć?

– Doprowadzić ją do ostateczności. Powiedzieć, że jeśli nie dowie się od ciebie, gdzie jest skarb, to ją wezmą na przedstawienie.

– Ale już w charakterze głównego aktora?

– Mhm.

– Z tym że ja nie wiem, gdzie skarb.

Melikles zaczął się śmiać.

– Póki co wierzę ci jedynie ja. Bo gdybym nie wierzył, to całymi dniami bym cię przepytywał, bo a nuż powiesz i będę mógł donieść.

Virion wzruszył ramionami. Powoli przywykał do więziennego trybu myślenia. Właściwie to wszystko stawało się obojętne w zastraszającym tempie. Czasem miał wrażenie, że zamienia się w jakąś roślinkę o nieskomplikowanych potrzebach. Coś wypić, coś zjeść, wystawić twarz na zbłąkany promyk słońca. A cała reszta niech płynie sobie powoli, gdzie chce.

– Idą! – zawołał Melikles. – Idą.

Virion podniósł głowę. Strażnicy rzeczywiście wracali. Ale bez dziewczyny.

– Po kogoś z nas? – zapytał.

– Po ciebie. Do mnie przyjdą w większej liczbie.

– Też sobie pooglądam?

– Mogłem mieć rację, że mają delikwenta w sali tortur. Nie ma to jak pokaz na żywo.

Jeden ze strażników otworzył drzwi klatki.

– Widzenie! – oznajmił.

Bardziej nie mógł zdziwić Viriona. Zaciekawiony dał się związać i przy okrzykach Meliklesa, który domagał się załatwienia dostaw wina, ruszył w stronę wyjścia. Zdziwienie chłopaka urosło jeszcze, kiedy okazało się, że wcale nie muszą opuszczać głównego budynku więzienia. Tu, przy głównych drzwiach, w bocznym korytarzu znajdowało się kilka cel różnej wielkości. Jedna dość duża, w której trzymano w ścisku kilkudziesięciu więźniów. Niektórych brano na przesłuchania, inni właśnie zostali złapani na jakimś niecnym uczynku i jeszcze nie wiadomo było, gdzie ich umieścić, pozostałych przysłano z innych więzień, by tu, w Małym Syrinx, odbywali swoją karę. Ten zakład bowiem uchodził za ciężki, z przeznaczeniem dla groźnych przestępców. Kilka mniejszych cel stało pustych. Oprócz najmniejszej, do której właśnie wprowadzono Viriona.

Człowiek siedzący na jednej z dwóch prycz poderwał się gwałtownie.

– Chłopcze!

Moufos, zarządca majątku ojca. Był tak przerażony, że Virion mało nie parsknął śmiechem. Bynajmniej nie uwierzył, że tamtego wpuszczono na widzenie podczas trwania procesu. Melikles twierdził, że to niemożliwe. Virion spokojnie czekał, aż strażnicy rozwiążą mu ręce i wyjdą z celi.

Teoretycznie Moufos, jak nakazywał obyczaj, po tak długim niewidzeniu powinien był wziąć chłopaka w ramiona i przytulić. W jakimś sensie był przecież członkiem rodziny. Jednak najwyraźniej nie zamierzał się nawet zbliżyć. Przeciwnie, cofnął się na tyle, na ile pozwalała pusta przestrzeń.

– Ale się zmieniłeś!

I co tu odpowiedzieć? Virion wzruszył ramionami. Potem usiadł na pryczy naprzeciw. Nie mógł zrozumieć, co jest grane. Tego widzenia w ogóle nie powinno być. A jeśli Moufos załatwił je jakimś cudem, to dlaczego tak strasznie się bał? Wyraźnie cały dygotał, oddychał szybko, co chwila ocierał pot z czoła.

Zarządca ostrożnie zajął miejsce na drugiej pryczy. Trzęsły mu się ręce.

– Przyszedłem w bardzo ważnej sprawie.

– Każda jest ważna. – Virion przypatrywał mu się z uwagą. – W mojej sytuacji.

Moufos opuścił wzrok.

– Bardzo się zmieniłeś – powtórzył.

– Nie karmią za dobrze.

– A ja nie o tym. Wyglądasz trochę jak... – Moufos bał się użyć właściwego w jego mniemaniu słowa.

– Jak kto?

Moufos poruszył głową, nie podnosząc oczu, zupełnie jakby chciał strząsnąć włosami jakieś drobinki piasku, które osiadły mu na karku.

– Wybacz, chłopcze. Wyglądasz jak szaleniec.

– Co?

– No nie takiego cię pamiętam.

– Posiedź trochę. Też zwariujesz.

Moufos rzucił Virionowi krótkie spojrzenie. Potem gwałtownie odwrócił wzrok. Wyraźnie nie mógł się z czymś pogodzić. Zaraza jedna wie, czego się spodziewał. Musiał przeżyć duży wstrząs.

– Z czym przyszedłeś? – Virion tracił cierpliwość. Kiedy zobaczył zarządcę, w jego umyśle pojawiło się tysiące pytań, a teraz, widząc jego stan, zrozumiał, że chyba nie zdoła zadać żadnego.

– Myślę, że chcą oskarżyć mnie o współudział – wyznał Moufos. – Wszystko wskazuje na to, że już się do mnie dobierają.

– A gdzie byłeś w dniu zbrodni?

– W Syrinx, na szczęście! Kilku świadków mam i dlatego jeszcze nie siedzę. Ale przesłuchiwali mnie niezliczenie wiele razy.

– Chcą ci przylepić „sprawstwo kierownicze"? – domyślił się Virion.

Zarządca znowu podniósł głowę. Miał dziki wzrok.

– Skąd ty w ogóle znasz takie określenia?

– Mój współtowarzysz zna się na prawie. Długo rozmawiamy.

– Ach tak... A dobrze się czujesz?

To chyba zarządca był nienormalny. O co mu chodziło? W każdym razie wyglądał, jakby nie mógł zebrać myśli. Dygotał cały.

– Ja... ja... – bełkotał ledwie zrozumiale. – Muszę ci powiedzieć jedno, chłopcze. Ja tego nie zrobiłem.

– Ja też nie – odparł Virion.

– Wierz mi. Nie zrobiłem, nie kazałem zrobić, nie maczałem w tym palców.

– Wierzę.

– No to jesteś już chyba jedynym takim człowiekiem. Ale udowodnię ci, że mówię prawdę.

Virion spojrzał zaskoczony.

– Najpierw kilka spraw. To ja przesyłałem ci świeże ubrania na kolejne rozprawy, to ja wyposażyłem Talusa we wszystkie konieczne środki, żeby mógł sprawować nad tobą opiekę. Majątek twojego ojca został zabezpieczony przez sąd na poczet kar i podatków. Złamanego brązowego nie da się z niego wyciągnąć w tej chwili. Zresztą po twoim skazaniu i tak przejdzie na własność cesarza.

– Wiesz, jaki będzie wyrok? – Virion jakoś nie mógł się pogodzić z tak pragmatycznym podejściem do życia i śmierci.

– A ty nie wiesz? – Moufos, kiedy rozmowa zeszła na tematy ostateczne, uspokoił się nieco. – Ten twój towarzysz, który zna się na prawie, ci nie powiedział?

Chłopak prychnął cicho, kręcąc w niedowierzaniu głową.

– Spokojnie. – Zarządca podniósł rękę w uspokajającym geście. – Talus spróbuje pójść z nimi na ugodę. Spróbuje wynegocjować śmierć szybką, niepubliczną, z sowicie opłaconym katem. Będziesz pijany w sztok i nie będziesz wiedział, co się dzieje.

Virion wypuścił powietrze z płuc. Doskonale wiedział, co Moufos miał na myśli. I co mogłoby go uchronić przed niewyobrażalnymi torturami, upokorzeniem, utratą wszelkiej godności.

– To będą nawet łatwe negocjacje – powiedział cicho. – Pod warunkiem, że powiem im, gdzie jest skarb.

– Nie takie łatwe. Ale Talus sobie poradzi.

– No cóż... A nie przyszło ci do głowy, że nie wiem, gdzie on jest?

Moufos nie patrzył ani badawczo, ani z choć trochę zwiększoną uwagą. Usiłował zachować beznamiętny wyraz twarzy.

– Twierdzisz, że po zabiciu Partego nie pamiętasz niczego aż do chwili przybycia strażników. Wyglądasz, jakby od wewnątrz pożerało cię szaleństwo. Czy jesteś pewny, że to nie ty w szale dokonałeś tego wszystkiego?

– Niczego nie jestem pewien.

– Wiesz, istnieją i medycy, i kapłani, którzy poznali dobrze zakamarki ludzkiej duszy. Mogą ci pomóc przypomnieć sobie wszystko.

– Naprawdę uważasz, że poradziłbym sobie z sześcioma Dahmeryjczykami?

– Hm... – Moufos potarł brodę. – Tak po prawdzie to ja cię zupełnie nie znam, chłopcze.

– Niczym więc nie różnisz się od moich rodziców.

W zapadłej ciszy mierzyli się wzrokiem. W końcu zarządca skinął głową.

– Skoro więc nie przyznasz się na torturach, gdzie jest schowany skarb, zabiją cię, nie dowiedziawszy się niczego. A to oznacza, że następny w kolejności będę ja. Oczywiście ja również nawet na mękach siłą rzeczy nie powiem, gdzie kryjówka. Ale nie to jest w moim przypadku najważniejsze.

– A co jest?

– Zostanę przestępcą. Skoro dojdzie do tortur, to proces nie może przecież zakończyć się uniewinnieniem.

– To prawda.

– Ale w przeciwieństwie do ciebie ja będę miał trochę gorszą sytuację.

Virion szybko się domyślił.

– Żona i dzieci?

– Właśnie. Wyrok odbierze im cały majątek, pójdą na żebry, albo nawet i w niewolę. Nie mogę doprowadzić do własnego procesu.

Chłopak wzruszył ramionami.

– I niby jak chcesz tego dokonać?

Moufos był już zupełnie spokojny. Jakaś decyzja właśnie zapadła i nic już nie szarpało mu nerwów. Żadna natrętna myśl nie zakłócała spokoju. Zarządca powoli otworzył zaciśniętą dotąd dłoń. Drugą odkorkował ukryty tam malutki flakon.

– Mówiłem, że udowodnię ci swoją niewinność. – Uśmiechnął się blado. – Przecież gdybym to ja był winny, tobym tego nie zrobił.

Szybkim ruchem podniósł flakonik do ust i przełknął całą zawartość.

Przeciętny człowiek rzadko jest świadkiem wypicia przez kogoś trucizny. Właściwie można zaryzykować twierdzenie, że w normalnym życiu nikt czegoś takiego nie widział. Dlatego też Virion, choć domyślał się, że płyn nie był winem, siedział nieruchomo, patrząc zaskoczony. Setki myśli przebiegały mu po głowie. Żadna z nich jednak nie dotyczyła tego, co powinien teraz uczynić. No jakoś pomóc chyba? Niby jak? Czy on naprawdę wypił truciznę? Przecież niemożliwe. Tak normalnie wziął i się otruł?

Moufos sprawiał wrażenie spokojnego. Widać było jedynie pot, który wylewał się z niego strugami. Ale trwało to krótką chwilę. Jakiś wstrząs targnął nim nagle. Z gardła wydobył się przeciągły świst, i to nie taki towarzyszący wypuszczaniu powietrza. Raczej wciąganiu. Zakończony nagłym zachłyśnięciem. Przez moment wydawało się, że zarządca chce coś powiedzieć, może krzyknąć. Silny skurcz jednak zwinął go w kłębek.

Virion dotknął palcami szyi mężczyzny. Nie mógł wyczuć pulsu, jego palce ślizgały się po spoconej skórze. Chwilę później zwaliste ciało Moufosa runęło na podłogę. Virionowi wydawało się, że leżący człowiek walczy jeszcze o oddech, ale nie. To tylko powietrze z płuc opuszczało martwe ciało. W celi rozszedł się fetor. Na skórze Moufosa zaczęły pojawiać się sine plamy.

Przecież za wcześnie na plamy opadowe! Virion przez swoje dzieciństwo spędzone w okolicach szpitala znał się na medycynie dość dobrze. Taki dziwny efekt działania trucizny? Nigdy o tym nie słyszał.

Dopiero teraz zerwał się i podskoczył do kraty.

– Straż! Straż! – wrzasnął. – Tu leży trup!

Idiotyczny okrzyk, ale nic innego nie przyszło mu do głowy. Słowa „pomocy" ani „ratunku" również nie pasowały do sytuacji.

Cokolwiek by krzyczał, nie mogło mu to ani pomóc, ani zaszkodzić. Strażnicy bowiem nie należeli do kasty wyrafinowanych filozofów. Widząc jedno ciało na ziemi, a obok człowieka na nogach, zrozumieli to po prostu: jeden więzień zamordował drugiego.

Virion dostał więc w pysk, obalono go na ziemię, nie szczędząc kopniaków. Dwóch strażników wykręciło mu ręce i związało boleśnie.

– Medyka! Wołać medyka!

– Gwizdać... Przecież widać, że zakatowany na śmierć.

– Kto miał wartę na korytarzu?! Kto nie usłyszał?!

– Uspokój się. Nie widzisz, że denat ma sine usta? Pewnie szatą go dławił.

– Wyprowadźcie go! Weźcie go stąd natychmiast!

– Niby gdzie?

– Gdziekolwiek. I wołać naczelnika.

Viriona uniesiono z ziemi za ramiona i wywleczono z celi na korytarz. Strażnicy najwyraźniej nie wiedzieli, co z nim zrobić. Nikt nie uczył ich podejmowania decyzji. Wlec do klatki? A jak naczelnik będzie czegoś chciał od mordercy? Stać na korytarzu i trzymać, żeby się nie wymknął? Jeszcze gorsze rozwiązanie. W końcu, klnąc w żywy kamień, wrzucili go do celi przejściowej wypełnionej więźniami.

– A jak mi tutaj jeszcze kogoś zamordujesz, to osobiście się z tobą porachuję! – zagroził na odchodnym podoficer.

Virion długo leżał na podłodze. Najpierw kaszlnął kilka razy, a potem z trudem otworzył oczy. Boki promieniowały silnym bólem. Nie mógł podnieść głowy, żeby zobaczyć cokolwiek poza nogami stojących wokół recydywistów.

– No patrzcie, jaką laleczkę nam tu wrzucili – powiedział któryś. – I to od razu związaną, żeby oporu nie mogła stawiać.

Zawtórował mu rechot innych zwyrodnialców.

– No to co? Kto zaczyna zabawę?

– A ja wiem, kto to jest – rozległ się głos z drugiego końca celi.

– Niby kto?

– To gość, który zabił kilkunastu dahmeryjskich zawodowców, zachlastał całą patrycjuszowską rodzinę wraz ze sługami i niewolnikami i zaraza wie kogo jeszcze. A przed chwilą przecież zamordował człowieka w celi obok, a my nic nie słyszeliśmy.

Zapadła cisza.

– No co? Straciłeś ochotę na zabawę? – pokpiwał „znawca tematu". – Przecież związany. Poużywaj sobie.

Virion zamarł na podłodze, ale jakoś nikt nie zamierzał się zbliżać. Dopiero po dłuższej chwili chwyciło go kilka par rąk, ale bynajmniej nie w zdrożnych celach. Po prostu kryminaliści pomogli swojemu usiąść i oprzeć się o ścianę.

– Ma ktoś trochę wody? Mordę mu kundle rozkwasiły.

– Przyłóż mu szmatę do nosa.

Virion obojętnie poddawał się niezbyt udolnym zabiegom pielęgnacyjnym nowych kolegów. Nie otwierał oczu. Jego umysł drążyła bez przerwy jedna i ta sama myśl. Jakim cudem Moufos wniósł na teren więzienia truciznę we flakoniku? Przecież musiał być przeszukiwany. W jaki więc sposób wniósł truciznę na spotkanie z więźniem trzymanym w specjalnej „miękkiej" klatce, tak żeby niczego sobie nie mógł zrobić?

Czy to było aż takie niedopatrzenie w pracy strażników? Czy...?

Virion leżał na środku swojej klatki, wpatrując się w ledwie widoczne stąd sklepienie budynku. Nie, nie szukał natchnienia w analizie niezbyt skomplikowanej więźby dachowej. Ale też nie zanurzył się w wymuszonej przez więzienną rezygnację bezmyślności. Wprost przeciwnie. Z dość dużą dozą beznamiętnego racjonalizmu analizował swoją sytuację. Zbawienny tunel, który dla umysłu tworzyła rutyna więziennych dni nieróżniących się od siebie niczym, rozbiła właśnie wizyta Moufosa. A śmierć zarządcy majątku ojca sprawiła, że Virion jasno zdał sobie sprawę z prostego faktu. Wszyscy wokół są absolutnie przekonani co do tego, że na rozprawie Viriona zapadnie wyrok śmierci. Nikt nie widział alternatywy. Wszystkie zabiegi mogły dotyczyć jedynie formy egzekucji. Z mękami czy bez, z publicznym upokorzeniem czy łaską cichego zabicia, być może nawet w stanie niepełnej świadomości, gdzieś na uboczu.

Ta konstatacja nieszczególnie wstrząsnęła Virionem. Melikles przecież mówił o tym wielokrotnie. Ale co innego słyszeć, a co innego uświadomić sobie nieuchronność wyniku rozprawy poprzez aż tak dobitną demonstrację, jaką zaserwował mu zarządca. Po raz pierwszy jednak przemyślenie sprawiło, że Virion zrozumiał prostą zależność: cokolwiek by zrobił, to i tak nie będzie miało żadnego wpływu na wyrok, który zostanie ogłoszony. A co mógł zrobić? Niby nic. Ale skoro otaczało go jedynie kłamstwo, to sam przecież mógłby wziąć przykład ze wszystkich ludzi wokół. Mógł, zamiast uporczywie trzymać się własnej wersji wydarzeń, również zacząć kłamać.

– Ty! – Melikles w klatce obok musiał coś zauważyć. – Zmienia ci się wyraz twarzy.

– Ale jesteś spostrzegawczy!

Stary wyspiarz zaczął się śmiać.

– Ja nie w tym sensie... – Ubawiony machnął ręką. – No dobra. Już nie wybrnę.

– A co chciałeś powiedzieć?

Oszust nie chciał odpowiedzieć od razu. Długo głaskał swoją siwą brodę. Coś tam międlił, za cicho, żeby zrozumieć, cmokał, wzdychał. Odezwał się dopiero po długiej chwili.

– Coś mi mówi, że ty masz jakiś pomysł.

– Pomysł na co?

Wyspiarz nie dał się nabrać.

– Na życie – odparł enigmatycznie, co w sytuacji, w jakiej obaj się znajdowali, mogło zakrawać na kpinę.

– Widzisz, chętnie bym o tym porozmawiał – wyznał Virion – ale nie wiem, jak to zrobić.

Melikles domyślił się, o co chodzi.

– Możemy pisać do siebie – podpowiedział i wyjaśnił, na czym to polega. Wystarczyło palcem kreślić w powietrzu małe literki. Dzieląca ich odległość pozwalała na naprawdę małe znaki. Ktoś, kto chciałby podglądać i cokolwiek zrozumieć, musiałby stać przy nich. Z daleka nie zobaczy więc nic.

Virion wskazał na trzecią klatkę, w której leżała Lin. Dziewczyna po prezentacji narzędzi tortur nie odzywała się, właściwie nawet nie wstawała, przez cały czas leżąc zwinięta w kłębek pod kratą. A oni nie usiłowali wydobyć jej ze stanu „skorupowatości". Skrzywdzona dziewczyna potrzebowała raczej czasu niż rad dwóch ludzi w gorszej niż ona sytuacji.

– Niegroźna – ten wyraz Melikles już napisał palcem w powietrzu. – Czytasz?

– Tak. Ale nie tak prędko.

– Może wolisz lustrzane odbicie? Będzie, niestety, wolniej.

– Wolę. – Virion też zaczął kreślić znaki w powietrzu jako lustrzane odbicia liter. Rzeczywiście trwało to trochę dłużej, lecz nie sprawiało szczególnych trudności. Wystarczało wyobrazić sobie literę odwrotnie. Najgorzej sprawa wyglądała z „s" i „z". No i całość przypominała sylabizowanie. – Poćwiczmy trochę.

– Dobra. Czy słusznie się domyślam, że nareszcie dotarła do ciebie prawda?

– Prawda?

– Fakt, że cię zabiją.

– Tak. I że tak naprawdę nie mogą mi nic zrobić.

Melikles pokiwał głową w podziwie.

– No właśnie to mnie w tobie ujmuje – napisał w powietrzu. – Nie zanurzyłeś się ani w rozpaczy, ani w niszczącym żalu. Pozostawiłeś za sobą poczucie zapiekłej krzywdy, a nawet nienawiści.

– Błagam. – Virion miał jeszcze problem z czytaniem. – Mniej poetycko.

– Tylko proste słowa?

– Właśnie.

– No to zaczynaj.

Virion miał w głowie przygotowane pytania.

– Czy jest możliwe, żeby człowiek wniósł na spotkanie ze mną fiolkę z trucizną?

– Nie.

Odpowiedź szybka, jednoznaczna i klarowna. Pytanie zresztą retoryczne. Skoro więźnia trzyma się w miękkiej klatce, żeby sobie niczego nie zrobił, to z całą pewnością dogłębnie przeszukuje się jego dawnych znajomych, którzy przyszli go odwiedzić.

– Kto pozwolił, żeby on to wniósł?

– Taida.

– Skąd mogła wiedzieć, że Moufos miał taki plan?

– Nie wiedziała. Ona go do tej desperacji doprowadziła.

No fakt. Jak mógł sam o tym nie pomyśleć? Taida rozgrywała to bezbłędnie. Przesłuchaniami doprowadziła Moufosa do przekonania, że w razie niepowodzenia z Virionem on będzie następny. Rodzina znajdzie się na bruku albo w nawet w kajdanach, no i... No i zarządca wymyślił. Wybrał się do więzienia w desperackiej próbie przekonania chłopaka, by ten wyznał, gdzie jest skarb. Skoro jednak rachuby zawiodły, miał swój plan B. Wykonał go, uchronił rodzinę przed konsekwencjami swojego aresztowania, a pani prefekt na wszystko pozwalała. Ba, nie bała się nawet, że Moufos dostarczy truciznę Virionowi. Przecież gdyby to zrobił, jego żona i dzieci z buta wylądowałyby od razu w najgorszej z możliwych rzeczywistości.

– I co chciała osiągnąć?

– Wstrząsnąć tobą. Co jej się udało.

– Chyba nie do końca.

– Ależ do końca. Przeliczyła się tylko w ocenie skutków, jakie to wywoła. Chyba ma cię za mazgaja.

Virion skrzywił się lekko. To była ważna informacja.

– Ode mnie chce się dowiedzieć, gdzie jest skarb? Ale nie tutaj.

– Chyba tak.

– Czy jej plan może być aż tak głupi?

– Może. – Melikles mimo udzielonej już odpowiedzi zamyślił się głęboko. Potem dodał: – Ale też my możemy nie znać jej priorytetów.

– To znaczy, że najgorzej uznać się za pępek świata?

– Właśnie. Jej może nie chodzić ani o ciebie, ani o skarb. Tylko o własną karierę.

– Hm – to Virion powiedział na głos.

Stary oszust uśmiechnął się w odpowiedzi.

– Ładnie to ująłeś.

Powrócili do pisania w powietrzu.

– I co teraz?

– Możesz udawać, że wierzysz w jej z pozoru głupi plan.

– Ona będzie udawać, że planu nie ma, a ja będę udawał, że wierzę?

– Z grubsza.

Virion zadał ostatnie pytanie:

– A jak przekonać Taidę, że jestem ostatnim naiwnym?

Tu Melikles nie miał żadnych wątpliwości.

– Przekonaj o tym naszą koleżankę. – Uśmiechnął się słodko, wskazując drugą ręką leżącą do nich plecami, zwiniętą w kłębek dziewczynę.

Tak. Przecież prefekt sama ją tu wcisnęła. Sama doprowadziła do desperacji, dokładnie tak jak Moufosa. Sterowała wszystkimi, nawet im się nie pokazując.

Ciekawe więc, czy sterowała również Virionem? Był jeden sposób, żeby się przekonać.

Virion podszedł do przeciwległej kraty w swojej klatce.

– Lin! – powiedział najłagodniej, jak umiał. – Lin, wiem, co czujesz. Czy mogę ci pomóc?

– Czy taki dokument będzie wystarczający, żeby odpędzić twoje obawy?

Naczelnik więzienia wziął z rąk pani prefekt dokument ozdobiony pieczęcią cesarskiej kancelarii. Oczywiście, że tak! Dla porządku jednak przebiegł oczami kilka linijek tekstu. „Z naszego rozkazu... podjąć wszelkie czynności... bez znajomości celu ani analizy wydarzeń...” Oczywiście, że wystarczy! – powtórzył w myślach. Dupokryjka idealna. Mógł robić, co chciał, zasłaniając się ustnym rozkazem imperialnego prefekta. Mógł robić najdziwniejsze rzeczy, ponieważ dokument stwierdzał wyraźnie, że nie do niego należała analiza tego, co się dzieje. Nie musiał też znać celu, dla którego osiągnięcia kazano mu zrobić to czy tamto.

– Pani, jakie są twoje rozkazy? – zapytał.

Nie było sensu zapewniać Taidy, że pismo jest wystarczającym zabezpieczeniem. Wiedziała o znaczeniu pieczęci cesarskiej kancelarii więcej niż on.

– Czy Lin jest gotowa?

– Tak, pani. Właśnie otrzymała pisemny wyrok.

– Sąd był zaoczny?

– Oczywiście. W tak drobnej sprawie nie byłoby rozsądne dopuszczać do sprawy kogokolwiek poza sędzią.

– No dobrze. – Taida patrzyła mu prosto w twarz. – A co sądzisz o dziewczynie? Odpowiednio naiwna?

– Nie musisz się niepokoić o nią, pani. Filas obrobił ją jak mistrz kamieniarski rzeźbę. Jest teraz posągiem potulności.

Uśmiechnęła się.

– A Virion? Odpowiednio nastraszony? Naiwny?

– Trudno powiedzieć, pani. Na pewno naiwny. Tak wynika z całej jego historii. Ale... – zawiesił głos. – Czasem nieszczęście jest zbyt wielkie, żeby je pojąć choćby. Czasem nie przygniata ofiary, tylko przetacza się jak głaz tuż obok. Być może on nie do końca rozumie, co się z nim dzieje.

– Przewidujesz trudności?

– Z jego strony? Nie.

Miała dar obserwacji, bo zapytała:

– A co cię martwi w takim razie?

– Ten trzeci element.

Nie mówił o szczegółach. Znajdowali się w miejscu, gdzie łatwo było podsłuchać rozmowę. Ale imperialna prefekt była inteligentną kobietą. Nie musiał jej naprowadzać.

– A ja myślę, że to właśnie dzięki „trzeciemu elementowi" wszystko może pójść gładko – powiedziała.

Naczelnikowi nie pozostało nic innego, jak ukłonić się z szacunkiem.

– Jakie są więc twoje rozkazy, pani?

Po raz pierwszy od początku rozmowy zmrużyła oczy.

– Zaczynajmy – oznajmiła sucho.

Naczelnik ukłonił się ponownie. Tym razem na pożegnanie. Ściskając w ręku bezcenny papier opatrzony bezcenną pieczęcią, wycofał się na korytarz. Dopiero kiedy wartownik zamknął drzwi, wypuścił powietrze z płuc. No to teraz zacznie się dziać, przemknęło mu przez głowę. Coś ściskało go w dołku, kiedy schodził na parter. Nie bał się jednak. Jeśli polecą czyjeś głowy, to na pewno nie jego.

Zdecydowanie przeszedł do izby przyjęć na początku korytarza. Lin zgodnie z regulaminem siedziała plecami do wejścia i nie mogła widzieć, kto wchodzi. A naczelnik nawet nie zamierzał niczego mówić. Dał tylko znak Filasowi, że to już, i spokojny opuścił pomieszczenie.

Stary, łysy strażnik spojrzał na twarz zgnębionej i załamanej dziewczyny. No to zaczynamy, pomyślał. Ile już takich rozmów odbył w życiu? Ile razy łamał wolę więźniów? Naginał zatrzymanych do własnej woli? Ilekolwiek razy by to czynił, jedynie słusznym podsumowaniem były słowa: za dużo. Stanowczo za dużo. Cieszył się, że jego zawodowy trud dobiegał kresu. A wspaniałym pocieszeniem starości będzie przecież imperialna odprawa. Właściwie mógłby powiedzieć, że jest szczęśliwy. Fachowiec, który dobrze żył, służąc prawu, i został należycie doceniony. Świetnie.

– Czemu tak na mnie patrzysz? – zapytał prawie przyjaznym głosem.

Lin drgnęła przerażona. Wyrok, który usłyszała, nią nie wstrząsnął. On ją pogrzebał. W stuporze poddawała się zabiegom specjalisty od tatuażu, który na jej plecach uwieczniał datę przyjęcia na „stan osobowy więzienia".

– A może ci się wydaje, że złamałem ci życie? – indagował Filas.

Lin nie odpowiadała. Strażnik uśmiechnął się więc ciepło.

– Nie chcesz mówić przy świadku? – Wskazał tatuażystę. – Spokojnie. To bydlę jest głuche jak pień.

Dziewczyna nadal bała się odezwać. Strażnik nie nalegał.

– Powiem ci, jak to jest. Widzisz, to nie jest sprawa między tobą a mną. To jest sprawa pomiędzy państwem a przestępcą. Jednostką a systemem. Ty nie możesz uwierzyć, że za nieoddanie tak drobnej sumy otrzymałaś tak ciężki wyrok. Dobrze myślę?

Zerknął na nią z ciekawością, ale dalej nie otrzymywał odpowiedzi. Zresztą wcale jej nie oczekiwał.

– To drobna suma, mówię o tej, którą byłaś winna. Nawet przy moim wynagrodzeniu to tyle, co splunąć. Wyjąć z sakiewki i oddać.

– Ale ja nie miałam.

No i szybki sukces. Lin z krainy stuporu wracała do realnego świata.

– To trzeba było nie brać od lichwiarza.

– Ale musiałam.

– No i krąg się zamyka, co? Jak można wziąć pieniądze, wiedząc, że się nie ma jak oddać? Liczyłaś na cud? – Spojrzał na nią przekornie. – No to się zdarzył. Jesteś w jednym z najcięższych więzień w cesarstwie. A popatrz... Przecież gdyby ktoś cię zapytał na początku tego roku, co mogłoby się zdarzyć, żebyś została wtrącona do więzienia, bez wahania odpowiedziałabyś: chyba cud.

Filas zaczął się śmiać. Wszystko miał wyuczone. I śmiech, i łzy wzruszenia. Mógł ich używać zamiennie.

– Widzisz, tobie się wydaje, że system został stworzony tak, żeby dopiec, jak w twoim przypadku, dobrym ludziom. I trochę w tym racji masz. – Cierpliwie czekał, aż znaczenie tych słów dotrze do umysłu dziewczyny. – Bo tych naprawdę wielkich przestępców sięgnąć często nie możemy. Zdegenerowanym bandziorom niewiele z kolei możemy zrobić. Sama widziałaś, kto siedzi w więzieniu. Prymitywne głupy, które chyba nawet nie zdają sobie sprawy, gdzie są. Tak, tak, trzeba to przyznać. Tym naprawdę wielkim bandytom w pas się kłaniamy i poza naszym oni zasięgiem. A po prymitywnej recydywie nasze kary spływają. Oni innego życia nawet nie znają. Zatem ukarać tak naprawdę możemy jedynie porządnego obywatela. Uczciwego, prawomyślnego, spokojnego, któremu raz w życiu powinęła się noga na jakimś drobiazgu. Tylko porządny obywatel boi się prawa i jego stróżów. I tylko on nie ma potężnej władzy, żeby kary uniknąć, ani nie spłynie ona po jego prymitywnej naturze. Czyż to nie paradoks?

– I tak świadomie łamiecie życie porządnym obywatelom? – odważyła się zapytać dziewczyna.

– Złamałem ci życie. Tak. To prawda – przyznał Filas. – Zwyrodniałemu bandziorowi nic nie zrobię, a bandyterki, co grandzi na wysokich urzędach, nigdy nie sięgnę. Tak właśnie działa system. Ukarze tego, którego może ukarać.

– I to jest sprawiedliwe?

– A czy prawo ma cokolwiek wspólnego ze sprawiedliwością? Prawo to spisany kodeks powinności i zakazów.

Lin opuściła głowę.

– Wiem – szepnęła. – I powinnam być jeszcze wdzięczna Bogom, że urodziłam się w najlepszym państwie na świecie. Gdzie jest prawo. Bo gdzie indziej go nie ma.

– Właśnie. Gdzie indziej zależałabyś od woli jakiegoś watażki, a u nas przecież w twojej sprawie odbył się proces, który kosztował wieleset razy więcej niż twój durny dług. Tu jednak masz swoje prawa. Nikt nie szczędził na rozpatrzeniu twojej sprawy.

– To co ja robię w więzieniu?

– Złamałaś przepisy. Jesteś przestępcą i zostaniesz ukarana.

Filas podniósł się ociężale i pokiwał głową.

– No i nie przyzwyczajaj się do tej komfortowej klatki, którą teraz zajmujesz – powiedział. – Zgodnie z procedurą wyrok uprawomocni się dopiero za kilka dni, a wtedy zostaniesz przeniesiona do ogólnego lochu, pod tą kratą, która tak wzbudza twoją trwogę. Niestety, nie do końca mamy kontrolę nad tym, co tam się dzieje.

Poklepał dziewczynę po odsłoniętych do tatuażu plecach i dodał jeszcze:

– Żegnaj. Już się nigdy nie zobaczymy.

Szybkim krokiem ruszył do wyjścia, żeby nie dać Lin możliwości podjęcia dyskusji. Nie było jednak takiej konieczności. Dziewczyna trwała bowiem nieruchomo jak sparaliżowana. Specjalista od tatuażu skończył swoją pracę, odłożył narzędzia i zaczął wycierać dziewczynie plecy czystą szmatką.

– To nieprawda, że jestem głuchy – powiedział nagle ściszonym głosem. – Tak się tylko temu skurwysynowi wydaje.

Spojrzała na niego zdziwiona.

– Długo tu już pracuję – wyznał. – I wiele widziałem. Ale to, co zrobił ci ten kutas jebany, to przekracza wszelkie pojęcie.

Nie wiedziała, czy może się odezwać. Patrzyła na stosunkowo młodego mężczyznę przejęta.

– Nie powinno się tak komuś łamać życia – szeptał tamten, rozglądając się ukradkiem, tak jakby w niewielkim przecież pokoju mógł ukryć się ktoś, kto podsłuchiwał. – Ale nie bój się. Wiem, jak stąd uciec.

Lin oniemiała. A on nachylił się do jej ucha.

– Problem nie w ucieczce z więzienia. To łatwe. Gorzej, że trzeba mieć jakieś pieniądze, żeby wydostać się z tego okręgu...

– I co myślisz o tej ofercie? – pisał palcem Virion. – Pachnie czymś strasznie naiwnym.

– Spokojnie. – Melikles zakrywał skrawkiem szaty dłoń, którą kreślił w powietrzu litery. – To nie oferta mistrza tatuażu. To oferta Taidy.

– Wiem. Ale nie wydaje ci się trochę głupia?

– Nie mamy pojęcia, jakie są jej prawdziwe plany.

– A jakie mogą być?

Stary oszust wzniósł oczy ku sufitowi.

– A może jej zależy na akcji pościgowej o zasięgu krajowym? O tym, żeby zrobiło się głośno?

– I w mieście nie będzie strażników? – zapytał Virion z nagłą nadzieją.

Melikles westchnął ciężko. Z wyraźną rezygnacją.

– Będą. Będą wszyscy. I to nie tylko nasi. Strażników ściągnie się z najbliższej okolicy, z dalszej, i specjalne posiłki z najdalszej. Całe miasto będzie zatkane strażnikami. A najbliższy pas poza miastem będzie przypominał główną salę zjazdu strażników w Syrinx z okazji rocznicy koronacji miłościwie nam panującego cesarza.

Virion uśmiechnął się krzywo.

– W takim razie poza najbliższym pasem za miastem powinno być pusto.

– Dobrze myślisz. Kwestia tylko, jak się tam dostać.

– A tego nam Taida nie ułatwi?

– A rozum ci się z kupą pomieszał? – Broda starucha trzęsła się od tłumionego śmiechu. – Ona chce cię wypuścić, żebyś ją doprowadził do ukrytego skarbu. Albo przynajmniej żebyś narobił trochę hałasu, co doda jej sławy. Ale twoja ucieczka na wolność nie jest przewidziana w planie gry.

– Domyślam się. Ale powiedz, skąd ta naiwna oferta człowieka od tatuażu? Co niby chce w ten sposób osiągnąć?

– Proste. Pani prefekt chce wiedzieć, czy masz ukryte jakieś pieniądze, żeby użyć w razie czego.

– I po co jej ta wiedza?

– Jeśli masz, to znak, że wiesz, gdzie skarb, bo sam go ukryłeś. I że masz wspólnika, który czeka, żeby cię ratować.

Virion się zasępił.

– No to dupa. Bo nie mam żadnych pieniędzy.

– Pomyśl.

– No nie wiem. Z majątku rodziców nie ma jak skorzystać. Zaraz. Moufos mówił, że dał jakąś większą sumę Talusowi, żeby mnie...

Melikles przerwał powietrzną pisaninę chłopaka jednym gestem.

– Znaczy to, że żadnej kasy nie masz.

– Ale Talus chyba ją ma.

– I chcesz go wciągnąć w to wszystko? Wydać na męki? – Starzec tylko kręcił głową. – Zresztą prawnik głupi nie jest. Żeby ratować własny tyłek, sam doniesie o twojej prośbie.

– Ależ ty masz zdanie o wszystkich ludziach.

– Bo ich znam.

– To co robimy?

Melikles uśmiechnął się złowieszczo.

– Musimy przekonać specjalistę od tatuażu, czyli Taidę, że pieniądze masz.

Virion aż prychnął i machnął rękami.

– Tak, tak. I oni oczywiście dadzą się zrobić na moje opowieści, jakie to wielkie sumy dam mistrzowi, ale dopiero w przyszłości. Kiedy już odkopię swoje niezmierzone bogactwa.

– Nie. Nie dadzą się na to zrobić.

– Więc?

– Taida przedstawiła nam swój plan A, prosty i naiwny, po to, by cię sprawdzić. Jak zawiedzie, czego się pewnie spodziewa, przedstawi nam swój plan B. – Stary oszust tłumaczył cierpliwie. – Ale my nie chcemy czekać. Nam się podoba plan A. Skoro ona przed nami udaje naiwną, to my przed nią też przedstawimy się jako wzór łatwowierności. I przekonamy ją, że my się zgadzamy na plan A.

– Jak się zgadzamy? Przecież mówiłem ci, że nie mam pieniędzy.

Melikles patrzył chłopakowi w oczy.

– Ale ja mam – powiedział na głos.

Viriona aż zamroczyło. A przecież mógł się spodziewać. To jasne, że w sytuacji, w jakiej się znajdował, wyspiarz zrobiłby wiele choć za ślad nadziei. Był doświadczonym oszustem. Na pewno miał przygotowane wszystko.

Łapówki, wspólnika, jakiś plan. Niestety, nie przewidział tylko wyroku, jaki dostanie. Przy sprawie tej wagi żadna łapówka nie mogła wchodzić w grę. Żaden wcześniejszy plan nie mógł zadziałać. A teraz, skoro pojawił się cień szansy, chciał postawić wszystko na jedną kartę.

– I masz jakiś plan ucieczki? – zapytał Virion, znowu pisząc w powietrzu.

– Nie mam. Ja chcę tylko stąd wyjść. Nie zamierzam odchodzić daleko.

No tak. Tego również mógł się spodziewać. Jeśli komuś grozi kilka dni umierania podczas najbardziej wymyślnych tortur, to było jasne, że nie zamierzał ryzykować ponownego schwytania. Chciał tylko wyjść. Znaleźć cokolwiek, co ułatwiłoby mu samobójstwo, i w szybki, prawie bezbolesny sposób rozstać się z tym światem.

– A ja w takim razie? – zapytał. – Co mam zrobić?

Starzec przygryzł wargi.

– Nie będę cię przekonywał, że najlepsze jest wyjście, które ja obiorę. Młody jesteś, pełen życia. To i zdaje ci się, że gdzieś być może jest jakaś szansa dla ciebie.

– A nie ma?

Melikles westchnął znowu.

– Trudno powiedzieć. Miasto i szeroki pas podmiejski będą obstawione przez strażników. Będą jak mrówki, jeśli idzie o masę. Tyle że mrówki się nie ukrywają, a oni będą.

– Jak głęboko za miastem?

Melikles wzruszył ramionami.

– Z bezpiecznym marginesem to pewnie jakoś na dzień drogi. Na piechotę oczywiście.

– To co robić?

– Trzeba szybko, wręcz błyskawicznie przedostać się przez ten pilnowany pas.

– No to tylko rzeką.

– Otóż to! Ale i oni nie głupi. Też pomyślą o rzece i cię do niej nie wpuszczą. A poza tym wszystkie osady w dół biegu będą obstawione. W razie gdyby coś poszło nie tak, brzegi będą patrolowane.

– No to może płynąć w górę?

– A w jaki sposób? – Melikles aż prychnął. – Zresztą problem teoretyczny. Nie pozwolą ci dojść do rzeki.

– Ale można im nakłamać jeszcze przed ucieczką.

Wyspiarz zaintrygowany podniósł wzrok.

– No ciekawe. Ciekawe.

– Przez Lin przekażmy temu od tatuażu, którędy zamierzamy uciekać. Niech przygotuje wszystko na trasie rzekomej ucieczki.

– Numer prymitywny, a przez to skuteczny. Z tym że Taida za inteligentna, sądzę.

– Niekoniecznie.

– Myślisz, że to łyknie?

– Jeśli na początku trasy znajdzie twoje zwłoki? Wcale nie musisz się wieszać, żeby opuścić ten świat. Jestem przecież wielokrotnym mordercą i mogę cię zabić z zimną krwią jako niepotrzebny już balast.

Melikles aż klasnął w dłonie i zaczął się śmiać.

– Podoba mi się twój pragmatyzm, chłopcze – napisał po chwili. – Naprawdę ten styl myślenia robi na mnie wrażenie.

Naczelnik gubił się trochę w konwenansach. Nie urodził się człowiekiem, któremu dane było brylować na salonach, bywać u dworu czy choćby znać zwyczaje dobrze urodzonych. Jego świat to kancelarie, duszne gabinety różnych urzędów, pokoje przesłuchań i miejsca odosobnienia. Otoczenie, które nie dało mu ani doświadczeń „politycznych”, ani nawet znajomości zasad na temat tego, co wypada, a co bezwzględnie nie uchodzi. A problem do rozstrzygnięcia miał duży. Taida przecież nie urzędowała u niego. W więziennym biurze nie miałaby się czym zajmować. Sprawa, którą prowadzili, przeszła w stan „oczekiwania” i nie wymagała stałego baczenia. Pani prefekt zatrzymała się w najlepszym zajeździe w mieście i tam zapewne pracowała. Zresztą po prawdzie nikt nie wiedział, czym się zajmowała. Unikała pokazywania się publicznie, a nikt z miejskich służb nie ośmielił się nakazać śledzenia tak ważnej persony. Teraz jednak naczelnik musiał z nią pilnie porozmawiać. I co miał zrobić w takiej sytuacji? Wezwać? O Bogowie... Abstrahując nawet od dramatycznej niestosowności takiego rozwiązania, to niby jak? Zawiadomić przez posłańca? Listownie poprosić o spotkanie? Zależność służbowa wymagała, żeby powiadomił ją osobiście, ale z kolei obyczajowo było to trudne do przełknięcia. Jak to? Mężczyzna (urzędowy i oficjalny) odwiedza prywatnie kobietę w miejscu jej zamieszkania? To może od razu powie jej, o co chodzi, leżąc obok w łóżku? Skandal. I tu właśnie ścierały się dwa nurty. Służbowy i obyczajowy. Kto inny przez wieki kształtował tradycję, kto inny pisał regulaminy. I na styku tych dwóch światów pojawiła się sprzeczność: nikt nie przewidział, że przełożonym ważnego urzędnika może być kobieta.

Ot, zagwozdka. I co ma teraz zrobić? Daleko w Syrinx na pewno znano jakieś sposoby, jakieś kruczki w etykiecie, jakieś precedensy, na których można by się oprzeć.

Ale nie w prowincjonalnym Mygarth. No nic. Jakoś trzeba przełknąć tę żabę.

Nigdy nie był w najlepszym zajeździe w mieście. Z urzędniczej pensji nie stać go było na takie cuda. Ten fakt dodatkowo zwiększał jego konfuzję. Na szczęście gospodarz luksusowego zajazdu znał się na swojej robocie.

– Zajmę się wszystkim – zapewnił, kiedy tylko naczelnik, czerwieniąc się lekko, wyjawił mu cel swojej wizyty. – Czy łaskawy pan zechce zwilżyć gardło naprawdę doskonałym winem z moich zapasów?

– Nie. Jestem tu urzędowo.

– A może coś na ząb? Talerz wykwintnych zakąsek?

– Dziękuję. Zdążyłem zjeść śniadanie.

– W takim razie proszę łaskawie chwilę poczekać. – Gospodarz poprowadził naczelnika do czegoś w rodzaju bocznej sali, otwartej jednak na główną. Pomieszczenie niewielkie, dyskretne, bez okien, więc tonące w półmroku, pozwalało na obserwację wszystkiego, co dzieje się w zajeździe. Ciekawe, do jakich spotkań służyło? Bo do tego dzisiejszego nadawało się idealnie.

– Proszę łaskawie spocząć. – Gospodarz, nadużywający słów dotyczących wszelkiej „łaskawości", nie dopuszczał do obsługi swoich licznych pomocników. Osobiście podstawił rzeźbione, wyściełane skórą krzesło. Doskonale wiedział, że liczba uszu w pobliżu powinna równać się zeru. Widocznie dobrze już poznał zwyczaje imperialnej prefekt.

Naczelnik nie musiał długo czekać. Taida pojawiła się już po niecałej modlitwie. Zaciekawiona szybko skinęła głową, kiedy podniósł się na jej widok.

– Czemu zawdzięczam tę przyjemność spotkania cię, przyjacielu? – zapytała.

– Pani... – Każdy lubi przekazywać dobre wieści. I każdy wtedy chce zastosować jakiś teatralny efekt. Naczelnik zrobił długą przerwę, zanim dokończył. – Mamy go!

– O!

Taida usiadła na podsuniętym przez gospodarza krześle. Potem odprawiła go, zanim zdążył jej zaproponować cokolwiek do jedzenia czy picia.

– Słucham.

– Lin przekazała tatuażyście, że dostanie sowitą zapłatę za zorganizowanie ucieczki. I to jeszcze przed samą ucieczką.

– Słucham? – tym razem to samo słowo zostało użyte w formie pytającej.

– Tatuażysta dostanie dużą zaliczkę, a potem ma obiecany udział w „czymś naprawdę wielkim". – Naczelnik nie mógł ukryć zadowolenia. – Virion wygadał się, pani. Przyznał więc, że ma skarb, ma wspólnika i wszystko zaplanował przedtem.

Wyraźnie rozbawił Taidę, która uśmiechnęła się radośnie.

– Świat nie jest zorganizowany tak prosto – powiedziała. – To nie działa w ten sposób, niestety.

– Nie rozumiem, pani?

– Hm. – Kobieta zamyśliła się. – Dla ilu osób ma być zorganizowana ucieczka?

– Dla trzech.

– Aha. Realizujemy więc plan Meliklesa, przyjacielu.

– Tego oszusta z wyrokiem zamęczenia na śmierć? – Naczelnik nie potrafił ukryć zdumienia.

– Posłuchaj mnie przez chwilę. Oboje tak naprawdę wiemy, że cała ta sprawa to nie plan Viriona. Może mieć gdzieś ukryty skarb, mógł wiele rzeczy nawywijać pod wpływem emocji, mógł nagrandzić strasznie, improwizując, bo jest bardzo inteligentny. Ale przyznasz, że to nie była precyzyjnie zaplanowana akcja w wojskowym stylu, prawda?

– Mówisz, pani, o zabiciu rodziców...? – zaczął naczelnik, ale ugryzł się w język. – Masz rację, pani.

– Właśnie. W związku z tym nie mógł być aż tak przewidujący, że zostawił sobie na wolności wspólnika czekającego na dany znak. Gdyby było inaczej, to nie wpadłby w nasze ręce jak dziecko, prawda?

– Ale sama przecież przyznałaś, pani, że jest bardzo inteligentny.

– Z tym że nie zna bandyckich reguł.

– Tego nie możemy wiedzieć.

– Tak? Czy więc chcesz mi powiedzieć, że wspólnik Viriona przyjdzie do tatuażysty, żeby wręczyć mu zaliczkę? Że potencjalnie odda się na tortury, wydzieranie informacji siłą i zniweczenie całej akcji, jeśli to nasza prowokacja?

Naczelnik potrząsnął głową.

– Nie. Kwota jest ponoć zdeponowana u jakiegoś kupca, który o niczym nie wie. Ale wyda ją osobie, która poda hasło.

– No widzisz, przyjacielu. To wymyślił ktoś, kto dobrze zna metody organów ścigania. To wymyślił zawodowy przestępca. A nie Virion.

– Jeśli tak, to dlaczego Melikles nie użył tych pieniędzy wcześniej?

– Pewnie nie spodziewał się, że wyląduje w pierdlu z takim wyrokiem. W tym przypadku żadna suma go nie uratuje.

– Cóż więc robimy, pani?

Nie miała wątpliwości.

– Idziemy dalej zgodnie z planem. Moim czy Meliklesa, wszystko jedno, bo są zbieżne.

– Ale starzec umknie sprawiedliwości. Podejrzewam, że celem oszusta nie jest ucieczka, tylko...

– Umknięcie mistrzowi tortur – wpadła mu w słowo. – Masz rację, ale co mnie to obchodzi? Zaoszczędzimy cesarstwu horrendalnych wydatków na kata dobrej klasy, skoro on się sam zabije.

– Ale przykład dla innych przestępców...

– Daj mi spokój – osadziła go brutalnie. – Interesuje mnie wyłącznie Virion i to, czy doprowadzi nas do swojego skarbu. – Celowo ukryła fakt, że interesuje ją wyłącznie to, czy sprawa stanie się odpowiednio głośna. – Niech więc tatuażysta podejmie zaliczkę, a ty organizuj ucieczkę. Z hukiem i przytupem, poproszę. A ja ściągam posiłki z całej bliższej i dalszej okolicy.

Naczelnik skłonił głowę.

– Wszystko odbędzie się według twojego życzenia, pani.

– No! – Wyglądała na zadowoloną. Wyraźnie długi pobyt na prowincji zaczynał ją już nudzić. – A skoro pofatygowałeś się tutaj, to może zjesz ze mną drugie śniadanie? Na koszt cesarstwa, zapewniam. I same frykasy.

Rozdział 6

Pożar! Pożar!

Dochodzące spod kraty wycie więźniów budziło wszystkich z najgłębszego nawet snu.

– Gdzie? Gdzie się pali?

Ważniejsi więźniowie, ci z osobnych klatek, nie mogli nigdzie dostrzec płomieni.

Pożar w pierdlu. To koszmar! Nic jednak nie rozświetlało nieprzeniknionych ciemności. Czyżby więc sami kryminaliści, ci ze wspólnej jamy pośrodku, coś podpalili? Coś, co tliło się pod kratą i w zamierzeniu miało zwabić strażników albo wręcz skłonić ich do otwarcia wyjść? Naiwne myślenie, ale człowiek w desperacji może się posunąć do irracjonalnych czynów.

– Stamtąd chyba!

Melikles przywarł do swojej kraty i wskazywał coś ręką. W ciemnościach trudno było zorientować się co do kierunku. Virion wyraźnie poczuł dym. Nie potrafił powiedzieć, skąd się brał.

– Pożar! Pożar!

– Pali się! – wrzeszczeli więźniowie jak mogli najgłośniej. Pewnie w niejednej głowie pojawiła się myśl, że strażnicy śpią. Że nikt nie będzie ich ratować. W przypadku tej drugiej koncepcji mogli mieć rację, nawet jeśli pierwsza okazałaby się błędna.

Naprawdę groźnie zrobiło się, kiedy otworzyły się drzwi wejściowe. Stojący w nich strażnik, a raczej pochodnia, którą trzymał, uświadomiła wszystkim, jak dużo dymu jest w ogromnym pomieszczeniu. Światło było ledwie widoczne. Ukazało też monstrualny żółtawy całun pokrywający całą podłogę do wysokości kolan przynajmniej. Klatki umieszczono wyżej, ale ci na dole, we wspólnym lochu pod kratą, musieli się już dusić.

– Otwórzcie drzwi! – krzyczeli. – Wypuśćcie nas!

Akurat. Szczyt naiwności kogoś, kto nie zdawał sobie sprawy, że żaden strażnik nigdy sam drzwi nie otworzy. Ani jeden, ani dwóch, ani nawet dziesięciu. Do tego potrzebna była najwyższa władza, a trudno się spodziewać, żeby naczelnik nocował na terenie podległej mu placówki. Ale nawet ci, którzy w myślach obliczali, ile czasu zajmie pracownikom zawiadomienie szefa, wykazywali się daleko posuniętą głupotą. Ciekawe, czy gdziekolwiek na świecie istniał naczelnik, który sam z siebie wypuścił swoich więźniów. Ot tak, po prostu.

– Spalimy się. – Nawet Lin wykazała się resztką rozsądku. – Spalimy się!

Virion zerknął w jej stronę. Dzięki kilku wniesionym z zewnątrz pochodniom było coś widać.

– Spokojnie – powiedział.

– Spalimy się!

– Nie sądzę.

Melikles musiał usłyszeć ich wymianę zdań, bo dodał:

– My nie. – Roześmiał się gardłowo. – Ale trzeba przyznać, z rozmachem to robią.

Lin domyśliła się dopiero teraz. Długo potrząsała głową, a potem ukryła twarz w dłoniach. W jej życiu trwał okres ciągłych zdziwień. Być może nawet roiła sobie, że to tylko na pokaz. Że ktoś zadymia więzienie, na przykład paląc wilgotną słomę, tylko dla efektu. Biedna naiwna. Kierownictwo mogło przeżyć ucieczkę kilku więźniów. Mogło na tym nawet zyskać. Ale na pewno pod warunkiem, że wszystko będzie działo się „naprawdę", a zagrożenie będzie realne. Nie można wprowadzać zbyt wielu ludzi w swoje plany. A każdy pożar ma to do siebie, że łatwo może wymknąć się spod kontroli.

– Dusimy się! – Coraz bardziej posępne okrzyki dobiegały spod wspólnej kraty na podłodze. – Ratunku! Otwórzcie wejście!

Strażnicy biegali w popłochu. Oczywiście o żadnym otwieraniu krat nie mogło być mowy. Ale najwyraźniej ciężko im było nawet znaleźć źródło ognia. Natomiast dym jakby zaczynał rzednąć. Chyba że było to tylko złudzenie. Ale nie. Melikles miał podobne odczucie, a nawet potrafił je wyjaśnić.

– Patrzcie. – Wskazał Virionowi i Lin przeciwległą ścianę. – Otworzyli bramy po jednej i drugiej stronie budynku.

– Przewiewa nas?

– Tak się prowokuje katastrofę. Powietrze podsyci to, co się tli, i gdzieś wystrzeli płomień.

– Przestań krakać. Zresztą... lepiej się udusić czy co?

Ktoś otworzył drzwi składu podręcznego tuż przy ścianie, gdzie trzymano wielkie gary służące do roznoszenia posiłków. Usłyszeli grzmot albo huk, jakby jakiś głaz odpadł od skały i uderzył w kamienne podłoże. Po raz pierwszy zobaczyli też płomienie.

– No to mamy bardzo mało czasu – powiedział stary oszust.

– Pożar niewielki – mruknął Virion. – Może ugaszą?

Dym wypełniający dotąd ogromne pomieszczenie paradoksalnie zaczął szybko rzednąć. Jakby coś go wsysało albo wydmuchiwało na zewnątrz jak silny wiatr. Podmuchu jednak nie czuli. Po prostu stawało się coraz jaśniej i coraz widniej. Kaszel ludzi dochodzący spod wspólnej kraty zdawał się tracić na sile. Optymiści mogli sądzić nawet, że sytuacja jest opanowana. Strażnicy jednak mieli odmienne zdanie. Ktoś nareszcie podjął jakąś decyzję.

Więźniów z klatek położonych najbliżej źródła ognia wyprowadzano pojedynczo i skrupulatnie krępowano. Potem odprowadzano pod strażą do wyjścia po przeciwległej stronie od miejsca, gdzie znajdował się składzik. Nawet tutaj więc obowiązywała hierarchia. Byli więźniowie ważni, potrzebni jeszcze do czegoś cesarstwu, i była tłuszcza, którą nikt się nie przejmował. Na terenie więzienia znajdowało się za mało ludzi, żeby utworzyć szereg podający sobie wiadra z wodą. Tych więc, co przybiegli do pożaru, skierowano do ewakuacji ważniejszych więźniów.

– Spalimy się! – krzyczano z dołu. – Otwórzcie kratę!

Strażnicy jakby nie słyszeli. Tylko dwóch usiłowało wyciągnąć płonące elementy składu żelaznymi hakami przymocowanymi do drągów.

– A nie można utworzyć szeregu z wiadrami, biorąc więźniów do tego? – zapytała Lin.

Melikles, słysząc to, tylko załamał ręce. Virion westchnął cicho.

– A jak ktoś ucieknie, to kogo ogłoszą winnym? Strażników przecież, prawda?

– A jak się wszyscy spalą?

– To nikogo nie obwinią. Zły los. Bogowie tak chcieli.

Dziewczyna nie mogła uwierzyć.

– No nie zrobią takiego świństwa. Nie zostawią ich tutaj.

– A nie dziwią świństwa, które robią tobie? – zakpił Virion. – Zresztą nie wiem. Może uda się ściągnąć na czas więcej ludzi. Wszystko, co żyje, a za dnia nosi mundur, pewnie już tu co sił biegnie.

– Nie uda się zgasić – powiedział Melikles. – Widziałem takie pożary.

– Uda się – Virion był przeciwnego zdania. – Wcale tak mocno się nie pali.

– No to się załóżmy. – Wyspiarz uderzył dłonią o dłoń. – Szkoda tylko, że rozstrzygnięcie zakładu nastąpi w zaświatach.

– Mimo to trzymam!

Strażnicy doszli właśnie do celi Meliklesa.

– Wyłazić!

Mieli dokładne instrukcje na wypadek podobnych zdarzeń.

– Won na zewnątrz! Ręce!

Błyskawicznie związali więźniowi nadgarstki za plecami. Inny strażnik krępował kostki, tak żeby można było robić jedynie maleńkie kroczki. Sznur połączył szyję, dłonie i nogi. A potem założyli worek na głowę i zacisnęli pętlę na szyi. W tej sytuacji możliwość ucieczki stawała się czysto iluzoryczna.

Trzasnęła następna krata.

– Virion! Wyłazić!

O. Pamiętali nawet jego imię. Chyba stał się w więzieniu dość sławny. Bez protestu poddawał się wiązaniu. Tamci się nie patyczkowali. Wszystkie stawy momentalnie zaczęły boleć, a pętla na szyi dusić. Jednak dobiegające z dołu wrzaski: „Palimy się! Ratujcie! Otwórzcie drzwi!!!" sprawiały, że każdy wyprowadzany z klatki raczej błogosławił swoją sytuację.

Chwilę później, kiedy przez worek na głowie Virion stracił możliwość dostrzeżenia czegokolwiek, ktoś szarpnął go za sznur przy szyi i kazał dreptać przed siebie. Od razu potknął się, a strażnik, nie chcąc, by się przewrócił, mocno szarpnął za pętlę. Virion zaczął się dusić. Ale wystarczył jeden przepełniony przerażeniem okrzyk z dołu: „Błagam! Wypuśćcie nas!", by odzyskać wiarę w hierarchię spraw. A szlag z nimi. Mogą go wyciągać nawet na bezdechu. Byleby nie zostawać tu ani chwili dłużej.

Męcząca i powolna droga zdawała się nie mieć końca.

– Potrzebuję więcej ludzi! – wrzeszczał ktoś tuż obok. – Potrzebuję więcej ludzi!

– Skąd ci wezmę?!

– Co raz przecież ktoś przybiega!

– Tych z miasta nie dostaniesz!

– Potrzebuję ludzi!!!

– Oni do gaszenia...

Ktoś popychał więźniów niemrawo. Nie każdy ze skrępowanych ludzi miał własnego „prowadzącego". Zbici w kupę, pozbawieni możliwości widzenia, tłoczyli się, przeszkadzali sobie wzajemnie i potykali się. Prawdopodobnie byli już na zewnątrz głównego budynku. Virion czuł na rozpalonej skórze wyraźne podmuchy lekkiego wiatru. Ale grupa, czy raczej tłum, nie była kierowana w żadną konkretną stronę.

– Zabierz ich stąd, psiamać!

– Gdzie mam ich, kurwa, zapakować?

– Do budynku komendy!

– On od zawietrznej!

– No to do stajni pakuj!

– Toż ona bez zabezpieczeń żadnych!

Strażnicy najwyraźniej nie mieli żadnego planu ewakuacji. Nikt też nie panował nad sytuacją. Nikt nie miał nawet pomysłu na to, co robić. Zderzały się tylko dwa priorytety. Pierwszy to: gasić. Drugi: zachować więźniów specjalnych.

– Tu ci się zaraz rozbiegną!

– Sam mam ich pchać! Sam?!

– Kurwa!

Paraliż decyzyjny postępował błyskawicznie. Pozbawieni naczelnego dowódcy strażnicy działali jak każdy urzędnik na całym wielkim świecie. Zgodnie z zasadą: „za podjęcie złej decyzji będzie surowa kara, a za niepodjęcie żadnej nikt jeszcze nikogo z pracy nie wywalił".

– Posłuchaj mnie, człowieku. Oni mi się zaraz w tym tłoku zaczną sami rozwiązywać! Jeden drugiego!

– Trzeba im założyć worki na dłonie. Zawiązać...

– Kim?!

– Noż kurwa jedna! Hej! – Strażnik musiał wołać kogoś bardziej oddalonego. – Weź mi tu przyprowadź wszystkich cywilnych pracowników z terenu jednostki. Wydobądź wszystkich, co są! Kucharzy, praczki, sekretarzy, pisarzy rejestrowych! Wszystkich!

– Tak jest!

– A ty przynieś sznur i worki, bo już się kończą nawet te na głowę!

Virion rzeczywiście miał wrażenie, że tłum, którego stał się częścią, gęstniał coraz bardziej. A na pewno była jakaś granica w liczbie ludzi wyprowadzanych na dziedziniec. I strażnicy doskonale zdawali sobie sprawę z tego, że zaraz mogą stracić kontrolę nad kłębowiskiem.

– Podziel ich na grupy!

– Jak mam tu coś dzielić?

– Paru zdrowych mężczyzn do pomieszczeń młyna. Zaraz uruchomią pompę i tam się przydadzą.

– I tam ich rozwiążą?

– W kieracie mogą chodzić związani.

Z boku rozległ się nowy głos:

– Daj kilku do kuchni. Skład prawie pusty.

– Ze składu ci uciekną.

– Nie uciekną. Zresztą daj najgorsze niedołęgi.

Virion nie mógł się porozumieć z Meliklesem, ale odniósł wrażenie, że o to właśnie chodziło organizatorom ucieczki. Liczebność raz podzielonej grupy bardzo trudno będzie sprawdzić przez długi czas. A jeszcze dłuższy zajmie potem określenie, kogo brakuje.

– Ja potrzebuję troje do magazynu! Windę będą pchać.

Chyba się nie mylił. Ktoś wyraźnie powiedział „troje". Nie trzech ani trzy, ale właśnie troje. Jego domysły potwierdziło mocne szarpnięcie za sznur przywiązany do szyi. Znowu stracił oddech, ale na krótko. Ktoś usiłował prowadzić go jak najszybciej było można. A w tym przypadku lekkie choćby potknięcie powodowało dławiący ucisk sznura. Usiłował sam chwycić rytm. Niewiele mógł zdziałać. O mało sam się nie powiesił, pokonując niewielki stopień. Chwilę później trzasnęły otwierane zbyt mocno drzwi. Przestał czuć wiatr na skórze. Przeszedł jeszcze kilkanaście kroków i usłyszał ciche:

– Uwaga, schody.

Świetne określenie! Genialne po prostu. Pytanie tylko: w dół czy w górę? No trudno. W ucieczce nie pomagali przecież przewidujący intelektualiści.

Virion znowu o mało nie powiesił się na sznurze trzymanym czyjąś mocną ręką. Schody biegły w dół. Dawał z siebie wszystko, stawiając stopy na kolejnych stopniach. Czuł, że owiewa go piwniczny chłód. Potem poczuł pod stopami zalaną czymś posadzkę. Ktoś zerwał mu worek z głowy i szybko zaczął rozplątywać krępujące go sznury.

Pomieszczenie okazało się więzienną kostnicą. W tej chwili ledwie oświetloną jedną jedyną oliwną lampką. Melikles i Lin stali tuż obok. Na szczęście ten z pomocników, który rozplątał więzy dziewczyny, dłonią zatkał jej usta, żeby nie zaczęła krzyczeć ze strachu na widok leżących na stołach ciał. Stary oszust też patrzył w ich kierunku.

– Witam kolegów – mruknął nawet.

– Nie gadać! – syknął mistrz tatuażu. – Przebierajcie się szybko!

Podał im ciemnoszare stroje grabarzy.

– Ale to męskie ubranie – wyrwało się zagubionej Lin.

– Nie bój się – warknął jeden z pomocników. Bardzo zdenerwowany możliwością wpadki w każdej chwili. – Kutas ci od samego włożenia nie urośnie.

– Panowie! – Melikles, w miarę jak zaczynał wierzyć w swój ratunek z rąk mistrza tortur, miał coraz lepszy humor. – Trochę szacunku dla szacownych zmarłych. I dla dziewczyny... ciągle jeszcze żywej.

– Szybciej!

– A wszystko przygotowane?

– Wszystko! Koniec guzdrania! – komenderował tatuażysta. – Wy dwaj – wskazał na swoich pomocników – spadać stąd! I zamknijcie drzwi od zewnątrz na głucho!

– Jasne. Nikt nie wejdzie.

– Zresztą panika na górze – dodał drugi.

– Szybciej! – powtórzył tatuażysta. – A my bierzemy mary i jednego klienta z nami.

– Mogę wybrać? – zaoferował się Melikles. – Czy to wszystko jedno?

Lin przerażona zamknęła oczy.

– Weźmy najlżejszego – Virion postanowił przyspieszyć ewakuację. – Zgaduję, że czeka nas droga na cmentarz.

– Tak, a ludzie się boją konduktów, grabarzy i w ogóle śmierci.

– Wszyscy oni chudzieńcy. – Stary oszust bawił się w najlepsze, chodząc między zwłokami. – Nie najlepiej karmią w tym przybytku.

– To weźmy najniższego. – Virion sam dokonał wyboru. – Tego tu! – Wskazał palcem ciało jakiegoś starca.

W trójkę przenieśli go na mary. Nosze miały cztery uchwyty i żeby nie uronić nieboszczyka, wszyscy musieli brać udział w transporcie.

– Chwyć z przodu – poradził dziewczynie Melikles. – Nie będziesz musiała patrzeć.

– Ale ja się boję.

– No to sama się połóż na noszach i udawaj trupa, a my we trzech damy radę.

– Nie! Nie... – Lin, widząc alternatywę, skwapliwie chwyciła swoją końcówkę drąga.

– Idziemy. – Tatuażysta wziął z blatu oliwną lampkę i poprowadził ich do podziemnego korytarza.

Musieli się schylić. Przejście nie dość, że niskie, było bardzo wąskie. Prawdopodobnie w normalnych warunkach mary obsługiwało tylko dwóch ludzi. W czwórkę przeciskali się z dużym trudem. Na szczęście droga nie była długa. Już po niecałej modlitwie ich przewodnik jednym dmuchnięciem zgasił lampkę i otworzył drzwi z grubych desek. Znowu owionęło ich rześkie powietrze niosące swąd spalenizny. Stąd jednak nie mogli ocenić, jak rozwija się pożar głównego budynku.

– Zaciągnijcie kaptury. Teraz powoli i bez gadania.

Wokół nie było żadnych ludzi. Wszyscy strażnicy skupili się na radzeniu sobie z pożarem.

– Trzymajcie głowy opuszczone – usłyszeli kolejną instrukcję. – Na drodze nie przyspieszać, nie rwać się do przodu. Kondukt zawsze idzie powoli.

– Kapłana nie mamy – szepnął Melikles.

– To tylko więzień. Mieszkańcy z okolicy przyzwyczajeni, że zwłoki stąd wynosi się nocą, a ceremonia dopiero na cmentarzu.

Drogą, którą podążali, nikt nie usiłował się dostać do płonącego więzienia. Obudzeni w środku nocy strażnicy siłą rzeczy wybierali ulicę łączącą teren zamknięty bezpośrednio z miastem albo którąś ze ścieżek pnących się stromo znad brzegu rzeki. Tędy, prosto na cmentarz, przejście było wolne. Mieszkańcy okolicznych domów budzili się dopiero na odgłos akcji ratowniczej. Nikt oczywiście nie zamierzał biec na pomoc. Wiadomo, że na teren więzienia nikogo obcego nie wpuszczą, ale ciekawość sprawiała, że niektórzy powychodzili przed domostwa lub wywieszali się z okien.

– Hej. – Jakiś człowiek podszedł do płotu, nie mogąc powstrzymać emocji. – Od więzienia idziecie. Co tam się dzieje?

– Człowieku, przecież widzisz, że zmarłego odprowadzamy – burknął w odpowiedzi tatuażysta. – Okaż trochę szacunku nieboszczykowi.

– Ale pali się tam? Czy co?

– Nam z nikim rozmawiać nie można.

– Stąd nic nie widać poza dymem. Tam pożar czy kaźnią kogoś na stosie?

– No jak kaźnią po nocy? Pożar, pożar.

Mężczyzna nagle parsknął śmiechem.

– Jak tam ogień, to po co tego tu na cmentarz, na stos niesiecie? Trzeba go było zostawić i przy okazji za jednym razem...

To już było bluźnierstwo. I to ciężkie.

– Kto kpi z majestatu śmierci – odezwał się Melikles ponuro – tego ona rychło nawiedzi. A wtedy szacunek okażesz.

Uwaga starca ostudziła trochę zapędy dowcipnisia. Inni, którzy nielicznie pojawiali się zaspani w drzwiach swoich domów, nie wykazywali ochoty do nawiązywania rozmowy z konduktem.

Mimo powolnego tempa marszu na cmentarz udało im się dostać w dobrym czasie.

– Masz tu ukryte wszystko, co potrzeba? – Melikles po złożeniu ciała na jednym ze stanowisk do ciałopalenia stawał się coraz bardziej nerwowy.

– Wszystko przygotowane. – Tatuażysta silił się na spokojny głos, ale czuć było, że spokój ducha to raczej rzecz, o której w tej chwili mógł jedynie marzyć.

– O niczym nie zapomniałeś?

– Mam wszystko.

– Łopaty, łom, dłuta, młotki?

– Aż taka ta skrzynia mocna?

– Ty się nie pytaj. Jeśli chcesz tej jeszcze nocy dostać resztę zapłaty, to wszystko ma być gotowe.

– Wszystko gotowe.

– No to ruszajmy.

– Gdzieś się Virion zapodział. – Mistrz tatuażu rozłożył ręce.

– O Bogowie! Nie, tylko nie to...

– Tam poszedł. – Lin wskazała kierunek.

– Do świątyni?

– Nie do świątyni. Obok.

Melikles klął ściszonym głosem.

– Zaraza jasna! Akurat teraz! – Ruszył w stronę kantoru administratora cmentarza dokładnie w chwili, kiedy Virion pojawił się w drzwiach. – Gdzieś był?!

– Szukałem miejsca.

– Jakiego miejsca? Musimy stąd wiać natychmiast.

– Tablicy – odparł chłopak, ale nikomu nic to nie wyjaśniło. – Zaraz wrócę.

Ani tatuażysta, ani Melikles nie zrozumieli. Lin również zmarszczyła brwi. Ona jednak, w przeciwieństwie do mężczyzn, domyśliła się po krótkiej chwili. Uspokajająco machnęła ręką.

– Mam nadzieję, że on właśnie nie nawiewa sam? – Starego oszusta ogarnęły wątpliwości.

– Nie – powiedziała Lin.

Tatuażysta wyjmował właśnie narzędzia spod sągów drewna przygotowanego do spalenia. Łopaty i łom były owinięte w szmaty, związane razem i umieszczone w worku z dwoma sznurkami, które pozwalały umieścić je na plecach. Pozostałe narzędzia również obwiązano fragmentami łachmanów. Każdy uciekinier musiał je ukryć gdzieś przy sobie.

– A noże? – zapytał Melikles. – Dlaczego nie ma noży?

– Niby na co ci nóż? – zdziwił się tatuażysta. – Zamierzasz walczyć ze strażnikami?

– Żebyś w złą porę nie powiedział.

– Przestań. Jak się pojawią, to i mieczem nic nie zdziałasz.

– Ciiii... – uspokajała ich Lin.

Virion tymczasem odnalazł małą tabliczkę poświęconą pamięci Aride. Gdzieś tutaj w pobliżu musiała być garść popiołu, która z niej została. Pole chowalne nie było ani duże, ani reprezentacyjne. Bogaci mieszkańcy zabierali prochy swoich bliskich i kupowali im miejsca w świątyniach. Biedota generalnie użyźniała pola.

W ciemnościach ledwie widział litery składające się na jej imię i datę rozpalenia stosu. Jakie to miało znaczenie?

– Aride – szepnął, czując pustkę w głowie. Ani powiedzieć, że mu głupio, ani że żal. Żegnać się jeszcze gorzej. Czuł coś dziwnego w gardle. – Aride, zapomnij mnie – powiedział.

– A, tu jesteś. – Melikles, prowadzący pozostałych dwoje, odnalazł go nareszcie. – Musimy uciekać.

Virion nie odwrócił głowy.

– Wyobraź sobie, że jestem pożółkłym liściem, który opadł z drzewa – szepnął. – A ty przechodzisz obok. – Przełknął ślinę. – Nie schylaj się po mnie, Aride. Przejdź po prostu i idź dalej. A mnie zostaw. Przeminę, zwieje mnie wiatr i zniknę. A ty pomyśl, że może tak miało być... Zostaw mnie, proszę.

– Szybciej – niecierpliwił się stary oszust.

Virion cofnął się o krok. Jedynie Lin patrzyła współczująco. Skrzywiła lekko wargi, a potem rozłożyła ręce. Chyba bała się dotknąć Viriona, nawet położyć rękę na ramieniu.

Melikles pomógł mu założyć na plecy worek z łopatami. Pospiesznie sprawdzał, czy wszyscy zabrali to, co mieli nieść.

– Idziemy! – Ruszył pierwszy. – No jazda!

– Gdzie idziemy? – zainteresował się tatuażysta.

– W kierunku drogi na Syrinx. – Melikles trochę się pospieszył z odpowiedzią. – Wszyscy wiedzą, że jak się trzeba ukryć, to najlepiej w stolicy, nie?

– A skarb?

– Nie bój się. Dostaniesz swoją część.

– Nie będę z wami wędrował do Syrinx!

– Dzisiaj wykopiemy. Po to narzędzia.

– No nie powiesz mi, że skarb zakopany jest na poboczu drogi do Syrinx! I codziennie mijają go tysiące osób!

Virion zrozumiał, że wszystko poszło nie tak. Stary wyspiarz niechcący wygadał się za wcześnie. Trudno się dziwić. Nieprawdopodobnie silne emocje kipiały w każdej głowie. I każdemu mogło się pokręcić. Teraz trzeba było ratować sytuację.

– Nie wiedzieliśmy przecież, że przyprowadzisz nas akurat tutaj, prawda? – powiedział, zdejmując z pleców worek z narzędziami.

– Co ma jedno do drugiego? – Tatuażysta ciągle był podejrzliwy.

– Pomyśl chwilę. Pomyśl, chłopie. – Virion rozsupłał sznurek, którym obwiązany był worek, i zaczął gmerać w środku. – A dlaczego odłączyłem się i poszedłem szybko coś sprawdzić? A dlaczego Melikles chce was odciągnąć na drogę do Syrinx i umożliwić mi powrót tutaj? Samemu?

Nawet przez najbardziej tępy umysł prosta i podstawowa myśl musiała się kiedyś przebić. Twarz mistrza tatuażu rozjaśniła się nagle w impulsie zrozumienia.

– Ach! Skarb zakopałeś tutaj?!

– No psiamać! – Virion wyjął z worka łopatę i łom. – Jesteś najmądrzejszym człowiekiem w Luan! – Niepotrzebną łopatę odłożył na bok.

No i wszystko stało się jasne. Rzeczywiście przecież uciekinierzy z więzienia nie mogli wcześniej wiedzieć, że tatuażysta zabierze ich na cmentarz. Rzeczywiście chłopak nie chciał przy nim odkopywać skarbu, bo przecież podczas ucieczki nie będzie na plecach targał całej skrzyni. Większość musiała zostać tutaj. Wszystko układało się w zgrabną całość.

Zrozumiał to również Melikles. Wyciągnął rękę, wskazując coś za plecami tatuażysty i powiedział:

– Skarb ukryty jest tam!

Kiedy mężczyzna odruchowo odwrócił głowę, Virion z całej siły uderzył go łomem w goleń. Melikles rzucił się na upadające ciało, żeby zakryć głowę ofiary workiem. A potem, korzystając z szoku tamtego, wbił mu w szyję dłuto i przekręcił kilka razy.

– Hej! – Virion doskoczył z boku. – Nie tak miało być.

– Zostawić go związanego i z kneblem? – Starzec ledwie łapał oddech. – Wybrałem pewniejszą metodę.

– Ale...

– No i skróciłem mu cierpienie. – Melikles usiłował się podnieść. Najwyraźniej skok wyczerpał wszystkie jego siły, bo szło mu niesporo. – Wiesz, jak boli złamana goleń?

– Bogowie! – Lin była bliska krzyku. – Bogowie! Co wyście zrobili?!

Virion podskoczył, żeby ją powstrzymać, ale chyba zrozumiała to opacznie, bo w ręku ciągle miał łom. Targnęła się w tył, zawadziła o coś nogą i runęła na plecy.

– Dobij – poradził spokojnie Melikles.

– Zamknij się, stara pierdoło!

– Będziesz żałował...

Virion chciał pomóc dziewczynie wstać, lecz spotkał się ze zdecydowanym oporem.

– Co... co wyście zrobili?

– Spokojnie. Tego nie było w planach.

– Zależy czyich. – Melikles wpadł w nastrój filozoficzno-zgryźliwy.

– Uspokój się. – Virion próbował podnieść Lin. – Musimy uciekać.

– Nie, nie... Nie!

– Musisz zdecydować – tłumaczył. – Idziesz z nami czy zostajesz?

– Znaczy żywa będziesz czy martwa. – Stary wyspiarz stanął nareszcie na nogach, choć chwiał się lekko. – Wybieraj.

Dziewczyna usiłowała się od niego odsunąć, przez to wpadała w ramiona Viriona, który stał z drugiej strony. Zrozumiała szybko, że wybór naprawdę był prosty.

– I... Idę.

– Zapewniam – starzec bawił się w najlepsze – że czekają cię jeszcze lepsze widoki.

– Przestań! – syknął Virion.

Ukrył niepotrzebne narzędzia do odkopania rzekomego skarbu. Nie, nie jakoś tam starannie. Byle tylko zniknęły z widoku i nie były pierwszą rzeczą, jaką znajdą tu rano ludzie.

– A co z nim? – Wskazał na zakrwawione ciało.

– Jest we właściwym dla nieboszczyków miejscu – odparł Melikles, rozglądając się po cmentarzu. – Nie będziemy go nigdzie nosić, bo i tak rano go cofną.

Trudno było odmówić temu rozumowaniu słuszności.

– No to biegiem. – Virion ruszył w stronę głównej bramy.

– Na mój bieg raczej nie licz.

– Nie mamy daleko. Rozstaje tuż-tuż.

– A po co nam rozstaje? – Lin powoli wracała do przytomności. Przynajmniej jakiej takiej.

Nie było sensu wprowadzać dziewczyny w plany co do przyszłości. Zbyt wiele niewiadomych mogło w każdej chwili wywrócić cały plan do góry nogami.

Szli szybkim krokiem do chwili, kiedy Melikles zadyszał się znowu. Dał znak, żeby się zatrzymać.

– Myślę, że nie ma sensu dalej iść – wysapał. – Sytuacja i tak będzie dla nich jasna.

– Jak to?

– Będą mieli pierwszego trupa na cmentarzu. Będą więc wiedzieć, gdzie poszedłeś.

– Nie minęliśmy rozstajów.

– To bez znaczenia, bo tam są tylko dwie drogi. Jedna w dół, przez rzekę, a tam przecież most i myto. Jeśli szedłeś w tym kierunku, to tylko na Syrinx.

Virion zamyślił się, analizując fakty.

– Masz rację – powiedział po chwili. – Zwłoki za nami ich nakierują.

– Tak. – Starzec uśmiechnął się lekko i spojrzał Virionowi w oczy. – Myślę, że to najlepsze miejsce. – Wskazał wzrokiem gęstwinę krzaków po prawej stronie drogi.

Chłopak tylko westchnął.

– A jesteś absolutnie i do końca pewny tego, co chcesz zrobić?

– Żartujesz? – W głosie wyspiarza nie było cienia wahania. – Jestem pewny i zdecydowany. Wyświadczasz mi przysługę.

Dopiero teraz Lin poczuła, że dzieje się coś dziwnego.

– Co zamierzacie zrobić? – spytała zaniepokojona.

Zignorowali ją. Melikles pierwszy wszedł pomiędzy gęste gałęzie. Usiłował się wcisnąć jak najgłębiej, tłumacząc, że dobrze, żeby krew nie spryskała bruku. No i żeby nie tryskała wokół. Sam zarzucił sobie worek na głowę.

– Stań z tyłu – komenderował. – Żeby nic nie chlusnęło na ciebie. No i żebyś nie patrzył mi w twarz, nawet pod workiem.

Virion przepchnął się do tyłu z wielkim trudem.

– Co robicie? – dopytywała szeptem Lin. – Boję się. Co robicie?

– Namacaj tętnicę. Musisz ją poczuć bardzo wyraźnie.

– Czuję.

– Wbij dłuto i przekręć. Raz.

– Jesteś pewien? – powtórzył Virion.

– Jestem. I pamiętaj: zdejmuję z ciebie wszelką winę za ten uczynek. To pomoc przyjaciela dla przyjaciela w potrzebie.

– Ale...

– Jesteś jedynym przyjacielem, jakiego mam na świecie. A czyż to nie marzenie umrzeć w spokoju, w obecności kogoś bliskiego? Wtedy, kiedy się ma na to ochotę? – Głos Meliklesa był jasny i spokojny. – Sam decyduję, a ty uwalniasz mnie tylko, przyjacielu. Już! Zrób to!

Virion obiema rękami wbił dłuto w pulsujące miejsce na szyi wyspiarza. Szarpnął mocno, przekręcając je w bok. Potem puścił. Starzec jakby westchnął czy kaszlnął. Na pewno nie jęknął. Jego ciało powoli osuwało się na ziemię. Virion odsunął się, czując pierwsze drgawki konającego. Wytarł zakrwawione dłonie kawałkiem szmatki. Odrzucił ją i wyszedł z powrotem na drogę.

– Bogowie – Lin powtarzała ciągle to samo – Bogowie.

– Przestań mamrotać nareszcie. – Poczuł nagle złość na nią.

– Co to było? Co się stało?

– Cielę oknem wyleciało – powtórzył zapamiętaną z dzieciństwa odzywkę. – Idziesz?

– Gdzie? – dała się zaskoczyć.

– W przeciwną stronę. Tam. – Wskazał palcem w kierunku rozstajów. – Niedługo zaczną nas szukać.

Patrzyła na Viriona bezrozumnie. Stała z otwartą buzią i dosłownie chwile tylko dzieliły Lin od tego, żeby z ust zaczęła jej kapać ślina.

– Idziesz? – ponowił pytanie.

Zamknęła usta, trzaskając zębami.

– A dlaczego tam?

– Bo ja też muszę umrzeć.

Naczelnik siedział sam w bocznej sali najdroższego zajazdu w mieście i przyjmował meldunki nadbiegających z różnych stron kurierów. Nawet nie spotykał ich osobiście, mając za pośrednika Filasa, który zajął stanowisko w małym kantorze po drugiej stronie ulicy. Nikt więcej nie był wtajemniczony. Gońcy przynosili meldunki na piśmie.

Nuda, nerwy, nuda i nerwy. Nie mógł osobiście pokazać się tej nocy w więzieniu, a ruchami posłańców kierowali prefekt miejski i dowódca strażników, którego ludzie dyskretnie kontrolowali wszystko, co dzieje się w mieście. Sam naczelnik drżał więc w niepewności, czy wszystko pójdzie dobrze i czy zły los nie sprowadzi jakiegoś nieszczęścia.

Sama Taida zeszła na dół daleko po północy.

– Witaj, przyjacielu.

Mimo późnej pory wyglądała świeżo i kwitnąco. Jakby dopiero co brała kąpiel i poddała się wszelkim upiększającym zabiegom.

– Witaj, pani. – Z ust naczelnika przy powitaniu wyrwało się westchnienie ulgi. Już zaczynał sądzić, że imperialna prefekt zasnęła po prostu, zostawiła wszystko na jego głowie, a sama zjawi się dopiero w południe.

Uśmiechnęła się ze zrozumieniem. Nie zdążyła niczego dodać, kiedy zjawił się usłużny gospodarz. Fachowiec, psia jego mać. Spodziewał się, że mimo upływu ponad połowy nocy dziś będzie się działo. Obsługa kuchni musiała być w gotowości.

– Czym mógłbym służyć wielmożnej pani? – zapytał, wykonując pałacowy prawie ukłon.

– A co się je pomiędzy kolacją a śniadaniem? – rzuciła Taida z uśmiechem.

– Podkurek, wielka pani.

– O? Pierwsze słyszę, ale poproszę.

– Podkurek rzeczywiście podaje się nad ranem, ale jeszcze przed snem – wtrącił naczelnik, który znał to określenie. Zdążył już znielubić gospodarza, który jego samego zdawał się ignorować.

– A może jeszcze zaśniemy? – Prefekt wzruszyła ramionami. – Kto wie?

– Dla ilu osób nakryć? – zapytał gospodarz.

– Dla dwóch. Chyba że moi znajomi już dotarli.

Gospodarz skrzywił się, jakby usłyszał coś niestosownego. Przez moment milczał.

– Tego nie wiem, wielmożna pani – odparł w końcu. – Ale jacyś ludzie pytali o imperialnego prefekta.

– To oni. Poproś...

– Wszystkich?! – Gospodarz przejął się tak bardzo, że nie dał jej nawet dokończyć.

Taida cmoknęła pod wrażeniem cudzej niedomyślności.

– Przecież niektórzy to niewolnicy. Zwariowałeś? – Pokręciła głową. – Poproś jednego. I przygotuj trzy nakrycia.

– Na jednej nodze.

Naczelnik domyślał się, skąd taka reakcja u właściciela zajazdu. A teraz miał pewność. Pani prefekt zatrudniła łapaczy niewolników. Chciała dodatkowego zabezpieczenia w papierach, więc wzięła sobie grupkę zawodowców. Profesjonalistów od łapania wszelkiej maści zbiegów i robienia im krzywdy. Chyba że zlecenie opiewało inaczej.

– Jak sytuacja w więzieniu? – zapytała po chwili.

– Pożar opanowany.

– Jakieś poważniejsze straty?

– Niewielkie. Materiały podpalone w składziku dawały dużo dymu, a mało gorąca. Stos desek na zewnątrz, który symulował pożar dla całej okolicy, był odseparowany od najbliższych ścian. Strat prawie nie ma.

– A ja nie o to pytam.

– Ach. – Pacnął się lekko w czoło. – Nikt nie ucierpiał i nikt nie uciekł. Oczywiście poza... – zawiesił głos, a ona pozwoliła mu nie kończyć. Zaraza jedna wie, kto tu mógł słuchać i w czyim imieniu.

– Dostajesz meldunki na bieżąco?

– Tak jest. Straż miejska i posiłki ściągnięte z bliższej i dalszej okolicy kontrolują dyskretnie miasto wraz z przyległościami. Nikt się nie wymknie.

Naczelnik zauważył człowieka, którego wprowadzał gospodarz.

– Czy przy nim mam mówić otwarcie? – zapytał szybko ściszonym głosem.

Taida zmarszczyła brwi.

– Przejdź na ton oficjalny po prostu – poradziła, a sama odwróciła się w kierunku nadchodzącego. – Witaj, przyjacielu.

– Pani prefekt. – Mężczyzna skłonił głowę z szacunkiem. I nie była to żadna forma grzeczności. Chyba znał wartość kobiety, która nazywała go przyjacielem.

Łapacz był dość niski, miał kędzierzawe włosy, a na sobie strój przypominający wojskowy, być może nawet stary mundur pozbawiony odznak i dystynkcji, ale nie sposób było rozpoznać, bo obcy dosłownie obwiesił się bronią wszelkiego rodzaju. Jakim cudem z czymś takim w ogóle przeszedł pomiędzy pilnującymi miasta strażnikami? Ach, przecież szef straży sam wydał rozkaz, żeby dzisiaj pod żadnym pozorem nie zatrzymywać żadnych podejrzanych. W normalny dzień, a tym bardziej w nocy, z takim arsenałem na widoku nie przeszedłby nawet stu kroków.

– Panowie się nie znają – Taida zaczęła prezentację. – To Nary, najlepszy specjalista od wyłapywania zbiegów. Pan naczelnik miejscowego więzienia.

– Z którego nawiało kilku więźniów?

Nary od razu nie spodobał się naczelnikowi. A poza tym nie grzeszył inteligencją. Przecież nie spędzał właśnie wakacji w okolicy. A skoro został wezwany, by ścigać zbiegów, i dotarł na miejsce dokładnie w chwili, kiedy doszło do ucieczki, to najgłupszemu bandziorowi powinno to dać do myślenia. Nary'emu najwyraźniej nie dało. No cóż. Stąd wniosek, że inteligencja nie jest konieczna w zawodzie łapacza. Wystarczy instynkt, brutalność, doświadczenie. A może tych kilku niewolników, których miał ze sobą i którzy doskonale potrafili się wczuć w duszę zbiega.

– Trafiłeś w sedno. – Taida przeniosła wzrok z jednego mężczyzny na drugiego. – Panie naczelniku?

– Uciekło trzech mężczyzn i jedna kobieta. Korzystając z zamieszania wywołanego pożarem, udało im się przedostać na cmentarz. Tam zabili jednego z nich, tatuażystę.

– Jak? – zapytał Nary.

– Łomem złamali mu goleń, a potem wbili dłuto w tętnicę na szyi.

– Amatorzy.

Naczelnik nie skomentował.

– Następnie pozostała trójka zaczęła uciekać w kierunku drogi na Syrinx.

– Skąd pewność?

– Przed rozstajami Virion zabił swojego współtowarzysza, Meliklesa.

– W ten sam sposób, co na cmentarzu? – zapytała Taida.

– Tak, choć bez łamania nogi, bo oszust był w naprawdę podeszłym wieku i nie mógłby uciekać.

Nary zaczął się śmiać.

– Ale mają świetny plan! – Rechotał coraz głośniej, nie bacząc na spojrzenia gospodarza, który bał się, że pobudzi mu gości. – Pozabijają się wszyscy i nikogo nie złapiemy. To ci geniusze!

– Nikogo nie będziemy na razie łapać – Taida osadziła zapędy Nary'ego. – Gdzie teraz mogą być?

Nary nie dawał za wygraną.

– Zgaduję, że idą w stronę rzeki – powiedział. – I tam trzeba umieścić wszystkich strażników. Rano będziemy ich mieli.

Naczelnik uśmiechnął się lekko.

– Idą w kierunku skał za miastem. Do miejsca, gdzie straż złapała Viriona.

– Jesteś pewny?

– Filas jest pewny.

– Ciekawe. – Pani prefekt zabawnie przekrzywiła głowę. – Czyżby on tam naprawdę zakopał skarb?

Nary splunął, nie bacząc na fakt, że nie stoi na gościńcu, tylko na wypolerowanej posadzce najdroższego zajazdu w mieście.

– Możecie liczyć na swoich strażników. – Machnął ręką. – Ale rano wypuśćcie mnie i moich ludzi na łowy. A do wieczora wymażę imię Viriona z historii świata i sprawię, że nikt już więcej o nim nie usłyszy.

Cienie znajomych skał napełniły Viriona spokojem. Może i złudnym, może mającym trwać tylko chwilę, ale to nieważne. Wrażenie ukojenia było wyraźne. Tu przecież przychodził wiele razy jako dziecko, szukając samotności. Tu przyprowadził Partego. Tu rozmawiał z... Aride. Musiał drgnąć odruchowo, bo Lin coś zauważyła. Miała też niesamowitą intuicję.

– Tutaj z nią byłeś? – zapytała cicho.

Potwierdził skinieniem głowy, a potem, niepewny, czy dobrze go widzi w świetle gwiazd, dodał głośno:

– Tak.

– Naprawdę ją zabiłeś?

Nie spodziewał się takiego pytania. Ale... w sumie czemu miałby nie odpowiedzieć?

– Tak. Zabiłem ją.

– Czemu?

Na to już nie chciało mu się odpowiadać.

– Zabiłem i ją, i mojego najbliższego przyjaciela. Mówią też, że wielu, wielu innych.

– Sama widziałam, jak dzisiaj zabiłeś Meliklesa. Czy to dla ciebie jak splunąć?

Zaskoczyła go.

– Dlaczego pytasz?

– Boję się, że i mnie zabijesz.

Sprytna baba.

– A czy mam jakiś powód? – On również postanowił wykazać się sprytem.

Chyba się przestraszyła. Ale nie był pewien. Ledwie widział jej twarz w świetle gwiazd.

– Dlaczego pytasz o Aride?

– Patrzyłam na ciebie na cmentarzu. Od razu pobiegłeś do kantoru administratora, żeby odnaleźć miejsce umieszczenia prochów. I nie poszedłeś do rodziców, do bliskich, ani nawet do przyjaciela. Poszedłeś spojrzeć na tablicę tej dziewczyny. Tylko z nią się pożegnałeś.

– Tak wyszło – powiedział nagle schrypniętym głosem. – Czasu nie było.

– Bardzo ją kochałeś?

Żeby ją szlag trafił z babskimi pytaniami.

– Musimy się pospieszyć.

– Za co ją zabiłeś? – Lin nie ustawała w indagacjach. – Co ci zrobiła?

– Była zbyt ciekawa i zadawała za dużo pytań. – Ruszył w stronę skał i gestem nakazał, żeby dziewczyna szła za nim.

– Gdzie chcesz dotrzeć?

– W tych skałach są jaskinie – wyjaśnił.

– I tam się ukryjemy?

– Tam zadecyduję, co dalej. – Absolutnie nie zamierzał wyjaśniać Lin czegokolwiek. Melikles poświęcił naprawdę dużo czasu, by nauczyć Viriona, żeby nikomu nie ufać pod żadnym pozorem. Jednak lepszym nauczycielem od starego oszusta była rozprawa sądowa, gdzie dowiedział się, że wszyscy, których uważał za bliskich, staną przeciwko niemu na jedno skinienie cudzego palca.

– Aha, bo musisz najpierw odkopać skarb – zrozumiała to po swojemu. – A gdzie skrzeszemy ogień?

– Nie będzie żadnego ognia. Zresztą i tak nie mamy krzesiwa.

– No to jak chcesz tam wejść?

– Po omacku. Z ogniem w ogóle lepiej tam nie wchodzić. W powietrzu unoszą się bardzo niebezpieczne wyziewy.

– Boję się!

Przystanął zaskoczony, że ta cicha uwaga wzbudziła w Lin strach. Nie przewidział tego.

– Chodź. Nie mamy czasu.

– Nie! Za nic. Tam, gdzie wyziewy, tam są upiory...

– Psiamać! Tu nie możesz zostać.

Szarpnęła się w uchwycie jego dłoni.

– Zabijesz mnie? Dłutem?

Virionowi przyszła do głowy absurdalna myśl: dlaczego dłutem? W tym miejscu lepiej byłoby łopatą. I zupełnie nagle przyszła od razu druga: dziewczyna go zdradza.

Otrząsnął się.

– Chodź! Nie możemy tu stać. – Pociągnął ją za rękę.

– Zabijesz mnie! – krzyknęła. – Ratunku! Pomocy! – Zaczęła się szarpać.

– Cicho, głupia! Zresztą tu nikogo nie ma.

Wyrwała mu się i odskoczyła na kilka kroków.

– A właśnie że jest! Ratunku!!! Pomocy – wrzeszczała już na cały głos.

Virion zrozumiał sytuację w jednej chwili. Taida nie dość, że zorganizowała ucieczkę i jak podejrzewali z Meliklesem, nafaszerowała miasto strażnikami, to jeszcze zmusiła dziewczynę do zostawiania śladów. Pewnie w fałdach szaty grabarza, którą dostała, ukryto małą sakiewkę z kolorowymi kamieniami, skrawkami mokrego materiału czy czymkolwiek, co Lin mogła zostawiać co kilkadziesiąt kroków, znacząc ich szlak. Jednocześnie zrozumiał jeszcze jedną rzecz. Przychodząc tutaj, zszedł z drogi. Tu, w gęstej trawie, wszystkie tropy pozostawione przez Lin nie mogły w nocy nikogo już naprowadzać. Śledzący ich strażnicy musieli więc podchodzić coraz bliżej. I to właśnie dlatego dziewczyna zaczęła krzyczeć, żeby tylko nie zgubić pogoni.

Virion odwrócił się błyskawicznie i zaczął biec w stronę skał. Nie miał daleko. A poza tym ze wszystkich, którzy mogli go otaczać, tylko on znał teren. Strach jednak nie pozwalał mu myśleć i na zimno roztrząsać szans. Biegł w stronę najbliższej jaskini, a nie w kierunku tych, które znał najlepiej. Nie zwalniał, nie oglądał się. Całą uwagę skupiał na biegu. Żeby tylko nie złamać nogi. Żeby tylko się nie potknąć.

Nie. Tamci nie mogli być tak samo szybcy. Zwolnił dopiero w chwili, kiedy dotarł do niewielkiego piargu u podnóża wysokiej skały. Teraz ostrożnie. Własny oddech nie pozwalał mu usłyszeć, czy z tyłu dochodzą odgłosy pogoni.

Obejrzał się dopiero na samym szczycie, tuż przed wejściem do labiryntu ukrytego we wnętrzu góry. Nikogo. Jeśli oczywiście mógł ocenić w mroku. Nie zamierzał ani czekać, ani sprawdzać w jakikolwiek inny sposób. Odwrócił się i szybko zanurzył w chłodnym, cuchnącym wyziewami powietrzu jaskini.

– Wielka pani! – Filas wbiegł do zajazdu, przerywając im posiłek. – Wielka pani! Virion zniknął w jaskini i...

– Przewidywaliśmy to. – Taida nawet nie odłożyła sztućców.

– Ale sam tam poszedł!

– A Lin?

– Została na zewnątrz. Myślała, że śledzący ich strażnicy się zgubią, i zaczęła krzyczeć.

Taida bez słowa przełknęła ślinę. Siedzący obok niej Nary uśmiechnął się kpiąco.

– Pani prefekt, z całym szacunkiem – powiedział – nie było w okolicy większej kretynki, żeby ją wziąć na prowokatora?

– Znalazłam największą – warknęła Taida, zrywając się z miejsca. – Jedziemy!

– Wszystko gotowe. – Nary kurtuazyjnie wskazał drogę.

Coś musiało ich łączyć, pomyślał naczelnik, wstając również. Ciekawe co? Bo z boku nie wyglądało to na normalną relację prefekt – najemnik.

– Dasz radę na koniu?

Naczelnik mało się nie potknął, bo pytanie było skierowane najwyraźniej właśnie do niego. I co odpowiedzieć? Jak każdy dobrze urodzony oczywiście umiał jeździć konno. Jak każdy w jego wieku ostatnio w siodle siedział... Hm. Kiedy to było? Ach, ta zawodna pamięć.

Na szczęście nie musiał odpowiadać. I w dodatku sprawa sama się rozwiązała. Koń z damskim siodłem czekał przygotowany przez oprychów Nary'ego. A do tego oczywiście stołek, żeby dama mogła wspiąć się tak wysoko. Naczelnik, nie bacząc na rozbawione spojrzenia, również skorzystał więc z tego ułatwienia, podprowadzając wierzchowca przygotowanego dla niego.

Tu, na ulicach w środku miasta, nie mogli jechać zbyt szybko. Konie łapaczy były podkute na wiejskie drogi i leśne dukty – na bruku ślizgały się w najlepsze. Dlatego też można było jeszcze rozmawiać.

– No to nici z planu, że Virion doprowadzi nas do skarbu. – Nary zbliżył się do Taidy.

– Ano nici.

– Jak rozumiem, pani prefekt, wyznaczysz teraz nagrodę.

– Nie spiesz się. Strażnicy go złapią.

– Ale jeśli nie złapią, to ja z chłopakami dostarczę Viriona na tortury. I po staremu kat dowie się, gdzie skarb.

– Nie łudź się, że dzisiaj ogłoszę nagrodę.

– Ja cierpliwość mam. A o to, że strażnicy kogokolwiek złapią, raczej się nie martwię. Oni jakby kurę na rosół mieli przynieść, toby potrzebowali cesarskich instrukcji, jak ją pojmać na grzędzie.

Kiedy wyjechali poza miasto, konie mogły przyspieszyć i teraz musieli porozumiewać się krzykiem.

– A kiedy ogłasza się nagrodę miejską? – dopytywał Nary.

– Nie miejską, tylko miejskiego prefekta – sprostowała Taida. – Jest ogłaszana zgodnie z procedurą w dobę po ucieczce więźnia.

– Niezależnie od zdania prefekta?

– Niezależnie. Takie po prostu jest prawo. Ale ja swoją nagrodę, cesarską, mogę ustalić, kiedy zechcę. Mogę też nie ustalać.

– To jak będzie?

– Ogłoszę, kiedy uznam, że jesteście mi potrzebni.

– Pani prefekt, powiedz jeszcze, czy nagrody się łączą?

– Oczywiście. Z chwilą ogłoszenia już żadnej nie cofniesz. Obwieszczą dziesięć różnych, to jak złapiesz zbiega, bierzesz dziesięć.

To oświadczenie najwyraźniej usatysfakcjonowało Nary'ego. Odwrócił się do swoich ludzi.

– Pamiętajcie. Jak złapiemy, musimy odczekać dobę. Jeszcze miejscową nagrodę weźmiemy.

Chyba rozbawił Taidę, bo dodała:

– Pamiętaj tylko, że na każdym liście gończym jest jasno powiedziane, czy ma być żywy, czy martwy, czy obojętnie.

– Pani prefekt, toż ja z tego żyję. Tyle że w każdej prowincji przepisy inne.

Walczący o utrzymanie się w siodle naczelnik znowu miał wrażenie, że między imperialną prefekt a zawodowym łapaczem istnieje jakaś silna więź. Nikt inny nie śmiał odzywać się tak obcesowo. Nikt nie pozwoliłby sobie na podobne poufałości. Ciekawe, czy chodziło o trzymane w tajemnicy z racji różnicy w pochodzeniu relacje między mężczyzną a kobietą? Czy może bardziej o imperialnego urzędnika i jego zaufanego, wypróbowanego człowieka do nie do końca legalnych poruczeń?

Szczęściem naczelnik nie musiał rozstrzygać tego problemu. Zbliżali się właśnie do rzęsiście oświetlonej polany przy trakcie.

– Więcej strażników niż ciem – skomentował Nary. – Wy chcecie złapać Viriona czy zadeptać?

Nikt mu nie odpowiedział. Liczba umundurowanych ludzi z bronią rzeczywiście przywodziła na myśl bardziej obóz wojskowy niż pogoń za najgorszym nawet przestępcą.

Przystanęli, a naczelnik zastanawiał się, jak zejść z siodła. Chętnych do pomocy Taidzie oczywiście nie brakowało. Nikt jednak nie domyślił się, że starszy mężczyzna też może mieć z tym kłopot. Na szczęście zaraz nadszedł dowódca miejskiej straży. I dopiero on skinieniem na dwóch swoich ludzi wybawił przyjaciela z opresji. Naczelnik, choć już postawiony na ziemi, nie za bardzo mógł się wyprostować.

– Gdzie ona? – Taida potrzebowała chwili, żeby doprowadzić swój strój do porządku.

– Niedaleko wejść do jaskiń, wielka pani. – Dowódca straży wskazał kierunek i natychmiast ruszył przodem.

– Powiedziała coś ciekawego?

– Przestraszyła się, że zgubimy jej trop, i zaczęła krzyczeć. Ale tak po prawdzie to sądzę, że raczej bała się wejść do jaskini bez światła.

– A Virion wszedł?

– Ona tak twierdzi.

Idący obok Nary skrzywił się, klnąc coś pod nosem. Jaskinie chyba nie były jego naturalnym terenem działania.

– Co to za odór? – zapytał.

Naczelnik pociągnął nosem. Nie czuł niczego dziwnego. Dowódca straży jednak wyjaśnił:

– To wyziewy z wnętrza ziemi. A w jaskiniach to tak śmierdzi, że trudno wytrzymać.

– Czy to znaczy, że nie ma przewiewu?

– Słucham?

– Czy z jaskiń jest wyjście po drugiej stronie góry?

– Nie ma.

– No to wystarczy postawić straż przy każdym wyjściu i czekać, aż Virion się pojawi – Taida włączyła się do rozmowy.

– O nie, nie. – Nary pokręcił głową. – Nie ma tak łatwo.

– Dlaczego?

– No przecież zbieg nie wszedł tam, żeby popełnić samobójstwo poprzez zagłodzenie się na śmierć.

– Może chce nas przeczekać? Może w desperacji nie wiedział, co czynić?

– Z akt nie wynika, że to idiota. A co do reszty zaraz się dowiemy.

Nary wskazał Lin czekającą pod strażą dwóch zbrojnych.

– Dlaczego nie jest związana? – Taida zapytała w taki sposób, że obaj strażnicy momentalnie domyślili się, jaki jest stosunek imperialnej prefekt do kapusiów i prowokatorów. Jeden z nich wykręcił dziewczynie ręce, a drugi założył więzy bez taryfy ulgowej.

Lin jęknęła z bólu.

– Ja przecież wiernie...

Kopnięcie w tył kolana przekonało dziewczynę natychmiast do dwóch rzeczy. Po pierwsze, właściwą postawą do rozmowy z przedstawicielem władzy jest pozycja na klęczkach. Po drugie, nie wypowiadamy się, jeśli nie zadano pytania.

– Czy Virion, rozstając się z tobą, był zdesperowany? – dopiero teraz imperialna prefekt raczyła zapytać bezpośrednio.

– Znaczy... jaki?

– Czy rozglądał się nerwowo na boki, czy szeptał coś do siebie? – Nary pomagał dziewczynie zrozumieć. – Czy zaciskał usta i pięści? Wydawał się nieobecny?

– Nie.

– A co mówił?

– Powiedział, że musimy wejść do jaskini po ciemku.

– Nie udawaj głupiej. – Taida momentalnie zakończyła próby dokładnego relacjonowania, co się działo krok po kroku.

Lin myślała gorączkowo, usiłując znaleźć w pamięci coś, co chciała usłyszeć pani prefekt. Z całej siły zagryzła wargi.

– Powiedział... Trochę przedtem powiedział, że on też musi umrzeć – wyznała nareszcie.

Nary roześmiał się cicho.

– Nie bierzmy tego dosłownie – mruknął.

– Wiem!

– Ale pomysły, że on tam wszedł, żeby nas przeczekać, już się rozwiały?

Taida wściekła odeszła w stronę największego zbiorowiska strażników. Szybko odnalazła ich dowódcę.

– Zorganizuj kilkanaście grup strażników z pochodniami – rozkazała. – Niech wchodzą do jaskiń w niewielkich oddziałach. Masz odpowiednio dużo pochodni?

– Mam, wielka pani! Przecież szykowałem się na całonocną akcję.

– To dobrze. Podziel ludzi. Niech ruszają natychmiast!

– Tak jest!

– I pamiętaj! On ma być żywy!

Dowódca straży wyraźnie zwątpił. Albo doznał jakiegoś osłabienia, bo wyobraził sobie czekające jego ludzi zadanie.

– Tak jest – zameldował jednak, choć już bez poprzedniego entuzjazmu.

Taida wróciła do nich z pozoru spokojna. A przynajmniej jej twarz nie zdradzała żadnego uczucia. Naczelnik więzienia odważył się nawet zapytać:

– A co z nią? – Wskazał na klęczącą dziewczynę.

– Odprowadzić. Już niepotrzebna.

– Ale ja w sensie... Co z nią dalej?

Imperialna prefekt spojrzała na niego, jakby żartował.

– Jak to co? Przecież ma wyrok do odsiedzenia. A teraz dostanie jeszcze dużą dokładkę za udział w ucieczce.

Naczelnik z szacunkiem pochylił głowę. Nie śmiał powiedzieć, że wyrok sądu miejskiego mógłby przecież zmienić sąd imperialny powołany w tej samej sprawie. Skład już nawet był gotowy, bo zebrał się z powodu sprawy Viriona. Ale był doświadczonym człowiekiem. Wiedział, że ci z Syrinx nie cenią żadnych zasług, jeśli nie spodziewają się kontynuacji. Jeśli nie masz nic do zaoferowania, jesteś nikim, przeżutym i wyplutym, jeśli straciłeś smak. Zastanawiał się tylko, jak przekazać dziewczynie, żeby w celi nie gadała za dużo, bo zgodnie z procedurą utną jej język. A jeść więzienną kaszkę przez tyle lat bez języka będzie bardzo trudno. W swoim długim życiu już widział takie przypadki.

– Co w kwestii nagrody, pani prefekt? – Humor Nary'ego polepszał się z każdą chwilą.

– Każę strażnikom obstawić górę ze wszystkich stron.

– Wierzę miejscowym, że po drugiej stronie nie ma wylotów jaskiń. Albo o czymś nie wiemy, albo Virion ma jakiś plan, którego nie rozumiem. – Uśmiechnął się. – Jeszcze.

– Podziwiam twoją pewność siebie.

Nary spojrzał na swoich ludzi. Pięciu wyglądało na pospolitych bandytów. Głupich, tępych, bezwzględnych. Skorych do stosowania tortur i łamania prawa, jeśli to stanęłoby im na przeszkodzie w osiągnięciu celu. Na twarzach trzech pozostałych widać było ślady inteligencji. Ba, sprytu nawet. Każdy z nich był kiedyś niewolnikiem, co czuło się z daleka, nawet bez oglądania blizn wypalonych na tyłkach. Pewnie każdy z nich uciekał kiedyś i podczas ucieczki wykazał się wyjątkowym talentem. Takim, że Nary, zamiast wziąć wypłatę, włączył ich do swojego oddziału.

– Ja po prostu chcę wiedzieć, kiedy możemy ruszać do działania, pani prefekt.

– Musicie poczekać, aż...

Nagły grom od strony góry przerwał jej w pół słowa. Ludzie pochylili się odruchowo w oczekiwaniu na nawałnicę. Spłoszone konie stawały dęba z kwikiem. Rozległ się szum skrzydeł ptaków, które obudziły się w panice.

Gwiaździstego nieba nie przykrywały jednak żadne chmury. Co to było?! Grom z jasnego nieba?

– To w jaskini, wielka pani. – Dowódca straży wskazał skały nieopodal. – To wybuch we wnętrzu góry.

– Jaki, psiamać, wybuch?!

Naczelnik postanowił się włączyć.

– Ja słyszałem, że czasem tak się dzieje – powiedział. – Że wybuch następuje, jak się podpali wyziewy z wnętrza ziemi.

– I chcesz powiedzieć, że strażnicy sami się wysadzili pochodniami?

– Przynajmniej jedna grupa, wielka pani. Virion musiał lepiej znać to miejsce i dlatego chciał wejść bez światła.

Taida przełknęła ślinę. Jej twarz z pozoru była spokojna. Jednak głos zmienił się i bardziej niż ludzką mowę przypominał syczenie węża.

– Nagroda od teraz. – Spojrzała na Nary'ego. – Ruszaj. Żywego!

Virion nie bał się ciemności. Miał ten jakiś zupełnie nieprawdopodobny, wrażliwy słuch, który przeszkadzał mu w życiu i nie pozwalał cieszyć się muzyką w przeważającej liczbie wykonań. No niestety, większość grajków fałszowała, nawet nie zdając sobie z tego sprawy. I nigdy się o tym nie dowie, bo cała ich publiczność nigdy im fałszu nie wytknie, z tej prostej przyczyny, że sama nie jest w stanie go usłyszeć. Może w cesarskiej orkiestrze w Syrinx byli mistrzowie, którzy zrozumieliby chłopaka? Może gdzieś w odseparowanej od świata samotni żył jakiś rzemieślnik, który tworzył instrument mający kiedyś, po latach trudu, wydać z siebie nareszcie dźwięk idealny? Taki, który doceni tylko Virion? Kto wie?

W każdym razie nieprawdopodobny słuch sprawiał, że kiedy inni ślepli, chłopak odczuwał jedynie niewielką różnicę. Bo czego się bać w ciemności? Że coś tam czyha? Przecież słychać, czy w pobliżu jest coś żywego, czy nie. Duchów, wiadomo, nie ma i bać się ich nie sposób. A dzikie zwierzęta? Źli ludzie? Tych słychać zawsze. Jeśli się potrafi słuchać.

Oczywiście same uszy nie wskażą w ciemności drogi. Nie powiedzą, czy skręcić w prawo, czy w lewo, w górę czy w dół. Ale w przypadku jaskiń, które Virion odwiedzał od dzieciństwa, istniał prostszy sposób. Przewodnikiem był zapach. A właściwie narastający z każdym krokiem smród. Fetor. Ohydna woń fekaliów mieszająca się z podziemnymi wyziewami. Jeśli jego przypuszczenia miały się sprawdzić, to system jaskiń połączony był z miejską kloaką, podziemnym ściekiem, którym płynęły do rzeki wszelkie nieczystości zebrane w centralnym kolektorze. Ten kanał wybudowano w starożytności. Gdzieś u zarania miasta Mygarth, które powstało na mocy cesarskiego edyktu. I kiedyś tam, przed wiekami, pewnie był szczelny. Kto jednak dba o nieczystości? Jeśli nie wylewają się w obrębie zabudowań, to kogo obchodzi, co się dalej z nimi dzieje? Prawdopodobnie więc nie mylił się, sądząc, że wąskie przejścia zaprowadzą go wprost do kanału.

Daleka eksplozja szarpnęła Virionem, ogłuszając go na chwilę. Powietrzem targnęło w przedziwny sposób. Najpierw poczuł podmuch w plecy, który mało go nie przewrócił, potem troszeczkę słabszy z przodu.

– Weszliście tam z pochodniami? – nie mógł powstrzymać się przed głośną uwagą.

No ale skąd goniący go strażnicy mieli wiedzieć, że podziemne wyziewy wybuchają podpalone? To powinno zdecydowanie spowolnić pogoń, a może nawet częściowo powstrzymać. No i drugi dobry znak. Spowodowany wybuchem ruch powietrza od tyłu został przez coś z przodu odbity. Czyżby koniec wątpliwości i zaraz okaże się, czy jaskinia łączy się z kanałem, czy nie?

Fetor stawał się trudny do wytrzymania. Virionowi zaczęło się lekko kręcić w głowie. Usiłował zakryć usta połą grabarskiego płaszcza, ale nic to nie dawało. Zadyszał się jedynie, co spowodowało, że wciągał do płuc większe porcje zatrutego powietrza.

Ale rację miał. Daleki wybuch sprawił, że kilka luźnych kamieni oderwało się od ściany. I kiedy Virion na czworakach przedostał się przez rumowisko, poczuł dłońmi równą powierzchnię. Cegły? Gładził pokrytą pyłem płaszczyznę palcami, żeby wymacać spoiny. Nie. Idealnie spasowane kamienie. Ewidentnie sztuczny twór, dzieło ludzkich rąk, które układały to przed wiekami. Namacał z przodu. Idealnie równa ściana. Łuk. I tu już na pewno cegły. Odór stawał się nie do zniesienia. Jeszcze jeden bardzo ostrożny ruch do przodu i zwycięstwo. Namacał dłonią cembrowinę. Kanał był tuż przed nim.

Gdzieś znikły trawiące go wątpliwości. Przysunął się jeszcze trochę i zaczął zdejmować ubranie. Płaszcz, tunika, sandały. Najpierw owinął wokół głowy tunikę, robiąc tylko mały otwór na oczy, choć w przypadku podziemi nie było to konieczne. Potem zawiązał na głowie płaszcz z zawiniętymi w poły sandałami. Doskonale zdawał sobie sprawę, że ludzka skóra wiele zniesie i można ją czyścić na wiele sposobów. Ale jak uprać ubranie choć raz zanurzone w gównie? Praktycznie na szybko to niemożliwe. Sprawdzał więc skrupulatnie, czy wszystko się trzyma na głowie. A potem bardzo ostrożnie zaczął opuszczać się do kanału.

Smród oszałamiał i pozbawiał przytomności umysłu. Dno nie znajdowało się zbyt głęboko. Kiedy Virion stanął nareszcie obiema stopami, poziom nieczystości sięgał mu mniej więcej do pasa. Poczuł ulgę i, chyba po raz pierwszy, coś silniejszego niż nadzieja. Lecz to uczucie zaraz znikło. W kanale nie było wyczuwalnego nurtu. Jak więc poznać, w którą stronę płynie zawartość? Oczywiście wydawało mu się, że stoi twarzą we właściwym kierunku, ale równie dobrze mógł się mylić. Tyle już razy zakręcał w różne strony, idąc podziemnymi korytarzami jaskiń, że mógł stracić wyczucie. No niestety. Nie było żadnej możliwości sprawdzenia. Wzruszył ramionami. No trudno. Najwyżej zawróci, jeśli tylko wystarczy mu sił.

Pierwszy krok, drugi. Nabrał pewności w poruszaniu się. Dno było równe. Choć niestety, miejscami śliskie. Zbliżył się do ściany i oparł na niej rękę. Teraz powinno być szybciej. Śmierdzące opary mąciły myśli w głowie. Momentami Virionowi zdawało się nawet, że traci przytomność i jego ciało idzie samo, pozbawione zupełnie kontroli umysłu. A czasami miał wrażenie, że śpi, a wszystko wokół to tylko męczący sen, z którego zaraz się obudzi.

Potem spotkał w kanale ojca. Nie przestraszył się wcale, bo przecież to był jego ojciec. Na pewno nie chciał mu zrobić nic złego, nawet będąc duchem. Porozmawiali chwilę właściwie o niczym. Takie tam: co słychać, jak sprawy lecą i tym podobne. Virion zaraz ruszył dalej, bo ogarnęły go wątpliwości. A może jednak martwy zazdrości żywemu? A może tata chce, żeby rodzina się połączyła i na rękę mu śmierć bliskiego? Zaraza jedna wie. Lepiej odejść. Virion pożałował tylko, że nie przyszło mu do głowy zapytać ojca, kto go zabił. A może inaczej: do głowy przyszło, ale bał się odpowiedzi. Co by było, gdyby usłyszał: „no przecież ty, synu". Otrząsnął się z majaków. Fuj! Co za bzdury.

Znacznie ciekawsze było spotkanie z zaklinaczem snów.

– O? Ciebie też zabili? – zapytał Virion.

Tamten jednak nie chciał udzielić odpowiedzi.

– Klątwa! – krzyczał. – Klątwa idzie za tobą!

– Jesteś nudny.

– Obejrzyj się, chłopcze! Za tobą skrada się klątwa! Zerknij tylko do tyłu.

Akurat. W ciemnościach przecież nic nie widać.

Hm. To jakim cudem widział ojca i zaklinacza?

– To nie jest żaden cud – powiedziała stojąca pod ścianą wyrocznia. – Ty jesteś po prostu dzieckiem mroku. Ty nie urodziłeś się w świetle. Poród nastąpił w nocy. I dlatego noc nie jest twoim wrogiem. – Uśmiechnęła się smutno. – Przynajmniej tyle, co?

– No... nie boję się ciemności. Fakt.

– I dobrze.

– A...? – Nie wiedział, jak zadać pytanie. – Powiedz mi, czy coś się za mną skrada?

– Owszem – wyrocznia nie miała żadnych wątpliwości.

– To klątwa?!

– Klątwa chyba nie ma nóg. Skradać się nie może.

Przypomniał sobie nagle spotkanie w jaskini wypełnionej słodkawym oparem i wszystko, co wtedy mówiła.

– Ale zbliżają się do mnie dwa byty. Tak? I to nie są ludzie?

– Ani ludzie, ani inne istoty.

Wyrocznia jakby rozpływała się w powietrzu. Była coraz mniej wyraźna. Chyba nawet nie była kobietą. Tak właśnie. To mężczyzna. To Parte! I to ze wzniesionym mieczem.

– Obudź się, kurwo! – Jego miecz świsnął w powietrzu tuż nad głową Viriona, który zdał sobie sprawę, że wyszedł z jaskini i przez mały otwór pozostawiony w szatach okrywających głowę widzi gwiazdy.

Kanał wcale nie wpadał do rzeki. Tworzył ohydne rozlewisko zasilane kilkoma spływającymi ze skał strumieniami. Tu, gdzie przez setki lat działały na niego zmiany atmosfery, cegły się rozsypały. Virion brnął przez cuchnące bajora, wypełnione czymś obrzydliwym kałuże i przez świeższe strugi przenoszącej to wszystko wody.

Musiał przedzierać się przez gęstą roślinność. Wszedł do rzeki dopiero po kilkudziesięciu krokach. Na początku nawet nie poczuł ulgi. Płynął z nurtem powoli, usiłując nie zamoczyć głowy. Na szczęście rzeka powoli się oczyszczała. Wpadały do niej inne strumienie. Okropny smród szybko stawał się ledwie wyczuwalny.

Virion dopłynął do brzegu i zaczął szorować się piaskiem. Na razie pobieżnie. Oddychał głęboko, pozbywając się z płuc odoru kanałów. Czuł przy tym, jak stopniowo wracają mu siły i czystość myśli. Otrząsnął się jak pies wychodzący z wody. Wiedział, że tu wyjść na brzeg nie może. Wszedł z powrotem do rzeki, zanurzył się po szyję i wypłynął na środek nurtu.

Był wolny!

O kurwa...

Co teraz?

Rozdział 7

Nary z wysokości swojego siodła patrzył na dwóch strażników miejskich pilnujących cuchnącego rozlewiska pomiędzy skałami a rzeką. Byli śmiertelnie znudzeni i usiłowali się trzymać jak najdalej od smrodliwej brei, na jedynym suchym kawałku brzegu, przy drzewach na niewielkim wzniesieniu. Następni dwaj po drugiej stronie byli ledwie widoczni. Tak się oddalili cwaniaki. Pewnie wiało akurat w ich stronę.

– Czujecie ten zapach? – Nary pociągnął nosem.

– Gównem jedzie – mruknął jeden z jego ludzi.

– A ja nie o gównie mówię. Naprawdę nie czujecie?

Taryn, były niewolnik, podjechał bliżej.

– To ta sama woń, co po drugiej stronie skał. Wyziewy ziemne.

– Taaa, wyziewy.

– To z ich powodu wybuch był i strażnicy poginęli.

Nary kiwnął głową.

– Tyle że po tamtej stronie czuć było zdecydowanie same wyziewy, a tu smród kanalizacji wszystko zagłusza.

– Właśnie. A Virion wiedział, że jaskinie i kloaka miejska się łączą.

– Tędy wyszedł. A ci durnie nawet go nie zauważyli.

Taryn uniósł się w strzemionach. Po chwili pokazał coś ręką.

– Tam jest wylot kanału z wnętrza góry. W takim razie Virion szedł dokładnie tędy. Sam już był całkiem ubabrany, więc nie zważał. O, tu szedł, przez najgorszy syf, bo pewnie nie wiedział, że obok droga trochę lepsza. Przez te bajora. Najkrótszą drogą do rzeki.

– Nie mieli szans go zobaczyć w nocy, a on pewnie nawet nie pomyślał, że tu mogą być strażnicy.

– Tym bardziej że dookoła rośliny gęste.

Kila, kolejny niewolnik w oddziale łapaczy, na chwilę opuścił trzymaną przy ustach szmatę.

– Szefie, jedźmy, bo od tego smrodu zaraz się zrzygam – powiedział z płaczliwą miną.

– Co? Dom rodzinny ci ten zapach przypomina? Nie lubisz wspomnień?

Oddział zarechotał nagle. Kila rzeczywiście pochodził z bardzo daleka, gdzie podobno nie znano cywilizacji. I pewnie tam srali pod siebie w chałupach. W niewoli jednak wykazał się wielkim talentem do ucieczek. Tak wyjątkowym, że Nary nie wydał go katu, tylko zatrudnił u siebie. I była to dobra inwestycja. Kila w łapaniu współtowarzyszy niedoli wykazał się talentem równie wielkim.

– No nie, ale co tu zobaczymy? – Głos dobiegający spod szmaty był przepełniony cierpieniem. – Zbieg szedł tędy i ani on nie dostrzegł strażników, ani oni jego. Straży to się mierzyć z przekupkami na targu, a nie z bandziorami. Skoro nikt ich nie uprzedził, to stali tu „rutynowo". I gówno widzieli.

Oddział znowu zaczął się śmiać. Zważywszy na otoczenie, uwaga była celna.

– I gdzie on twoim zdaniem uciekł? – zapytał Nary.

– Tam. – Kila wskazał kierunek zgodny z biegiem rzeki. – Płynął z prądem.

– Skąd wiesz, że płynął?

– No przecież z gówna wyszedł. Był półprzytomny od smrodu. We łbie mu się kręciło może nawet gorzej niż mnie w tej chwili.

– To, że się chciał umyć, niekoniecznie znaczy, że zaraz w dół...

– Szefie, no... – Głos byłego niewolnika stawał się coraz bardziej płaczliwy. – Po takim przejściu on był za słaby, żeby płynąć pod prąd. Nie mówiąc, że musiałby przepłynąć przy samym mieście.

Nary przestał się nagle droczyć. Zauważył chyba, że z Kilą jest naprawdę źle. Nic dziwnego zresztą. Poza innymi talentami właśnie Kila odznaczał się nieprawdopodobnym wręcz węchem, którym mógłby prawie konkurować z psami.

– Dobra, jedziemy – zakomenderował, zawracając swojego konia. – A wy mi powiedzcie, mądrale, jak go szukamy.

– Tak zaraz to my go raczej nie złapiemy – pierwszy odezwał się Taryn. – Trzeba poczekać, aż trochę osłabnie i od przeciwności zmniejszy mu się euforia i siła woli, którą zyskał, uciekając z więzienia.

– Słusznie – westchnął Kila. – Szybkość, z jaką porusza się przeciętny uciekinier, znamy. Wystarczy więc posuwać się w dół rzeki z podobną prędkością.

– A jak gdzieś odbije w bok?

– Sam mówiłeś, szefie, że cwany. Nie odbije.

Nary zerknął na drugiego niewolnika.

– Nie odbije – potwierdził Taryn. – Co prawda niby sprzyja mu pora roku. Na owsie kradzionym z pola, na winogronach czy oliwkach przeżyć można długo. Ale on głupi nie jest. Wie, że pola pilnowane. I to przez miejscowych, którzy teren i okolice znają. Sam terenu nie zna. On w ogóle nie zna wsi.

– Chyba że z okien pałacyku w posiadłościach. Za to jest bardzo inteligentny.

Kila odsunął od twarzy szmatę, którą osłaniał dotąd nos i usta. Cierpiętniczy wyraz jego twarzy wskazywał, że nie wszystko jest już w porządku. Najwyraźniej jego ubranie przesiąkło wyziewami z kanałów i nie mógł tego wytrzymać. Miał naprawdę wyczulony węch.

– Co to znaczy „inteligentny"? – zapytał.

– Rozumny, myślący, łatwo kojarzący fakty, mądry – wyjaśnił mu Nary.

– Jaki mądry? Przecież młody jeszcze.

– Mądry nie przemyśleniami z ksiąg wielkich filozofów. Życiowo mądry.

– No chyba jaja sobie robicie? Ten szczyl zna życie?

– Nie w tym sensie – zdenerwował się szef. Ale nie mógł znaleźć innego słowa na określenie mądrego.

– Cwany – wtrącił się Taryn. – Sprytny. Umie kombinować. Wymyślić, co i jak.

– A! Cwany paniczyk! – Kila nareszcie pojął, co mu klarowali. – Ha! – Roześmiał się chrapliwie. – Im się wszystkim wydaje, że cwani. A i tak wszystkich się łapie.

– Przestańcie mi tu deliberować. – Nary naprawdę się wkurzył. – Pogadajcie o nim, a ja posłucham. Tylko nie na głodno.

Obaj posłusznie odpowiedzieli skinięciami głów.

– No i co o nim myślisz? – Kila był szybszy i wrobił kolegę, by ten zaczął rozmowę.

– Wiesz, czytałem wszystkie akta dotyczące tej sprawy, rozmawiałem ze strażnikami, którzy mieli z nim do czynienia. – Taryn był wykształconym niewolnikiem. Umiał dobrze czytać, a nawet pisać. Był doświadczony, znał wiele spraw. – Myślę, że strażnicy go nie złapią. Za sprytny na urzędowych łapsów.

– To i za sprytny na chłopów.

– Też tak myślę. Ukryje się i będzie obserwował cały dzień, zanim wejdzie na cudze pole, żeby się nakraść. Przeczytałem o nim wszystko i nawet go sobie wyobrażam.

– I co?

– Będzie zmieniał kierunek ucieczki. Nie zawaha się zawrócić, żeby nas zmylić. Okiełzna strach, okiełzna instynkt i nie będzie się przedzierał najkrótszą drogą do granicy.

– Mapy zna?

– Na pewno ma w pamięci wygląd głównych dróg cesarstwa. Wie, gdzie rzeki, gdzie jeziora. A będzie szedł na kierunek wedle słońca i gwiazd.

– A może do Syrinx?

– Chyba jest na to za sprytny.

– Ta... Jego ojciec był spekulantem czy kim tam. Na pewno opowiadał o stolicy. Tam nie pójdzie.

– Do granicy?

– Której? – odpowiedział pytaniem na pytanie Kila.

– Od Troy dzieli go pustynia. Pewnie do królestw, tam, gdzie zimno.

– Jeszcze nie wie, że jako Luańczyka mogą go potraktować szybką niewolą.

– Zaszyje się w pasie przygranicznym. Domyśli się, co go czeka we wrogim państwie.

– No właśnie. A od łapania w pasie przygranicznym specjalistami jesteśmy właśnie my.

Obaj zaczęli się śmiać. Wyraźnie wkurzyli tym Nary'ego.

– Tak was słucham i mi wynika, że będziemy go tropić wiele dni.

– No bo tak będzie. Chyba że wpadnie szybciej przez przypadek – zaczął Taryn, ale urwał w pół słowa, widząc wyraz twarzy dowódcy.

– Chciałbym usłyszeć coś bardziej optymistycznego.

– A co to znaczy? – zapytał Kila.

– Szef chce, żebyśmy powiedzieli coś, co da nadzieję. Na szybkie zakończenie sprawy.

– A! – Kila zrozumiał po dobrej chwili. – To tak. To ja powiem coś takiego.

– No? No?

Były niewolnik nie umiał ani czytać, ani pisać. Nie dla niego księgi czy uczone dysputy. Miał jednak szeroką wiedzę w pewnej dziedzinie. Otóż znał się na duszy ludzkiej.

– Tak jak było mówione: on teraz szybuje na skrzydłach wolności – zaczął mówić powoli, bo dobieranie odpowiednich słów sprawiało mu pewne trudności. – Teraz jest silny, dokonał niemożliwego, wyrwał się z matni. Cały świat jest jego!

– Euforia zniknie jednak – dodał Taryn.

– Nie wiem, co to euforia, ale na pewno zniknie. Bo wszystko zniknie. Wszystko skończy się w jego głowie.

– Trudności...

– Nie – Kila nie dopuścił kolegi do głosu. – Więzienie czy niewola sprawiają w głowie człowieka jedną rzecz. Dzielą świat na proste: „my i oni". Ustawiają sprawy na właściwym miejscu. Wszystko jest jasne i zrozumiałe. Wszystko ma określoną przez kogoś wagę.

– A teraz... – poddał Taryn.

– A teraz on zrozumie jedną rzecz. Nie ma „my i oni". Jest tylko on i cały wielki świat naprzeciw. Nie ma „skrzywdzono mnie, to ich wina", bo to nikogo już nie obchodzi.

– Fakt. Czasem nawet oprawca ma w sobie coś z przyjaciela.

– A Virion zda sobie sprawę, że nie ma nikogo. Że nie ma już „my" i jest sam jeden jedyny na całym wielkim świecie. – Kila westchnął ciężko. – Ludzie uciekają z różnych przyczyn i w różnych kierunkach. Jednak uciekają najczęściej do rodziny, krewnych, przyjaciół. Niewolnicy do swojego kraju. Do braci i sióstr. A gdzie ma uciec Virion?

Nary pokiwał głową, bo dopiero teraz dotarła do niego ta prosta myśl.

– On z całą siłą nagle zda sobie sprawę, że jego rodzice nie żyją, że nie ma braci i sióstr, nie ma żadnych przyjaciół, a jego kraj chce go zabić. I co? – Kila cmoknął i otarł usta wierzchem dłoni. – Wino zwane wolnością krzepkie jest, uderza do głowy. Ale szybko ulatuje, a po nim zostaje tylko kac.

– Ożeż! Ty masz rację.

– Ale co to znaczy? – spytał Nary.

– Oby tylko sam się na siebie nie targnął z beznadziei – mruknął Kila. – Bo wtedy dostarczymy pani prefekt jedynie samo ciało.

Długi czas jechali w milczeniu, rozgryzając to, co usłyszeli. Więzienie rzeczywiście, jakkolwiek ciężkie by było, dawało iluzoryczne poczucie więzi. Jakieś złudzenie porządku. Celowości, choćby obcej i wrogiej, ale ustawiającej sprawy na swoich miejscach. A teraz? Co teraz czuł

Virion? Bo „zagubienie" to jest naprawdę mało powiedziane. A „pustka" nie wyczerpuje bezmiaru możliwości.

Kiedy dotarli do porządnej drogi i mogli nareszcie ruszyć szybciej, Nary przerwał milczenie.

– Co proponujesz?

– Kij w oko, jak my go mamy na koniach gonić. – Kila wzruszył ramionami. – Wejdę do rzeki tak jak on. Będę uciekinierem. I złapię go szybciej.

– Będziesz widzieć to, co on, będziesz myśleć jak on... Dobre. – Nary podniósł sakiewkę na długim łańcuchu. Przez chwilę w niej grzebał, by zaraz podać swojemu podwładnemu pierścień z godłem imperialnej prefektury. – Masz, jakbyś wpadł w kłopoty. Papieru ci nie dam, bo rozmoknie.

– Nie będzie kłopotów. Wy mnie przecież nie będziecie gonić, a nikt inny nie złapie.

Szef zaczął się śmiać. Lubił ludzi z refleksem i oryginalne, dostosowane do sytuacji pochlebstwa.

– No to skręcamy i wracamy do rzeki – zakomenderował.

– Nie, nie, nie tutaj! – Kila wydawał się bliski paniki. – Tu jeszcze gówno płynie!

Virion długo czekał na wymarzoną okazję. Wiedział doskonale, że nie ma sensu kraść po zmroku. W nocy gospodarze lubili spuszczać psy, jeśli oczywiście pole było ogrodzone. Jeśli nie, trzymano je na uwięzi. Podobno były wyszkolone tak, że wpuszczały złodzieja daleko w głąb i dopiero potem zaczynały szczekać. Nie zamierzał sprawdzać, ile w tym prawdy, a ile czczych przechwałek gospodarzy, z którymi kiedyś rozmawiał dla zabicia nudy podczas wypoczynku na wsi. Wiedział jedno. Każdy właściciel upraw obawiał się złodziei nadchodzących od strony lądu. Tych, co kradli, by sprzedać. A nie pojedynczych biedaków wkradających się od strony rzek. Ile taki zrabuje? Tyle, co zje. Przecież większość towaru nie nadawała się już na sprzedaż po zamoczeniu w wodzie. Gra z nimi nie była warta zachodu.

Uważnie obserwował otoczenie ukryty w gęstwinie krzaków przy kępie polnych drzew. Wiedział, że nie ma bezpiecznych kryjówek. Miejscowi znali tu każdy kamień, on nie. Dlatego każde miejsce, które wybierał na kryjówkę, musiało być blisko wody. W razie czego wskoczy do rzeki i żegnajcie... Nie sądził, żeby którykolwiek z wiejskich parobków był w stanie dogonić wytrenowanego pływaka, który wiele ćwiczył w różnych stylach. Zresztą ze swoich obserwacji z okresu dzieciństwa pamiętał, że oni wszyscy generalnie bali się wody.

Z miejsca, w którym się teraz znajdował, nie widział żadnego ruchu, żadnego dymu z ogniska palonego przez parobków, nie dochodziły go żadne krzyki ani wołania. Mimo to jednak zaczekał, aż słońce zacznie się chylić ku zachodowi. Wtedy dopiero, schylony, ruszył ku rzece. Usiłując nie powodować żadnych plusków, zanurzył się powoli w zimnej toni. Płynął, ledwie poruszając rękami. Nieliczne nadbrzeżne drzewa rzucały głęboki cień na powierzchnię wody. Wybrał jeden z nich i znowu zbliżył się do brzegu. W tym miejscu wąziutką piaszczystą łachę dzieliło od pola jedynie kilka kroków. Rozglądał się uważnie. Nikogo. Ostrożnie więc wypełzł na brzeg. Nie wstawał, bo nie było po co. Ukształtowanie terenu obejrzał dokładnie ze swojego poprzedniego stanowiska.

Byle tylko nie poruszyć za mocno żadnego krzaka. Na szczęście winnica okazała się doskonale utrzymana. Virion wczołgał się pomiędzy dwa rzędy krzewów i przewrócił na plecy. Nie widział sensu brnąć dalej.

Usiłował nie zrywać dojrzałych kiści zbyt gorączkowo. Ciężko jednak było walczyć z głodem. Na szczęście niewiele już czasu pozostało do zbiorów. Winogrona dojrzały ciężkie i słodkie.

– Powoli! Powoli! – przestrzegał siebie szeptem. – Od łapczywego pożarcia tylu surowych owoców można dostać skrętu kiszek.

Za długo kręcił się przy szpitalu, żeby tego nie wiedzieć. Ale głód okazał się silniejszy. Virion napychał sobie usta i żuł gorączkowo, usiłując nie myśleć o tym, co będzie później. Powinien myśleć konkretnie. Dokąd zmierza. Jaki ma plan na jutro. Powinien myśleć o tym, że nie może tylko reagować na to, co pojawi mu się przed oczami. Musi mieć jakiś schemat działania. Musi mieć cel.

W głowie czuł jedynie dramatyczną pustkę. Co zamierza jutro? Płynąć z prądem przed siebie? To nie odpowiedź. Wyjść z rzeki i odbić w którąkolwiek ze stron? W którą? Zresztą nie. W tej okolicy żyło zbyt mało ludzi. Nie mógł się wtopić w tłum. Sami miejscowi, wszyscy się znali. A obcy, jeśli nie budził szacunku ani respektu, do przepytania. Zaraz zaczną przemyśliwać, co robi na drodze bez bagażu. No to przez las? Fajne. Z tym tylko, że żadnego porządnego lasu nie minął jak dotąd. Luan było zagospodarowanym krajem. Żadnych nieużytków. Drewno do budowy sprowadzano z zimnych królestw, bo się bardziej opłacało.

Nie mógł wybrnąć z umysłowej matni. Jaki miał cel? No uciec oczywiście. Ale gdzie? Gdzie w szerszej perspektywie? Bo proste, instynktowne „jak najdalej" przestało wystarczać po kilku dniach oszołomienia wolnością. No, gdzie mógłby się skierować?

Pustka w głowie była przerażająca. Przez chwilę nie mógł zrozumieć dlaczego, a potem przyszło olśnienie. Racjonalnym rozwiązaniem wydawało się w tej sytuacji to, co wybrał Melikles. Virion poczuł zimny pot na czole. Nie, nie. To już lepiej myśleć o skręcie kiszek. Wpakował sobie do ust garść winogron. Czy to boli?

Kila płynął spokojnie, miarowo i oszczędnie poruszając ramionami. Rozglądał się, usiłując znaleźć miejsca, z których sam by skorzystał, gdyby była to prawdziwa ucieczka. I nawet znalazł kilka. Ale nie zatrzymywał się, żeby sprawdzić. Pamiętał swoją ostatnią rozmowę z Tarynem.

– Instynkt uciekiniera to ty na pewno masz. – Kolega krzywił się, nie wiedząc, jak to powiedzieć, używając jak najprostszych słów. – Zbiegów znasz i rozumiesz. Ale ten jest inny.

– Każdy uciekinier jest taki sam.

– Ale nie ten. Virion jest bardzo inteligentny.

– Znaczy, że umie myśleć? – Kila wzruszył ramionami. – Nie na myśleniu ucieczka polega. To, co napotka, zmusi go do działania dokładnie jak innych.

– Żebyś się, kurwa, nie zdziwił!

Kila spojrzał kpiąco.

– On teraz staje się zaszczutym psem – powiedział. – I będzie myślał jak zaszczute zwierzę. Nie inaczej. Albo...

– Zajrzy do wnętrza swojej duszy.

– Ano. I wtedy nastąpi najgorszy dzień w jego życiu.

Taryn wzruszył ramionami.

– Są tacy, co potrafią uciec.

– I umierają w zaszczuciu.

– Eee...

– Stary, i ty, i ja uciekaliśmy wiele razy. Co sprawiło, że obaj przystaliśmy do wroga?

No tak. Pytanie, na które mogła paść tylko jedna, dość wstydliwa odpowiedź.

– Co sprawiło, że łasimy się do nogi wroga? – powtórzył Kila. – I pobiegliśmy na jedno jego skinienie?

Taryn potrząsnął głową.

– Taaa... Mało kto wytrzyma spojrzenie w oczy pustce – mruknął. – A młody paniczyk nie będzie wyjątkiem.

– Właśnie.

– Jeszcze go jednak nie złapałeś. Pamiętaj... Uważaj na siebie.

Kila splunął do rzeki tuż obok własnego policzka. Rozmowa rozmową, ale on sam niejedno już widział. Właściwie nie miał już uczuć. Nie było w nim ani współczucia, ani strachu. Ani samotności, ani jakiegokolwiek pragnienia. Za dużo przeżył. Gromadzące się w nim doświadczenie nie zostawiało miejsca na cokolwiek innego. Nawet na resztki złudzeń dotyczących człowieka. On wiedział, jak będzie.

Przestał poruszać ramionami, pozwalając, by niósł go sam nurt. Patrzył na winnicę, której granica przebiegała tuż nad brzegiem rzeki. Może tam?

Virion żuł rozmoknięty owies, który ukradł z pola. Poprzedniego dnia mało nie wpadł. Jakieś dzieciaki bawiące się nad rzeką zauważyły go płynącego z nurtem. Zaczęły krzyczeć, biec za nim wzdłuż brzegu. Kilku dorosłych zainteresowało się nawet. Nie miał pojęcia, czy kogoś zawiadomili o niecodziennym pływaku, który pojawił się z jednej strony i zniknął z drugiej. Nie kąpał się przecież dla przyjemności – za duży dystans przebył w zasięgu ich wzroku. Nie był topielcem, bo ich spojrzenia skrzyżowały się na moment. Więc co? Nikt nie podróżuje rzeką bez łodzi. Wniosek mogli wysnuć tylko jeden. A problem był taki: czy okazali się dość leniwi, żeby nikogo nie zawiadamiać? Czy dopuścili do siebie myśl, że może da się wytłumaczyć obecność niecodziennego pływaka jakimś dziwactwem albo czymś w tym stylu? Niekoniecznie ucieczką?

Virion czuł, że traci nerwy. A właściwie nie nerwy nawet, ale zdrowy rozsądek. Dosłownie zmuszał się do racjonalnych przemyśleń, byleby tylko odsunąć groźbę ponurych majaków, które włamywały się do jego głowy zawsze, ilekroć pozwolił sobie na dekoncentrację.

Jaką pogoń za nim zorganizowano? Jakiego rodzaju? Bo co do samego faktu pogoni nie miał żadnych wątpliwości. I najważniejsze pytanie: czy wiedzą, w jakim kierunku ucieka? Podstawową czynnością, jaką robi dowódca poszukiwań, jest próba wejścia w umysłowość zbiega. Wyobrażenie sobie, co można zrobić na jego miejscu. A gdyby tak postąpić odwrotnie? I spróbować wejść w umysł tego, kto go ściga?

Virion włożył do ust resztę owsa i dokładnie wylizał dłoń.

Przede wszystkim: kto to jest? Tu nie miał wątpliwości. Taida. Kobieta z Syrinx. Nie lubiła angażować się osobiście, przecież ani razu jej nawet nie zobaczył. Wszystko cudzymi rękami. Wiedział też, raczej dzięki domysłom Meliklesa, że pani prefekt miała niskie zdanie o fachowości miejscowych urzędników. No i zasadniczo wszystko jasne. Nie miała zaufania do strażników, nie chciała niczym dowodzić osobiście w terenie, więc wynajęła kogoś. Jakichś specjalistów od łapania zbiegów. A Virion znał takich. Przez wychowanie przy szpitalu dla niewolników nasłuchał się wielu opowieści o łapaczach. Profesjonalistach od łapania każdego, kto chciał umknąć z tej przecudownej cesarskiej niewoli. Często w ich oddziałach zatrudniano samych niewolników i ci podobno byli najbardziej skuteczni.

Virion był skłonny przyznać rację temu, kto tak twierdził. Życie wśród niewolników sprawiło, że potrafił ich rozpoznać, znał ich tryb myślenia, wiedział, co czują i jak odnoszą się do otoczenia. Sam mógłby być jednym z najlepszych łapaczy, żartował w myślach. Nie miał co do tego wątpliwości. Ale w przypadku uciekiniera, który nie był niewolnikiem? Wzruszył ramionami. Bez znaczenia. Profesjonaliści to tacy ludzie, którzy znają swoją robotę.

No dobrze. Ale co zrobiłby dowódca oddziału pościgowego? Co on sam zrobiłby, będąc na jego miejscu?

Virion nie miał wątpliwości. Może i strażników powstrzymał wybuch w jaskiniach. Ale on sam, gdyby był dowódcą, objechałby całą skalistą górę, żeby sprawdzić, czy z jaskiń nie ma innego wyjścia. I na pewno odnalazłby ujście kanału ściekowego. A stąd wniosek już prosty. Zbieg nawiewa rzeką.

Ile czasu mu to zajęło? Dzień? Nie. Na pewno odkrycia dokonano już rankiem. O świcie po nocy, podczas której nastąpiła ucieczka. Co więc dalej zrobił dowódca?

Hm... Tu było wiele możliwości. Nie zawiadamiał strażników o przewidywanej drodze ucieczki, bo po pierwsze, strażnicy już byli uprzedzeni, a po drugie, on pracował dla pieniędzy. Chciał nagrody dla siebie. Co więc zrobił? Ruszył konno drogą przy rzece, każąc swoim przeszukiwać zarośla na brzegach? To wariant bierny. Powolny i niepewny. A co się stanie, jak kto inny złapie zbiega? Nagroda pójdzie do cudzej sakiewki. Znowu prosta odpowiedź. I znowu stało się jasne, że mężczyzna, który go ściga, wybrał inne rozwiązanie. Jakie?

Co zrobiłby Virion? Chłopak myślał intensywnie. A potem zaklął na cały głos. No to do widzenia... Co sam by zrobił? Posłałby za zbiegiem człowieka, który poruszałby się w ten sam sposób. Jeżeli uciekinier płynął z nurtem, ścigający powinien zrobić to samo. Na własne oczy przekonać się, gdzie są po drodze najlepsze kryjówki, gdzie najłatwiej ukraść coś do jedzenia, gdzie się przespać. Proste jak trzonek od grabi.

A kto go ściga bezpośrednio? To jasne. Niewolnik. Człowiek z instynktem uciekiniera. Człowiek bliski mu teraz duszą. A jednocześnie bezwzględny, bo jemu przecież niczego nie darują. On musi złapać swoją ofiarę.

A co potem? Przecież niewolnik ma na tyłku wypalone piętno. Nikt mu nie uwierzy. Jego dowódca musiał temu jakoś zaradzić. Dał więc tamtemu list żelazny. Eeee... bzdura. Papier szybko niszczeje w wodzie i nie będzie z niego żadnego pożytku. Więc co? Sygnet! Dowódca dał swojemu niewolnikowi sygnet z jakimś godłem. Jakim? Przecież wszystko zleciła Taida. To sygnet z godłem cesarskiej prefektury. No i wszystko jasne.

Pytanie. Jaką ścigający ma zwłokę w stosunku do uciekiniera? Virion liczył zaciekle, ale ciągle nie mógł pogodzić się z wynikiem. Wychodziło mu bowiem, że maksimum pół dnia. A najpewniej... w ogóle! Być może tamten skradał się już w pobliskich krzakach? Może patrzył na niego z zarośli po drugiej stronie rzeki?

Coś wstrząsnęło Virionem. Błyskawicznie zsunął się z błotnistej skarpy i wszedł do wody. Kiedy tylko pozwoliła na to głębokość, zaczął płynąć z nurtem, usiłując jak najmniej wystawiać głowę.

Musi skończyć swoją podróż rzeką. Musi opuścić zbawcze dotąd koryto, i to tak, żeby nie zostać zauważonym przez tego jednego jedynego człowieka, który płynął za nim. Gdzie? Gorączkowo usiłował sobie przypomnieć wygląd okolicy. Niewiele pamiętał ze swoich nielicznych podróży. Chyba, jeśli liczył dobrze, dziś, a najpóźniej jutro dopłynie do miasta, przez które ze dwa razy przejeżdżał. Ale ono nie było wystarczająco duże. No szlag! Płynięcie dalej było jeszcze gorsze. Musi odbić od rzeki, musi zmienić kierunek. I nie może wyjść z wody w samym mieście, mokry, na głównej przystani. Trzeba to zrobić gdzieś na przedmieściach. Nie za gęsto zaludnionych, ale też nie całkiem pustych. Inaczej się nie zgubi. Najlepiej byłoby znaleźć miejsce takie jak zapluta karczma w Mygarth, gdzie po raz pierwszy próbował wódki.

Wstrząsnęło go od wspomnień. Znowu z całą przerażającą jasnością zdał sobie sprawę, że jest na świecie zupełnie sam. Że tak naprawdę nie ma gdzie uciekać. Nikt mu nie sprzyja, we wszelkich krainach, które stworzyli Bogowie, nie ma nikogo, kto pomyślałby o nim przyjaźnie. Miał ochotę wymiotować. I znowu przyszło mu do głowy, że rozwiązanie Meliklesa wcale nie jest rozwiązaniem głupim.

Kila ledwie zerknął na opuszczoną kryjówkę, by wiedzieć, że zbieg był tu przed chwilą. Połamane kłosy, liczne ślady pozostawione w wilgotnej glebie, rozsypane ziarno. Wnioskując na podstawie tego, co widział, z umysłem chłopaka zaczynało być niedobrze. Nie mógł już usiedzieć dłużej w jednej pozycji. Rzucał się na boki, wstawał, kucał, kładł się... Zostawił dużą część jedzenia, które ukradł z pola. Wszystko zgodnie z przewidywaniami. Virion z całą bolesną jasnością zdał sobie właśnie sprawę, że nie ma dokąd uciec. Że jest zupełnie sam w oceanie wrogów, otoczony drapieżnikami. No i pojawiło się to wszystko, co tłumiły więzienne kraty. Strach, pytania o sens ucieczki, wyrzuty sumienia i absolutna niepewność. Kila wielokrotnie widział ludzi, którzy rozsypują się w chwili, kiedy zdają sobie sprawę ze swojej porażającej samotności. A tu w dodatku chodziło o młodego chłopaka w sytuacji, której nie zazdrościł mu nikt na całym wielkim świecie. Co nim targało najbardziej? Nawet nie sposób zgadnąć. Sądząc po śladach, niszczące wolę siły zdobyły przewagę w umyśle Viriona. A to oznaczało koniec w miarę bezpiecznej ucieczki z nurtem rzeki. Zbieg najprawdopodobniej jeszcze dzisiaj będzie usiłował zmienić kierunek ruchu. Zacznie brnąć ku swojej bliskiej już zgubie.

Kila wszedł do wody, zanurzył się po kilku krokach i zaczął płynąć z nurtem. Niczego nowego już się w tym miejscu nie dowie. W przeciwieństwie do uciekiniera przed rozpoczęciem pogoni zapoznał się z mapą przewidywanej trasy. Zapamiętał wszystkie szczegóły i miał wrażenie, że wie, gdzie Virion wyjdzie na brzeg. Pewnie myśli, że w centrum miasta ktoś zwróci na niego uwagę. I jak każdy niedoświadczony jeszcze przestępca wybierze miejsce w jego mniemaniu idealne. Trochę ludzi, ale nie za dużo. Wszyscy snują się smętnie, nikt z pozoru nic nie widzi. Na przedmieściu!

Mhm. Typowe postępowanie amatora. Cichcem na uboczu. Kila pamiętał zakład pomiędzy Taidą a Narym, którego kiedyś był świadkiem. Pani prefekt twierdziła, że właśnie w centrum, w tłumie ludzi nikt nie zauważa najdziwniejszego nawet zachowania. Kazała wepchnąć na schody Imperialnego Urzędu Miar i Wag w Syrinx wóz drabiniasty wypełniony sianem i ustawić go skośnie na samym środku szerokiego biegu. Wóz stał. Ludzie zdążający do urzędu omijali go łukami po obu stronach, czasem ktoś zaklął jedynie, czasem rzucił nieprzychylne spojrzenie. Poniżej na ulicy przechadzały się patrole straży. No i co? Skoro ktoś postawił wóz w tak bezczelny sposób, to znaczy, że miał prawo. Nikt nie zainterweniował aż do wieczora i Taida zakład wygrała. Natomiast przedmieścia, miejsca, gdzie każdy znał każdego, to zupełnie inna bajka. Niestety, taki wybór utrudniał zadanie także temu, który ścigał. Utrudniał, choć i ułatwiał jednocześnie, bo tam już na pewno zbieg nie miał jak uciec.

Zniecierpliwienie było Kili uczuciem zupełnie obcym. Nigdy go nie odczuwał. Właściwie nie czuł też podniecenia. Cel znajdował się blisko, dosłownie na wyciągnięcie ręki. Wiedział, że dopadnie zbiega dzisiaj. Ale w żaden sposób nie wpływało to na jego emocje. Rzeczowo analizował to, co pojawiało się przed jego oczami. Stojące przy brzegu pierwsze domy. To jeszcze nie przedmieścia. Nie, nie tutaj. Zbieg wybierze inne miejsce. Domy stały coraz gęściej, ale jeszcze nie było ulic. Dokoła dominowała ciągle roślinność, a nie mury. Według amatora to miejsca zbyt podejrzane. Chłopak na pewno wybierze głupiej. No właśnie. Przy pierwszej ulicy budynki stały już jeden przy drugim, podmiejskie zagrody zniknęły zupełnie, a w oddali pojawił się niewielki plac przy ruinach starego mostu.

Tutaj! Idealne miejsce. Każdy dyletant na pewno je wybierze, bo na placyku kręciło się kilka osób. Tak będzie rzekomo bardziej „naturalnie".

Kila zwolnił nieco, dając się już tylko nieść przez łagodny nurt. Rozglądał się uważnie, przepatrując zarośla. No i nie mylił się!

Virion podpływał właśnie do pokruszonych antycznych schodów prowadzących kiedyś od przyczółku mostu na brzeg rzeki. Ignorant. No ale jak niby chłopak miał nabrać doświadczenia w uciekaniu? Gdzie miał poznać mechanizmy rządzące gromadą ludzi? Takie postępowanie umożliwiło tylko człowiekowi, który go ścigał, niezauważone wyjście na brzeg dużo wcześniej, przy kępie rozłożystych krzewów. Zbieg natomiast przyciągał wszystkie spojrzenia.

To nie schody ważnego urzędu w samym centrum Syrinx, gdzie można i wóz z sianem ustawić, a nikt nie zwróci uwagi. To zapyziały placyk ubogiego przedmieścia, zapełniony sąsiadami, gdzie każdy o każdym wiedział dosłownie wszystko. To na przystani w centrum pewnie nikt by się nie obejrzał, a tu każda rzecz stawała się jeśli nie podejrzana nawet, to przynajmniej dziwna.

Dlaczego obcy wyszedł z wody w mokrym ubraniu i nie zamierza go suszyć?

Dlaczego rozgląda się cały czas i wkłada wiele wysiłku, by to ukryć?

Dlaczego ktoś, kto właśnie wyszedł w ubraniu z wody, usiłuje się zachowywać, jak gdyby nigdy nic się nie stało? Jakby tylko przechodził?

Może jeszcze nie podejrzliwe, ale na pewno zdziwione spojrzenia koncentrowały się na obcym, powodując u niego coraz większy niepokój. No i dobrze. Kila stanął w cieniu rozłożystego drzewa, oparł się o pień. Na niego nikt nie patrzył. A i on nie podnosił wzroku, żeby nie przyciągać cudzego. Był zawodowcem.

Virion musiał przejść obok, by dostać się na ulicę. A wtedy wystarczy podejść, wykręcić rękę, ramieniem otoczyć szyję i ścisnąć. Przeciwnik ani zipnie. Doświadczenie łapacza mówiło, że w ostatniej chwili oni wszyscy domyślali się, kto ich złapie. O! Ten to na pewno po mnie! I jakby tracili wolę walki. Dawali się schwytać i prowadzić do stanicy straży jak owce do rzeźnika. Bez cienia protestu.

Virion był coraz bardziej niespokojny. Rozglądał się, usiłując jednak na nikogo nie patrzeć wprost. Błąd za błędem.

Najpierw otoczyły go dzieci. Niezbyt liczne. Odstąpił gwałtownie, żeby wydostać się spośród czeredy. To wzbudziło podejrzenia kilku mężczyzn pracujących przy odwróconej do góry dnem łodzi. Oderwali się od swojego zajęcia, patrząc z gniewnym wyrazem twarzy. Reakcja powodowała reakcję. To postępowało jak lawina. Ktoś stojący dotąd w drzwiach domu ruszył w stronę intruza. Kto inny podniósł się spod zacienionej ściany i wziął do ręki gruby, sękaty kij.

Kim jest ten obcy? I na jaką zarazę wylazł z rzeki właśnie tu? A może...? Różne myśli kłębiły się w głowach. A może uda się na nim jakoś zarobić? Kilku mężczyzn pijących dotąd pod płotem odgradzającym skład garbarni podniosło się ociężale. Może ktoś przybysza ściga? A może ma coś cennego przy sobie?

Virion przyspieszył kroku, usiłując uciec w stronę przejścia prowadzącego na ulicę. Znalazł się o dziesięć kroków od stanowiska pod rozłożystym drzewem.

Teraz. Kila wyszedł z cienia. Jeszcze kilka kroków, złapać, wykręcić rękę i za szyję. A potem jak owcę do rzeźni poprowadzić na stanicę.

Wielki błąd. Kila nie docenił faktu, że uciekinier całe życie spędził przy szpitalu dla niewolników. Że rozpoznawał ich jednym spojrzeniem, szybciej niż nadzorca.

Viriona zaryło w miejscu. Zorientował się od razu, że to właśnie krępy człowiek o tępej twarzy jest wysłanym za nim łapaczem. No i pamiętał o własnych przemyśleniach.

Zabrakło mu tchu.

Kila zdążył zrobić trzy kroki.

– Niewolnik! – wrzasnął Virion, dosłownie zdzierając struny głosowe. – To zbiegły niewolnik! – Teraz musiał jeszcze coś zaimprowizować. – Chciał mnie zabić! I... – Na moment zabrakło konceptu, ale zaraz przyszło olśnienie. – Chciał zabić! Zrabował mój sygnet!

Mężczyźni runęli na Kilę. Kilkanaście rąk unieruchomiło go momentalnie. Rosły drab zadarł ofierze tunikę, odsłaniając tyłek.

– Prawda! – ryknął. – Ma piętno!

– A ty? – Ktoś bardziej dociekliwy wskazał Viriona. – Ty kto?

– Ja nie jestem zbiegiem. – Chłopak, zachowując maksimum pewności siebie, odwrócił się i podciągnął tunikę, żeby pokazać, że na pośladkach nikt mu niczego nie wypalił. – Ja nie jestem niewolnikiem.

Prezentacja okazała się wystarczającym dowodem. Dalej już nikt nie wnikał. Po pierwsze, mężczyźni mieli swój niespodziewany tego dnia łup. Po drugie, przy zbiegłym niewolniku szybko odnalazł się sygnet, o którym mówił poszkodowany.

– Wezwę strażników! – krzyknął Virion, chcąc dać sobie alibi dla szybkiego odwrotu.

I wtedy Kila popełnił drugi błąd. Dał się ponieść emocjom. I otworzył usta, żeby wyjaśnić sytuację. Głupol! Przecież wiedział, że z niewolnikiem nikt nie będzie gadał. No i trudno jest wybić zęby, jak się wali w zaciśnięte szczęki. Inaczej jest, jak cios pada w otwarte usta. A rosły drab miał twardą pięść.

Spojrzenie Kili ostatni raz omiotło Viriona. A chłopak nie mógł sobie darować. Wskazującym palcem dotknął własnej brwi, a potem przeniósł go do pozycji na wprost, jakby chciał komuś wskazać łapacza.

Kila zaklął. Bezgłośnie, trzymając usta zamknięte. Nie chciał bowiem powtarzać głupich błędów.

– Biegnę po straż! – Virion zebrał się w sobie i ruszył w stronę ulicy.

Nie musiał się usprawiedliwiać. Podnieceni łupem ludzie nie zwracali na niego uwagi. Okazało się jednak, że wrzaski i tumult już zwróciły uwagę zbrojnych. W wąskim przejściu Virion mało nie zderzył się z dwoma strażnikami. Zaryło go ze strachu. Opanował się z najwyższym trudem.

– Złapali niewolnika! – krzyknął. – Tam!

– Dobrze, chłopcze. Z drogi!

– Niewolnik ukradł sygnet!

– Dobrze, z drogi!

– Uciekaj. – Drugi strażnik odepchnął go na bok. – Uciekaj!

O niczym innym nie marzę, powiedział do siebie w myślach i odsunął się jeszcze bardziej.

Porzucenie rzeki miało tylko jedną dobrą stronę. Łapacze nie wiedzieli, w jakim kierunku ruszył zbieg. I tyle. Cała reszta okazała się koszmarem.

Co prawda nikt nie zwracał uwagi na młodzieńca idącego niespiesznie drogą, ale patrole zdarzały się od czasu do czasu. Na szczęście jak dotąd Virion nie napotkał strażników na koniach, którzy przeprowadzali wyrywkowe kontrole. A same punkty kontrolne było widać z daleka. Jak dotąd przynajmniej. Można było je ominąć, schodząc z drogi i zataczając ogromny łuk. Wszystko to jednak narażało zbiega na podejrzliwe spojrzenia wieśniaków, łypiących spod oka, któż to obcy przechodzi obok ich zagród i po co? Virion miał wrażenie, że tylko chwile dzielą go od tego, że ktoś nareszcie nie wytrzyma i zgłosi komu trzeba, że jakiś obcy kręci się w pobliżu wioski. To było Cesarstwo Luan. Najbardziej zagospodarowany i najlepiej zorganizowany kraj na świecie. No i oparty na pracy niewolników. Podejrzliwość wobec obcych była na porządku dziennym.

Drugą kwestią stało się zdobycie czegokolwiek do jedzenia. Pól pilnowali parobkowie. Często wręcz grodzono je i wypuszczano do środka psy. Szczególnie w przypadku winnic. Jeśli zdarzyły się drzewa owocowe rosnące przy imperialnej drodze, to z reguły miały one swoich dzierżawców, którzy płacąc odpowiednie podatki, mieli wyłączność na zbieranie tego, co się urodziło. Z rzadka tylko można było podnieść z ziemi jakiś podgniły owoc, który sam spadł wcześniej z gałęzi. To, co jeszcze rosło, też było pilnowane przez ludzi z drągami, którzy odganiali ptaki.

W desperacji Virion chciał nawet ukraść coś do jedzenia kupcom, którzy zatrzymali się na mijance na postój.

Powstrzymał się w ostatniej chwili i to go otrzeźwiło. Czy był dobrym złodziejem? Wpadka i koniec. W więzieniu tortury i kat. Tym razem nie będą się patyczkować, bo już wiedzą, że chłopak na wolności do żadnego skarbu ich nie doprowadzi.

Jeden z kupców, widząc jego konfuzję, rzucił kawałek suchego placka. A Virion tylko z najwyższym trudem powstrzymał się przed natychmiastowym pożarciem go kilkoma dławiącymi kęsami. To by dopiero wzbudziło podejrzenia.

Nie mógł spać w nocy. Nie chciał korzystać ze stacji postojowych, żeby nie pokazać nikomu tam nocującemu, że nie ma nawet koca. Na mijankach w nocy było jeszcze straszniej. Pojawiali się tam jacyś dziwni ludzie, nie wiadomo, dla kradzieży, rabunku czy w jakimś innym celu. W każdym razie nie sprawiali wrażenia, że zrezygnują z nagrody za złapanie uciekiniera, jeśli tylko czegoś się domyślą.

Virion usiłował więc spać w przydrożnych rowach, oganiając się od owadów i całej rzeszy robactwa, które atakowało go z każdej strony. „Usiłował spać" to zresztą najlepsze określenie. Wydawało mu się z czasem, że w ogóle zatracił tę umiejętność. Mimo wyczerpania nie mógł zasnąć i już. Żadne próby odwrócenia myśli, uspokojenia się czy odprężenia nie dawały niczego. Czasem zapadał w krótkie, męczące jeszcze bardziej majaki, w których prześladowała go Aride. Śnił mu się też Parte, rodzice, w najgorszych konfiguracjach, jakie można było sobie tylko wyobrazić. Zwykle kończyło się to tak, że przerażony siedział do rana w zaroślach, trąc piekące oczy. Krańcowo wyczerpany, potwornie głodny, zaszczuty i zupełnie sam.

Jego życie nie miało sensu. Cały świat nie miał żadnego sensu. Co on jeszcze, psiamać, robi wśród żywych? Na co czeka?

– Co to było?! Co to było, kurwa twoja mać?!

Opuchnięty Kila kurczył się w rogu celi. Wiedział, że napad złości szefa trzeba przeczekać. Zamiast narzekać, należy błogosławić, że koledzy zdążyli, zanim ściągnięto mistrza tortur, specjalistę od zbiegłych niewolników, który zacząłby wyciągać z niego imiona wspólników.

– Zawiodłem – wyszeptał, usiłując nadać swojemu głosowi nutę kajania się. Ciężko było. Twarz spuchła mu tak, że z trudem otwierał usta.

– No co ty, kurwa, nie powiesz?!

Nary ignorował strażników stojących pod ścianą, ignorował ich dowódcę, który koniecznie chciał wtrącić, że są w stanicy i nikt obcy nie będzie się tu szarogęsił. Szef łapaczy był teraz czystą furią. Coś szło nie po jego myśli i tylko wskazanie prostej drogi naprawy sytuacji mogło polepszyć mu humor. Na razie nic jednak na to nie wskazywało.

– On wiedział, kim jestem – wyszeptał Kila.

– Jakim cudem?!

– Byłem o dziesięć kroków od Viriona. Już szedłem, żeby go złapać. Spojrzał na mnie.

– I przeniknął cię jak czarownik?

– Prawie. Potem zrozumiałem nasz błąd.

– Nasz?! Ty, kurwa, powiedziałeś „nasz”?! Nasz błąd?!

– Mój – poprawił się Kila, choć wcale nie czuł się autorem niedociągnięcia. – Nie wziąłem pod uwagę, że on całe życie wśród niewolników spędził. I to pałętających się prawie na wolności. Jego ojciec...

– Wiem, co robił jego ojciec!

– No to on właśnie jednym spojrzeniem nauczył się odróżniać wolnego człowieka od jego własności. Jak szef nadzorców. A nawet jak łapacz.

Nary zaklął znowu. Wcale jednak nie wyłączył umysłu wbrew pozorom.

– No to co, jeśli nawet? – zapytał po chwili namysłu. – Co najwyżej zobaczył w tobie zbiegłego niewolnika. Powinien raczej do ciebie lgnąć jako do ewentualnego towarzysza.

– On za mądry. On jest wyjątkowo cwany.

– Gadanie! Dzieciak i amator!

Taryn wtrącił się nieśmiało.

– On chyba se to wcześniej w głowie poukładał – powiedział. – Domyślił się, że kogoś za nim wysłaliśmy. Domyślił się kogo.

– Co on? Jasnowidz czy wyrocznia?

– Nie. Inteligentny bydlak.

– Aż tak?

– Skoro znał świat niewolników, to i świat łapaczy nie był mu obcy. Przynajmniej z opowieści.

Nary potrząsnął głową.

– Jeśli nawet, to na widok człowieka, który go ściga, tak się otrząsnął nagle i zareagował, jak trzeba?

– Jak tylko spojrzał, zaczął krzyczeć: „niewolnik, niewolnik, chciał mnie zabić" – dodał Kila. – Wystarczyło.

– No pewnie, że wystarczyło – potaknął Taryn. – Ludzie się rzucili na niewolnika, a tamten się śmiał. On sam przecież piętna na dupie nie ma.

– A w dodatku wiedział, że mam sygnet z prefektury – dobił szefa Kila.

– Co?!

– Ławo się domyślić – powiedział lekceważąco Taryn. – Skoro wydumał, że posłałeś za nim niewolnika, to przecież musiałeś mu coś dać, żeby się wytłumaczył przed strażą. Papier do pływania w wodzie się nie nadaje.

Szef łapaczy oddychał głęboko.

– No to powiedzcie mi, mądrale, gdzie ten geniusz ucieka w tej chwili?

– A to bardzo proste – mruknął Taryn. – Mimo inteligencji to jednak amator, a ja już miejscowych zdążyłem popytać, co i jak.

– Niby co i jak? – powtórzył nieświadomie Nary.

– Stąd, z tego miasta, jeśli człowiek nie chce iść z powrotem, to musi wyjść na główne rozstaje. Są na wzgórzu.

– A co to ma do rzeczy?

– To proste. Poza powrotną do wyboru są trzy drogi. Dwie puste po horyzont, a jedna zapchana, bo niedaleko stąd kopalnię otworzyli. Kupcy tam ciągną, pośrednicy, poganiacze mułów, cieśle i kowale. Ruch, że palca nie wetkniesz.

– I sądzisz, że Virion poszedł właśnie tą drogą?

– To amator. Myśli, że na pustej drodze łatwiej go zauważyć, a między ludźmi się ukryje.

Leżący pod ścianą Kila również skinął głową. Każdy uciekinier pcha się w tłum. Wiadomo. A poza tym on już widział, że Viriona zaczyna atakować choroba samotności. Długo już sam ze sobą nie wytrzyma. Nary jednak nie zastanawiał się nad psychiką zbiega.

– Dobra. – Skinął na swoich ludzi. – Bierzcie tego spuchniętego łamagę i na konie.

– To więzień! – zaoponował dowódca straży, zbierając się na odwagę. – Nie wolno bez rozkazu! Bez pokwitowania!

Szef łapaczy nawet nie spojrzał w jego kierunku.

– Sygnet oddaj! – rozkazał już w drzwiach.

– Nie było żadnego sygnetu! Pewnie ludzie zabrali.

Nary zatrzymał się na moment.

– Oj, nie spodoba się to pani imperialnej prefekt – rzucił na odchodnym. – Wy się jej nie spodobacie.

Ludzie na drodze poruszali się jakby szybciej. Najwyraźniej podniecał ich widok góry ze ściętym wierzchołkiem, która dominowała nad całą okolicą. Szli coraz szybciej w stronę wspaniałych interesów, które będą tu robić. W kopalni właśnie odkryto nowe złoża. Potrzebne było właściwie wszystko.

Oprócz ludzi, którzy niczego nie potrafią.

Słaniający się z głodu Virion dotarł do kopalni, pod samą górę. Miał nadzieję, że dostanie jakąś pracę. Cokolwiek. Coś, co przynajmniej da mu utrzymanie. Choć na trochę, bo był już za słaby, żeby iść dalej. Problem polegał na tym, że ludzi potrzebowano tutaj praktycznie bez ograniczeń. Z tym że fachowców, cieśli, poganiaczy mułów, kowali, zdunów, górników, nie mówiąc już o tak wysokich kwalifikacjach jak inżynierowie lub choćby majstrowie i ich pomocnicy. Co umiał Virion? Nic.

Próbował nakłamać, że może poganiać muły. Niestety, zwierzęta go nie słuchały. No to spróbował prawdy i wyznał, że potrafi gotować. Gotują kobiety – osadzono go błyskawicznie. Owszem, ktoś tam słyszał, że na dworach jaśnie panów to może i czasem mistrzowie, mężczyźni. Ale tu nie o wyrafinowane potrawy dla jaśnie panów chodziło, tylko o żarcie dla robotników. I fachowców. No i takie to przecież gotują kobiety. Kuchnia, wiadomo, żeński fach. I niech mężczyzna nawet nie marzy o tym, żeby im odbierać należny zarobek. Tak samo w pralniach, przy krawiectwie i ogarnianiu porządku. To baby robią, nie chłopy.

W desperacji Virion przyznał, że mógłby być dobrym pomocnikiem medyka. Owszem, takich potrzebowano. Ale pytanie, u kogo pobierał nauki i u kogo terminował, ostudziło dalsze próby tłumaczenia. Odpowiedzi, że „u zamorskich mistrzów", nie wzięto pod uwagę.

Niestety. Do prostych prac byli niewolnicy. W nadmiarze. Niewykwalifikowanych robotników nikt więc nie zatrudniał.

Słaniając się z głodu, Virion doszedł w poszukiwaniu zajęcia prawie do połowy góry. Do parowu, którym spuszczano z uciętego wierzchołka urobek na wielkich platformach toczących się w dół z okropnym turkotem. Osłabł tuż przy pomoście przerzuconym nad parowem. To było pierwsze chyba w kopalni tak odludne miejsce. Nie widział nikogo wokół. Siedział więc z głową opartą na podciągniętych kolanach i nikt go nie niepokoił. Był zdruzgotany, głodny, przerażony wszechogarniającą samotnością i pokonany. To koniec. Zdał sobie sprawę, że to naprawdę koniec.

Na trasie platformy do transportu kamiennych bloków ciągle ginęli ludzie. Zresztą to miejsce od dawna zwane było Kopalnią Śmierci. I to bynajmniej nie dlatego, że nadzorcy niewolników zaliczali się do szczególnie srogich, ani z powodu panujących tu warunków, braków w zaopatrzeniu czy wyniszczającej pracy, która trwała od samego świtu do późnego zmierzchu. Nie, nic z tych rzeczy. Największe straty powodował sam transport urobku z rozrytego szczytu góry. Bardzo sprytni inżynierowie wymyślili, że najprościej będzie wykorzystać spadek terenu. Kazali więc wykuć w skale dwie równoległe bruzdy, a potem konstruować wyposażone w koła ciężkie drewniane platformy, na które ładowano gruz i popychano na dół, by po odbyciu swojej drogi roztrzaskiwały się na rumowisku u podnóża góry. Platform już nie odzyskiwano. Ludzi, których po drodze rozgniotły, siłą rzeczy również nie. Żaden kłopot. Luan prowadziło wiele wojen i strumień darmowej siły roboczej w postaci niewolników płynął nieprzerwanie.

Można byłoby zadać pytanie, dlaczego ludzie nie uskakiwali, słysząc zbliżający się transport z urobkiem. Prawdę powiedziawszy, nie dano im takiej szansy. W miejscu, gdzie panował największy ruch, przy kruszarkach napędzanych młynem wodnym, rozlegał się hałas dużo większy niż ten wytwarzany przez pędzącą z góry platformę. Szum wielkiego wodospadu i drgania, które powodował napędzany jego siłą ogromny kafar rozbijający skalne bloki, nie dawały szans na jakiekolwiek sygnały ostrzegawcze. Każdy przejazd ładunku oznaczał kilka trupów. No i co z tego? Kto by się przejmował? Kopalnia Śmierci była wydajnym kombinatem i tu ważny był tylko czas. Bo czas, jak wiadomo, liczony jest pieniędzmi. A życie? No niby ile ono kosztuje? Zresztą... Tylu ludzi rodziło się ciągle w krajach, które miały nieszczęście doświadczyć wojny z cesarstwem, że nikt się nie obawiał o dostawy świeżych, młodych i jeszcze nie zniszczonych znojem.

Straty praktycznie kończyły się dopiero u podnóża góry, gdzie platformy pędziły po swoich bruzdach wśród łagodniejszych pagórków, porośniętych już nawet spłachetkami trawy. Tu ich ogłuszający łoskot powodował jedynie panikę wśród zgromadzonych na zboczach mułów. Im jednak nic nie groziło. Wszystkie uwiązano do wbitych w ziemię palików, bo były zbyt cenne, by je narażać na przejechanie.

Wokół nie było nawet ludzi. Większość zgromadziła się na pobliskiej stacji przeładunkowej. Jedynie obdarta stara kobieta szła powoli wśród pociągowych zwierząt, podpierając się długim kijem. Drugim ruchomym elementem przestrzeni był chłopak, który zataczając się, biegł właśnie w stronę mostka na linach, przewieszonego wysoko nad trasą pędzących z łoskotem platform. Tędy chodzili majstrowie, wykwalifikowani robotnicy, woźnice, a nawet czasem panowie inżynierowie, więc przejście górą musiało być całkowicie bezpieczne.

Ciekawe, kto stwierdził, że samobójstwo to akt, który się planuje. Bzdura. Może zresztą i są tacy samobójcy? Jacyś chorzy na głowę, jakieś świętoszkowate, odrzucone przez świat panienki, które chcą w ten sposób zwrócić na siebie uwagę? Nie. U zwykłego człowieka samobójstwo to przymus. Tu, teraz, natychmiast. Zapomnieć o wszystkim, wyrwać się z kręgu paraliżujących umysł doznań, zakończyć wszechogarniające poczucie beznadziei. Niech nastanie czerń. I spokój wiecznego zapomnienia.

Virion zwymiotował, nie zatrzymując się ani na chwilę. Nawet nie zwolnił. Biegł dalej, odruchowo wycierając usta. Miał nadzieję, że zdąży przed najbliższą platformą z gruzem, która podskakując na nierównościach bruzd, zbliżała się właśnie z potwornym łoskotem. Była szansa. Virion wbiegł na mostek i zatrzymał się w miejscu położonym dokładnie na trasie urobku.

Bez namysłu przesadził nogi przez barierkę z twardych lin. Platforma wioząca materiał skalny o wadze co najmniej domu była tuż-tuż. Widział już dokładnie nierówne krawędzie kamieni na ramie z grubych desek. Kątem oka dostrzegł staruszkę podpierającą się kijem, która wspinała się po wykopie. Widział muły przywiązane do drewnianych palików. Nikt nie zdoła go powstrzymać. Ani ludzie zgromadzeni daleko przy stacji przeładunkowej, ani staruszka, ani tym bardziej muły.

Na całym świecie nie było nikogo, kto mógłby mu pomóc. Żadnego przyjaciela, rodziny, ukochanej kobiety... Cóż. Najbliższego przyjaciela zabił nie tak dawno temu. A dziewczynę, którą kochał, dosłownie chwilę później.

Viriona zalała nowa fala mdłości. Zmusił się, żeby ocenić odległość, a potem odbił się lekko i skoczył wprost pod koła zbliżającej się do mostu obciążonej głazami platformy.

Rozdział 8

Ocknął się, leżąc na skalistym podłożu dokładnie pomiędzy bruzdami służącymi za prowadnice dla platformy z gruzem. Przesunął palcami po skale. Dziwne. Nic go nie bolało. Turkoczącej platformy już nie było słychać nawet z oddali.

Coś uderzyło go w nogę. Zerknął w bok. Stara kobieta, to ona walnęła go kijem, stała nad nim, przygryzając wargę.

– Oj, głupiś ty – mamrotała. – Głupiś, synku.

– Ja... żyję?

Słyszał o szoku, o tym, że przerażenie czasem hamuje odczuwanie bólu nawet wtedy, kiedy ma się obcięte ręce i nogi, ale... Najwyraźniej był zdrowy. I chyba nie potłukł się podczas upadku. Nie mógł uwierzyć swoim zmysłom. Dalej chciało mu się wymiotować, ale wszystkie inne uczucia miał jakby zablokowane. Naprawdę nie czuł właściwie niczego konkretnego. Również głodu.

– A żyjesz, żyjesz – wymamrotała stara z ledwie zrozumiałym akcentem. – Nawet taki głupek jak ty zasługuje na życie. – Strzyknęła śliną. – Choćby tak marne jak twoje.

Nagle zmienił jej się wyraz twarzy. Pochyliła się zatroskana i położyła Virionowi rękę na czole.

– Ja...

Chciał coś powiedzieć, ale uderzyła go kijem w kark.

– Dureń!

– Wpa... wpadłem dokładnie pomiędzy koła? – wydukał nareszcie. – Dlaczego nic mnie nie boli?

– Głupek! – krzyknęła. – Głupek! – Zaraz ściszyła głos. – Gdybyś chociaż był tak mądry jak te muły tu obok. A ty... ech. Głupiś, synu, jak but.

– Wpadłem pomiędzy koła? – ponowił pytanie.

Tylko pokręciła głową.

– Spróbuj jeszcze raz – szepnęła. – Zobaczysz, czy uda ci się wpaść „dokładnie" pomiędzy koła. Będziesz widział, jakie to proste. – Roześmiała się ochryple. – A raczej niczego już nigdy nie będziesz widział.

– W takim razie – westchnął ciężko – co się stało?

Mamrotała coś niezbyt zrozumiałego. Potem znowu przyłożyła mu kijem.

– Chodź. – Skinęła na niego wolną ręką i zaczęła się wspinać po skarpie.

Podniósł się ogłupiały. W dalszym ciągu nic go nie bolało. Nie miał żadnego skręconego stawu, żadnej złamanej kości. Zerknął na pomost, z którego skoczył. O psiamać! Wysoko! Pomyślał o Aride. O swoim losie. I po raz pierwszy od kilku dni ta myśl nie wywołała w nim pragnienia natychmiastowego przegryzienia sobie żył.

Starucha wydostała się na drogę przy moście i żwawo ruszyła w stronę stacji przeładunkowej w pobliżu. Virion, wiedziony jakimś irracjonalnym przeczuciem, że mu ucieknie, zaczął się szybko wspinać. Już na drodze przyspieszył kroku, żeby ją dogonić.

Ludzie przy rampie kłócili się jak zwykle o każdy drobiazg. Niby ceny były tu urzędowe, bez możliwości negocjacji, ale wiadomo... W przypadku żywności czym innym było dostać zapłatę rano, mając na wozie towar najlepszej jakości, co innego po dniu oczekiwania w kolejce, kiedy świeżą niedawno żywność można było już zaliczyć do drugiej kategorii. Rozgardiasz i towarzysząca mu wrzawa przywodziły na myśl hałas podobny do tego, jaki powodowała platforma z gruzem przy zjeździe na dół.

Stara jednak nie zawracała sobie głowy krzyczącymi ludźmi. Podeszła wprost do prawie już opróżnionego z towaru wozu i z trudem wspięła się na kozioł. Dopiero teraz odwróciła się, szukając wzrokiem chłopaka. Kiedy ich oczy się zetknęły, skinęła przyzywająco i pokazała kijem miejsce obok sobie. Virion przełknął ślinę. Co ona? Przecież wóz nie należał do niej. Wolał jednak nie dyskutować. Posłusznie wspiął się szybko po przednim kole i zajął miejsce woźnicy.

Stara rzuciła mu lejce.

– Umiesz?

– Tak.

– No to jedź.

– Ale gdzie? – dał się zaskoczyć.

– A gdzie chcesz – mruknęła. – Ale po mojemu to droga na dół jest jedna. – Wskazała kierunek swoim kijem.

– A czyj to wóz?

– A mnie skąd wiedzieć? – Wzruszyła ramionami, ucinając temat.

Chłopskie konie pociągowe różniły się od tych, którymi powodował w posiadłości rodziców, lecz na lejce reagowały podobnie. Virion ruszył, roztrącając ludzi, którzy wyładowywali ciągle resztki towaru z paki. Nikt się nie obruszył, nikt nie zaprotestował. I co było najdziwniejsze, nikt też nie ruszył w pogoń za oddalającym się pojazdem.

Starucha myślała nad czymś intensywnie. Virion skupił się na prowadzeniu. Na szczęście hamulce przy wielkich kołach były sprawne. Kiedy z całej siły ściągnął wajchę po swojej prawej, klocki przylgnęły do metalowych obręczy i spowolniły ciężki wóz na tyle, by bezpiecznie poruszał się w dół.

Coś dziwnego działo się z umysłem Viriona. Jakby coś blokowało każdą niszczącą myśl. Nie miał wyrzutów sumienia, nie myślał o samotności, o wrogim świecie wokół. Znowu jakby nie mógł poczuć niczego konkretnego. Mógł działać zupełnie sprawnie. Mógł kierować wozem, skupić się na lejcach, ale nie potrafił choćby przypomnieć sobie, co skłoniło go do samobójstwa. A właściwie nawet może i by potrafił, ale była tam jakaś dziwna blokada. Zupełnie jak przy zabiegu prowadzonym przed głównego medyka jego ojca. Pacjent zwija się na stole z bólu, medyk podaje miksturę z pochodnych makowego soku i po chwili człowiek jakby drętwieje. Czuje dalej ból, owszem, ale wszystkie zabiegi przyjmuje z zupełną obojętnością. Jakby zamiast jego ciała operowano właśnie drewniany model.

Stara obok na koźle ocknęła się z głębokiego zamyślenia.

– Ty przyciągasz nieszczęścia – zawyrokowała.

– Co?

– Przyciągasz nieszczęścia – powtórzyła. – Nie przeżyjesz długo.

Trudno było się nie zgodzić.

– To akurat wiem – mruknął.

Chciała uderzyć go kijem, ale kozioł był wąski i nic z tego nie wyszło. Kij był za długi i sama mogłaby spaść od zbyt szerokiego zamachu.

– Głupiś! – Opluła się nagle.

Prawdę powiedziawszy, wyglądała ohydnie. Pomarszczona, w śmierdzącym, rozlatującym się ubraniu, strzykająca śliną przy każdym słowie, z trzęsącą się jak przy ciężkiej chorobie lewą ręką. Czuł jednak, że coś dziwnego kryje się pod tą powłoką.

– Głupiś, synku – powtórzyła po chwili już spokojnie. – To nie twoja wina. Ktoś lub coś ci to zrobiło.

– Ktoś sprawił, że przyciągam nieszczęścia? – Potrząsnął głową.

Wciąż nie mógł uwierzyć, że jedzie, ciągle jeszcze żywy, z jakąś przygodnie poznaną kobietą tylko dlatego, że kazała mu to zrobić. Więcej, razem z nią ukradł czyjś wóz i teraz powozi nim, jadąc środkiem imperialnej drogi, bo zjechali już z góry, na oczach wszystkich, zamiast kryć się gdzieś w chaszczach.

– Raczej coś. Ale nie jestem pewna.

– Może demony? – usiłował zakpić, ale stara nie zrozumiała.

Kiwała się na koźle w przód i w tył.

– Jak cię puszczę – wymamrotała – powiesisz się na drzewie, które będzie akurat najbliżej. Wiążąc pętlę z własnego ubrania. – Cmoknęła głośno.

– Ja...

– Cicho niepytany! – warknęła. Zmarszczyła brwi, szepcząc coś do siebie. – Przyciągasz nieszczęścia, tak. Tobie trzeba... Tobie trzeba... Właśnie! – Strzeliła palcami, kiedy wpadła na jakąś myśl. – Ożenimy cię!

Zdenerwował się nagle.

– Słuchaj, stara, ja...

– Zabiłeś ich – przerwała mu ponownie. – Zabiłeś kobietę, którą kochałeś. Zabiłeś swojego przyjaciela. Wszyscy wokół ciebie poginęli, a świat cię nienawidzi. Bywa. Przyciągasz nieszczęścia.

Skąd wiedziała? No skąd wiedziała? Viriona zatkało dokumentnie.

– Wiesz, czego tobie trzeba? Żony. Ale nie zwykłej baby. – Wymamrotała coś niezbyt zrozumiałego. – Ożenimy cię z upiorzycą!

Zaklął, choć jakoś tak nieszczególnie intensywnie. Stara wygadywała same bzdury, ale skądś wiedziała, co mu się przytrafiło. Skąd?

– Z upiorzycą? Taką, co setki lat czeka w opuszczonym zamku na swoją ofiarę? I wysysa krew z niewinnych ludzi?

Popatrzyła na niego. Odpowiedział jej hardym spojrzeniem. Dopiero teraz zauważył, że stara kobieta ma śliczne niebieskie oczy. Oczy uroczne, przyszło skądś skojarzenie. Oczy, które potrafią rzucać uroki. Głębokie, młode, jasne i tak niebieskie jak kolor nieba w słoneczny dzień. Nieprawdopodobne, niemożliwe do opisania oczy, głębsze niż najgłębsze morze, oczy, które są starsze niż najstarsza budowla w Syrinx...

– Ty byś chciał starą ropuchę, co to już setki lat żyje? – Bezbrzeżnie zdziwiona, zapytała śmiertelnie poważnie. – Taką, co już ma paręset lat?! Starą ropuchę? – Roześmiała się nagle, pokrywając wszystko drobinkami śliny. – I co ty byś z nią robił, synku? Toż taka, jeśli nawet istnieje, owinęłaby cię wokół palca o tak. – Wykonała lewą dłonią kolisty ruch. – On chce starą ropuchę. – Śmiała się, plując cały czas. – Synku... Spróbuj otrzeźwieć!

Długo nie mogła się uspokoić. Potem zaczęła mówić.

– Głuptasie... Jeśli nawet taka baba żyje kilkaset lat, to jest dość stara, nieprawdaż? – Usiłowała oświecić Viriona w najprostszy sposób. – Kilkaset lat. Jest stara – powtórzyła. – Nic już prawie nie może. Łazi sobie z kijem po drogach i wspomina swoich mężczyzn. Wspomina wszystkie piękne chwile swojego długiego życia, wszystkie swoje miłości. Skupia się już tylko na tym, czego doświadczyła, na swoich ślicznych momentach, i szykuje się do drugiego życia. Synku – tłumaczyła – co ty byś zrobił z taką starą ropuchą? Nie, nie. – Mamrotała pod nosem dłuższą chwilę. – Nie. Tobie trzeba młodej dupki. Młodziutkiego tyłeczka, który cię ogrzeje. Dziewczyny, która cię ochroni! Ty musisz mieć młodą upiorzycę! Taką, która po raz pierwszy żyje – wyjaśniła.

Virion poczuł, że robi mu się ciemno przed oczami. Wariatka. Co on tutaj robi? Powinien teraz... Właśnie. Co powinien? Leżeć martwy na koleinach w skalistym gruncie pod mostem? Potrząsnął głową. Nie mógł się skupić.

– Gdzie jedziemy? – spytał jak przez sen.

– Do Marrenmat.

– Ale to nie jest droga do Marrenmat.

– Wprost przeciwnie. – Wskazała płótno naciągnięte na wóz kupców jadący z przeciwka, który właśnie mijali. Widniał na nim wielki napis z nazwą cechu i miejscowości, gdzie się znajdował. – Jest.

Zabłądził aż tak? Psiamać, nie mógł sobie przypomnieć, żeby mijali jakieś rozstaje. Przysnął, powożąc końmi, czy co?

– A... – odważył się zadać pytanie – a dlaczego akurat tam?

– No! Znajdę ci młodziutką upiorzycę, przecież mówiłam. Ona cię ochroni, bo inaczej nie pożyjesz długo. Przyciągasz nieszczęścia, chłopcze.

– Upiorzycę... – powtórzył, czując się jak we śnie. Jakby wszystko, co robił, wynikało z jakiegoś lunatycznego przymusu. – Upiorzycę, córkę Boga Zdrajcy Sepha.

– Ty... Ty! – Stara zerknęła na niego gwałtownie. – Ty się za Sepha nie bierz! – ostrzegła poważnie. – Za mały jesteś na niego.

– To on istnieje?

Wzruszyła ramionami.

– Nie wiem. Nie jestem wszechwiedząca – prychnęła. – Seph, Szatan... Wiele imion nadały mu dzieci boże. – Zamilkła na moment. – Jeśli jednak jest – podjęła – to zostaw go w spokoju, głupku. Nie on ci to zrobił, nie on winny wszelkim nieszczęściom. Zostaw go najlepiej. On się tobą nie interesuje, to i ty nie wściubiaj nosa w jego sprawy.

Nie mógł tego zrozumieć. Stara wyglądała jak zapuszczona babina z najbardziej odległego od cywilizacji zakątka imperium. Mówiła jak osoba wykształcona. Choć miała jakieś kłopoty z językiem. Virion musiał się maksymalnie koncentrować, żeby ją w ogóle zrozumieć. Niby mówiła biegle, ale ten przedziwny akcent i archaizmy czasem wplątane w zdania robiły dziwne wrażenie. No i ten zlepek stylów, rozwlekle wymawiane słowa, zupełnie jakby musiała je sobie za każdym razem przypominać. Pewnie eksperci z zakresu języka z największej biblioteki w Syrinx mieliby wielkie trudności, by odgadnąć, skąd pochodziła.

A do tego jej oczy. Tak nieprzyzwoicie niebieskie. Tak młode z tak strasznie starym, rozpalającym je ogniem. Przyszedł mu do głowy fragment wiersza, którego specjalnie nauczył się dla Aride. „Oczy, jeśli w nie spojrzysz, już wiesz, jak stary jest świat, jak wiele tajemnic kryje. Oczy uroczne, które mogą sprawić, byś czuł... byś kochał i śmiał się, byś płakał wieczorem, byś marzył... to wszystko wokół, cały czarowny świat... oczy jak muzyka wielkiej orkiestry, oczy jak ufność dziecka, twarde jak najtwardszy metal, zaprowadzą cię daleko stąd. Daleko stąd!"

Pamiętał już tylko fragmenty poematu. Nie mógł sobie przypomnieć większości wersów. I choć usiłował się skupić, miał wyraźne luki w pamięci. Za to w głowie pojawił mu się cytat z bajki o dziewczynce wyciągniętej przez duchy w sam środek lasu: „Chyba nie jestem już w domu!".

Przypomniał mu się też Parte. Zabawny kolega, który podrywał dziewczyny, jak chciał, nie siląc się zbytnio. Dlaczego go właściwie zabił? Że niby przypadkiem? No bez przesady. Przecież całował Aride, dotykał jej i... I dlatego tylko Virion wsadził mu w płuco ostrze miecza?

A sama Aride zabita chwilę później? Przecież ją kochał. Co? Znowu przypadek? No kurde, całowała się z jego kolegą, pozwalała mu... Dość. Zabić za takie coś? No ale przecież nie zabijał z wyrachowania, przemyślawszy sobie wszystko przedtem. To impuls, zaćmienie, głupota. To właśnie przypadek.

Ciekawe, co czuje strateg, mówiąc: „Straciłem kilka tysięcy ludzi, ale to był przypadek. Kto mógł przypuszczać, że tamci będą się bronić?".

Fuj. Co za durne rozmyślania. Jakie bezdroża umysłu.

Stara obudziła go uderzeniem w twarz. Zasnął? Jak mógł prowadzić wóz na imperialnej drodze, śpiąc?

Dojeżdżali do Marrenmat. Virion potrząsnął głową. Tak szybko?! Czy może przespał całą noc, powożąc zaprzęgiem? Przecież w nocy obowiązuje zakaz podróżowania. No bez przesady, pewnie, że ciężko egzekwowalny, w razie wpadki wystarczyło nakłamać, że się jedzie do najbliższego postoju, a na pytanie, dlaczego się nie skorzystało z poprzedniego, można było powiedzieć, że koło się zepsuło i z powodu naprawy ruszyło się dopiero teraz. Nie było możliwości, żeby kogoś za to ukarać, jeśli strażnicy nie byli sadystami. Ale jedna rzecz się nie zgadzała. Z całą pewnością Virion, jeśli spał, to nie rozmawiał z żadnym członkiem patrolu na imperialnej drodze. No to może starucha gadała? A on co w tym czasie? Kimał na koźle? Nie no. Taki numer by nie przeszedł.

– Tutaj, tutaj. – Stara wskazała mu kierunek.

Dojeżdżali właśnie do bardziej ludnych przedmieść. Już wypełnionych pielgrzymami zmierzającymi do słynnej na całe Luan świątyni Marrenmat. Wielu wiernych ściągało tu z całego cesarstwa, żeby uzyskać pocieszenie lub złożyć ofiarę w miejscu szczególnie umiłowanym przez Bogów. Jednak w przeciwieństwie do innych miejsc kultu to zapewniało obsługę pielgrzymów z górnej półki. Tych najbogatszych. I dlatego okolica zabudowana była wspaniałymi zajazdami, bogatymi domami oferującymi gościnę oraz karczmami z zestawem najbardziej wymyślnych potraw na podorędziu.

– Chyba nas nie stać na nocleg w tej części miasta – powiedział.

– Spać ci się chce? – Stara uśmiechnęła się kwaśno. – A nie udusisz się w nocy poduszką?

Posłusznie skręcił w ulicę, którą wskazała. Przedziwny stan „znieczulenia umysłu” nie opuszczał go w dalszym ciągu. Mógł myśleć analitycznie, nie mógł czuć. Był pozbawiony emocji. Bez słowa komentarza zaparkował więc tam, gdzie chciała. Wielkie gmaszysko tonęło w cieniu otaczających go drzew. Wszystko tu było stare. Zanim zeskoczył z kozła, czuł już intensywną woń próchniejącego drewna i zjełczałego oleju, którym kiedyś konserwowano metalowe mechanizmy. Krata, która w założeniu miała pewnie blokować wejście, była otwarta. Bez problemu w każdym razie dostali się na łagodne schody prowadzące do wejścia do budynku, wymurowanego z jasnych płyt piaskowca.

To klasztor, pomyślał Virion. Tak, na pewno klasztor – widział już takie. Nigdy jednak nie zaszedł tak daleko. Nigdy nie przekroczył zewnętrznego muru. Klasztory budowano nie dla postronnych przecież.

Starucha otworzyła drzwi z ciemnego drewna. Zanim jeszcze na dobre weszli do chłodnego przedsionka, dwie dziewczyny rzuciły się, by zagrodzić im drogę. Ubrane skromnie, ale nie w kapłańskie szaty. Pewnie posługaczki. Virion był ciekawy, czy trzymają tu także uzbrojonych strażników. Drapał się w nos, nie mogąc rozstrzygnąć, co powinien zrobić, jak się pojawią. Uciekać?

– To żeński klasztor! – Jedna z dziewczyn nie mogła opanować wzburzenia. – Tu mężczyzna nie może przebywać ani chwili!

Stara zerknęła na swojego towarzysza.

– Ale on nie przebywa – wyjaśniła. – W nos się drapie.

– Muszę zawiadomić kapłankę przełożoną!

– A możesz i cesarza. – Stara kobieta z kijem była wyjątkowo zgodliwa w tej kwestii. Kiwnęła palcem na mniej wzburzoną dziewczynę. – Prowadź do pomieszczeń dla chorych.

Wskazana dziewczyna bez słowa poprowadziła ich w głąb mrocznego korytarza. Jej koleżanka krzyknęła za nimi, nie wiadomo, w oburzeniu czy w złości:

– Ja przyprowadzę przełożoną!

– I o to właśnie chodzi. – Stara kobieta z kijem zgodziła się pogodnie. W ogóle wyglądała na kogoś, kto ma dzisiaj dobry humor.

Virionowi niezmiennie zdawało się, że śni. Odetchnął głęboko. A potem uderzył się dłonią w policzek z płonną nadzieją, że nastąpi jakieś rozstrzygnięcie. Osiągnął jedynie to, że ich przewodniczka obejrzała się zdziwiona. Nie miała czasu, żeby komentować. Zatrzymała się przed drzwiami wzmocnionymi metalowymi sztabami.

– To tutaj – powiedziała.

– A macie jakiś pokój, gdzie odwiedzający mogą się spotkać z...

– Nikt ich tu prawie nie odwiedza.

– A rodziny?

Dziewczyna przekrzywiła głowę. Wskazała drzwi po przeciwnej ścianie korytarza.

– Jak chory ma rodzinę, to tutaj można porozmawiać. – Wzruszyła ramionami. – Ale oni raczej nie mówią.

– My też tylko chcemy za rękę potrzymać. – Stara w dalszym ciągu była zgodliwa. – Przyprowadź ją! – rozkazała.

– Kogo? – Ich przewodniczka wytrzeszczyła oczy.

Starucha położyła jej dłoń na czole. Młodą coś jakby wstrząsnęło. Lekko, leciuteńko. Tak jakby poczuła nagłe zimno, jakiś piwniczny powiew czy cokolwiek w tym rodzaju. Przełknęła ślinę. Nie wyglądała na nieprzytomną, ale też nie zadawała więcej pytań.

– Tak, pani. – Dygnęła grzecznie i bez sprzeciwu zaczęła odsuwać metalowe zabezpieczenia.

Stara w tym czasie otworzyła drugie drzwi. Weszli do małego pomieszczenia z oknem wychodzącym na wewnętrzny dziedziniec. Pokój zawalony był przyborami do pisania, stosami dość starannie posegregowanych rachunków i kwitów. Chyba załatwiano tu sprawy księgowe. System podatkowy cesarstwa należał do najbardziej zaawansowanych na świecie. Pod ścianą stało kilka pokrytych miękką plecionką zydli, ale nie zamierzali siadać. Dziewczyna wysłana z tajemniczą misją właśnie wracała. Z korytarza dochodziły ich odgłosy zamykanych metalowych zasuw.

W drzwiach pomieszczenia, w którym znaleźli się stara i Virion, nie stanęła posługaczka, tylko starsza, kostyczna kobieta w czarnym stroju. Zapewne przełożona klasztoru. Określenie jej mianem „wkurzonej" byłoby bardzo delikatne.

– Co tu się...?!

Woli wystarczyło jej tylko na trzy słowa. Oklapła nagle, a powieki opadły jej do połowy oczu. Posłusznie dała się odsunąć na bok jednym ruchem długiego kija.

– To ta? – Posługaczka wprowadziła do pokoju jedną z chorych. Dziewczyna była bardzo młoda, miała długie włosy. Patrzyła tępo przed siebie, idealnie nieruchoma, z twarzą bez wyrazu. Ślina ściekała z jej półotwartych ust, kapiąc na zgrzebną klasztorną koszulę.

– Jak ma na imię? – zapytała stara.

Przełożona ledwie zerknęła.

– Pojęcia nie mam – odparła szczerze. – I nikt nie wie.

Starucha zerknęła na Viriona.

– Nadaj jej jakieś imię – rozkazała. – I pamiętaj: potoczne, często używane, żeby się nie odróżniała.

Pomyślał odruchowo o Aride, ale to nie było zwykłe imię. Zastanawiał się przez chwilę nad czymś bardziej pospolitym. Czymś, co często obijało mu się o uszy.

– Niki? – powiedział to, jakby zadawał pytanie.

– Może być. – Starucha rękawem wytarła chorej ślinę z ust. Potem, trzymając palcami za brodę, uniosła jej głowę. – Masz na imię Niki – powiedziała tym razem ze śmiertelną powagą. Po chwili jednak wróciła do swojego dziarskiego, wesołego tonu i znowu spojrzała na Viriona. – No! Fajna, co?

Była wyraźnie zadowolona. A on nie miał pojęcia, co powiedzieć. Jego umysł niby działał, ale tak jakoś w gigantycznym spowolnieniu. Stara nie ustawała. Klepnęła nieobecną duchem dziewczynę mocno w tyłek, aż ślina znowu pociekła tamtej po ustach.

– Fajną ci laleczkę znalazłam, nie? – Pęczniała z dumy. – Młoda, śliczna dupka! Będziesz z niej miał pociechę!

Odkaszlnął. Bogowie...

– No... – Zebrał się w sobie i zakpił: – Przynajmniej nie będzie trajkotać nad głową.

Starucha przyjęła to za dobrą monetę.

– No pewnie. Przecież ona w ogóle nie mówi. – Roześmiała się. – Ale ci się trafiło. Jak ślepej kurze ziarno! – Zalewała ją fala entuzjazmu. – Śliczna, prawda? – Znowu podniosła dziewczynie brodę palcem. Ta poddawała się zabiegowi obojętnie jak jakaś roślinka.

– Aha. – Virion się z lekka zacukał. – A co zamierzasz z nią zrobić?

– Oddać ją tobie za żonę! – Stara zdziwiła się jego niewiedzą. – No przecież... – Nagle jednak zrozumiała i ściszyła głos, zbliżając usta do ucha Viriona. – No przecież to normalnie upiorzyca! Młoda, ładna, nawet jeszcze nie wie, kim jest. – Patrzyła wyczekująco, ale nie doczekała się tego, co spodziewała się zobaczyć na jego twarzy. – Pierwszy raz żyje! – dodała wyjaśniająco, przepełniona zadowoleniem. – Jeszcze się nawet nie obudziła, ale zapewniam cię... – Spojrzała Virionowi w oczy. – To prawdziwa upiorzyca!

– Z tego, co ustaliłem, Virion pytał o robotę w kopalni. – Taryn wskazał kierunek, gdzie znajdowała się jedna z izb rekrutacyjnych. – Tu jest jakiś nowy system. Nie trzeba chodzić po majstrach z pytaniem, czy jest robota. Majstrowie wysyłają swoje zapotrzebowanie do inżyniera, a ten zleca ludziom z poszczególnych cechów zwerbowanie pracowników, o których chodzi.

– Zaraz, kurwa, czy jest robota, trzeba będzie cesarza samego pytać. – Nary po ostatniej wpadce nie był w najlepszym humorze. Co gorsza, zdawał sobie sprawę, że nie będzie mógł oddać Taidzie pożyczonego sygnetu. Gruby wstyd. – To nie wróg, tylko liczba urzędasów pogrzebie cesarstwo.

– Mówią, że jak biurokracja rośnie, to jest bardziej nowocześnie.

– Ja jednak wolę zbiega po staremu, mieczem po gardle. A nie kazać mu formularze wypełniać i czekać, aż go nuda zabije.

Taryn uśmiechnął się z dowcipu, chcąc podlizać się szefowi. Sam jednak miał odmienne zdanie. Obecność w komisji reprezentantów różnych cechów sprawiała, że już od razu udawało się odcedzić tych, którzy fachu nie znali, a nająć się chcieli. I tak też było w przypadku Viriona. A co śmieszniejsze, dzięki temu właśnie pozostał po nim czytelny ślad. Inaczej w tym zbiegowisku próżno by wypytywać, czy ktoś widział młodzieńca, który wyglądał tak i tak, a ubrany był w to i to.

– Podawał się nawet za pomocnika medyka – powiedział na głos. – Wykwalifikowanego.

– Pewnie nie kłamał, znając jego młode lata. – Nary znowu dotknął bolesnego miejsca w pamięci. Wiedział przecież, że chłopak niewolnika rozpoznał z daleka. Mógł przewidzieć, że będzie miał i dalsze przemyślenia.

– Ponieważ jednak nie chciał podać imienia mistrza, nie przyjęli go, choć zapotrzebowanie jest.

– Nie dziwię się ani im, ani jemu. Ale, kurwa, do rzeczy. Co ustaliłeś?

Taryn opuścił głowę. No bo co tu powiedzieć? Że nie da się rozpytywać ludzi biegających w rozgardiaszu, czy widzieli jakiegoś chłopaka? Co gorsza, mieli to stwierdzić wyłącznie na podstawie opisu. Virion znaków charakterystycznych nie miał. A ubranie mógł zmienić, kradnąc tu cokolwiek z wielkiej pralni.

– No?

– Poszedł gdzieś.

– Żartujesz czy mnie tylko słuch myli? – Nary, mówiąc te słowa, dotknął rękojeści swojego miecza.

– Poszedł w stronę zbocza tej rozkopanej góry. Znaczy wyżej. Tam, gdzie młyny.

Grożącemu w każdej chwili wybuchowi Nary'ego na szczęście zapobiegł Kila. Wciąż opuchnięty i obolały, zbliżał się powoli i z daleka widział, co się święci.

– Ja wiem, co dalej – krzyknął. – Bo nie ludzi pytałem, tylko niewolników.

– Co? Że niby swój swojemu lepiej powie?

– Nie. Po prostu my jesteśmy niewidzialni.

Kila miał rację. Korzystał ze starego mechanizmu, dzięki któremu niewolnik, jako że nie był uważany za człowieka, stawał się postacią trudno dostrzegalną. Gdyby kogoś, kto właśnie przeszedł przez pusty plac, zapytać, ile tam było osób, zapewne odpowiedziałby, że nie było nikogo. A w różnych zakamarkach mogło się kryć i dziesięciu niewolników. Przechodzień mógł ich po prostu nie widzieć. Tak samo gdyby psy w wielkiej liczbie pałętały się na forum. Kogo spotkał? Nikogo! Mechanizm ten miał jeszcze jedną dodatkową cechę. Ludzie wolni nie krępowali się obecnością niewolników. I robili przy nich rzeczy, które pod spojrzeniami innych już nie przechodziły. Na bydło z wypalonym na tyłku piętnem naprawdę nie zwracało się uwagi.

– I co? Twoi rozpoznali Viriona?

– Nie przypatrywali się nawet. Ich uwagę zwrócił młody człowiek, który przechodząc obok, o mało nie zadławił się śliną, widząc, że rozdają im jedzenie.

– Bogowie mili, przecież im dają taki syf, że...

– Że tylko ktoś krańcowo wygłodniały mógł się zaślinić na widok niewolniczych racji.

– Rzeczywiście, to on.

– Opis też się zgadza. Nawet patrzyli za nim, bo nie uszedł daleko.

– A co się stało?

– Nic. Osłabł przed takim mostkiem nad parowem. Dołem spuszcza się platformy wypełnione gruzem z samego wierzchołka góry. To ma ciężar małego domu. No i masakruje wszystko, co znajdzie się na drodze.

– Co robił Virion?! – Nary powoli tracił cierpliwość.

– Nic. Siedział sobie na ziemi i myślał.

Ręka szefa znowu dotknęła rękojeści miecza.

– Po jakimś czasie, kiedy rozległ się turkot zjeżdżającej platformy, Virion zerwał się i runął biegiem na pomost. Zwymiotował chyba, niewolnicy nie wiedzą, bo widzieli z bardzo daleka.

– I?

– I rzucił się z pomostu pod platformę.

Z Nary'ego uszło powietrze.

– Nie żyje? – zapytał cicho. – Dokończył tu swojego żywota?

– Nie. – Kila potrząsnął głową i zaraz tego pożałował. Świeże rany odezwały się zdwojonym bólem. – Jakiś czas potem pojawił się ponownie. Szedł z jakąś łachmaniarą, która podpierała się kijem.

– Z kim szedł?!

– No, z jakąś obdartą staruchą.

Nary zagryzł zęby. Za każdym razem zapominał, jak trudno rozmawia się z byłymi niewolnikami. Czasem miał wrażenie, że musi z nich wydobywać każde słowo.

– I gdzie poszli?

– Tu, do stacji przeładunkowej. Wzięli wóz i pojechali.

I znowu krew chciała zalać szefa łapaczy.

– Jaki wóz, do jasnej zarazy?!

– A mnie skąd wiedzieć?! – Tym razem rozsierdził się również Kila. – Co to, ja byłem tu i patrzyłem?!

– Straż kopalniana będzie wiedzieć – podrzucił Taryn. – Albo obozowa. Bo zawsze wszystko zwala się na niewolników.

No fakt. Nary już wiedział, że się wygłupił. Straż kopalniana albo obozowa. Jasne. No i jasne też było, dlaczego ani Taryn, ani Kila nie mogli się zwrócić do strażników. To była szarża i z szarżą trzeba rozmawiać, będąc osobą oficjalną. Umocowaną papierami. A takie oczywiście miał tylko on. Bo sygnet przecież niedawno szlag trafił.

Nary westchnął ciężko, podnosząc się z miejsca. Jak przyjdzie co do czego, zawsze trzeba zakończyć sprawę osobiście. Ponury jak noc, ruszył w stronę strażnicy. Przez moment przeszło mu nawet przez głowę, że tamci może wsiedli do wozu, który był własnością staruchy. A wtedy całe to przepytywanie na nic. Ale nie. Skąd łachmaniarka miałaby wóz? I w ogóle co tu robiła kobieta? Przewóz towarów to sprawa męska.

Na szczęście strażnicy nie mnożyli problemów. Istotnie zgłoszono kradzież wozu, i to wprost spod rampy wyładunkowej. Niestety, co wydaje się skrajną niemożliwością, sprawców nikt nie zauważył i nie mógł opisać. Rzeczony wóz widziano także trochę później. Strażnicy z zeznań przesłuchanych świadków prześledzili jego dalszą drogę do granic terenu przy kopalni. Dalej sprawa umykała już ich jurysdykcji, więc przekazano ją wyżej. Co wydaje się bardzo dziwne, żaden z przesłuchanych świadków nie potrafił opisać złodziei wozu.

Nary wrócił już po kilkunastu modlitwach.

– I co? – pierwszy spytał Kila.

Szef łapaczy rozwinął mapę.

– Pojechali tędy. – Pokazał trasę palcem.

– Z powrotem?! Musielibyśmy ich minąć.

– Niekoniecznie. Tu mogli skręcić na Marrenmat.

Taryn prychnął, jakby chciał się roześmiać. W ostatniej chwili jednak udało mu się zachować poważny wyraz twarzy.

– Naprawdę ukradli wóz? – zapytał. – Jakim cudem ich nie złapali?

– Nie mam pojęcia. Czarownicę jakąś poznał czy co?

– Mniejsza z tym. – Kila machnął ręką. – Znaczy teraz na Marrenmat? I szukamy najpierw wozu, ludzi potem?

– Mhm.

– A co takiego jest w Marrenmat? – zapytał Taryn.

– Wiele świętych miejsc – mruknął Kila. – Ale znając to, co dzieje się w głowie chłopaka, to może się nawet domyślam, czego on tam szuka...

Stara kobieta z długim kijem miała jakiś przemożny wpływ na otoczenie. Kazała przełożonej sporządzić pismo, w którym klasztor oficjalnie oddaje dziewczynę o imieniu Niki pod opiekę Viriona. To tak na wypadek jakiejś kontroli, wyjaśniła zdawkowo. Chłopak ma jakieś tam zatargi z prawem i lepiej, żeby wszystko było, jak trzeba.

Przełożona klasztoru nie robiła problemu. Posłusznie, można by powiedzieć, wypełniała wszystkie polecenia starej, nie wdając się w analizę jej niewiążących tłumaczeń.

– Ach, z tymi kapłankami to zawsze tyle zachodu – starucha wytłumaczyła się za to Virionowi. – Bo im się wszystkim wydaje, że Bogowie patrzą każdej na ręce.

Chłopak odważył się zapytać:

– Mam się naprawdę z nią ożenić?

– Dziecko. – Stara spojrzała na Viriona smutno. – Ściągasz nieszczęścia jak wysokie drzewo pioruny w czasie burzy. A ona cię obroni. Inaczej nie będziesz żył już po dwóch dniach.

– Ale ja... – Nie za bardzo mógł utrzymać głowę w pionie. Trudno było rozerwać barierę pół snu, pół stuporu, za jaką schował się jego umysł. – Ja...

– Synku... Nie ty jesteś winny temu, co ci zrobiono. Nie wiem, co się stało. Nie mam pojęcia, kto lub co ci to zrobiło ani dlaczego. Ale uwierz mi. Szansę przeżycia masz tylko z nią.

Czknęła głośno.

– Ja już jestem stara – szepnęła. – Ja już odchodzę i nie ochronię cię dłużej. Masz szansę tylko z nią. Nawet jeśli jeszcze nie obudzoną.

Potrząsnął głową.

– Nie sądziłem, że na świecie naprawdę są upiory – powiedział jakby wbrew sobie.

Najwyraźniej rozbawił starą, bo pokazała w uśmiechu swoje prawie już czarne zęby.

– Ludzie mają o świecie niewielkie raczej pojęcie – powiedziała. – A czasami wydaje mi się, że kapłani i czarownicy jeszcze mniejsze.

Przełożona zdawała się puszczać te uwagi mimo uszu. Ignorowała je, jakby w ogóle nie dotyczyły sytuacji, w jakiej wszyscy się tu znaleźli. Ale jeszcze ciekawsze zachowanie okazała posługaczka. Znikła na korytarzu, by po dłuższej chwili wrócić z nowym ubraniem w ręku. W kącie pomieszczenia zaczęła szybko przebierać śliniącą się dziewczynę w nową tunikę kapłanki. Chyba nic innego nie było pod ręką. Virion jednak pomyślał o pragmatycznej stronie zagadnienia. Głównie o tym, jak może teraz wyglądać ucieczka w towarzystwie niedorozwiniętej kapłanki. Będą zwracać na siebie powszechną uwagę.

Przełożona klasztoru skończyła pisać swój list wyjaśniający. Ozdobiła go zamaszystym podpisem oraz klasztorną pieczęcią. Potem przez chwilę wahała się, czy podać go starej, czy Virionowi. Wybrała to drugie rozwiązanie.

– Czy odprowadzić was do furty? – zapytała.

– Znamy drogę – odparła stara.

I wtedy przełożona zrobiła coś, czego się nie spodziewali. Podeszła do zaślinionej dziewczyny i położyła jej rękę na ramieniu.

– Żegnaj, Niki – szepnęła. – Życzę ci dużo szczęścia w życiu!

– Pierwsze już ją spotkało – mruknęła stara tak, żeby słyszał ją tylko chłopak. – Wyrwała się stąd na wolność. – Ruszyła przodem, chwytając Niki za ramię. Dziewczynę udało się wyprowadzić na korytarz bez żadnego problemu. Współpracowała z tym, kto ją ciągnął.

– No... historia właśnie się zaczęła.

– Słucham?

– Nic, nic. – Stara ledwie zerknęła na Viriona.

Nikt ich nie zatrzymywał. W ogóle zdawało się, że w pobliżu nikogo nie ma. Podobnie na zewnątrz. Na ulicy jednak zobaczyli pierwszych przechodniów. Stara wcale się nimi nie przejmowała. Wdrapała się pierwsza na pakę wozu i stamtąd już złapała Niki za długie włosy, żeby ją również wciągnąć. Virion pomagał, pchając od dołu. A potem, czując, że ma wypieki, popędził na kozioł. Rozglądał się, ale najwyraźniej, delikatnie mówiąc, niecodzienna scena nie zwróciła niczyjej uwagi. A może inaczej: nie spowodowała niczyjej reakcji. Ot, ktoś sobie wciąga brutalnie za włosy kapłankę na chłopski wóz. Prawie że normalne.

Szarpnął lejcami. Ciągle nie mógł sobie poradzić z własnym, spowolnionym i jakby odseparowanym od świata umysłem.

– Co jej jest? – zapytał, kiedy ruszyli we wskazanym przez starą kierunku.

– Niki? Nie jest jeszcze obudzona.

– I sama się obudzi?

– Powinna. – Starucha wzruszyła ramionami. – Jeszcze nie wie, kim jest. Nie wie, dlaczego tak bardzo różni się od innych ludzi.

– To ona jednak myśli?

– A ty myślisz? – Kobieta na koźle nieźle sparowała pytanie. – Chyba kwestia, czy ludzie w ogóle myślą, pozostanie już dla mnie zagadką.

Znowu ten ton. Virion miał wrażenie, że stara mówi jak człowiek wybitnie wykształcony, co podwójnie kontrastowało z jej niewyraźnym sposobem artykulacji i okropnym wyglądem. Ciekawe, skąd się wziął jej przemożny wpływ na innych ludzi? Na czarownicę to ona nie wyglądała. Skąd więc jej dziwny dar? Zresztą... sam nigdy nie słyszał, żeby jakikolwiek czarownik mógł naginać ludzi do swojej woli ot tak, przez skinienie palcem. W tym wszystkim tkwiła jakaś przedziwna tajemnica.

– Tędy! Tutaj! – Starucha przerwała tok myśli Viriona, pokazując ulicę, w którą ma skręcić.

– Gdzie jedziemy? – zapytał.

– Do świątyni – wyjaśniła. – Przecież na targu ślubów nie dają.

Zerknął na świątynne wzgórze, które górowało nad miastem. Liczba poświęconych Bogom budowli w tamtym miejscu była słynna na całe cesarstwo. Stara podążyła za jego wzrokiem.

– Nie, nie tam – powiedziała. – Widzisz, tu kiedyś przed wieloma wiekami rósł Wielki Las. Nic już z niego od dawna nie zostało, ale uwierz mi, był. A w nim znajdowały się sanktuaria Bogów, miejsca, gdzie ich magia działała ze zwielokrotnioną siłą. Miejsca, gdzie to, co odprawiają kapłani, działało. Sława tego miejsca rosła więc coraz bardziej. Pielgrzymów było coraz więcej i coraz bogatszych. No to rozbudowali wszystko wokół i zajęli się robieniem interesów. A że wzgórze piękne jest, widać je z całej okolicy, to wmówili ludziom, że właśnie tam znajduje się sanktuarium.

– A nie?

Zaprzeczyła ruchem głowy.

– Nie tam było sanktuarium. Późniejsi kapłani przenieśli centrum kultu na wzgórze, bo dokoła jest więcej miejsca. Można obsłużyć więcej bogatych klientów.

– A ty wiesz gdzie...?

– Tak. Jest tam wciąż mała świątynka. I mam nadzieję, że będzie jakiś kapłan.

– Ufff... – wyrwało mu się nagle. – Na szczęście nie jesteś wszechwiedząca.

Znowu ją rozbawił. Po chwili spoważniała.

– Słuchaj, młody. Ja nie chcę tam nikogo do niczego zmuszać, bo być może ślub będzie nieważny. Postaraj się więc nie wygłupić jakoś szczególnie.

– To znaczy?

– Nie zadawaj durnych pytań. Ślub musi być ważny, inaczej nic z tego. Nie uda się nasz plan.

– Przecież ja nic nie wiem o Niki.

– Spokojnie, nikt nie będzie zainteresowany. – Stara przez moment szeptała coś do siebie. – A dzieci z nią i tak nie będziesz miał. Ważny jest ślub, a potem możesz sobie brać do łóżka tyle dziewczyn, ile zapragniesz. Niki nie będzie miała ci za złe. Bo i tak będziesz już jej.

Niczego nie rozumiał. Każde słowo, każdy fakt docierały do niego jakby z opóźnieniem. I w trochę innej formie, niż miały miejsce naprawdę.

Zatrzymał wóz przed kładką prowadzącą przez niewielki staw, w którym pływały kaczki. Ta część miasta nie była już tak bogata jak reprezentacyjne ulice dla bogatych pielgrzymów. Przypominała raczej bardzo gęsto zabudowaną wieś. Virion dopiero po dłuższej chwili dostrzegł, że kładka prowadzi do niewielkiej świątyni, ba, kapliczki właściwie, ustawionej w cieniu niskiej skały.

– To tu? – zapytał.

– Tak. Tutaj był przed wiekami matecznik Wielkiego Lasu. Sanktuarium Bogów.

– Niki nie wpadnie do wody? Poręcze niskie.

Stara nie przejmowała się tym problemem. Sama zlazła z kozła i za włosy ściągnęła Niki z wozu.

– Ona jest sprawniejsza, niż myślisz. – Podprowadziła dziewczynę nad staw.

Virion podskoczył ubezpieczać, ale mimo że kładka była chwiejna i kołysała się przy każdym kroku, to przejście nie nastręczyło ciągniętej za włosy dziewczynie najmniejszych trudności. Dziwne.

– Hej! – krzyknęła stara. – Jest tu jakiś kapłan?

– Czego? – rozległo się niezbyt uprzejme pytanie zza w połowie uchylonych wrót.

– Chcielibyśmy wziąć ślub.

Musiało to być niecodzienne pragnienie w tym miejscu. Starszy, ale rosły i sprawny kapłan uchylił szerzej wiekowe skrzydło, żeby się przyjrzeć.

– Ty z nim? – Wskazał palcem starą i chłopaka. – Powariowaliście?

– Nie, no co ty?! On z dziewczyną.

Jedno spojrzenie na śliniącą się Niki pozbawiło kapłana jakichkolwiek złudzeń.

– Ona niespełna rozumu – zawyrokował. – Niemożliwe.

– Posłuchaj. Wcale tak nie jest, jak ci się z pozoru wydaje. – Starucha ewidentnie nie używała teraz żadnych sztuczek ani dziwnych mocy. Chciała po prostu przekonać bożego sługę. Virion pamiętał, że tu nie chce nikogo zmuszać, bo być może ślub byłby nieważny. – Ona wcale nie jest niespełna rozumu. Cierpi na śmiertelną chorobę, niedługo umrze. To moja kuzyneczka, sierota, niestety. A pokrewieństwo za dalekie, żebym mogła po niej dziedziczyć.

– A co jest w spadku? – zainteresował się kapłan.

– Dom jest na wsi. Domek właściwie, prawie bez pola. Ale jak ona umrze, to cesarscy wezmą urzędnicy. Zmarnuje się, sam rozumiesz. Ja nie mogę dziedziczyć, bo za daleko mnie los umieścił w drzewie genealogicznym. Ale ten tu chłopak, rozumiejąc moją biedę, chce pomóc. Otóż zakochał się szybko w mojej śmiertelnie chorej kuzyneczce i pragnie z nią ślubu. A kiedy stanie się nieuchronne, on domek odziedziczy, a mnie, wedle spisanego kontraktu, spłaci z jego części.

– Aha. – Jak dotąd nic nie wydało się kapłanowi ani podejrzane, ani niejasne. No, sprawa jak sprawa. Teoretycznie można by przymknąć oko na to, że panna młoda niekumata i nie wie, co się wokół niej dzieje. Sługa boży nie był głupim człowiekiem i od razu zrozumiał, dlaczego ci tutaj przyszli właśnie do niego, do malutkiej, zapomnianej kaplicy. Tam, na bogatym od wotów z kruszcu świątynnym wzgórzu, takie coś po prostu by nie przeszło. A może inaczej. Przejść to może by i przeszło, ale kosztowałoby ze sto razy więcej. – No tak, ale dziewczyna niespełna rozumu – powtórzył, podbijając swoją cenę. – Ślubu muszą chcieć obie strony. Na siłę nie wolno.

– No coś ty?! Nie widzisz, że dziewczyna aż się rwie do ślubu?!

– Widzę, że nie rozumie nawet, o czym mówimy.

– Oj tam, tak jej się robi w południe. Wieczorem odzyskuje trochę świadomości. I wczoraj mówiła, żeby ślub był dzisiaj. Koniecznie!

– Ale świadkiem jest tylko ten chłopak?

– Ależ nie! Mam wielu świadków, którzy co prawda dzisiaj przyjść nie mogli, ale słyszeli, jak Niki mówi, że na ofiarę przeznacza jednego konia. Widzisz ten wóz, co stoi przed stawem? Wóz pusty. Żeby wrócić do domu, jeden koń wystarczy, a drugiego ofiarujemy na potrzeby świątyni.

Kapłan najwyraźniej miał dobry wzrok. Nie musiał podchodzić, żeby otaksować wzrokiem wotum ofiarne.

– Hm... – Cmoknął i przygładził swoją krótką, ładnie ostrzyżoną brodę. – Gdyby tak ofiarować Bogom cały wóz zaprzężony w dwa konie, to może uśmiechną się radośnie? Może od uśmiechu zmrużą oczy? I popatrzą na sprawę spod przymrużonych...

– Oj! Cały wóz i dwa konie?! Oj, ja biedna, samotna i stara! Każdy, kto chce, wykorzystać może!

– A dlaczego panna młoda ma na sobie tunikę kapłanki? – zapytał z zaskoczenia sługa boży.

– Bo żyje z zasiłku i klasztorne jej pomagają. Stare ubrania też dają.

– Tunika nowa.

– Dobra. Dam na ofiarę dwa konie, ale za wóz zapłacisz.

– Ile chcesz? Tylko okazyjną cenę powiedz, bo i tak sami go do domu nie pociągniecie.

– Okazyjnie to będzie... – Starucha podeszła do stojaka z wygasłym ogniem dziękczynnym i wzięła mały węgielek. Napisała sobie coś na dłoni i podsunęła kapłanowi do twarzy.

Ledwie zerknął.

– Oj, nie, nie, nie, nie... Tyle to nie jest okazyjnie.

– Wóz w doskonałym stanie.

– Będę go musiał szybko odsprzedać wieczorem. Ze stratą. A i ofiarowanie koni Bogom nastręczy wiele trudności.

Dał wyraźnie do zrozumienia, że domyśla się pochodzenia zarówno wozu, jak i zwierząt, które go ciągnęły. Dziś musi wszystko upłynnić u pasera, bo jutro może zgłosić się straż. Sprawa, która wyglądała na zwykłą, nagle zamieniała się dla niego w niezwykle intratną. Stała się istnym cudem. Jego bowiem późniejsze konsekwencje ze strony strażników już nie dotyczyły, bo nie mogły – chodziło przecież o obiekty kultu. A i cesarska ustawa podatkowa omijała kapłanów szerokim łukiem. Pozostawali sami Bogowie. Ale ich także kapłan nie zamierzał przecież oszukać. Dostaną swoją ofiarę, a sami wiedzą, że koni nikt by nie marnował. Na ołtarzu spali się wnętrzności gęsi.

– No bądź człowiekiem – negocjowała stara. – Nie pozostawiaj młodych bez hucznego wesela.

– Bez wesela nie zostawię. – Zbliżył się trochę i palcem zamazał jakąś cyfrę na dłoni starej. – Tyle wystarczy.

– Chyba na stypę. Bądź człowiekiem!

– Człowiekiem to ja się okażę, jak ślubu w ogóle w takiej sytuacji udzielę. – Wyciągnął palec jeszcze raz i dokonał kolejnej korekty na dłoni staruchy. – Tyle i nic więcej.

Kobieta zerknęła na własną rękę.

– No dobra, niech będzie nasza strata. Ale ślub będzie na pewno ważny?

Kapłan rozłożył szeroko ręce.

– Ważny, pewny i stwierdzony dokumentem. Dam im prawdziwy ślub w obliczu Bogów! A w dodatku mało kto wie, że ta kaplica to bardzo szczególne miejsce.

– A ja właśnie wiem! – uśmiechnęła się starucha.

– No to wspaniale, chodźmy dopełnić formalności. – Wskazał jej niewielki kantorek, służący też za przebieralnię. – Pisać, jak zauważyłem, umiesz.

– Umiem, umiem. Ślub prawdziwy, to i oświadczenie ofiarne będzie prawdziwe.

Virion, oszołomiony sposobem załatwiania sprawy, usiłował zebrać myśli. Niestety, przedziwne otępienie nie opuszczało go w dalszym ciągu.

Zerknął za to na dziewczynę. Gdyby nie nieobecny wyraz twarzy, byłaby naprawdę ładna. Miała sterczące, niewielkie piersi, kształtne, wysklepione pośladki, śliczne nogi. Nawet twarz byłaby fajna, gdyby nie ta ślina. Wziął z wieszaka przy stanowisku całopalnym jedną z suszących się tam szmatek i wytarł jej twarz. Wydawało mu się, że kiedy jej dotknął, wargi Niki drgnęły lekko. Naprawdę drgnęły czy tylko mu się wydawało?

– No to możemy zaczynać! – Kapłan, wyraźnie zadowolony, z szerokim uśmiechem na twarzy wyłonił się z kantorka.

Idąca za nim starucha również nie wyglądała na poszkodowaną. Trzymała w ręku niewielką sakiewkę i gotowy już dokument zawarcia małżeństwa, który tylko czekał na podpis po zakończeniu ceremonii.

Sługa boży bez ociągania zabrał się do rzeczy. Położył wszystkie potrzebne pomoce na małym ołtarzu przy wejściu do świątyni, a przed nim ustawił narzeczonych, i trzeba mu oddać, że w przeciwieństwie do starej nie szarpał panny młodej za włosy. Rytuał trwał i trwał, kapłan był uczciwy, skoro zgodził się wziąć taką zapłatę za udzielenie ważnego ślubu, to robił swoje bez taryfy ulgowej. Nic nie zostało pominięte ani przyspieszone. Umowa to umowa i kapłan najwyraźniej zamierzał jej dotrzymać.

Niestety, później zaczęły się pytania.

– Virionie, czy chcesz dobrowolnie wziąć sobie za żonę obecną tu kapłankę... tfu! – Mistrz ceremonii widocznie zapatrzył się na tunikę dziewczyny. – Obecną tu Niki?

Znieczulony mózg prowadził Viriona prostą drogą.

– Tak, chcę.

– Niki, czy chcesz dobrowolnie pojąć za męża obecnego tu Viriona?

– No chce, chce! – odpowiedziała stara. – Nie widzisz, że dziewczyna nie może się doczekać?

– Widzę. – Kapłan skinął głową, nie zamierzając dyskutować.

– To dawaj dalej.

Bez zająknienia zaczął recytować święte formułki, a potem ogłosił ich mężem i żoną. Poprosił o stosowny, przygotowany wcześniej dokument i złożył na nim zamaszysty podpis. Pieczęć świątynna odciśnięta w laku zdążyła już wyschnąć, wszystko było gotowe.

– Wywiązałem się? – Zerknął na starą.

Ta potwierdziła energicznym potakiwaniem.

– Uczciwie wykonana robota – powiedziała poważnie. – Ślub ważny. Czuję to!

– Co?

– To... zaczyna działać. – Uśmiechnęła się lekko, nie zamierzając tłumaczyć. Ni stąd, ni zowąd pogłaskała Niki po głowie. – Dobrze, dobrze zaczynasz – szepnęła.

– Co zaczyna?

– A nie musisz wiedzieć. Ale swoje zrobiłeś uczciwie. – Chwyciła dziewczynę za włosy i pociągnęła na kładkę przed świątynią. – Nie jesteś złym człowiekiem.

Zostawiła za sobą zaskoczonego kapłana. A Virion, ciągle otępiały, ruszył w ich ślady.

Rozdział 9

Ludzie Nary'ego podchodzili do budynku oberży pod osłoną ciemności. Wokół nie było ani przechodniów, ani strażników. Okolica wyglądałaby na wymarłą, gdyby nie psy szczekające z każdego obejścia i pijackie okrzyki dochodzące z kilku co najmniej mijanych domów. Czasu było bardzo mało. Po to przecież trzymano psy, żeby ostrzegły przed każdym obcym.

– Otoczyć budynek – krzyknął Nary. – Wy dwaj – wskazywał kolejno swoich zbirów palcem – korkować tylne wyjście, ty i ty po bokach, patrzcie, jakie jeszcze drogi ucieczki przewidział gospodarz. Reszta za mną!

– W razie jakby kto skakał, to co?

– To w ryj, albo i ciąć, jak będzie za szybki.

– A jak straż przyjdzie?

– Krzyczeć „imperialna prefektura!". Ja z papierem później dojdę.

Dobiegali właśnie. Niewielki oddział podzielił się błyskawicznie. Sam Nary wywalił drzwi jednym kopnięciem.

– Stać! Imperialna prefektura!

Ludzie w karczmie zrywali się od stołów w różnym tempie, silnie uzależnionym od ilości wypitego alkoholu. Jedni uciekali, inni zderzali się ze sobą, pozostali ograniczyli się do chwiejnego stania i uporczywych prób wytrzeszczenia oczu.

– Stać!

– Imperialna prefektura! Każdy zostaje na swoim miejscu!

Dwóch osiłków, którzy chcieli skorzystać z tylnego wyjścia, wróciło właśnie, obficie brocząc krwią. Jeden uderzył o ścianę, przez moment usiłował złapać równowagę, ale nogi ugięły się pod nim i osunął się na podłogę, zostawiając na deskach czerwoną smugę.

Ktoś wychodził oknem z boku. W zapadłej nagle ciszy, bo muzykanci przestali grać, rozległ się jakiś nieartykułowany wrzask, a potem jęk i rzężenie. Powinno to odstraszyć wszystkich, którzy chcieli wcześniej wrócić do domu. Ale nie odstraszyło. Dwóch kolejnych rzuciło się przez tylne drzwi.

– Imperialna prefektura!

Wrzask. Jęk.

Wrócił tylko jeden. Przerażony.

– Zostać na miejscach! Wszyscy zostać na miejscach!

Nary przechadzał się między znieruchomiałymi ludźmi. Nie miał w rękach żadnej broni.

– Folt, koniokradzie jeden. Gdzieś ty mi się ukrył?

Nikt nie śmiał mu odpowiedzieć. Nikt nie usiłował nawet podnieść oczu, żeby nie wskazać przypadkiem kryjówki. Kilkudziesięciu ludzi w różnym stadium upicia stało, udając, że nie wiedzą, o co chodzi. Co bardziej naiwni poczuli ulgę, bardziej doświadczeni strach.

– Folt, koniokradzie jeden, wyłaź. Ja nie strażnik, w twoich sprawach nie węszę.

Ponieważ nie nastąpiła żadna reakcja, Nary zdjął z ramienia sznur, na którym już zawiązana była pętla, jak na szubienicy. Przez chwilę szukał czegoś wzrokiem, potem wybrał młodego chłopaka, prawie zupełnie trzeźwego. Założył mu pętlę na szyję, zacisnął mocno.

– Gdzie?

Duszący się chłopak palcem wskazał podłogę.

Nary spojrzał w stronę szynkwasu.

– Gospodarzu. Otwieraj klapę do piwnicy.

Stary karczmarz rzucił się spełnić życzenie niecodziennego gościa z ogromną szybkością, mimo że nie oczekiwał zapłaty. Nary podszedł do prostokątnej dziury w podłodze.

– Folt, skarbie... Tylko nie mów, że cię tam nie ma.

Odpowiedziała mu cisza.

– No dobra. – Nary tak jakby dał za wygraną. – Gospodarzu, każ parobkom przynieść siana ze stajni, wrzucić tu i podpalić. A ty – zerknął na Taryna – uprzedź naszych ludzi, żeby nie zabili parobków.

– Jestem! – rozległo się z piwnicy. – Jestem tutaj!

– To wyłaź.

– Ale ja nie sam.

Nary tracił cierpliwość.

– Potrzebuję tylko Folta, koniokrada. I nic mnie nie obchodzą wasze sprawki!

– Wy... wychodzę! – Ktoś na dole, sądząc po drżącym głosie, miał chyba problemy z odwagą.

– No niezmiernie mi miło.

Po jakiejś chwili, ciągle w ponurej ciszy, która otulała wnętrze oberży niczym żałobny całun, ktoś zaczął się gramolić na górę. Najpierw ukazały się ręce, potem lewa noga, którą Folt przerzucił nad krawędzią i umieścił na podłodze jako przeciwwagę. Najwyraźniej żadnej drabinki na dole nie było. Po dłuższej szamotaninie speszony koniokrad stanął przed Narym, usiłując nie patrzeć mu w oczy.

– No, jestem – mruknął.

– Koniokradzie...

– Nie jestem koniokradem!

– Zdecyduj się, jesteś czy nie jesteś. – Nary najwyraźniej miał dużo czasu. I wszyscy znajdujący się w oberży dobrze odczytali ten sygnał. Łapacz występował tu w majestacie nadanej mu przez kogoś władzy. Nie obawiał się strażników. Nie obawiał się konsekwencji. Po samym jego zachowaniu widać było, że zrobi tu, co zechce. A jak coś pójdzie nie po jego myśli, to odpowiedzą za to wszyscy. Co inteligentniejsi bandyci jednak domyślili się czegoś jeszcze. On nie szukał pospolitych bandziorów i nawet jak coś przy okazji wyjdzie na jaw, to sprawca nie zostanie oddany w ręce straży. On tu przyszedł załatwić jedną konkretną sprawę. I nic go poza tym nie obchodziło. W domyśle: na niczym innym nie zarobi.

– Jestem... – Folt po raz pierwszy uniósł głowę. – Jestem uczciwym człowiekiem!

– Ożeż ty, uczciwy człowieku!... – Bardziej nie mógł Nary'ego rozśmieszyć.

Co najmniej dwie osoby przy najbliższym stole również odruchowo parsknęły stłumionym śmiechem. Wyraźnie wkurzyło to uczciwego koniokrada.

– Czego chcesz? – warknął.

– Słucham? – Nary lekko uniósł brwi.

Mierzyli się wzrokiem. I był to duży błąd ze strony złodzieja. Spuścił oczy po czasie dużo krótszym niż modlitwa.

– Czego chcecie, panie? – zapytał ponownie już w innej formie.

– Szukam dwóch koni, wozu i dwojga złodziei. Nie zależy mi na odzyskaniu tych rzeczy. Złodzieje wystarczą mi w zupełności.

Folt skrzywił się i coś nim wstrząsnęło. Zdecydowanie najgłupszym pomysłem było przesłuchiwanie go w karczmie, w obecności tylu świadków. Przecież nawet jakby coś wiedział, nawet gdyby kogoś wskazał, to niedawni koledzy zabiją go zaraz potem jako kapusia. Trzeba było zabrać go wraz z co najmniej kilkorgiem innych na komendę, tam rozdzielić, przesłuchać osobno i w sytuacji, kiedy nie chodziło o odzyskanie kradzionych dóbr, to może i łapacze czegoś by się dowiedzieli. Tam kapuś miałby choć cień nadziei, że nie zostanie ujawniony. Ale tutaj?

Nagle poczuł w brzuchu dławiące zimno. A jeśli tu wcale nie chodzi o niego? Jeśli on sam ma tylko do czegoś posłużyć?

– Dlaczego wybraliście akurat mnie, panie? – zapytał, usiłując ukryć drżenie w głosie.

– Chętnie odpowiem. – Nary był teraz wyjątkowo zgodliwy. – Wybrałem ciebie, bo strażnicy mają na ciebie już dużo dowodów. Mogli wystawić mi nakaz na „podejrzanego", a nie tylko rutynowy.

– A co to znaczy, panie?

– A to znaczy, że mogę cię potraktować zgodnie z procedurą dotyczącą podejrzeń popartych dowodami. I mogę wydobyć z ciebie zeznania siłą.

Folt najwyraźniej nie zrozumiał, o co chodzi, więc ktoś zniecierpliwiony przedłużaniem się mało komfortowej sytuacji postanowił mu wyjaśnić:

– On mówi, że ma papier na ciebie i może cię poddać torturom.

Koniokradem wstrząsnęło.

– Znam prawo! – krzyknął. – Torturom więźnia można poddać tylko raz!

– No i dla ciebie będzie to ten ostatni raz – uśmiechnął się Nary. – A mnie wystarczy.

– Ale ja nic nie wiem! Nie widziałem żadnego wozu!

– Strażnicy twierdzą, że to ty specjalizujesz się w grabieżach już na dojeździe do Marrenmat. I że nic na gościńcu nie umyka twojej uwagi.

– A o jaki wóz chodzi? – Folt szybko zerknął w górę i jeszcze szybciej odwrócił wzrok.

– Dostawczy, woził żywność dla kopalni, zaprzężony w dwa konie, jeden kasztan, drugi siwy. Złodziei łatwo rozpoznać. To bardzo stara kobieta z długim kijem i młodzieniec...

– Nie widziałem!

– Aha. – Nary przyjął to spokojnie do wiadomości. – Rozumiem. Z tym że ja tu nie występuję jako łapacz. Reprezentuję imperialną prefekturę.

– No to co? Tfu, znaczy... No to co, panie?

– Musisz mi podpisać dokument, że cię dzisiaj przesłuchałem, a ty nic nie wiesz. – Szef łapaczy, chwilowo pełniący obowiązki delegowanego urzędnika imperialnej prefektury, wyjął ze swojej torby jakiś dokument i położył na stole. – Inaczej nie wypłacą mi dniówki – dodał.

– Ale ja nie umiem pisać.

– Wystarczy, jak odciśniesz palec.

– Ale w czym? – Koniokrad rozejrzał się po zastawionym naczyniami blacie. – W czym mam go umoczyć?

– Oj, mnożysz trudności.

Nary chwycił go za dłoń i przyłożył wskazujący palec złodzieja na samym dole dokumentu. Drugą ręką błyskawicznie dobył zza pasa narzędzie przypominające tasak i jednym uderzeniem odciął palec, zalewając dokument krwią.

– Aaaa!!!

Folt szarpnął się w tył. A ponieważ nikt mu nie przeszkadzał ani nie podtrzymał, runął na plecy, wyjąc coraz głośniej. Nary spokojnie podniósł leżący na blacie palec, umoczył we krwi i odcisnął na niezabryzganym jeszcze fragmencie dokumentu.

– Widzisz? Tak to się robi. – Podniósł palec do oczu i przez chwilę patrzył. – No nie... Kiedy ty ostatnio myłeś ręce?

Koniokrad usiłował zawinąć sobie ranę kawałkiem rękawa oderwanego od własnej tuniki. Nary nie zwracał na niego uwagi.

– Kto umie czytać? – Rozejrzał się po obecnych. A przy braku jakiejkolwiek reakcji dodał: – No śmiało, kurwa! Nie gryzę!

– Albo... – po raz pierwszy Kila włączył się do rozmowy – każdy podpisze dokument, że nie chce zeznawać!

Widząc styl biurokracji uprawiany przez łapacza, natychmiast podniosło się kilka rąk. Nary wybrał stojącego najbliżej.

– Chodź tu. – Wezwał go, kiwając ciągle trzymanym w ręku palcem Folta. Potem podał mu inny dokument wyciągnięty z torby podróżnej. – Przeczytaj – rozkazał.

Starszy mężczyzna szybko przebiegł wzrokiem kilkanaście linijek tekstu. Nie czytał na głos, słusznie sądząc, że mało kto w tej oberży zrozumie urzędnicze zwroty. Postanowił treść wytłumaczyć.

– To jest dokument zezwalający posiadaczowi na wezwanie mistrza tortur i poddanie przesłuchaniu każdego wybranego dowolnie człowieka w trybie doraźnym. – Podniósł wzrok i popatrzył po towarzyszach. – Tryb doraźny ma bardzo wiele ograniczeń, ale nam tu, uwierzcie, niewiele one pomogą – wyjaśnił, pokazując, że najwyraźniej zna się na prawie. – Dokument jest podpisany i opatrzony odpowiednią pieczęcią. Po mojemu jest ważny. On – wskazał podbródkiem szefa łapaczy – zrobi z każdym, co zechce. W majestacie prawa.

Powiało grozą. To nie był styl załatwiania spraw, który stosowali dotąd strażnicy. W Luan prawo, choć bardzo twarde, to jednak obowiązywało. Ale niektórzy potrafili zrobić z niego narzędzie.

– Czekam, kurwa. – Nary zrobił minę, która miała go upodobnić do posągu będącego uosobieniem cierpliwości.

Przez cały czas oglądał dokładnie palec Folta, ale to był tylko pozór. Jego oczy prześlizgiwały się po wszystkich twarzach, usiłując dostrzec jakiekolwiek oznaki strachu. Ten, kto się najbardziej bał, mógł się stać celem jego następnego ataku. Niestety, na sali było co najmniej kilka osób, które wiedziały, co dzieje się w głowie łapacza. I wolały powstrzymać dalszą agresję. Trzeba było jednak zrobić to tak, żeby nikogo nie wsypać.

– Czy nikt nie zostanie pociągnięty do odpowiedzialności? – zapytał nareszcie jakiś młody, ale rozsądnie wyglądający człowiek. Wcale nie był złodziejem, przedstawiał się jako uczciwy spekulant i naprawdę zajmował się spekulacją, tyle że dotyczącą dóbr pochodzących z grabieży. Był więc kimś w rodzaju pasera.

– Wbijcie se do głów, głąby, że interesują mnie wyłącznie pasażerowie wozu. Gdybym miał coś do was, to od dawna wylibyście w miejscowym lochu. – Nary pogroził im odciętym palcem. – Chcę wiedzieć wszystko o dwojgu pasażerów...

– Ich było troje – przerwał mu spekulant.

– Co? – Łapacz po raz pierwszy wydał się zainteresowany. – Troje ludzi wjechało tym wozem do miasta?

– To już on będzie wiedział. – Młody człowiek wskazał leżącego wciąż na podłodze koniokrada.

Nary kopnął zwiniętego w pozycji płodu Folta.

– Ilu wjechało? Stara baba, chłopak i kto jeszcze?

– Wjechało dwoje! – jęknął Folt przez zaciśnięte zęby. – Ja widziałem dwoje.

– Od kiedy było troje? – Nary przeniósł wzrok na spekulanta.

– Nie znam pory dnia. – Tamten wzruszył ramionami. – Po południu, ale przed wieczorem. Tak mniej więcej.

– Dobra. Kto był trzeci?

– Młoda dziewczyna podobno. Ja ich na własne oczy nie widziałem.

– To skąd wiesz?

– Skąd wiem, to wiem. – Spekulant musiał sobie wszystko w głowie przekalkulować i był prawie bezczelny. Jako wytrawny gracz na rynku wiedział, że ma w ręku wiele cennych atutów, więc chętny na nie kupiec nic mu nie zrobi. – Podjechali wozem do jednej z małych świątyń w kiepskiej dzielnicy. Poszli do kapłana, żeby udzielił ślubu.

– Między Virionem i...?

– Młodą. Kapłan zgodził się na błyskawiczną ceremonię ze względu na wysokość ofiary. – Spekulant rozłożył ręce. – Za cenę wozu i dwóch koni udzielił ślubu, a kiedy młodzi odjechali... tfu! odeszli, sam natychmiast popędził do pasera.

– Więc wiedział, że wóz był kradziony?

Odpowiedź była oczywista.

– No a kto daje cały zaprzęg za ślub? Nawet i błyskawiczny?

Nary nie słuchał. Odwrócił się znowu do Folta.

– Kiedy stara z chłopakiem wjeżdżali do miasta?

– Rano.

– Wcześnie rano? Najbliższy postój od murów...

– Po mojemu jechali całą noc – przerwał mu obolały głos. – Ale słońce już stało nad dachami.

– No to ciekawe, co robili od rana do popołudnia? Skąd wytrzasnęli dziewczynę?

Spekulant skrzywił wargi.

– Na to pytanie chyba mogę odpowiedzieć. W chwili ślubu miała na sobie tunikę kapłanki.

– Jakiego kultu?

– Nie liturgiczne szaty przecież. Roboczą tunikę. Z jakiegoś klasztoru. Kapłan od razu rozpoznał.

No i zagwozdka. Na jaką zarazę był Virionowi ślub z kapłanką? Zresztą żeby powrócić do świeckiego życia, musiałaby opuścić klasztor i zrzec się wszystkiego. Tunika kapłanek już jej nie przysługiwała. Jak to wyjaśnić? Nary myślał intensywnie. Pasera nie było sensu szukać. On ich nawet nie widział. Przez moment zastanawiał się, czy sam kapłan dodałby jeszcze coś istotnego. Odrzucił jednak ten pomysł. Niepotrzebna strata czasu.

No nic. Więcej mu już tu nie powiedzą. I tak wizyta w oberży okazała się strzałem w sam środek tarczy. Dowiedział się wszystkiego, co miejscowe szumowiny wiedziały, i nie było sensu sterczeć tu dłużej.

Nary skinął na swoich ludzi i bez słowa ruszył w stronę drzwi. W progu zatrzymał się jeszcze i odwrócił.

– Przepraszam, to twoje. – Rzucił trzymany w ręku palec Folta leżącemu na podłodze właścicielowi, wytarł dłoń szmatą podniesioną z blatu najbliższego stołu i dodał: – Żeby nie było, że coś wam zabrałem.

Już na zewnątrz, kiedy Taryn zbierał ich ludzi, którzy blokowali inne wyjścia z budynku, Kila podszedł skrzywiony.

– Nie za ostro? – zapytał.

– To bandyci. – Nary nie miał wątpliwości. – Nie pójdą ze skargą do straży na to, cośmy tu narobili.

Były niewolnik nadal nie był przekonany. W pościgu liczy się szybkość, a nie zatargi z miejscowymi. Nawet wygrane. Tymczasem rozgrzani akcją ludzie nie mieli jeszcze dosyć.

Jakieś małżeństwo zbliżało się, przyświecając sobie lampką. Mężczyzna i kobieta w sile wieku.

– Wypierdalać! – wrzasnął na nich jeden z łapaczy.

Reszta rechotała, widząc, jak małżeństwo, przerażone do granic możliwości, umyka w mrok, gubiąc lampkę.

– Nie martw się, Kila. – Kiedy całą grupą ruszyli w głąb ulicy, szef łapaczy powrócił do tematu. – W razie czego Taida posprząta.

– Ja nie tym się martwię.

– A co ci muli głowę w tej chwili?

Były niewolnik cmoknął głośno, zerkając z ukosa.

– Ja się zastanawiam – odparł po chwili – co takiego było w tej dziewczynie, że za ślub z Virionem kapłan wziął aż wóz i dwa konie?

Nary'ego olśniło.

– Ożeż kurwa! Faktycznie!

Grupa łapaczy zatrzymała się, patrząc na szefa pytająco. A Kila powiedział:

– Ja już widziałem Viriona, już go czuję, wiem, co u niego w głowie. Drogę za nim znajdę. Ale...

– Powinniśmy tu jeszcze trochę powęszyć?

– No.

Virion wybrał miejsce na nocleg. Jedno z najtańszych w całej okolicy. Właściwie trudno było nazwać to pomieszczenie pokojem. Wnętrze wielkości dużej skrzyni z łóżkiem, które wypełniało prawie całą klitkę. Plusem było okno wychodzące na ulicę, a tuż pod nim, przy drzwiach, murek okalający niewielki skwer z kilkoma drzewami. Można było na nim usiąść i trochę wypocząć z dala od dusznego wnętrza.

Okolica należała do mieszkańców obsługujących najbiedniejszych pielgrzymów. Dlatego też zamiast normalnych przechodniów i straży na ulicy przeważały drobne złodziejaszki. Ci nie byli agresywni, snuli się bez celu w oczekiwaniu na łup. Virion i jego towarzystwo nie wzbudzali u nich zawodowego zainteresowania. Podróżni bez żadnego bagażu, pewnie proszalnicy, sami by coś ukradli raczej, gdyby nie to, że teren nie należał do nich.

Stara kobieta posadziła Niki na łóżku. Ta poddawała się wszelkim nakazom z obojętnością roślinki. Siedziała teraz nieruchomo na skraju, patrząc tępo w ścianę. Oni sami zajęli miejsce na murku przy otwartych drzwiach.

– To nasza ostatnia rozmowa – powiedziała stara, po raz pierwszy odkładając swój kij na bok. – Postaram się wszystko powiedzieć.

Skinął głową. Bezpieczne otępienie ciągle chroniło jego umysł.

– Jesteście małżeństwem, ale nie będziecie raczej mieć dzieci. Niki nie będzie zazdrosna i możesz sobie robić z innymi dziewczętami, co chcesz. Ale – podniosła ostrzegawczo palec – ona jest twoją żoną i już nigdy nie ożenisz się z nikim innym.

Znużony przytaknął. A jakie to miało w jego sytuacji znaczenie?

Stara tylko westchnęła.

– Upiory zasadniczo nie są po to, żeby żyły z ludźmi. Twoja żona cię ochroni, ale pamiętaj, nie przebywaj z nią razem za długo. Co jakiś czas zostaw ją w przydrożnym klasztorze, w gospodarstwie chłopskim, gdzieś tam, gdzie będzie miała dogodne warunki. Nie przebywaj z nią jednym ciągiem przez cały rok. Sam będziesz czuł, że oboje potrzebujecie odpoczynku.

– Zawsze jednak mam do niej wrócić?

– Tak. To bardzo ważne.

– Ona zawsze będzie taka? – Wskazał głową łóżko, na którym siedziała dziewczyna.

– Nie wiem i nikt nie wie. Nawet ona sama. – Stara uśmiechnęła się sympatycznie. – Jeszcze się nie obudziła. Sama nie wie, czym jest. Ale to się szybko zmieni.

– Ona naprawdę jest... tym, no...

– Upiorem? – Stara patrzyła na Viriona z poważnym wyrazem twarzy. – Jest.

– A... – Virion nie wiedział, jak zadać pytanie. – Dlaczego nikt nic o upiorach nie wie?

– Bez przesady. To tylko czarownicy mają o nich niewielkie pojęcie i narzucają całej kulturze swoje zdanie. Bo to oni są najważniejsi. Sami czarownicy. I nikt inny nie będzie mieszał w dziele stworzenia.

– No ale nikt...

– Chłopi wiele wiedzą o upiorach – wpadła mu w słowo. – Zerknij na podania ludowe. I odrzuć wszelkie durne konotacje.

– To znaczy, że ona... straszy? – Virion zachłysnął się nagle, bo głupio mu się zrobiło z powodu tego, jak zakończył swoje pytanie.

– Ciebie nie postraszy. – Stara chyba potraktowała to jako żart. – Jesteś jej mężem – stwierdziła i po chwili jeszcze dodała jakby kpiąco: – Jej panem.

Oniryczna dyskusja zdawała się toczyć gdzieś obok. Umysł Viriona tak jakby brał w niej udział i nie brał jednocześnie.

– Coś mi jeszcze o niej powiesz?

– Ona cię obroni przed tym czymś, co sprawiło, że przyciągasz nieszczęścia. Jest na świecie wielu ludzi podobnych do ciebie. Z reguły szybko kończą swoje żywoty. A ty z nią masz szansę.

– Kim ona jest? To znaczy w... normalnym świecie?

– Jaka jest jej ludzka historia? Obawiam się, że to ty będziesz musiał odpowiedzieć na to pytanie. Jej życie nie jest jednak ślepym zaułkiem. Można dotrzeć do śladów. Ktoś ją przecież umieścił w klasztorze, zaopatrzył, zapłacił za starania. Kapłanki same z siebie nie chodzą po ulicach i nie zbierają wszelkich niedojd, żeby wziąć pod opiekę.

– Faktycznie. Coś w klasztorze muszą wiedzieć.

– Albo wiedzą, do kogo skierować. Ale nie teraz. Nie zawracaj sobie nią głowy, chłopcze, w sytuacji, kiedy musisz uciekać.

Wzruszył ramionami.

– Niewiele mi powiedziałaś – stwierdził.

– Ja muszę już iść – odparła starucha, mrużąc swoje nieprawdopodobnie niebieskie oczy. – Puszczę cię.

– Proszę?

– Puszczę cię – powtórzyła. – I tak jestem tu już za długo.

Patrzyła mu prosto w oczy, i to nie było to, czego doświadczał z jej strony dotąd i czego mógł się spodziewać. Po prostu patrzyła.

– Zrobiłam, co mogłam – szepnęła cicho, jakby trochę zrezygnowana. – Teraz ona. – Wskazała na patrzącą tępo w ścianę Niki.

Nagle zrobiła się jakaś taka normalna. Jej oczy nie świeciły już dziwnym blaskiem. Nie były nawet niebieskie. Wydawała się w tej chwili całkiem zwyczajną, upierdliwą, bardzo starą kobietą.

– Masz szansę – szepnęła znowu. Ledwie mógł ją zrozumieć, tak bełkotała. – Mam nadzieję, że przeżyjesz. Mam nadzieję, że dowiesz się wszystkiego, co chcesz wiedzieć. I mam też nadzieję, że to cię nie zniszczy.

Podała Virionowi kusą sakiewkę, którą dostała od kapłana za kradziony wóz, papiery z klasztoru i świątyni. Jeszcze raz zerknęła na Niki, potem spojrzała na chłopaka uważnie.

– Pamiętaj o jednym. Masz teraz w rękach straszliwą broń – powiedziała.

Drgnął zaskoczony.

– Masz w ręku straszną broń – powtórzyła. – Potworną. – Uśmiechnęła się nagle wesoło. – Upiorną, rzec by można nawet. Ostateczną.

Potrząsnął głową. O co starej chodziło? Jego otępiały umysł nie działał za dobrze.

– Wykorzystaj ją do walki z tym czymś. – Powieki kobiety opadły. Po chwili podniosła je znowu. Oczy starej jeszcze raz zabłysły niebiesko, znowu stały się tak młode i tak stare jak świat jednocześnie. Pełne blasku nieba z samego południa.

– Puszczam cię – oznajmiła dźwięcznym głosem. – Muszę już iść.

Teraz ona sama wydawała się podlegać jakimś somnambulicznym wpływom.

– Musisz się dowiedzieć. Musisz się bronić. – Jeszcze raz wskazała na Niki.

– Kupię sobie dwuręczny miecz – zażartował.

– Masz broń tysiąc razy bardziej zabójczą niż miecz oburęczny. – Uśmiechnęła się smutno, wstając z murku. – Powodzenia.

Jej oczy błysnęły jeszcze raz i zgasły nagle. Były wodniste, brzydkie, przezroczyste i zaropiałe. Stara, chora kobieta odwróciła się powoli i odeszła, podpierając kijem.

Virion, który podniósł się odruchowo w chwili, kiedy ona to zrobiła, stał, długo patrząc za niknącą postacią. Lekki wiatr sprawiał, że liście na pobliskich drzewach szumiały. Kręcący się obok drobni złodzieje nie zwracali na niego uwagi. Wreszcie cofnął się do pokoju i usiadł obok Niki.

Czuł, że powoli mija mu dziwne otępienie. Niewrażliwość na wszystko wokół zmieniała swe natężenie, słabnąc z każdą chwilą. Mógł nawet wspominać. I to momenty bolesne. Nic jednak w tym, co czuł, nie skłaniało go nawet do cienia jakiejś samobójczej myśli. Przeanalizował w głowie położenie, w jakim się znajdował. Koszmar. Tu raczej nic się nie zmieniło. Po raz pierwszy za to nie napotkał przed sobą ściany, za którą nie było już nic.

Spojrzał na dziewczynę, swoją żonę. Niki z idealnie pozbawionym jakiejkolwiek ekspresji wyrazem twarzy patrzyła na niego.

– Jest mi niezmiernie miło, że zgodziłaś się podjąć mnie tak szybko, pani. – Nary ukłonił się lekko, z szacunkiem, ale nie przesadnym. Musiał pamiętać, by podkreślać przy każdej okazji majestat władzy, którą reprezentował.

Zgięty w ukłonie Kila z trudem powstrzymywał się od śmiechu. Widok naprawdę był zabawny. Groźny Nary stał w sali audiencji klasztoru umyty, pachnący, bez żadnej widocznej broni. W dodatku nie miał na sobie starego, wyświechtanego munduru bez dystynkcji. Na dzisiejszą okazję włożył prawdziwą togę. Nie, nie wozili takiego ciężaru w bagażach. Togę łatwo było wypożyczyć już w Marrenmat, i to za niewielkie pieniądze, a szef upierał się, że na prowincji wszyscy wyobrażają sobie cesarskich urzędników z Syrinx wyłącznie w reprezentacyjnych strojach.

Bogowie! Nary umyty i pachnący. Nary z przystrzyżoną brodą, na którą dał sobie nawet nałożyć pomadę. Nie do pomyślenia. Kila pamiętał, jak wiele razy pijany szef przechwalał się bliską zażyłością z wysoko urodzonymi damami, a szczególnie z jedną, i dla wszystkich było jasne, że chodzi o Taidę. Kiedyś wyznał, co ją najbardziej podniecało. Nawet nie prawdziwy mężczyzna z mieczem, pogromca bandziorów, fechmistrz i bohater. Najbardziej podniecał ją zapach. Najlepsza miłość była wtedy, gdy wracał z akcji, śmierdząc wielodniowym potem, swoim i końskim, z krwią na rękach, brudnymi nogami, tłustymi włosami, cuchnący przetrawionym alkoholem. Czując tę mieszankę, Taida miękła momentalnie. Nie wypuszczała go z łóżka, sama szybując gdzieś bardzo wysoko w objęcia niewyobrażalnej ekstazy.

Dlaczego więc teraz wybrał styl diametralnie różny? Kila odważył się zapytać i usłyszał w odpowiedzi, że te wszystkie panny, co to od zawsze bez chłopa żyją, mają zgoła odmienne pojęcie o męskości. Inaczej też postrzegają hierarchię ważności.

No i siedział teraz, sącząc kiepskie, bardzo rozcieńczone wino z ziołami, do którego ktoś wrzucił jeszcze kawałki słodkich owoców. Usiłował się nie krzywić. Za to przełożona wyglądała na szczęśliwą.

– Panie prefekcie... – zaczęła, ale przerwał jej w pół słowa.

– Proszę absolutnie tak do mnie nie mówić! Nie jestem żadnym prefektem. Mam załatwić niezwykle delikatną sprawę, więc podróżuję anonimowo, jako nikt i nikogo nie reprezentuję.

– Ach. – Starsza kobieta skłoniła głowę z szacunkiem. Takie słowa przemawiały do wyobraźni. Pewnie dyskretna misja najwyższej wagi mająca na celu ochronę przed kompromitacją wysoko postawionych osób z towarzystwa.

Kila również opuścił wzrok. Coraz trudniej było mu utrzymać poważny wyraz twarzy. Gdyby Nary nakłamał, że jest etatowym pracownikiem prefektury, mogłoby mu grozić w skrajnym przypadku nawet spotkanie z katem. Ale przecież miał teraz świadków, że wyraźnie powiedział prawdę. A to, że wcześniej pokazał pismo od imperialnego prefekta, nie miało żadnego związku. Za domysły rozmówcy odpowiedzialność przecież nie groziła.

– Chciałam tylko powiedzieć, że służymy, mmm... szanownemu podróżnemu, który stał się naszym gościem, wszelkimi informacjami, jakie będzie chciał uzyskać.

Nary odpowiedział dwornym skinieniem. Kila pod ścianą zagryzał zęby z okrutnej radości. Tamci rozmawiali o niczym już dobrych parę modlitw, a tu jeszcze żadna „kurwa jebana" z ust szefa nie padła.

– Bardzo mnie to cieszy, pani. O atmosferze sprzyjania, która mnie tu spotkała, nie zapomnę opowiedzieć samemu... yy... człowiekowi, którego darzę największym szacunkiem.

I znowu ukłon. Tym razem z jej strony. Kila wiedział, że jak na klasztor, to szef wybrał przykrywkę najlepszą z możliwych. Przełożona dosłownie jadła mu z ręki.

– Mam spory problem, o którym wspominałem. – Łapacz przybrał zatroskany wyraz twarzy. – W sprawę zamieszane są osoby, o których nawet wspomnieć mi nie wypada, a co dopiero mówić otwarcie.

– Panie, wyznam wam wszystko, sama nie pytając.

Kolejny ukłon. Że też im nie zacznie wirować w głowach od tego ciągłego machania czerepami, pomyślał Kila.

– Domyślam się, pani, że nie opiszesz mi dokładnie staruszki, która was odwiedziła?

Nary miał już wstępne rozeznanie. Jeden z jego ludzi usiłował wyciągnąć coś z odźwiernej. Dziewczyna, zdaje się, jednak nie zapamiętała niczego.

– Niestety, panie. Mogę powiedzieć jedynie, że była bardzo starą kobietą. Nie mogła chodzić bez kija, na którym się opierała.

– Kija? Nie laski?

– Tak, wiem. To sugeruje niskie pochodzenie. Ale naprawdę nie zwróciłam uwagi na szczegóły, tak mnie ta sprawa podekscytowała.

– Dlaczego?

– Bezimienna dziewczyna znajdowała się pod naszą opieką od wielu lat. Nie co dzień przychodzi ktoś, kto chce się zaopiekować człowiekiem w jej stanie.

– A jaki to stan?

Przełożona westchnęła cicho.

– Ona nie mówiła, zda się, nie myślała nawet. Siedziała nieruchomo, patrząc w ścianę. Niezbyt reagowała na polecenia.

– Chodziła?

– Sama nie. Ale bez najmniejszego oporu, jeśli chwyciło się ją za rękę, to dawała się prowadzić w dowolne miejsce. Nawet po schodach czy nierównościach. Nigdy się nie przewracała.

– Dziwne.

– Nieprawdaż? Jadła sama, jeśli podało jej się miskę w pobliże twarzy. Jeśli cokolwiek ją rozproszyło, to trzeba było podawać strawę do ust. Ale żuła i połykała zawsze sama.

– A co ze sprawami, że tak powiem...

– Czynności naturalne – przełożona wybawiła Nary'ego z niezręczności – również załatwiała sama. Wystarczyło ją zaprowadzić w odpowiednie miejsce.

– A co było w niej niezwykłego?

– Nie spała. – Kapłanka nie miała żadnych wątpliwości.

– Jak to? W ogóle nie spała?

– Hm. Ilekroć ktokolwiek zaskoczył ją w nocy, zawsze miała otwarte oczy. To nie znaczy, że nimi wodziła. No ale oczywiście nikt nie sterczał przy niej całą noc, żeby sprawdzić, czy choćby na chwilę je zamknęła.

– A w dzień?

– Trudno powiedzieć. Jeśli się ją położyło, to leżała, jeśli palcami zamknęło się jej oczy, to miała zamknięte. Przynajmniej przez jakiś czas. A czy spała wtedy? Nie wiem.

– W dzień można było ją położyć na chwilę. A w nocy? Leżała?

– Nie. Siedziała na sienniku i patrzyła przed siebie.

– Z własnej woli się nie poruszała?

Przełożona znowu westchnęła.

– Chyba cierpiała na gwiezdną chorobę. W każdym razie kilka razy złapano ją, jak w nocy chodziła.

– Nikogo to nie zaniepokoiło?

– Z pomieszczeń, gdzie trzymamy chorych, nie da się wyjść. Nie ma też żadnych balkonów ani parapetów, z których ktoś nieświadomy mógłby spaść.

– Rozumiem.

– Miała też nieprawdopodobny słuch, graniczący wręcz z cudownym. – Przełożona podjęła poprzedni wątek. – Zawsze ilekroć w okolicy miały rozszczekać się psy, cokolwiek by je zaalarmowało, dziewczyna dosłownie kilka chwil przedtem zaczynała się rozglądać i nasłuchiwać. Wiadomo było, że jak tylko zaczyna odwracać twarz, to za moment usłyszymy psy.

– Niebywałe. Bardzo ciekawa obserwacja. – Nary, widząc, że w ten sposób niewiele osiągnie, postanowił zmienić temat: – W jaki sposób dziewczyna znalazła się w tym klasztorze?

Chyba dotknął jakiegoś bolesnego rejonu, bo przełożona jakby skurczyła się w sobie. Odpowiedziała jednak bez wahania.

– Wiele lat temu jakiś mężczyzna przyprowadził nam małą dziewczynkę. Nie nazwał jej córką ani nawet krewną. Był dobrze ubrany, wysławiał się jak człowiek dobrze urodzony, ba, nawet wykształcony medycznie. Zostawił nam chore dziecko pod opieką i oczywiście opłacił koszt pobytu na wiele lat z góry. Obiecał, że będzie wpadał od czasu do czasu.

– Nigdy już się nie pojawił?

– Ano nigdy, panie.

Przygięty pod ścianą w pozie mającej wyrażać szacunek Kila wiedział swoje. On przeliczał wszystko na pieniądze. Kiedyś tam ktoś dobrze ubrany i z manierami powierzył kapłankom chore dziecko. Te, licząc na dalsze hojne dary, zgodziły się bez wahania. Pewnie w plotkach dziewczyna już zyskała miano wysoko urodzonej, choć z nieprawego łoża i przez to obarczonej przez Bogów klątwą. Znał babskie zgromadzenia. Tam łatwo o fantastyczne plotki, jak i „przeczucia", które ostrzegały ludzi wcześniej niż psy. Ble, ble, ble. Fakty jednak są takie, że mężczyzna, który miał być hojny, nie pojawił się więcej, a chore dziecko z dnia na dzień stawało się wyłącznie ciężarem. Więc kochane kapłanki ochoczo oddały je byle komu z ulicy, kto po prostu przyszedł i wyraził taką chęć. Potwierdziły na piśmie i dziecko z wozu, babom lżej.

Pytanie jednak, skąd o sytuacji dziewczyny wiedziała stara kobieta z kijem? I o co jej chodziło? Kila przez moment nawet podejrzewał, że starucha jest matką dziewczyny i że perfidnie znalazła sobie zdatnego młodzieńca do dalszej opieki i wrobiła go w ten układ poprzez małżeństwo. Ale to bzdura oczywiście. Jaka matka oddawałaby chorą córkę pod opiekę ściganego przez prawo mordercy?

I w ogóle co ta stara z kijem robi w całej tej historii? Kim jest? Za młodu była żołnierzem cesarskich oddziałów specjalnych? Potrafiła przecież odwieść chłopaka od samobójstwa, ukradła wóz na oczach właściciela i całego tłumu wozaków, wyrwała dziewczynę z klasztoru, zorganizowała ślub i sprawiła, że cała trójka zniknęła nagle, jakby rozpłynęli się we mgle. Szlag! Przecież nie mogła być żołnierzem. Do cesarskich oddziałów specjalnych kobiet nie biorą i nigdy nie brali.

– Ile ona ma lat? – zapytał Nary.

– Tak naprawdę to nikt nie wie. Mężczyzna, który ją zostawił, używał określenia „małe dziecko".

– Które stosuje się do dzieci mających nie więcej niż pięć lat?

– Tak, właśnie. Z tego wniosek, że dzisiaj ma jakieś... osiemnaście? – Przełożona powiedziała to tonem, jakby zadawała pytanie. – Rok mniej?

– Czy dziewczyna na coś choruje?

Tym razem kapłanka roześmiała się szczerze.

– Poza tym, że nie można się z nią porozumieć i że trochę przypomina roślinkę, nic jej nie jest. Hoże dziewczę, zdrowe jak ryba!

Nary lekko uniósł dłonie.

– Tak tylko pytam. Po wielu latach w jednym pomieszczeniu z innymi chorymi, bez spacerów, bez zajęć. Niejednego niemoc zdejmie.

– Nie, nic z tych rzeczy. No może czasem... – Przełożona zmarszczyła brwi. – Kilka razy, kiedy rano młode posługaczki wchodziły do pomieszczeń dla chorych...

– Tak?

– Kilka razy zdarzyło się, że ona miała całe usta we krwi.

Nary wybałuszył oczy.

– Słucham?

– Usta we krwi – powtórzyła przełożona. – Oczywiście pierwsze podejrzenie i pytanie zarazem było, czy chora odgryzła sobie język. Ale nie. Dokładne oględziny pokazywały zawsze, że zarówno język, policzki od środka, jak i dziąsła są w najlepszym porządku. Żaden z zębów również się nie ruszał.

– Gryzła siebie?

– Nie. Nie wpadała w szał i nigdy nie zrobiła sobie krzywdy.

– A rany u innych chorych?

– Oczywiście każda z tych niezbyt przytomnych istot została poddana oględzinom. I, rozczaruję was, panie, nikt nie odniósł żadnych obrażeń.

Nary poprawił togę, która zjeżdżała mu natrętnie z lewego ramienia.

– Czy stamtąd da się jakoś wyjść?

– Z pomieszczenia, gdzie przebywają chorzy? – odpowiedziała pytaniem przełożona. – To absolutnie niemożliwe.

Łapacz zerknął na swojego niewolnika, który potwierdził słowa kapłanki ledwie widocznym skinieniem głowy. Kila oczywiście zdążył już rozejrzeć się wszędzie. Był nie do zatrzymania. Przy oficjalnych okazjach zawsze zgięty w półukłonie, zawsze milczący, zawsze grający rolę niezguły, wciskał się, gdzie chciał. Oglądał strategiczne w danej sprawie pomieszczenia, dogadywał się cichcem z innymi niewolnikami, podpytywał nawet wolnych pracowników. Wiedział z góry wszystko to, co jego szef powinien wiedzieć podczas decydującej rozmowy.

I dlatego mógł potwierdzić, że z pomieszczenia, gdzie przetrzymywano tych poszkodowanych na umyśle biedaków, wyjść w żaden sposób się nie dawało. To była część świątyni. Niedojdy nie zostały przecież skreślone przez Bogów i nie odmawiano im udziału w praktykach religijnych. Niemniej ściany świątyni były wysokie i w ich sypialni okna, a właściwie otwory, przez które wpadało światło i świeże powietrze, znajdowały się na wysokości czterech postawionych jeden na drugim ludzi. Jaszczurka czy pająk dałyby radę wspiąć się do nich po gładkiej ścianie, człowiek nie.

– Oczywiście ci niecodzienni goście nie wspominali, gdzie zamierzają się udać? – Nary zadał chyba ostatnie pytanie. Dawno już zwątpił, że dowie się tutaj czegoś ciekawego. Czuł jednak, że Kila ma zupełnie inne zdanie w tej mierze.

– Nie wspominali – potwierdziła kapłanka. – No ale chyba nietrudno zgadnąć.

– Proszę?

– Jutro przecież rusza pielgrzymka po świętych miejscach w okolicy. Zarówno tych bliższych, jak i dalszych. Jeśli ktoś jest tak szlachetny, że przejął opiekę nad chorą, to przecież na pewno będzie chciał podziękować Bogom i prosić ich o sprzyjanie. Prawda?

Nary rozpłynął się dosłownie w uśmiechu. No kurwa mać. Już widział, jak ścigany Virion pielgrzymuje składać dziękczynne wota świętej opatrzności.

Prawiąc komplementy wszelkiego rodzaju, zaczął się żegnać. Nie musiał się nawet wysilać. Domniemana powaga urzędnika, jaką mu przypisała przełożona, robiła tu kolosalne wrażenie. Właściwie to ona była mu wdzięczna, że niecodzienną rozmową wniósł trochę światła w jej nudną codzienność. Rozstaliby się pewnie w uściskach, gdyby oczywiście etykieta na to pozwalała.

– I jak? – Nary, już na korytarzu, zerknął na swojego niewolnika.

– Świetnie.

– No chyba żartujesz?

– Przeciwnie, szefie. Wszystko wiemy.

Nary aż się zatrzymał.

– Niby co? – zapytał zaskoczony.

– Wiemy, że Virion ruszy z pielgrzymką do miejsc świętych...

– Bogom dziękować? W jego przypadku za co?!!

– Myśli, że w tłumie zniknie. Myśli, że tam nikt go nie będzie ścigał. Myśli, że wśród tego typu ludzi jego nowa żona, słaba na umyśle przecież, nie będzie zwracać powszechnej uwagi. To ciągle tylko amator, szefie!

Nary podjął powolny marsz do wyjścia ze świątyni. Toga doskwierała mu coraz bardziej. Wciąż miał wrażenie, że obsunie się i spadnie, narażając go na śmieszność.

– Mówisz więc, że jutro ruszamy z pielgrzymką? Broń trzeba będzie ukryć.

– No nie wiem, czy jutro. On nam nie ucieknie.

– A co jeszcze chcesz wiedzieć?

– Możemy przesłuchać staruchę.

Nary zmarszczył brwi, myśląc intensywnie.

– Ona opuściła tę dwójkę? Hm, fakt. Swoje już chyba zrobiła.

– Rozmawiałem z posługaczkami. Chłopak podczas wizyty tutaj sprawiał wrażenie jakby półuśpionego. Jakby był pod wpływem hipnotyzera czy zaklinacza na targu.

– Aha. – Nary szybko łapał tok przemyśleń swojego najlepszego człowieka. – W tym stanie nie mógł iść do urzędu potwierdzić ani aktu podjęcia opieki ze świątyni, ani aktu małżeństwa.

– Ona musiała to zrobić. A teraz wystarczyło dowiedzieć się, jak wygląda okolica. Odpowiedni urząd, świątynia z przekupnym kapłanem, najtańsze noclegi? To wszystko jeden mały kwartał ulic.

– Myślisz, że ona ciągle tam jest? – Nary zatrzymał się przed wyjściem z klasztoru.

– To tylko stara, niedołężna kobieta u kresu sił. Jest.

Służące otworzyły oba skrzydła wielkich drzwi. To przecież był dostojny gość.

– No to... przypalmy ją trochę – powiedział Nary już na zewnątrz, poza zasięgiem słuchu odźwiernych. – A potem za pielgrzymami.

Virion był z siebie dumny. Jak łatwo było wejść w umysły ludzi, którzy go ścigali. No bo przecież w jaki sposób oni mogli myśleć? Co zrobi zbieg? Odpowiedź jest jasna. Jak najszybciej chce się oddalić z danego miejsca. Co więc będzie robić? Zdobędzie konia, w najgorszym wypadku wóz, i bez ociągania ruszy w drogę. Nie będzie przecież kluczył, zwlekał, namyślał się zbyt długo. Szybko i przed siebie. A on wpadł na genialny pomysł, jak tamtych przechytrzyć. Przypadkiem dowiedział się o pielgrzymce mającej ruszyć po świętych miejscach w okolicy. Tłumy ludzi, powszechna życzliwość i pomoc z każdej strony, anonimowość. Podobno karmienie pielgrzymów jest zasługą w oczach Bogów, więc pątnicy byli karmieni przez okoliczną ludność, a nawet przez cesarskie instytucje. Przyłączając się do świętego pochodu, Virion co prawda nie będzie się oddalał z tego miejsca zbyt szybko, ale przecież ci, którzy go ścigali, nigdy nie wpadną na to, co zrobił. Nie odnajdą go w ciżbie, gdzie każdy może zniknąć jak kamień rzucony w burzliwą toń.

Miejsce zbiórki potwierdziło tylko słuszność tego wyboru. Liczba ludzi była tak nieprawdopodobna, że cały pochód musiał rozciągnąć się na jakieś nawet i pół dnia drogi. Miejski pisarz wprowadzał imiona do rejestru, chyba więc rzeczywiście cesarska administracja brała udział w dokarmianiu wiernych. Idealnie. Virion skrócił swoje imię, przedstawiając się jako Vi. W tej formie nic nie zdradzało, z której prowincji pochodzi. Niki nie wymagała kryptonimów. Nikt o nic nie pytał, nikt nie wsadzał nosa w nie swoje sprawy. To było święto kapłanów, a nie uroczystość zorganizowana przez miejską straż.

– Radzę jednak wziąć koc.

Virion rozejrzał się, bo słowa najwyraźniej były skierowane do niego. Wypowiedział je siwiejący lekko mężczyzna w sile wieku, który uśmiechał się do Viriona.

– Jestem Dogo – przedstawił się. – Jestem kupcem i to moja druga pielgrzymka – wyjaśnił. – I z doświadczenia wiem, że przyda się koc.

– Jestem Vi, a to moja... – Virion zawahał się na moment, co przykrył symulowanym kaszlem – siostra, Niki.

– Opiekujesz się nią? – Kupcowi nie umknął nieobecny wyraz twarzy dziewczyny.

– Wziąłem ją z klasztoru, od kapłanek. Ta pielgrzymka dobrze jej zrobi.

Dogo pokiwał głową.

– Jesteś bogobojnym młodym człowiekiem. I szacunku dla rodziny nauczonym. A może Bogowie dadzą i twoja siostra wyzdrowieje? Ja sam przy pierwszej pielgrzymce szedłem prosić o szczęście w interesach. A teraz idę z rodziną dziękować za dobry los.

Virion ukłonił się z szacunkiem. Ze zdziwieniem stwierdził, że kupiec mówił najzupełniej poważnie. I że na świecie istnieli ludzie, którzy w wierze pokładali konkretne nadzieje. Wierzyli, że Bogowie dadzą im powodzenie, zdrowie i konkretne korzyści. W środowisku, w którym się wychował, wszyscy, jak w całym cesarstwie, teoretycznie byli wierzący. Z naciskiem na „teoretycznie", nikomu bowiem nie przyszedłby do głowy pomysł, żeby pójść do świątyni i poprosić jakiegoś Boga, by zesłał mu sto złotych monet, bo brakuje do interesu. Wiara, czy nawet jej cichy brak, to była tylko taka figura filozoficzna.

Pełen szacunku ukłon musiał się kupcowi spodobać, bo dodał nagle:

– A może się do nas przyłączycie? Mam tu żonę i dwie córki. Z nimi twojej siostrze będzie na pewno raźniej niż w męskim towarzystwie.

– Panie, to byłby dla mnie...

– Tylko nie mów do mnie „panie" – przerwał mu Dogo. – Twój szacunek dla starszych się chwali oczywiście. Widać, że rodzice wychowali cię w poszanowaniu dla tradycji. Ale taki ze mnie „pan" jak i z ciebie. Daruj sobie.

– To jak mam mówić?

– Po imieniu. Chodź, Vi, kupimy wam ten koc. Ale nie tutaj, bo w pobliżu ceny specjalnie dla idących w drogę. To znaczy takie, żeby uwolnić podróżnych od ciężaru monet, które musieliby dźwigać.

Kupiec był fajny. Po dłuższej chwili okazało się też, o co chodziło z tym kocem. Miejscowa ludność, a nawet administracja faktycznie dokarmiali pielgrzymów. Ale za noclegi trzeba było już słono płacić. Pogoda co prawda pozwalała na sen pod gołym niebem, lecz prosty koc bardzo poprawiał samopoczucie. Dogo miał doświadczenie. Udało mu się kupić porządny za kilka brązowych.

A kiedy przedstawił Viriona i Niki swojej rodzinie, okazało się, że wspólna podróż leżała nie tylko w interesie Viriona. Żona kupca rozpływała się w zachwytach nad pobożnością młodzieńca, który poświęcał się dla swojej siostry, dwie córki szczebiotały o byle czym, od razu zainteresowane nową, choć chorą koleżanką. Stało się jasne, że kupiec być może siwieje przedwcześnie z powodu nieustannego harmidru wokół siebie. I chyba bardzo by chciał mieć w podróży innego mężczyznę, z którym mógłby zamienić choć słowo. Po cichu i na spokojnie.

– Tak po mojemu to najlepiej iść przy czele pochodu. – Chętnie dzielił się swoją wiedzą. – Im bliżej końca, tym gorzej z wodą, z jedzeniem i ze wszystkim. A i ustronne miejsca bardzo zapaskudzone.

– I tu się z tobą zgodzę – uśmiechnął się Virion, przypominając sobie uroczystości w gimnazjonie, a szczególnie pochód do wyroczni.

– Byłeś już na pielgrzymce?

– To moja pierwsza. Ale zgromadzenia wielkiej liczby ludzi znam. – Nie mógł oczywiście powiedzieć, że należy do dobrze urodzonych. – Pracowałem przy różnych pochodach.

– A jak pracowałeś? Kim jesteś?

– Pomocnikiem medyka.

– Ach! – Żona kupca aż klasnęła w dłonie. – Dogo, ty masz głowę na karku. Zaprosić pomocnika medyka w podróż, kiedy nie wiadomo, co się może przytrafić. Bardzo rozsądnie, mężu.

Virion się śmiał, a kupiec nie chciał tłumaczyć, że przecież nie wiedział. Mruczał tylko, że to nie droga w nieznane.

Nawiasem mówiąc, szybko okazało się, że przyłączenie się do jego rodziny było doskonałym pomysłem. Dogo wiedział, jak wkręcić się na czoło pochodu, wiedział, z jakim wyprzedzeniem należy pomyśleć o noclegu i jakie miejsce wybrać. Kwatery, które ofiarowano pątnikom, rzeczywiście, sądząc po cenie przynajmniej, wydawały się komnatami książęcego zamku, a wygodnych miejsc do spania było bardzo mało. A poza tym Virion odkrył przedziwną właściwość swojej żony. Wystarczyło przytulić się do niej, kiedy spała na boku, a Niki zamieniała się w piecyk. Jej skóra, która przy zwykłym dotknięciu zdawała się mieć normalną temperaturę, a nawet była dość chłodna, przy dłuższym przytuleniu stawała się bardzo ciepła. Ciekawostka. Ponieważ jednak Virion miał, delikatnie mówiąc, niewielkie doświadczenie w przytulaniu się do dziewczyn, uznał po prostu, że tak ma być. Co ciekawsze, Niki wcale nie była taka znowu zupełnie bezwolna. Ilekroć odczuwał potrzebę przewrócenia się na drugi bok, ona zmieniała pozycję chwilę po nim i przytulała się z tyłu. Bardzo cenna właściwość w przypadku chłodniejszej nocy.

I w ogóle Niki wyglądała na łatwo przystosowującą się do woli tego, kto ją prowadził. Początkowo, zaczynając dzienny marsz ku kolejnej świątyni, trzeba było prowadzić ją za rękę. Szybko jednak doszli do stanu, kiedy wystarczyło Niki pociągnąć na samym początku. Potem szła sama. I to wcale nie powtarzając dokładnie wszystkich kroków Viriona. Po prostu trzymała się blisko.

Podobnie było z jedzeniem. Najpierw kęs po kęsie podawał bezpośrednio do ust, które zresztą co jakiś czas należało ocierać szmatką. Aż do dnia, kiedy raz przez przypadek podał jej miskę. Niki chwyciła ją całkiem sprawnie. Trzymała na odpowiedniej wysokości, a po chwili bezmyślnego wpatrywania się w zawartość nagle drugą ręką podniosła kawałek i zaczęła gryźć. Czyżby w klasztorze po prostu okazywano jej za mało zainteresowania? Za mało troski, z góry traktując jak przedmiot? A może to Niki zaczynała się powoli zmieniać? Nie sposób rozstrzygnąć.

Córki kupca zaprzyjaźniły się z nią błyskawicznie. Im nie przeszkadzał brak kontaktu z nową koleżanką. Mówiły coś do niej, pytały, nie czekając na odpowiedź, wciągały w swoje gry, nie zwracając uwagi na jej niezmiennie „posągowy" stan. Raz nawet, kiedy zatrzymali się w kolejnej miejscowości na szlaku, wyprosiły od Viriona kilka brązowych i zabrały Niki „na miasto", żeby ją rozerwać, bo przecież tylko dziewczyny wiedzą, co innej dziewczynie sprawi prawdziwą przyjemność.

Skoro Dogo uznał, że to bezpieczne, Virion nie protestował. Zresztą miło się rozmawiało przy ognisku na poboczu drogi – kupiec zdobył skądś trochę wina.

– Ona od dawna tak? – zapytał, rozlewając cierpki napój do kubków.

– Od urodzenia – skłamał Virion. Nie miał zielonego pojęcia, co sprawiło, że Niki przypominała roślinkę. Umysł się w niej nie obudził? A może odwrotnie, tylko nastąpił jakiś wypadek? Wiele słyszał o takich sprawach od naczelnego lekarza swojego ojca. Nigdy jednak nie widział takich ludzi na własne oczy.

– A dawno straciliście rodziców?

– Skąd wiesz, że straciliśmy?

– Nie wtrącam się, brońcie Bogowie. Ale wyglądasz na chłopaka świetnie wychowanego, bogobojnego, uczciwego... jednak trochę zagubionego w normalnym życiu. Czasem radzisz sobie świetnie, a czasem najprostsze sprawy bytowe stanowią dla ciebie kłopot.

– Coś w tym jest. – Virion podziwiał zmysł obserwacji kupca. – Nasi rodzice zginęli tragicznie.

Celowo nie określił, kiedy rzecz się wydarzyła, nawet w przybliżeniu. A Dogo nie wnikał.

– Mógłbyś być wzorem dla innych młodych ludzi – powiedział tylko.

Wzorem? Zabawne. Czy każdy chłopak powinien zacząć dorosłe życie od zabicia swojej dziewczyny i przyjaciela? Każdy powinien być zamieszany w jakąś aferę, dla której rozwiązania przysyłają imperialnego prefekta? I nareszcie, czy każdy powinien skoczyć z mostu pod ciężką platformę z gruzem?

Taaak. Nieźle już nazbierał w swoim dość krótkim życiu. Morderca, kryminalista, zbieg, samobójca. Droga młodzieży Luan, jestem dla was przykładem.

A jednak w tym całym ciągu ponurych skojarzeń przyszła Virionowi do głowy inna myśl. Znowu zagłębił się we wspomnieniach, w przeszłości. I tym razem nie towarzyszyła mu chęć skończenia ze sobą. Nie czuł bezsensu wszechświata. I dziwne, w przeciwieństwie do tego, co zrobiła mu starucha, nie czuł, że ma „znieczulony" rozum. Wspomnieniom towarzyszył smutek, owszem. Ale nie łączący się z chęcią natychmiastowej zagłady. Nie niszczący go od środka, destruktywny wobec wszystkiego. Teraz, kiedy staruchy nie było już w pobliżu, Virion mógł doznać każdego uczucia. I nie wiązało się to z końcem świata. Znowu pomyślał o Niki i o tym, że kapłanki z klasztoru wiedziały o niej zdumiewająco niewiele. Tak go to uderzyło, że powiedział głośno:

– Ona większość życia spędziła w klasztorze. I teraz widzę chyba, że to nie było... – zabrakło mu słowa.

– Domyślam się, że to była decyzja rodziców?

– Mhm.

– A ciebie teraz męczą wyrzuty sumienia?

– Nie. Ale czuję, że niezbyt się tam nią opiekowano.

Kupiec przytaknął.

– Dobrze więc, że ją wziąłeś na pielgrzymkę. Bardzo dobrze.

– Wiara w...

– Ale ja nie o wierze – Dogo wpadł mu w słowo. – Widzę po prostu, że w parę dni zmieniła się na lepsze.

– Na lepsze?

– Jak zobaczyłem twoją siostrę, ślina skapywała jej z ust. A widziałeś dzisiaj, żeby choć raz miała otwarte usta?

– No szlag!

Spostrzeżenie wstrząsnęło Virionem. Sam nie zwrócił na to uwagi, ale teraz, przeszukując pamięć, stwierdził, że Dogo ma rację.

– Ciii! Nie bluźnij, bo na pielgrzymce jesteśmy. – Kupiec rozglądał się nerwowo, czy ktoś nie usłyszał przekleństwa.

– Przepraszam.

– Dobra. – Dogo machnął ręką. – Widzisz, ja obcy, nie znam jej. Mnie łatwiej zwracać uwagę na szczegóły, które tobie mogą umknąć.

– I co jeszcze zauważyłeś?

– Ona o czymś myśli!

– No chyba żartujesz! Ona nawet nie wie, że ja to ja.

– To ty chyba żartujesz. Wystarczy, że odejdziesz na krok, a już wodzi za tobą oczami.

Virion zmarszczył brwi. Tego nie zauważył. Choć z całą pewnością wystarczyło spuścić z Niki wzrok, by poruszyła głową. Czy to może znaczyć, że zamierała w nieruchomej pozycji, kiedy się na nią patrzyło? Nie no. Niemożliwe.

– Nie zauważyłem.

– Bo nie patrzysz. A jak znikasz jej z zasięgu wzroku, to staje się niespokojna. I wyraźnie się rozgląda.

– Hm...

Dalszą rozmowę przerwał im głośny okrzyk młodszej z córek kupca:

– Już jesteśmy! Wróciłyśmy!

Wbrew zapowiedzi dziewczyna biegła sama.

– One zaraz przyjdą – wyjaśniła zadyszana, kiedy tylko dobiegła do ogniska. – Ja chciałam szybciej.

– Dobrze się bawiłyście? – zapytał Dogo.

– Dobrze. Chciałyśmy, żeby Niki się polepszyło. Bo tylko dziewczyna wie, co drugiej dziewczynie polepszy humor.

– I polepszyło się?

– No jasne!

– Co zrobiłyście? – zainteresował się Virion.

– Przede wszystkim trzeba było zmienić tunikę. Ta klasztorna to jak worek bez kształtu żadnego. Jak dla starej baby.

– Aha.

– No i do cyrulika trzeba było ją oddać. Przecież takich fajnych włosów nie można traktować jak psich kudłów bez starania żadnego. No jak mogłeś doprowadzić do takiego stanu, że jeszcze moment i by jej się strąki na głowie robiły od niewyczesania. No i obciąć trochę trzeba było. – Dziewczyna gestykulowała gwałtownie, by po chwili odwrócić się do nich plecami. – No i tam idą! – Wskazała kierunek ręką.

Virion podążył wzrokiem za jej palcem. Od razu zobaczył starszą córkę kupca i... i... Ożeż, zaraza jasna! Obok szła Niki. W krótkiej, obcisłej tunice, która podkreślała jej kształty. Miała nieco skrócone, starannie uczesane włosy, zebrane nad czołem kolorową opaską. Ożeż, o Bogowie. Parę drobiazgów i jakiś nieuchwytny wyraz twarzy Niki sprawiły, że wyglądała zupełnie inaczej. Niki była... nie umiał ubrać tego w słowa.

Jego żona była śliczną młodą kobietą! Z naciskiem na „śliczną".

– Jesteś pewien? Możemy tutaj tracić czas? – Nary był coraz bardziej zdenerwowany faktem, że mimo wysiłków nie mogą znaleźć staruchy. Marrenmat to nie Syrinx, zniknąć tu trudno. – Virion jest już w drodze do Królestwa Troy.

– Nie jest, szefie. To amator.

– Powtarzasz to bez ustanku. Jesteś pewien?

– A to właśnie ty powtarzasz bez ustanku, szefie. A ja go naprawdę widziałem.

– Zrobił cię, jak chciał, przypomnę.

– Przez zaskoczenie.

– Albo przez fakt, że go nie doceniasz.

Kila nie miał na to argumentu. Z doświadczenia wiedział, że sprzeczka z dowódcą łapaczy nigdy nie kończyła się dobrze. Finał oczywiście zależał od humoru, ale dziś humor Nary'ego nie należał nawet do kiepskich. Był beznadziejny, więc nie warto było ryzykować. Zaczął więc tłumaczyć powoli i cierpliwie jak dziecku. Jeszcze raz.

– Virion jest przekonany, że dołączenie do pielgrzymki było doskonałym pomysłem. Póki co wszystko utrzymuje go w tym przekonaniu. Nikt nie kontroluje pątników, strażnicy, jeśli się nawet pojawiają, to tylko po to, żeby chronić bogobojnych ludzi. Nikt o nic nie pyta. Nie trzeba mieć pieniędzy, nie trzeba mieć czystego ubrania, nikogo nie interesuje historia jego życia ani to, skąd jest. Nikt na nikogo nie patrzy podejrzliwie. Nikt się niczego nie doszukuje. Pobudki dołączenia do takich procesji bywają przecież najróżniejsze.

– Pielgrzymka wraca do Marrenmat. I co on chciał osiągnąć? Zyskać na czasie?

– Urwie się z pochodu.

– No właśnie! O tym, kurwa, mówię!

Kila podniósł dłonie, żeby powstrzymać wybuch szefa.

– I wiemy, gdzie to zrobi.

– Czyżby?

– Opuści pochód w miejscu najbardziej oddalonym od Marrenmat. W miejscu, gdzie imperialna droga styka się z krawędzią jedynego lasu, jaki jest na tym obszarze.

Nary prychnął jak rozzłoszczony dziki kot. Nie miał jednak kontrargumentu. Rozumowanie w przypadku amatora było absolutnie logiczne. Co wcale jednak nie zamykało sprawy. Wiele „absolutnie logicznych" rozwiązań lądowało na śmietniku przez to, że autorzy tych koncepcji nie doceniali siły rażenia bezdennej głupoty ludzkiej.

– A jak wejdzie do lasu – ciągnął Kila – to już go mamy. My potrafimy tropić, on nie potrafi zacierać śladów.

– A jeśli nie wejdzie?

– Myślisz, że jest aż takim kretynem? Będzie uciekał drogami, które są patrolowane, najeżone punktami kontrolnymi i pełne strażników?

– I to oni dostaną nagrodę, a nie my.

– Sam widzisz. Lepiej pokładać nadzieję w jego inteligencji.

Nary nie lubił, kiedy ktoś inny miał rację, a nie on. Dobrze wiedział, że żaden zbieg praktycznie nie ma szans. Co innego regularny bandzior, jeśli dotrze do swojego środowiska, gdzieś w wielkim mieście... No może. Ale nie gość zwiewający drogą czy lasem. Obojętnie, tępy niewolnik czy wyrafinowany intelektualista. Łapie się wszystkich. Cień szansy mieliby w pasie przygranicznym, gdzie wojna. No ale po pierwsze, trzeba tam dotrzeć. A po drugie, generalnie im wszystkim wydawało się, że ostatecznym rozwiązaniem pościgu ze strony Cesarstwa Luan jest ucieczka do Troy. Tyle tylko, że oba państwa dzieliła pustynia, o czym oczywiście, teoretycznie, zbiegowie wiedzieli. Co innego jednak wiedzieć, a co innego zobaczyć na własne oczy.

Całą grupą szli właśnie środkiem ulicy w najbiedniejszej dzielnicy Marrenmat. Nie budzili niczyjego zainteresowania. Biedota nie interesowała się wielkim światem, nawet jeśli zawitał pod ich domy. Nawet jeśli przybrał formę ludzi obwieszonych bronią. Zresztą przybysze też nie interesowali się otoczeniem. Szli w jakimś konkretnym celu. Na pewno nie po to, żeby mieszać się w lokalne biedainteresy.

– Jesteś pewny swojego informatora? – Nary zerknął na Kilę.

No i co tu powiedzieć? Były niewolnik niczego nie był pewny oprócz swoich przeczuć. A wszczynanie teraz, w obliczu pogarszającego się humoru szefa, dyskusji o tym, co się komu zdaje, było rzeczą mało rozsądną.

– Tak – skłamał więc Kila.

Ciekawe, co sobie szef wyobrażał. Że niby znalezienie kobiety na podstawie pobieżnego opisu będzie łatwe i szybkie? Właściwie nic o niej nie wiedzieli. Opis przełożonej klasztoru był ogólnikowy. Znali jedynie przybliżony obszar, gdzie załatwiała ostatnie sprawy. Więc jak szukać? „Czy widziałeś bardzo starą, źle ubraną kobietę z kijem?” No żeż jasna zaraza! Tak to sobie można wszy we włosach na dupie szukać. Na szczęście Kila miał swój nos. Miał swoje sposoby na rozpytywanie ludzi. Jego nie bali się ani pospolici przestępcy, ani niewolnicy. A też argumentów na przekonanie opornych miał wiele w zanadrzu. Od darowania różnych wiszących nad ludzkimi głowami kar przez umorzenie jakiegoś tam śledztwa po wreszcie naprawdę porządne pieniądze, które mógł w każdej chwili wręczyć. Prefektura w Syrinx, jeśli chodziło o ściganie zbiegów, potrafiła być bardzo szczodra i nie liczyła się z wydatkami.

– Dochodzimy. – Kila wskazał kierunek.

Zaułek kończył się kilkadziesiąt kroków dalej. Jeśli nie liczyć siwego mężczyzny czekającego przy odrapanym murze jakiegoś domu i bawiących się dzieci, był całkiem pusty.

– To on? – zapytał Nary.

– On. Jedyny, który coś wiedział.

Siwy już na sam ich widok wyciągnął rękę z wnętrzem dłoni do góry.

– Zapłata po robocie – warknął Nary.

– Swoje zrobiłem!

– Ale jeszcze my się przekonamy, czy mówisz prawdę. Gdzie jest?

Informator speszył się trochę. Najwyraźniej w planach miał szybkie przekazanie tego, co wiedział, skasowanie należności i oddalenie się bez najmniejszej zwłoki. Teraz syknął cicho, z opuszczoną głową.

– Stara, zapuszczona, z długim kijem? – postanowił upewnić się, czy mówią o tej samej kobiecie.

– Tak.

– No dobra. – Siwy odwrócił się i pokazał szczelinę między dwoma budynkami. – Tam jest.

– Tam?! – Nary nie mógł uwierzyć. Przesmyk miał raptem łokieć szerokości. Nawet niecały. W dodatku kiedyś rosło tu jakieś zielsko. Wyschnięte, brązowawe badyle zajmowały całą powierzchnię, nie pozwalając dostrzec niczego, co znajdowało się dalej.

– Tak, tam.

– No chyba jaja se robisz?!

Taryn podszedł do szczeliny i spróbował rozsunąć najbliższe badyle. Stał długo, wciągając powietrze nosem. Potem odwrócił się i powiedział:

– Jest.

Nary dał się zaskoczyć. Przez chwilę stał z otwartymi ustami.

– Co tam robi?

– Nie widzę jej. Ale czuję.

– Szlag!

Nary wściekł się nagle. Odsunął byłego niewolnika i z całej siły naparł na wyschnięte gałęzie. Kiedy nie dało to rezultatu, zaczął je wyrywać i rzucać za siebie. Potem naparł znowu.

– Jesteście zbyt barczyści, panie – powiedział informator. – I bez tego suszu nie przejdziecie.

– Przejdę!

– Panie! – Siwy nie ustawał, chcąc pewnie dostać swoją zapłatę jak najszybciej i ulotnić się stąd. – To ubogie domy. Proponuję zapłacić gospodarzowi ułamek sumy, którą macie dla mnie, i rozwalić ścianę z boku.

To był zdecydowanie dobry pomysł. Ścianę stanowiły cegły z niewypalanej gliny. No i siwy wykazał się dobrą wolą. Zapewne więc nie kłamał.

– Wykonać! – wrzasnął Nary na swoich ludzi. – I zapłaćcie temu tu.

– Dzięki ci, panie!

Nary jednak nie zamierzał rezygnować z własnego planu. Zaczął się pozbywać całego wyposażenia, które miał na sobie. Kiedy z wnętrza biednej chałupy dobiegły go okrzyki: „Gospodarz, do nogi! Płacić będziemy!", uderzył w szczelinę jeszcze raz. Tym razem bokiem, trzymając w dłoni tylko wojskowy nóż.

– Popchnijcie mnie! – rozkazał tym ze swoich, którzy zostali na ulicy. – No, z całej siły!

Ciął pnącza i gałęzie przed sobą, ale to dawało mizerne rezultaty. Nacinał je więc tylko i zginał w dół, chcąc przejść górą.

– Mocniej!

Jego ludzie nie mieścili się w szczelinie. Najpierw, do mniej więcej zasięgu rąk, mogło go pchać dwóch. Potem już tylko jeden, a i to ustawiony bokiem, więc jedną ręką.

– Po co ona tu wlazła? – wysapał Nary coraz bardziej wściekły.

– Pewnie srać – poddał ktoś z tyłu.

– Ukryła się przed nami. Jeśli sra, to tylko ze strachu.

– Zamknijcie się, kurwa!

Nary brnął do przodu pojedynczymi szarpnięciami. Każde szarpnięcie przybliżało go jednak do celu na odległość jednego palca.

– Połóż się, kretynie, i nogą mnie pchaj! – krzyknął do tyłu.

Powoli, ale systematycznie posuwał się naprzód. Był coraz bliżej ściany zamykającej szczelinę między domami.

Co ona tu robi? – przemknęło mu przez głowę. Na jaką zarazę wlazła w to gówno?

Machnął kilka razy nożem. Splątane, zbite na dole łodygi nie stanowiły pewnego oparcia dla nóg. Nie była to wielka przeszkoda, bo na bok nie mógł upaść, ściany trzymały go mocno. Bardziej bał się potknięcia i upadku do przodu. Wtedy musiałby się czołgać po badylach. Zacisnął zęby. Jeszcze kilka szarpnięć i zobaczył coś przed sobą. Jasną plamę siwych, rzadkich włosów.

– Jest!

Stał zbyt głęboko, żeby ci z tyłu mogli go jeszcze pchać. Przedzierał się, pokonując minimalne odległości. Po dłuższej chwili zobaczył jej twarz. Stara, pomarszczona, pozbawiona wyrazu. Zobaczył jej wodniste, zaropiałe oczy bez koloru. I poczuł jej wzrok.

– No, stara – wysapał – i po coś tu wlazła? Wkurzyć mnie chcesz?

– Stęskniłam się – wycharczała.

Jej głos, ni to szept, ni chrypienie, był równie bez wyrazu co spojrzenie.

– Oj, chyba nie wiesz, za czym tęsknisz. – Za to w głosie Nary'ego kryła się łatwa do odkrycia groźba.

Chyba się uśmiechnęła. A przynajmniej Nary odniósł takie wrażenie.

– Ty wiele wiesz o strachu, mój wojowniku – powiedziała. – Naprawdę. Ty znasz prawdziwy strach.

– Owszem – przytaknął. – Znam.

Jemu też uśmiech nie schodził z ust.

– Widziałem go wielokrotnie – dodał. – U innych ludzi.

Pokiwała lekko głową.

– A nie myślałeś, co będzie, jak spotkasz wojownika lepszego od ciebie?

– A spotkam? – Wciągnęła go jej gra.

– Wyrocznią nie jestem – odparła. – Pytałam w sensie, czy jesteś gotowy na śmierć.

– W każdej chwili. A ty?

Roześmiała się głośno i chrapliwie. Długo nie mogła się uspokoić.

– Jesteś czasami ślepym, zapatrzonym w siebie dupkiem – zawyrokowała w końcu. – Brak strachu u ciebie wynika z niezrozumienia.

– Niezrozumienia czego?

– Tak po prostu. Nie zastanawiasz się nad niczym, nie rozmyślasz, to i nie rozumiesz. Nie boisz się, bo niczego nie analizujesz. Myślę, że ta cecha w tobie bardzo pociąga kobiety.

Okazała się dobrym obserwatorem. I na pewno była w tej mierze doświadczona.

– Czyżbym cię pociągał? – kontynuował jej grę.

Zaprzeczyła ruchem głowy. Bez jakiegokolwiek napięcia, bez chęci urażenia go bynajmniej. Odczuł to raczej jako stwierdzenie, że widziała już w swoim długim życiu setki takich ludzi jak on. I że to pospolity widok.

– Kobieta, z którą jesteś, w razie czego zapamięta cię? Będzie tęsknić? Czy jesteś dla niej tylko podniecającą zakazaną zabawką?

Ożeż. Niezła była w swoich przemyśleniach.

– Nie wiesz? – dopytywała. – Tego też nie wiesz.

Wzruszył ramionami. Na tyle, na ile mógł w ciasnocie.

– No to ja ci powiem. Nie mam co prawda pojęcia, co nastąpi, ale wiem, że gdyby coś poszło zupełnie nie po twojej myśli, to pani prawnik bardzo się wkurzy. I będzie długo tęsknić.

Nary oniemiał. Skąd mogła wiedzieć o Taidzie?! Spokojnie, przywoływał się do porządku. Myśl racjonalnie.

Mogła słyszeć o ataku na oberżę i że jego ludzie krzyczeli „prefektura imperialna". Mogła kojarzyć fakty, plotki i sumować ze sobą. Mogła mieć też przypadkowe szczęście w tym wszystkim.

Coś za dużo przypadków w tej kwestii – od razu przyszła też inna myśl.

– Słuchaj, stara – zaczął zniecierpliwiony i jakby zły nagle. – Niewygodnie mi się tu stoi.

– To usiądź. – Wzruszyła ramionami.

– Nie, nie. Powiesz mi teraz, o co chodzi w tym całym zamieszaniu z Virionem i dziewczyną wziętą z klasztoru. Powiesz mi, w jaki sposób jesteś zamieszana w serię morderstw w Mygarth i co łączy cię z winowajcą.

Patrzyła na niego obojętnie. Jej puste oczy nie wyrażały niczego.

– Nie odpowiem na twoje pytania.

Skinął głową, wzdychając.

– Posłuchaj mnie więc uważnie. I uwierz mi.

– Ależ wierzę.

– Zaraz cię stąd wyciągniemy i bardzo szybko skłonimy do złożenia wyczerpujących zeznań. Ale ponieważ tracę cierpliwość, to mogę zacząć cię przesłuchiwać już tutaj.

– Przesłuchuj – powiedziała z jakąś filozoficzną rezygnacją.

– Mogę ci wbić ten nóż w kolano. – Podniósł rękę. – Wbić pod rzepkę i zacząć nim kręcić – zagroził.

Starucha podciągnęła swoje łachmany, pokazując oba kolana. Chude, kościste, pokryte cienką, pomarszczoną skórą.

– Wbijaj. Kręć ostrzem do woli.

Zabrzmiało to, jakby babcia wyrozumiale mówiła do wnuka: „A psoć sobie, dziecko. Przy zabawie w piasku i tak nic ci się nie stanie".

– Nie wkurwiaj mnie. – Nary po raz pierwszy poczuł coś na kształt niepewności.

– Nie rozstrzygnę nurtujących cię problemów, nie odpowiem na pytania – powiedziała. – Ale otrzymasz dar.

– Chcesz mi coś dać? Pieniądze?

Zaprzeczyła obojętnie.

– Zrozumienie.

Ktoś wewnątrz domu po prawej uderzył w ścianę czymś ciężkim. Potem jeszcze raz i jeszcze. W ścianie pojawiła się rysa.

– Ach, zrozumienie. – Nary pokiwał głową. – To, o którym mówiłaś?

Ktoś w środku uderzył wyjątkowo mocno. Kilka cegieł wypadło na zewnątrz. Z powodu gęstych, wyschniętych łodyg nie mogły upaść na ziemię. W śmieszny sposób wszystkie zawisły w połowie drogi na dół.

– To zrozumienie, dzięki któremu można poznać strach? Tak?

Ktoś uderzył jeszcze mocnej, tworząc w ścianie wielką wyrwę. W otworze natychmiast pojawiła się czyjaś pokryta suchą gliną głowa. To Kila, który sprawdził ręką, czy grożą mu osypujące się cegły.

– Z kim rozmawiasz? – zapytał.

Nary zdziwiony uniósł brwi.

– Co?

– Z kim rozmawiasz, szefie?

Łapacz spojrzał na staruchę siedzącą tuż przed nim, potem przeniósł wzrok na byłego niewolnika i popatrzył pytająco.

Kila dyszał nadal od wysiłku przy rozwalaniu ściany. Jakby sprawdzając, czy nie zrobił krzywdy, dotknął głowy staruchy, potem jej ramienia.

– Co jest?

– Z nią rozmawiałeś?

– No, a co?

Kila jeszcze raz popatrzył na starą, potem na swojego dowódcę. Wciągnął powietrze nosem, wypuścił, potarł policzek niemiłosiernie zakurzoną ręką, krzywiąc przy tym całą twarz. Potem westchnął.

– Szefie... Ona zimna i sztywna – powiedział. – Jest martwa od kilku dni.

Nary długą chwilę miał jakiś problem z nabraniem powietrza do płuc.

Rozdział 10

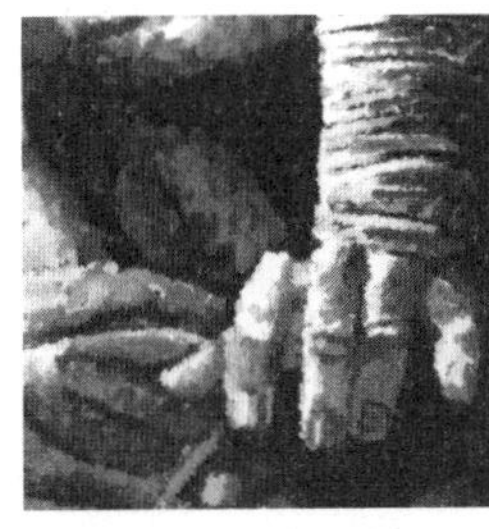

Viriona obudził chłód. Zdążył się już przyzwyczaić, że jego żona pełni w nocy rolę bardzo wydajnego piecyka, i nie spodziewał się, że zaatakuje go poranne zimno. Zaniepokojony wyciągnął rękę. Niki oczywiście leżała tuż obok. Ale po raz pierwszy, odkąd podróżowali razem, jej skóra była chłodna.

Podniósł się i nachylił nad nią. Musiała coś usłyszeć albo poczuć, bo przewróciła się na wznak.

– Oż kurde! – Targnął się przestraszony.

Twarz Niki, a właściwie usta i broda były całe we krwi. Najwyraźniej świeżej. Virion podciągnął dziewczynę, nie rozumiejąc niczego. Niki, jak zwykle bezwolna, dała się posadzić i tkwiła teraz na kocu z nieobecną miną. Virion szybko odnalazł kawałek szmatki, na jakie przerobił poprzedniego dnia niepotrzebną już tunikę od kapłanek. Zaczął wycierać twarz Niki. Usiłował być delikatny. Nie miał pojęcia, co mogło spowodować taki krwotok. Pękł jakiś wrzód przy zębie? Przegryzła sobie w nocy policzek od środka? No nie. Żadne z tych zdarzeń nie mogło spowodować aż takiego upływu. A może krew pochodzi z przełyku lub brzucha? To byłoby już bardzo groźne.

Ostrożnie otworzył dziewczynie usta. Długi czas badał wnętrze buzi, wykręcając jej głowę w różne strony, byleby tylko coś zobaczyć w świetle wstającego słońca. Niczego nie znalazł. Żadnej rany, śladu po wrzodzie, żadnych krwawień na dziąsłach ani wargach wewnątrz. No to migdałki. Patyczkiem, który znalazł w pobliżu, nacisnął język Niki. Nic. Były w porządku. Teraz dopiero zaniepokoił się naprawdę. Zbadał jej gardło palcami, naciskając od zewnątrz. Chyba nie czuła żadnego bólu, bo nawet nie drgnęła. Dawała robić z sobą, co tylko zechciał.

A może ona w ogóle nie czuje bólu? Uszczypnął ją lekko w pierś. Aż podskoczyła. Czuje, czuje w takim razie. Jeden problem więc z głowy. Zaczął badać dalej, uciskając dziewczynie brzuch w różnych miejscach. Obojętnie, gdzie by dotykał, ani razu nie nastąpiła jakakolwiek reakcja.

– Co się stało? – Dogo obudził się w trakcie tych zabiegów.

Ludzie na postoju powoli zaczynali już wstawać.

– Niki miała trochę krwi na twarzy. Usiłuję sprawdzić, co się stało.

– A, pewnie coś zjadła, co nie powinna, i się biednej odbiło.

Virion wolał nie komentować mało fachowych teorii, co jednak w najmniejszym stopniu nie zniechęciło kupca do dalszego ich snucia.

– A może to buraczki? – zapytał. – Wiecie, takie warzywo z Północy. Tu rzadko spotykane.

– To raczej nie sprawa jedzenia.

– Vi, możesz tego nie wiedzieć. Ale ja kiedyś byłem na Północy i zjadłem buraczki. I wiesz co? Następnego dnia idę na stronę, robię to, co się rano robi w samotności, patrzę... I, Bogowie! Wszystko we krwi! Po prostu leci ze mnie krew strumieniami!

– To z powodu tych warzyw?

– No nie. To nie krew, ale one są czerwone i tak mi się wydawało. Jak spojrzałem w dół, to, dobrzy Bogowie, jak krwotok!

– Bogowie to niech sprawią, żebyś zamilkł. – Żona kupca podniosła się z posłania. – Mężu mój, błagam, dość tych opowieści przed śniadaniem!

– Mama ma rację! – Córki też już się obudziły. – Bo niczego nie tkniemy.

– No właśnie, właśnie – podjął niezrażony Dogo. – Śmigajcie do najbliższego gospodarza po coś na śniadanie. Gospodarstwo ma duże, skąpił nie będzie!

Wskazał oddalony o kilkadziesiąt kroków dom. Jego żona dobrze wiedziała, że przy tej liczbie pielgrzymów lepiej być pierwszym, albo przynajmniej jednym z pierwszych. Później może być różnie. Pątnicy zajmowali prawie całą okolicę. Pobiegła, zanim jeszcze zaczęła się poranna pieśń dziękczynna.

Ludzie dysponowali talentem muzycznym w różnym stopniu. Delikatnie mówiąc. Jedni śpiewali czysto, pięknie, inni lekko fałszowali. Najbliżej Viriona znajdował się Dogo, którego Najwyżsi pozbawili wspomnianego talentu zupełnie. Za to nie poskąpili mu donośnego głosu.

Virion aż się skurczył, kiedy zaatakowało go gromkie zawodzenie zupełnie obok rytmu i skali. Córki kupca zatkały uszy palcami i przytuliły się do siebie. Nawet Niki przez moment wyglądała, jakby się czegoś przestraszyła.

Wyraźnie zerknęła w stronę, gdzie stał niefortunny śpiewak. Virion, choć cierpiał z powodu nawały straszliwych dźwięków, nie mógł tego nie zauważyć. Coś więc jednak dzieje się w głowie Niki. To nie jest tylko pustka.

Na szczęście poranna pieśń szybko dobiegła końca. Kapłani, którzy układali ją przed wiekami, byli chyba świadomi, że lepiej nie denerwować wiernych, każąc im śpiewać za długo o pustym brzuchu.

Dla kupca to było wyraźnie za mało. I mimo że niepocieszony zbyt krótkim występem, zdawał sobie sprawę ze swoich wokalnych niedociągnięć.

– Wiem, że zupełnie nie umiem śpiewać – powiedział. – Za to strasznie lubię.

Stało się więc jasne, dlaczego Dogo brał udział w pielgrzymkach. Tu mógł wystąpić publicznie, a nikt nie miał prawa się czepiać.

– Kiedy ty wcale nie masz złego głosu – powiedział Virion.

Córki zamarły przerażone, że Vi skłoni ich ojca do prób.

– Potrafisz pocieszyć człowieka. Ale powiedz, co robię nie tak?

– Śpiewaj własnym głosem. Nie ciągnij wysoko.

– Nie rozumiem.

– Musisz zejść niżej, to znaczy śpiewaj zwykłym, grubym głosem. A nie cienko jak kastrat, bo tak wysoko jak oni nigdy nie wyciągniesz.

– Niczego nie zrozumiałem poza tym, żeby śpiewać grubo.

– I dobrze. A poza tym musisz zaczynać wcześniej, nie czekając, aż zacznie się takt.

– Nie rozumiem.

– Hm, twoje ciało musi wykonać wiele czynności, żeby wydać z siebie dźwięk. I jak będziesz czekał na początek taktu, żeby zacząć, to zawsze się spóźnisz. – Virion zerknął w maślane oczy swojego słuchacza i zmienił sposób tłumaczenia. – Zaczynaj zawsze szybciej, niż ci się wydaje, że powinieneś.

– Co mam zaczynać wcześniej?

– Każde słowo. Inaczej produkujesz kakofonię, i to taką, że aż się Niki przestraszyła.

– No nie!

– Oj, tak, tak – córki kupca włączyły się obie naraz. – My też to widziałyśmy! Przestraszyła się.

– Dziwne.

– Wcale nie dziwne. Myśmy wiedziały, że z tym, że jakoby przypomina roślinkę, to męska histeria.

– Tak – dodała druga. – Widziałyśmy wczoraj na targu. Jak jej się powie „stój", to stoi. Jak „siądź", to siada. Głupia nie jest. To tylko się mężczyznom wydaje, że durnowata.

Dalszą rozmowę przerwała im żona kupca, która wróciła z porannych łowów śniadaniowych.

– Nie uwierzycie! – krzyczała z daleka. – Ale nam się trafiło.

– Co niby?

– No patrz! – Zdyszana dotarła do miejsca, gdzie nocowali, i postawiła przed mężem dość spory worek. – To kurczaki.

Dogo zerknął do środka. I gwałtownie podniósł głowę.

– Aż tyle?!

– No ja sama się dziwiłam, ale gospodarz rozdaje wszystkie, co ma. Tylko na śniadanie już nie zdążę zrobić. Trzeba skubać, więc będą na później. Teraz placki z wczoraj zjemy.

– Ale dał aż tyle?! – Dogo nie mógł się pogodzić z tym, co widzi.

– A bo jakieś zwierzę wdarło mu się do kurnika i wszystko pozagryzało. Nie zjadło, tylko pozagryzało.

– Lis?

– Nie. Jakieś duże zwierzę.

– Wyrośnięty pies? Przecież niedźwiedzi tu nie ma, a wilki tak blisko do człowieka nie podejdą. Zaraza... Trzeba będzie jakiś tęgi kij przed nocą znaleźć. A może to ryś tylko?

Jego żona rozłożyła ręce.

– Nie wiem. Gospodarz twierdzi, że to był jakiś duży, bezwzględny drapieżnik.

Virionem nagle wstrząsnęła dziwna myśl. Powoli, jakby we śnie, odwrócił głowę i spojrzał na swoją żonę. Niki jednak siedziała spokojnie, patrząc gdzieś w dal z twarzą pozbawioną jakiegokolwiek wyrazu.

Nary właściwie nigdy nie zwoływał ogólnej narady. Nigdy dotąd nie była mu potrzebna. Z reguły wystarczały rady Kili czy Taryna. Dwójka byłych niewolników mimo braku wykształcenia zdawała się wiedzieć wszystko o umysłowości każdego zbiega i przewidzieć prawie każdy jego następny krok. Był jeszcze trzeci niewolnik w oddziale. Dobry w tropieniu na leśnych ścieżkach. Jednak pytanie go o jakąkolwiek radę mijało się z celem – był niepiśmienny, a w niewoli ucięto mu język. Nikt nawet nie znał jego imienia.

Pozostałych kilku oprychów służyło tylko do rozwiązań siłowych. Ucinania, patroszenia, miażdżenia, a nawet piłowania, jeśli potrzebne były czyjeś zeznania i tortury przyspieszały ich wydobycie. Nazwanie ich ludźmi rozumnymi zakrawało na kpinę. Ale też uczone dysputy w oliwnych gajach nie były ich przeznaczeniem. Liczyły się chamstwo, bezczelność i siła. To, że nie patrzyli na żadne przeszkody, nie obchodziły ich przepisy, nigdy nie pytali, co wolno, a czego nie wolno. Rozkaz to rozkaz. Rzecz do wykonania za wszelką cenę. A konsekwencje prawne? Nie znali znaczenia tych słów.

Skąd więc dzisiejsza narada? Nikt nie miał pojęcia, a domyślał się jedynie Kila. Stan nerwów szefa pogorszył się po odnalezieniu trupa staruchy. Ciekawe, co tam się stało? Co sprawiło, że Nary rozmawiał ze sobą w szczelinie między domami, która stała się grobem starej kobiety. Czuł jednak, że nie znajdzie łatwej odpowiedzi.

– Którędy pójdą? – Ręka szefa błądziła po powierzchni wojskowej mapy. – Gdzieś tu odłączą się od pochodu? Też tak myślicie?

Taryn potarł brodę, tak jak wszyscy nieco zdenerwowany niecodzienną sytuacją.

– Myślę, że Kila ma rację – powiedział, choć nieco niepewnie. – Odłączą się w punkcie najbardziej oddalonym od Marrenmat. A najbliższym z kolei, jeśli chodzi o odległość do lasu.

– Skąd Virion ma mapę?

– Słucham?

– Nie udawaj idioty. Skąd Virion ma wiedzieć, który punkt jest od czego ile odległy? Mapy przecież nie kupisz u żadnego kupca.

Taryn patrzył na szefa zaskoczony. A po co miejscowym mapa? Przecież wystarczyło spytać kogokolwiek, kto zna okolicę. Zadać mu dwa proste pytania: gdzie pochód zawraca i którędy do najbliższego lasu. Mapa to dla wojskowych jest, bo na niej zapisano mnóstwo interesujących informacji, o tym choćby, jakiej szerokości most na drodze, ilu żołnierzy da się pomieścić w koszarach i gdzie studnie rozmieszczone. A cywil?

– Virion musi znać drogę, przynajmniej pobieżnie – wybawił go z opresji Kila. – Rzekę opuścił w takim punkcie, jakby wiedział, że dogodny.

– Że niby kiedyś tędy jeździł?

– Za daleko od Mygarth to my nie jesteśmy.

– Co fakt, to fakt – przytaknął Taryn. – I myślę, że najlepiej będzie pozwolić im wejść do lasu. Wytropić i złapać.

– A jak nam znikną?

– Nam nie znikną. – Taryn zerknął na niewolnika niemowę. – To Virion będzie zagubiony, bo lasu nie zna. Wśród drzew on nie chowany.

Coś było nie tak z nerwami Nary'ego. Prawdę powiedziawszy, w podobnym stanie szefa jeszcze nie widzieli.

– Musimy go wyłowić z pochodu.

– Szefie! – odezwał się któryś z zakapiorów, słusznie sądząc, że skoro zaproszono go na naradę, to powinien zabrać głos. – Pochód rozciąga się na dzień drogi pieszo. Żeby go wyłowić, musimy wyprzedzić pielgrzymkę, zastawić pułapkę i cały dzień przepatrywać idących. To metody strażników, nie nasze.

– Rozwiązania siłowe nie muszą być zawsze złe.

– Ale będzie nas widać z daleka. Virion niegłupi. Zauważy, da nogę i dopiero zacznie się grandzenie po chaszczach. Się nabiegamy gorzej jak zawodniki w gimnazjonie.

– Możemy zamaskować nasze stanowisko.

– To wszystkich twarzy nie przepatrzymy. Tam ścisk wielki. Jeden drugiego zasłania.

– Trzeba byłoby wejść między ludzi – wtrącił się Kila. – A z bronią tego nie zrobimy. To pielgrzymka przecież.

Nary wyprostował obolałe od ślęczenia nad mapą plecy. Olśniło go zupełnie nagle.

– Wejdziemy więc bez broni – powiedział. – Zwykły sznur do pętania w zupełności wystarczy.

– No nie...

– A z kim chcesz walczyć? Chłopczyka się boisz?

Kila czuł, jak uchodzi z niego powietrze. Faktem jest, że Virion poważnym przeciwnikiem nie był. Ale z całą pewnością można było liczyć na jego sprawny umysł. W negatywnym dla ścigających znaczeniu.

– A co zrobimy, jeśli on będzie miał ukryty miecz? – zapytał. – Fechtunku przecież nauczony, ludzi nazabijał. I my wobec niego z gołymi rękami?

Oprychy, nienawykłe do rozstawania się z bronią, skwapliwie przyznawały Kili rację. Taryn myślał nad czymś intensywnie. Zauważyli jednak, że twarz Nary'ego rozciąga się w uśmiechu.

– Tylko nie róbcie z niego pogromcy sześciu gotowych na wszystko dahmeryjskich specjalistów. – Śmiał się już na głos. – I nie błagajcie, żebym wziął od wojaków kohortę kawalerii do wsparcia.

Oprychy zaczęły rechotać, wtórując szefowi. Taryn ciągle milczał zasępiony.

– Jutro bocznymi ścieżkami wyprzedzamy pochód i pojedynczo dostajemy się na cesarską drogę, mniej więcej w równych odstępach. Pojedynczo dołączamy do pochodu w różnych miejscach. Potem każdy zatrzymuje się i patrzy. Jak zauważy Viriona, idzie za nim do najbliższego postoju. Reszta gromadzi się w punkcie koncentracji, który zaraz wyznaczę. Tam zobaczymy, kogo nie ma, i wszyscy ruszymy na jego odcinek. Jasne?

– A nie można od razu Viriona złapać?

– Nawet jak będziesz pewny swego, nie można. – Nary tłumaczył cierpliwie. – Macie go tylko znaleźć w tym tłumie. A jak znajdziecie, to podążać z tyłu w rozsądnym odstępie. Jak się zatrzyma na postój, wy też się zatrzymacie. Nie zawiadamiać nikogo, nie starać się trzymać blisko. Rozumiecie?

– No a w jaki sposób reszta nas znajdzie?

Szef był teraz wzorem cierpliwości.

– Każdy z was, kto nie zobaczy Viriona, wieczorem ma znaleźć się przy punkcie koncentracji, który pokażę. Jeśli któregoś z was nie będzie, to pozostali ruszą na jego odcinek, bo stanie się jasne, że tam jest zbieg. I razem go złapiemy. Samotnie nie róbcie nic.

– A co z naszymi końmi?

– Kurwa, debilu! – Nary szybko stracił opanowanie. – Po dotarciu na swój punkt ty nigdzie nie będziesz jeździć! Stoisz, patrzysz i czekasz. Jak zobaczysz Viriona, to idziesz za nim, i wtedy szlag z twoim koniem! Koń zostaje sam.

Trudno powiedzieć, czy którykolwiek z oprychów Nary'ego zrozumiał wszystko. Jeszcze trudniej określić, co zapamiętał.

– A co z dziewczyną? – zapytał ktoś.

– Za nią nie płacą. Na chuj nam dziewczyna?

– Dosłownie?

– Ty! Gnojku jeden! – Nary pogroził amatorowi rozrywki palcem. – Jak zgwałcisz wśród pielgrzymów, to osobiście ci jaja utnę.

Kila nie komentował. Kiedy wszyscy zaczęli wstawać już od ognia i ruszali do swoich zajęć, poszedł za szefem. Nary zatrzymał się, czując jego obecność za plecami.

– No? – Odwrócił się.

– Powiesz mi?

– Co?

– Skąd ten pośpiech? Przecież wiesz równie dobrze jak i ja, że go złapiemy. Tak czy inaczej.

Nary zastanawiał się, czy powiedzieć jednemu ze swoich ludzi. Niby po co? A z drugiej strony Kila był z nich zdecydowanie najlepszy. No i siłą rzeczy stał najbliżej.

– Rozmawiałem z posłańcem. Dopadł mnie w Marrenmat.

– Od Taidy?

– Właśnie. Musiałem zdać raport z naszych postępów.

– O kurwi szlag!

Kila doskonale wiedział, co to znaczy. Pani imperialna prokurator wiedziała więc, gdzie są i którędy ucieka Virion.

– Ładnie to ująłeś. Teraz ona zawiadomi strażników i wszystko, co żyje w okolicy, nosi mundur i rozkazom podlega, stanie w najwyższej gotowości. A jak przejmą chłopczyka przed nami, to nagroda przepada.

– Potrzeba na to kilku dni. Posłaniec musi do niej dotrzeć, a ona odesłać go z rozkazami nazad. Nawet jak będzie często zmieniał konie, to zajmie...

– Nie podniecaj się. Znam ją.

Kila zrozumiał natychmiast.

– Taida nudzi się w Mygarth i podąża gdzieś mniej więcej za nami?

– Właśnie. Dlatego musimy uderzyć przed strażnikami.

– To jak to było z tymi taktami? – Dogo nie mógł sobie odpuścić tematu śpiewania i wykorzystywał każdy postój, żeby dowiedzieć się czegoś nowego.

– Takt to najmniejszy odcinek w muzyce – zaczął Virion i sam sobie przerwał. – Nie tak, zupełnie nie tak. Do dupy ci to tłumaczę.

– Nie wyrażaj się. – Kupiec rozejrzał się po ludziach. Pielgrzymka to pielgrzymka i rządzi się swoimi prawami. Nie obawiał się strażników, ale przesadnie bogobojnych, którzy mogli im nieźle zepsuć samopoczucie, a nawet napuścić innych ludzi.

– Musimy znaleźć jakiegoś kowala. Wezmę deskę, wbiję dwa gwoździe i zawiążę na nich mocną nić. Pokażę ci, co to są nuty i jak wibruje nić w zależności od punktu, za który się ją szarpnie. Zamienia się w wibrującą krzywą.

– A ja myślałem, że nuty się słyszy. – Dogo potrząsnął głową. – Słowo znam.

– I tak, i nie. To umowne określenie. – Virion ciągle karcił się w myślach, bo nie potrafił tego wyjaśnić, używając jedynie prostych słów. – Słyszysz po prostu dźwięki. A każdy dźwięk to rodzaj wibracji, drgań. Kiedy uderzasz w bębenek, wprawiasz w drgania membranę. W harfie i lirze struny.

– A w trąbie?

– Nie jestem mistrzem od instrumentów. Ale w trąbie drga samo powietrze skierowane do odpowiednio ukształtowanych otworów. Tak jak we fletni.

– A jak człowiek mówi, to co?

– My też mamy struny w gardle. Mój mistrz lekarz pokazywał mi na zwłokach, gdzie są.

– Ale przecież nie szarpiemy ich palcem.

– Nie. Wprawiamy w drgania za pomocą wydychanego powietrza.

– I to wszystko trzeba wiedzieć, żeby dobrze śpiewać? Kupiec zaskoczył Viriona.

– Nie – odparł szczerze. – No żeż, jedni mają po prostu talent, inni nie. Jednym Bogowie dali słuch, a inni głusi są bez mała. Nie wiem, od czego to zależy.

Szczerość młodzieńca przekonała kupca, który może i o muzyce nie miał pojęcia, ale na ludziach się znał.

– Co jest więc ze mną nie tak? Przecież wiem, co to rytm. Tańcząc w karczmie, nie mylę kroku.

– Bo w karczmie jest bębenek! Nie zdajesz sobie z tego sprawy, ale on ci wybija właściwy rytm i pokazuje, kiedy którą nogą ruszyć.

– To nigdy się nie nauczę prawdziwych pieśni?

– Spokojnie, nauczysz się. Tyle że pieśni religijne są powolne, zawodzące i tobie się wydaje, że one nie mają rytmu. Błąd. Mają. Tyle tylko, że nie ma bębenka, który go określa.

– To co robić?

– Zaraz ci coś zaśpiewam i pokażę. – Virion westchnął ciężko. – Tylko pamiętaj, że śpiewakiem nie jestem i głosu nigdy nie szkoliłem. Mnie Bogowie dali sam słuch. Za to, niestety, absolutny.

– Tylko pieśń religijną – ostrzegł kupiec. – Bo wiesz... – Rozejrzał się teatralnie i wywrócił oczy. Jego twarz przybrała wyraz groteskowego rozmodlenia.

– Jasne. Będę ci palcem pokazywał takty. – Virion zaczął śpiewać, uderzając co chwila palcami w otwartą dłoń drugiej ręki. A kiedy kupiec wpadł w rytm, kiwając głową w odpowiednich momentach, powiedział: – No i włącz się teraz. Ja prowadzę, więc nie zagłuszaj.

Dalej śpiewali już razem. Dogo fałszował, aż uszy bolały, ale nie przerywali. Teraz chodziło o złapanie rytmu. No i może coś tam osiągnęli. W każdym razie, kiedy skończyli, kupiec był bardzo zadowolony.

– Czynię oszałamiające postępy – stwierdził przepełniony dumą, a Virion robił wszystko, żeby nie parsknąć śmiechem. On sam ich wspólny występ traktował raczej jako torturę dla swoich uszu.

Pielgrzymka nie byłaby chyba pielgrzymką, gdyby nie podszedł do nich jakiś wysuszony starzec.

– Nie wypada, bracia – powiedział. – Stanowczo nie wypada!

– Ale ja tylko uczę kolegę śpiewać.

– Wiem, młody bracie. – Starzec pochylił się nad nimi. – I to się godzi jak najbardziej. Pomagając bratu w wierze godniej czcić i wychwalać Panów naszych, dobry uczynek spełniasz.

– To... w czym kłopot?

– W samej pieśni, którą wybraliście.

– Przecież to pieśń religijna! – zaperzył się Dogo.

– Owszem. – Starzec poza tym, że był kostyczny, okazał się jeszcze pryncypialny. – Ale czy wsłuchaliście się w jej treść, młode matołki?

– No...

– Przecież to pieśń proszalna, którą powinni śpiewać sami mężczyźni. Prosicie tam o moc płodzenia!

– No to co?

Starzec tylko pokiwał głową.

– Pod żadnym pozorem nie powinna jej śpiewać kobieta. Nieprawdaż?

Virion rozejrzał się zaskoczony. Żona i córki kupca poszły jak zwykle na postoju szukać żywności. Obok siedziała tylko nieporuszona Niki.

– A niby jaka śpiewała?

– No ta! – Starzec bez wahania wskazał palcem żonę Viriona.

– Oj, człowieku – nie wytrzymał Dogo. – Czy ty nie widzisz, że ona chora, biedna? Toż ona nie mówi!

– Ale śpiewała! Męską pieśń w dodatku!

Kupiec chciał coś powiedzieć, jednak handlowa natura w nim zwyciężyła. Opanował się i uśmiechnął do starego kłótnika.

– Wybaczcie, panie. – Skłonił głowę. – Nie zauważyliśmy. – Podniósł się ciężko, a ponieważ górował nad wysuszonym pieniaczem wzrostem, prawie nachylił się nad nim. – Dobrej nocy życzę!

Zabrzmiało to jak groźba, ale stary nie zwrócił uwagi. Dogo skinął więc na Viriona.

– Chodź, poszukamy kowala. Jak da dwa gwoździe, to mi pokażesz te dźwięki.

– A Niki?

– Niech idzie z nami. Córki mówiły przecież, że jak ją zawołać, to sama idzie.

A kiedy Virion pomagał żonie się podnieść, dodał najprawdopodobniej pod adresem starca:

– Tylko koca nie zostawiaj bez opieki. Różni się tu kręcą.

Pomógł Virionowi unieść Niki. Potem ruszyli wzdłuż drogi, lawirując pomiędzy koczującymi na poboczach pielgrzymami.

– No to co? Spróbujmy!

– Co spróbujmy?

– No zobaczmy, czy twoja siostra naprawdę śpiewa. – Dogo najwyraźniej uwierzył kłótnikowi, a stronę Viriona wziął tylko na zasadzie: „naszych biją, więc nieważne, po czyjej stronie jest racja, bronimy naszych".

– No przestań. – Virion o mało nie przewrócił się kilka razy, odwracając się co chwila, by sprawdzić, czy

Niki idzie za nimi. I najdziwniejsze było, że szła. Mimo nieobecnego wyrazu twarzy, mimo z pozoru nieruchomych oczu trzymała się blisko, omijając nawet co łatwiejsze przeszkody. Jedynie przy kręcących się pod nogami dzieciach trzeba było jej trochę pomóc, bo nie zwracała uwagi i właziła prosto na bachory.

– Sprawdźmy!

– Co sprawdzać? Przecież wiem, że śpiewa, ziewa, odsiewa i sobą zdumiewa, jak wina dolewa – rzucił z sarkazmem.

– Ty coś zaśpiewaj i zobaczymy, czy powtórzy.

– Tutaj?

Dogo rozejrzał się bystro. Jeśli wrzeszczące wokół dzieci przeszkadzały, szybko odnalazł w miarę dogodne miejsce. Za magazynem kupieckim, w sporym oddaleniu od drogi, znajdował się mały zagajnik. Ot, kilka dosłownie drzewek. Nikt tu jednak nie rozłożył się obozem z powodu woni, którą rozsiewał pobliski strumyk. Łatwo było się zresztą domyślić, skąd ten fetor. Niedaleko stała ubojnia, stąd pewnie i magazyn. Miejsce naprawdę mało romantyczne, niemniej odseparowane od ludzkich spojrzeń.

– No! Dawaj, dawaj!

– Ale co?

– To samo, cośmy tam śpiewali.

Usiłując zapanować nad uczuciem śmieszności, Virion zaintonował religijną pieśń.

– Rusza! – przerwał mu natychmiast Dogo.

– Co rusza?

– Ona rusza ustami!

No żeby go jasna zaraza ogarnęła. Virion żadnego ruchu ust Niki nie zauważył. No, może oblizała wargi czy coś w tym stylu.

– Dawaj, dalej! – Dogo wyraźnie rozochocił się próbą i tym, co rzekomo zauważył.

Virion zaczął śpiewać znowu. Nic. Żadnego ruchu. No może coś tam, warga ją zaswędziała czy co?

– Daj coś innego. Coś z życiem.

Virion z żywszych znał tylko ludową przyśpiewkę o sianokosach i różnych przygodach, które przy okazji przytrafiają się młodych chłopcom i dziewczętom. Niki słuchała obojętnie. No nie. Czasem rzeczywiście poruszała ustami, ale nie sposób było powiedzieć, czy to fragmenty piosenki, czy tylko tak przypadkiem coś szepcze do siebie. Postęp jednak, co początkowo umknęło uwadze Viriona, był oszołamiający. Niki, śpiewała czy nie, najwyraźniej usiłowała coś wypowiedzieć. A nigdy dotąd tego nie robiła.

Nagle coś przyszło Virionowi do głowy i zmienił metodę. Nie znał żadnej piosenki karczmianej, ale pamiętał kilka melodii tanecznych. Nie miały słów, bo do tańca się nie śpiewa, zaczął więc gwizdać.

– O! – krzyknął wstrząśnięty Dogo, pokazując Niki palcem, tak jakby Virion jej dotąd nie widział. – Gwiżdże!

Rzeczywiście. Dziewczyna co prawda nie potrafiła właściwie ułożyć warg, ale z całą pewnością świstała usłyszaną melodię. I to zgodnie z rytmem. Może nie wszystkie takty, ale to, co słyszeli, było zgodne z wzorcem! Niesamowite. Virion przypomniał sobie znaną z opowieści rodziców anegdotę, jak sam, nie umiejąc jeszcze mówić, powtarzał dźwięki za mistrzem muzyki. Tamten podobno powiedział zdziwiony, że mały nie potrafi zagrać niektórych dźwięków, ale te, które potrafi, gra czysto.

– No tak – ekscytował się kupiec. – Jak mówić nie umie, to se gwiżdże!

– To ten stary głupi czepiał się z powodu gwizdania? Taki dupek?

– Ona też coś mamrocze. Wziął to za śpiew.

Tu już Virion oniemiał. Kapłanki w klasztorze były aż tak... jak to ująć? Niespostrzegawcze? A on sam? Czemu nie zauważył?

– Mamrocze?

– No wiesz, jak córcie wzięły ją na zakupy i do cyrulika, to coś tam gadała podobno. Bo tylko baba wie, jak babie dogodzić.

– Chcesz powiedzieć, że jak jej kupię nową tunikę, to zacznie mówić? – Virion usiłował obrócić to w żart.

– Nie. Ale tak patrząc sobie z boku – Dogo zabawnie zmarszczył twarz – to coś się z nią dzieje. Coś jakby mamrotała tego ranka, wiesz, jak u gospodarza jakiś drapieżnik wszystkie kurczaki pozagryzał. Ty poszedłeś wtedy nad rzekę, a mnie, przyznam, trochę strach zdjął.

– Od mamrotania?

– Oj, nie wiem, jak powiedzieć. Ona miała minę, jakby... jakby...

– Od kiedy Niki miny stroi?

Kupiec najwyraźniej przekroczył swoje leksykalne możliwości, bo tylko machnął ręką.

– Idźmy dalej. – Ruszył z powrotem ku drodze. – Dzięki tobie – urwał i zerknął na Niki, która posłusznie szła za nimi – codziennie dowiaduję się jakichś nowych rzeczy. Ciekawość, co jeszcze u kowala z dwoma gwoździami i nitką pokażesz.

Virion zaczął się śmiać. Tak po prawdzie on też obserwował różne zmiany. Ale generalnie u siebie. Gdzieś zniknął nastrój przytłoczenia i zgrozy, który pchnął go do samobójstwa. Rozwiało się paraliżujące poczucie samotności. Bezradności wobec przeogromnego, wrogiego świata. Dziwne.

Czyżby rzeczywiście zawdzięczał to obecności Niki? Nie sposób było rozstrzygnąć. Choć tak na zdrowy rozum nie mógł przecież sam z siebie uspokoić się i nagle beznadziejną sytuację zacząć postrzegać jako normalną. Coś się musiało stać. Próba samobójstwa tak nim wstrząsnęła, że zmieniło to jego postrzeganie świata? Hm. A czy rzeczywiście była jakaś szansa przeżycia przy skoku z mostu pod rozpędzoną platformę?

Nie miał pojęcia. Ale też i rozstrzygnięcie tego problemu nie było palące. Chyba wpadł w tryb „a życie się toczy po prostu" i na pewno był to bardziej normalny stan niż wszystko to, co przeżył dotąd.

Miał już dość rozważań. Cieszyło go to, że Niki wcale nie jest istotą wyłącznie ze świata snu, zupełnie nieobecną na jawie. Jakieś procesy zachodziły w jej głowie. Powoli, lecz systematycznie trzeba do nich dotrzeć i zrozumieć ich naturę. Virion podniósł głowę.

O mało się nie przewrócił. Na przydrożnym kamieniu tuż przed rozwidleniem siedziała stara kobieta z długim kijem w ręce. Doskonale pamiętał jej zaropiałe, wyblakłe oczy, twarz pozbawioną wyrazu. Trochę przypominała w tej kwestii jego żonę. Nie wiedzieć czemu, igiełki strachu zaczęły się nagle wbijać w umysł Viriona, prawie paraliżując jego działanie. Starucha spojrzała na młodzieńca. W jej oczach nie było tego niebieskiego błysku.

Virion w panice zerknął na Niki. Jego żona zatrzymała się tuż obok, doskonale obojętna, ze wzrokiem utkwionym gdzieś w dal. Dogo w ogóle nie zauważył niczego szczególnego. Spojrzał pytająco, by dowiedzieć się, skąd nagły postój.

Virion potrząsnął głową. Na kamieniu przed rozdrożem siedział jakiś chłopak. Faktycznie opierał się na kiju, ale krótkim, bardziej przypominającym laskę. Jego sylwetka w żaden sposób nie mogła przywieść na myśl tamtej kobiety. To tylko złudzenie, tylko miraż. Virion rozmyślał o tamtej, więc ją zobaczył w przypadkowej postaci. Wyłącznie ułuda.

Dlaczego zatem ciągle czuje paraliżujący strach?

Helta pracował dla Nary'ego od niedawna. Był najmłodszym członkiem grupy i najbardziej narwanym. Rodzice nie zapewnili mu żadnego wykształcenia. Może i dobrze, chłopak zdecydowanie nie wyróżniał się inteligencją. Miał natomiast inny dar – znakomitą pamięć do twarzy. A nawet więcej. Potrafił praktycznie bezbłędnie rozpoznawać ludzi jedynie na podstawie opisu. Wiedział, jakie elementy fizjonomii są najważniejsze, które najbardziej charakterystyczne, a które najłatwiej zmienić. Doskonale nadawał się do przesłuchań. Nie umykał mu najdrobniejszy szczegół postaci i w przypadku zbiega potrafił błyskawicznie dowiedzieć się od jego byłych współtowarzyszy wszystkiego, co najbardziej istotne. Niestety, mało kto potrafił docenić ten talent. Pierwszą pracą, jaką udało mu się dostać, było ściąganie długów dla pomniejszego windykatora z przedmieść Negger Bank. Średnio się do tego nadawał. Owszem, potrafił przylać komu trzeba, potrafił zastraszyć, nie miał problemów z odnalezieniem ukrywających się dłużników, ale to nie było to, o czym marzą młodzi mężczyźni. Nuda poganiana nudą, to nie wojny ani wspaniałe przygody na krańcach imperium. Na przedmieściach Negger Bank nie pachniało ani krwią, ani grozą. Ot, interes jak interes. Może trochę lepiej płatny niż terminowanie u szewca, ale zdecydowanie bardziej niebezpieczny. Niestety, nie w tym romantycznym sensie. Imperialni poborcy podatkowi nie za bardzo lubili się z prywatnymi windykatorami. A jakikolwiek zatarg ze służbami cesarstwa kończył się zawsze tak samo, trzeba było „opuścić i odpuścić". Opuścić nisko głowę i odpuścić dług, który odtąd stawał się nieściągalny. W razie konfliktu prywatnych z imperialnymi rozwiązanie było zawsze jedno i dla tych pierwszych znajdowało się na dnie głębokiego lochu.

Sytuacja zmieniła się tego dnia, kiedy Helta złapał dłużnika na bazarze wojskowym, gdzie cesarstwo kupowało sobie najemników do wojska. Tam zauważył go Nary, który szukał tego samego człowieka, choć z innych powodów. Nie złościł się, że młody chłopak był szybszy niż doświadczony łapacz. Po prostu najpierw odkupił od niego swojego zbiega, a potem kupił sobie samego Heltę. Obie transakcje były bardzo udane. Tym bardziej że młody, były już windykator nareszcie zobaczył, co to jest prawdziwe życie. Takie z prawdziwymi przygodami i prawdziwymi pieniędzmi w tle. No... I w tle, i we własnej sakiewce, oczywiście. To było nieporównywalne z niczym, czego chłopak doznał dotychczas. Nary stał się dla niego półbogiem, nadszefem, którego rozkazy spełniało się, zanim jeszcze zostały wypowiedziane. A zespół oprychów idealną kompanią, znacznie lepszą od tych sławionych w kronikach. Helta zrobiłby wszystko, żeby im się przypodobać. Niestety, nadgorliwość gorsza od zarazy, jak mawiał cesarski lud.

Tu jednak nie było czego zepsuć. Zadanie proste, jakby idealnie stworzone do unikatowych umiejętności młodego chłopaka. Wyłowić z tłumu człowieka, którego się nigdy nie widziało, a potem iść za nim tak, żeby się nie zorientował i żeby nie zgubić go z oczu. Tylko tyle. Wieczorem koledzy odkryją, kto nie przyszedł na punkt koncentracji, i już w nocy dotrą gdzieś w jego pobliże. Wszystko powinno pójść jak po sznurku, tym bardziej że były windykator miał szczęście. Znalazł Viriona już w pierwszej ćwiartce dnia.

Nie zbliżał się oczywiście. Upewnił się tylko, w jakim towarzystwie zbieg maszeruje, jak się zachowuje, czy coś podejrzewa. Virion zdawał się iść dla wypoczynku. Nie rozglądał się, nie przystawał, żeby zerknąć do tyłu, czy ktoś go śledzi. Sprawiał wrażenie normalnego pielgrzyma z gatunku tych w dodatku, którzy z praktyk religijnych czerpią przyjemność. Jego towarzystwo, cztery kobiety i mężczyzna, również nie powinno sprawiać problemów. Nie było wśród nich wojownika.

Wtedy też w umyśle Helty po raz pierwszy pojawiła się myśl, żeby oszczędzić sobie dalszych kłopotów, złapać i związać, a potem bez przeszkód dostarczyć na punkt koncentracji. Założyłby się o każdą sumę, że nie wynikłby z tego najmniejszy kłopot. Wielokrotnie, i jako windykator, i jako łapacz, widział podobne sytuacje. Paniczyki z dobrych domów z zaskoczenia nigdy nie stawiali oporu. Wystarczyło podejść, strzelić w pysk bez ostrzeżenia i już taki nie wiedział, w jakim świecie się znajduje. Człowiek inteligentny, w przeciwieństwie do prostego, był w zasadzie bezbronny wobec bezwzględnej, niczym niesprowokowanej i prymitywnej agresji. Ten tu dałby się związać, zanim zrozumiałby, co się dzieje.

Ale zaraza jedna wie. A rozkaz to jednak rozkaz. Helta siedział więc spokojnie na swoim stanowisku obserwacyjnym, czekając, aż tamten zniknie mu z oczu. Potem ruszył spokojnie z tłumem pielgrzymów. Kiedy po kilkunastu modlitwach przyspieszył, znowu zobaczył Viriona. Zbieg najwyraźniej nie zmieniał tempa marszu, nie podbiegał, nie usiłował się urwać. Niczego więc nie podejrzewał. Zadufany w swoim umyśle paniczyk. Lepszych cwaniaczków się łapało bez wielkiego wysiłku.

Helta przystanął, żeby nie prowokować krzyżowania spojrzeń. Potem ruszył znowu, dostosowując swoje tempo do prędkości, z jaką posuwał się pochód. Szlag. Czekał go prawie cały dzień powolnego maszerowania. Nie znał się na pielgrzymkach i nie miał zielonego pojęcia, czy pątnicy zatrzymują się na posiłki. Widział tylko, że kiedy mijali jakąś leżącą opodal wieś, jej mieszkańcy sami z siebie przynosili w pobliże imperialnej drogi naczynia z wodą. Zaraza jasna! Mógł pomyśleć o jakichś zapasach. Przecież nie mógł się afiszować wizytą w przydrożnej karczmie czy zajeździe. I nie chodziło o to, że Virion mógłby się cofnąć i coś zauważyć. Były windykator instynktownie wyczuł wśród otaczających go ludzi postawę potępiającą takie wyskoki. Niby nic. Co mogli mu zrobić? Ale naczelną zasadą wszystkich śledczych jest przecież niewyróżnianie się z tłumu.

No i gówno! Będzie lazł aż do wieczora w upale, nie mogąc niczego włożyć do pyska. Był wściekły i coraz bardziej wkurwiony. I to nie na ludzi wokół, ani tym bardziej na siebie. Całą swoją złość kumulował na Virionie.

– A ty, synu, może byś tak zdjął ten płaszcz? – Podszedł do niego uśmiechnięty starszy człowiek. – Nie za gorąco ci w tym upale?

No nie! I jeszcze jakiś upierdliwiec narzucający się ze swoją niby troską! Żeby go własne pierdy rozsadziły!

Czy kretyn nie może zrozumieć, że jak się ma ukryty pod ubraniem miecz i zwój sznura do pętania niewolników, to lepiej jest nie zdejmować płaszcza? Przecież to cienki letni płaszcz. Zupełnie uchodził w tłumie. I nikt poza starą pierdołą nie zwracał na niego uwagi.

– Młody osiłku – zaczął starszy mężczyzna i popełnił błąd. Żeby zwrócić na siebie uwagę, chwycił Heltę za rękę. Ten w jednej chwili wyrwał ją z uścisku i założył dźwignię na ramię mężczyzny. Drugą dłonią chwycił nóż i przyłożył tamtemu do szyi. Zwykły odruch, którego były windykator, pracujący w podejrzanych zaułkach, nie umiał się pozbyć. Szlag!

Ludzie przystanęli przerażeni.

– Nóż! Nóż! – stękał mężczyzna wijący się w żelaznym uścisku.

Helta rozluźnił chwyt, a potem puścił staruszka. Uspokajał oddech.

– Zaatakowałeś mnie nożem! – zawyła niedoszła ofiara.

Helta odrzucił ostre narzędzie pod kępę krzaków.

– To nie mój nóż – stwierdził.

– Trzymałeś nóż w ręce!

– To nie moja ręka. – Helta spojrzał na własną dłoń i przyspieszył, żeby wydostać się z pola rażenia rodzących się właśnie oskarżeń. No szlag. Nary miał rację, kiedy zakazał im noszenia broni wśród pielgrzymów. Ale oczywiście były windykator nie posłuchał rozkazu. On przecież musiał się wykazać. Musiał być lepszy niż inni.

Teraz zwolnił, żeby nie wyprzedzić Viriona ani, co gorsza, znaleźć się obok, na tej samej wysokości. Jego wściekłość na zbiega zamieniała się powoli w zimną furię. Z każdą kroplą potu, z każdym krokiem, przy którym rzemienie sandałów kaleczyły mu stopy, było coraz gorzej.

Ani windykator, ani tym bardziej łapacz nie pokonywał codziennie jakichś wielkich odległości na piechotę. Helta nie żołnierz, maszerować nie umiał. Nawet nie miał odpowiednich butów, więc pęcherze pojawiły się szybko.

Zatrzymali się dopiero wczesnym wieczorem. Obolały łapacz musiał podejść bliżej swojej ofiary. Musiał kontrolować sytuację. Z zaciśniętymi zębami usiłował nie syczeć z bólu przy każdym kroku. Słaniał się z głodu, patrząc, jak te cztery kobiety i dwóch mężczyzn dzielą się między sobą zapasami. Kiedy zaspokoili pierwszy głód, trzy kobiety gdzieś poszły. Pewnie szukać konkretniejszej strawy. A dwóch mężczyzn zaczęło... śpiewać! No żeby ich powykręcało!

Potem, po krótkiej wymianie zdań z jakimś czepliwym starcem, jakich tu najwyraźniej nie brakowało, cała trójka podniosła się i ruszyła przed siebie. Kiedy tamci skręcili w bok, Helta musiał ukryć się w krzakach, żeby cokolwiek zobaczyć. Nie mógł iść za nimi, teren był prawie otwarty. Ale wystarczyło mu to, co zobaczył. Choć nie dobiegały go dźwięki, tamci najwyraźniej znowu zaczęli śpiewać. No co jest, do jasnej zarazy?! Czy kryminalna sprawa z wieloma morderstwami w tle, pościgiem i skomplikowaną intrygą, czy zajęcia chóru?!

Helta miał dość. Na szczęście śpiewacy zmęczyli się szybko, wrócili na drogę i poszli dalej. A on, wpieniony coraz bardziej, za nimi.

Potem znowu zdarzyło się coś niecodziennego. Virion, który zdawał się być w niezłym humorze, zatrzymał się jak wryty tuż przed rozstajem dróg. Łapacz nie widział za dokładnie, ale przysiągłby, że zbieg czegoś się przestraszył. Pobiegł za jego wzrokiem, na kamieniu przed rozwidleniem siedział tylko młody chłopak. Zupełnie niegroźny.

Co to było? Aha, spodziewa się, że ktoś na niego czeka – natychmiast przyszła myśl. I rzeczywiście, rozstaje to naprawdę dobry punkt obserwacyjny. Dla strażników amatorów! – roześmiał się w duchu. Profesjonaliści robią to inaczej. Na przykład stoją kilka kroków za plecami ofiary, tak jak on teraz.

Wyraźnie jednak widać, że tamten czegoś się spodziewa. I może zareagować w sposób nieprzewidywalny. Srać więc rozkazy! Helta postanowił, że zaatakuje sam, jeszcze dzisiaj. Jak tylko znajdzie odpowiednie miejsce.

Czyli za moment.

Dogo i Niki czekali przed kuźnią, a Virion usiłował wytłumaczyć kowalowi, o co mu chodzi.

– Dwa gwoździe. Potrzebuję tylko dwóch gwoździ. Nie muszą być nowe ani proste. Mogą być byle jakie. No i potrzebuję ich tylko na chwilę.

Wysoki, barczysty mężczyzna marszczył brwi.

– A na co ci dwa gwoździe?

– Tylko na chwilę. Będę przeprowadzał eksperyment. – Virion zdał sobie sprawę, że kowal może nie zrozumieć skomplikowanego słowa. A wszystko, co skomplikowane i niewiadome, dla prostych ludzi oznaczało „złe". – Muszę pokazać coś koledze.

– Będziesz je w niego wbijał?

– Nie, absolutnie nie. Wytłumaczę mu, skąd bierze się w muzyce harmonia.

– Znaczy co?

– No... będę grał muzykę!

– Na gwoździach?! – tu już kowal nie zdzierżył.

– Nie, nie, na nitce, którą przywiążę do gwoździ wbitych w deskę.

Dopiero teraz coś na kształt zrozumienia odbiło się na twarzy kowala. Z miną w rodzaju „a nie lepiej to piszczałkę sobie wystrugać" wskazał skrzynię pod ścianą.

– Tam szukaj, tam rzeczy do przekucia są. Tylko zwróć je potem.

– Dziękuję. Na pewno oddam.

Virion przywołał na twarz swój najbardziej budzący zaufanie uśmiech. A przynajmniej usiłował. To, z powodu różnic intelektualnych, była trudna rozmowa. Z prawdziwą ulgą zrobił kilka kroków i nachylił się nad skrzynią. Na szczęście nie musiał długo szukać. Gwoździ pogiętych, pordzewiałych, skręconych czy pękniętych było mnóstwo. Gorzej, że nie znalazł żadnego młotka. Musiał się zadowolić zardzewiałym łomem. Narzędzie miało z jednej strony spłaszczoną końcówkę i powinno wystarczyć.

Już na zewnątrz zabrał kupca i Niki na poszukiwanie odludnego miejsca. Niby nie robili nic zdrożnego, ale niektórym uczestnikom pielgrzymki odbijało lekko na temat tego, co wolno, a czego nie wolno. A hierarchię spraw, którymi wypada się zajmować podczas świątobliwego pochodu, ustalali wyłącznie na podstawie wyssanych z palca lub raczej własnej żółci poglądów.

Tuż za kuźnią znajdowała się zagroda dla koni. Niektóre stały za ogrodzeniem zupełnie wolne, inne przywiązane do palików. Prawdopodobnie po szybkiej korekcie podkucia ruszą dalej w drogę. Virion nie dostrzegł żadnego strażnika, ale na pewno ktoś z kuźni zerkał w tę stronę. To nie było dobre miejsce.

Za to z tyłu, za zagrodą, postawiono ścianę służącą do rozwieszania całych uprzęży dla dużych powozów. Tu je naprawiano, wiązano, rozplątywano. I za nią właśnie krył się niewielki, pusty w tej chwili placyk, gdzie rozładowywano wozy. Nikt z zewnątrz nie widział, co działo się na placyku.

Virion znalazł kawałek deski i z dużym trudem wbił dwa grube gwoździe. Łom średnio raczej nadawał się do pełnienia roli młotka. Zawiązanie wyciągniętej z koca grubej nici było już proste.

– Patrz. – Virion pstryknął nić na samym środku. – Tak rodzą się dźwięki.

– Nic nie słychać. – Dogo nachylił się nad zaimprowizowanym instrumentem. – Prawie nic.

– Bo to tylko pokaz. Tak rodzą się dźwięki.

Kupiec patrzył z lekkim niedowierzaniem.

– Ale dźwięki słychać.

– A tu widać – roześmiał się Virion. Brzdęknął jeszcze raz. – Proszę. Nić układa się jakby w falę, prawda?

– No.

– A jak uderzę tutaj, to przybiera inny kształt.

– No tak.

– To właśnie jest...

Virion urwał nagle, czując, że coś się zmieniło w otoczeniu. Przez chwilę się rozglądał, ale nie dostrzegał niczego niepokojącego. A potem podniósł wzrok na swoich towarzyszy i skamieniał.

Niki nie tkwiła już wyprostowana, z kamienną, idealnie beznamiętną twarzą. Powoli, jakby nie chciała nic spłoszyć, wodziła dokoła zmrużonymi oczami. Z boku wyglądało to, jakby... no szlag! Wyglądało to, jakby węszyła. Nos marszczył jej się delikatnie. Ale nie to było najgorsze. Jego żona najwyraźniej czegoś się bała. I to w najwyższym stopniu. Kropelki potu gromadziły jej się na czole. Ruchy głowy, choć ciągle bardzo oszczędne, stawały się równocześnie coraz bardziej gwałtowne.

– Patrz! – Virion trącił kupca.

Dogo podniósł głowę znad deski z gwoździami i podążył za wzrokiem chłopaka.

– O kur... – udało mu się stłumić wypowiadane przekleństwo w połowie. Przełknął ślinę. – Co to jest?

– Nie wiem.

– Robiła już tak kiedyś?

– Nie.

Co miał odpowiedzieć? Że zna własną żonę od bardzo, bardzo niedawna? Patrzyli na przerażoną, węszącą Niki bez słowa. Co to ma być? Jakiś atak? Nawrót dziwnej choroby?

Dziewczyna nagle zastygła w bezruchu. Zdawało się, że przestała nawet oddychać. Patrzyła na koniec ściany do rozwieszania uprzęży, która dzieliła ich od zagrody.

Oni również spojrzeli w tamtym kierunku.

Helta powoli minął zagrodę, a potem ścianę do rozwieszania uprzęży. Mniej więcej spodziewał się, gdzie będą ludzie, którzy stanowili jego cel, ale zmusił się, żeby nie patrzeć w tamtym kierunku. Nawet nie zerknąć. Dopiero kiedy doszedł do połowy placyku, odwrócił głowę w stronę trojga ludzi. Udał lekkie zdziwienie, co wyszło mu zresztą całkiem dobrze. Tamci patrzyli na niego bez słowa. Nie stanowili żadnego niebezpieczeństwa i nie byli dla niego przeciwnikami. Właściwie mógłby zaatakować już teraz, ale nawet przez myśl mu nie przeszło, żeby od razu zaczynać jakąś akcję. Był profesjonalistą. Najpierw trzeba sprawdzić teren. Ofiary, jeśli nie uciekają na sam widok, trzeba uspokoić i osłabić ich czujność.

– Widzieliście gdzieś pomocnika kowala? – zapytał.

Ten starszy obok Viriona zaprzeczył ruchem głowy. Virion okazał się dużo sprytniejszy.

– Tak, widzieliśmy. Tam jest, w kuźni. – Wskazał kierunek, z którego przyszedł Helta.

A to cwaniak pieprzony! Chce go odesłać i sprawdzić jednocześnie. Windykator był jednak przygotowany na taki obrót sprawy.

– A ja nie jego szukam. Potrzebuję tego drugiego, ze szramą na szczęce. Ten, wiecie, co jak otworzy usta, to widać, że z boku zębów nie ma.

Virion błyskawicznie rozstrzygnął w głowie podstawową kwestię. Mógłby powiedzieć przecież: „A tak, tego ze szramą widziałem, jak szedł drogą, bo ktoś go wołał. W tamtym kierunku". W ten sposób postawiłby obcego w trudnej sytuacji. Jeśli tamten chciał, żeby jego historyjkę brać za dobrą monetę, powinien się cofnąć na drogę. Ale to była jedynie wielka niewiadoma. Jeśli jest łapaczem, może sprowadzić swoich kolegów. Niedobrze. Jeśli to jakiś urzędnik i rozpoznał zbiega na podstawie opisu w liście okólnym, może zawiadomić strażników. Całe rzesze. Niedobrze. W ogóle jeśli obcy pójdzie na drogę, może zrobić tam raban. Wszyscy tu nadwrażliwi, więc może bierze ich za złodziei po prostu. Tak czy tak, niedobrze.

Virion z ukosa zerknął na Niki. Dziewczyna stała znowu z kamienną twarzą. Jej wzrok jednak koncentrował się na przybyszu, jakby śledziła go z niesłabnącą uwagą.

– A tu dokoła sprawdzałeś? – postanowił wciągnąć obcego w pułapkę. To chyba było najrozsądniejsze rozwiązanie.

Helta zaprzeczył ruchem głowy. Powolnym, snującym się krokiem odwrócił się do całej trójki plecami i ruszył w stronę najbliższego składziku. Musiał uśpić ich czujność. Zdążył się dokładniej przyjrzeć. Potwierdzała się wiadomość z klasztoru, że dziewczyna jest niedojdą, bardziej przypominającą roślinę niż człowieka. Zero przeciwdziałania z jej strony. Ten, co wyglądał na kupca, to klasyczny typ owcy. W życiu nie trzymał w ręce nawet noża. Chyba żeby pieczeń ukroić, ale nawet to ostrze żona mu stępiła, żeby sobie krzywdy nie zrobił. Zero przeciwdziałania z jego strony.

Pozostał Virion. Chłopczyk. Ciekawe, dlaczego Kila uważał go za godnego przeciwnika. Helta nie przewidywał najmniejszych trudności. Zastukał mocno w drewniane drzwi składziku.

– Hej. Jest tam kto?

Obserwując przybysza, Virion zdobył już całkowitą pewność, że tamten jest fachowcem. To nie urzędnik, który przejmuje się okólnikami. To nie człowiek przewrażliwiony na punkcie złodziei. To łapacz. Przyszedł tu ewidentnie za nimi, a nie w ciemno, na oślep. Pytanie, gdzie są inni. Najprostszą rzeczą byłoby zapytać. Ale kogo? No... jedynym źródłem informacji był przecież sam intruz.

Kiedy tamten odwrócił się do nich plecami, Virion podniósł łom i chwycił lewą dłonią od kciuka w dół, tak żeby żelazo przylegało do wewnętrznej części przedramienia. Na to samo przedramię zarzucił swój złożony koc.

Dogo zauważył te manipulacje. Przestraszył się, ewidentnie przyspieszył mu oddech. Wodził wzrokiem od dziewczyny do Viriona, nie zatrzymując spojrzenia ani na jednym, ani na drugim.

Helta zawrócił i ruszył w kierunku wrót do stodoły. Niespiesznie, nie patrząc w stronę stojącej na drugiej części placyku trójki. Po kilku krokach zatrzymał się i walnął pięścią w cienkie deski.

– Jest tam kto?

Zrobił jeszcze kilka kroków, wciąż unikając najdrobniejszego nawet zerknięcia na grupę, w której stała jego ofiara.

– No jesteś tam czy nie? Znowu ci się na bałamucenie dziewek zebrało?!

Niby to podchodził do szerokich wrót, ale tak naprawdę zbliżał się do zbiega. W końcu westchnął. Dobra. Dalej nie da rady.

Uśmiechnął się z rezygnacją i spojrzał na Viriona.

O kurwa mać!

W ułamku chwili dowiedział się, dlaczego Kila doceniał przeciwnika. Virion już wiedział. Dokładnie wiedział, że Helta zamierza na niego napaść. Nie musieli się nawet mierzyć wzrokiem. Wszystko zdradzały nerwowe spojrzenia, którymi rzucał ten o wyglądzie kupca. Jasna zaraza!

No nic. W razie potrzeby trzeba będzie zbiega lekko uszkodzić. Szlag! Helta wyciągnął spod ubrania swój krótki miecz i zwój sznura. Powoli, ale pewnie ruszył na przeciwnika, nie zmieniając nawet wyrazu twarzy.

Virion na widok miecza poczuł silny ucisk w żołądku. Miecz co prawda oznaczał pewną desperację atakującego. Sugerował, że kolegów nie ma w pobliżu. Ale jakie to miało znaczenie? Prymitywne rysy twarzy napastnika zdawały się potwierdzać, że do gimnazjonu to on raczej nie uczęszczał. Lekcji szermierki, nawet na drewniane imitacje broni, nie pobierał. Facet z mieczem naprzeciw z całą pewnością był więc praktykiem. On już zabił wiele osób i wyszedł z tych starć cało. Ani walka, ani śmierć nie były dla niego nowością.

Jeśli to fachowiec w bijatykach, to za wszelką cenę należało go trzymać na dystans. Łatwo powiedzieć. Problem w tym, że Virion nie miał prawdziwej broni. A tamten po prostu zbliżał się pewnym krokiem, dążąc do błyskawicznego rozstrzygnięcia. Jak można go opóźnić? Virion prawą ręką chwycił za róg przerzuconego przez lewe przedramię koca, który krył łom.

Helta szedł jak po swoje. W walce paniczyk mógł mu najwyżej polizać podeszwę buta. I zaraz zresztą będzie miał ku temu okazję. Maminsynek zostanie załatwiony albo pierwszym uderzeniem, albo drugim. Trzeciego Helta już nie planował.

Kiedy tylko znalazł się w zasięgu, rzucił pętlę. Sznur rozwinął się błyskawicznie, a latająca pułapka...

...zderzyła się z kocem, który szybował w przeciwnym kierunku.

No i szlag! Nie chcesz dać się złapać bez męczenia? To teraz poczujesz, co to prawdziwy ból.

Helta, nie zmieniając tempa, szedł dalej z uniesionym do ciosu mieczem. No trudno, najwyżej złamie tamtemu rękę. A jak obetnie, to też trudno. Znał się na wypalaniu ran i tamowaniu krwi ogniem.

Maminsynek na pewno, jak każdy amator, zasłoni się ręką. Idiota. Helta zamachnął się i wraz z następnym krokiem uderzył z góry.

Virion odruchowo zasłonił się ręką. Miecz uderzył w łom chroniący przedramię i wyszczerbił się momentalnie. Chłopak odskoczył natychmiast, przerzucił łom do pozycji od kciuka w górę i sam uderzył w miecz. Przeciwnik trzymał mocno. Zebrał się już nawet do drugiego ciosu.

Virion odskoczył jeszcze dalej i zaczął okrążać napastnika. Miał dwa cele. Sprawić, żeby tamten musiał atakować, patrząc pod słońce, a jednocześnie naprowadzić jego stopy na leżący na ziemi skłębiony koc.

Helta ruszył do przzodu i zaatakował. Znowu wyprowadził cios od góry, ale zbieg zadziwił go, przerzucając łom do prawej ręki i uskakując. Co jest? Uciekać mu się zachciewa? No to teraz zobaczysz, chłopczyku.

Rzucił się do przodu, mrużąc oczy z powodu słońca. Wyprowadził cios tak jak poprzednio, od góry. Maminsynek zszokował go znowu, przerzucając łom do lewej ręki i parując podobnie jak przedtem. A potem natychmiast uderzył.

Lewą ręką?! Helta oszołomiony o mało nie upuścił broni. Przecież nie można lewą władać tak samo sprawnie jak prawą. Nie dając przeciwnikowi czasu na zmianę, zaatakował jeszcze raz. Z boku. Kurwa! Lewą też można.

Nastąpił na coś miękkiego na ziemi, odwrócił i tak zmrużone od słońca oczy. Olśniony powidokami, nie zauważył, na czym stanął.

Zbieg wykorzystał ten moment i zaatakował. A Helta zrobił błąd, z którego tak bardzo zawsze szydził. Odruchowo zasłonił się drugą ręką, w której przecież nie miał jednak ani sztyletu, ani noża.

„Pamiętaj – mówił jego kolega z ciemnych zaułków, gdzie ćwiczyli walkę – nigdy nie zasłaniaj się przed łomem ręką, bo coś się złamie. Zgadnij co".

Trzask miażdżonej kości wstrząsnął Virionem. Odskoczył znowu na bezpieczną odległość, sądząc, że przeciwnik albo upadnie, albo wariując z bólu, zrobi coś głupiego. Nic z tych rzeczy. Nawet nie mógł sobie wyobrazić, że ktoś może być aż tak odporny na ból. Patrzył, jak tamten stoi, dysząc ciężko. Mimo chrapliwego oddechu widać było, że nie odpuści. Że jakaś zimna furia bierze nad nim władzę, nie mącąc jednak ani trochę władz umysłu. Był to bardzo groźny widok.

Strach coraz bardziej paraliżował Viriona. Nie miał pojęcia, co powinien teraz zrobić. Twarz, a właściwie morda przeciwnika nie wyrażała niczego poza nieprzejednaną żądzą odwetu. Virion miał wrażenie, że stoi naprzeciw dzikiego zwierzęcia. Rannego, nieobliczalnego, wściekłego do granic możliwości.

Jakby w irracjonalnym poszukiwaniu pomocy, zerknął na swoją żonę. Niki stała nieruchomo, patrząc na przeciwnika z beznamiętnym, nieprzeniknionym wyrazem twarzy. A jednak patrzyła właśnie na niego, nie na cokolwiek innego. Jakieś procesy więc zachodziły w jej głowie. Tylko z zewnątrz pozostawała obojętna.

Ta myśl zmieniła to, jak się czuł. Virion nagle usłyszał w głowie rytm boskiego taktomierza, dzielącego czas na idealnie równe odstępy. Znowu zdał sobie sprawę, że przecież łapacz nie był szkolonym szermierzem. Tajniki gimnazjonu pozostawały dla niego obce. Mógł zaliczyć jedynie walkę na kije z kolegami w mrocznych dzielnicach.

Virion, idealnie trafiając w odpowiednie takty, ruszył przed siebie pewnym krokiem. Sprowokował przeciwnika do ciosu i przepuścił go z łatwością po powierzchni łomu. Kiedy ostrze miecza kończyło swój bieg, podbił je, lekko zmieniając tor. Łom świsnął znowu, odbijając miecz zgodnie z kierunkiem jego poprzedniego ruchu. Nadał mu jeszcze większą prędkość. Łapacz, nie chcąc upuścić broni, musiał się więc odwrócić trochę bokiem, wystawiając zranioną rękę. Ale Virion do niczego jej nie potrzebował. Z nachylenia uderzył tamtego łomem w kolano. Z boku. I z całej siły.

Tego już raczej nikt nie wytrzyma.

Helta zwalił się na ziemię, nie rozumiejąc niczego. Co to było?! Co to było, do kurwy nędzy?! Ból sprawił, że się

zakrztusił. A może to od uderzenia w klepisko? Zaczął kaszleć, a właściwie dusić się. Oczy zaszły mu łzami.

Gdzie jego miecz? Zaczął macać zdrową ręką. Zamiast broni poczuł w niej jednak paraliżujący ból. Paniczyk nie zostawiał mu cienia szansy. Ile jeszcze razy użyje swojego łomu?

– Moi koledzy są niedaleko... – wycharczał, wydając tym samym na siebie wyrok. A mógł przecież nic nie mówić.

Wzmianka o kolegach otrzeźwiła Viriona. W to, że są blisko, nie uwierzył. Ale ta wiadomość niosła ze sobą konsekwencje. Koledzy ofiary na pewno trafią w to miejsce. Nie znajdą zbiega, więc poszukają świadków. W dwie modlitwy dopadną Dogo i jego rodzinę. Przesłuchają. Do skutku i nie licząc się z żadnym stopniem brutalności. No i życie rodziny zostanie zniszczone na zawsze. Nie mógł tego zrobić kupcowi, który jako jedyny człowiek bezinteresownie okazał mu tyle... No właśnie. Jak to nazwać?

No trudno. Leżący na ziemi mężczyzna z połamanymi kończynami był jedynym, który widział kupca i mógł skojarzyć go ze zbiegiem.

– Przyprowadź mi konia. – Głową wskazał Dogo zagrodę za ścianą do rozwieszania uprzęży. – Tylko takiego z uzdą.

Kupiec kiwnął głową i pobiegł spełnić rozkaz. Virion schylił się i podniósł leżący na ziemi miecz. A potem bez słowa wbił go w szyję ofiary. W miejsce, gdzie powinna być tętnica. Przekręcił ostrze i odskoczył, żeby nie zostać obryzganym przez tryskającą krew. Zerknął na Niki. Dziewczyna bez przerwy patrzyła na to, co się dzieje. A jemu przypomniał się Melikles.

Dogo wrócił z koniem, mamrocząc coś pod nosem.

- Co?

- Ty władasz orężem - powtarzał. - Władasz orężem.

- Ano.

- Nie jesteś uczniem medyka.

Virion uśmiechnął się kwaśno.

- Zdziwię cię - powiedział. - Jestem.

- Władasz bronią. Jesteś wojownikiem.

- Posłuchaj mnie uważnie. Ich jest więcej, a ty musisz chronić rodzinę. Dlatego nie wracaj już na drogę. Idź w przeciwną stronę, między opłotkami, na pola i wróć do swojego obozu z drugiej strony. Rozumiesz?

- Tak. - Kupiec niezbyt przytomnie kiwał głową.

- Pamiętaj, nikt cię nie widział i nie skojarzy z kradzieżą konia, bo mnie na tym koniu zaraz zobaczą.

- Rozumiem.

- Wrócisz do swoich i ani słowa. Powiesz, że Niki zachorowała i ruszyliśmy po pomoc do miasta.

- Coś wymyślę.

- No i pomóż mi teraz.

Razem wsadzili Niki na konia. Byli zaskoczeni, że poszło tak łatwo. Virion chciał położyć dziewczynę w poprzek na brzuchu i wieźć jako bagaż. A tu nie. Okazało się, że jego żona sama przełożyła nogę nad grzbietem i usiadła jak normalny jeździec. Jak to wytłumaczyć? Jeździła już konno wcześniej? Kiedy? Przecież nie u kapłanek w klasztorze.

- Co teraz będzie? - dopytywał Dogo, pomagając z kolei Virionowi wdrapać się na górę. Bez strzemion było to bardzo trudne.

– Jak się sprawisz, to nic nie będzie. Oni nic do ciebie nie mają. Gdybyś wpadł w ich ręce, to chcieliby siłą wydrzeć informacje. Ale jak w oczy nie wleziesz, to czasu tracić nie będą. Pogonią za mną.

– I nic nie będzie?

– Na pewno nic.

Kupiec opuścił głowę, a potem podniósł ją znowu.

– Czemu on na ciebie nastawał?

Virion chwycił za uzdę. Lewą ręką trzymał siedzącą przed nim Niki. Przygryzł wargi.

– Bo... bo jestem złym człowiekiem – powiedział w końcu.

– A! – Kupiec przytaknął. – Bo on jest... był złym człowiekiem.

Myślał, że to powinno wystarczyć za tłumaczenie, ale Virion zaczął się śmiać.

– Nie, Dogo – zaprzeczył. – To nie on. To ja jestem złym człowiekiem.

– Ty?

– Tak. Ten, co leży na ziemi, występował w imieniu cesarskiego prawa. I racja po jego stronie była.

Kupiec nie mógł się pogodzić z tym, co usłyszał.

– Na prawie to ja się nie znam. Ale na ludziach owszem. I to nie jest tak...

– Jest, jest. – Virion uderzył wierzchowca w boki piętami. – Wielu rzeczy o mnie nie wiesz. I lepiej, że się nie dowiesz. – Uniósł rękę. – Żegnaj.

Rozdział II

No i mamy! – wrzeszczał Nary. – Doigraliśmy się!

– To zwykła głupota...

Szef łapaczy zerknął na Taryna z zaciekawieniem. Tym, którzy nie znali go zbyt dobrze, mogło się nawet wydawać, że uszła z niego cała złość, bo nagle się uspokoił, ostre rysy złagodniały, a oddech spowolnił do normalnego rytmu. Nic bardziej mylnego. Ci, którzy byli z Narym od dawna, wiedzieli, że właśnie w takim stanie szef może nawet kogoś zabić. Kogokolwiek. Wystarczy, że ktoś stanie mu na drodze w... dyskusji. Nie musi z mieczem. Wystarczy, że będzie miał inne zdanie i będzie się przy nim upierał.

Nary odsunął leżące na katafalku ciało Helty i przysiadł obok. Pozostali musieli stać. Prowincjonalna komenda straży w Zadupiu Dolnym nie oferowała żadnych wygód. „Ludziom z prefektury” nie przydzielono nawet jakiegokolwiek pomieszczenia. Być może nikt tu nie wiedział, co to takiego imperialna prefektura. Tu się łapało złodziejaszków i targowych oszustów. Wyżej intelekt miejscowych nie sięgał.

– Virion miał możnych wspólników, którzy wszystko zorganizowali – powiedział jeden z osiłków. – I którzy zapewnili mu ochroniarzy.

– Jakby miał możnych wspólników, którzy pragną go na wolności, to nie wpadłby już w Mygarth – powiedział Taryn.

– Ale ktoś zabił przecież Heltę – upierał się osiłek.

Nary powstrzymał byłego niewolnika od udzielenia odpowiedzi.

– Mówisz, że miał ochroniarzy? – spytał. – A czym zadano rany naszemu człowiekowi?

– No, zginął od miecza.

– Własnego. A czym go wcześniej obezwładniono?

– No, łomem.

– I twierdzisz, że ci wynajęci przez możnych wspólników fachowcy od ochrony bronili swojego klienta... łomem?

Reszta łapaczy zaczęła się śmiać. Niespecjalnie głośno. Właściwie można powiedzieć, że śmiano się „czujnie", bacznie przy tym obserwując humor szefa.

– Ktoś ma inny pomysł?

– Helta nie wykonał rozkazu – podjął znowu Taryn. – Było wyraźnie powiedziane: nie podchodzić, iść za zbiegiem, nie pokazywać się. Było czy nie?

– Było – odważył się potwierdzić ktoś stojący z tyłu. – To głupota Helty.

Nary powoli podniósł wzrok. Stojący tuż obok Kila uznał, że lepiej się przeciwstawić temu poglądowi.

– Znałem go dobrze – powiedział. – Twierdzę, że nie był ani głupi, ani lekkomyślny.

– Ale rozkazu nie wykonał.

– Jeśli uderzył, to musiał być absolutnie przekonany, że może osiągnąć cel z całkowitą skutecznością.

– A jednak nie osiągnął...

Wybuchowi awantury zapobiegło wejście strażnika.

– Panie... – Człowiek w mundurze urwał nagle, widząc tak jednoznaczny wyraz bezczeszczenia zwłok jak siedzenie obok na katafalku.

– No dokończ.

Strażnik wziął głęboki oddech. To, co widział, nie mieściło mu się w głowie. Po chwili wyciągnął przed siebie trzymane w ręku papiery.

– Mój goniec zawiózł do dowództwa okręgu meldunek o morderstwie na pielgrzymce. Chcieliście zobaczyć dokumenty, jakie dostarczy w drodze powrotnej, panie. No i właśnie wrócił.

Nary nie raczył odpowiedzieć. Powoli czytał rozkazy z dowództwa okręgu. Trudno powiedzieć, że twarz mu pochmurniała. Bliższe prawdy byłoby stwierdzenie, że w pomieszczeniu powiało grozą. No, teoretycznie właściwe miejsce do takich odczuć, ale zebrani ludzie nie obawiali się bynajmniej wstających z grobu nieboszczyków.

– No i doigraliśmy się – szef powtórzył uwagę, którą rzucił na początku rozmowy. – Straż szaleje. Wszędzie ustawiają punkty kontrolne, organizują obławy. Jest rozkaz upoważniający do powoływania ochotników.

– Tak, panie – potwierdził strażnik. – Wszystko, co żyje, będzie szukało zbiega w dzień i w nocy. Aż do skutku.

– A my żegnamy się z nagrodą. – Nary zeskoczył z katafalku i wyjął zza paska mapę. Rozwinął i przez chwilę rozglądał się, gdzie ją położyć. Niestety, jedynym dogodnym miejscem były leżące przed nim zwłoki.

– Pokaż, gdzie będą ustawione najbliższe punkty kontrolne.

Strażnik obawiał się dotykać przykrytego mapą trupa. Jak dziecko trzymał palec w powietrzu, daleko od wskazywanych punktów.

– Tu, tu i tutaj jeszcze. Te my obstawiamy swoimi ludźmi.

– A z innych strażnic?

Zapytany wzruszył ramionami.

– Z reguły ustawiają się tutaj i tutaj. Dalej to nie wiem, ale najczęściej to tak przy mijankach i przy rozstajach. Za szczytami wzgórz, przy zagajnikach, za zakrętami, żeby najdłużej być dla podróżujących niewidocznymi.

– No słusznie. – Nary oddał strażnikowi służbowe papiery. – Nie czekajcie z kolacją. Zaraz ruszamy.

Strażnik nie zrozumiał dowcipu. Odmeldował się służbiście, jeszcze raz zerknął na zwłoki, którym nikt nie okazywał szacunku, i wyszedł.

Nary milcząco wpatrywał się w mapę. Kila uznał to za dobry moment.

– Zanim mi przerwał ten tam, to mówiłem, że Helta nie był głupi. Uderzył, mając absolutną pewność, że się uda.

– Co więc zawiodło?

– Ktoś Viriona ostrzegł. On czekał na naszego człowieka z łomem w ręku. I to on uderzył znienacka.

Nary oderwał wzrok od mapy. Chyba ta właśnie koncepcja była najbardziej zbliżona do jego własnych przemyśleń.

– Kto ostrzegł Viriona?

– Ktoś z nas – odparł Kila bez wahania.

Cisza stała się dosłownie namacalna. Każdy najmniejszy szelest wydawał się gromem bez mała. Brzęczenie muchy jak odgłos wodospadu.

– Ano – przytaknął niespiesznie szef. – Nikt inny nie miał ani możliwości, ani motywu.

– A my wtedy właśnie się rozdzieliliśmy.

Nary westchnął cicho.

– Jest między nami szuja i tylko nie wiem jednego. Czy zdradza, bo chce sama zgarnąć nagrodę, a nas powybijać, czy przeciwnie. Liczy na skarb Viriona i w nim swój udział.

– Nie rozstrzygniemy tego – powiedział Kila. – Ale proponuję się nie rozdzielać.

– A co radzisz?

Były niewolnik zbliżył się do mapy.

– Virion głupi nie jest. Wie, że po tym zabójstwie do ucieczki pozostał mu już tylko las. – Wskazał palcem wyraźnie zaznaczony kształt. – To wie. Ale nie ma pojęcia, że tam go znajdziemy.

Las, którym jechali, trudno było nazwać nieprzebytą knieją. Żadna puszcza od dawna w Luan nie rosła. W miejscach, gdzie nie odkryto żadnej kopaliny, na terenach, które nie sprzyjały gospodarce rolnej, jeszcze jakieś drzewa się ostały. I od biedy można byłoby nazwać je lasami. Każdy przecinały liczne ścieżki, nierzadko trakty o różnym stopniu ubicia. Jedynie imperialnych dróg wśród drzew raczej nie budowano, bo wiadomo: tam, gdzie porządna droga, tam zaraz urośnie miasto. I możni nie będą mieli gdzie polować. Bo przecież do cesarskich borów nikogo bez zaproszenia nie wpuszczano.

Ścieżki, a jeszcze bardziej leśne gościńce sprawiały, że należało się liczyć ze spotkaniem. Ale prawdopodobnie innego wyjścia nie mieli. Virion nie miał wielkiego pojęcia o tym, co może napotkać w lesie. Trochę bał się jazdy po ściółce, między drzewami, kierując się słońcem i porą dnia. Bał się nawet nie tyle, że zgubi drogę przy tak niedokładnych metodach nawigacji, ale tego, że napotka przeszkodę, której pokonanie zajmie zbyt wiele czasu. Jakaś rzeka, skały czy wykroty, których nie przejdzie ich nadmiernie obciążony koń. Już lepsza była droga. Virion nie miał pewności, ale z tego, co sobie mgliście przypominał, strażnicy nie ustawiali punktów kontrolnych w lesie. Bo niby po co zresztą, skoro każdy przestępca na ich widok mógł po prostu skręcić i zniknąć momentalnie w leśnych ostępach. W lasach przeprowadzano co najwyżej obławy. Ale też nie za często, bo były kosztowne i trudne w organizacji. Nie mówiąc o drobnym fakcie, że imperium krzywym okiem patrzyło na samoorganizowanie się obywateli. Tacy ochotnicy kroczący tyralierą przez las to przecież bez mała zalążek związku mogącego w przyszłości obalić legalną władzę. Nie, nie, nie. Obywatel z bronią nie ma mieć wiele wspólnego, z ochotniczymi organizacjami jeszcze mniej, a armia jest, była i pozostanie zawodowa – złożona wyłącznie z obcych najemników. To prosta gwarancja spokojnego snu cesarza. A naukę posługiwania się bronią zarezerwowano wyłącznie dla najbogatszych lub szlachetnie urodzonych członków społeczeństwa. Wiadomo, że im raczej nic głupiego nie przyjdzie do głowy, zbyt bowiem są zajęci zarabianiem pieniędzy, pomnażaniem majątku i w konsekwencji pławieniem się w luksusie. Ci nie będą o nic walczyć, bo wszystko już mają. A jak komuś z nich ambicje i władza w głowie, to proszę bardzo: droga do kariery politycznej otwarta. Nawet dla kobiet, o czym świadczy przypadek Taidy.

Teoretycznie więc w lesie powinni być bezpieczni. Z dużym naciskiem na „teoretycznie". Virion nie miał pojęcia, co wiedzą o wydarzeniach przejeżdżający przez las ludzie. Czy dotarły informacje o tym, kogo poszukują strażnicy? Czy ogłoszono publicznie, że za jego głowę czeka nagroda?

Nie potrafił odpowiedzieć na te pytania. Wiedział jednak, że raczej nikt nie przestraszy się krótkiego miecza, który zabrał zabitemu łapaczowi. Pytanie, ilu będzie potencjalnych przeciwników.

Las, niestety, miał to do siebie, że co prawda zmniejszał ryzyko spotkania strażników, ale nie zapewniał niczego innego. Nie sposób było zdobyć tu czegokolwiek do jedzenia. Upolowanie czegoś gołymi rękoma było czystym niepodobieństwem. A na jadalnych korzonkach Virion się nie znał. Prawdę powiedziawszy, zwykła woda nastręczała trudności. Nawet jeśli napotykali jakiś strumień, mogli tylko doraźnie ugasić pragnienie. Nie mieli żadnego naczynia, żeby zabrać zapas.

Po kilku dniach chaotycznej ucieczki sytuacja stawała się dramatyczna. Virion musiał zjechać do jakiejś osady, choćby wsi, żeby kupić coś do jedzenia. Miał jeszcze resztkę pieniędzy z sakiewki, którą starucha wyciągnęła od kapłana. Tylko jak to zrobić? Nie znał okolicy i nie wiedział, w którą stronę się zwrócić. Zdawał sobie sprawę, że każda wizyta w ludzkiej osadzie niesie ze sobą kolosalne niebezpieczeństwo. Ale niebezpieczeństwo było jedynie prawdopodobną możliwością, a śmierć z głodu powoli stawała się faktem.

Następnego ranka natrafili na obozowisko drwali. Puste, jeśli nie liczyć siwego, zrzędliwego starca, którego zostawiono, by pilnował narzędzi. Cała obsada pojechała do miasta walczyć o kontrakty, a dziadek został sam. Pewnie ciężko mu było podróżować, bo w to, że dałby radę cokolwiek upilnować, trudno było uwierzyć. A w dodatku okazał się sknerą. Jedzeniem nie zamierzał się podzielić. Być może zresztą miał je schowane w jakiejś skrytce poza obozem i nie chciał, żeby obcy zobaczyli gdzie.

– Może jednak sprzedasz coś do jedzenia? – nalegał Virion. – Zapłacę.

– Aj, panie, ja jedzenia to tu w ogóle nie mam – zarzekał się stary, podnosząc ręce do siwej głowy.

– To jak żyjesz?

– A ja stary. Mnie dużo nie potrzeba. Tu sobie korzonków wykopię, tu jagódek nazbieram – łgał jak z nut. Wcale nie wyglądał na zabiedzonego.

– Zapłacę – powtórzył Virion.

– Aj, panie, a co ja z pieniędzmi będę robił na tym odludziu. Wrócą chłopcy, to mi co trzeba przyniosą. I znowu będę gotował. A tu w lesie i tak niczego nie kupię. Nic mi potrzebne nie jest.

– No dobra. A gdzie jest najbliższa wieś?

– A na wieś nie jedźcie, panie. Obcemu mogą nie sprzedać. Wam targ potrzebny. W mieście.

– Czemu na wsi nie sprzedadzą?

– Oj, był tu przejazdem taki jeden i mówił, że po wsiach cesarscy jeździli i ostrzegali przed zbójcą Wiryjonem groźnym bardzo, co sam jeden dziesiątki już ludzi trupem położył.

Virion mimo głodu i zagubienia uśmiechnął się mimowolnie. Aha, to dlatego stary nie chciał pokazać, gdzie trzyma zapasy. Choć dziadek na specjalnie przestraszonego nie wyglądał. Przypasowała mu możliwość pogawędki. Virion pochwycił jego spojrzenia w stronę siedzącej na koniu Niki. A może łapacze nie podzielili się ze strażnikami informacją, że zbieg podróżuje z kobietą? No pewnie. Po co ułatwiać cokolwiek konkurencji? I być może dlatego, z powodu obecności żony, stary nie brał go za zbója. Ważne jednak, że okolica ostrzeżona. W takim razie rzeczywiście pozostawał jedynie targ. Tam zawsze dużo ludzi. Może się uda.

– A targowisko najbliższe gdzie?

– A jak skręcicie na najbliższych rozstajach w prawo, to licząc nocleg, jutro rano będziecie. Annate się miejscowość nazywa. Mówią, że okropna dziura, ale targ jest.

Niedobrze, że dziura. A może złapać starego i przypalić? – przez głowę Viriona przebiegła złowieszcza myśl. Niech wyzna, gdzie ma jedzenie.

Bzdura. Siwy prędzej kojfnie, niż zrozumie, czego się od niego chce. Istniała też możliwość, że faktycznie on tu niczego nie ma. Po coś przecież drwale do miasta pojechali. Szlag!

– No dobra, dziękuję.

Virion z trudem wdrapał się na koński grzbiet. Brak siodła dawał się coraz bardziej we znaki. Średnio pocieszającą myślą było to, że skoro on cierpi katusze, to co musi czuć wierzchowiec. A szlag! – powtórzył w duchu. To było ryzykowne i głupie, ale nie miał innego wyjścia. Musiał kupić coś do jedzenia, inaczej zaraz oboje z Niki osłabną, a potem umrą z głodu. Szczęście, że dziewczyna nie mogła się skarżyć. Dalsza droga z narzekającą bez przerwy żoną mogła... Tfu! Co za aberracje umysłowe? Czy można aż tak ogłupieć z głodu? No najwyraźniej. Ciekawe więc, czy inne jego decyzje są równie głupie jak przemyślenia.

Virion jeszcze raz przeanalizował sytuację. Jutro zostawi dziewczynę i konia ukrytych gdzieś w lesie. Sam przemknie w zależności od sytuacji albo drogą, albo opłotkami do Annate na targ. To najbardziej niebezpieczna część planu. Przy samych straganach będzie tłum, strażnicy nie zwrócą uwagi. Kupi, co ma kupić, i wróci do lasu.

Nie no, wszystko jest w porządku. To racjonalne wyjście i nic nie powinno się wydarzyć.

– Nie poganiajcie koni! – Kila najlepiej panował nad sobą. – Nie poganiajcie koni! – powtarzał.

– To go nigdy nie złapiemy!

Śmierć Helty i podejrzenie o zdradę sprawiły, że w oddziale coś się gotowało pod powierzchnią. Nikt nie szemrał oczywiście, rozkazy wypełniano z równą co kiedyś gorliwością, ale nerwy puszczały wszystkim. Ludzie skakali sobie do oczu, o byle co wybuchały awantury. Niewiele ich dzieliło od chwycenia za broń przeciwko sobie.

– Nie poganiajcie tak koni! – Jedynie Kila zdawał się mieć nieskończoną cierpliwość.

– A może w ogóle się zatrzymajmy i popijmy w jakimś zajeździe?

– Wolniej! – Dopiero Nary zapanował nad tymi, którym się spieszyło.

– Szefie, ale w ten sposób to go będziemy gonić aż do usranej śmierci.

– Jeśli usłyszy tętent, wlezie w krzaki i ukryje się z babą – wyjaśnił Kila. – Miniemy go o włos.

– Dopiero jak się ukryje w krzakach, to zostawi ślady. A tak to jedziemy, nie mając pojęcia, czy on też tędy jechał.

– Jechał.

– Jesteś pewien? – do rozmowy włączył się Taryn.

– Owszem. Idiotą nie jest. Nie pojedzie na pustynię dzielącą nas od Troy.

– Bo?

– Bo wie, że tam zginie. Zmierza na pogranicze.

Taryn wzruszył ramionami. On nie miał tej pewności, co kolega.

– Naprawdę uważasz, że wepchnięcie go hałasem w krzaki to zły pomysł? Wtedy dopiero zostawi ślady i będzie nasz przed wieczorem.

Kila nawet nie podniósł głowy.

– Jak chcesz te ślady zobaczyć? Z wysokości siodła? Czy może wszyscy zsiądziemy i ruszymy poboczem na piechotę, po obu stronach drogi. Tylko jeżeli będziemy po cichu leźć na własnych nogach, to co skłoni go do zniknięcia ze ścieżki?

– No ale...

– Co ale? Jeśli pogonimy konie i narobimy hałasu, to który moment wybierzesz, żeby zsiąść i zacząć dokładnie szukać? Co?

To był miażdżący argument. Taryn nie odpowiedział. Nie odezwał się też nikt inny. Za to szef zainteresował się nagle.

– A ty który moment wybierzesz, żeby nareszcie przyspieszyć?

Kila miał przygotowaną odpowiedź.

– Zaraz spotkamy jakichś ludzi – powiedział spokojnie. – Nie może tak być, że podróżujemy tak długo i nikogo nie spotkaliśmy. Zaraz będą ludzie, popytamy, dowiemy się, co i jak.

Nary skrzywił się nieprzekonany. Wbrew pozorom jednak były niewolnik musiał mieć rację. Ten las to nie dzika puszcza. I jakby na potwierdzenie słów Kili już po kilku modlitwach łapacz jadący na szpicy zameldował:

– Dym!

Oddział błyskawicznie przeformował szyk. Trzech z przodu, czterech w pewnym odstępie za nimi, a na samym końcu Nary. Kiedy dostrzegli obozowisko drwali, ci z przodu przyspieszyli raptem i wjechali od razu na sam środek. Ci z tyłu podzielili się na dwie pary i ruszyli przez chaszcze na objazd obozu z dwóch różnych stron. Ot tak, zobaczyć tylko, czy nikt nie ucieka na widok łapaczy.

Siwy starzec wyszedł z szałasu zdziwiony najazdem.

– Virion tu był? – zapytał Nary bez wstępów.

– Zbójca Wiryjon tutaj?

Szef łapaczy nie miał tego dnia ani humoru, ani cierpliwości. Skinął na jednego ze swoich oprychów. Ten zeskoczył z konia, złapał starego za rękę i jednym ruchem złamał mu palec u dłoni.

– Virion był?

Stary najpierw się zapowietrzył, by zaraz przejść do przeciągłych jęków.

– Był, panie! – Chciał dodać: „jeśli to był on", ale zrezygnował. Jego dłoń ciągle tkwiła w rękach oprawcy.

– Sam?

– Nie, panie. Z dziewką. Ale ona nic nie mówiła. Na koniu siedziała i nawet na mnie nie patrzyła!

– Czego chcieli?

– Jedzenia, panie! Jedzenia chcieli...

– Dostali?

– Nie, panie! Ja nic nie mam! Drwale do osady ruszyli, ale jeszcze...

Mocniejszy chwyt draba trzymającego dłoń starca zakończył przydługą wypowiedź głuchym jękiem i łapczywym łapaniem powietrza. Nary żądał konkretów, a nie elokwencji.

– O co pytał?

– Jedzenia chciał. Pytał, czy w mieście jest targ.

– Jakim mieście?

– Annate, panie. Malutka mieścina, ale targ jest.

– A strażnica?

– Jest, panie. Duża, bo tam koszary dla okręgu...

Skinienie palcem wywołało reakcję oprawcy i nowy okrzyk bólu.

– Kretynie – mruknął Nary – chcę wiedzieć, czy Virion pytał o strażnicę.

– Nie pytał, panie!

– I gdzie pojechał?

– Wyjaśniłem mu, że jak skręci na rozstajach w prawo, to dotrze do Annate. Tam pojechał. Na targ. Po żywność.

– Zabij go.

Oprych trzymający starca wiedział, że rozkaz dotyczy jego, a nie stanowi część rozmowy z ofiarą. Spokojnie wyjął sztylet i przebił człowieka obok. Umiejętnie. Starzec ledwie jęknął, kiedy morderca przekręcał rękojeść.

– Hej, nie przesadzamy? – żachnął się Kila, wskazując drgające na ziemi ciało. – Jak ktoś spyta, co powiemy?

– My? – zdziwił się Nary. – Virion go zabił dla rabunku. My natknęliśmy się tylko na zwłoki.

– Rozumiem. Lepiej nie zostawiać świadka ewentualnym strażnikom.

– Już nie pójdą naszym śladem. – Nary szarpnął wodze, kierując konie z powrotem na drogę. – Co o tym myślisz?

– Mówiłem, że amator. Pewnie zostawi konia gdzieś w krzakach razem z dziewczyną, a sam ruszy na targ kupić jedzenie.

– No to jutro go mamy. Żeby tylko strażnicy nie dopadli wcześniej.

Kila zmarszczył brwi.

– Myślę, że to znikome niebezpieczeństwo – powiedział tajemniczo.

Virion usiłował nie nadkładać drogi. Głód, który powoli stawał się paranoją, zmuszający do coraz mniej sensownych posunięć, gnał go na wprost. Leśnym traktem do samego końca i najlepiej wprost do miasteczka, na targ, nażreć się od razu, na miejscu. Resztki rozsądku jednak kazały mu zejść z leśnej drogi i odnaleźć jakąś kryjówkę, gdzie będzie mógł zostawić konia i dziewczynę. No i tu zaczynały się problemy. Co w lesie stanowi kryjówkę? Nie miał zielonego pojęcia, czy lepiej wybrać miejsce, gdzie drzewa rosną gęściej niż gdzie indziej, czy przeciwnie, naturalne rozrzedzenie. W pierwszym przypadku, choć wydawał się niby lepszy, istniała obawa, że w drodze powrotnej sam nie odnajdzie miejsca, gdzie ich zostawił. Z kłopotu wybawił go przypadek. W pewnej chwili napotkali po prostu strumyczek leniwie wijący się w podszyciu. Cudowne odkrycie. Po pierwsze, dawał możliwość ugaszenia pragnienia. A po drugie, kiedy będzie wracał, wystarczy skręcić w las i dojść do tej strugi. Idąc jej brzegiem, na pewno odnajdzie Niki i swojego konia.

– Tu zostajecie. – Wybrał ocienione miejsce, osłonięte dodatkowo gęstymi krzakami od strony drogi. – Nigdzie nie odchodź. Pamiętaj.

Jego żona nie odzywała się jak zwykle. Kiedy zsadził ją z grzbietu wierzchowca, stała z nieruchomą twarzą.

Kiedy posadził ją pod pniem rozłożystego drzewa, poruszyła się sama, z własnej woli. Przybrała po prostu wygodniejszą pozycję. Ale w dalszym ciągu jej twarz nie wyrażała żadnej ekspresji.

– Niedługo wrócę – tłumaczył cierpliwie, starając się mówić wyraźnie i powoli. – Idę po jedzenie. Kupię coś na targu i wrócę przed zmrokiem. Rozumiesz?

No po co pytał? Przecież nie odpowie.

– Nie bój się, na pewno wrócę przed zmrokiem. Pamiętaj! Wrócę do ciebie, zanim zapadnie noc.

Nie spodziewał się żadnego kiwnięcia głową, potwierdzającego mruknięcia czy czegokolwiek. Niki nawet nie spojrzała. Nadal nie miał pojęcia, czy ona w ogóle go słyszy. Ale wtedy, kiedy zaatakował ich łapacz, ewidentnie coś poczuła. Hm. Może ona ma tylko węch? Z wrażeniem, że wygląda śmiesznie, dał jej do powąchania własną szyję. Skórę owiało ciepło jej oddechu. Nagle, jakoś tak zupełnie niespodziewanie, zrobiło mu się miło. Nie, to złe słowo. Swojsko? Jeszcze gorzej. Ech, po prostu coś ciepłego. Wyprostował się gwałtownie.

– Idę. Nigdzie nie odchodź. Wrócę – zakomunikował oficjalnym tonem, odwrócił się i ruszył z powrotem w stronę leśnego duktu.

Prawdę powiedziawszy, nie odczuwał ani strachu, ani nawet niepokoju. Głód sprawiał, że jedyną myślą w głowie była nadzieja szybkiego jego zaspokojenia. Prawie biegł, kiedy dotarł do granicy lasu. Tu jednak rozsądek nakazał mu zatrzymać się na chwilę.

Annate leżało w dolinie pomiędzy łagodnymi wzgórzami, z których jedno, to, gdzie właśnie stał Virion, było całkowicie porośnięte lasem. Pozostałe, o łagodniejszych stokach, zajmowały pola okolicznych chłopów. Sama leżąca poniżej miejscowość właściwie nie zasługiwała nawet na miano miasta. Składała się z jednej długiej ulicy, wzdłuż której pobudowano domy. Owszem, miała zalążki trzech przecznic, ale tylko zalążki. Nowe ulice zaczynały się dopiero rysować i żeby pojawiły się przy nich kamienice, trzeba było jeszcze długo czekać. Na razie postawiono tam stodoły i inne budynki gospodarcze. To była po prostu duża wioska. Pretendująca dopiero do czegoś wyżej, z powodu koszar i dużej strażnicy. Ale nawet z tej odległości Virion zobaczył, że koszary stoją prawie puste. To zwykła etapówka, budynki pośrednie, służące do czegoś dopiero w wypadku przemarszu wojsk, a nie regularny garnizon.

Gorączkowo poszukiwał dróg ewentualnej ucieczki. No i dupa, skonstatował po chwili. Nie było żadnej. Uciekając, mógłby jedynie biec wzdłuż głównej ulicy, w jedną lub w drugą stronę. Nie znalazł żadnej kryjówki. No bo co? Wejść komuś do domu? Na gospodarstwo? Przecież miejscowi znali wszelkie ewentualne schowki tysiąc razy lepiej niż przybysz, który widzi ich domy po raz pierwszy. Jeśli będzie biegł wzdłuż ulicy, złapią go bez żadnego problemu.

No to może biec przez pola. Ta... Ile ubiegnie, zanim konni dogonią go na otwartym terenie? Zdąży zrobić sto kroków? A może dwieście? Strażników mieli tu pod dostatkiem. Ktoś przecież musiał pilnować koszarów dla całego okręgu. Pewnie rodziny strażników były podstawą całej społeczności, a ich dochody podstawą egzystencji tej mieściny.

Virion zrozumiał, że Annate jest pułapką bez żadnej możliwości wyjścia. Stąd nie było drogi ucieczki. Nawet teoretycznej. No to trafił idealnie. W sam środek gówna. A z drugiej strony... Mówią, że pod latarnią najciemniej.

Nie wiedział już, czy to głód sprowadza na jego umysł zaćmienie pod postacią złudnej nadziei, czy też naprawdę jest szansa, że załatwi na targu swoje i wyjdzie stąd, nie budząc niczyich podejrzeń. Nie miał wyboru. Wiedział, że bez jedzenia dalej jechać już nie może. Wbrew pozorom ta konstatacja go uspokoiła. Ruszył w dół teraz już polną drogą, gwiżdżąc pod nosem jakąś melodię.

A co tam, powtarzał sobie w myślach. Co mu mogą w końcu zrobić? Kilka dni tortur da się przecież jakoś... Nie da się – przyszło otrzeźwienie. Najlepiej więc, żeby w razie czego zrobić tak, żeby strażnicy go zabili. Ale to też może się nie udać. Mają swoje rozkazy i nawet jak im nabluzga, to najwyżej rozkwaszą gębę. No to trzeba się zabić samemu. Pamiętał przecież los Meliklesa. No ale czym? Miał przy sobie zabrany napastnikowi miecz, ukryty teraz pod ubraniem. Ale miecz to bardzo kiepskie narzędzie dla samobójcy. Trzeba by się było rzucić na ostrze i nadziać, celując w samo serce. Ciekawe, czy komukolwiek się to kiedyś udało? Bo wbicie w brzuch powodowało katusze porównywalne z torturami. Tyle wiedział ze swojej mimowolnej praktyki w szpitalu. Prychnął ze złością. Tylko go te ponure rozmyślania zdenerwowały.

Lepiej już myśleć o jedzeniu i głodzie, który zaraz zaspokoi. Choć te z kolei myśli sprawiały, że odruchowo przyspieszał kroku i potem zmuszał się do zwalniania. Nie powinien raczej wbiegać do Annate.

Miał jednak silną wolę. Udało mu się wkroczyć między pierwsze budynki w bardzo przyzwoitym, to jest prawie ślimaczym tempie. Usiłował grać znużonego, ale i znudzonego, choć nie bardzo wiedział, jak to się robi. Na szczęście targ był blisko. Już mijał stojące wozy i nielicznych jeszcze przekupniów. Byle tylko nie zatrzymać się przy pierwszym lepszym straganie i nie wepchnąć sobie czegoś do ust. Nie, musi jak inni, przemieszczać się powoli i długo wybierać. A potem negocjować cenę.

Targowisko o tej porze nie roiło się od nadmiaru chętnych. Liczba kupców i rolników sprzedających swoje płody była niewiele mniejsza od liczby chętnych na ich towary.

– Tutaj! Tutaj! Panie! – Jedna z przekupek, widząc rozglądającego się młodzieńca, próbowała go zachęcić. – U mnie najtaniej! U mnie wszystko najlepsze!

Akurat. No co ona? Przecież coś, co jest tanie, nie może być najlepsze. Wąskie oczy kobiety nadawały twarzy wyraz chciwości. Wyglądała jak baba, która przysięgłaby na grób własnej matki, że końskie gówno to najsłodszy na świecie miód specjalnie sprowadzany z najdalszych krain. Ale czy Virion naprawdę chciał wchodzić głębiej? Strażnicy na pewno kontrolowali targ. Może więc kupić cokolwiek z brzegu i oddalić się jak najszybciej? Czy to głód dyktuje mu takie rozwiązania, czy rozsądek?

– U mnie! U mnie! – darła się druga przekupka. – Wielki panie, tylko u mnie!

I nagle przyszła konstatacja: skąd obie wiedziały, że chce kupić coś do jedzenia? Obie handlowały żywnością. Przekupki obok, mające na straganach ubrania, nie odezwały się. Nawet na niego nie zerknęły. Odpowiedź wbrew pozorom była prosta. Wszystkie handlowały tu przecież od lat. Wyrobiły sobie oko na klientów. No ale skoro tak łatwo przejrzeć, że jest głodny, to nie miało sensu iść dalej. Na zbijaniu ceny za bardzo mu nie zależało. Wolał nie zwracać uwagi głośnym targowaniem.

– Potrzebuję dziesięciu placków. – Podszedł do tej z lewej, wskazując zgrabny stos ułożony na samym skraju straganu. Ta handlarka była młodsza i jej twarzy jeszcze nie szpeciły oznaki prymitywnego cwaniactwa.

– Co jeszcze, wielki panie? – Kobieta sprawnie zawijała placki w skrawek cienkiej tkaniny. – Widać, żeście z dalekiej podróży. Pewnie po drodze wygód nie było, co?

– Nie było. Dwie garści fig suszonych.

– Figi u mnie znakomite. Ale i rodzynków radzę spróbować.

– Dziękuję.

– Ale ja nie mówię, żeby kupować od razu! Kilka do ust weźcie dla spróbowania!

Spryciara. A Virion głupi. Poszedł za jej radą. Włożył kilka do ust.

– Też dwie garści. Nie. Trzy!

– I śliwek weźcie suszonych. Jak was w brzuchu wesprze i boleć zacznie, to śliwki najlepsze.

– Dajcie śliwek i...

– Ciasta spróbujcie, panie! Twarde, nie rozkruszy wam się w drodze. Deską przygniatane. Szat wam nie poplami, a pożywne, że...

– A to, co to jest? – Pokazał na spory stosik po jej prawej ręce.

– Daktyle drylowane – wyjaśniła.

Daktyle przecież znał. A to coś tutaj wyglądało jak ciemne, prawie że regularne kostki.

Zauważyła jego wahanie.

– One też deską prasowane w jedną masę. A potem krojone. Spróbujcie, panie.

Wziął całą garść. Nie mógł się opanować. Podniósł pod nos, żeby powąchać, kiedy ktoś chwycił go za ramię.

– Mam go!

Virion wykazał się zupełnie nieprawdopodobnym refleksem, bo zdążył wszystko, co trzymał w dłoniach, włożyć do ust.

Strażnicy wykręcili mu ręce. Opadł na kolana, pilnując, żeby tylko z bólu nie otworzyć ust do bezsensownego krzyku i nie stracić cennej zawartości. Dał się podejść. I to strażnikom, którzy przecież nie poruszali się bezszelestnie. No ale czy można się dziwić? Virion usiłował żuć ostrożnie. Żeby tylko tamci nie zrobili czegoś, co sprawi, że będzie musiał wypluć.

– To na pewno ten? – Strażnicy nie zwracali uwagi na to, co robi ich więzień.

– Ten, ten. Od razu ci powiedziałem.

Aha. To znaczy, że obserwowali go od samego początku.

– Sprawdź go. Powinien mieć tatuaż.

Ktoś szarpnął i rozerwał górę jego tuniki. Potem błyskawicznie odsłonił ramię.

– Ten! Ha, ha, ha!!!

– O Bogowie... Jaki śliczny tatuaż z więzienia Małe Syrinx!

– Nie sądziłem, że się kiedyś aż tak ucieszę, widząc więzienną dziarę.

Przekupka zawodziła głośno. Nie wiadomo, czy ze strachu, czy z powodu strat. Nikt jej przecież nie zwróci ani brązowego. Dokoła gromadzili się ludzie, patrząc wytrzeszczonymi oczami na niecodzienną scenę.

– Kurde, ale tłum.

– Zwijamy się na komendę.

– Nie mamy ani dyb, ani nawet sznura. A jak się wyrwie?

– Nie wyrwie.

– W tym ścisku? Wyrwie!

– No szlag! Wezwij posiłki.

Jeden ze strażników, Virion nie widział ich, tkwiąc na kolanach z wykręconymi rękami i żując zaciekle, krzyknął coś do najbliżej stojącego małego chłopca.

– Ty! Dostaniesz aż dwa brązowe! Ale leć na komendę i powtórz: „Złapaliśmy złotą kurę, przyjdźcie z więzami na targ". Zapamiętałeś?

– Tak, panie.

– To powtórz, co im powiesz.

– Że złapaliście gagatka i żeby przyszli wiązać.

– Złotą kurę złapaliśmy! Tak powiedz. To przylecą, gubiąc sandały.

– Tak, panie!

Nacisk na lewą rękę zmalał trochę. Chyba strażnik sięgał do sakiewki, żeby zgodnie ze zwyczajem dać połowę zapłaty. Virion żuł systematycznie. Zaczął już nawet połykać pierwsze kawałki.

– Rzeczywiście, ozłoci on nas – powiedział pierwszy strażnik.

– Myślisz, że wypłacą nagrodę?

– Nam? – rozległo się pogardliwe prychnięcie. – Mundurowym nie wypłacają. Ale... awanse posypią się jak z rękawa. Dobre przeniesienia. Popłatne funkcje. Każdy coś dostanie, każdemu dadzą coś skubnąć.

– Myślisz?

– Wiem. Dowódcy sami dupska nadstawią do kopa w górę. A u nas będą kontrole, będą pytać, czy w porządku.

– Aha, powiemy, że wszystko bardzo dobrze?

– I to zgodnie z prawdą.

Virion przełknął już wszystko. Nagle pomyślał, że biedna Niki została sama w lesie. Czuł coś do niej? Czuł, że jest mu bliska? Zmarszczył czoło. Ale co mógł tutaj zrobić?

Szarpnął się mocno, prawie że wysmykując się strażnikom. Prawie. Ale zębami zdołał chwycić kawał twardego ciasta z brzegu stanowiska przekupki i wyszarpać ogromny kęs.

– A ty co taki głodny?

Strażnicy przycisnęli go mocniej do ziemi.

– Nie bój się, już kat cię z głodu wyleczy.

– A przynajmniej sprawi, że nie będziesz o tym myślał – dodał drugi dowcipnie.

Byli w doskonałych humorach. A kiedy przybiegły posiłki ze strażnicy, ich nastroje poprawiły się jeszcze bardziej. Skrępowali Viriona błyskawicznie i dopiero teraz postawili na nogi. Chłopak właśnie przełykał ciasto.

– No co, głodomorku? – spytał najwyższy rangą. – Pójdziesz z nami grzecznie czy cię najpierw do karczmy Pod Złotym Psem mamy zaprowadzić? Chciałbyś coś jeszcze? – zakpił.

– Poproszę o coś do picia – odparł Virion. – Suche jadłem.

Kila wstrzymał konia w momencie, kiedy zobaczyli prześwit między drzewami, który zwiastował koniec lasu. Tu leśny dukt się kończył, ustępując miejsca polom uprawnym.

– Najwyższy czas – mruknął Nary. – Już się bałem, że do samego Annate dojedziemy i tam będziemy szukać kryjówki Viriona. Między drzewami w parku.

– Nie sądzę, żeby w tej dziurze był jakiś park.

– No co ty nie powiesz? Ale z lasu przecież prawie wyjechaliśmy.

– A nie przyszło ci nigdy do głowy, że Virion nie wie, jak rozpoznać, że las się kończy? – Kila zeskoczył z siodła i wziął konia za uzdę. – Zorientował się, dopiero jak zobaczył.

– I co? I dopiero tu wlazł między drzewa?

– To się zaraz okaże. – Były niewolnik dał znak pozostałym, żeby również zsiadali. – Szukajcie śladów w poszyciu.

– Po której ze stron?

– Po obu. I pamiętajcie, że on śladów nie zacierał.

– Bo głupi?

– Bo nie potrafi.

Nary kręcił głową, ale też zeskoczył z siodła. Wiedział, że na instynkt jego człowieka można liczyć. Jeśli sam miałby na cokolwiek stawiać w dowolnej grze, to postawiłby właśnie na przeczucia Kili. A z drugiej strony Virion, będąc na wyciągnięcie ręki, już raz mu się wymknął.

Z tyłu rozległ się świst. Odwrócili głowy. Niemowa gestykulował gwałtownie, pokazując coś w krzakach.

– Znalazł? – Nary pierwszy ruszył w tamtym kierunku. – To by znaczyło, że masz rację.

Niemowa nie miał żadnych wątpliwości. Pokazywał im coś w gęstej roślinności, ale ani Kila, ani tym bardziej Nary nie byli dobrymi tropicielami leśnych zwierząt. Potrafili jednak zrozumieć gesty. Tędy szedł jeden człowiek, który prowadził konia. Drugi siedział na grzbiecie. Dziewczyna. Jeden z jej długich włosów zawisł dość wysoko na ułamanej gałązce.

– No to teraz musimy iść po śladach, aż znajdziemy ich kryjówkę. – Nary nie ukrywał zadowolenia.

Niemowa przytaknął ruchem głowy. A Kila nagle zaprzeczył.

– Iść po śladach? – Uśmiechnął się kpiąco. – A po co tak się męczyć?

– Niby co proponujesz?

– Wejdźcie w skórę chłopaka. Jest przecież na tyle bystry, że przewidział swój późniejszy powrót w to miejsce.

– No i co z tego?

– Zdawał sobie sprawę, że będzie musiał odnaleźć własną kryjówkę, a lasu to on nie zna.

– Że niby wybrał jakieś charakterystyczne miejsce?

– Owszem. I z pewnością jakiś sposób, żeby las sam go zaprowadził ponownie w to miejsce.

Nary patrzył, nie rozumiejąc.

– Niby jaki sposób?

Kila zerknął na niemowę.

– Czujesz tu jakąś wodę? Albo słyszysz?

Tamten dotknął nosa dwoma palcami. Przejechał po nim wierzchem dłoni, potem opuścił rękę, wykonał dłonią ruch, jakby naśladował pełzającego węża, i wskazał kierunek.

Kila skinął na resztę ludzi.

– Tam jest mały strumień. Idźcie wzdłuż brzegu, szukając jakiejś gęstwiny. Zaraz znajdziemy kryjówkę.

Nary prychnął, wzruszając ramionami.

– Virion nie może być aż tak głupi.

– On nie jest głupi – zaprzeczył natychmiast Kila. – On tylko nie ma doświadczenia.

Szef łapaczy nie zdążył odpowiedzieć, bo ktoś krzyknął:

– Mam ją! Chodźcie. Konia też znalazłem.

Ruszyli w stronę, skąd dochodził głos.

– Ona jakaś nienormalna. W ogóle jakby mnie nie widziała.

Nary rozchylił gałęzie przed sobą. Dokładnie tak, jak przewidział Kila, w największej gęstwinie, tuż nad strumieniem, czekał przywiązany do pnia koń. Pod tym samym pniem siedziała dziewczyna patrząca gdzieś w dal nieobecnym wzrokiem. Nie zwracała najmniejszej uwagi na gromadzących się wokół niej ludzi.

– Normalna czy nie, zdatna jest. Ładna.

– Zdatna do czego?

– A zaraz ją wezmę w krzaki i pokażę coś, na co zwróci uwagę! He, he...

– Będzie piszczeć z wrażenia! – dodał inny łapacz.

– Chyba ze współczucia, że można żyć z tak małym przyrodzeniem – osadził ich Nary. – Nie dotykać jej, dopóki Virion nie wróci. I dopóki go nie złapiemy.

– A wróci? – zainteresował się Taryn. – Jak on taki amator, to mogą go strażnicy złapać i już po naszym interesie.

Najwyraźniej trafił dokładnie w to, czego również obawiał się ich szef. Nary zerknął na Kilę tak, jakby ten był wyrocznią. Były niewolnik jednak przypatrywał się dziewczynie pod drzewem z równie nieprzeniknionym wyrazem twarzy jak ona.

– Jak sądzisz? Złapią go?

Kila przeniósł spojrzenie na szefa. Myślał długo zasępiony, potem wzruszył ramionami.

– Myślę, że oni go również nie doceniają.

Nie było sensu się szarpać ani w ogóle wykonywać jakichkolwiek gwałtownych ruchów. Viriona prowadziło czterech strażników. I po wyrazie ich twarzy zorientował się, że w każdej chwili przyleją mu, czerpiąc z tego wielką satysfakcję. Niech da im tylko choć cień powodu. Prowadzili go na sznurze samym środkiem ulicy, ale jakoś nikt nie zwracał na nich szczególnej uwagi. Prawdopodobnie więźniowie tutaj musieli być zwykłym widokiem. Ale trudno się dziwić. Przy etapowych koszarach musiało znajdować się także etapowe więzienie. Żołnierze i więźniowie egzystowali często obok siebie. Po co mają się marnować niewykorzystane pomieszczenia? A na wartach w związku z tym dało się dużo zaoszczędzić.

Virion rozglądał się ukradkiem. Widział sporo ludzi. Miasteczko tętniło życiem, wszyscy mieli jakieś zadanie, każde z mijanych drzwi otwierały się i zamykały w nieustannym kołowrocie prowadzonych tu interesów. Jego rodzinne Mygarth, choć nieporównywalnie większe, przy tym, co działo się tutaj, wydawało się wręcz senne. No tak, ale tam nie było wojska, nie było koszar straży okręgu i wynikającego z powyższych przepływu złota. Zawsze tam, gdzie imperialne służby potrzebowały obsługi, fortuny mnożyły się błyskawicznie.

Virion nie analizował miejscowych interesów. Oglądał mijane domy, poszukując ewentualnej kryjówki. Nie żeby cokolwiek planował, ale tak na wszelki wypadek. Niestety. Nic z tego. Wszędzie kręcili się ludzie. Żadnych opuszczonych domów, zagraconych podwórek, pustych pomieszczeń. Każdy łokieć terenu był wykorzystany, zagospodarowany i pod okiem co najmniej kilku mieszkańców. W żadną ze stron nie dałoby się uciec. Gdyby nawet jakimś cudem urwał się ze sznura, to nie miał gdzie biec. Ani przed siebie, ani do tyłu, zatrzymano by go po paru krokach. Nie było możliwości, żeby się ukryć. Żadnego pustego zakątka. Żadnego miejsca, o którym mieszkańcy mogliby choć teoretycznie zapomnieć albo które nie byłoby w ciągłym zasięgu wzroku dziesiątek ludzi. Szlag! A Virion wiedział, że jeśli wejdą do budynku straży, to droga wyjścia będzie jedna. W metalowej klatce na wozie, prosto w ręce kata. Wolał nawet nie wyobrażać sobie tego, przed czym w ostatniej chwili uciekł Melikles.

– No co się tak rozglądasz? – Jeden ze strażników zauważył wysiłki Viriona. – Ostatnie spojrzenie na wolność, co?

– Taaa – roześmiał się drugi. – Oni wszyscy, jak już im kat zaświeci, błagają, żeby ich z ciemnicy choć na chwilę wypuścić. Żeby sobie na słoneczko ostatni raz mogli zerknąć.

– Przed śmiercią różne masz zachcianki.

– Ale fakt, na świat choć chwilę nie przez kraty zerknąć to prawie każdy chce.

– No, ten to se jeszcze słoneczko pooglądа.

– Bo?

– Po tym, co narobił, kat będzie go na forum kaźnił. Publicznie. Przez kilka dni jeszcze wiaterku świeżego się nawdycha.

Strażnikowi odpowiedział rechot kolegów, którym ta koncepcja najwyraźniej przypadła do gustu. Virion miał ochotę zwymiotować.

Strażnica, do której go prowadzili, była naprawdę imponująca. Miała aż kilka pięter. Dokoła płot z metalowych żerdzi, a nawet coś na kształt ogródka, w którym rosło kilka karłowatych krzaczków. Na bogato urządzone. Widać, że imperium sypie tu monetami na lewo i prawo. Wszystko urządzone zgodnie z planem, wszystko lśni, błyszczy wypucowane, zagrabione, zadbane. Każdy ma widzieć, że to siedziba rządowej służby.

Strażnicy wprowadzili go do mrocznego wnętrza. Virion zdziwił się, że nikt nie pilnował drzwi ani nie wprowadzał wchodzących do rejestru. Szybko domyślił się, że to część publiczna, gdzie każdy może wejść. Minęli salę zbierania skarg i zgłaszania przestępstw, gdzie strażnicy spisywali zeznania obywateli, którzy chcieli władzy o czymś donieść albo się poskarżyć. W środku tłoczyło się kilkanaście osób.

Potem minęli magazyn depozytowy, archiwum akt i dopiero za zakrętem, tuż przy klatce schodowej, napotkali strażnika z rejestrem wejść i wyjść. Tu dopiero zaczynała się strefa niedostępna dla ludzi z ulicy. Strażnik przy księdze aż gwizdnął, wpisując imię Viriona.

– Ale łup!

– No masz. Po awansach będziesz musiał przed nami na baczność!

– Żebyś tyko nosem farby z sufitu nie zdrapał.

Cała piątka ruszyła w górę po schodach. Tu już nastąpiło wyraźne rozluźnienie. Byli na swoim terenie. Minęli podest na pierwszym piętrze, nie zwalniając tempa. Ciekawe, czy im wyższe piętro, tym większa waga sprawy?

Nie. Zatrzymali się na drugim. Strażnicy zaczęli poprawiać mundury, sprawdzać jeden drugiego, czy wszystko w porządku. Odwiązali nawet sznur, na którym prowadzony był więzień. Potem jeden z nich otworzył najbliższe drzwi, zrobił sprężysty krok do przodu i zameldował o sukcesie.

– Cóż za miła niespodzianka – rozległ się tubalny głos. – Dawajcie go, dawajcie.

Trzech pozostałych wprowadziło Viriona do przestronnego gabinetu. Wielki, zwalistej budowy ciała dowódca straży stał pod oknem, które po otwarciu drzwi wpuszczało do środka chłodny powiew wiatru. Patrzył z ogromną ciekawością na zdobycz swoich ludzi.

– No proszę! – Głęboki bas dowódcy doskonale pasował do jego twardej twarzy o zdecydowanym wyrazie. – Udało wam się jak ślepej kurze.

– Tak jest!

– Zdjąć pęta i posadzić.

– Tak jest!

Ktoś szarpnął Virionem, ktoś rozwiązał sznur, który krępował mu nadgarstki. Co najmniej cztery ręce posadziły chłopaka gwałtownie na zydlu stojącym przed wielkim stołem.

Dowódca podszedł powoli i nachylił się nad więźniem.

– Wszyscy wyjść – rozkazał i poklepał chłopaka po ramieniu. – Oczywiście ciebie to nie dotyczy – zażartował. – Chyba zostaniemy tu razem dłużej.

Virion nie odzywał się. Domyślał się, co teraz nastąpi. I wiedział, co robić. Nie było sensu składać zeznań przed jakimś tam prowincjonalnym watażką straży. Najlepiej było nic nie mówić. A Melikles nauczył, że jeśli się nie chce składać zeznań, to trzeba zacząć od początku. Najlepiej nawet nie odpowiedzieć na „dzień dobry".

Plan jednak nie wypalił, ponieważ dowódca nie zaczął od tradycyjnego powitania.

– Wiesz, jak długo będziesz zdychał? – zapytał uprzejmie.

Co za cham! Nie było w nim ani krzty profesjonalizmu, który charakteryzował pracowników Małego Syrinx. Pewnie awans na to stanowisko zawdzięczał wyłącznie swoim cechom fizycznym, którymi były znaczny wzrost i tubalny głos. Wyżywanie się na więźniach? Nie do pomyślenia w Mygarth, gdzie królowały jednak rutyna i procedura.

– Musisz wiedzieć, gnoju, że każda próba przeciwstawienia się obowiązującemu porządkowi rzeczy zostanie srodze ukarana!

A co to niby miało być? Virion zerknął na komendanta wyraźnie zdziwiony. Ktoś podsłuchiwał, że tamten musiał wstawiać takie oficjałki? Wątpliwe. Raczej dowódca był aż tak wyjątkowym bucem, że musiał się wspomagać rodzajem modlitwy. Chyba nawet była to modlitwa do samego siebie. Co za dno intelektualne.

– Nie będziemy się tu z tobą cackać!

Czyżby chciał w ten sposób powiedzieć, że nie będą z nim uprawiać męskiej miłości? Virion pokpiwał sobie w myślach. Słyszał przecież o różnych rzeczach, do których dochodziło między więźniami.

– A może ci pokazać narzędzia tortur? – Dowódca najwyraźniej chciał zburzyć spokój więźnia.

Virion uśmiechnął się w duchu. Tortur nie będzie ani w najbliższym czasie, ani też nie odbędą się tutaj. Jego proces nie został przecież zakończony. Ale świnia za stołem przypomniała mu znowu Meliklesa i jego los.

– Na szczęście rodziny nie masz i nikt po tobie płakać nie będzie...

Przed oczami stanęła mu Niki. Opuszczona, sama, czekająca na niego w lesie. Coś go zapowietrzyło, a potem jakby zalało gorącem.

Virion wstał i wyskoczył przez okno.

Drugie piętro! Nogi razem! – w głowie pojawiło się wspomnienie instruktora z gimnazjonu.

Wylądował z jękiem, przewracając się na lewy bok. O mało nie wybił sobie wszystkich zębów kolanami. Coś bolało w okolicach wątroby, nie mógł oddychać.

Na czworakach wydostał się na ulicę.

W komendzie na górze dopiero teraz rodziły się krzyki. Virion spojrzał w lewo, a potem w prawo. I zastygł. Stąd nie było drogi ucieczki! No przecież wiedział o tym. Co go zaćmiło? Ani w lewo, ani w prawo. Ani poza budynki – nawet jeśli znalazłby przejście, to będzie widoczny na polach jak na dłoni. Tu nie było kryjówki. Nie było bezpiecznego miejsca!

Było.

Zanim zdał sobie sprawę z tego, co robi, zawrócił nagle i wbiegł do budynku komendy. Na schodach słyszał już odgłos kroków zbiegających na parter strażników. Skręcił więc i wbiegł do sali, gdzie przyjmowano petentów.

– Okradli mnie! – krzyknął.

Nikt nawet nie podniósł głowy. Trzech strażników zajętych było pisaniem, kilkanaście osób czekało cierpliwie w kolejce.

– Zostałem okradziony!

Dopiero teraz doczekał się przeciągłego spojrzenia.

– Na koniec kolejki.

– Ale właśnie mnie okradli!

Strażnik powrócił do pisania.

– Inni też mają ważne sprawy. Trzeba poczekać na swoją kolej.

Na korytarzu trwał rwetes. Strażnicy nawoływali się, biegali, popychali. Drzwi były otwarte, a Virion stał do nich plecami. Czuł, jak grube krople potu spływają mu po twarzy. Po chwili chaos i pokrzykiwania przeniosły się na zewnątrz. A on zastanawiał się, ilu strażników widziało jego twarz. Tych czterech, którzy go złapali. Jeden przy schodach, który zapisał jego imię w rejestrze. No i sam komendant. Ale ten przecież nie będzie osobiście biegał po ulicach w poszukiwaniu zbiega. Czyli pięciu. A reszta?

Znali go na podstawie opisu w liście gończym. Choć to mała pociecha. Przecież już raz przez to wpadł.

Trzeba coś zrobić. Na komendzie robiło się coraz goręcej. Postanowił zwrócić na siebie uwagę. Przecież zbieg kojarzył się z czymś przeciwnym.

– Przepraszam – powiedział głośno. – Czy moglibyście rozpatrzyć moją sprawę w pierwszej kolejności, panie? – zwrócił się do najbliższego strażnika.

– W urzędzie obowiązuje kolejka.

– Ale ja zostałem okradziony! – Virion podniósł głos. – Ukradli mi naprawdę dużo pieniędzy.

– Stój cicho i czekaj na swoją kolej! – Tym razem strażnik przyjrzał się niecierpliwcowi. Oczywiście nawet nie pomyślał, żeby zbieg mógł tu przyjść i jeszcze tumult czynić. Ograniczył się więc do pouczenia. – Jak będziesz gardłował i przeszkadzał nam w pracy, to każę cię wyrzucić z komendy! – zapowiedział złowieszczo.

Virion o mało się nie roześmiał histerycznie. No nieźle. Chciano go wyrzucić z komendy, która właśnie prowadziła poszukiwania jego osoby. Błogosławiona rutyna.

– Hej! – z korytarza rozległ się głośny okrzyk. Ktoś wszedł do sali z petentami i stanął tuż za plecami Viriona. – Więzień staremu spieprzył.

– Ojojoj.

– Zabieram ci dwóch pomocników. Zostajesz tu sam.

– No nie, bez jaj! Nie widzisz, ilu tu ludzi?! – Kiwnął podbródkiem na Viriona, z którego pot po prostu lał się strumyczkami nieprzyjemnie drażniącymi skórę.

– Stary się piekli. Zabieramy wszystkich z komendy i z koszar.

– Przecież nikt nie ucieknie z Annate! Pogięło was?

– Musimy go mieć przed zmrokiem.

– Do nocy jeszcze daleko! Weźcie się nie wygłupiajcie.

Ten stojący za plecami najwyraźniej stracił cierpliwość.

– Ty i ty – wybrał dwóch strażników – za mną! Natychmiast!

Podnieśli się błyskawicznie i ruszyli do wyjścia. Ponieważ na drodze stał Virion, jeden z nich odepchnął go zdecydowanym ruchem.

Kiedy wyszli, strażnik, który teraz pozostał sam, znowu spojrzał na Viriona. Nie po to jednak, żeby krzyknąć: „Tu jest zbieg! Łapcie!". Bynajmniej. Bezradnie rozłożył ręce i pokiwał głową w geście, który miał pewnie znaczyć: „No i sam widzisz... spędzisz tu całe popołudnie".

Kiedy odwrócił wzrok, powracając do spisywania protokołu, chłopak odważył się podnieść drżącą rękę i obetrzeć sobie mokrą twarz. Ludzie w poczekalni żywo komentowali zajście. Do niego nikt się nie odzywał, bo przecież był obcy.

Spisywanie zeznań ludzi, którzy przyszli na komendę, ciągnęło się w nieskończoność. A to sąsiad wredny kradł w nocy kury, zauważony i upomniany podsypał z zemsty trutkę psu, a to kupiec zły zastawił wozem tylne drzwi od stodoły, uniemożliwiając zrzutkę słomy. Straty kolosalne. Właściwie sam cesarz powinien interweniować.

Virion nie słuchał. Nerwy sięgały zenitu. Oddech zdołał uspokoić, dopiero kiedy ktoś stanął w kolejce za nim. A potem z tyłu stanęła jeszcze jedna osoba. Jeszcze później doszedł do połowy kolejki i był już swój. Ktoś zwierzał mu się z niesłychanych praktyk handlarza ziarnem, który notorycznie nie doważał towaru, mając rzekomo dwa komplety obciążników, którymi zręcznie manipulował przy kupujących. Kto inny pytał z kolei, jaką sumę mu ukradziono i w którym zajeździe. Virion pamiętał nazwę, jaką w kpinach rzucił mu strażnik podczas zatrzymania.

– Pod Złotym Psem – odparł.

– Aż to melina – skwitował korpulentny mężczyzna, zgłaszający oszustwo w handlu warzywami, które na targu moczono w wodzie i nacierano opiłkami ołowiu. – A płacić sobie każą jak za najlepsze wykwinty!

– I co? – dopytywała kobieta stojąca dwa miejsca za nim. – I właściciel się nawet nie poczuwa, żeby jakoś pomóc?

– A skąd! – obruszył się Virion. – Konia mi zajął pod zastaw rachunku za nocleg!

– Ale banda!

Kiedy Virion stanął nareszcie przed obliczem strażnika spisującego zeznania, ten znał już właściwie jego historię. Jeśli tylko miał podzielną uwagę i słuchał rozmów prowadzonych w kolejce. Wyjął spod stołu czystą kartę pergaminu, umoczył pióro i zaczął sakramentalne:

– Imię?

– Vi... Vinte, panie.

– Obywatel?

– Jak najbardziej. Szlachetnie urodzony.

– Skąd?

– Z Manea.

– Pierwsze słyszę.

– To przedmieścia Syrinx.

– Aha. Jaką sumę ukradli?

Virion zawahał się i rozejrzał niespokojnie. Potem westchnął. Przygryzł wargi. I palcem na blacie kantoru napisał „sto pięćdziesiąt". To, że w złocie, powinno być dla wszystkich oczywiste.

Strażnika zapowietrzyło. Długo milczał, potem dopiero udało mu się odetchnąć.

– No... teraz rozumiem zdenerwowanie. Ale taką sumę bez zbrojnych?

– Pośpiech był. Kontrakt przyjechałem kupić. W jukach miałem, zawsze przy sobie.

– Kontrakt kupić? Hej, czy to aby nie jest nielegalne?

– To nie jest spekulacja cenowa, panie. To odstępne dla kupca, którego choroba złożyła. Ruszyłem ze stolicy na pierwszą wieść, a dopiero w ostatniej chwili podjąłem gotówkę w cechu domu kupieckiego Hebro. Weksel wystawił Bille, a żyrantem jest Farong i wspólnicy. Wszystko do sprawdzenia w okręgu.

Virion za długo był świadkiem interesów ojca. Kupiecką gwarę znał na wylot, tak samo jak pokrętny sposób prowadzenia interesów. Wiedział też, że nikt z gotówką po ulicy nie biega i nie daje się okraść. Dlatego też wymyślił interes ocierający się prawie o nielegalność, żeby przekonać strażnika o prawdziwości swych słów. Właściwie za przyznanie się do kupowania kontraktów powinni go aresztować, ale wiadomo, to tylko słowa, których każdy się potem wyprze, i nie było sensu się szarpać. Takie postępowanie było nagminne, ale znajomością kupieckiego sposobu myślenia przekonał strażnika. Tamten ewidentnie mu uwierzył. A kiedy Virion opatrzył własne zeznania zamaszystym podpisem, tylko westchnął.

– Tak właściwie to czego się spodziewasz? – zapytał nawet.

– Muszę mieć pismo, że się zgłosiłem i zeznałem, co następuje.

– I po co ci takie pismo?

– Dla wspólnika. Tak czy tak, obedrze mnie ze skóry. Ale jak zobaczy dokument, to może chociaż wina da przed egzekucją.

Strażnik przytaknął.

– Śledztwo oczywiście zostanie wszczęte – powiedział cicho. – Ale sam widzisz, co się dzieje. Cała straż po ulicach gania. Może jutro, może za dziesięć dni kogoś do sprawy przydzielą. No i sam wiesz... – znacząco zawiesił głos.

– Wiem, wiem, nic z tego nie będzie. – Virion smętnie pokiwał głową. – Ale muszę mieć pismo dla wspólnika. Musimy dojść do ugody z naszym żyrantem.

– No dobrze. – Strażnik wziął nową kartę. – Ale wiesz, że nie mogę poświadczyć tego, czego nie widziałem.

– Wiem.

– No to napiszę tak: „Dnia dzisiejszego na komendę w miejscu zgłosił się niejaki Vinte, który oświadczył, że ukradziono mu...".

Virion rozłożył ręce w geście rezygnacji.

– No tyle mogę. – Strażnik przyłożył do karty wielką pieczęć. – Tyle mogę. I uważaj na patrole, bo dziś skubią szczególnie.

– Słyszałem. Dzięki, panie!

Virion, udając zgnębionego, opuścił salę przyjmowania skarg. Tak naprawdę nie musiał wiele udawać. Nie miał pojęcia, co zrobić teraz. Dalsze przebywanie na komendzie było już niemożliwe. A na ulicy zgarnie go przecież pierwszy patrol. Usiłował iść jak najwolniej. Ale cokolwiek by robił, korytarz skończył się po chwili i owionęło go chłodne powietrze. Przystanął i rozejrzał się dyskretnie. Wokół nikogo. To znaczy kręcili się jacyś ludzie, ale nie było strażników. Ciekawe, czy rozgłosili już wszystkim wieść o jego ucieczce i podali opis. Hm, mało prawdopodobne. Takie rzeczy robi się na forum, za pośrednictwem heroldów. Chyba jeszcze nie zdążyli zorganizować odpowiednio wielkiej szopki.

Virion wyszedł na środek ulicy i pomału ruszył w stronę najbliższej przecznicy. Zakazał sobie iść przez targ – tam mogą go rozpoznać. Ale też nie w drugą stronę, przeciwną do tej, z której pojawił się w mieście. Nie wiedział, co tam jest i jak kształtuje się teren. Musiał opuścić miasto, a to zakrawało na niemożliwość. Środkiem ulicy idzie człowiek, którego poszukuje cała straż. A to przecież nie Syrinx. Jedna ulica i kilka zaledwie zalążków przyszłych przecznic. Z całą pewnością natknie się na mundurowych. Musiał się pogodzić z tą myślą. W zwykłych warunkach pismo, które wydębił na komendzie, pewnie by wystarczyło wszystkim skorym do kontroli. Ale ten dzień trudno było nazwać zwykłymi warunkami.

Znowu się spocił. Miał wrażenie, że wszyscy patrzą na niego i dosłownie chwile dzielą go od momentu, kiedy zaczną go pokazywać palcami. Usiłował zachowywać się jak człowiek normalny, ale nie mógł sobie przypomnieć, co normalny człowiek robi na środku ulicy. Wiadomo. Nie przemyka ani chyłkiem, ani ukradkiem. Nie rzuca nerwowych spojrzeń. Nie ogląda się za siebie. Nie idzie z opuszczoną głową i ze wzrokiem wbitym pod nogi. No dobrze. To jest wszystko, czego normalny człowiek nie robi. A co robi?

Nie miał pojęcia. Zamarł, kiedy zauważył punkt kontrolny na skrzyżowaniu. Strażnicy nie patrzyli na razie w jego stronę. Stłumił w sobie chęć natychmiastowego rzucenia się biegiem w przeciwnym kierunku i ruszył przed siebie. Teraz wszystko zależy już tylko od człowieka, z którym będzie rozmawiał. I od tego, jak sam Virion to rozegra.

Kiedy go zauważyli, nie odwracał wzroku. Podniósł tylko pismo. Widział ich reakcję. Idealnie pasował do opisu zbiega. Ale... ofiara przecież sama z siebie nie podchodzi świadomie do drapieżnika. Patrzyli z uwagą, lekko zdziwieni.

Virion uśmiechnął się, a kiedy podszedł wystarczająco blisko, wręczył dowódcy trzymaną w ręku kartę. Starszy, na oko ponad pięćdziesięcioletni mężczyzna żachnął się.

– Co to jest?

– Urzędowe pismo z waszej komendy. Od dowódcy.

Dwóch młodszych strażników z tyłu wymieniło się spojrzeniami. Starszy rozprostował pergamin i zbliżył do oczu. Patrzył na litery długo i z niesłabnącą uwagą. Virion poczuł, jak oblewa go fala gorąca. Pomyślał, że tamten zrozumiał, że to podstęp. Że wyłudzenie takiego pisma to drobiazg i właśnie otwiera usta do krzyku: „łapać gnoja!".

Strażnik rzeczywiście otworzył usta. Powiedział:

– Ten skryba to pisze jak kura pazurem.

– To był strażnik.

– Jeszcze lepiej. Same kulfony i bazgroły.

Virion aż osłabł z nieprawdopodobnej ulgi. Strażnik nie umiał czytać!

– Pozwólcie, panie, ja mam młodsze oczy. – Odebrał swoją kartkę i zbliżył do twarzy. – Rzeczywiście, wszystko ledwie czytelne, jakby mu ręka drżała – skłamał. Pismo wystawione na komendzie było bliskie ideału. Litery właściwie przypominały kaligrafię. Virion odchrząknął. – Tu napisano... – udawał, że ledwie może odczytać, to zbliżał pismo do oczu, to oddalał – że niejaki Vinte w dniu wczorajszym zgłosił się na komendę, oświadczając, że ukradziono mu znaczną sumę pieniędzy. Przesłuchani na tę okoliczność świadkowie potwierdzili jego słowa, a dwóch członków rady miejskiej oświadczyło, że zna go osobiście i że wcześniej prowadzili z nim interesy.

Virion urwał i zerknął na strażnika, czując, że się w kłamstwach zagalopował. Ale tamtego interesowało coś innego.

– No ale tu napisali, że cię wczoraj okradli. A ty dzisiaj od strony komendy idziesz. Co?

– Tak, panie. Idę, bo mnie już dzisiaj wasz patrol zwinął i doprowadził przed oblicze waszego dowódcy. Podobno jakiś zbój, Wiryjon, uciekł, a ja jestem podobny. I komendant kazał dać mi to pismo, żebym pokazywał każdemu napotkanemu strażnikowi po drodze.

– Ano tak, tak. Sam bym cię aresztował... Ale gdzie ty iść zamierzasz teraz?

– Muszę dojść do porozumienia z żyrantem pożyczki przez asesora komorniczego rządcy cechu, który wystawił awiza wedle indeksu nakazowego restytucji. – Virion starał się używać jak najbardziej skomplikowanych słów.

– Aha. – Strażnik pokiwał głową, udając zrozumienie. – To idź w takim razie. Byle nie przez las, bo tam obławę szykują. Jak cię złapią po nocy, to w ryj mogą dać, zanim spytają, co i jak.

– Dzięki, panie. – Virion ukłonił się głęboko, żeby móc przy okazji przełknąć ślinę. Potwornie zaschło mu w ustach. – Życzę złapania zbójcy.

– Idź, idź z Bogami! Już!

Kamień ostrzałki sunący powoli po ostrzu miecza Nary'ego wydawał drażniący dźwięk. Nikt jednak nie ośmielił się nawet na najmniejszą uwagę. Właściwie wszyscy udawali, że słyszą cudowny śpiew ptaków, szemranie wody w strumieniu, szum wiatru, wszystko oprócz koszmarnego pisku, zgrzytu, skrzypienia wydawanego przez tę pierdoloną ostrzałkę na jebanym ostrzu! Zaciskanie zębów nie przynosiło ulgi. Ale strach przed humorem szefa nie pozwalał na jakąkolwiek reakcję. Jedynie dziewczyna Viriona siedząca pod drzewem obok, ciągle z nieobecnym wyrazem twarzy, zdobyła się na to, żeby wyciągnąć rękę w kierunku dźwięku. Niezbornie usiłowała powstrzymać ruch ręki w górę i w dół i położyć kres morderczej kakofonii. Jednak Nary, kiedy tylko zbliżała dłoń, bił ją po ręce, a kiedy nachylała się, by lepiej sięgnąć, lał ją z całej siły w twarz. Dziewczyna nie protestowała, nie usiłowała się odsunąć. Uporczywie, choć nieudolnie próbowała zlikwidować źródło dźwięku.

Z boku właściwie to śmieszny widok, pomyślał Kila. Wkurwiony do imentu szef i niedojda, której uporu nie może nic powstrzymać. E, wcale nie śmieszne, zmienił zdanie. Takie sobie.

Zły humor Nary'ego zapoczątkowała rozmowa z kupcem, który zmierzał przez las prosto z Annate. To właśnie on powiedział łapaczom, że w miasteczku jest afera. Podobno złapano ważnego zbiega. Kupiec nie mógł zrozumieć, dlaczego ta niewinna plotka momentalnie wprawiła obcych w nastrój graniczący z ponurym obłędem. Nie miał pojęcia, że niesamowita nagroda właśnie przechodziła łapaczom obok nosa.

Szef wysłał Taryna jako szpiega. Nie chciał ani występować oficjalnie jako przedstawiciel prefektury, ani jechać anonimowo. Jeśli istniała jeszcze jakakolwiek, choćby najmniejsza szansa na zainkasowanie pieniędzy, to wolał jej nie zaprzepaścić. No ale... co mogło się jeszcze stać? Jedyne, co przychodziło im do głowy, to przekupienie strażników, bo wiadomo, że im i tak nagrody nie dadzą. No wiadomo, że w tej sprawie to nierealne.

– A może by tak odbić Viriona z więzienia? – powiedział nagle Kila. – Napadniemy nocą na komendę, tak żeby nas nie rozpoznali, odbijemy więźnia siłą, w lesie wypuścimy i złapiemy rano. Co?

– A chcesz, żebym ci to ostrze włożył w ryj? – zapytał uprzejmie Nary, nie zaszczycając byłego niewolnika nawet spojrzeniem.

– No nie... Chcę cię po prostu trochę rozerwać.

– Najlepszą rozrywką w tej chwili będzie, jak usiądziesz na rożnie, żeby ci się wbił w dupę, i osadzisz nad ogniskiem, obracając się szybko. Zapewniam, to mnie rozbawi.

– A coś mniej bolesnego?

– Bij za mnie tę babę, co mi przeszkadza ostrzyć. – Nary wskazał Niki.

– Ale wiesz, że jak go złapiemy, to nie możemy go wiązać?

Nareszcie wytrącił dowódcę z denerwującego ciągu jednostajnych ruchów.

– Niby czemu?

– No przecież jeśli od ucieczki do złapania nie minie doba, nagroda się nie należy.

– On uciekł z Mygarth.

– Albo z Annate. Zależy, jak to ktoś zinterpretuje, prawda?

Nary zamyślił się. Jego człowiek mógł mieć rację. Lepiej nie zdawać się na cudzą interpretację w delikatnych kwestiach pewnych rozstrzygnięć. A już najlepiej nie robić tego, kiedy w grę wchodzą pieniądze. Psów ogrodnika na świecie całe rzesze.

– A niby kto doniesie, że go związaliśmy?

– On sam. Z czystej złośliwości przecież.

Znowu racja. Kila, widząc, że szef słucha, kuł żelazo, póki gorące.

– Gdyby Virion tu jednak przyszedł, spróbujmy sprawić, żeby tym razem wszyscy wykonywali rozkazy – powiedział.

– Co masz na myśli?

– Przypadek Helty.

– Helta był idiotą. I słusznie, że go zabili, skoro nie wykonał jasnego i wyraźnego rozkazu.

– Właśnie. Spróbuj sprawić, żeby się to nie powtórzyło.

Nary zaczął się śmiać.

– Ośmiu na jednego? Boisz się chłopaka czy co?

– Dahmeryjczyków było sześciu...

– No chyba, kurwa, kpisz. On ich nie zabił! – Nary odłożył miecz i nachylił się w stronę swojego człowieka. – I jedno, co mnie w tej sprawie martwi, to fakt, że nigdy się nie dowiemy, ani kto ich zabił, ani kto zabrał skarb.

– Jesteś pewny, że to nie on?

– Jestem. Choć Dahmeryjczycy to tylko najemna hołota, w wojsku dobra. Do naszej roboty to oni by się nie nadawali.

– Racja. – Kila musiał się zgodzić. – Nie takich oprychów łapaliśmy. A na postronku prowadziliśmy zbójów, którzy dużo większą liczbę zawodowców załatwili.

– Ano. To niemożliwe, żeby nas pokonać. Więc czego się boisz?

– A tego, że już niedługo, przy następnym zleceniu, powiesz, że to był pryszcz. Nie to, co akcja z Virionem, bo tam to musieliśmy się namęczyć. I straty jakie...

Nary spojrzał na Kilę zdziwiony. Nie zdążył jednak zapytać, o co łapaczowi chodzi, bo niemowa na czatach świsnął cicho. Potem podniósł do góry jeden palec i pokazał na siebie. Swój. Szpieg wracał.

Taryn był tak zdyszany, jakby biegł od samego Annate.

– No co tam? Ten, co go złapali, to Virion?

– Virion. – Były niewolnik nie był w stanie wypowiedzieć więcej niż to jedno słowo. Ze wszystkich sił walczył o odzyskanie oddechu.

– No to dupa! – Szef łapaczy wbił ostrze swojego miecza w ziemię, niwecząc tym samym cały wysiłek włożony w ostrzenie. – Zwijamy się, kurwa!

– Nie.

– Co? – Nary zerknął na swojego szpiega. – No to złapali go czy nie?

Taryn włożył ogromny wysiłek w to, by móc wypowiedzieć całe zdanie naraz:

– Złapali, ale właśnie im uciekł.

Pogoda zmieniała się błyskawicznie. Nad okolicę nadciągały ciemne chmury, zerwał się zimny wiatr. Tumany kurzu na drodze, które wzbiły się przy pierwszych podmuchach, opadały właśnie, ustępując miejsca rzadkim jeszcze kroplom deszczu. Ulewa rozpoczęła się, dopiero kiedy Virion wpadł pomiędzy pierwsze drzewa. Tu już, pod osłoną gęstych koron, deszcz prawie nie był odczuwalny. Aura jednak płatała dziwne figle. Kiedy skręcił z drogi w gęstwinę, zauważył niesamowite, ciągnące się tuż przy ziemi białe pasma. Mgła? Nieliczne wstęgi sięgały najwyżej do kolan i zdawały się sunąć powoli w sobie tylko znanym celu. Skąd mgła przy tej temperaturze i o tej porze dnia? Pierwszy raz widział takie zjawisko. Przy wzmożonym nagle szumie liści i trzeszczeniu konarów pod naporem wiatru robiło to niesamowite wrażenie.

Virion szybko odnalazł strumień i zaczął posuwać się zgodnie z jego biegiem. Błogosławił chwilę, kiedy wpadł na pomysł, żeby kryjówkę dla Niki zrobić nad brzegiem. Teraz w lesie było już prawie ciemno i na pewno nie rozpoznałby żadnych charakterystycznych punktów, które obrałby za słonecznego dnia.

Dosłownie nadział się na faceta, który mierzył do niego z kuszy. Jednocześnie coś ukłuło go w plecy.

– Jest. Jest! Mam go – wokół rozbrzmiewały ciche meldunki składane przez mężczyzn, którzy pojawili się znikąd.

Virion rozglądał się totalnie zaskoczony. Nikt go nie szarpał, nikt nie wykręcał rąk, nie wiązał. W przeciwieństwie do miejskich strażników ci tutaj wiedzieli, że im nie ucieknie. Ten z tyłu, który dotykał pleców Viriona ostrzem miecza, popchnął go lekko.

– Idź.

Virion ruszył powoli, nie chcąc wykonywać żadnych gwałtownych ruchów, ale tamci nie zwracali na to uwagi. Fachowcy pieprzeni. I oni, i on po chwili wiedzieli z całą pewnością, że nie ma nawet iluzorycznych szans, żeby im umknął. Żeby ich szlag trafił!

Jego koń czekał kilkanaście kroków dalej, przywiązany do tego samego drzewa, tak jak go zostawił. Obok siedziała Niki, jak zwykle z nieobecnym wyrazem twarzy. Chociaż nie, coś się zmieniło. Miał wrażenie, że dziewczyna ledwo, ledwo, ale spogląda mniej więcej w kierunku dowódcy całej tej bandy, który czekał na zwalonym pniu tuż obok. Dziwne.

Obok stał jeszcze były niewolnik, którego Virion już raz spotkał, kiedy wychodził z rzeki. Ten jeden się nie uśmiechał. Patrzył skupiony na twarz jeńca.

– Wszyscy dwa kroki w tył! – zakomenderował dowódca. – I pilnować swojej broni.

Oprychy cofnęły się po kilka kroków, choć wyraz ich twarzy nie wskazywał jakiegoś szczególnego zrozumienia. Szef łapaczy postanowił wyjaśnić:

– Powiedzcie mi, dzieci, gdybyście jak on wiedzieli, że czeka was kat i wiele dni tortur. O czym byście marzyli?

Aha. Zrozumieli.

– O tym, żebyśmy go tu zabili pewnie – powiedział ktoś z tyłu.

– No właśnie. Więc nie zbliżać się do niego i pilnować, żeby nie wyrwał wam broni. Jasne?

Potakiwali zgodnie.

– Mogę usiąść? – zapytał Virion. Z powodu tych wszystkich doznań drżały mu nogi.

– A możesz robić, co chcesz, poza opuszczeniem naszego towarzystwa. Możesz usiąść, możesz stać, na jednej nodze, na dwóch, jak wola. A jak ci przyjdzie ochota, żeby tańczyć, to możesz nam pokazać jakieś pląsy.

– Łaskawca. – Virion usiadł na ułamanym konarze niedaleko Niki. – No ale skoro tak, to poproszę o coś do jedzenia.

Były niewolnik wyjął ze swojej torby duży kawał sera zawiniętego w szmatkę i jakiś placek. Podał chłopakowi w wyciągniętej ręce. Virion zaczął karmić Niki, która rzuciła się na jedzenie z dziką łapczywością.

– Ot, jacy z was kulturalni ludzie. O kobiecie nie pomyśleliście.

– Jej inna rola wyznaczona – zaśmiał się gardłowo jeden z oprychów.

Wymyśl coś! Wymyśl coś! – kołatało w głowie Viriona. Pamiętał słowa Meliklesa: nigdy się nie poddawać, tuż przed egzekucją poproś choć o kubek wody, żeby dać sobie kilka chwil więcej. A nuż coś się zdarzy.

Niby co? Broni im nie wyrwie. Z gołymi rękami się nie rzuci. Zbyt profesjonalni. Nie zabiją go ani nie uszkodzą. A jak będzie fikał za bardzo, zemszczą się na dziewczynie. Za nią nagrody nie wyznaczono. Zastanawiał się, z iloma zbiegami w swoim życiu ich dowódca miał już do czynienia. Z setkami? Z tysiącami? Obojętnie. Nie sposób go podejść. Co powinien zrobić? Nie miał pojęcia, ale skądś, z głębi umysłu, przyszła sugestia: musisz odróżnić się od innych. A co robi złapany zbieg? Hm. Jest załamany? Prosi o litość? Zamyka się w swoim nieszczęściu?

– Jesteście łapaczami. – Uśmiechnął się do przywódcy radośnie.

Ten odpowiedział uśmiechem.

– Cóż za przenikliwość – zakpił. – Geniuszu.

– No niestety. Mam dla was same złe wieści.

– Och?

– Niedługo ruszy obława. Ludzie przejdą tyralierą cały las.

– Żebyśmy się tylko nie zesrali na ich widok.

Virion uśmiechnął się jeszcze bardziej radośnie.

– Wydaje ci się, że obława strażników to nic – powiedział. – Ale przecież macie ich własność.

– Niby jaką?

– No przecież ja jestem imperialną własnością – wyjaśniał cierpliwie chłopak. – I co? Chcecie nagrody? To musicie mnie dostarczyć do prefektury. Ale wtedy w przypadku obławy będziecie musieli uciekać przed strażnikami, bo to ich teren. Uciekać z ich łupem, z ich własnością. Jesteście więc złodziejami i nagroda się nie należy.

Uśmiech błyskawicznie zniknął z twarzy mężczyzny. Szef łapaczy nawet zerknął odruchowo na stojącego obok byłego niewolnika, jakby w poszukiwaniu pomocy.

– No co ci się tak humor nagle popsuł?

– A niby kto powie, że jesteś u nas? Zobaczymy strażników i odejdziemy. Kto powie...

– Ja – przerwał mu Virion bezceremonialnie. – Osobiście doniosę o tym pani Taidzie.

– Ty, kurwa... – Szef łapaczy zrobił gest, jakby chciał podnieść się ze swojego pieńka, ale zdołał się opanować. – Ach, taka gra. – Pokiwał głową. – Jeszcze chwila i uwierzyłbym, że strażnicy osobiście poinformowali cię o obławie.

Virion zauważył, że dowódca uspokoił się, kiedy usłyszał znajome imię. Pewnie pomyślał, że z Taidą sobie poradzi. I Virion zrozumiał też podstawową rzecz. Fachowcami to oni niewątpliwie są. Ale nadmiarem inteligencji raczej nie grzeszą. Ot co. Westchnął. Niestety, żadnej realnej szansy na ucieczkę to nie przybliżało. Sytuacja nadal była beznadziejna.

– Szefie! – Jeden z oprychów najwyraźniej tracił cierpliwość. Aczkolwiek w innej sprawie niż złapany zbieg. – Szef mówił, że jak już się z nim załatwimy, to będę mógł... – Kiwnął na Niki, siedzącą ciągle w tej samej pozie.

– No to możesz. Tylko spróbuj nie uszkodzić, może się przydać do czegoś.

– Nigdy nikogo nie uszkodziłem – wyjaśniał bandzior, łapiąc dziewczynę za włosy. – Zabranie cnoty przecież nie szafot. Życia się od tego nie traci.

Nie bacząc na docinki kolegów, szarpnął mocno i pociągnął dziewczynę w krzaki. Niki nie krzyczała, nie odzywała się. Usiłowała rękami chwycić własne włosy, żeby szarpanie tak nie bolało.

Viriona zalała fala gniewu. Aż go zaćmiło. Wił się w poczuciu koszmarnej niemocy, nie wiedząc, co mógłby zrobić. Zabrać im broń? Niemożliwe. Rzucić się z gołymi rękami?

Masz się odróżnić od innych – rozległo się we wnętrzu jego głowy. Czego NIE zrobiłby złapany zbieg?

– Widzę, że doszliśmy do pewnej nieprzekraczalnej granicy – powiedział spokojnie. – Właśnie wydałeś na siebie wyrok – dodał, patrząc w stronę dowódcy. – Do reszty nic nie mam. Jeszcze mogą sobie uciekać.

Oprychy zaczęły się śmiać. Nie mógł ich chyba bardziej rozbawić. Tylko jeden zachował kamienny wyraz twarzy. Patrzył na Viriona nieporuszony. Nie drgnął mu ani jeden mięsień.

– Aleś mnie przestraszył – mruknął szef łapaczy. – Nie będę mógł spać w nocy.

– Nie mówimy o śnie. No chyba że wiecznym.

– O? – Dalej nie traktował Viriona poważnie.

– Na pewno zastanawiałeś się, co zaszło w Mygarth. Prawda?

Na twarzy szefa łapaczy pojawił się cień zainteresowania.

– Prawda – przyznał po chwili. – Ale nie sądzę, żebyś mi tu wyznał, gdzie jest skarb.

– Wierzysz, że go ukryłem?

Łapacz wzruszył ramionami.

– Nie mam pojęcia. Nie sądzę.

– Więc co się tam stało?

– Nie wiem.

– Kto zabił sześciu dahmeryjskich najemników?

Dowódca uśmiechnął się lekko.

– Ty?

– No widzisz – westchnął Virion. – Problem w tym, że ja też nie wiem.

– Tak sądziłem.

Virion, kiedy zaczął snuć opowieść, poczuł nagle coś na kształt ulgi.

– Bo to tak. Pamiętam doskonale ten dzień. Najpierw zabiłem swojego kolegę i dziewczynę, która mnie z nim zdradziła. Nabiłem ją plecami na bronę, która leżała ostrzami do góry.

Ten temat ewidentnie zaciekawił oprychów. Teraz przysłuchiwali się z uwagą.

– Na ulicy, kiedy szedłem z zakrwawionym mieczem w dłoni, spotkałem najlepszego szermierza z naszej szkoły. Podszedł i o coś zagadnął. Zapytałem, czy chce się zmierzyć, a on zaczął uciekać. Przed sądem zeznał inaczej, bo się wstydził. – Virion trochę mijał się z faktami. – Więc poszedłem dalej.

– I co? – Szef łapaczy, choć z lekceważącym uśmiechem na twarzy, wydawał się również zainteresowany dalszym ciągiem opowieści.

– No właśnie nie wiem. Mam straszną dziurę w pamięci. I tak naprawdę następna rzecz, którą mam przed oczami, to chwila, kiedy siedzę pod skałą kryjącą jaskinie, a strażnicy zaczynają mnie otaczać.

– I nie wiesz, co było pomiędzy?

– Nie wiem. W sądzie dowiedziałem się, że mój miecz znaleziono na miejscu zbrodni, a skarb zniknął. Dopiero tam. I wiesz... Wiesz, czego się najbardziej boję? O czym nie mogłem przestać myśleć w więziennej klatce?

– Czego się najbardziej boisz?

– Że wtedy w Mygarth, tamtego dnia... – Virion przełknął ślinę. – Że wtedy poszedłem do domu moich rodziców. Że ich zabiłem w szale. Że dokonałem egzekucji na sześciu dahmeryjskich zawodowcach, że wymordowałem służących i straże, a potem... He. Przecież żeby wynieść skarb, musiałem nieść skrzynię w obu rękach. Musiałem zostawić tam miecz.

– Oż kurwa!

– I boję się, że po tej krwawej łaźni poszedłem do skał i ukryłem skarb. A Bogowie, chcąc okazać łaskę, zabrali mi pamięć o tej zbrodni.

Uśmiech dawno zniknął z twarzy dowódcy łapaczy.

– Przekroczyłem po prostu granicę tego, co może znieść umysł.

Zapadła cisza. Pasma mgły pomiędzy drzewami stawały się coraz gęstsze. Krople deszczu uderzały w liście z mniejszą intensywnością. Jedynie chwile dzieliły las od pogrążenia się w ciemnościach.

– I to niby ty zabiłeś sześciu gotowych na wszystko zawodowców? – zapytał dowódca. – To w ogóle możliwe?

– Zaraz się, kurwa, dowiesz.

Tym razem nikt się nie roześmiał. Virion gorączkowo zastanawiał się, jak wykorzystać moment nie strachu może, ale niepokoju, który w nich zasiał. Postanowił rzucić się na dowódcę i spróbować zabrać mu broń. Tego chyba najmniej się spodziewali.

Szef łapaczy poruszył się, głośno przełknął ślinę.

– Co on tam tak długo robi? – Zerknął w stronę, gdzie poszedł gwałciciel. – Sprowadź mi ich. – Przeniósł wzrok na najbliższego zbira. – Ale już!

Ten bez zwłoki ruszył w krzaki. Po prawej stronie dowódcy zrobiła się luka w otaczającym go kordonie. Teraz Virion desperacko potrzebował czegoś, co na chwilę odwróci ich uwagę. Co zdekoncentruje ich na mgnienie oka chociaż.

Z zarośli obok dobiegł krzyk. Nie wiadomo, zdziwienia czy strachu. Ktoś krzyknął jeszcze raz, dużo ciszej, rozległ się jakiś trzask, a potem usłyszeli przedziwny świst. Świst powtarzał się w regularnych odstępach, a jego źródło było coraz bliżej.

Nagle gałęzie rozchyliły się, ukazując wracającego posłańca. Miał dziką twarz. Jego usta poruszały się gwałtownie, jakby coś mówił, czy raczej krzyczał, ale nie wydawał żadnego dźwięku. Jego gardło było rozerwane na strzępy. Z tętnicy w regularnych odstępach tryskała krew. Wyrwana do połowy tchawica sterczała pod dziwnym kątem i to z niej dobywał się spazmatyczny, bulgoczący świst. Łapacz dalej próbował coś powiedzieć, ale do strun głosowych nie dopływało już powietrze.

Kiedy upadł, zobaczyli stojącą z tyłu Niki. Nieobecną duchem jak zawsze. Tyle tylko, że z jej ust spływała krew aż na tunikę.

Ten właśnie moment wybrał Virion. Odbił się i skoczył do prawego boku dowódcy. Po pierwsze, było tam więcej miejsca. Po drugie, tamten miał miecz przypasany po lewej, więc mógł nie domyślić się zwodu.

Sztuczka częściowo się udała. Virion chwycił rękojeść miecza, wyszarpnął, ale mężczyzna złapał go za rękę. No trudno. Virion otworzył dłoń. Miecz wypadł prosto do nastawionej lewej ręki poniżej. Jedno cięcie po udzie od pachwiny do samego kolana sprawiło, że wróg krzyknął i zwolnił chwyt. Virion zdziwił się, że krew chlusnęła szeroko. Nie mógł wiedzieć, że dowódca pół dnia zajmował się ostrzeniem.

Szef łapaczy, sycząc, wydobył sztylet i nadziak. Virion nie mógł czekać. Odskoczył, obracając się w locie, by uderzyć plecami o pień drzewa. Musiał sprawdzić, co dzieje się z tyłu.

Najbliżej stał niemowa z kuszą. Właśnie ją odrzucał, żeby wydobyć broń służącą do walki na bliskim dystansie. I był tak zajęty tą czynnością oraz śledzeniem, co robi cel, że nie zauważył podchodzącej z tyłu Niki. Dziewczyna łagodnym ruchem, chciałoby się powiedzieć, wręcz delikatnie, ujęła go pod brodę, położyła kark zaskoczonego człowieka na swoim ramieniu i wbiła mu zęby w gardło.

Ktoś jęknął. Ktoś zaklął. Osiłek stojący najbliżej żony Viriona zdołał wyszarpnąć nóż. Na miecz było za blisko. Dziabnął Niki w ramię. Poza plamą krwi nie uzyskał niczego.

Virion skoczył w jego kierunku. Szef łapaczy wykorzystał chwilowy skrót dystansu i ciął Viriona w lewy bok. Na szczęście miał zbyt mało czasu, by wbić ostrze.

Mężczyzna godzący nożem w Niki popełnił głupi błąd. Widząc groźniejszego przeciwnika z bronią ustawił się przodem w kierunku spodziewanego ataku i nastawił miecz. Po co? Miecz przygotowany i nastawiony to nie znaczy jeszcze, że gotowy do ciosu. Virion nie odbijał go i w ogóle zlekceważył. Ignorując, że ostrze tamtego prawie bokiem przesunęło się po jego ciele, doskoczył do przeciwnika i chwycił go za rękę z nożem. Ostrze miecza natomiast przeciągnął mu między nogami od rękojeści po samą końcówkę.

Kurde! Jaki ostry! Viriona zaskoczył widok ilości krwi, która trysnęła z rany. Kto i po co tak ostrzył?!

Mężczyzna chwycił się za genitalia i opadł na kolana. Dowódca tymczasem wykorzystał chwilę zdziwienia Viriona i rzucił w niego nadziakiem. Na szczęście chłopak nie dostał zębem, a tyko stalową głowicą. Ból łopatki sparaliżował mu umysł, kiedy ciało uderzyło w ziemię. Szlag! Zaciskając szczęki, przewrócił się na plecy.

W zakroczną nogę, powtarzał w myślach przykazanie Partego. W zakroczną nogę! Nigdy w tę z przodu!

Obiema stopami kopnął nadbiegającego łapacza. Usłyszał chrupnięcie łamanego kolana. I wrzask. Usiłował nadstawić miecz padającemu, ale nie zdążył. Sam zerwał się, płacząc z bólu.

Niki porzuciła martwego niemowę. Rozglądała się w poszukiwaniu nowego celu. Najbliżej był ten ze złamaną nogą, więc kucnęła, nachyliła się i przegryzła mu gardło. Nawet usiłował walczyć.

Kolejny łapacz nie usiłował. Widząc, co się dzieje, odwrócił się i runął do ucieczki. Virion, stękając z bólu, doskoczył do porzuconej przez niemowę kuszy. Nigdy z tego nie strzelał. No ale przecież to musi być proste.

Złożył się, zerknął na cel. Jak zatrzymać biegnącego człowieka? Przecież nie zareaguje na okrzyk: „stój!". No jak?

– Uważaj! – wrzasnął za tamtym. – Na litość Bogów, uważaj!!!

Mężczyzna zatrzymał się i odwrócił z mieczem uniesionym do obrony. Nie wiadomo, co sobie wyobraził. Ale na pewno głupim pomysłem było zasłaniać się mieczem przed bełtem, który wbił mu się dokładnie w środek klatki piersiowej.

Virion znowu podniósł swój miecz. Sycząc z bólu, rozejrzał się. Dowódca zdołał przewiązać sobie udo szmatą. Kuśtykając, zmierzał w stronę Viriona z czyimś mieczem w jednej ręce i sztyletem w drugiej.

O psiamać.

Klęczący obok mężczyzna wstał również. Jedną ręką trzymał się za krwawiące krocze, w drugiej ściskał swoją broń.

No nie, kurwa!

Należałoby zaatakować i wyeliminować tego bliżej, żeby nie walczyć z dwoma naraz. Ale Virion nie był półbogiem mogącym biegać, stosować zwody i kluczyć. Prawdę powiedziawszy, ledwie stał na nogach. Nie mógł zaczerpnąć głębszego oddechu, każda próba wyciskała mu łzy z oczu. Nie mógł ruszać się za szybko, schylać, skręcać. Był wrakiem. Nawet już nie czuł konkretnego bólu na plecach. Całe jego plecy stały się jednym wielkim bólem.

Oprych mimo krwawiącego podbrzusza podchodził powoli.

– Niki! – krzyknął Virion w desperacji. – Bierz go!

Wydarzyły się równocześnie dwie rzeczy, których się nie spodziewał.

Jego żona, skupiona dotąd nad swoją ofiarą, podniosła głowę i spojrzała na Viriona pytająco. Szok. Coś się w niej obudziło.

Nie spodziewał się również, że zbliżający się napastnik obejrzy się za siebie, wyraźnie przestraszony. Virion, jęcząc z bólu, doskoczył i sieknął go z dwóch rąk, wyprowadzając cios zza głowy. Piekący paroksyzm dosłownie sparaliżował plecy, znowu powodując strumień łez. Ale przeciwnik runął przed siebie bezwładnie.

Kuśtykający szef łapaczy znajdował się coraz bliżej. Virion nie mógł się ruszyć. Nieudolnie przerzucił miecz z lewej do prawej, ale nie... Tym razem łapacz nie dał się oszukać. Dobrze już wiedział, że chłopak włada równie dobrze prawą, jak i lewą ręką. I na pewno się przygotował.

Virion nie był gotowy nawet na ucieczkę. Nie dałby rady zrobić gwałtowniejszego kroku. Dyszał okropnie i płytko. Coś charczało mu w płucach. Pot lał się z niego strumieniami. Czuł miękkość w nogach i paraliżujące kłucie w okolicach kręgosłupa. To nieprawdopodobne, jak intensywność nawet tak krótkiej walki zużywa człowieka. W gimnazjonie nikt tego nie mógł przypuszczać. Tam przecież nie walczono o życie.

Zerknął na szefa łapaczy, który nie bał się ani przegryzania gardła, ani Viriona ledwie trzymającego się na nogach. Szedł jak śmierć. I co z tego, że nie był wytrawnym szermierzem, bo nigdy nie musiał doskonalić tej sztuki. Wystarczyło jego doświadczenie w zabijaniu naprawdę wielu ofiar. A zabijanie polegało na odbieraniu przeciwnikowi szansy.

Nary symulował kuśtykanie. Oczywiście, że noga go bolała i nie była w pełni sprawna, ale bez przesady. Większość teatralnego kroku to zwykła gra aktorska. Wiedział już, że chłopak jest szybki. Szybki, ale niedoświadczony. Wyszkolony nieźle, z tym że głowy na hazard wystawiać nienauczony. Nie było sensu się patyczkować. Tym bardziej że potem należało zmierzyć się jeszcze z tym czymś, co przegryzało gardła jego ludziom. Tu musi skończyć szybko, bo Virion ma fart. Tylko wielcy wodzowie potrafili docenić tak ulotną rzecz jak szczęście.

Nary bez ostrzeżenia, bez brania oddechu, bez sprężania się skoczył do przodu. Virion podniósł miecz, ale łatwo było przepuścić go po własnym. Łapacz uderzył nożem w odsłonięty bok chłopaka. Trafił, choć słabo. Ledwo, ledwo. Poprawił, a Virion świsnął już mieczem drugi raz. Trzeba było odskoczyć. Ale to przecież nie wyrok.

Nary doskoczył raz jeszcze. Zablokował miecz Viriona własnym i ciął w oczy, chcąc chłopaka oślepić.

Virion, oszołomiony intensywnością ataku i nagłym „ozdrowieniem" wroga, pochylił głowę, żeby sprawdzić, jak ustawia nogi do ataku. Dokładnie w tym momencie ostrze sztyletu przejechało po jego czole. Szlag! Gdyby nie zrobił tego ruchu, teraz nie miałby oczu. Przerażenie sparaliżowało go na chwilę.

Cięcie było głębokie, do kości, tuż pod linią włosów. Krew natychmiast zalała mu czoło, a chwilę później oczy. Musiał podnieść wolną rękę, żeby je przetrzeć. Niewiele pomagało. Nic nie widział!

Odskakiwał odruchowo, żeby uniknąć ciosów przeciwnika. A szef łapaczy i tak trafiał. W lewe ramię, w bok, w brzuch gdzieś nisko. Odskakiwanie to nie walka. Jak dotąd przeciwnik nie mógł wbić miecza głębiej. Ale wystarczy, że Virion się potknie. I koniec.

Wciąż przecierał oczy.

Dowódca łapaczy doskoczył z boku, odrzucił sztylet i chwycił Viriona za lewą rękę, wyprowadzając cios. Virion sparował jeszcze, ale uwięzionej w uchwycie tamtego dłoni nie mógł już podnieść do oczu, które zalewała krew. Oślepł momentalnie i nie widział, gdzie jest przeciwnik. Ogarnęła go obezwładniająca panika. Jakiś koszmarny strach, który urodził się w głowie. Nie było nic, na czym mógłby się oprzeć.

Niki! Ta jedna myśl pojawiła się w ciemnościach. I zaraz po niej następna: Partego też zabił, niczego nie widząc.

Virion wyprowadził cios na oślep. To nie umysł walczył, to samo ciało. Nieprawdopodobnie ostra klinga miecza wbiła się w coś, uwięzła i wyskoczyła mu z ręki.

Dopiero teraz mógł wytrzeć oczy. I to obiema dłońmi.

Szef łapaczy leżał obok z własnym mieczem wbitym na wysokości mostka. Virion patrzył bezmyślnie na jego ciało. Chciało mu się pić i wymiotować jednocześnie. Miał jednak wrażenie, że jeśli zwymiotuje zgięty wpół, to już się nie wyprostuje. A przeciwnicy? Ilu ich jeszcze? Z trudem wysilał umysł. Było ośmiu. Zdarł z szyi martwego chustę z białego materiału. Wytarł oczy i przyłożył ją do czoła.

Ośmiu. Rozejrzał się. No to policzmy. Pierwszy to Gwałciciel – już ich sobie w myślach nazywał – którego w lesie załatwiła Niki. Drugi to Posłaniec, ten, co przybiegł jeszcze z rozerwanym gardłem. Trzeci Strzelec. Leżał tuż obok. Potem Kastrat, co się jeszcze podniósł i trzeba było dokończyć. I jeszcze Kolano oraz Uciekinier, którego zastrzelił z kuszy. Razem z ich szefem siedmiu.

Gdzie jeszcze jeden? Virion kręcił się, patrząc dookoła. Zaraz. A gdzie jego żona?

Dziwne. Deszcz przestał padać, a na Viriona cały czas spadały rzęsiste krople. Spojrzał w górę i oniemiał. Jego żona bardzo zręcznie wspinała się na wysokie drzewo.

Wyżej, na chwiejnym czubku, tkwił przytulony do gałęzi łapacz z wyrazem przerażenia na twarzy. Ten, którego Virion już spotkał przy rzece.

– Aha, jest ósmy – mruknął Virion. A głośniej krzyknął: – Niki! Co ty tam wyrabiasz? Zostaw pana i zejdź tu do mnie!

Ocalały łapacz, kiedy się zorientował, że jest widziany, zaczął się wydzierać.

– Panie! Łaski! Litości! Jak żeście zaproponowali, że ci, co do nich nic nie masz, mogą uciekać, to ja chciałem uciekać. Ja nie wystąpiłem przeciw wam! Przecież widzieliście. Litości.

– Niki! Zostaw go i złaź tutaj!

Jego żona przerwała swoją wspinaczkę i odwróciła głowę, zerkając na Viriona.

– Proszę cię, kochanie, bądź grzeczna i zejdź!

Coś rzeczywiście musiało się w niej obudzić. Niki po chwili namysłu lub wahania oraz po kilku spojrzeniach rzuconych na niedaleką już ofiarę zaczęła zsuwać się po pniu. Virion miał wrażenie, że na jej twarzy pojawił się nawet wyraz naburmuszenia. Jak u dziecka, któremu odmówiono zabawki.

– Ty też złaź!

– Tak, panie – odkrzyknął łapacz. – Ale dopiero jak ona dotknie ziemi, proszę!

Kiedy Niki zeskoczyła z drzewa, Virion ledwie się do niej dowlókł. Zaczął czyścić jej usta z krwi. Potem szyję i twarz. Biała kiedyś chusta zabrana martwemu była już cała w czerwieni. Dziewczyna obserwowała Viriona bacznie. Zdecydowanym ruchem zabrała mu chustę, przysunęła się bliżej i stanęła na palcach. Zaczęła wylizywać Virionowi ranę na czole. Na chwilę ogarnął go strach, że przegryzie mu gardło, że nie będzie umiała powstrzymać jakiegoś zamierzchłego instynktu, ale nie. Coś dziwnego było w jej ślinie. Po przejechaniu językiem czuło się w tym miejscu najpierw gorąco, a potem zimno. Chłód ustępował szybko uczuciu mrowienia, by zaraz przerodzić się w silne drętwienie. Krew przestawała płynąć, a w miejscu rany zamiast bólu pojawiał się bezwład i uczucie, jakby coś ściągało skórę.

Kiedy Niki wylizywała Virionowi kolejne rany, Kila stanął obok. W bezpiecznej, jak sądził, odległości.

– Dzięki, panie. Dzięki za zlitowanie! Gdybyście jej nie powstrzymali...

– Przestań.

– Pamiętajcie, panie, że ja was nie zaatakowałem.

– Już, już, daj mi się skupić.

Były niewolnik zamilkł od razu. Kiedy ustała bezpośrednia groza ataku tego czegoś ukrytego w ciele kobiety, opanował się i zaczął intensywnie myśleć. Łatwo było wpaść na pomysł, że będzie jeszcze potrzebny. Ale on domyślał się nawet do czego.

– Widzisz, nie jest dobrze, jeśli mocodawca nie wie, co stało się z jego ludźmi. – Virion popatrzył na byłego niewolnika badawczo. – Wtedy z udręki niewiedzy może podjąć nawet bardzo przesadne działania mające doprowadzić go do wiedzy. Dlatego postanowiłem, że zaniesiesz Taidzie złą wiadomość.

– Nawet zła wiadomość jest lepsza niż żadna. – Łapacz skłonił głowę. – Masz rację, panie.

– Ale... wydaje mi się, że nie wszystko powinno dotrzeć do jej uszu.

– Całkowicie się zgadzam, panie. – Kila był pod wrażeniem przemyśleń chłopaka, i to dokonanych tuż po śmiertelnej, wyczerpującej walce. – Toteż nie wszystko dotrze do jej uszu, ponieważ w tym punkcie nasze interesy są takie same.

– Mhm?

– Jestem niewolnikiem, panie. A jak sądzisz, co zrobi Taida, kiedy nie dość, że przyniosę złe wieści, to jeszcze będę bajał o kobietach przegryzających gardła? Będę niewiarygodny, a więc niepotrzebny, no i wrócę do mojego podstawowego zajęcia, czyli do bycia niewolnikiem, panie.

– Słusznie myślisz. – Virion nawet uśmiechnął się lekko. – A wiarygodny będziesz jej dalej potrzebny, żeby mogła mnie ścigać.

– Myślimy dokładnie tak samo, panie. – Kila ukłonił się z ulgą i zerknął na ciała kolegów, którzy mieli przegryzione gardła. – A tutaj szybko zatrę ślady.

– Jak?

– A poucinam im głowy. Że niby ty, panie, tak jednym ciosem, trach-ciach i poleciały. Na szarpane rany nikt wtedy nie zwróci uwagi. Zresztą ja będę świadkiem.

– Moja sława rębajły tylko się umocni – westchnął Virion. – Wyroku śmierci przez zamęczenie i tak już mi nie podwyższą.

– Tak, panie. Pozwól, że zbiorę zapasy z naszych juków i pozbieram sakiewki wśród zabitych, żeby twoja ucieczka była trochę łatwiejsza.

– I dwa konie przygotuj.

– Proponuję jednego konia – zasugerował łapacz. – Oni nie wiedzą, że podróżujesz z dziewczyną, więc niech tak pozostanie i niech liczba wierzchowców się zgadza.

– Słusznie. Idź już, bo obława może się zacząć w każdej chwili.

A jednak to o obławie było prawdą, pomyślał Kila. Był pod wielkim wrażeniem. Musieli pozostać wrogami, takie życie, ale chyba po raz pierwszy on sam czuł do kogoś szacunek. I to nie z powodu zajmowanej pozycji, tylko tego, kim Virion był.

Sam Virion nie mógł sobie darować i kiedy łapacz się odwrócił, odezwał się tonem wielkiego pana wypuszczającego do ogrodu swojego pieska:

– Niki, nie idź za panem i nie pogryź go w zaroślach, jak tylko zniknie mi z oczu!

Dziewczyna spojrzała na Viriona zaciekawiona, a były niewolnik błyskawicznie przyspieszył kroku.

Virion objął swoją żonę i przytulił.

– No co? – zapytał. – Powiesz mi, kim ty jesteś? – szepnął.

Dziewczyna, choć przylgnęła mocno, nadal milczała. Proces budzenia się prawdopodobnie musiał być długotrwały.

– Kim ty jesteś, kochanie? – powtórzył. – No kim?

Nie mogąc doczekać się odpowiedzi, bezwiednie opuścił wzrok. Tuż obok leżało ciało dowódcy. Twarz łapacza zastygła w śmiertelnym skurczu, przybierając wyraz potwornego strachu. Choć strach to chyba za mało powiedziane. Ciekawe, co tamten zobaczył, przekraczając stan pomiędzy życiem a śmiercią, co wywołało aż tak nieprawdopodobne przerażenie...

Po wielu dniach dotarli na wzgórze należące do granicznego pasma. Na szczycie wierzchowiec zatrzymał się, a ich owionął zimny wiatr, więc Virion osłonił Niki ciepłym kocem. Przylgnęła do niego plecami. Zaczęła pocierać policzkiem jego podbródek.

Dotarli w to miejsce w dużej mierze dzięki niej. Niki miała węch jak myśliwski pies, a instynkt jak dzikie zwierzę. Potrafiła wysmykiwać się z zastawianych pułapek, przewidzieć je lub wyniuchać, wszystko jedno. A przy tym ciągle większość dnia spędzała w stanie bliskim katatonii. Nie wypowiedziała ani jednego słowa. Ale ewidentnie lubiła się tulić do Viriona, uwielbiała, kiedy czesał jej włosy; jeśli tylko mogła, pocierała policzkiem jego twarz. Grzali się wzajemnie w nocy. Nie odstępowali ani na krok w dzień. Stawali się sobie bliscy, potrzebowali swojego ciepła.

Dalej jednak nie miał bladego pojęcia, jakiej zamierzchłej tajemnicy dotykał, biorąc Niki w ramiona. Jaka zagadkowa istota przybrała postać jego żony? I jaki sekret krył ich przedziwny związek?

Może kiedyś się dowie.

Virion uderzył stopami boki konia, który skwapliwie ruszył w dół zbocza, chcąc ukryć się przed wiatrem w cieniu drzew.

Koniec tomu pierwszego

Książki Andrzeja Ziemiańskiego wydane nakładem naszego wydawnictwa

Achaja

- Achaja – tomy 1, 2, 3

Pomnik cesarzowej Achai

- Pomnik cesarzowej Achai – tomy 1, 2, 3, 4, 5

Imperium Achai

- Virion. Wyrocznia

Zbiory opowiadań

- Zapach szkła
- Toy Wars
- Pułapka Tesli

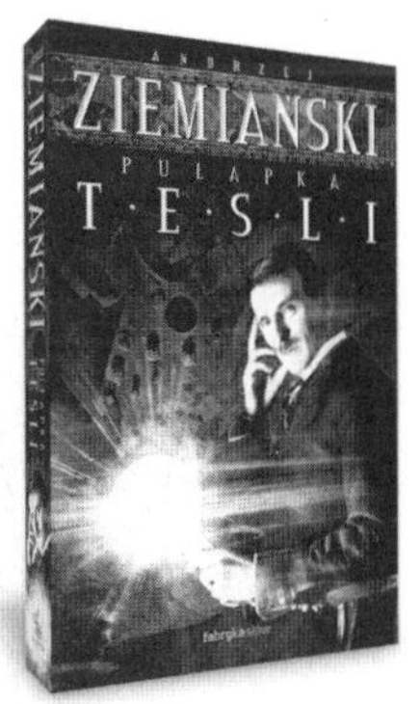

Andrzej Ziemiański

Porzucił prestiżową karierę naukową i zajął się pisaniem książek. Już po kilku latach zdobył uznanie pół miliona Polaków czytających „Achaję" z wypiekami na twarzach.

Z wykształcenia jest architektem. Widzi i myśli obrazami. Podgląda, słucha i rozmawia dla przyjemności. Lubi fotografować puste miejsca. Sam jest dla siebie pracownikiem, szefem i przewodniczącym komitetu strajkowego. Nieustannie prowokuje czytelników i recenzentów swoim podejściem do sztuki pisania. Mówi, że cierpi na przymus tworzenia.

Jego bohaterowie żyją własnym życiem – sami wybierają gatunek i formę opowieści, dzięki czemu z niezrozumiałego dla siebie powodu autor otrzymał wór nagród od czytelników. Pierwsze dwa tomy „Achai" nominowane były do Nagrody im. Janusza A. Zajdla. Drugi tom otrzymał w 2004 roku Nagrodę Nautilus.

Cykl „Achaja" to także jedna z najbardziej kasowych serii w polskiej literaturze. To dzięki tym książkom pisarz może realizować swoje najśmielsze marzenia o egzotycznych podróżach i otaczać się ulubionymi gadżetami.

Ziemiański w swoich książkach ceni kobiecość. Nawet w filigranowej postaci dostrzega siłę, która go pasjonuje. Ale to nie oznacza, że ma dla niej litość.

Pisarz ma w sobie coś z hazardzisty – ale uwaga – jeśli zaczyna grę, to żeby wygrać.

WYDAWCA
Fabryka Słów sp. z o.o.
20-834 Lublin, ul. Irysowa 25a
tel.: 81 524 08 88, faks: 81 524 08 91
www.fabrykaslow.com.pl
e-mail: biuro@fabrykaslow.com.pl
www.facebook.com/fabryka

SPRZEDAŻ INTERNETOWA
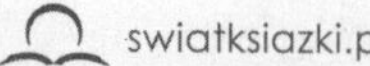
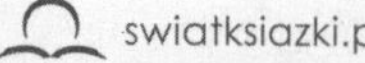

ZAMÓWIENIA HURTOWE

Firma Księgarska Olesiejuk sp. z o.o. sp.j.
05-850 Ożarów Mazowiecki,
ul. Poznańska 91
tel./faks: 22 721 30 00
www.olesiejuk.pl,
e-mail: hurt@olesiejuk.pl

DRUK I OPRAWA
CPi Moravia Books
www.cpi-moravia.com

PROJEKT I ADIUSTACJA AUTORSKA WYDANIA
Eryk Górski, Robert Łakuta

PROJEKT OKŁADKI
Paweł Zaręba

ILUSTRACJA NA OKŁADCE
Piotr Cieśliński

ILUSTRACJE
Vladimir Nenov

REDAKCJA
Karolina Kacprzak

KOREKTA
Magdalena Byrska

SKŁAD
Dariusz Nowakowski | drewnianyrower.com

Wydanie I

ISBN 978-83-7964-260-1